BELICE
HONDURAS
NICARAGUA
Lago de Nicaragua
EL SALVADOR
GUATEMALA
PANAMÁ
COSTA RICA

MAR CARIBE

OCÉANO ATLÁNTICO

Barranquilla
Cartagena
Maracaibo
Caracas
Lago de Maracaibo
San Cristóbal
Medellín
Río Magdalena
✪ Bogotá
Cali
Río Orinoco
VENEZUELA
Boa Vista
Georgetown
GUAYANA
Paramaribo
SURINAM
Cayena
GUAYANA FRANCESA

COLOMBIA

ECUADOR
✪ Quito
Guayaquil
Cuenca
Iquitos
ISLAS GALÁPAGOS (Ecuador)

PERÚ

Río Amazonas

A M A Z O N A S

ECUADOR

BRASIL

OCÉANO PACÍFICO

Lima
Ayacucho
Machu Picchu
Cuzco
BOLIVIA
✪ La Paz
Lago Titicaca
Santa Cruz
Sucre
Potosí

LOS ANDES

Brasilia ✪

PARAGUAY
Asunción ✪
Río Paraná
São Paulo
Río de Janeiro

TRÓPICO DE CAPRICORNIO

CHILE

Iguazú

OCÉANO ATLÁNTICO

Córdoba
Río Uruguay
URUGUAY

Viña del Mar
Valparaíso
✪ Santiago
Buenos Aires ✪
Montevideo ✪
Río de la Plata

Concepción
ARGENTINA
Bahía Blanca
Viedma

Elevación en metros
4.000+
2.000–4.000
500–2.000
200–500
0–200
Nivel del mar

0   250   500   750 MILLAS
0   500   1.000 KILÓMETROS

ISLAS MALVINAS (Br.)

Estrecho de Magallanes
TIERRA DEL FUEGO

AMÉRICA DEL SUR

ÁFRICA

NIGERIA
CAMERÚN
Malabo ✪
GUINEA ECUATORIAL
GABÓN
ÁFRICA

0   MILLAS   250
0   KILÓMETROS   500

110°   100°   90°   80°   70°   60°   50°   40°   30°   20°

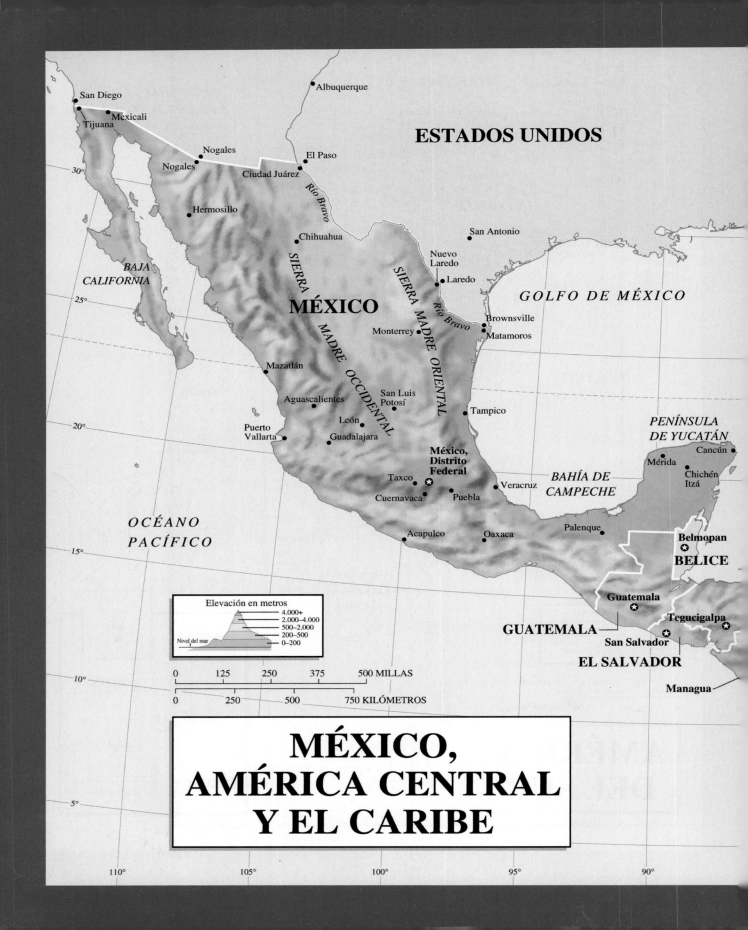

San Diego
Tijuana
Mexicali
Albuquerque

ESTADOS UNIDOS

Nogales
Nogales
El Paso
Ciudad Juárez

30°

Río Bravo

Hermosillo

Chihuahua

San Antonio

BAJA
CALIFORNIA

SIERRA

Nuevo
Laredo
Laredo

GOLFO DE MÉXICO

25°

MÉXICO

MADRE OCCIDENTAL

SIERRA MADRE ORIENTAL

Río Bravo

Brownsville

Monterrey

Matamoros

Mazatlán

Aguascalientes

San Luis
Potosí

Tampico

PENÍNSULA
DE YUCATÁN

20°

León

Puerto
Vallarta

Guadalajara

Cancún
Mérida

BAHÍA DE
CAMPECHE

Chichén
Itzá

México,
Distrito
Federal

Taxco
Cuernavaca

Puebla

Veracruz

OCÉANO
PACÍFICO

Acapulco

Oaxaca

Palenque

Belmopan
BELICE

15°

Elevación en metros
4.000+
2.000–4.000
500–2.000
200–500
0–200
Nivel del mar

Guatemala

Tegucigalpa

GUATEMALA

0   125   250   375   500 MILLAS

San Salvador

EL SALVADOR

0   250   500   750 KILÓMETROS

10°

Managua

5°

MÉXICO,
AMÉRICA CENTRAL
Y EL CARIBE

110°   105°   100°   95°   90°

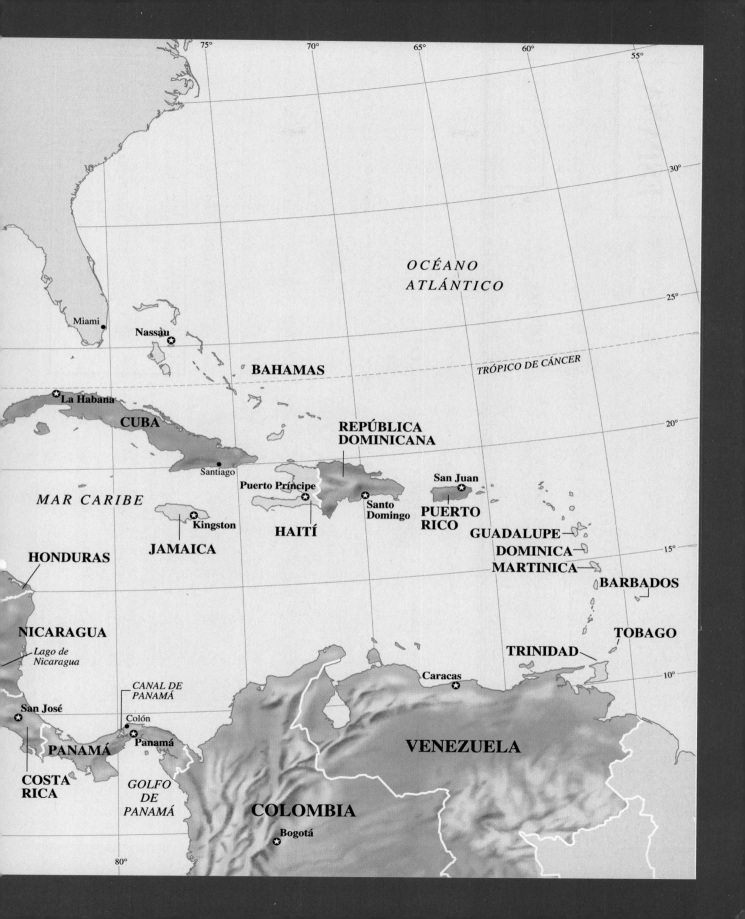

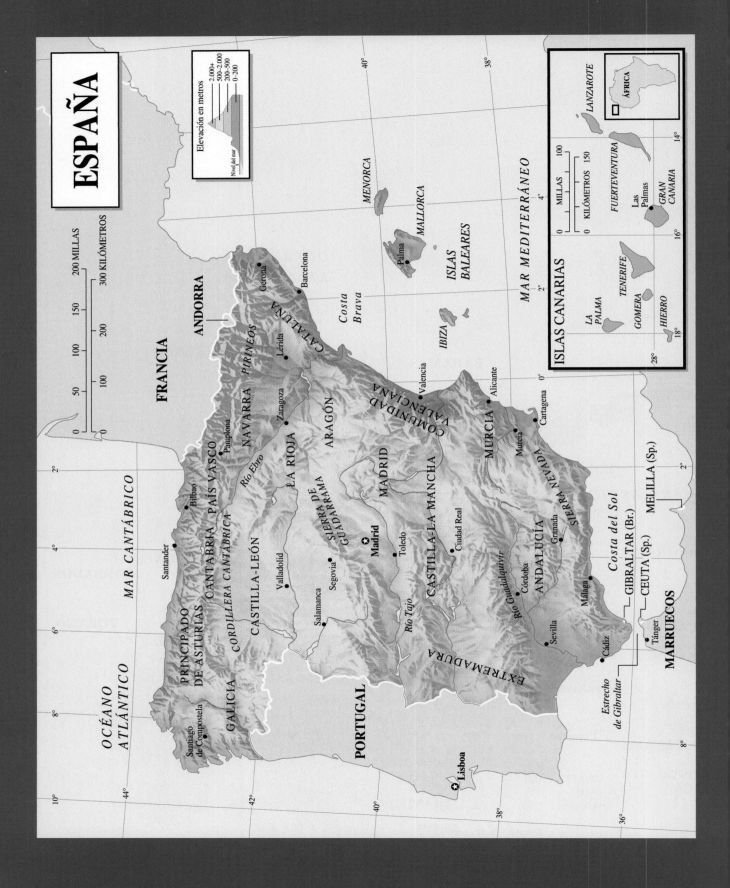

Cumbre

curso AP* de la lengua española

Lynn A. Sandstedt
University of Northern Colorado

Ralph Kite

HEINLE
CENGAGE Learning

Australia • Brazil • Canada • Mexico • Singapore • Spain • United Kingdom • United States

HEINLE
CENGAGE Learning·

CUMBRE
curso AP* de la lengua española
Sandstedt | Kite

Vice-President, Editorial Director:
P.J. Boardman

Publisher: Beth Kramer

Executive Editor: Lara Semones

Senior Content Project Manager:
Esther Marshall

Executive Brand Manager: Ben Rivera

Associate Media Editor: Patrick Brand

VP, Director, Advanced and Elective Products
Program: Alison Zetterquist

Coordinator, Advanced and Elective Products
Program: Jean Woy

Assistant Editor, Advanced and Elective Product
Programs: Joanna Alizio

Senior Media Editor, Advanced and Elective
Programs: Philip Lanza

Manufacturing Planner: Betsy Donaghey

Senior Art Director: Linda Jurras

Rights Acquisitions Specialist: Jessica Elias

Image Research: PreMediaGlobal

Production Service: PreMediaGlobal

Text Designer: Carol Maglitta/One Visual Mind

Cover Designer: Len Massiglia

Cover Image: Danita Delimont: © Claudia
Adams / DanitaDelimont.com

For product information and technology assistance, contact us at
Cengage Learning Customer & Sales Support, 1-800-354-9706
For permission to use material from this text or product,
submit all requests online at **www.cengage.com/permissions**.
Further permissions questions can be emailed to
permissionrequest@cengage.com.

Library of Congress Control Number: 2012947204

Student Edition:
ISBN-13: 978-1-111-83431-9
ISBN-10: 1-111-83431-8

Heinle Cengage Learning
20 Channel Center Street
Boston, MA 02210
USA

Cengage Learning is a leading provider of customized learning solutions with
office locations around the globe, including Singapore, the United Kingdom,
Australia, Mexico, Brazil and Japan. Locate your local office at
international.cengage.com/region

Cengage Learning products are represented in Canada by Nelson Education, Ltd.

Cengage Learning products are represented in high schools by Holt McDougal, a
division of Houghton Mifflin Harcourt.

For your course and learning solutions, visit **www.cengage.com.**

To find online supplements and other instructional support, please visit
www.cengagebrain.com.

Instructors: Please visit **login.cengage.com** and log in to access instructor-
specific resources.

*AP and Advanced Placement Program are registered trademarks of the College Entrance Examination Board, which was not involved in the
production of, and does not endorse, this product.

Printed in Canada
2 3 4 5 6 7 17 16 15 14 13

Reach for the summit. Reach for *Cumbre*!

Cumbre is designed to give your Spanish course a reliable foundation and provide the strongest preparation possible for the AP* exam. Carefully designed with the exam in mind, *Cumbre* has been built to correspond with the themes of the AP exam and develop your skills in reading, writing, listening and speaking.

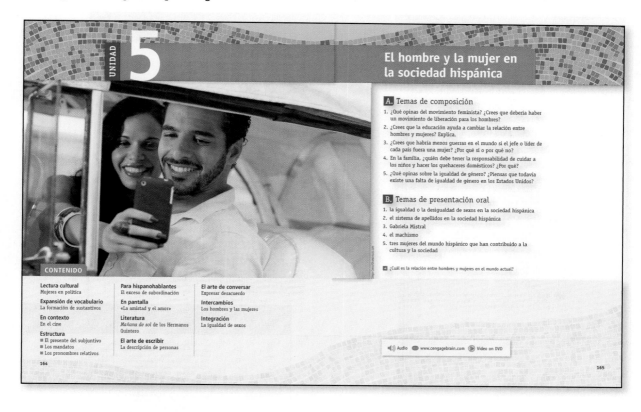

UNIDAD **5**

El hombre y la mujer en la sociedad hispánica

A. Temas de composición

1. ¿Qué opinas del movimiento feminista? ¿Crees que debería haber un movimiento de liberación para los hombres?
2. ¿Crees que la educación ayuda a cambiar la relación entre hombres y mujeres? Explica.
3. ¿Crees que habría menos guerras en el mundo si el jefe o líder de cada país fuera una mujer? ¿Por qué sí o por qué no?
4. En la familia, ¿quién debe tener la responsabilidad de cuidar a los niños y hacer los quehaceres domésticos? ¿Por qué?
5. ¿Qué opinas sobre la igualdad de género? ¿Piensas que todavía existe una falta de igualdad de género en los Estados Unidos?

B. Temas de presentación oral

1. la igualdad o la desigualdad de sexos en la sociedad hispánica
2. el sistema de apellidos en la sociedad hispánica
3. Gabriela Mistral
4. el machismo
5. tres mujeres del mundo hispánico que han contribuido a la cultura y la sociedad

¿Cuál es la relación entre hombres y mujeres en el mundo actual?

CONTENIDO

Lectura cultural
Mujeres en política

Expansión de vocabulario
La formación de sustantivos

En contexto
En el cine

Estructura
■ El presente del subjuntivo
■ Los mandatos
■ Los pronombres relativos

Para hispanohablantes
El exceso de subordinación

En pantalla
«La amistad y el amor»

Literatura
Mañana de sol de los Hermanos Quintero

El arte de escribir
La descripción de personas

El arte de conversar
Expresar desacuerdo

Intercambios
Los hombres y las mujeres

Integración
La igualdad de sexos

Audio www.cengagebrain.com Video on DVD

164

165

*AP and Advanced Placement Program are registered trademarks of the College Entrance Examination Board, which was not involved in the production of, and does not endorse, this product.

Knowledgeably guides students right from the start

Cumbre consists of ten thematic units covering the scope of the AP Spanish Language course with both breadth and depth, housed within an attractive and intuitive design. Each unit begins with a **lectura cultural** that sets the stage and includes comprehension questions designed to cement your understanding.

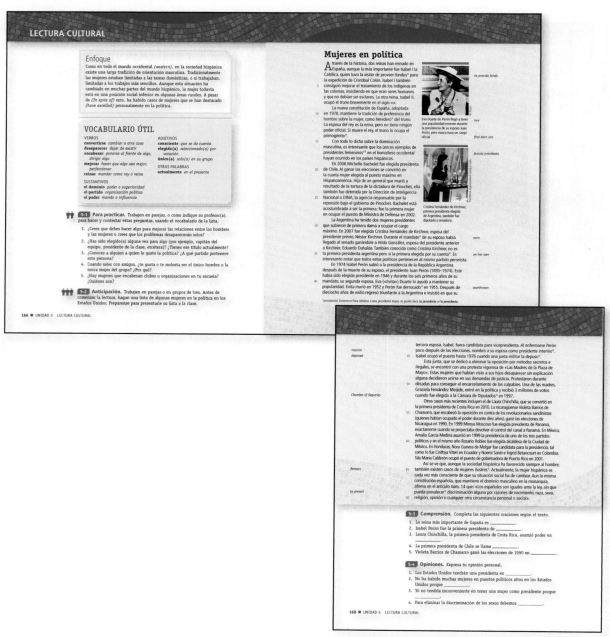

Gives students tools to become fluent communicators

Expansión de vocabulario sections go beyond simply presenting you with the vocabulary you need to know. A set of robust vocabulary-building exercises focusing on the nuts and bolts of the Spanish language will give you the skills you need to figure out unfamiliar words in context and deftly handle the challenges of authentic language.

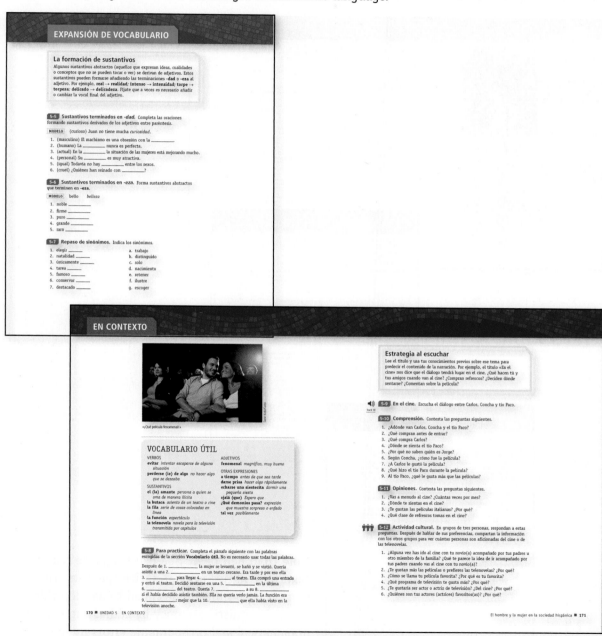

EXPANSIÓN DE VOCABULARIO

La formación de sustantivos

Algunos sustantivos abstractos (aquellos que expresan ideas, cualidades o conceptos que no se pueden tocar o ver) se derivan de adjetivos. Estos sustantivos pueden formarse añadiendo las terminaciones **-dad** o **-eza** al adjetivo. Por ejemplo, **real → realidad; intenso → intensidad; torpe → torpeza; delicado → delicadeza.** Fíjate que a veces es necesario añadir o cambiar la vocal final del adjetivo.

5-5 Sustantivos terminados en -dad. Completa las oraciones formando sustantivos derivados de los adjetivos entre paréntesis.

MODELO (curioso) Juan no tiene mucha *curiosidad*.

1. (masculino) El machismo es una obsesión con la _____.
2. (humano) La _____ nunca es perfecta.
3. (actual) En la _____ la situación de las mujeres está mejorando mucho.
4. (personal) Su _____ es muy atractiva.
5. (igual) Todavía no hay _____ entre los sexos.
6. (cruel) ¿Quiénes han reinado con _____?

5-6 Sustantivos terminados en -eza. Forma sustantivos abstractos que terminen en **-eza.**

MODELO bello *belleza*

1. noble _____
2. firme _____
3. puro _____
4. grande _____
5. raro _____

5-7 Repaso de sinónimos. Indica los sinónimos.

1. elegir _____   a. trabajo
2. natalidad _____   b. distinguido
3. únicamente _____   c. solo
4. tarea _____   d. nacimiento
5. famoso _____   e. retener
6. conservar _____   f. ilustre
7. destacado _____   g. escoger

EN CONTEXTO

«¡Qué película fenomenal!»

VOCABULARIO ÚTIL

VERBOS
evitar *intentar escaparse de alguna situación*
perderse (ie) de algo *no hacer algo que se deseaba*

SUSTANTIVOS
el (la) amante *persona a quien se ama de manera ilícita*
la butaca *asiento de un teatro o cine*
la fila *serie de cosas colocadas en línea*
la función *espectáculo*
la telenovela *novela para la televisión transmitida por capítulos*

ADJETIVOS
fenomenal *magnífico, muy bueno*

OTRAS EXPRESIONES
a tiempo *antes de que sea tarde*
darse prisa *hacer algo rápidamente*
echarse una siestecita *dormir una pequeña siesta*
ojalá (que) *Espero que*
¡Qué demonios pasa? *expresión que muestra sorpresa o enfado*
tal vez *posiblemente*

5-8 Para practicar. Completa el párrafo siguiente con las palabras escogidas de la sección **Vocabulario útil.** No es necesario usar todas las palabras.

Después de 1. _____ la mujer se levantó, se bañó y se vistió. Quería asistir a una 2. _____ en un teatro cercano. Era tarde y por eso ella 3. _____ para llegar 4. _____ al teatro. Ella compró una entrada y entró al teatro. Decidió sentarse en una 5. _____ en la última 6. _____ del teatro. Quería 7. _____ a su 8. _____ si él había decidido asistir también. Ella no quería verlo jamás. La función era 9. _____; mejor que la 10. _____ que ella había visto en la televisión anoche.

Estrategia al escuchar

Lee el título y usa tus conocimientos previos sobre ese tema para predecir el contenido de la narración. Por ejemplo, el título «En el cine» nos dice que el diálogo tendrá lugar en el cine. ¿Qué hacen tú y tus amigos cuando van al cine? ¿Compran refrescos? ¿Deciden dónde sentarse? ¿Comentan sobre la película?

🔊 **5-9 En el cine.** Escucha el diálogo entre Carlos, Concha y tío Paco.
Track 10

5-10 Comprensión. Contesta las preguntas siguientes.

1. ¿Adónde van Carlos, Concha y el tío Paco?
2. ¿Qué compran antes de entrar?
3. ¿Qué compra Carlos?
4. ¿Dónde se sienta el tío Paco?
5. ¿Por qué no saben quién es Jorge?
6. Según Concha, ¿cómo fue la película?
7. ¿A Carlos le gustó la película?
8. ¿Qué hizo el tío Paco durante la película?
9. Al tío Paco, ¿qué le gusta más que las películas?

5-11 Opiniones. Contesta las preguntas siguientes.

1. ¿Vas a menudo al cine? ¿Cuántas veces por mes?
2. ¿Dónde te sientas en el cine?
3. ¿Te gustan las películas italianas? ¿Por qué?
4. ¿Qué clase de refrescos tomas en el cine?

👥 **5-12 Actividad cultural.** En grupos de tres personas, respondan a estas preguntas. Después de hablar de sus preferencias, compartan la información con los otros grupos para ver cuántas personas son aficionadas del cine o de las telenovelas.

1. ¿Alguna vez has ido al cine con tu novio(a) acompañado por tus padres u otro miembro de la familia? ¿Qué te parece la idea de ir acompañado por tus padres cuando vas al cine con tu novio(a)?
2. ¿Te gustan más las películas o prefieres las telenovelas? ¿Por qué?
3. ¿Cómo se llama tu película favorita? ¿Por qué es tu favorita?
4. ¿Qué programa de televisión te gusta más? ¿Por qué?
5. ¿Te gustaría ser actor o actriz de televisión? ¿Del cine? ¿Por qué?
6. ¿Quiénes son tus actores (actrices) favoritos(as)? ¿Por qué?

Presents a pathway to understanding grammar structures

Estructura sections feature concise and clear explanations of grammatical concepts, along with contextualized examples. Also provided is a suite of individual and communicative exercises designed to enhance your understanding of the structure of Spanish and apply that knowledge toward being an engaged, successful communicator on the AP Exam and beyond.

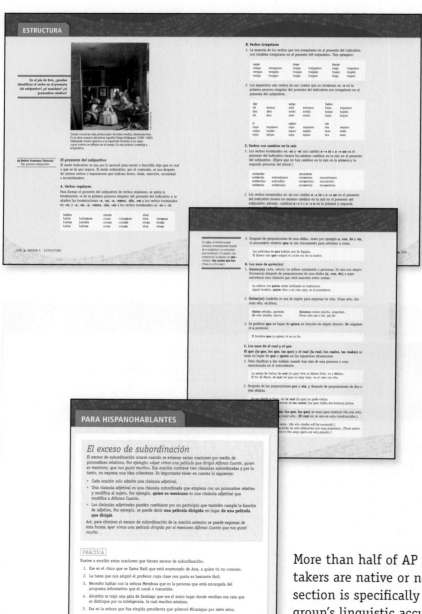

More than half of AP Spanish Language test takers are native or near native speakers. This section is specifically designed to develop this group's linguistic accuracy by addressing common grammatical and orthographic errors unique to heritage Spanish speakers.

Exposes students to authentic examples and cultural insights throughout

Authentic and wide-ranging examples of culture figure prominently in *Cumbre*. **En pantalla** sections feature award-winning short films, insightful documentaries, and lively interviews with native speakers from around the globe, providing you with opportunities to engage with authentic and contemporary culture while also developing your listening skills. **Literatura** sections complement the listening and viewing focus of **En pantalla** by featuring pieces from prominent Spanish-speaking authors, preparing you both for the reading section of the AP Exam and the possibility of pursuing the AP* Spanish Literature Exam in the future.

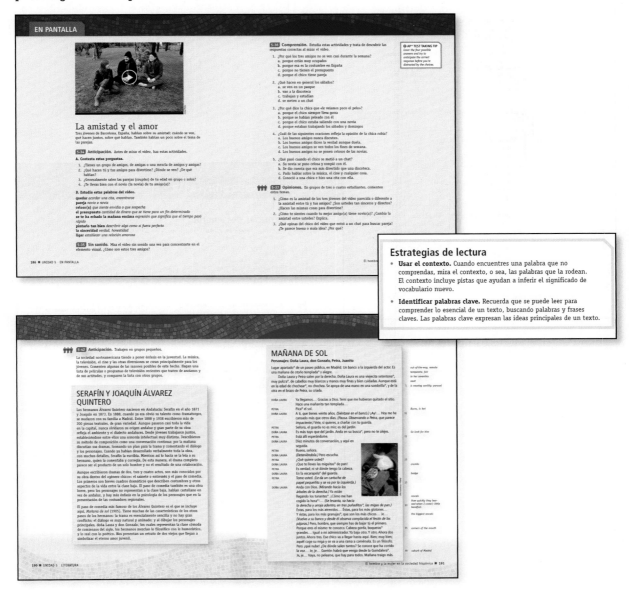

Provides reinforcing practice in communicating

El arte de escribir and **El arte de conversar** present and practice strategies for developing effective writing and conversational skills. Useful expressions and contextualized situations give you a chance to practice and prepare for the writing and speaking portions of the AP Exam.

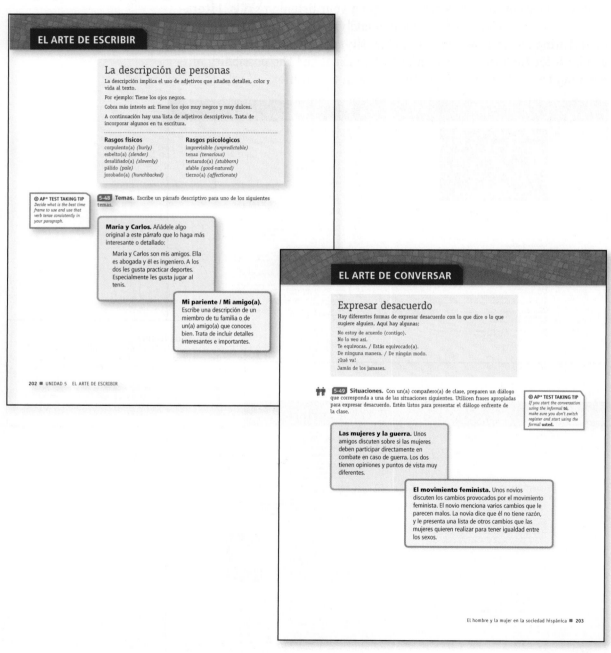

EL ARTE DE ESCRIBIR

La descripción de personas

La descripción implica el uso de adjetivos que añaden detalles, color y vida al texto.

Por ejemplo: Tiene los ojos negros.

Cobra más interés así: Tiene los ojos muy negros y muy dulces.

A continuación hay una lista de adjetivos descriptivos. Trata de incorporar algunos en tu escritura.

Rasgos físicos
corpulento(a) *(burly)*
esbelto(a) *(slender)*
desaliñado(a) *(slovenly)*
pálido *(pale)*
jorobado(a) *(hunchbacked)*

Rasgos psicológicos
imprevisible *(unpredictable)*
tenaz *(tenacious)*
testarudo(a) *(stubborn)*
afable *(good-natured)*
tierno(a) *(affectionate)*

⊕ AP* TEST TAKING TIP
Decide what is the best time frame to use and use that verb tense consistently in your paragraph.

5-48 Temas. Escribe un párrafo descriptivo para uno de los siguientes temas.

María y Carlos. Añádele algo original a este párrafo que lo haga más interesante o detallado:

María y Carlos son mis amigos. Ella es abogada y él es ingeniero. A los dos les gusta practicar deportes. Especialmente les gusta jugar al tenis.

Mi pariente / Mi amigo(a). Escribe una descripción de un miembro de tu familia o de un(a) amigo(a) que conoces bien. Trata de incluir detalles interesantes e importantes.

202 ■ UNIDAD 5 EL ARTE DE ESCRIBIR

EL ARTE DE CONVERSAR

Expresar desacuerdo

Hay diferentes formas de expresar desacuerdo con lo que dice o lo que sugiere alguien. Aquí hay algunas:

No estoy de acuerdo (contigo).
No lo veo así.
Te equivocas. / Estás equivocado(a).
De ninguna manera. / De ningún modo.
¡Qué va!
Jamás de los jamases.

5-49 Situaciones. Con un(a) compañero(a) de clase, preparen un diálogo que corresponda a una de las situaciones siguientes. Utilicen frases apropiadas para expresar desacuerdo. Estén listos para presentar el diálogo enfrente de la clase.

⊕ AP* TEST TAKING TIP
If you start the conversation using the informal **tú,** *make sure you don't switch register and start using the formal* **usted.**

Las mujeres y la guerra. Unos amigos discuten sobre si las mujeres deben participar directamente en combate en caso de guerra. Los dos tienen opiniones y puntos de vista muy diferentes.

El movimiento feminista. Unos novios discuten los cambios provocados por el movimiento feminista. El novio menciona varios cambios que le parecen malos. La novia dice que él no tiene razón, y le presenta una lista de otros cambios que las mujeres quieren realizar para tener igualdad entre los sexos.

El hombre y la mujer en la sociedad hispánica ■ 203

Brings it all together

Intercambios sections combine critical thinking with communication by presenting you with real-life issues. You will be challenged with thought-provoking questions and asked to contribute your own thoughts to the discussion, enhancing your fluency. **Integración** further brings your skills together through the review of authentic written and aural sources.

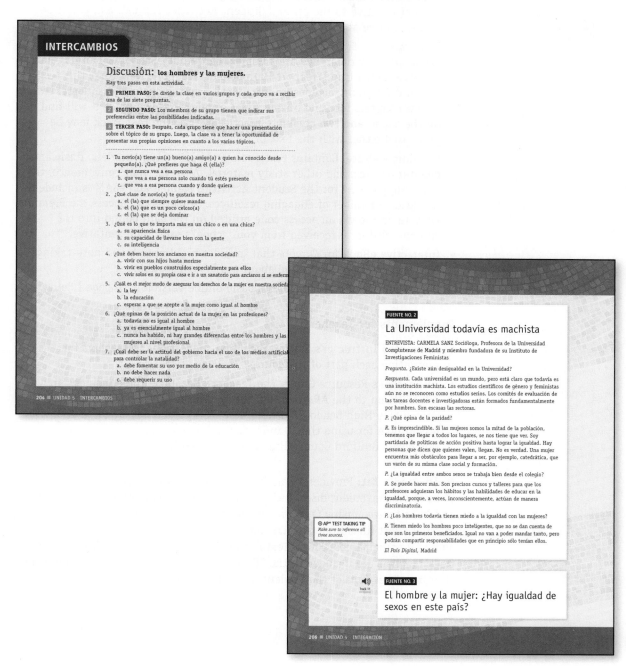

INTERCAMBIOS

Discusión: los hombres y las mujeres.

Hay tres pasos en esta actividad.

1 PRIMER PASO: Se divide la clase en varios grupos y cada grupo va a recibir una de las siete preguntas.

2 SEGUNDO PASO: Los miembros de su grupo tienen que indicar sus preferencias entre las posibilidades indicadas.

3 TERCER PASO: Después, cada grupo tiene que hacer una presentación sobre el tópico de su grupo. Luego, la clase va a tener la oportunidad de presentar sus propias opiniones en cuanto a los varios tópicos.

1. Tu novio(a) tiene un(a) bueno(a) amigo(a) a quien ha conocido desde pequeño(a). ¿Qué prefieres que haga él (ella)?
   a. que nunca vea a esa persona
   b. que vea a esa persona solo cuando tú estés presente
   c. que vea a esa persona cuando y donde quiera
2. ¿Qué clase de novio(a) te gustaría tener?
   a. el (la) que siempre quiere mandar
   b. el (la) que es un poco celoso(a)
   c. el (la) que se deja dominar
3. ¿Qué es lo que te importa más en un chico o en una chica?
   a. su apariencia física
   b. su capacidad de llevarse bien con la gente
   c. su inteligencia
4. ¿Qué deben hacer los ancianos en nuestra sociedad?
   a. vivir con sus hijos hasta morirse
   b. vivir en pueblos construidos especialmente para ellos
   c. vivir solos en su propia casa e ir a un sanatorio para ancianos si se enferman
5. ¿Cuál es el mejor modo de asegurar los derechos de la mujer en nuestra sociedad?
   a. la ley
   b. la educación
   c. esperar a que se acepte a la mujer como igual al hombre
6. ¿Qué opinas de la posición actual de la mujer en las profesiones?
   a. todavía no es igual al hombre
   b. ya es esencialmente igual al hombre
   c. nunca ha habido, ni hay grandes diferencias entre los hombres y las mujeres al nivel profesional
7. ¿Cuál debe ser la actitud del gobierno hacia el uso de los medios artificiales para controlar la natalidad?
   a. debe fomentar su uso por medio de la educación
   b. no debe hacer nada
   c. debe requerir su uso

FUENTE NO. 2

La Universidad todavía es machista

ENTREVISTA: CARMELA SANZ Socióloga, Profesora de la Universidad Complutense de Madrid y miembro fundadora de su Instituto de Investigaciones Feministas

Pregunta. ¿Existe aún desigualdad en la Universidad?

Respuesta. Cada universidad es un mundo, pero está claro que todavía es una institución machista. Los estudios científicos de género y feministas aún no se reconocen como estudios serios. Los comités de evaluación de las tareas docentes e investigadoras están formados fundamentalmente por hombres. Son escasas las rectoras.

P. ¿Qué opina de la paridad?

R. Es imprescindible. Si las mujeres somos la mitad de la población, tenemos que llegar a todos los lugares, se nos tiene que ver. Soy partidaria de políticas de acción positiva hasta lograr la igualdad. Hay personas que dicen que quienes valen, llegan. No es verdad. Una mujer encuentra más obstáculos para llegar a ser, por ejemplo, catedrática, que un varón de su misma clase social y formación.

P. ¿La igualdad entre ambos sexos se trabaja bien desde el colegio?

R. Se puede hacer más. Son precisos cursos y talleres para que los profesores adquieran los hábitos y las habilidades de educar en la igualdad, porque, a veces, inconscientemente, actúan de manera discriminatoria.

P. ¿Los hombres todavía tienen miedo a la igualdad con las mujeres?

R. Tienen miedo los hombres poco inteligentes, que no se dan cuenta de que son los primeros beneficiados. Igual no van a poder mandar tanto, pero podrán compartir responsabilidades que en principio sólo tenían ellos.

El País Digital, Madrid

⊕ AP* TEST TAKING TIP
Make sure to reference all three sources.

🔊 track 11

FUENTE NO. 3

El hombre y la mujer: ¿Hay igualdad de sexos en este país?

Supplements for Students

- Student Activities Manual. This workbook provides students with additional language practice and extensive AP preparation. Ask your sales representative about available discounts.
- Quia Online Student Activities Manual (eSAM). This interactive program is an alternative to the printed Student Activities Manual. Ask your sales representative about available discounts.
- *Fast Track to a 5: Preparing for the AP Spanish Language and Culture Examination.* Written by Carlos Gomez, Canterbury School of Florida, and Claretha Richardson, Freeport High School, Freeport, New York, this test preparation guide includes an introduction to the exam, a diagnostic test, review chapters focusing on the types of questions the student will find on the exam, and two complete practice exams. The Fast Track may be purchased either with the text or separately.
- Premium Website. Contains text audio and video files, tutorials, flashcards, chapter quizzes, and other study material. Also, for your convenience, the audio supplement for the Student Activities Manual and eSAM is included, alongside a number of engaging resources. Students can access the Premium Website online via an access code printed on the card bound into the student edition or received from your school's sales representative.
- Interactive eBook for *Cumbre* that includes highlighting and note-taking. Ask your sales representative about available discounts.
- PDF eBook for *Cumbre* provides a basic online version with page fidelity.

Supplements for Teachers

- Annotated Instructor's Edition including suggestions to teachers for presenting each part of the course.
- AP Teacher's Resource Guide. The Teacher's Resource Guide includes an introduction to the AP exam, written by Alison Cain, Robert F. Kennedy Community High School, Flushing, New York, and a day-by-day detailed lesson plan for using the 10 units of *Cumbre*, written by Thomas Soth, Northwest Guilford County High School, Greensboro, North Carolina.

Multi-media Kit: Provides all audio and video resources from the Premium Website on convenient discs. Included in the multi-media packet are audio CDs and DVDs to accompany *Cumbre* and the Student Activities Manual. The DVD features short films from the "En pantalla" section of the core text. The text audio CD accompanies "En contexto" and "Integración" and the SAM audio CD track numbers are included in the "Examen de práctica" and "Preparación para el examen" sections of the Student Activities Manual.

TABLE OF CONTENTS

UNIDAD **1**

Orígenes de la cultura hispánica: Europa

UNIDAD **2**

Orígenes de la cultura hispánica: América

*AP and Advanced Placement Program are registered trademarks of the College Entrance Examination Board, which was not involved in the production of, and does not endorse, this product.

UNIDAD

3   La religión en el mundo hispánico

UNIDAD

4   Aspectos de la familia en el mundo hispánico

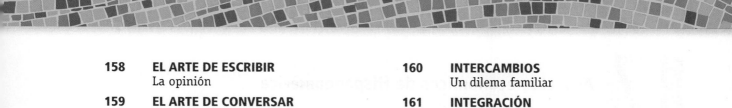

UNIDAD 5

El hombre y la mujer en la sociedad hispánica

UNIDAD 6

Costumbres y creencias

Cumbre is an advanced-level Spanish textbook designed to prepare high school students for the AP* Spanish Language and Culture Exam within a single volume. Each unit features a rich overarching theme that helps students use and develop language skills through contextualized exercises, communicative activities, and culturally based opportunities for conversation.

Cumbre is comprised of 10 thematic units. Each unit is designed to cover the College Board's AP* Spanish Language and Culture Course Description's skills. They each contain the following sections:

Unit Opener. This spread includes a photo that presents the theme of the unit, a mini table of contents, and a list of suggested topics for journal-writing and oral presentations. These topics can be assigned during the unit of study to help students prepare for the AP Exam section on Presentational Writing and Presentational Speaking. The topics are related to the theme of the unit, which in turn correlate with the AP Spanish Language and Culture six themes: Global Challenge, Science and Technology, Contemporary Life, Personal and Public Identities, Families and Communities, Beauty and Aesthetics.

Lectura cultural. Each unit begins with a cultural reading that provides historical context for the theme of the unit and explores it from multiple angles. It includes a list of vocabulary in preparation for the reading and questions at the end of the reading that measure the degree of comprehension and encourage students to relate the topic to their own experiences. This section helps students prepare for the AP Exam section on Interpretive Communication: Print Texts.

Expansión de vocabulario. This page provides vocabulary-building topics and exercises. Topics include cognates, word families, formation of nouns, common suffixes, and more. The goal of this section is to help students expand their Spanish vocabulary and learn ways to decipher new words.

En contexto. This listening section is built around dialogues that touch upon an aspect of the culture studied in each unit. Prior to listening to the recording, students work with the vocabulary presented in the dialogue and learn a listening strategy. A series of comprehension and critical thinking exercises follows the dialogue. This section helps students prepare for the AP Exam section on Interpretive Communication: Audio Texts.

Estructura. The grammar section comprises a major portion of each unit. To make the grammar relevant, each section begins with a photo related to the theme of the unit and a caption that includes the grammatical topics. There are three to four grammar concepts presented in each unit. Each concept begins with a clear explanation accompanied by numerous examples. The concept is then immediately applied through a series of conceptualized written and oral exercises, intended for groups and pairs of students. Even though the AP Spanish Language exam no longer includes a grammar section, students need continuous grammar review and practice in order to speak and write with accuracy.

Para hispanohablantes. Because more than half of AP Spanish Language test takers are native or near native speakers, this page is specifically designed to develop this group's linguistic accuracy. It addresses common grammatical and orthographic errors unique to heritage Spanish speakers.

En pantalla. This video section provides a variety of authentic video footage: short films produced by award-winning directors, documentaries that provide cultural insights, and lively interviews with native speakers. Pre-viewing, viewing, and post-viewing activities help students prepare for the AP Exam section on Interpretive Communication: Audio Texts.

Literatura. This section features a literary text chosen for its relevance to the unit's topic. Many of the authors featured are the ones in the required reading list for the AP Spanish Literature Exam, thus giving a preview of AP Spanish Literature for those students who will continue their study of Spanish and introducing students to literary analysis. In addition to the literary reading and comprehension questions, this section includes a vocabulary list, reading strategies, biographical information on authors, and cultural notes to clarify some of the more subtle cultural points referred to in the reading. It prepares students for the AP Exam section called Interpretive Communication: Print Texts. Since this section includes opportunities for debate, skits, and role-plays, it also prepares students for the AP Exam section on Interpersonal Speaking.

El arte de escribir and **El arte de conversar.** These two pages present and practice strategies for developing effective writing and conversational skills. They include a list of functional expressions that students can incorporate into their writing and conversations. The Situations give students the opportunity to express themselves in preparation for the AP Exam Section section on Interpersonal Speaking, Interpersonal Writing, and Presentational Writing.

Intercambios. This section further fosters the development of communicative skills, in addition to asking students to apply critical thinking and creativity. It presents a theoretical or real-life issue which students are asked to discuss from multiple viewpoints. This section, which may guide the discussion through a series of thought-provoking questions or ask students to create dialogues or brief compositions, typically encourages students to express their opinions, which leads to an exciting and stimulating exchange of ideas. It prepares students for the AP Exam section on Interpersonal Speaking and Presentational Speaking.

Integración. The last section of the unit mimics the AP Spanish Language and Culture Exam Section II Presentational Writing: Persuasive Essay. Students use information from two written sources (generally authentic journalistic texts) and one aural source (generally recorded authentic texts) to produce a persuasive essay and defend their viewpoint on a topic related to the six Course Themes. These are listed on the pages as **Tema curricular** and include **Las identidades personales y públicas, Las familias y las comunidades, La vida contemporánea, Los desafíos mundiales, La belleza y la estética, La ciencia y la tecnología.**

AP Test Taking Tips. Every unit presents four useful test-taking tips that help students improve their performance on the AP Exam and reduce anxiety.

DESCRIPTION OF *CUMBRE* HIGHLIGHTS

- **Thematically based units.** Each unit focuses on a particular cultural topic. The readings, dialogues, and activities all support the unit's theme. This thematic and contextualized approach makes learning more meaningful and relevant.

- **Variety of authentic materials.** Every unit contains authentic video, journalistic articles, essays, and literary readings. Students are also exposed to a variety of regional accents in recorded dialogues.

- **Extensive practice of the communicative modes.** The Interpersonal, Interpretive, and Presentational modes are practiced extensively through role-plays, debates, compositions, journal-writing, oral presentations, and a variety of activities intended to stimulate conversation.

- **Strong skill development.** Strategies to build strong listening, speaking, reading, and writing skills are presented in each unit. Students are given tips to comprehend dialogues, vocabulary-building exercises, functional language to maintain conversations, techniques to comprehend difficult texts, and useful phrases for effective writing.

- **Focus on proficiency.** Extensive vocabulary lists, a complete grammar syllabus, and instruction specific to heritage speakers develop students' linguistic proficiency. The goal is for students to be able to speak and write accurately.

- **Integration of skills.** Integration of reading, listening, and writing skills is practiced at the end of every unit through the use of authentic sources.

- **Culturally rich content.** Essays on cultural topics, magazine articles, video segments, and literary pieces gives students insight as well as appreciation for various aspects of Hispanic tradition, customs, and values.

SUPPLEMENTS
Supplements for Students

Student Activities Manual

The workbook that accompanies *Cumbre* provides students with additional language practice and extensive AP test preparation set within the context of the College Board's themes. Each unit, which is related thematically to the textbook, consists of the following sections:

- **Actividades de gramática** are written exercises that practice the grammatical structures presented in the textbook. For each grammar point, there are cloze exercises followed by free response activities. These can be assigned as homework when additional grammar practice is needed or they can be used as grammar quizzes.

- **Actividades creativas** give the student the opportunity to work with the language studied in the unit in a more creative, personalized way. They may be assigned as homework or used in the classroom as well.

- **Preparación para el examen** offers test-taking strategies, such as using graphic organizers, determining the main idea, making educated guesses, and more. Each strategy is explained and practiced in depth so students can successfully apply it during the practice test.

- **Examen de práctica** mimics the AP Spanish Language and Culture Exam while being thematically linked to the units. It includes a multiple-choice section that assesses listening and reading, and a free-response section that assesses writing and speaking skills. Although designed to provide the student with AP test practice at the end of each unit of study, this section may be used for unit quizzes as well. Ask your sales representative about available discounts.

eSAM

eSAM is an online version of the Student Activities Manual. Please ask your school's sales representative about available discounts.

Fast Track to a 5: Preparing for the AP* Spanish Language Examination

The *Fast Track to a 5*, written by Carlos Gómez, Canterbury School of Florida, St. Petersburg, Florida, and Claretha Richardson, Freeport High School, Freeport, New York, will help students prepare efficiently and effectively for the AP exam. It includes an introduction about general strategies for the exam, a section called "Things You Should Know " on difficult vocabulary, review chapters for each type of question found on the exam, and two complete practice tests.

An audio file is accessed by means of a passcode packaged with the *Fast Track* book so that students can practice the listening portions of the exam. *Fast Track to a 5* may be purchased either with the text or separately.

Interactive eBook

Provided separate from the book is an online, interactive version of *Cumbre*. It includes highlighting and notetaking capabilities. Please ask your sales representative about available discounts.

Premium Website

The audio and video clips themselves, flash-based grammar modules, PowerPoint slides and the text audio segments are on this Website. Also, the audio supplement for the Student Activities Manual and eSAM is included, alongside a number of engaging resources.

Audio and Video Support Students can access online audio and video content in the Premium Website via an access code printed on the card bound into the student edition or received from your school's sales representative. If students or the language lab don't have access to the Internet, please contact your school's sales representative for audio CD and video DVDs.

The audio and video support contains all the material necessary to engage with the text and its Student Activities Manual. The audio segments include focused practice on vocabulary and communication, as well as pronunciation. As for the video, the *corto de cine* sections feature award-winning short films from all over the Spanish-speaking world, the *Cumbre* video program presents students with engaging examples of authentic language and culture. Specifically, the following films are included: "Ana y Manuel", "La suerte de la fea a la bonita no le importa", "Victoria para Chino", "Los elefantes nunca olvidan", "Un juego absurdo", "Juanito bajo el naranjo", "Medalla al empeño", "BOOK", "Lo importante", and "Barcelona Venecia".

Supplements for Teachers

PowerLecture: Teacher Resource CD-ROM

The PowerLecture: Instructor Resource CD-ROM features a testing program with multiple versions of each test, a testing audio script and answer keys. It also features video and audio scripts for the media assets that accompany the book.

Teacher's Resource Guide

The Teacher's Resource Guide has four parts. First is an introduction to the AP Spanish Language exam, written by Alison Cain of Robert F. Kennedy Community High School, Flushing, New York, offering the teacher strategies for helping students prepare for the AP Exam. The second part, written by Thomas Soth of Northwest Guilford County High School, Greensboro, North Carolina, offers detailed, day-by-day lesson plans for each of the ten units of the textbook, showing how each unit relates to the goals and themes of the course. There is a test bank with AP-format questions, both the multiple-choice and free response questions. The test bank was written by Cecilia Jiménez of The Career Center, Winston-Salem, Greensboro, North Carolina. Finally, an AP correlation guide is available.

Audio and Video Support CDs and DVD

These resources include audio and video content on separate discs, coordinated with the Student Edition and Student Activities Manual. The CD and DVD formats enable access in schools that don't have Internet access.

Multi-media Kit

The full set audio CDs and DVDs to accompany *Cumbre* and the Student Activities Manual are available in a convenient Multi-media Kit. The DVD features short films from the "En pantalla" section of the core text. The text audio CD accompanies "En contexto" and "Integración" and the SAM audio CD track numbers are included in the "Examen de práctica" and "Preparación para el examen" sections of the Student Activities Manual.

ACKNOWLEDGMENTS

REVIEWERS:

With close consideration and significant thought, these teachers served as consultants during the conceptualization and development of *Cumbre*. We owe them our sincere gratitude.

Gabriela Abeyta, *Harmony Science Academy*

Maldonado Aixa, *Colorado Congress of Foreign Language Teachers*

Pellicer Ferrando Alberto, *North HS*

Yasmine Allen, *Phillips Academy*

Oscar Arroyo, *Reagan HS*

Nancy Beiner, *John Jay HS*

David Brady, *Bret Harte Union HS*

Elizabeth Bragagnini, *Ribet Academy*

Wendy Brownell, *Camdenton HS*

Dawn G. Buchelli, *Friendswood HS*

Alison Cain, *Robert F. Kennedy HS*

Graciela Caldero, *Ridge HS*

Rosemary Carpenter, *Poquoson HS*

Tim Chesney, *Red Oak HS*

Heather Christopher, *Bingham HS (UT)*

Francie Cutter Sullivan, *Convent of the Visitation School*

Kristin Dahl, *South Anchorage HS*

Rolayna Daniels, *Edison Preparatory*

Viviana R. Davila, *Episcopal HS*

Julie Denz, *Streamwood high*

Janet Eckerson, *Crete HS*

Stephen Eller, *Frank Sinatra School of the Arts*

Eugene Erickson, *Freedom HS*

Mary Haley, *Henry Clay HS*

Tom Hausmann, *Oyster River HS*

Kari Hiner, *Okemos HS*

G. Ivelisse Lopez, *Millwood HS (OK)*

Angelica M. Jimenez, *Redwood HS*

Krystofer Lang, *Western Hills HS*

Beatriz M. Lugo, *Winston Churchill HS*

Mari Carmen Naranjo, *Ransom Everglades*

Mary Meyer, *Brookwood HS*

Dawn Mayo, *Overland HS*

Linda Mazzo, *Cardinal Spellman HS*

Cecilia C. Moix, *Franklin Road Academy*

Heddy Olivos, *Chaffey HS*

Marilyn Pedersen, *Orono HS*

Maria Perry, *Liberty HS*

Callie Rabe, *Allendale Columbia School*

Renota Rogers, *Ellison HS (TX)*

Sara Blossom Bostwick, *Williamston HS*

Janice Smith, *Broken Arrow Sr. HS*

Liliana Smith, *Weston High*

Patricia Smith, *Tufts University*

Zora Turnbull Lynch, *Tabor Academy Marion*

Genie Vasilakopl, *South Grand Prairie High*

Lisa Velasco, *Moore HS (OK)*

Michael Verderaime, *Colorado Springs School District 11- Doherty HS*

Marcie Vazquez, *Lyman Hall HS*

Marianne Villalobos, *Modesto HS (CA)*

Janet Welsh Crossley, *Gunnison HS*

Amparo Weng, *BBMS*

Sheila Young, *Park Tudor School*

CONTRIBUTORS:

Alison Cain, *Robert F. Kennedy Community High School, Flushing, New York*

Carlos Gómez, *Canterbury School of Florida, St. Petersburg, Florida*

Cecilia Jiménez, *The Career Center, Winston-Salem, North Carolina*

Marcio Moreno, *University of North Carolina Wilmington*

Claretha Richardson, *Freeport High School, Freeport, New York*

Thomas Soth, *Northwest Guilford County High School, Greensboro, North Carolina*

The team at Heinle Cengage Learning would like to acknowledge the participation, ideas, contributions, edits, and inspiration of Karin Fajardo in this project. Karin provided much of the initial vision and organization of this program and held tightly to the innovative drive of it throughout.

Lynn Sandstedt and Ralph Kite are to be thanked for their legacy content that has withstood the test of time.

AP* COURSE DESCRIPTION CORRELATION

Curriculum Framework	Page References

Learning Objectives for Spoken Interpersonal Communication

Primary Objective: The student engages in spoken interpersonal communications.

The student engages in the oral exchange of information, opinions, and ideas in a variety of time frames in formal situations.	**SE:** 4, 39, 45, 77, 79, 85, 117, 119, 126, 130, 133, 138, 142 143, 144, 147, 150, 159, 165, 184, 201, 203, 230, 241, 243, 249, 278, 280, 302, 316, 318, 355, 357, 393, 395
The student engages in the oral exchange of information, opinions, and ideas in a variety of time frames in informal situations.	**SE:** 4, 7, 11, 20, 21, 26, 29, 39, 41, 46, 51, 54, 57, 60, 67, 70, 75, 86, 87, 90, 93, 97, 101, 120, 126, 130, 133, 138, 142, 143, 144, 147, 150, 159, 160, 171, 176, 180, 181, 187, 204-205, 210, 211, 218, 221, 225, 228, 233, 234, 250, 251, 258, 271, 281, 288, 289, 293, 302, 306, 318, 319, 326, 327, 334, 337, 338, 340, 344, 345, 349, 358, 365, 372, 375, 378, 396
The student elicits information and clarifies meaning by using a variety of strategies.	**SE:** 4, 7, 11, 20, 21, 26, 29, 37, 39, 41, 45, 46, 51, 54, 57, 60, 67, 70, 75, 79, 85, 86, 87, 90, 93, 101, 117, 119, 120, 125, 159, 160, 165, 171, 176, 180, 181, 184, 187, 201, 203, 204, 205, 210, 211, 218, 221, 225, 228, 230, 233, 234, 241, 243, 250, 251, 258, 271, 278, 280, 281, 289, 293, 302, 306, 316, 318, 319, 323, 326, 327, 334, 337, 338, 340, 344, 345, 349, 355, 357, 358, 365, 372, 375, 378, 393, 395, 396
The student states and supports opinions in oral interactions.	**SE:** 7, 29, 41, 51, 70, 75, 87, 87, 90, 93, 103, 104, 112, 120, 130, 133, 150, 165, 171, 180, 187, 204-205, 210, 211, 225, 228, 233, 234, 258, 271, 281, 288, 293, 302, 319, 344, 355, 357, 365, 372, 396
The student initiates and sustains interaction through the use of various verbal and nonverbal strategies.	**SE:** 20, 21, 37, 39, 77, 79, 117, 119, 125, 157, 159, 160, 184, 201, 203, 204, 205, 210, 211, 218, 221, 225, 228, 230, 233, 234, 241, 243, 278, 280, 302, 316, 318, 326, 327, 334, 337, 338, 340, 344 345, 349, 355, 357, 358, 365, 372, 375, 378, 393, 395, 396
The student understands a variety of vocabulary, including idiomatic and culturally appropriate expressions.	**SE:** 4, 7, 8-11, 20, 21, 26, 29, 37, 39, 41, 43, 45, 46, 51, 52-53, 54, 57, 60, 65, 67, 70, 71, 75, 79, 83, 86, 87, 90, 92, 93, 97, 101, 106, 108, 111, 117, 119, 123, 157, 159, 160, 166, 169, 170, 184, 188, 201, 202, 203, 207, 228, 230, 241, 243, 250, 251, 256, 257, 258, 259-268, 269, 271, 278, 280, 281, 285, 287, 288, 289, 293, 295, 301, 302, 303, 306, 310, 316, 318, 319, 323, 326, 327, 332, 333, 334, 337, 338, 340, 344, 345, 349, 355, 357, 357, 358, 361, 365, 372, 375, 378, 393, 395, 396, 399

The student uses a variety of vocabulary, including idiomatic and culturally appropriate expressions on a variety of topics.	**SE:** 4, 7, 11, 20, 21, 26, 29, 37, 39, 41, 45, 46, 51, 54, 57, 60, 67, 70, 75, 79, 86, 87, 90, 93, 97, 101, 120, 125, 157, 159, 160, 166, 169, 184, 188, 201, 202, 203, 207, 210, 211, 218, 221, 225, 228, 230, 233, 234, 241, 243, 251, 256, 257, 258, 259-268, 269, 271, 278, 280, 281, 285, 287, 288, 289, 293, 295, 298-300, 301, 302, 303, 306, 310, 316, 318, 319, 323, 326, 327, 334, 337, 338, 340, 344, 345, 349, 355, 357, 357, 358, 361, 364, 365, 372, 375, 378, 379, 380, 385, 393, 395, 396, 399
The student self-monitors and adjusts language production.	**SE:** 20, 21, 37, 39, 77, 79, 85, 117, 119, 125, 157, 159, 160, 165, 184, 201, 203, 230, 241, 243, 278, 280, 302, 316, 318, 355, 357, 393, 395
The student demonstrates an understanding of the features of target culture communities (e.g., geographic, historical, artistic, social, or political).	**SE:** 11, 29, 41, 47, 51, 70, 75, 86, 87, 90, 93, 120, 125, 157, 159 160, 204-205, 226, 227, 249, 251, 258, 278, 281, 287, 289, 293, 302, 306, 318, 319, 326, 327, 334, 337, 340, 344, 345, 358, 365, 372, 375
The student demonstrates knowledge and understanding of content across disciplines.	**SE:** 11, 29, 41, 42, 47, 51, 70, 75, 85, 86, 87, 93, 97, 120, 125, 165, 204-205, 210, 211, 218, 226, 227, 233, 234, 241, 243, 249, 251, 258, 278, 281,289, 302, 318, 319, 326, 327, 334, 344, 345, 349, 355, 357, 358, 375, 393, 395, 396

Learning Objectives for Written Interpersonal Communication

Primary Objective: The student engages in written interpersonal communications.

The student engages in the written exchange of information, opinions, and ideas in a variety of time frames in formal situations.	**SE:** 3, 7, 37, 41, 78, 81, 85, 118, 121, 158, 202, 209, 242, 249, 279, 282, 287, 317, 319, 355, 356, 357, 359, 363, 394, 397
The student engages in the written exchange of information, opinions, and ideas in a variety of time frames in informal situations.	**SE:** 38, 64, 85, 165, 287, 325, 363, 394
The student writes formal correspondence in a variety of media using appropriate formats and conventions.	**SE:** 118
The student writes informal correspondence in a variety of media using appropriate formats and conventions.	**SE:** 38, 64, 394
The students elicit information and clarifies meaning by using a variety of strategies.	**SE:** 3, 41, 3, 7, 37, 38, 41, 64, 78, 81, 85, 118, 121, 125, 158, 165, 201, 202, 203, 209, 242, 249, 279, 282, 317, 319, 320, 325, 355, 356, 359, 363, 394, 397
The student states and supports opinions in written interactions.	**SE:** 7, 41, 45, 51, 85, 118, 121, 125, 158, 165, 203, 282, 320, 325, 355, 356, 359, 397
The student initiates and sustains interactions during written interpersonal communication in a variety of media.	**SE:** 3, 7, 37, 38, 41, 45, 51, 60, 63, 64, 78, 81, 85, 118, 121, 165, 184, 201, 202, 203, 209, 242, 249, 279, 282, 287, 325, 355, 356, 357, 359, 363, 393, 394, 395, 397

The student understands a variety of vocabulary, including idiomatic and culturally appropriate expressions.	**SE:** 3, 7, 37, 41, 45, 51, 52-53, 60, 63, 64, 65, 71, 78, 81, 83, 125, 126, 132, 145, 151 158, 163, 165, 166, 169, 170, 188, 202, 207, 209, 210, 215, 228, 234, 242, 243, 247, 249, 250, 256, 257, 269, 272, 279, 282, 285, 287, 288, 295, 301, 303, 310, 318, 319, 320, 323, 326, 332-333, 349, 355, 356, 357, 359,393, 394, 395, 397
The student uses a variety of vocabulary, including idiomatic and culturally appropriate expressions on a variety of topics.	**SE:** 3, 7, 37, 38, 41, 60, 63, 78, 81, 85, 86, 94-97, 98, 102, 104-105, 118, 121, 125, 158, 165, 202, 207, 209, 210, 215, 228, 234, 242, 243, 247, 287, 288, 295, 301, 303, 310, 318, 319, 320, 323, 355, 356, 357, 359, 361, 393, 394, 395, 397
The student self-monitors and adjusts language production.	**SE:** 3, 38, 41, 78, 81, 118, 121, 158, 184, 201, 202, 203, 242, 279, 282, 317, 319, 320, 363, 393, 394, 395, 397
The student demonstrates an understanding of the features of target culture communities (e.g., geographic, historical, artistic, social, of political).	**SE:** 3, 41, 51, 81, 109-110, 121, 125, 158, 165, 202, 209, 249, 287, 317, 319, 320, 325, 355, 356, 363
The student demonstrates knowledge and understanding of content across disciplines.	**SE:** 3, 41, 45, 51, 81, 118, 121, 125, 158, 165, 184, 201, 202, 203, 209, 242, 249, 279, 282, 287, 317, 319, 320, 325, 356, 357, 359, 363, 393, 394, 395, 397

Learning Objectives for Audio, Visual, and Audiovisual Interpretive Communication

Primary Objective: The student synthesizes information from a variety of authentic audio, visual, and audiovisual resources.

The student demonstrates comprehension of content from authentic audio resources.	**SE:** 11, 42-43, 54, 85, 93, 125, 133, 162, 165, 171, 206, 218, 249, 258, 284, 287, 296, 322, 325, 333, 334, 360, 363, 372, 398
The student demonstrates comprehension of content from authentic audiovisual resources.	**SE:** 28-29, 45, 69-70, 109-110, 149-150, 187, 233, 271, 287, 308-309, 325, 347-348, 363, 383-384
The student demonstrates comprehension of content from authentic visual resources.	**SE:** 29, 70, 109-110, 150, 187, 214, 216, 233, 298, 335, 373
The student demonstrates understanding of a variety of vocabulary, including idiomatic and culturally authentic expressions.	**SE:** 11, 28-29, 42-43, 69-70, 86, 92, 106, 108, 109-110, 111, 125, 133, 149-150, 162, 165, 166, 169, 170, 171, 186-187, 188, 202, 206, 207, 209, 210, 215, 218, 228, 232-233, 234, 243, 247, 249, 250, 256, 258, 270-271, 273, 284, 285, 287, 288, 295, 301, 303, 308-309, 310, 318, 324, 325, 326, 332, 333, 334, 348, 363, 364, 365, 372, 379-380, 383-384, 385, 395, 398, 399
The student understands the purpose of a message and the point of view of its author.	**SE:** 42-43, 70, 110, 150, 162, 171, 187, 206, 218, 233, 258, 271, 284, 309, 324, 334, 348, 372, 384
The student identifies the distinguishing features (e.g., type of resource, intended audience, purpose) of authentic audio, visual, and audiovisual resources.	**SE:** 11, 28-29, 42-43, 70, 110, 149-150, 162, 187, 218, 232-233, 258, 271, 284, 296, 309, 324, 334, 348, 372, 383-384, 398

The student demonstrates critical viewing or listening of audio, visual, and audiovisual resources in the target cultural context.	**SE:** 42-43, 69-70, 93, 110, 149-150, 162, 187, 206, 218, 233, 258, 271, 284, 296, 309, 324, 334, 348,372, 383-384, 398
The student monitors comprehension and uses other sources to enhance understanding.	**SE:** 11, 28-29, 42-43, 70, 93, 110, 150, 162, 187, 209, 218, 233, 258, 271, 284, 309, 296, 324, 334, 348, 384, 398,
The student examines, compares, and reflects on products, practices, and perspectives of the target culture(s).	**SE:** 42-43, 110, 150, 171, 186-187, 206, 233, 258, 271, 284, 309, 383-384, 398
The student evaluates similarities and differences in the perspectives of the target culture(s) and his or her own culture(s) as found in audio, visual, and audiovisual resources.	**SE:** 42-43, 110, 133, 171, 206, 233, 258, 271, 284, 309, 348, 383-384
The student demonstrates an understanding of the features of target culture communities (e.g., geographic, historical, artistic, social or political).	**SE:** 42-43, 45, 93, 109-110, 133, 149-150, 162, 165, 171, 186-187, 206, 209, 232-233, 249, 258, 270-271, 284, 287, 296, 308-309, 324, 325, 333, 334, 348, 360, 363, 372, 383-384, 398
The student demonstrates knowledge and understanding of content across disciplines.	**SE:** 42-43, 45, 69-70, 93, 109-110, 149-150, 165, 186-187, 206, 209, 218, 233, 249, 258, 270-271, 284, 287, 296, 308-309, 325, 334, 348, 360, 363, 372, 383-384, 398

Learning Objectives for Written and Print Interpretive Communication

Primary Objective: The student synthesizes information from a variety of authentic written and print resources.

The student demonstrates comprehension of content from authentic written and print resources.	**SE:** 4, 5-7, 30-31, 33-36, 37, 41-42, 46, 47-51, 60, 65, 73-75, 77, 86, 87-89, 90, 112, 113, 114, 115, 116, 117, 121, 126, 127-129, 130, 153, 154-156, 157, 161, 166, 167-168, 190, 191-199, 200, 201, 205, 206, 210, 211-214, 216, 250, 234, 235, 236, 237-240, 241, 244, 245, 251-254, 255, 273-274, 274-277, 278, 282, 283-284, 288, 289-292, 293, 312-313, 313-315, 316, 320, 321, 326, 327-330, 331, 351-354, 355, 358, 359, 364, 365-369, 387-391, 397, 398
The student demonstrates understanding of a variety of vocabulary, including idiomatic and culturally authentic expressions.	**SE:** 4, 5-7, 8-11, 30-31, 33-36, 37, 41-42, 43, 51, 52-53, 65, 72, 73, 75, 77, 79, 83, 86, 87-89, 90, 92, 106, 108, 111, 112, 113, 114, 115, 116, 117, 121, 126, 127-129, 130, 132, 145, 151, 153, 154-156, 157, 161, 163, 166, 167-168, 169, 170, 188, 190, 191-199, 200, 201, 202, 205, 206, 207, 210, 211-214, 216, 217, 228, 234, 235, 236, 237-240, 241, 243, 244, 245, 247, 250, 251-254, 255, 256, 259-268, 273-274, 274-277, 278, 282, 283-284, 285, 288, 289-292, 293, 295, 301, 303, 310, 312-313, 313-315, 316, 318, 320, 321, 323, 326, 327-330, 331, 351-354, 355, 358, 359, 364, 365-369, 370, 371, 385, 387-391, 395, 397, 398, 399

The student understands the purpose of a message and the point of view of its author.	**SE:** 7, 37, 42, 46, 47-51, 60, 65, 73-75, 77, 112, 113, 114, 115, 116, 117, 126, 127-129, 130, 153, 154-156, 157, 161, 166, 190, 200, 201, 214, 241, 255, 277, 278, 281, 293, 315, 316, 369, 386, 391, 392
The student identifies the distinguishing features (e.g., type of resource, intended audience, purpose) of authentic written and print resources.	**SE:** 32, 33-36, 37, 51, 72, 73, 75, 77, 113, 114, 115, 116, 117, 121-122, 126, 127, 153, 154-156, 157, 166, 167-168, 190, 191-199, 214, 234, 241, 254, 255, 273, 277, 278, 281, 293, 315, 351, 355, 392
The student demonstrates critical reading of written and print resources in the target cultural context.	**SE:** 37, 51, 72, 75, 77, 78, 87-89, 112-113, 114-117, 121-122, 156, 157, 166, 168, 189, 190, 200, 214, 234, 235, 241, 255, 277, 278, 281, 293, 315, 330, 331, 355, 337, 358, 359, 369, 386, 391, 392
The student monitors comprehension and uses other sources to enhance understanding.	**SE:** 37, 41, 51, 72, 73, 75, 77, 78, 87-89, 90, 115, 116, 117, 121, 165, 166, 168, 200, 214, 234, 235, 241, 255, 277, 278, 281, 293, 315, 330, 331, 351, 355, 369, 385, 391, 392
The student examines, compares, and reflects on products, practices, and perspectives of the target culture(s).	**SE:** 11, 28-29, 37, 41, 47-51, 54, 78, 81, 85, 93, 110, 112, 116, 117, 118, 121, 133, 156, 166, 168, 200, 201, 218, 319, 320, 334, 349, 351, 355, 358, 369, 372, 386, 391, 392
The student evaluates similarities and differences in the perspectives of the target culture(s) and his own culture(s) as found in written and print resources.	**SE:** 4, 5-7, 37, 41, 51, 85, 87-89, 90, 112, 115, 116, 117, 118, 121, 156, 201, 245, 293, 319, 320, 331, 355, 369, 386, 392
The student demonstrates an understanding of the features of the target culture communities (e.g., geographic, historical, artistic, or political).	**SE:** 5, 7, 32, 40, 41-42, 47-51, 78, 81, 85, 109-110, 113, 126, 127-129, 130, 153, 154-156, 157, 161, 166, 167, 168, 190, 205, 206, 210, 211-214, 216, 234, 235, 236, 237-240, 241, 244, 250, 251-254, 255, 273-274, 282, 283-284, 288, 289-292, 312-313, 313-315, 320, 321, 325, 327-330, 331, 351, 351-354, 355, 358, 359, 364, 365-369, 391, 397, 398
The student demonstrates knowledge and understanding of content across disciplines.	**SE:** 5, 7, 32, 40, 41-42, 51, 78, 81, 112, 113, 114-117, 118, 121, 126, 127-129, 130, 153, 154-156, 157, 161, 165, 166, 167, 168, 189, 190, 191-199, 200, 201, 205, 206, 214, 234, 235, 241, 254, 255, 277, 281, 288, 289-292, 312-313, 320, 321, 325-328, 329, 349, 349-352, 353, 356, 357, 362, 363-367, 385-389, 395, 396

Learning Objectives for Spoken Presentational Communication

Primary Objective: The student plans, produces, and presents spoken presentational communications.

The student produces a variety of creative oral presentations (e.g., original story, personal narrative, speech, performance).	**SE:** 3, 20, 21, 37, 39, 45, 77, 79, 85, 117, 119, 125, 157, 159, 160, 165, 184, 201, 203, 204-205, 209, 230, 241, 243, 249, 278, 279, 280, 287, 302, 316, 318, 325, 355, 357, 363, 393, 395

The student retells or summarizes information in narrative form, demonstrating a consideration of audience.	**SE:** 3, 60, 78, 81, 119, 125, 165, 209, 241, 279, 278, 287, 302, 318, 325, 356, 363, 395
The student creates and gives persuasive speeches.	**SE:** 3, 29, 41, 51, 70, 75, 77, 119, 171, 180, 203, 204-205, 258, 281, 282, 319, 320, 355, 357, 359, 393
The student expounds on familiar topics and those requiring research.	**SE:** 3, 20, 21, 37, 39, 45, 57, 60, 77, 79, 125, 165, 171, 176, 181, 204, 205, 208, 230, 243, 249, 278, 280, 287, 302, 316, 318, 325, 355, 357, 363, 393, 395
The student uses reference tools, acknowledges sources, and cites them appropriately.	**SE:** 79
The student self-monitors and adjusts language production.	**SE:** 3, 20, 21, 37, 39, 117, 119, 157, 159, 160, 184, 201, 203, 204-205, 209, 230, 241, 243, 278, 280, 302, 316, 318, 355, 357, 393, 395
The student demonstrates an understanding of the features of target culture communities (e.g., geographic, historical, artistic, social, or political).	**SE:** 3, 45, 85, 109-110, 125, 165, 203, 204, 205, 209, 243, 249, 278, 280, 287, 302, 318, 325, 355, 357, 363, 393
The student demonstrates knowledge and understanding of content across disciplines.	**SE:** 3, 45, 77, 85, 117, 119, 125, 157, 159, 160, 165, 209, 243, 249, 251, 278, 280, 281, 287, 302, 318, 325, 355, 357, 393, 395

Learning Objectives for Written Presentational Communication

Primary Objective: The student plans and produces written presentational communications.

The student produces a variety of creative writings (e.g., original story, personal narrative, script).	**SE:** 3, 45, 77, 117, 125, 157, 184, 201, 203, 249, 278, 279, 280, 287, 302, 316, 318, 355, 357, 363, 393, 394, 395
The student retells or summarizes information in narrative form, demonstrating a consideration of audience.	**SE:** 3, 78, 81, 125, 165, 202, 209, 243, 278, 279, 287, 317, 355, 363, 395
The student produces persuasive essays.	**SE:** 7, 41, 45, 51, 81, 85, 118, 121, 158, 161, 205, 245, 282, 319, 320, 325, 359, 363, 397
The student produces expository writing, including researched reports.	**SE:** 3, 7, 37, 41, 42, 45, 60, 78, 81, 125, 202, 242, 249, 287, 317, 325, 355, 356, 363, 395
The student uses reference tools, acknowledges sources, and cites them appropriately.	**SE:** 41, 79, 81, 121, 161, 205, 245, 282, 320, 359, 397
The student self-edits written work for content, organization, and grammar.	**SE:** 41, 78, 81, 202, 230, 241, 242, 243, 278, 279, 280, 282, 287, 317, 319, 355, 356, 357, 359, 355, 356, 357, 359, 394, 395, 397

The student demonstrates an understanding of the features of target culture communities (e.g., geographic, historical, artistic, social, or political).	**SE:** 3, 41, 45, 78, 81, 125, 158, 165, 209, 242, 243, 249, 278, 282, 287, 317, 319, 325, 355, 356, 363
The student demonstrates knowledge and understanding of content across disciplines.	**SE:** 3, 41, 78, 81, 125, 158, 165, 209, 241, 242, 243, 249, 278, 280, 282, 287, 302, 316, 317, 319, 320, 325, 355, 357, 363, 393, 394, 395, 397

Themes and Recommended Contexts

Theme: Global Challenges (Recommended Contexts: Economic Issues, Environmental Issues, Philosophical Thought and Religion, Population and Demographics, Social Welfare, Social Conscience)	**SE:** 5-7, 37, 41-42, 70, 73-75, 85, 86, 87-90, 93, 109-110, 112, 113, 114, 115, 116, 117, 118, 120, 121-122, 161, 165, 167-168, 190, 205-206, 208, 249, 250, 251-254, 259, 270-271, 281-282, 284, 287, 288, 289-292, 308-309, 319-320, 322, 361, 362, 363-367, 370, 381, 382, 383, 384, 385-389, 390, 392, 394, 395-396
Theme: Science and Technology (Recommended Contexts: Access to Technology, Effects of Technology on Self and Society, Health Care and Medicine, Innovations, Natural Phenomena, Science and Ethics)	**SE:** 158, 190, 208, 210, 211-214, 227, 316, 359, 360
Theme: Contemporary Life (Recommended Contexts: Education and Careers, Entertainment, Travel and Leisure, Lifestyles, Relationships, Social Customs and Values, Volunteerism)	**SE:** 4, 28, 29, 54, 69-70, 73-75, 78, 93, 109-110, 118, 120, 125, 127, 130, 133, 157, 158, 159, 160, 161, 165, 166, 186-187, 190, 204, 205-206, 209, 232-233, 243, 244, 245-246, 327-330, 347-348, 359-360, 363
Theme: Personal and Public Identities (Recommended Contexts: Alienation and Assimilation, Heroes and Historical Figures, National and Ethnic Identities, Personal Beliefs, Personal Interests, Self-Image)	**SE:** 5-7, 32-33, 41-42, 47-51, 73-75, 81-82, 165, 166, 167-168, 186-187, 205-206, 209, 210, 211-214, 216, 226, 232-233, 244, 245-246, 249, 250, 251-254, 258, 270-271, 281, 282-284, 287, 288-292, 308, 309, 319, 321-322
Theme: Families and Communities (Recommended Contexts: Customs and Values, Education Communities, Family Structure, Global Citizenship, Human Geography, Social Networking)	**SE:** 41-42, 73-75, 81-82, 125, 126, 127-130, 149, 157, 158, 159, 160, 161-162, 166, 190, 209, 227, 232-233, 259, 325, 326, 327-330, 333, 334, 347-348, 351, 355, 356, 358-359
Theme: Beauty and Aesthetics (Recommended Contexts: Architecture, Defining Beauty, Defining Creativity, Fashion and Design)	**SE:** 5-7, 12, 28-29, 32, 51, 55, 94, 134, 172, 298, 335, 359-360, 373

TO THE STUDENT

Welcome to *Cumbre: curso AP* de la lengua española*, a Spanish language program that takes your learning in Spanish at the AP* level in a new direction.

In this program, you will review and expand upon the essential points of grammar covered in your earlier years of Spanish study; you will have opportunities for listening, viewing and reading practice, abundant personalized activities, language learning strategies and AP* test-taking tips, and a variety of activities intended to increase your level of proficiency in Spanish. The program also contains materials selected to interest you and draw upon your knowledge from different disciplines. This will help you better understand the historical roots that contribute to the people, products and practices of a village, country or nation, and also learn how these Spanish-speaking countries have modernized. With this thematic approach, you are likely to gain more sensitivity to differences and a rich perspective on a given topic, which will enable you to expand on what you know about the Spanish-speaking world and reflect on connections in a meaningful, informed way.

Throughout, our goal has been to present materials that will enable you to develop effective communication skills in Spanish and motivate you to explore the cultures you are studying.

PREPARING FOR THE AP* EXAM

By Carlos Gomez, Canterbury School of Florida, St. Petersburg, Florida, and Claretha Richardson, Freeport High School, Freeport, New York

Advanced Placement is a challenging yet stimulating experience. Advanced Placement Courses and Exams have become the blueprint in academic preparation for college. Whether you are taking an AP Course at your school or you are working on AP independently, the stage is set for a great intellectual experience.

The AP Spanish Language and Culture Course is designed to be the equivalent of a third year college Spanish language course. By taking this course in high school you are demonstrating that you are ready and capable of doing college work. Therefore, you're not only being exposed to the best training material possible, but you're also being prepared for the rigors and challenges you'll face in the first year of college.

As the school year advances and you progress more and more into the coursework, you'll find it demanding yet rewarding to develop the following skills: to read critically, interpret text, synthesize information and cite various sources, write persuasive essays, respond effectively to emails and elicit information, speak knowledgably and intelligently on a variety of topics and, finally, listen comprehensively to dialogues and narratives while taking notes.

As spring approaches and the date for the AP Exam gets nearer, AP can seem intimidating, given the extent of information that is required to score well. If you are anxious about this College Board examination, you are certainly not alone.

The best way to deal with an AP Exam is to master it, not let it master you. If you manage your time effectively, you will eliminate one major obstacle—learning a considerable amount of material in a short amount of time. In addition, if you can think of these tests as a way to show off how your mind works, you have an advantage: attitude *does* help. If you are not that kind of student, there is still a lot you can do to overcome your anxiety.

TAKING THE AP* SPANISH LANGUAGE AND CULTURE EXAM

AP Courses have been in existence for about 60 years. They provide academically prepared high school students with the opportunity to study and to learn at the college level. Since its original inception, AP has become globally recognized and now more than 30 AP exams are offered in art, music, social studies, English, foreign languages, science, technology, and mathematics.

THE BASICS

The AP Spanish Language and Culture Exam has typically been given in the morning on the first Tuesday in May. The exams are scored in June by high school AP teachers and college professors worldwide. Students receive their scores in mid-July. When you are ready to apply to college, your score can be sent to the colleges and universities of your choice.

SCORING

When you receive your scores, don't panic! AP scores are not based on letter grades or on a 4.0 scale. The score you earn on the AP Spanish Language and Culture Exam will be reported to you as 1, 2, 3, 4 or 5. Each score represents a rank on a scale to potential colleges about your language and culture abilities and about your skills in using them:

- 5 means you are outstandingly well skilled
- 4 means you are well skilled
- 3 means you are skilled
- 2 means you are perhaps skilled
- 1 means no recommendation

If you are enrolled in an AP Course our advice is <u>always</u> to take the exam because no matter what your skill ranking, you will still be more knowledgeable, more experienced, more prepared, more confident, and better equipped to express yourself both orally and in writing than someone who was never exposed to the AP Spanish Language and Culture Exam in high school. Performing well on an AP exam means more than just the successful completion of a course; it is the gateway to success in college because a ranking of "skilled" to "outstandingly well skilled" may earn you advanced placement in colleges and/or universities. Not all colleges and universities award the same benefits, so be sure to verify the acceptance of AP scores and what the college offers by checking their website.

WHO SHOULD TAKE THE EXAMINATION

If you are currently enrolled in an AP Spanish Language and Culture course, you are being given a year's instruction in the necessary skills. Most students who take the class are encouraged to take the exam—a good idea, as we said before. Some will take the test because it is mandatory at their school for AP students to take the exam. Other students will take the test because they believe that the instruction has been sufficient for them to be successful. A formal year-long course is not a necessity; however, we want to make it clear that *preparation is necessary*. Any high school student may take any

AP exam in May and can retake any exam in another year. Occasionally, students choose to retake the AP Spanish Language Exam in May of their senior year because they received a poor score the previous year and they hope to achieve a higher score.

HOW MUCH DOES THE EXAMINATION COST?

To take the test, you need to sign up with your school counselor or designated AP coordinator at your campus. Each exam currently costs $89.00, but fees may increase. However, please note that many states and school districts offer a variety of financial options to aid in paying for the test.

WHEN IS THE EXAMINATION GIVEN, AND WHAT DO I NEED TO BRING?

The Spanish Language and Culture Exam lasts approximately three and a half hours. Bring a form of identification (your driver's license or your school ID card is usually sufficient), a pair of good pencils, and two good black or blue pens. We recommend that you bring a sweater or sweatshirt because you never know how warm or cold any particular testing room will be.

The test is usually given in the morning so *please eat breakfast*! Inside the testing room, you are not allowed to have anything with you at the desk, including a cell phone. Even if your phone is turned off, it may not be on your person. Some proctors will allow you to have a capped bottle of water on the floor beside your desk, but that rule changes from year to year. Be sure to bring a watch to keep track of your time on the free-response questions.

AN OVERVIEW OF THE MULTIPLE-CHOICE SECTION

Your AP teacher will not be allowed in the testing room or testing location. You will be expected to remember what you practiced in class and bring that knowledge and experience into the testing room. Once the testing room has been organized, you are in your seat, and everyone has been accounted for, the proctor will begin to administer the exam.

The test is divided into two sections: a series of multiple-choice questions comprised of Interpretive Communication: Print Texts (reading comprehension) and Interpretive Communication: Audio Texts (listening comprehension) tasks, followed by a free-response section consisting of two writing and two speaking tasks. First we'll discuss what will happen when you take the multiple-choice portion of the test.

Section 1 takes approximately 1 hour and 35 minutes and is divided into two parts. The instructions are printed in the exam booklets in both Spanish and English. (They will also be played aloud in both languages for the audio section.) We suggest that you do not spend time reading both. Read the "Tema curricular" titles of the works and the brief introductions of each selection. You will start with Part A Interpretive Communication: Print Texts, which is made up of approximately 30 multiple-choice questions. Next is Part B Interpretive Communication: Print and Audio Texts, which has approximately 35 multiple-choice questions. This portion of the test counts for 50 percent of your total score.

When answering multiple-choice questions, always use the process of elimination to choose the most appropriate answer. There is no penalty for guessing or for omitting questions so it is best to answer all questions, but you want to answer as many questions correctly as possible.

THE BREAK

When the multiple-choice portion of the test is over, you will have a 15-minute bathroom and water break. Of course if nature calls before the break, try and go during Part A because Part B is the Audio (listening comprehension) Section and you do not want to miss any of it. Water is best. Avoid sweets and energy drinks. If you feel hungry, eat a sandwich, a healthy protein bar, or a nutritional snack during your break. Finally, if you are allowed to go outside during your break, do so. Get some fresh air and stretch.

AN OVERVIEW OF THE FREE-RESPONSE SECTION

Once everyone has returned from the break, the proctor will ask for everyone's attention. You are about to begin the free-response section of the exam. You will be told to open the Section II package. The first task is "Interpersonal Writing: Email Reply." You will have 15 minutes to read the prompt and reply to it in Spanish as completely as possible using black or dark blue ink. The "Presentational Writing: Persuasive Essay" is next. You will be given three sources: a print text, a visual text, and an audio text. You must incorporate this information into a cohesive essay. Underline the text, make connections with the visual, and take notes while you listen because you will have to cite/quote your notes to support your essay. You will have 55 minutes to write your persuasive essay in Spanish, in either black or dark blue ink. At the end of the 70 minutes, you will begin the speaking part.

Depending on your school, you will be provided with tape recorders or escorted to a language lab (possibly in a different location). You will be arranged in a particular order to complete the speaking tasks. Your materials (tape or CD) will be provided for you, and the instructions will be played in both Spanish and English for the "Interpersonal Speaking: Conversation" and the "Presentational Speaking: Cultural Comparison" tasks. As always, we recommend that you listen carefully to the instructions and to the proctors. This section will last approximately 15 minutes.

The entire duration for the Free-Response Section is about 85 minutes. This section counts for 50 percent of the final score. Given the different parts of the exam and possible logistics, the test may seem to last longer than the time approximated. You should know that everyone starts the exam together and finishes the exam together. You cannot leave early or stay later. In some schools, the "Interpersonal and Presentational Speaking" parts must be done in separate or isolated locations, sometimes even in shifts. Some schools use CDs while others use tape recorders. Also, the instructions in each section are not part of the time allotted to complete these parts of the exam. We already suggested you eat breakfast before you come to the test; it would also be wise to bring a snack.

When you face the exam in May, you will be ready: it will not be an intimidating beast of a test, but a demanding challenge—one you can overcome.

CONTENIDO

Orígenes de la cultura hispánica: Europa

A. Temas de composición

1. ¿Cuáles son los aspectos positivos —o los aspectos negativos— del bilingüismo?
2. ¿Cuáles son algunas culturas extranjeras que han influido en la cultura de los Estados Unidos? Da ejemplos.
3. ¿Prefieres vivir en una ciudad o en el campo? ¿Por qué?
4. ¿Es importante saber algo sobre la historia nacional? ¿Por qué?

B. Temas de presentación oral

1. el Imperio romano
2. los musulmanes
3. la Alhambra
4. el flamenco
5. la cultura sefardita
6. Cataluña

◀ La Alhambra fue el último castillo de los árabes en España.

S.Borisov/Shutterstock.com

 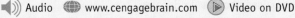 Audio www.cengagebrain.com Video on DVD

Enfoque

Muchas culturas actuales son el producto de una mezcla de otras culturas que existían antes. Esta mezcla puede ser el resultado de guerra o de inmigración. La Península Ibérica, situada entre el mar Mediterráneo y el océano Atlántico, ha recibido varias influencias de otras civilizaciones, entre ellas, la cultura romana, la cultura visigoda y la cultura árabe.

VOCABULARIO ÚTIL

VERBOS

adoptar *adquirir; hacer propias las ideas, costumbres, etc. de otros*

contribuir (contribuye) *ayudar a lograr algún fin*

convertir (ie) *cambiar una cosa o una persona en otra*

desarrollar *hacer que algo progrese*

destacarse *ser más notable*

influir (influye) *producir ciertos efectos en otros*

SUSTANTIVOS

la costumbre *hábitos de una persona o una cultura*

el gobierno *personas que dirigen una nación*

el habitante *persona que forma parte de una población*

el pueblo *población pequeña; personas que forman una región*

la tribu *agrupación sociopolítica de pueblos antiguos*

la Península Ibérica *tierra entre los Pirineos y el estrecho de Gibraltar que ocupan los países modernos de España, Portugal y Andorra*

OTRAS PALABRAS

occidental *del Occidente; relacionado con Europa occidental*

 1-1 Para practicar. Trabajen en parejas, o como lo indique su profesor(a), para hacer y contestar estas preguntas. Usen el vocabulario de la lista para saber *(find out)* algo sobre sus compañeros de clase.

1. ¿De dónde eres? ¿Cuántos habitantes tiene tu pueblo natal?
2. ¿Contribuyes a alguna causa, aportando tu tiempo, o dando dinero u objetos usados? ¿Qué causa es?
3. ¿De qué manera influye(n) en tu vida: el cine, un libro, el gobierno, tus padres, tus amigos?
4. ¿Adoptas las costumbres de tus amigos? ¿Qué costumbres?
5. ¿En qué materia académica te destacas? ¿Te destacas en algún deporte?

1-2 Anticipación. Responde a estas preguntas.

1. ¿Cuáles son algunos aspectos que incluye el concepto de cultura?
2. Mira los mapas al principio de este libro. ¿Dónde está la Península Ibérica?
3. ¿Cuáles son los países vecinos de España?

Influencias en la cultura española

La cultura romana

Los primeros habitantes de la Península Ibérica, en tiempos históricos, fueron las tribus celtíberas°, de origen no muy bien conocido. En el siglo III a.C.[1] llegaron los romanos y convirtieron la península en una colonia romana. Establecieron la lengua latina, su sistema de gobierno y su organización social y económica. Más tarde introdujeron la religión católica. Se ha dicho° que la península llegó a ser la colonia más romanizada de todas.

La cultura romana influyó en las costumbres y los hábitos diarios del pueblo español. La conocida costumbre de la siesta toma su nombre de la palabra latina *sexta*, o sea la sexta hora del día. Esto refleja el dicho° romano: «Las seis primeras horas del día son para trabajar; las otras son para vivir». Claro que esto se debe a° las necesidades físicas de la gente en un clima cálido°. En estas regiones es preferible trabajar durante las horas más frescas. Hasta hoy, en muchas partes del mundo hispánico es costumbre dormir la siesta después del almuerzo. En algunas ciudades más tradicionales todas las tiendas y oficinas se cierran hasta las cuatro de la tarde. Vuelven a abrirse desde las cuatro hasta las siete u ocho de la noche.

Celt-Iberian

It has been said

saying

is due to
hot

Este puente fue construido por los romanos en el pueblo español de Salamanca. Los caminos y puentes han durado casi 2000 años. ¿Conoces alguna construcción de esa época?

El concepto de la ciudad como centro de la cultura y del gobierno también es una de las contribuciones importantes de los romanos. Esta tendencia hacia la urbanización ha sido muy notable en Hispanoamérica desde la época colonial. Por ejemplo, la Ciudad de México, Lima y Buenos Aires sirvieron como sedes° del gobierno español en América y todavía se distinguen del resto del país por su influencia y poder.

seats

La cultura visigoda

En el siglo v de la época cristiana algunas tribus germánicas del norte de Europa invadieron el Imperio romano que se hallaba° sin el apoyo° del pueblo para resistir. Estas tribus primitivas, también conocidas como visigodas, recibieron la influencia de la cultura romana. Se convirtieron al catolicismo, adoptaron la lengua latina y se establecieron en los mismos centros que habían usado los romanos. En vez de contribuir con elementos nuevos a la cultura española, más bien° reforzaron y desarrollaron los elementos existentes.

found itself; support

rather

Su mayor contribución original consistió en el feudalismo, sistema económico que impusieron en toda Europa. Este sistema —producto de una sociedad guerrera°— daba el control de la tierra a un señor°. Este recibía parte de los productos de la gente que habitaba su tierra y la protegía de otros señores. El monarca de todos los señores reinaba° solo con el permiso de estos. Fue este el sistema que determinó la organización feudal de las colonias del Nuevo Mundo.

warrior; lord

ruled

[1]*a.C. antes de Cristo*

La cultura árabe

Los musulmanes[2] estuvieron en España desde el año 711 hasta 1492, y fueron
45 tal vez la influencia más importante para la formación de la cultura española,
después de los romanos. España es la única nación europea que conoció° el
dominio de la brillante cultura del norte de África. En el resto de Europa, la misma
época se caracterizaba por falta de progreso y de desarrollo cultural.

La historia popular de España considera que la Reconquista[3] de la península
50 comenzó en el año 711 y terminó en 1492 cuando el último de los reyes árabes
fue expulsado° de Granada. Esta convivencia° de ocho siglos dio como resultado
una cultura muy heterogénea.

El centro del reino° musulmán en España se estableció en la ciudad de Córdoba.
Esta ciudad llegó a ser un gran centro cultural, con una biblioteca de unos 400 000
55 libros. En su universidad se enseñaban medicina, astronomía, botánica, gramática,
geografía y filosofía. Debido a la influencia árabe se usan hoy los números arábigos, en
lugar de los romanos. En parte, los conocimientos de los árabes vinieron de la cultura
griega antigua, que los musulmanes divulgaron° con sus artes de traducción. Los
califas[4] tenían una actitud generosa hacia el arte y la sabiduría° en general, porque los
60 árabes pensaban que la creación de la belleza exterior era una forma de adorar a Dios.

Muchas palabras árabes forman la base de términos usados hoy en varias
lenguas occidentales. Palabras como alcachofa°, alfalfa, algodón° y azúcar son de
procedencia árabe, como lo son también los productos a que se refieren. También
las palabras relacionadas con las ciencias: alcohol, alcanfor°, alquimia, cero, cifra°
65 y jarope°. La mayoría de estas palabras comienzan con *a* o con *al* porque este es
el artículo definido en árabe.

En arquitectura, figuran
varios ejemplos que todavía nos
impresionan: la Alhambra de
70 Granada, el Alcázar de Sevilla y
la Mezquita de Córdoba con sus
1418 columnas. Su estilo es muy
elaborado en las fachadas° y los
patios interiores, y de ahí viene la
75 palabra «arabesco». La religión
musulmana prohíbe el uso de
imágenes de seres° vivos en el
decorado y por eso hay pocos
ejemplos de ello. Otra característica particular de sus construcciones es el uso
80 de azulejos°; sus métodos para hacer brillar la loza° nunca han sido igualados.
Su arquitectura ordinaria consiste en la típica casa blanca con techo° de tejas

En la Alhambra se encuentra el Patio de los Leones.
¿Cómo describirías la arquitectura árabe?

Walker/Index Stock Imagery/Photolibrary

knew

expelled; living together

kingdom

made known
knowledge

artichoke; cotton

camphor; cipher
syrup

facades

beings

ceramic tiles; porcelain
roof

---

[2]*los musulmanes* Árabes del norte de África que practicaban la religión islámica y que invadieron a España en el
siglo VIII. Los españoles cristianos bajo el dominio musulmán podían practicar su propia religión y se llamaban
mozárabes. Aquellos que se convertían al islam se llamaban *muladíes*.

[3]*la Reconquista* Periodo de la historia de España entre 711 y 1492 (en particular entre 711 y 1254) cuando los
españoles cristianos, quienes se refugiaron en las montañas del norte, pelearon en una guerra continua para
expulsar a los musulmanes.

[4]*los califas* Gobernantes seguidores de Mahoma, los cuales eran jefes políticos y religiosos en su región llamada
califato.

rojas. Este estilo es popular aún hoy desde la Tierra del Fuego (al sur de Chile y la Argentina) hasta el norte de California.

85 Los judíos° de la península no solo convivieron° con los musulmanes, sino que ocuparon puestos oficiales de importancia y lograron° crear la brillante cultura sefardita[5] en Córdoba durante los siglos IX y X.

Jews; lived together
managed

Otras influencias

Además de las grandes invasiones y migraciones ya mencionadas, hay otras influencias de menor grado pero que se tienen que sumar a la totalidad de elementos
90 formativos de la cultura española. Un ejemplo interesante es la cultura de los gitanos°, especialmente en Andalucía, en el sur de la península. Su nombre viene de «egiptano», debido a° que antes se creía que se habían originado en Egipto. En realidad eran habitantes del norte de la India (o lo que hoy es Pakistán). En España su lengua se llama el caló que es una mezcla de español y romaní°. Mayormente contribuyeron a
95 la cultura española con su música llamada «flamenco», tal vez la música típica más famosa del país, puesto que se asocia con Andalucía, el destino turístico más común.

Gypsies

due to

Romany

[5]*sefardita* Nombre que proviene del lugar bíblico Sefarad, el cual se cree que era una referencia a la Península Ibérica.

1-3 **Comprensión.** Responde según el texto.

1. ¿Cuál es el origen de la siesta?
2. En la cultura romana, ¿cuál es el concepto de la ciudad?
3. ¿Quiénes fueron los visigodos?
4. ¿Cuál fue la mayor contribución de los visigodos a la cultura española?
5. ¿Cuáles son las fechas del periodo llamado la Reconquista?
6. ¿Qué aspectos culturales se encuentran en la Córdoba de los musulmanes?
7. ¿Cuáles son algunas palabras de origen árabe?
8. ¿Qué es el caló?

1-4 **Opiniones.** Expresa tu opinión personal.

1. Entre el idioma, la religión y las costumbres diarias, ¿cuál es el elemento más importante en la formación de la cultura?
2. ¿Cuáles son algunas ventajas y desventajas de la costumbre de la siesta?
3. ¿Puedes pensar en algunas ventajas del sistema feudal para el pueblo? ¿Cuáles son las desventajas?
4. ¿Qué condiciones son necesarias para que una cultura adopte palabras de otra cultura?
5. ¿Cuáles son algunos símbolos (*symbols*) de una cultura avanzada?

Los cognados

El inglés y el español comparten *(share)* muchos cognados. Los cognados son palabras en dos idiomas que se parecen en forma y significado, como por ejemplo, *civilization* y **civilización**. El reconocer cognados es una excelente manera de ampliar el vocabulario. Pero, ¡ojo!, también existen los cognados falsos: palabras que se parecen en forma pero que tienen significados diferentes. La palabra **asistir**, por ejemplo, se parece a la palabra inglesa *assist* pero significa *to attend* (*to assist* significa **ayudar**). Para saber si una palabra es un cognado verdadero o falso, examina el contexto de la oración.

1-5 **Reconocer cognados.** Busca una palabra en la segunda columna que esté relacionada a cada cognado español de la primera columna.

I.	II.
1. origen _____	a. *Catholic*
2. colonia _____	b. *influence*
3. católica _____	c. *society*
4. filosofía _____	d. *brilliant*
5. influencia _____	e. *system*
6. primitiva _____	f. *philosophy*
7. brillante _____	g. *monarch*
8. monarca _____	h. *origin*
9. sistema _____	i. *colony*
10. sociedad _____	j. *primitive*

1-6 **Palabras parecidas.** Usa tu conocimiento de los cognados para encontrar los sinónimos.

1. contribuir _____	a. dirigir
2. distinto _____	b. usar
3. utilizar _____	c. transformar
4. procedencia _____	d. aportar
5. convertir _____	e. diferente
6. gobernar _____	f. origen

1-7 **Los cognados falsos.** Lee las siguientes oraciones y usa el contexto para escoger el equivalente en inglés de las palabras en **negrita**.

1. El latín del Imperio romano dio origen al **idioma** español. (*idiom / language*)

2. Los romanos construyeron acueductos para **transportar** agua. (*transport / perspire*)

3. La invasión musulmana de 711 tuvo **éxito** porque había mucha rebelión entre los nobles. (*exit / success*)

4. Los musulmanes **realizaron** grandes obras culturales, como el palacio de la Alhambra. (*realized / carried out*)

5. Los **sucesos** históricos de 1492 tuvieron importantes consecuencias. (*successes / events*)

6. **Actualmente** se hablan cuatro idiomas en España y varios dialectos también. (*actually / presently*)

7. **En realidad**, los gitanos provenían del norte de la India. (*in reality / royally*)

El acueducto de Segovia es una obra magnífica que los romanos dejaron. ¿Te gustaría visitar Segovia algún día?

«¡Nos escapamos una vez más!»

VOCABULARIO ÚTIL

VERBOS

aportar *dar algo; contribuir*
callarse (cállate) *no hablar*
conquistar *ganar con violencia militar*
distraer *apartar la atención de alguien*
durar *persistir durante un periodo de tiempo*
encontrarse (ue) (con) *dar con una persona o una cosa sin buscarla*
olvidarse (de) *dejar de retener algo en memoria*
opinar *expresar una idea sobre algo o alguien*

SUSTANTIVOS

el alcalde *persona que administra un municipio o una ciudad*
la base *fundamento principal*

el idioma *lengua; vocabulario y gramática de una comunidad*
la lengua *sistema de expresión verbal de una comunidad*
la ortografía *escritura correcta*
el sabor *sensación de una comida que se percibe a través del gusto*
el siglo *periodo de cien años*

ADJETIVOS

antiguo(a) *viejo; que existe desde hace muchos años*
distinto(a) *diferente*
extranjero(a) *que es de otro país*
predilecto(a) *favorito; preferido*

OTRAS EXPRESIONES

se me ocurre *pensar en algo de repente*

1-8 **Para practicar.** Completa el párrafo siguiente con palabras escogidas de la sección **Vocabulario útil**. No es necesario usar todas las palabras.

En el 1. _____ II antes de Cristo, los romanos 2. _____ la Península Ibérica. Ellos 3. _____ a la península un nuevo 4. _____ que sirve como la 5. _____ del español moderno. A veces nosotros 6. _____ de lo que pasa cuando dos civilizaciones 7. _____. La influencia de la civilización 8. _____ de los romanos 9. _____ hasta hoy por el español que llega a ser la 10. _____ 11. _____ de España y uno de los idiomas 12. _____ más estudiados del mundo.

Estrategia al escuchar

Antes de escuchar el diálogo, lee las preguntas de **Comprensión** primero. Así sabrás la información exacta a la que tienes que prestar atención.

Track 2 **1-9** **Mi clase de cultura hispánica.** Escucha el diálogo entre dos estudiantes y un profesor.

1-10 **Comprensión.** Contesta las siguientes preguntas.

1. ¿Por qué no tiene Ramón los ejercicios?
2. ¿Por qué no los tiene Elena?
3. ¿Cuál es la idea de Ramón?
4. ¿Qué van a estudiar hoy?
5. ¿Qué quieren saber Elena y Ramón?
6. ¿Qué lengua es la base del español moderno?
7. ¿Cuáles son algunas de las influencias extranjeras sobre el español?
8. ¿Cómo comienzan muchas palabras de origen árabe?

1-11 **Opiniones.** Contesta las siguientes preguntas.

1. ¿Estudias la lección todos los días? ¿Por qué?
2. ¿Distraes a tus profesores? ¿Cuándo?
3. ¿Crees que es fácil aprender un idioma extranjero? ¿Por qué?
4. Si no entiendes bien una pregunta en español, ¿qué haces?
5. ¿Por qué quieres estudiar español?
6. ¿Tienes la oportunidad de hablar español? ¿Dónde y con quién?

1-12 **Actividad cultural.** En el diálogo se menciona que a veces una lengua puede influir otra lengua. En grupos de tres personas, hagan un análisis lingüístico sobre la influencia que la lengua española ha tenido sobre la lengua inglesa. Todos los grupos necesitan un papel dividido en tres columnas que representen las categorías de palabras españolas que ahora son una parte del vocabulario inglés: (1) geografía; (2) comida; (3) lugares. Después de escribir sus listas de palabras, compárenlas con los otros grupos.

En el pie de foto *(caption)*, ¿puedes identificar los sustantivos femeninos? ¿los artículos masculinos? ¿el verbo en el tiempo presente? ¿los adjetivos?

La elegancia de los baños reales de la Alhambra es testimonio de la importancia que los musulmanes le daban al aseo personal.

🌐 **Heinle Grammar Tutorial:**
Nouns and articles

Sustantivos y artículos

A. Género

1. En general, los sustantivos que terminan en **-o** son de género masculino y suelen ir acompañados por un artículo masculino. Aquellos que terminan en **-a** son en su mayoría femeninos y van acompañados por un artículo femenino.

Artículos definidos		Artículos indefinidos	
el hijo	**los** hijos	**un** chico	**unos** chicos
la hija	**las** hijas	**una** chica	**unas** chicas

2. Algunos sustantivos que terminan en **-a** son masculinos.

el día	el idioma	el problema
el mapa	el clima	el programa
el drama	el poeta	el cura

3. Algunos sustantivos que terminan en **-o** son femeninos.

la mano	la foto	la moto

4. Los sustantivos que terminan en **-dad, -tad, -tud, -ión, -umbre** o **-ie** son por lo general femeninos.

la ciudad	la conversación
la voluntad	la muchedumbre
la actitud	la especie

5. Algunos sustantivos pueden ser masculinos o femeninos, dependiendo de su significado.

el capital *money*	el corte *cut*	el cura *priest*
la capital *capital city*	la corte *court*	la cura *cure*
el guía *guide (male)*	el policía *police officer (male)*	
la guía *guide (female), guidebook*	la policía *police force, police officer (female)*	

6. Los sustantivos que terminan en **-ista** pueden ser masculinos si se refieren a un hombre o femeninos si se refieren a una mujer.

el pianista	la pianista
el artista	la artista

7. Los sustantivos que se refieren a un hombre son generalmente masculinos y aquellos que se refieren a una mujer femeninos, sin importar la terminación.

el joven *the young man*	el estudiante *the (male) student*
la joven *the young lady*	la estudiante *the (female) student*
PERO	
la persona *the person*	el individuo *the individual*

B. Forma plural

1. Los sustantivos que terminan en vocal se añade **-s**.

un libro	unos libro**s**
una chica	unas chica**s**

2. Los sustantivos que terminan en consonante se añade **-es**.

una mujer	unas mujer**es**

3. Los sustantivos que terminan en **-z** se cambia la **z** a **c** y se añade **-es**.

el lápiz	los lápi**ces**

4. Las palabras que terminan en **-n** o **-s** y tienen el acento en la última sílaba llevan tilde en la última vocal; por lo general no llevan tilde en la forma plural.

la lección	las lecciones
el compás	los compases

Por otro lado, las palabras de más de una sílaba que terminan en **-n** generalmente llevan tilde en la forma plural.

el examen	los exámenes
la orden	las órdenes

PRÁCTICA

1-13 **Una estudiante universitaria.** Lee la información sobre Juana, una estudiante de la Universidad de Madrid. Luego completa cada oración con el artículo definido apropiado.

Juana, 1. _la_ hija de 2. _los_ señores González, asiste a 3. _la_ Universidad de Madrid. Estudia 4. _la_ música de 5. _la_ Edad Media (*Middle Ages*) y 6. _del_ Renacimiento (*Renaissance*) español. 7. _la_ Facultad de Música es muy buena, y 8. _los_ profesores tienen fama mundial por 9. _las_ investigaciones que ellos han hecho sobre esta clase de música. 10. _____ programa escolar es muy exigente, pero 11. _las_ clases son interesantes. 12. _el_ problema que Juana tiene no es 13. _la_ dificultad de 14. _los_ lecciones, sino 15. _la_ falta de tiempo para leer y estudiar. No quiere pasar todos 16. _los_ días en 17. _la_ biblioteca. Prefiere visitar 18. _los_ museos de 19. _la_ ciudad y asistir a 20. _los_ dramas que se presentan en 21. _el_ Teatro Nacional. También a ella le gusta ir a 22. _las_ discotecas por 23. _la_ noche para bailar y charlar con 24. _los_ jóvenes que ella conoce.

1-14 **La sala de clase.** Identifica las varias cosas que se encuentran en una sala de clase. Completa la siguiente oración, cambiando la forma singular al plural (o la forma plural al singular). Sigue el modelo.

Hay ___ en la clase.

MODELO   una mesa
          Hay unas mesas en la clase.

          unas ventanas
          Hay una ventana en la clase.

1. un estudiante
2. una pared
3. un libro
4. un profesor
5. unos jóvenes

6. unos lápices
7. un examen
8. unas mujeres
9. un reproductor de DVD
10. una luz

Ahora, identifica cinco cosas más que hay en tu clase.

 1-15 **Una comparación.** Con un(a) compañero(a) de clase, hablen de las cosas que Uds. tienen en sus cuartos. Luego hagan una lista de las cosas que Uds. llevan a sus clases diariamente. ¿Cuántas cosas tienen en común?

MODELO   Estudiante 1: *Tengo un televisor en mi cuarto y una computadora.*

          Estudiante 2: *Tengo una computadora también, pero no tengo un televisor en mi cuarto.*

          Estudiante 1: *Siempre llevo mis libros a clase.*

          Estudiante 2: *También llevo mis libros y un bolígrafo.*

El presente del indicativo

⊕ **Heinle Grammar Tutorial:**
The present indicative tense

A. Usos

1. Para describir una acción o un evento que ocurre con regularidad.

   Juan estudia en la biblioteca.
   Los Hernández siempre comen a las diez de la noche.

2. En lugar del tiempo futuro para expresar un futuro cercano o en lugar del tiempo pasado para narrar un evento histórico.

   Hablo con ella mañana.
   Los romanos conquistan España en el siglo II a.C.

3. En lugar del imperativo para expresar un mandato o un deseo.

> Primero desayunas y después escribes la lección.

B. Verbos regulares

Para formar el presente indicativo de los verbos regulares, se quita la terminación del infinitivo y se añaden las terminaciones **-o, -as, -a, -amos, -áis, -an** a la raíz de los verbos terminados en **-ar**; **-o, -es, -e, -emos, -éis, -en** a la raíz de los verbos terminados en **-er**; y **-o, -es, -e, -imos, -ís, -en** a la raíz de los verbos terminados en **-ir**.

hablar		**comer**		**vivir**	
habl**o**	habl**amos**	com**o**	com**emos**	viv**o**	viv**imos**
habl**as**	habl**áis**	com**es**	com**éis**	viv**es**	viv**ís**
habl**a**	habl**an**	com**e**	com**en**	viv**e**	viv**en**

Algunos verbos regulares:

-ar verbs:	acept**ar** *to accept*	estudi**ar** *to study*
	lleg**ar** *to arrive*	pregunt**ar** *to ask*
	invit**ar** *to invite*	
-er verbs:	aprend**er** *to learn*	beb**er** *to drink*
	le**er** *to read*	vend**er** *to sell*
-ir verbs:	abr**ir** *to open*	descubr**ir** *to discover*
	recib**ir** *to receive*	asist**ir** *to attend*
	escrib**ir** *to write*	

C. Verbos con cambio en la raíz

Algunos verbos tienen un cambio en la raíz en las formas de **yo, tú, él (ella, Ud.),** y **ellos (ellas, Uds.).** Este cambio ocurre solamente cuando el acento cae en la raíz. Por eso, las formas de **nosotros** y **vosotros** no tienen cambio de raíz.

1. En algunos verbos, la vocal **e** de la raíz cambia a **ie** cuando está acentuada.

pensar		**entender**		**preferir**	
p**ie**nso	pensamos	ent**ie**ndo	entendemos	pref**ie**ro	preferimos
p**ie**nsas	pensáis	ent**ie**ndes	entendéis	pref**ie**res	preferís
p**ie**nsa	p**ie**nsan	ent**ie**nde	ent**ie**nden	pref**ie**re	pref**ie**ren

Algunos verbos con cambio **e → ie**:

cerrar	perder	convertir
comenzar	querer	mentir
despertar		sentir
empezar		

2. En algunos verbos, la vocal **o** de la raíz cambia a **ue** cuando está acentuada.

contar		**poder**		**dormir**	
c**ue**nto	contamos	p**ue**do	podemos	d**ue**rmo	dormimos
c**ue**ntas	contáis	p**ue**des	podéis	d**ue**rmes	dormís
c**ue**nta	c**ue**ntan	p**ue**de	p**ue**den	d**ue**rme	d**ue**rmen

Algunos verbos con cambio **o → ue**:

almorzar	mostrar	volver
costar	recordar	morir
encontrar		

3. En algunos verbos terminados en **-ir**, la vocal **e** cambia a **i** cuando está acentuada.

pedir	
p**i**do	pedimos
p**i**des	pedís
p**i**de	p**i**den

Algunos verbos con cambio **e → i**:

medir	servir
repetir	vestir

D. Otros verbos con cambio de raíz

Algunos verbos con cambio de raíz no siguen los patrones anteriores. En el verbo **jugar**, la **u** cambia a **ue**. El verbo **oler** (**o → ue**) añade una **h** inicial a las formas que requieren un cambio de raíz.

jugar		**oler**	
j**ue**go	j**u**gamos	h**ue**lo	olemos
j**ue**gas	j**u**gáis	h**ue**les	oléis
j**ue**ga	j**ue**gan	h**ue**le	h**ue**len

E. Verbos con cambios ortográficos

Algunos verbos sufren cambios ortográficos en la primera persona singular para mantener la pronunciación original de la última consonante de la raíz.

1. En los verbos que terminan en vocal más **-cer** o **–cir,** la letra **c** cambia a **zc** en la primera persona singular.

conducir:	conduz**c**o	**ofrecer:**	ofrez**c**o
conocer:	cono**zc**o	**producir:**	produz**c**o
obedecer:	obede**zc**o	**traducir:**	traduz**c**o

Fíjate que algunos verbos con cambios ortográficos también tienen un cambio de raíz. El cambio de raíz ocurre siempre en la primera, segunda y tercera personas singular y en la tercera persona plural.

2. En los verbos que terminan en **-guir, gu** cambia a **g** en la primera persona singular.

conseguir (i)

consi**g**o	conseguimos
consigues	conseguís
consigue	consiguen

Otros verbos terminados en **-guir:**

distinguir: distingo	**seguir (i):** sigo

3. En los verbos que terminan en **-ger** o **-gir,** la letra **g** cambia a **j** en la primera persona singular.

corregir (i)

corri**j**o	corregimos
corriges	corregís
corrige	corrigen

Otros verbos terminados en **-ger** y **-gir:**

coger *(to catch, pick):* cojo	**dirigir** *(to direct):* dirijo

F. Verbos irregulares

Algunos verbos son irregulares en el presente del indicativo.

1. Verbos de uso común que tienen irregularidades solo en la primera persona singular:

caer:	caigo, caes, cae, caemos, caéis, caen
hacer:	hago, haces, hace, hacemos, hacéis, hacen
poner:	pongo, pones, pone, ponemos, ponéis, ponen
saber:	sé, sabes, sabe, sabemos, sabéis, saben
salir:	salgo, sales, sale, salimos, salís, salen
traer:	traigo, traes, trae, traemos, traéis, traen
valer:	valgo, vales, vale, valemos, valéis, valen
ver:	veo, ves, ve, vemos, veis, ven

2. Verbos de uso común que tienen irregularidades en otras formas, no solamente en la primera persona singular:

decir:	digo, dices, dice, decimos, decís, dicen
estar:	estoy, estás, está, estamos, estáis, están
haber:	he, has, ha, hemos, habéis, han
ir:	voy, vas, va, vamos, vais, van
oír:	oigo, oyes, oye, oímos, oís, oyen
ser:	soy, eres, es, somos, sois, son
tener:	tengo, tienes, tiene, tenemos, tenéis, tienen
venir:	vengo, vienes, viene, venimos, venís, vienen

Hay es la forma impersonal del verbo **haber**. Significa *there is* o *there are*.

PRÁCTICA

1-16 Los sábados de Carlos. Describe lo que hace Carlos los sábados. Completa el párrafo con la forma correcta del verbo en el tiempo presente del indicativo. Usa los verbos de la lista siguiente. Usa uno de los verbos dos veces *(twice)*.

almorzar	empezar	oler	preferir	servir
costar	jugar	pensar	querer	volver

Carlos 1. _____ ir al gimnasio hoy. Él 2. _____ al baloncesto con sus amigos todos los sábados por la mañana. Ellos 3. _____ a jugar a las nueve. Después de dos horas Carlos 4. _____ ir al centro para comer. Sus amigos no 5. _____ ir con él porque trabajan por las tardes en un supermercado. Carlos 6. _____ comer con ellos, pero 7. _____ solo a casa y 8. _____ en una cafetería a las doce. Allí ellos no 9. _____ buena comida, y a veces 10. _____ mal, pero a él no le importa porque no 11. _____ mucho.

1-17 **Un proyecto cultural.** Completa la conversación entre María y José. Usa la forma correcta del presente del indicativo de un verbo apropiado. Practica el diálogo con un(a) compañero(a) de clase. Más tarde tu profesor(a) va a escoger una pareja de estudiantes para que ellos puedan presentarle el diálogo a la clase.

JOSÉ   Hola, María. ¿Conoces a Juan?

MARÍA   Sí, lo 1. _____.

JOSÉ   ¿Sabes que él dirige el proyecto cultural de nuestra clase?

MARÍA   Sí, y yo 2. _____ el mismo proyecto en mi clase también.

JOSÉ   Como parte de tu proyecto, ¿es necesario traducir muchos artículos al inglés?

MARÍA   Pues, a veces 3. _____ artículos de los periódicos y revistas del mundo hispánico que tratan del tema de la cultura hispana.

JOSÉ   ¿Dónde consigues estas publicaciones?

MARÍA   Por lo general, las 4. _____ en una librería en el centro.

JOSÉ   ¿Me recoges unas revistas cuando estés en el centro?

MARÍA   ¡Cómo no! Te 5. _____ varios diarios y revistas.

JOSÉ   Gracias, María. Hasta la vista.

MARÍA   Adiós, José. Hasta luego.

1-18 **Lo que hacemos o no.** Usa las frases siguientes para indicar si tú y tus amigos hacen las actividades siguientes o no. Sigue el modelo.

MODELO   yo / hacer la tarea en la biblioteca
Hago la tarea en la biblioteca.
-o-
No hago la tarea en la biblioteca.

1. mi amigo / poner sus libros en la mesa del profesor
2. mi amigo y yo / saber muchas palabras del español antiguo
3. yo / salir para la escuela a las ocho
4. mis amigos / traer sus cuadernos a la clase
5. mi novio(a) / ir a la conferencia *(lecture)* esta noche
6. mis amigos / oír la explicación del profesor

1-19 **El fin de semana.** Se han terminado las clases de la semana. Usa los verbos indicados para describir los planes tuyos, los de tus amigos y los de tu familia para el fin de semana. Sigue el modelo.

MODELO   mis amigos / querer
Mis amigos quieren jugar al tenis.

1. yo / querer
2. mi prima / preferir
3. mi mejor amigo / pensar
4. mis hermanos / empezar
5. mis padres / poder
6. mi compañero de clase / jugar

Ahora describe otros planes que tienes para el fin de semana y compáralos con los de otro(a) estudiante de la clase. ¿Hay una cosa que ambos(as) van a hacer? Explica.

1-20 **La rutina diaria.** Usa oraciones completas para describir ocho actividades que haces diariamente. Luego, compara tu lista con la de tu compañero(a) de clase. ¿Cuántas actividades son parecidas? Sigue el modelo.

MODELO   *Desayuno a las siete todos los días.* etc.
             Tobías desayuna a las siete también. etc.

1-21 **Una entrevista.** Con un(a) compañero(a) de clase, háganse las preguntas siguientes.

1. ¿Vives cerca o lejos de la escuela? ¿Dónde?
2. ¿Vienes temprano a la clase todos los días? ¿Por qué?
3. ¿Asistes a todas tus clases todos los días? ¿Por qué?
4. ¿Sigues un curso difícil o fácil? ¿Cuál?
5. ¿Corriges todos o algunos de los errores de tu tarea? ¿Por qué?
6. ¿Vas a la cafetería durante el almuerzo? ¿Por qué?
7. ¿Sales ahora para la biblioteca? ¿Por qué?
8. ¿Sabes todas las respuestas de las actividades? ¿Por qué?
9. ¿Traes papel y lápiz a la clase? ¿Por qué?
10. ¿Eres buen(a) estudiante? Explica.

1-22 **Una descripción personal.** Haz cinco oraciones descriptivas de ti mismo(a), usando los verbos de esta lista: **decir, tener, ir, oír, estar, ver, salir, ser.** Luego, compara las oraciones con las de un(a) compañero(a) de clase. ¿Cuáles de las características personales que Uds. tienen son iguales? ¿diferentes?

Adjetivos

🌐 **Heinle Grammar Tutorial:**
Adjectives

A. Forma singular

1. Los adjetivos concuerdan en género y número con los sustantivos que modifican. Las terminaciones singulares suelen ser **–o** para los adjetivos masculinos y **-a** para los adjetivos femeninos.

   el muchacho americano   la muchacha americana

2. Los adjetivos masculinos que terminan en **-dor** forman el femenino añadiendo **-a**. Los adjetivos de nacionalidad que terminan en consonante también forman el femenino añadiendo **-a**.

un hombre trabajador	una mujer trabajadora
un coche francés	una bicicleta francesa
el profesor español	la profesora española

3. Algunos adjetivos masculinos y femeninos tienen la misma forma.

un examen difícil	una lección difícil
un libro interesante	una novela interesante
el amigo ideal	la amiga ideal

B. Forma plural

1. Los adjetivos forman el plural de la misma manera que los sustantivos. Añaden **-s** a los adjetivos que terminan en vocal y **-es** a los que terminan en consonante. Si el adjetivo termina en **-z**, la **z** cambia a **c** y se le añade **-es**.

la corbata roja	las corbatas rojas
el guitarrista español	los guitarristas españoles
el niño feliz	los niños felices

2. Cuando un adjetivo sigue a los sustantivos y modifica a uno masculino y uno femenino, se usa la forma plural masculina.

Los señores y las señoras son simpáticos.
El libro y la pluma son nuevos.

3. Cuando un adjetivo va delante de dos sustantivos de diferentes géneros, concuerda con el sustantivo más cercano.

Hay muchas plumas y papeles aquí.
Hay varios libros y fotos en la mesa.

C. Posición de los adjetivos

Hay dos clases de adjetivos: determinativos y calificativos.

1. Los adjetivos calificativos incluyen numerales, demostrativos, posesivos e interrogativos. Por lo general, van delante del sustantivo.

dos fiestas	la segunda lección
algunos compañeros	mucho dinero
ese boleto	nuestra clase

   a. Los números ordinales pueden ir después del sustantivo cuando se desea dar énfasis.

la lección segunda	el capítulo octavo

   b. Los adjetivos posesivos tónicos (o fuertes) siempre van después del sustantivo.

un amigo mío	unas tías nuestras

2. Los adjetivos calificativos pueden ir delante o después del sustantivo que modifican.

   a. Cuando los adjetivos van después del sustantivo, distinguen el sustantivo entre otros parecidos.

la casa blanca	el hombre gordo
la casa verde	el hombre flaco

   b. Cuando los adjetivos van delante del sustantivo, señalan una cualidad inherente al sustantivo, es decir, una característica normalmente asociada con ese sustantivo.

los altos picos	un complicado sistema
la blanca nieve	

   c. Los adjetivos de nacionalidad siempre van después del sustantivo.

Tiene un coche alemán.

3. Algunos adjetivos cambian de significado según estén delante o después del sustantivo.

mi viejo amigo *my old friend (of long standing)*	mi amigo viejo *my friend who is old*
mi antiguo coche *my previous car*	mi coche antiguo *my old car*
el pobre hombre *the poor man (unfortunate)*	el hombre pobre *the poor man (impoverished)*
las grandes mujeres *the great women*	las mujeres grandes *the big women*
varios libros *several books*	libros varios *miscellaneous books*
el mismo cura *the same priest*	el cura mismo *the priest himself*
el único hombre *the only man*	un hombre único *a unique man*
medio hombre *half a man*	el hombre medio *the average man*

4. Cuando dos o más adjetivos van después del sustantivo, la conjunción **y** se suele usar antes del último adjetivo.

gente sencilla y pobre *simple, poor people*	gente sencilla, pobre y oprimida *simple, poor, and oppressed people*

D. Apócope de adjetivos

Algunos adjetivos se apocopan —es decir, pierdan alguna terminación—
cuando van delante de ciertos sustantivos.

1. Los siguientes adjetivos pierden la **-o** final delante de sustantivos
masculinos y singulares: **uno, bueno, malo, primero, tercero.**

buen tiempo el primer día un hombre	mal ejemplo el tercer viaje

2. Ambos **alguno** y **ninguno** pierdan la **-o** final delante de sustantivos
masculinos y singulares. También se añade una tilde en la vocal final.

Algún día llegaré a tiempo.	No hay ningún remedio.

3. **Santo** se apocopa a **San** delante de nombres masculinos de santos, salvo a aquellos que empiezan con **Do-** o **To-**.

San Francisco
PERO
Santo Domingo   Santo Tomás

4. **Grande** se apocopa a **gran** delante de sustantivos singulares de ambos géneros.

un gran día   una gran mujer

5. **Ciento** se apocopa a **cien** delante de todos los sustantivos y delante de **mil** y **millones**. No se apocopa delante de ningún otro numeral.

cien hombres
cien mil coches
cien millones de pesos
PERO
ciento cincuenta jugadores

PRÁCTICA

1-23 **El tema de la unidad.** Cambia al plural las siguientes oraciones.

1. La actividad es difícil.
2. El estudiante es perezoso.
3. El verbo es reflexivo.
4. Es una lengua extranjera.
5. Es una palabra alemana.

1-24 **El tema continúa.** Continúa el repaso temático. Cambia las oraciones siguientes al singular.

1. Los profesores son viejos.
2. Las clases son interesantes.
3. Los jóvenes son malos estudiantes.
4. Los profesores siempre hablan de sus temas predilectos.
5. Los idiomas extranjeros son muy fáciles.

1-25 La clase de español. Describe tu clase de español y a tus compañeros de clase. Completa las oraciones siguientes con la forma correcta de un adjetivo apropiado. Luego compara tus descripciones con las de un(a) compañero(a) de clase. ¿Están de acuerdo?

1. Los estudiantes de esta clase (no) son _____.

> (inteligente / simpático / trabajador / viejo / bueno / malo / único / feliz / francés)

2. La clase (no) es _____.

> (grande / difícil / interesante / bueno / aburrido / fácil)

1-26 A describir. Escribe dos o tres oraciones que describan a la gente y cosas siguientes, usando la forma correcta de los adjetivos apropiados. Luego comparte tus descripciones con las de un(a) compañero(a) de clase. ¿Hay semejanzas? ¿diferencias?

1. un(a) viejo(a) amigo(a)
2. un(a) pariente favorito(a)
3. el (la) novio(a) ideal
4. un libro que te gusta
5. la ciudad donde vives
6. la ciudad de Nueva York
7. una película que te gusta
8. tu programa predilecto de televisión
9. el presidente de los Estados Unidos
10. esta escuela

1-27 A conocernos. Para conocer mejor a un(a) compañero(a) de clase, descríbele a él (ella) cinco de tus mejores características físicas y cinco características notables de tu personalidad. Tu compañero(a) de clase va a hacer la misma cosa. ¿Cómo son Uds. diferentes y cómo son semejantes? Sigue el modelo.

MODELO Estudiante 1: *Yo soy alto y alegre.*
Estudiante 2: *Yo soy bajo y alegre.*
Estudiante 1: *Él no es alto sino bajo, pero él es alegre como yo.*

1-28 A adivinar. Describe a un(a) compañero(a) de clase, otra persona, un lugar o una cosa famosa. Añade una oración descriptiva cada minuto hasta que tu compañero(a) pueda adivinar la identidad de la persona, el lugar o la cosa. Tu compañero(a) va a hacer la misma actividad. Sigue el modelo.

MODELO *Es muy grande. Hay muchos edificios altos allí.*
Está en la costa Atlántica. Millones de personas viven allí.
Tiene el apodo (nickname) de la «manzana grande». ¿Qué es?

Ahora, su profesor(a) va a escoger a varios estudiantes para que den sus descripciones. ¿Puedes adivinar lo que describen?

Ortografía: el sonido /s/

Una de las faltas ortográficas más comunes es la confusión entre las letras **c, s** y **z.** Esto es porque los latinoamericanos las pronuncian igual: /s/. Las reglas a continuación pueden ayudar a saber cuándo escribir una palabra con **c, s** o **z.**

Se escriben con **c:**

1. los plurales de las palabras terminadas en **-z: luces, voces, peces**
2. los diminutivos **-cillo, -cito: pobrecillo, bebecito**
3. verbos terminados en **-cer** y **-cir** (menos **toser, coser** y **asir**): **ofrecer, conducir, lucir**

Se escriben con **s:**

1. las terminaciones **-ista** y **-ismo: artista, dentista, realismo**
2. los adjetivos terminados en **-oso: gracioso, maravilloso**
3. las nacionalidades terminadas en **-és** y **-ense: francés, estadounidense**

Se escriben con **z:**

1. los sustantivos abstractos terminados en **-ez, -eza, -anza: vejez, belleza, confianza**
2. adjetivos y sustantivos terminados en **-az, -iz, -oz: audaz, cicatriz, veloz**
3. los aumentativos **-azo: golazo, flechazo**

PRÁCTICA

Completa las siguientes palabras, usando **c, s** o **z,** según convenga.

1. Después del golpa__o que se dio, el pobre__ito de Diego vio lu__es blancas.
2. Frank es un arti__ta holandé__ muy talento__o que pinta cuadros de gran belle__a.
3. A ve__es tenemos que condu__ir por las carreteras costarricen__es, las cuales son un tanto peligro__as.
4. Mi primo es el deporti__ta más velo__ de su equipo y el que mete más gola__os.
5. Doña Eugenia quiere pasar su veje__ en el pueble__illo arajoné__ de Bujalaroz.
6. La escuela ofre__e muchos cursos maravillo__os, como por ejemplo, «Vo__es latinas en Internet» y «Reali__mo mágico».

© Cengage Learning

El baile flamenco

En este teledocumental conocemos a María Rosa, directora de la compañía Ballet Español y una de las mejores bailarinas de España. Ella nos habla un poco sobre el flamenco, un género de música y danza que se originó en Andalucía.

1-29 Anticipación. Antes de mirar el video, haz estas actividades.

A. Contesta estas preguntas.

1. ¿Te gusta bailar? ¿Qué tipo de danzas sabes bailar?
2. ¿Conoces a alguien que esté en una escuela de danza? ¿Cuántas horas practica?
3. ¿Cómo es el baile regional de tu estado? Describe la música y el traje.
4. ¿Has visto alguna vez bailar flamenco? ¿Dónde? ¿Qué te llamó la atención?

B. Estudia estas palabras del video.

abarcar *incluir*
el escenario *parte de un teatro en que se presentan espectáculos*
los palos *diferentes estilos de flamenco*
el alma *espíritu, lo que da vida a algo*
las raíces *orígenes culturales*

1-30 Sin sonido. Mira el video sin sonido una vez para concentrarte en el elemento visual. ¿Qué hacen las personas? ¿Cómo están vestidas? ¿Qué expresiones faciales tienen?

1-31 Comprensión. Estudia estas actividades y trata de descubrir las respuestas correctas al mirar el video.

1. ¿Qué tipo de danza española presenta el Ballet Español de María Rosa?
   a. flamenco
   b. escuela bolera
   c. baile clásico
   d. todo tipo

2. ¿Por qué María Rosa baila en el escenario?
   a. porque la hace feliz
   b. porque tiene más experiencia que los bailarines jóvenes
   c. porque el público pagó para verla bailar
   d. porque es la directora del Ballet Español

3. Según María Rosa, el flamenco...
   a. se baila únicamente en Andalucía.
   b. es el alma del pueblo.
   c. tiene un solo estilo auténtico.
   d. no es tan expresivo como el bolero.

4. ¿Qué implica María Rosa cuando dice que el flamenco es «pura raza»?
   a. El flamenco es superior a las otras danzas.
   b. El flamenco es muy complicado para bailar.
   c. El flamenco es una danza auténtica.
   d. El flamenco es muy antiguo.

> **◉ AP* TEST TAKING TIP**
> *Listening to authentic Spanish materials in class is great practice but not enough. At home, spend 30 minutes every day watching a Spanish-language television show.*

1-32 Opiniones. En grupos de tres o cuatro estudiantes comenten estos temas.

1. ¿Es la danza una expresión de la cultura de una región? ¿A través de qué otros medios expresa una región su cultura?
2. ¿Cómo se comparan los bailes clásicos españoles del video con los de los Estados Unidos?
3. ¿Qué quiere decir María Rosa cuando dice que el flamenco es «la fuerza que sacas de tu interior»?

VOCABULARIO ÚTIL

VERBOS

acontecer *suceder; ocurrir*

arreglar *hacer los planes para algo; solucionar*

asombrarse *sentir sorpresa o admiración*

despedazar *destruir; hacer pedazos con violencia*

enojarse *sentir disgusto; enfadarse*

SUSTANTIVOS

el casamiento *boda; matrimonio*

la cena *comida por la noche*

el consejo *opinión; recomendación*

la espada *arma con un cuchillo largo*

el gallo *animal con plumaje y una cresta roja*

el gato *mamífero doméstico con cabeza redonda y uñas fuertes*

el mancebo *hombre joven*

el novio / la novia *persona recién casada*

el pariente / la parienta *miembro de la familia*

el pedazo *parte o porción de algo*

la pobreza *miseria; falta de recursos*

la saña *furor; ira*

la suegra *madre del esposo o de la esposa*

el suegro *padre del esposo o de la esposa*

ADJETIVOS

bravo(a) *feroz; que se enfada fácilmente*

ensangrentado(a) *lleno de sangre*

grosero(a) *descortés; rudo; sin educación*

honrado(a) *honesto; que actúa con justicia*

sañudo(a) *furioso; cruel*

1-33 Para practicar. Completa las oraciones con la forma correcta de una palabra apropiada del **Vocabulario útil**.

1. Esa mujer no sabe controlarse; es muy _____.
2. No sé qué hacer. Voy a buscar _____ de mis padres.
3. La madre de mi esposa es mi _____.
4. Algunos dicen que hoy día los _____ por amor son menos populares que antes.
5. Mis tíos, mis abuelos y mis primos son _____ míos.
6. Una _____ es una mujer recién casada.
7. Lo opuesto de riqueza es _____.
8. A veces yo _____ cuando veo algo inesperado.
9. El enemigo tradicional de los ratones es el _____.
10. La última comida del día es la _____.

1-34 En diálogo. Escribe las oraciones del diálogo siguiente otra vez, usando palabras del **Vocabulario útil** en vez de las palabras en letra cursiva *(italics)*.

PEPE   ¿Qué le *pasó* al *joven*?

JULIA   Pues, quería casarse con una mujer muy *feroz*, aunque su padre no quería que lo hiciera.

PEPE   Y entonces, ¿qué hizo?

JULIA   Al estar solo con ella, fingió *irritarse* mucho. Luego usó su espada y *cortó un perro en pedazos*. Cuando la mujer lo vio *cubierto de sangre*, tuvo mucho miedo.

PEPE   ¿Y después?

JULIA   Hombre, ¡vas a tener que leer el cuento para saberlo!

Estrategias de lectura

- **Generar opiniones.** La literatura nos ofrece una ventana a tiempos pasados, a otras culturas y a otras formas de pensar. Al formular tu propia opinión sobre un tema antes de leer, podrás comparar la forma de pensar tuya con la del autor, después de leer lo escrito.

- **Predecir sucesos.** Es más fácil leer un cuento o un ensayo si uno predice el tema principal de la obra. A veces ese tema aparece en los primeros párrafos de la obra.

1-35 **¿De acuerdo o no?** Da tu propia opinión sobre las siguientes afirmaciones. Escribe «sí» si estás de acuerdo *(if you agree)* y «no» si no estás de acuerdo con cada observación y explica por qué opinas así. Después, lee el cuento e indica cómo reaccionaría don Juan Manuel ante las siguientes afirmaciones y por qué reaccionaría él así.

	La opinión tuya	La opinión de don Juan Manuel
1. Los jóvenes, y no los padres, deben decidir con quién se van a casar.		
2. Para que una pareja *(couple)* sea feliz, la mujer debe serle obediente a su marido después de casarse.		
3. Las parejas pueden cambiar su relación en cualquier momento de su vida.		

1-36 **En anticipación.** Lee los párrafos a continuación e indica la mejor frase para completar cada oración en la página 32.

Otra vez hablaba el Conde Lucanor con Patronio y le dijo:

—*Patronio, mi criado me ha dicho que piensan casarle con una mujer muy rica que es más honrada que él. Sólo hay un problema y el problema es éste: le han dicho que ella es la cosa más brava y más fuerte del mundo. ¿Debo mandarle casarse con ella, sabiendo cómo es, o mandarle no hacerlo?*

—Señor conde —dijo Patronio—, si él es como el hijo de un hombre bueno que era moro, mándele casarse con ella; pero si no es como él, dígale que no se case con ella.

El conde le pidió que se lo explicara.

1. En el caso del criado...
   a. la mujer con quien quiere casarse es más rica y honrada que él.
   b. él y la mujer con quien quiere casarse son de la misma clase social y económica.
   c. él es más rico y honrado que la mujer con quien quiere casarse.

2. La mujer con quien el criado quiere casarse es...
   a. muy feroz.   b. muy tímida.   c. muy débil.

3. Patronio dice que si el criado es como el hijo del moro...
   a. no debe con ella.   c. debe buscar a otra mujer.
   b. debe casarse con ella.

4. Uno puede imaginarse que en su cuento, Patronio va a describir...
   a. las relaciones entre el moro joven y la mujer brava.
   b. las relaciones entre el moro joven y el Conde Lucanor.
   c. cómo se puede resolver el único problema que tiene el criado: la diferencia entre su rango social y el de la mujer.

5. Parece que el tema principal del cuento va a ser...
   a. los problemas políticos de la clase baja.
   b. lo que debe hacer el hombre que se casa con una mujer brava.
   c. las relaciones entre personas de diferentes edades.

Public Domain

Don Juan Manuel, autor de *El Conde Lucanor*

DON JUAN MANUEL
(1282–1349)

Sobrino del rey Alfonso X el Sabio, fue el primer prosista castellano que, consciente de la importancia de su estilo, supo transformar lo tradicional y lo popular por medio de su arte. Aunque escribió varias obras, esa cualidad artística se nota más en *El Conde Lucanor o Libro de Patronio*, terminado en 1335.

La estructura de la obra es sencilla. El Conde Lucanor le pide consejos a su servidor Patronio para resolver un problema que tiene. Este le contesta mediante un cuento o «ejemplo», que sirve para sugerir una solución al problema. La moraleja se resume al final en dos versos brevísimos.

Los cincuenta «ejemplos» que componen el libro son de diversos orígenes: algunos son originales y a veces tienen elementos autobiográficos o históricos; otros son de origen oriental o clásico o de tradición popular. El autor conocía los cuentos de varias colecciones árabes que circulaban por España. Su contacto personal con los musulmanes españoles se revela no solo en las tramas de varios cuentos, sino también en muchas alusiones a dichos, costumbres y actitudes árabes. El aspecto castellano —cristiano y occidental— de su obra se nota en la sobriedad y austeridad de su estilo y en su preocupación por la política y la religión, motivos esenciales del castellano noble de su época.

En el cuento «De lo que aconteció a un mancebo que se casó con una mujer muy fuerte y muy brava» podemos observar algunos rasgos del arte de don Juan Manuel. El autor emplea el lenguaje ordinario del pueblo y busca expresarse sencillamente y con claridad. Nos comunica el castellano de su época, pero ya transformado en instrumento artístico. En cuanto al tema, es probable que la actitud que se expresa hacia la mujer refleje la percepción de algunos hombres de la época en vez de reflejar la verdadera condición de la mujer. Al final del cuento, don Juan Manuel parece comentar esa percepción masculina al describir lo que pasa cuando el suegro trata de imitar a su yerno. Finalmente, aunque el cuento del mancebo es breve, como todos los cuentos del autor, nos sorprende y deleita la capacidad extraordinaria de este para motivar las acciones de sus personajes, para revelar el detalle pintoresco o significativo y para crear una representación armoniosa.

EL CONDE LUCANOR
De lo que aconteció a un mancebo que se casó con una mujer muy fuerte y muy brava

Otra vez hablaba el Conde Lucanor con Patronio y le dijo:

—Patronio, mi criado me ha dicho que piensan casarle con una mujer muy rica que es más honrada que él[1]. Sólo hay un problema y el problema es éste: le han dicho que ella es la cosa más brava y más fuerte del mundo. ¿Debo mandarle casarse con ella, sabiendo cómo es, o mandarle no hacerlo?

—Señor conde —dijo Patronio—, si él es como el hijo de un hombre bueno que era moro°, mándele casarse con ella; pero si no es como él, dígale que no se case° con ella.

El conde le pidió que se lo explicara.

Patronio le dijo que en un pueblito había un hombre que tenía el mejor hijo que se podía desear, pero por ser pobres, el hijo no podía emprender° las grandes hazañas° que tanto deseaba realizar. Y en el mismo pueblito había otro hombre que era más honrado y más rico que el padre del mancebo, y ese hombre sólo tenía una hija y ella era todo lo contrario del mancebo. Mientras él era de muy buenas maneras, las de ella eran malas y groseras. ¡Nadie quería casarse con aquel diablo!

5

Moor (from northern Africa); not to marry

10 *undertake; deeds, feats*

Y un día el buen mancebo vino a su padre y le dijo que en vez de vivir en la pobreza o salir de su pueblo, él preferiría casarse con alguna mujer rica. El padre estuvo de acuerdo°. Y entonces el hijo le propuso casarse con la hija mala de aquel hombre rico. Cuando el padre oyó esto, se asombró mucho y le dijo que no debía pensar en eso: que no había nadie, por pobre que fuese°, que quería casarse con ella. El hijo le pidió que, por favor, arreglase aquel casamiento. Y tanto insistió que por fin su padre consintió, aunque le parecía extraño.

Y él fue a ver al buen hombre que era muy amigo suyo, y le dijo todo lo que había pasado entre él y su hijo y le rogó que pues su hijo se atrevía a casarse con su hija, que se la diese° para él. Y cuando el hombre bueno oyó esto, le dijo:

—Por Dios, amigo, si yo hago tal cosa seré amigo muy falso, porque Ud. tiene muy buen hijo y no debo permitir ni su mal° ni su muerte. Y estoy seguro de que si se casa con mi hija, o morirá o le parecerá mejor la muerte que la vida. Y no crea que se lo digo por no satisfacer su deseo: porque si Ud. lo quiere, se la daré a su hijo o a quienquiera que me la saque de casa.

Y su amigo se lo agradeció mucho y como su hijo quería aquel casamiento, le pidió que lo arreglara.

Y el casamiento se efectuó° y llevaron a la novia a casa de su marido. Los moros tienen costumbre de preparar la cena a los novios y ponerles la mesa y dejarlos solos en su casa hasta el día siguiente[2]. Así lo hicieron, pero los padres y los parientes del novio y de la novia temían que al día siguiente hallarían al novio muerto o muy maltrecho°.

Y luego que los jóvenes se quedaron solos en casa, se sentaron a la mesa, pero antes que ella dijera algo, el novio miró alrededor de la mesa y vio un perro y le dijo con enojo°:

—¡Perro, danos agua para las manos!

Pero el perro no lo hizo. Y él comenzó a enojarse y le dijo más bravamente que les diese agua para las manos. Pero el perro no lo hizo. Y cuando vio que no lo iba a hacer, se levantó muy enojado de la mesa y sacó su espada y se dirigió al perro. Cuando el perro lo vio venir, huyó y los dos saltaban por la mesa y por el fuego hasta que el mancebo lo alcanzó y le cortó la cabeza y las piernas y le hizo pedazos y ensangrentó° toda la casa y toda la mesa y la ropa.

Y así, muy enojado y todo ensangrentado, se sentó otra vez a la mesa y miró alrededor y vio un gato y le dijo que le diese agua para las manos. Y cuando no lo hizo, le dijo:

—¡Cómo, don falso traidor! ¿No viste lo que hice al perro porque no quiso hacer lo que le mandé yo? Prometo a Dios que si no haces lo que te mando, te haré lo mismo que al perro.

El gato no lo hizo porque no es costumbre ni de los perros ni de los gatos dar agua para las manos. Y ya que° no lo hizo, el mancebo se levantó y le tomó por las piernas y lo estrelló° contra la pared, rompiéndolo en más de cien pedazos y enojándose más con él que con el perro.

Y así, muy bravo y sañudo y haciendo gestos° muy feroces, volvió a sentarse y miró por todas partes. La mujer, que le vio hacer todo esto, creyó que estaba loco y no dijo nada. Y cuando había mirado el novio por todas partes, vio a su caballo, que

agreed
no matter how poor he was
to give her to him
harm to him
took place
badly off, battered
anger
bloodied
since
smashed
gestures

estaba en casa y era el único que tenía, y le dijo muy bravamente que les diese agua para las manos, pero el caballo no lo hizo. Cuando vio que no lo hizo, le dijo:

—¡Cómo, don caballo! ¿Piensas que porque no tengo otro caballo que por eso no haré nada si no haces lo que yo te mando? Ten cuidado, porque si no haces lo que mando, yo juro° a Dios que haré lo mismo a ti como a los otros, porque lo mismo haré a quienquiera que no haga lo que yo le mande°.

El caballo no se movió. Y cuando vio que no hacía lo que le mandó, fue a él y le cortó la cabeza con la mayor saña que podía mostrar y lo despedazó.

Y cuando la mujer vio que mataba el único caballo que tenía y que decía que lo haría a quienquiera que no lo obedeciese°, se dio cuenta° que el joven no jugaba y tuvo tanto miedo que no sabía si estaba muerta o viva.

Y él, bravo, sañudo y ensangrentado, volvió a la mesa, jurando que si hubiera en casa mil caballos y hombres y mujeres que no le obedeciesen, que mataría a todos. Y se sentó y miró por todas partes, teniendo la espada ensangrentada en el regazo. Y después que miró en una parte y otra y no vio cosa viva°, volvió los ojos a su mujer muy bravamente y le dijo con gran saña, con la espada en la mano:

—¡Levántate y dame agua para las manos!

La mujer, que estaba segura de que él la despedazaría, se levantó muy aprisa° y le dio agua para las manos. Y él le dijo:

—¡Ah, cuánto agradezco a Dios que hiciste lo que te mandé, que si no, por el enojo que me dieron esos locos, te habría hecho igual que a ellos!

Y después le mandó que le diese de comer y ella lo hizo.

Y siempre que decía algo, se lo decía con tal tono que ella creía que le iba a cortar la cabeza.

Y así pasó aquella noche: ella nunca habló y hacía lo que él le mandaba. Y cuando habían dormido un rato, él dijo:

—Con la saña que he tenido esta noche, no he podido dormir bien. No dejes que nadie me despierte mañana y prepárame una buena comida.

Y por la mañana los padres y los parientes llegaron a la puerta y como nadie hablaba, pensaron que el novio estaba muerto o herido. Y lo creyeron aún más cuando vieron en la puerta a la novia y no al novio.

Y cuando ella los vio a la puerta, se acercó muy despacio y con mucho miedo les dijo:

—¡Locos, traidores! ¿Qué hacen? ¿Cómo se atreven a hablar aquí? ¡Cállense, que si no, todos moriremos!

Al oír esto, ellos se sorprendieron y apreciaron mucho al mancebo que tan bien sabía mandar en su casa.

Y de ahí en adelante° su mujer era muy obediente y vivieron muy felices. Pocos días después su suegro quiso hacer lo que había hecho el mancebo, y mató un gallo de la misma manera, pero su mujer le dijo:

—¡A la fe, don Fulano, lo hiciste demasiado tarde! Ya no te valdría nada aunque matares° cien caballos, porque ya nos conocemos[3].

60 *I swear*

whoever doesn't do what I order him

65 *to obey; she realized*

70 *any living thing*

fast

75

80

85

from then on

95

even if you kill

100

—Y por eso —le dijo Patronio al conde—, si su criado quiere casarse con tal mujer, sólo lo debe hacer si es como aquel mancebo que sabía domar° a la mujer brava y gobernar en su casa.

El conde aceptó los consejos de Patronio y todo resultó bien.

Y a don Juan le gustó este ejemplo y lo incluyó en este libro. También compuso estos versos:

Si al comienzo no muestras quien eres, nunca podrás después, cuando quisieres.

Don Juan Manuel, *El Conde Lucanor*

Notas culturales

[1]La costumbre de arreglar los casamientos no solo era común entre los árabes, sino también entre los europeos de la época. A veces se arreglaban para unir dos familias importantes y otras veces por razones económicas (como se ve en el cuento de don Juan Manuel). El casamiento por amor o la idea de que los jóvenes, y no los padres, deben decidir con quienes se van a casar, es algo relativamente moderno.

[2]La descripción de esta costumbre de los árabes es típica de la técnica de don Juan Manuel. Incluye en sus cuentos alusiones a costumbres y actitudes de los árabes, que muestran el contacto personal que tenía con ellos.

[3]Aunque el cuento refleja la actitud general de que el hombre debe gobernar en su casa, y de que la mujer debe ser sumisa y obediente —actitud típica de algunos hombres de la Edad Media— don Juan Manuel, con ironía y tal vez con realismo, sugiere que esto no siempre es así.

1-37 **Comprensión.** Contesta las siguientes preguntas.

1. ¿Cuál es el problema que tiene un criado del conde?
2. ¿Por qué no puede hacer el joven del cuento las cosas que desea hacer?
3. ¿Por qué no quiere casarse nadie con la joven?
4. ¿Cómo piensa el mancebo escapar de la pobreza?
5. ¿Cómo reacciona el padre del joven cuando oye lo que propone su hijo?
6. ¿Cómo reacciona el padre de la joven ante lo que se le propone?
7. ¿Cuál es la costumbre mora que se presenta en el cuento?
8. ¿Qué es lo que temen los padres y los parientes del novio y de la novia?
9. ¿Qué le manda hacer el joven al perro? ¿Qué hace cuando no lo obedece?
10. ¿Qué pasa con el gato? ¿Y con el caballo?
11. ¿Qué hace la novia cuando su marido le pide agua para las manos?
12. ¿Cómo cambia la novia como resultado de sus experiencias?
13. ¿Por qué se sorprenden los padres y los parientes al ver cómo se porta la novia?

1-38 **Análisis literario.** Contesta las siguientes preguntas.

1. ¿Qué actitudes y costumbres medievales se presentan en el cuento?
2. ¿Cuál es un ejemplo de ironía en la obra?
3. Describe lo que pasa en el cuento desde el punto de vista de la joven.

1-39 **Resumen.** Refiriéndote al cuento, completa las siguientes oraciones. Al terminar, habrás escrito un resumen breve del cuento.

1. El joven quería casarse con...
2. Para que la mujer fuera obediente, el joven mandó...
3. Cuando el joven le mandaba hacer varias cosas, la novia...
4. Al llegar los parientes y los padres a la mañana siguiente, la novia les dijo que debían...
5. Los parientes apreciaron al joven porque él...
6. De ahí en adelante...

1-40 **Minidrama.** Presenten un breve drama. Pueden usar el tema del cuento o una idea relacionada con el tema, o pueden usar la imaginación e inventar otro tema que les interese. Algunas ideas podrían ser:

- Lo que pasa entre el suegro y su mujer cuando el suegro trata de imitar las acciones del joven.
- Los mismos jóvenes diez años después.
- Lo que pasaría si un joven moderno quisiera imitar las acciones del joven del cuento.

1-41 **Opiniones y actitudes.** Escribe un párrafo sobre uno de los temas siguientes o explícaselo a la clase.

1. ¿Cómo reaccionaría o qué haría una mujer moderna en la misma situación a la mujer del cuento?
2. La moraleja del cuento: ¿todavía es válida hoy día? ¿Por qué sí o por qué no?
3. Las ventajas y las desventajas de la costumbre de arreglar los casamientos entre jóvenes.
4. ¿Cuál es el derecho más importante que ganaron las mujeres en los Estados Unidos en el siglo xx?

La correspondencia informal

En todas cartas y correos electrónicos informales, se incluyen un saludo, el texto y una despedida. A continuación hay algunas expresiones útiles para los saludos y despedidas informales.

El saludo

Querido(a)...: / Hola:
¿Qué me cuentas?
Espero que te encuentres bien.
¡Tengo muchas cosas que contarte!

La despedida

Saludos a tu familia.
Espero noticias tuyas.
Te recuerda y te quiere,
Recibe un gran abrazo,
Con mucho cariño,
Sinceramente,

◉ AP* TEST TAKING TIP

Make sure you write the dates in Spanish correctly. The preferred form is to write the day first, then the month, and then the year: 28 de agosto de 2015. Do not capitalize the months.

1-42 **Situaciones.** Escribe una carta sobre una de las situaciones siguientes. Utiliza frases apropiadas para el saludo y la despedida.

Querido tío. Imagínate que tu tío favorito te cuenta que se va a casar con una persona que a ti no te gusta nada. Es una persona criticona *(hypercritical)* que domina demasiado a tu tío y siempre quiere tomar todas las decisiones. Escríbele un correo electrónico dándole tu opinión sobre si debe casarse con esta persona o no.

¡Hola! Un estudiante de Barcelona va a estudiar en tu escuela. Escríbele un correo electrónico para contarle cómo son los profesores y los estudiantes y qué hacen los estudiantes para divertirse.

Iniciar y terminar una conversación

Para iniciar y terminar una conversación, puedes usar las siguientes expresiones.

Para iniciar una conversación

Hola, ¿qué tal? / ¿Cómo estás?
¿Qué hay de nuevo? / ¿Qué cuentas?
¿Adónde vas?
¿Qué haces por aquí?

Para terminar una conversación

Adiós. Tengo que irme a casa.
Hasta luego. / Hasta mañana.
A ver si nos vemos pronto.
Estamos en contacto.
Nos hablamos más tarde.

 1-43 **Situaciones.** Con un(a) compañero(a) de clase, preparen un diálogo que corresponda a una de las situaciones siguientes. Utilicen expresiones apropiadas para iniciar y terminar la conversación.

Nuevos amigos. Un(a) estudiante se encuentra con otro(a) estudiante en el pasillo. No se conocen. Empiezan a hablar. Cada estudiante quiere saber de dónde es el (la) otro(a), en qué actividades extracurriculares está involucrado(a) y las razones por las que estudia español. Luego tienen que ir a clase, pero antes de irse deciden reunirse después de la clase para tomar un refresco.

⊙ **AP* TEST TAKING TIP**
Make flashcards for ready-to-use phrases and review them periodically.

La clase de español. Dos estudiantes van a la clase de español. Mientras caminan hablan de la clase. A la chica no le gusta y explica sus razones. Al chico le gusta mucho la clase y le da a la chica una lista de razones de por qué opina así. Él no puede convencerla, pero ella dice que a pesar de todo, ella piensa que es importante aprender a comunicarse en español porque tanta gente en los Estados Unidos habla español hoy en día.

Discusión: lenguas e influencias extranjeras.

Hay tres pasos en esta actividad.

1 PRIMER PASO: Dividir la clase en grupos de tres personas. Leer la introducción a la discusión.

2 SEGUNDO PASO: Hacer que cada miembro del grupo lea los temas y escoja la letra que corresponda a su opinión.

3 TERCER PASO: Después, comparar las respuestas. El (La) profesor(a) va a escribir las letras en la pizarra para ver cuáles de las opiniones dominan. Estén preparados para explicar su opinión.

El Departamento de Lenguas Extranjeras de tu escuela está conduciendo una encuesta sobre lenguas e influencias extranjeras. Indica tus reacciones ante las siguientes ideas y explica por qué piensas así. Después, compara tus reacciones con las de tus compañeros de clase.

1. Cuando uno habla inglés, español u otro idioma, debe...
   a. usar cualquier palabra extranjera que quiera.
   b. rechazar completamente el uso de palabras extranjeras.
   c. usar solo palabras extranjeras que no tienen equivalente en su lengua.

2. El uso de palabras extranjeras...
   a. contamina el idioma.
   b. enriquece el idioma.
   c. no tiene ninguna importancia.

3. La influencia del inglés sobre otros idiomas es...
   a. buena porque el inglés debe ser el idioma dominante en el mundo.
   b. útil porque presta palabras nuevas que son necesarias.
   c. mala porque destruye la individualidad de los otros idiomas.

4. Una lengua debe...
   a. mantenerse fija e invariable.
   b. aceptar palabras nuevas, pero mantener su estructura fundamental.
   c. adaptarse y evolucionar con el tiempo, incluso en su gramática.

5. Los hablantes de cada idioma deben...
   a. reconocer un dialecto oficial y rechazar otros dialectos.
   b. aceptar todos los dialectos, pero usar solo uno en la lengua escrita.
   c. aceptar todos los dialectos.

6. En el mundo moderno...
   a. se necesita una lengua universal.
   b. todos deben aprender lenguas extranjeras.
   c. no es necesario tener una lengua universal ni aprender otras lenguas porque hay traductores e intérpretes.

INTEGRACIÓN

En esta sección vas a escribir un ensayo persuasivo utilizando tres fuentes: dos ensayos escritos y un diálogo auditivo. Tu ensayo debe tener un mínimo de 200 palabras y debe utilizar información de todas las fuentes para apoyar tu punto de vista.

Tema curricular: Las identidades personales y públicas

Tema del ensayo: ¿Debe Cataluña defender su lengua?

Letrero en catalán

FUENTE NO. 1

Los idiomas de España

Hoy se hablan cuatro idiomas notables en España y varios dialectos también. En el país vasco, en la zona central del norte de la península, hablan vascuence (o euskera), un idioma de origen oscuro. En la región de Galicia, en el noroeste, hablan gallego (o galego), un idioma parecido al portugués. En el nordeste, en la región de Cataluña, hablan catalán (o catalá), otro idioma neolatino parecido al provenzal del sur de Francia.

El cuarto idioma es el idioma oficial de la nación, el castellano —el idioma de Castilla en el centro del país— o sea, el que llamamos muchas veces español.

Durante la dictadura de Francisco Franco (1939–1975), por razones de unidad nacional, se prohibió el uso de los idiomas regionales oficialmente, pero se seguían usando en casa. En los treinta años desde la vuelta de la democracia a España, las culturas de las varias regiones han tenido un renacimiento, especialmente en Cataluña (y su ciudad principal, Barcelona). Hoy todos los documentos oficiales y hasta los letreros de la calle aparecen en catalán —a veces con su traducción al castellano, a veces no. Los catalanes han desarrollado una «política lingüística» que requiere que todos los niños de las escuelas primarias y secundarias de la región asistan a la escuela donde la lengua usada es catalán. Otras medidas insisten en que un 50% de las películas más taquilleras sean dobladas al catalán y que una cuarta parte de todas las que se den estén en catalán. También se requieren semejantes usos del catalán en la radio y la televisión. Se manda que las etiquetas de los productos vendidos en Cataluña estén en catalán. Una encuesta del 2003 resulta en que el 50,1% de los catalanes indica que el catalán es su lengua propia y el 48,8% dice que su lengua propia es el castellano. Los españoles de habla castellana reaccionan negativamente cuando los catalanes se refieren al castellano como segunda lengua o lengua extranjera. Además, en 2005 los catalanes han propuesto que Cataluña lleve el título de «nación» en vez del de «comunidad autónoma» que lleva actualmente. Y en realidad la lengua que hablen no es el problema sino el espíritu de independencia que fluye del uso de su lengua propia.

FUENTE NO. 2

América y España

El manifiesto suscrito, titulado *Una lengua para un milenio*, en un congreso que se ha celebrado en el corazón de la Castilla profunda, Valladolid, no dejó de recordar que la inmensa mayoría de los más de 300 millones de hispanohablantes vive en el continente americano. Acentos de los Andes, de Colombia, de México y de Centroamérica han puesto de relieve que los españoles apenas representan el 10 por ciento de los hablantes de uno de los idiomas más universales. Pero todos han coincidido en el valor de la diversidad dentro de una unidad básica que se ha mantenido a lo largo de cinco siglos.

«Es lindo escuchar la complejidad, la riqueza, los distintos acentos del español», observó Ernesto Sábato [conocido escritor argentino]. «Así pues, el centro de gravedad del español está en América y por ello las conclusiones del congreso remarcan que en esta comunidad hispánica de naciones y de gentes donde las tierras, las costumbres, las leyes y los problemas son diversos, la lengua es común y es donde debemos sentar los pilares de una fructífera convivencia».

El País Internacional (Madrid)

🔊))
Track 3

FUENTE NO. 3

¿Catalán o castellano?

VOCABULARIO

VERBOS

acontecer *to happen*
adoptar *to adopt*
aportar *to bring into, to contribute*
arreglar *to arrange*
asombrarse *to be surprised*
callarse (cállate) *to be quiet*
conquistar *to conquer*
contribuir (contribuye) *to contribute*
convertir (ie) *to convert, to change*
desarrollar *to develop*
despedazar *to tear to pieces*
destacarse *to stand out, to be distinguished*
distraer *to distract*
durar *to last*
encontrarse (ue) (con) *to meet by chance, to run into*
enojarse *to become angry, to get mad*
influir (influye) *to influence*
olvidarse (de) *to forget*
opinar *to think, to have an opinion*

SUSTANTIVOS

la base *basis*
el casamiento *marriage*
la cena *supper*
el consejo *piece of advice*
la costumbre *custom*
la espada *sword*
el gallo *rooster*
el gato *cat*
el gobierno *government*
el habitante *inhabitant*
el idioma *language*
la lengua *language*

el mancebo *youth*
la novia *bride*
el novio *groom*
la ortografía *spelling*
el pariente / la parienta *relative*
el pedazo *piece*
la Península Ibérica *Iberian Peninsula (the entire land mass between the Pyrenees mountains and the Strait of Gibraltar containing the modern countries of Spain, Portugal, and Andorra)*
la pobreza *poverty*
el pueblo *people, village*
el sabor *flavor*
la saña *wrath*
el siglo *century*
la suegra *mother-in-law*
el suegro *father-in-law*
la tribu *tribe*

ADJETIVOS

antiguo(a) *old, ancient*
arruinado(a) *ruined, in ruins*
bravo(a) *ill-tempered, ferocious*
distinto(a) *different*
ensangrentado(a) *bloody*
extranjero(a) *foreign*
grosero(a) *coarse, rude*
honrado(a) *honorable, of high rank*
occidental *western*
predilecto(a) *favorite*
sañudo(a) *wrathful, angry*

OTRAS PALABRAS Y EXPRESIONES

entre *between, among*
se me ocurre *it occurs to me*

UNIDAD

2

CONTENIDO

Orígenes de la cultura hispánica: América

A. Temas de composición

1. En tu opinión, ¿debe el indígena cambiar su vida e incorporarse a la sociedad de la mayoría? Explica.

2. ¿Te interesa a ti la arqueología? ¿Por qué sí o por qué no?

3. ¿Crees que encontraremos seres vivos en otro «mundo»? Explica tu opinión.

4. ¿Crees que una sociedad con mucha diversidad de idiomas, costumbres, valores *(values)* y tradiciones tiene mejor futuro que una sociedad homogénea donde todos hablan el mismo idioma y tienen las mismas costumbres y los mismos valores tradicionales? Explica.

B. Temas de presentación oral

1. los aztecas
2. los mayas de hoy
3. el Imperio inca
4. los afrohispanoamericanos
5. la Ciudad de México
6. Hernán Cortés

◀ En el Valle de México está Teotihuacán; fue el centro urbano más grande del continente americano entre 100 a.C. y 650 d.C.

Dmitry Rukhlenko - Travel Photos / Alamy

🔊 Audio   🌐 www.cengagebrain.com   ▶ Video on DVD

Enfoque

Al llegar los conquistadores españoles al Nuevo Mundo en el siglo XVI se encontraron con las grandes civilizaciones de México y del Perú. Tanto los aztecas de México, como los incas del Perú formaron grandes imperios que se habían establecido por medio de la conquista violenta de las tribus anteriores. La civilización maya, que casi había desaparecido, tenía varios siglos de existencia y desarrollo. Las tres culturas presentaban diversos aspectos interesantes y aportaron nuevos elementos a la cultura hispánica.

VOCABULARIO ÚTIL

VERBOS

conducir *llevar; guiar*
construir (construye) *edificar*
crear *producir algo; inventar*
dominar *controlar; saber usar*
fundar *crear; establecer*
gobernar (ie) *dirigir; mandar con autoridad*
incluir (incluye) *incorporar*

SUSTANTIVOS

el (la) arqueólogo(a) *persona que estudia artefactos antiguos*
el conocimiento *acción de conocer a fondo*
el desarrollo *realización; mejora física o intelectual*

el descubrimiento *el acto de encontrar algo*
el (la) dios(a) *ser supremo; deidad*
el emperador, la emperatriz *monarca; persona que manda en un imperio*
el hecho *algo que es verdad*
el imperio *territorio de un emperador*
el nivel *altura; situación alcanzada*
la piedra *mineral duro y compacto; roca*
el siglo *cien años*

OTRAS PALABRAS Y EXPRESIONES

algo *un poco*

 2-1 **Para practicar.** Trabajen en parejas, o como lo indique su profesor(a), para hacer y contestar estas preguntas, usando el vocabulario de la lista.

1. ¿Construiste una casita en un árbol alguna vez? ¿Qué otras cosas construiste cuando eras niño(a)?
2. ¿Creabas vidas de fantasía cuando eras pequeño(a)? ¿Cómo eran?
3. ¿Dónde vivías en el siglo pasado?
4. ¿Sabes hacer saltar piedras sobre el agua? ¿Quién te enseñó a hacerlo?
5. ¿Qué pasó la primera vez que condujiste solo(a)? Si todavía no conduces, ¿cuándo puedes obtener la licencia para conducir?

Anticipación. En grupos de dos o tres personas respondan a estas preguntas.

1. ¿En qué país se encontraba la civilización azteca?
2. ¿Qué región ocupó la civilización incaica?
3. En grupos de cinco, hagan una lista de lo que saben de esas culturas.

Tres grandes civilizaciones

Los aztecas

En el lugar llamado Anáhuac, donde está hoy la capital de México, los aztecas habían dominado a otras tribus durante unos dos siglos. En 1325 fundaron Tenochtitlán, una ciudad que dejó mudo° a Cortés[1] cuando la vio por primera vez. Bernal Díaz[2], uno de los 400 soldados de Cortés, la describió así: «Y... vimos cosas tan admirables [que] no sabíamos qué decir... si era verdad lo que por delante° parecía°, que por una parte en tierra había grandes ciudades, y en la laguna° otras muchas, y veíamos todo lleno° de canoas,... y por delante estaba la gran ciudad de México». Los aztecas habían fundado la ciudad en un lago con puentes que la conectaban con la tierra.

Al llegar al valle de México los aztecas absorbieron la cultura tolteca[3] cuya° religión incluía el mito de Quetzalcóatl, un hombre-dios de la civilización, benévolo, que enseñaba las artes y los oficios necesarios para el hombre en la tierra. Al mismo tiempo, el dios protector de la tribu, Huitzilopochtli, era el dios de la guerra, quien exigía° continuas ofrendas° de sangre humana. Es difícil explicar cómo los aztecas llegaron a adorar° a dos dioses tan antagónicos°. Creían que Quetzalcóatl había creado al hombre regando° su propia sangre sobre la tierra. Por consiguiente, pensaban que era necesario recompensar° a los dioses con sangre.

Los conceptos religiosos sutiles° se combinaban con un sistema político algo avanzado. El emperador era a la vez sacerdote° y su poder fluía° de esta combinación de autoridad religiosa y políticomilitar. El imperio se basaba en la completa subyugación de casi todas las tribus del centro de México en una región del tamaño de Italia. Este hecho hizo relativamente fácil la conquista por los españoles en 1521, ya que formaron alianzas° con las tribus subyugadas para derrotar° a los aztecas.

Durante los dos siglos anteriores a la conquista, la sociedad azteca había perdido sus características democráticas y se había transformado en una

speechless

ahead; appeared
lagoon; full

whose

demanded; offerings
to worship
contrary
sprinkling
repay
subtle
(m) priest; flowed

alliances
defeat

[1]*Cortés* Hernán Cortés (1485–1547) condujo la primera expedición a México y conquistó a los aztecas en el valle central en 1521.

[2]*Bernal Díaz (del Castillo)* (1492–1584) Autor de *Historia verdadera de la conquista de la Nueva España* (México), que relata la conquista de México desde el punto de vista del soldado común y corriente.

[3]*tolteca* Los toltecas (o «maestros constructores»), sobre quienes se conoce relativamente poco, ocuparon gran parte del valle central de México antes de los aztecas. Los aztecas, que no tenían una tradición histórica propia, empezaron a considerarse descendientes de los toltecas y adoptaron su historia.

sociedad aristocrática. El emperador Moctezuma II,
30 que reinaba° cuando llegó Cortés, vivía en un palacio comparable en su lujo° a los palacios europeos. Pero el lujo y la aparente prosperidad cubrían°
35 un estado psicológico deprimido. Varios acontecimientos° le habían hecho creer a Moctezuma que se acercaba° el fin del imperio. Cuando llegó Cortés
40 con sus soldados, la superstición de los jefes los condujo a una resistencia débil. Pensaron que los españoles montados° a caballo eran monstruos; además, los indígenas
45 no tenían armas de fuego° como las que poseían° los españoles. Dentro de poco tiempo estos habían destruido la capital del gran imperio de los aztecas para construir sobre los escombros° la ciudad conocida hoy como la Ciudad de México.

El calendario azteca, México

50 **Los incas**

Aunque los arqueólogos creen que los primeros pueblos indígenas de los Andes datan de diez mil años antes de Cristo, cuando
55 desembarcó° Pizarro[4] en 1532 los incas apenas tenían un siglo de dominio imperial en las montañas. Igual que los aztecas, eran un pueblo militar que había
60 establecido su dominio sobre las otras tribus durante el siglo XV. Los incas, como los aztecas, se consideraban también el pueblo elegido° del sol. El emperador
65 (llamado «el Inca») recibía su poder absoluto por el hecho de ser descendiente directo del sol.

Machu Picchu, Perú

[4]*Pizarro* Francisco Pizarro (1476–1541) junto con sus hermanos Gonzalo y Juan y Hernando y Diego de Almagro aseguraron la conquista del Imperio inca cuando capturaron y mataron *(killed)* el último emperador, Atahualpa, en 1533.

Creían que el primer emperador, Manco Cápac (que vivió en el siglo XIII) era hijo del sol.

Aunque había una clase de nobles mantenidos por el pueblo, el resto de la sociedad de los incas tenía aspecto socialista. La comunidad básica era el «ayllu»[5]. Cada comunidad tenía derecho a una cantidad de tierra suficiente para producir sus alimentos° y la trabajaba en común. Otro pedazo° de tierra se designaba para el estado (los nobles) y otro pedazo para los dioses (la Iglesia y el clero°). La gente del *ayllu* cultivaba esta tierra también y los productos constituían un tipo de impuestos° sobre la comunidad. Los productos de la tierra del estado iban para mantener a los nobles, al ejército°, a los artistas y también a los ancianos y enfermos que no podían producir su propio alimento. Si ocurría algún desastre en un *ayllu*, como una inundación°, el gobierno les proveía° comida de sus almacenes°. Los hombres tenían la obligación de contribuir con una porción de tiempo cada año a las obras públicas, como a los caminos y a los acueductos, que eran comparables con los de Europa. El uso de la piedra para la construcción y su sistema de riego° eran maravillosos.

En los tejidos, los incas ya conocían casi todas las técnicas que conocemos hoy y hacían telas superiores a las que producimos hoy. Dos factores estimularon el desarrollo del arte de tejer°: el clima algo frío de las montañas y la lana de la llama. El tejer era una actividad exclusivamente femenina y se pasaban los conocimientos de madre a hija, refinándolos cada vez más. Las tejedoras° eran muy protegidas por el estado, y a las mejores se las llevaban a conventos especiales donde pasaban la vida tejiendo. Usaban los tejidos para enterrar a las personas de importancia: algo semejante a lo que hacían los egipcios.

food; piece

clergy

taxes

army

flood; provided

warehouses

irrigation

art of weaving

weavers

Los mayas

De las grandes culturas indígenas, la que más ha intrigado° al hombre moderno es la cultura maya. Esta ocupaba el sureste de México, Guatemala y Honduras. Fue la civilización más brillante de todas las del continente.

El nivel de la cultura en su periodo clásico (entre 200 a.C. y 900 d.C.[6]) era casi tan avanzado como el de las culturas mediterráneas de la misma época. Sus centros, tales como Tikal[7], además de tener una importancia ceremonial, probablemente eran ciudades hasta con 40 000 habitantes. Sin embargo, durante el siglo IX los mayas sufrieron alguna catástrofe desconocida y algo misteriosa que resultó en su decadencia completa.

Entre sus muchos logros° intelectuales, su sistema de medir° el tiempo era el más impresionante. Adoptaron un calendario que existía en toda la región y lo refinaron mucho. El calendario antiguo consistía en dos ruedas° distintas. Una marcaba el año ceremonial de 13 meses de 20 días y la otra marcaba el año civil

intrigued

achievements; their system of measurement

wheels

[5]*ayllu* En tiempos preincaicos, el *ayllu* era básicamente una comunidad de individuos que se consideraban parientes. Se cree que se convirtió en una organización política bajo el dominio inca. En el Perú actual, las comunidades campesinas siguen llamándose *ayllus*.

[6]*d.C.* después de Cristo.

[7]*Tikal* Una ruina maya en Guatemala que por mucho tiempo fue considerada el poblado más grande y antiguo (400–300 a.C.). Sin embargo, excavaciones han encontrado un poblado más grande y antiguo, El Mirador.

Chichén Itzá, México

Robin Hill/Photolibrary/Getty Images

de 18 meses de 20 días. La relación de 260 días y 360 días daba un total de
18 980 combinaciones o un ciclo de 52 años, ciclo importante en varias culturas.
Los mayas extendieron el calendario con otros periodos de 20 y 400 años y

they fixed

fijaron° el principio de su propio ciclo en la fecha equivalente a 3114 a.C. En el

110 caso de la luna calculaban los ciclos lunares de 2 953 020 días, comparado con
los 2 953 059 días que ha establecido la astronomía moderna.

Su sociedad incluía un monarca hereditario y una clase de nobles que vivían

lineage
ancestors

obsesionados por las guerras constantes entre los monarcas. Su linaje° era muy
importante y se encuentran muchas referencias a las fechas de los antepasados°.

115 También creían seriamente en la astrología y consultaban las estrellas antes de
hacer cualquier cosa.

El sistema maya de escribir los números es interesante por dos razones:
por el concepto del cero y por el uso de las posiciones de los decimales. Era un

base 20; rods

sistema vigesimal°, que usaba puntos y varas° para contar y era superior al

120 sistema romano usado en Europa en la misma época.

En la escritura, los mayas habían llegado a tener un sistema ideográfico

instead of
decipher

en que los símbolos representan ideas en vez de° ser dibujos de objetos[8].
Últimamente los expertos han podido descifrar° los dibujos de las estelas en las
ruinas y los de los cuatro códices[9].

125 La arquitectura maya muestra una preocupación estética importante.
Mientras que en las otras culturas precolombinas el tamaño de las pirámides era

[8]*dibujos de objetos* Los sistemas de escritura por lo general tienen tres etapas: (1) el pictórico, que consiste en dibujos de acción; (2) el ideográfico, cuyos símbolos son convencionales y representan ideas; y (3) el fonético, cuyos signos representan sonidos. La escritura maya era ideográfica y la mayoría de los académicos piensan que era fonética.

[9]*cuatro códices* Un códice es un manuscrito de textos oficiales o clásicos. Las *estelas* son estructuras verticales de piedra con inscripciones colocadas en las entradas de edificios, sobre tumbas, etcétera. Los *Libros de Chilam Balam* y el *Popol Vuh* fueron escritos por sacerdotes mayas que usaron el alfabeto español después de la conquista.

lo que indicaba su importancia, los mayas ponían más énfasis en la ornamentación de la piedra. Sus logros artísticos incluían también la escultura° y la pintura.

sculpture

130   Al examinar el nivel de las culturas indígenas del Nuevo Mundo es fácil imaginar el asombro que les causó a los españoles. También si se compara esta situación de los españoles con la de los ingleses —un pueblo homogéneo que se encontró frente a tribus de indígenas nómadas°— se comienzan a comprender las diferencias que aparecen en las sociedades modernas.

nomadic

2-3   **Comprensión.** Indica si cada oración se refiere a los aztecas, los incas o los mayas, según el texto.

1. Cuando llegó Pizarro, tenían solamente cien años de dominio imperial.
2. Fundaron Tenochtitlán en 1325.
3. Adoptaron algunos mitos de los toltecas.
4. Tenían un sistema ideográfico de escritura.
5. Los hombres contribuían con una porción de tiempo cada año para hacer obras públicas.
6. El «ayllu» era la comunidad básica.
7. Su logro más impresionante fue su sistema de medir el tiempo.
8. En la construcción de pirámides, ponían más énfasis en la ornamentación de la piedra.

2-4   **Opiniones.** Expresa tu opinión personal.

1. Esta lectura dice que «De las grandes culturas indígenas, la que más ha intrigado al hombre moderno es la cultura maya». ¿Estás de acuerdo o no? Explica.
2. ¿Qué conocimientos de los incas te sorprenden más?
3. ¿Cómo debe el mundo moderno juzgar *(judge)* las culturas antiguas donde se llevaban a cabo prácticas como sacrificios humanos?
4. ¿Qué factor crees que hizo la conquista del imperio azteca por los españoles relativamente fácil?
5. En tu opinión, ¿deben tener los ciudadanos *(citizens)* de los Estados Unidos la obligación de contribuir con tiempo a las obras públicas? ¿Por qué? ¿Con qué contribuimos en vez de dar tiempo?

EXPANSIÓN DE VOCABULARIO

Familias de palabras

Una familia de palabras es un grupo de palabras que están relacionadas porque comparten *(share)* la misma raíz (el elemento básico de una palabra que contiene el significado). Por ejemplo, de la raíz **libr-** podemos formar las palabras **libros**, **librería**, **librero**, **libreta**. Todas estas palabras tienen diferentes formas y funciones, pero están relacionadas por su significado.

2-5 **Sustantivos.** Completa con las formas apropiadas.

1. llegar   llegada   llamar   _____
2. abrir   abertura   escribir   _____
3. dibujar   dibujo   cultivar   _____
4. organizar   organización   colonizar   _____
5. existir   existencia   influir   _____

2-6 **Adjetivos.** Completa según el modelo.

| MODELO | cultura | *cultural* |

1. ceremonia   _____   3. continente   _____
2. centro   _____   4. trópico   _____

2-7 **Palabras relacionadas.** Completa la tabla según el modelo.

| MODELO | brillo | *brillante* | *brillar* |

1. impresión   _____   _____
2. _____   interesante   _____
3. _____   _____   abundar
4. _____   _____   dominar

2-8 **Una familia de palabras.** En grupos de dos o tres personas, completen la siguiente familia de palabras.

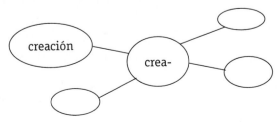

«Claro que hubo otras».

VOCABULARIO ÚTIL

VERBOS

comentar *expresar opiniones sobre algo*

encantar *gustar mucho*

reemplazar *sustituir una cosa por otra*

SUSTANTIVOS

el asunto *tema*

el cacao *ingrediente principal del chocolate*

el comestible *comida; alimento*

el huracán *viento tropical muy fuerte*

el maíz *granos amarillos y nutritivos*

la papa *tubérculo que se come*

el préstamo *algo que se presta*

ADJETIVOS

culto(a) *educado; refinado*

escolástico(a) *de una doctrina dogmática*

indígena *originario de un lugar; amerindio*

poderoso(a) *que tiene mucho poder; fuerte; potente*

próximo(a) *siguiente*

tecnológico(a) *relacionado con la tecnología*

OTRAS EXPRESIONES

claro (que) *por supuesto; evidentemente*

eso de *sobre*

lo que *(=what)*

no les quedó más remedio *no tuvieron otra solución*

¡Qué lástima! *expresión de compasión*

quedarle a uno *tener parte de una cosa*

2-9 **Para practicar.** Completa el párrafo siguiente con palabras escogidas de la sección **Vocabulario útil**. No es necesario usar todas las palabras.

A la mujer le 1. _____ cocinar. Tiene que ir al mercado para comprar algunos 2. _____ antes de preparar la cena. No tiene dinero y por eso le pide un

3. _____ a su vecina. A ella no le 4. _____. En el mercado compra el 5. _____ para hacer una torta especial. También compra algunas 6. _____ para asar y el 7. _____ para hacer tortillas. Quiere hacer una salsa especial para las tortillas, pero el mercado no tiene 8. _____ necesita para hacerla. Vuelve a casa y llama a su amiga para invitarla a cenar. Su amiga le dice que el meteorólogo acaba de anunciar que habrá un 9. _____ 10. _____ esa noche por la costa. Ella no quiere salir de su casa. Ellas deciden tener la cena la 11. _____ noche. 12. _____

Estrategia al escuchar

Mientras escuchas el diálogo, toma apuntes en una hoja de papel pero no trates de escribir todo. Limítate a escribir las palabras clave o más significativas. Por ejemplo, al escuchar «En la clase anterior estábamos comentando eso de las influencias extranjeras. Su discusión fue muy interesante, pero solamente llegó hasta los moros», escribe las palabras clave *la influencia extranjera árabe*.

🔊
Track 4
2-10 **El día siguiente en mi clase de cultura hispánica.** Escucha el diálogo entre Ramón, Elena y el profesor.

2-11 **Comprensión.** Contesta las siguientes preguntas.

1. ¿Por qué tienen que hacer otra pregunta los alumnos?
2. ¿Quién la va a hacer esta vez?
3. ¿Sobre qué tema es la pregunta?
4. ¿Le gusta al profesor el tema de las influencias extranjeras?
5. ¿Hasta dónde llegó el profesor en la clase anterior?
6. ¿De qué influencias habla el profesor hoy?
7. ¿Por qué no terminaron la clase?
8. ¿Sobre qué va a ser el examen de la próxima clase?

👥 **2-12** **Actividad cultural.** En el diálogo se habla de las lenguas extranjeras y la influencia que estas lenguas tienen sobre algunas de las otras. Para ver si has entendido esta información, contesta estas preguntas. Después, compara tus respuestas con las de otro(a) estudiante.

1. ¿De qué lenguas indígenas tomaron palabras los españoles?
2. ¿Qué son los préstamos?
3. ¿Por qué necesitaban tomar palabras de esas lenguas?
4. ¿Cuáles son algunos de los préstamos?
5. ¿Qué otras lenguas han influido en el español moderno?

En el pie de foto, ¿puedes identificar el imperfecto? ¿el pretérito? ¿el verbo reflexivo?

Michel Zabé / Art Resource, NY

Tezcatlipoca era el dios de los reyes aztecas que creó el mundo, junto con Quetzalcóatl. Tenía un espejo mágico; ante él, todos se hallaban indefensos.

El imperfecto

Heinle Grammar Tutorial:
The imperfect tense

A. Los verbos regulares

Para formar el imperfecto de los verbos regulares, se quita la terminación del infinitivo y se añaden las siguientes terminaciones: **-aba, -abas, -aba, -ábamos, -abais** y **-aban** para los verbos terminados en **-ar**. Para los verbos terminados en **-er** o en **-ir** se añade: **-ía, -ías, -ía, -íamos, -íais** e **-ían**.

llamar		comer		vivir	
llam**aba**	llam**ábamos**	com**ía**	com**íamos**	viv**ía**	viv**íamos**
llam**abas**	llam**abais**	com**ías**	com**íais**	viv**ías**	viv**íais**
llam**aba**	llam**aban**	com**ía**	com**ían**	viv**ía**	viv**ían**

B. Los verbos irregulares

Solamente hay tres verbos irregulares en el imperfecto.

ir:	iba, ibas, iba, íbamos, ibais, iban
ser:	era, eras, era, éramos, erais, eran
ver:	veía, veías, veía, veíamos, veíais, veían

El imperfecto se puede traducir al inglés de diferentes maneras:

Tú llamabas
{
You called
You used to call
You were calling
}

PRÁCTICA

2-13 **Una narrativa breve.** Lee esta narrativa breve y después cuéntala sobre las personas indicadas. Luego, describe lo que hacían estas personas durante un día típico.

En la clase yo comentaba siempre las influencias indígenas sobre el vocabulario del español. También aprendía a analizar los verbos reflexivos con frecuencia. Todas las noches iba a la biblioteca para hacer la tarea de la clase. Yo era un buen estudiante. Muchas veces veía a los amigos allá y hablaba con ellos.

(ellas, tú, nosotros, Juana, los estudiantes, Uds.)

2-14 **El Nuevo Mundo.** Completa esta breve historia con la forma correcta del imperfecto de los verbos entre paréntesis. Luego, describe el tema de esta narrativa con ejemplos.

Las civilizaciones indígenas (ser) 1. _____ muy interesantes, especialmente las de los indígenas que (vivir) 2. _____ en el altiplano del Perú durante el tiempo del encuentro con los españoles en el Nuevo Mundo. Los conquistadores (ver) 3. _____ cosas nuevas todos los días, incluso varias plantas que (ser) 4. _____ desconocidas en España. Los indígenas (comer) 5. _____ con frecuencia papas, batatas, maíz y cacao como parte de su dieta diaria. (Haber) 6. _____ muchos tipos de nuevos comestibles.

2-15 Una entrevista. Con un(a) compañero(a) de clase, pregúntense las cosas siguientes, para saber más de lo que Uds. hacían en su niñez. Comparen las respuestas para ver qué actividades tenían en común.

1. ¿Dónde vivías en tu niñez?
2. ¿Dónde vivías cuando asistías a la escuela primaria?
3. ¿Estudiabas español cuando estabas en *middle school,* antes de venir a la escuela secundaria?
4. ¿Eras un(a) buen(a) o mal(a) estudiante en la primaria?
5. ¿Cuál era tu pasatiempo favorito?
6. ¿Qué hacías en los fines de semana?
7. ¿Hacías la tarea en casa o te quedabas en la escuela para hacerla?
8. Cuando eras pequeño(a), ¿qué querías ser de grande?

2-16 Tu niñez. Dile a un(a) compañero(a) de clase tres cosas que hacías todos los veranos en tu niñez. Luego, escucha mientras tu compañero(a) hace lo mismo. Termina haciendo un resumen de sus experiencias para ver cuáles de estas eran parecidas y cuáles eran diferentes.

> **MODELO** Tú: *Yo iba a la playa todos los veranos cuando era pequeño(a).*
> Tu compañero(a) de clase: *Yo iba a la playa también.*
> -o-
> *Yo no iba a la playa. Yo iba a las montañas.*

Ahora, tu profesor(a) va a conducir una encuesta para saber la actividad del verano en la cual la mayoría de los estudiantes participaba.

El pretérito

🌐 **Heinle Grammar Tutorial:** The preterite tense

A. Verbos regulares

Para formar el pretérito de los verbos regulares, se quita la terminación del infinitivo y se añaden las siguientes terminaciones: **-é, -aste, -ó, -amos, -asteis** y **-aron** para los verbos terminados en **-ar**. Para los verbos terminados en **-er** o **-ir** se añade: **-í, -iste, -ió, -imos, -isteis** e **-ieron**.

escuchar		comer		salir	
escuch**é**	escuch**amos**	com**í**	com**imos**	sal**í**	sal**imos**
escuch**aste**	escuch**asteis**	com**iste**	com**isteis**	sal**iste**	sal**isteis**
escuch**ó**	escuch**aron**	com**ió**	com**ieron**	sal**ió**	sal**ieron**

B. Verbos irregulares

1. El pretérito de **ir** y **ser** tienen las mismas formas.

ir / ser	
fui	fuimos
fuiste	fuisteis
fue	fueron

Paula **fue** a clase anoche.
Fue una clase interesante.

2. **Dar** y **ver** también son irregulares en el pretérito.

dar:	di, diste, dio, dimos, disteis, dieron
ver:	vi, viste, vio, vimos, visteis, vieron

3. Verbos irregulares con **u** en la raíz:

andar:	anduve, anduviste, anduvo, anduvimos, anduvisteis, anduvieron
estar:	estuve, estuviste, estuvo, estuvimos, estuvisteis, estuvieron
haber:	hube, hubiste, hubo, hubimos, hubisteis, hubieron
poder:	pude, pudiste, pudo, pudimos, pudisteis, pudieron
poner:	puse, pusiste, puso, pusimos, pusisteis, pusieron
saber:	supe, supiste, supo, supimos, supisteis, supieron
tener:	tuve, tuviste, tuvo, tuvimos, tuvisteis, tuvieron

4. Verbos irregulares con **i** en la raíz:

hacer:	hice, hiciste, hizo, hicimos, hicisteis, hicieron
querer:	quise, quisiste, quiso, quisimos, quisisteis, quisieron
venir:	vine, viniste, vino, vinimos, vinisteis, vinieron

5. Verbos irregulares con **j** en la raíz:

Otos verbos terminados en **-ducir** que se conjugan como **producir: conducir, traducir**

decir:	dije, dijiste, dijo, dijimos, dijisteis, dijeron
producir:	produje, produjiste, produjo, produjimos, produjisteis, produjeron
traer:	traje, trajiste, trajo, trajimos, trajisteis, trajeron

Fíjate que los verbos en **3** y **4** tienen las mismas terminaciones irregulares. Los verbos en **5** también tienen las mismas terminaciones irregulares con la excepción de la tercera persona en plural, la cual es **-eron** y no **-ieron**.

C. Verbos con cambios ortográficos

1. Los verbos terminados en **-car**, **-gar** y **-zar** tienen los siguientes cambios ortográficos en la primera persona singular del pretérito:

-car:	c → qu
-gar:	g → gu
-zar:	z → c
buscar:	busqué, buscaste, buscó, buscamos, buscasteis, buscaron
llegar:	llegué, llegaste, llegó, llegamos, llegasteis, llegaron
empezar:	empecé, empezaste, empezó, empezamos, empezasteis, empezaron

2. Algunos verbos terminados en **-er** e **-ir** cambian la **i** a **y** en la tercera persona del singular y plural. ¡Ojo a los acentos!

caer:	caí, caíste, cayó, caímos, caísteis, cayeron
creer:	creí, creíste, creyó, creímos, creísteis, creyeron
leer:	leí, leíste, leyó, leímos, leísteis, leyeron
oír:	oí, oíste, oyó, oímos, oísteis, oyeron

D. Verbos con cambios en la raíz

1. Aquellos verbos terminados en **-ir** que cambian la **e** de la raíz a **ie** o la **o** a **ue** en el tiempo presente, cambian la **e** a **i** y la **o** a **u** en la tercera persona del singular y del plural del pretérito.

preferir		dormir	
preferí	preferimos	dormí	dormimos
preferiste	preferisteis	dormiste	dormisteis
prefirió	prefirieron	durmió	durmieron

2. Aquellos verbos terminados en **-ir** que cambian la **e** de la raíz a **i** en el tiempo presente también cambian la **e** a **i** en la tercera persona singular y plural del pretérito.

repetir		pedir	
repetí	repetimos	pedí	pedimos
repetiste	repetisteis	pediste	pedisteis
repitió	repitieron	pidió	pidieron

3. La mayoría de los verbos terminados en **-ar** y **-er** con cambios de raíz en el tiempo presente son regulares en el pretérito.

PRÁCTICA

2-17 **Una narración breve.** Lee esta narración breve y después cuéntala acerca de las personas indicadas.

Escuché su conferencia acerca de las influencias extranjeras sobre el español con mucho interés. Después salí con unos amigos para comer en un café y discutir el asunto. Comí una variedad de cosas de origen indígena, como papas fritas con salsa de tomate y una taza de chocolate. Pasé una noche muy agradable con buenos amigos, comida deliciosa y conversación animada.

(Elena y yo, tú, mi hermano, Tomás y Luisa, Ud.)

2-18 **Transformación.** Cambia los verbos en las oraciones siguientes a la primera persona singular del pretérito.

1. Tocamos la trompeta.
2. Pagamos la cuenta en la tienda.
3. Comenzamos a trabajar a las siete.
4. Jugamos al tenis el sábado.
5. Le dedicamos este poema a la profesora.
6. Reemplazamos los libros viejos de español.

2-19 **El viaje de Carmen.** Completa este cuento sobre un viaje que Carmen hizo a México, usando la forma correcta del pretérito de los verbos entre paréntesis.

Carmen (hacer) 1. _____ un viaje a México la semana pasada. Al llegar a la capital no (poder) 2. _____ pasar por la aduana porque su madre no le (poner) 3. _____ su pasaporte en su maleta. Ella (traer) 4. _____ su tarjeta de residente con ella y por eso los funcionarios de la aduana le (permitir) 5. _____ entrar al país. Su amigo Raúl (ir) 6. _____ al aeropuerto para llevarla a la casa de su familia. Por un instante ella (tener) 7. _____ mucho miedo (*was very afraid*), pero al conocer a los padres de Raúl ella (darse) 8. _____ cuenta (*realized*) de que no habría ningún problema. El próximo día Raúl le (pedir) 9. _____ el coche a su padre y los dos jóvenes (salir) 10. _____ para hacer una gira por las ruinas indígenas.

2-20 **Una historia personal.** Ahora escribe una narrativa semejante a la narración de la actividad **2-19**, relatando la aventura más inolvidable que tú tuviste o que un(a) amigo(a) tuvo en el pasado. Usa algunos de los verbos de la lista siguiente. Comparte esta experiencia con la clase.

almorzar	entrar	jugar	pagar
buscar	hacer	llegar	tener
empezar	ir	pedir	traer

Los usos del imperfecto y el pretérito

⊕ **Heinle Grammar Tutorial:**
The preterite versus the imperfect

A. Resumen de los usos

El imperfecto y el pretérito, dos tiempos verbales del pasado, tienen usos específicos y expresan diferentes aspectos del pasado. No son intercambiables.

El imperfecto se usa:

1. para indicar una acción en progreso o para describir una condición que existía en un tiempo en el pasado.

> **Estudiaba** en España en aquella época.
> En el cine yo me **reía** mientras los demás **lloraban.**
> **Había** muchos estudiantes en la clase de química.
> **Hacía** mucho frío en el auditorio.

2. para describir acciones repetidas en forma habitual en el pasado.

> Mis amigas **estudiaban** todas las noches en la biblioteca.
> Los chicos **viajaban** por la península todos los veranos.

3. para describir condiciones o estados físicos, mentales o emocionales en el pasado.

> Los jóvenes **estaban** muy enfermos.
> No **comprendíamos** la lección sobre el lenguaje culto y escolástico de la época.
> Yo **creía** que Juan era rico y poderoso.
> La chica **quería** quedarse en casa.

4. para expresar la hora en el pasado.

> **Eran** las siete de la noche.

El pretérito se usa:

1. para expresar una acción completa en el pasado, sin importar cuánto tiempo duró o cuántas veces ocurrió. El pretérito ve el acto como un evento considerado terminado en el pasado.

> **Fuimos** a clase ayer.
> **Traté** de llamar a Elsa repetidas veces.
> **Llovió** mucho el año pasado.
> Ella **salió** de casa, **fue** al centro y **compró** el regalo.

2. para narrar el comienzo o el final de una acción completa en el pasado.

> **Empezó** a hablar con los estudiantes.
> **Terminaron** la tarea muy tarde.

3. para indicar un cambio en el estado mental, físico o emocional en un determinado punto en el pasado.

> Después de la explicación lo **comprendimos** todo.

B. El pretérito y el imperfecto juntos

1. El pretérito y el imperfecto pueden aparecer juntos en una misma oración.

> El profesor **hablaba** cuando Elena **entró**.
> Él **explicaba** las influencias extranjeras cuando **terminó** la clase.
> Me **dormí** mientras **hacía** las actividades.

En las oraciones de arriba, el imperfecto describe lo que pasaba y el pretérito expresa una acción completa que interrumpe la escena.

2. Observa los usos del pretérito y el imperfecto en los siguientes párrafos.

> Los españoles **llegaron** *(acción completa)* a América en 1492, donde se **encontraron** *(acción completa)* con los indígenas de este nuevo mundo. Los indígenas **eran** *(descripción)* de una raza desconocida. Todo **era** *(descripción)* distinto incluso el color de su piel, la ropa, sus costumbres y sus lenguas. Los españoles **creían** *(proceso mental)* que **estaban** *(acción en su duración)* en la India y por eso **llamaron** *(acción completa)* a los habitantes de estas tierras «indios».
>
> Cuando los españoles **empezaron** *(comienzo de una acción)* a explorar estos nuevos territorios **supieron** *(saber en pretérito = descubrir)* que ya **había** *(descripción)* tres civilizaciones muy avanzadas: la maya, la azteca y la incaica. Estos indígenas **tenían** *(descripción)* sus propios sistemas de gobierno, sus propias lenguas y en cada civilización la religión **hacía** *(descripción)* un papel muy importante en la vida diaria de la gente. **Había** *(descripción)* muchos templos y los indígenas **participaban** *(acción habitual)* en numerosas ceremonias dedicadas a sus dioses. **Había** *(descripción)* gran cantidad de diferencias entre la cultura de los españoles y la de los indígenas. Por eso los españoles no **pudieron** *(poder en el pretérito = conseguir hacer algo)* entender bien a los indígenas ni ellos a los españoles.

C. Verbos que cambian de significado en el pretérito

En el imperfecto, algunos verbos describen un estado físico, mental o emocional, mientras que en el pretérito indican un cambio en el estado o en un evento.

conocer:	Conocí a Elena anoche. *conocer en el pretérito = encontrar a alguien por primera vez*	¿Conocías a Elena en aquella época? *conocer en el imperfecto = estar familiarizado con*
saber:	Supo que ella era rica. *saber en el pretérito = descubrir*	Sabía que ella era rica. *saber en el imperfecto = tener información sobre algo*

querer:	Quiso llamarla.	Quería llamarla.
	querer en el pretérito = intentar	*querer en el imperfecto = desear*
	No quiso hacerlo.	No quería hacerlo.
	no querer en el pretérito = rehusar	*no querer en el imperfecto = no desear*
poder:	Pudo hacerlo.	Podía hacerlo.
	poder en el pretérito = conseguir hacer algo	*poder en el imperfecto = tener la habilidad*

PRÁCTICA

2-21 **A decidir.** Completa las oraciones siguientes con el pretérito o el imperfecto de los verbos entre paréntesis, según sea necesario.

1. Mi amigo _____ (estudiar) cuando yo _____ (entrar).

2. Los invitados _____ (comer) cuando mis padres _____ (llegar).

3. Ella _____ (salir) cuando el reloj _____ (dar) las seis.

4. Nosotros _____ (dormir) cuando el policía _____ (llamar) a la puerta.

5. Yo _____ (hablar) con el profesor cuando los estudiantes _____ (entrar) en la clase.

6. Siempre me _____ (llamar) cuando él _____ (estar) en la ciudad.

7. La chica _____ (ser) muy bonita. Ella _____ (tener) pelo rubio y ojos verdes.

8. Los árabes _____ (invadir) España en el año 711 y se _____ (irse) en 1492.

9. Ramón _____ (ir) a la biblioteca y _____ (estudiar) por dos horas.

10. Cuando nosotros _____ (estar) de vacaciones en la península, _____ (hacer) calor todos los días.

2-22 **Una tarde con Ramón.** Escribe el párrafo otra vez cambiando todos los verbos al pretérito o al imperfecto, según sea necesario.

Son las tres de la tarde. Ramón está en casa. Hace buen tiempo y por eso decide llamar a Elena para preguntarle si quiere dar un paseo con él. Llama dos veces por teléfono pero nadie contesta. Entonces sale de casa. Anda por la plaza cuando ve a Elena frente a la catedral. Ella está con su amiga Concha. Ramón corre para alcanzarlas. Cuando ellas lo ven, lo saludan con gritos y risas. Ramón las saluda y empieza a hablar con Elena. No hablan por mucho tiempo porque las chicas tienen que estar en casa de Concha a las cinco, y ella vive muy lejos. Ramón conoce a Concha también, pero ella nunca lo invita porque cree que él es muy antipático. Por eso los jóvenes se despiden y Ramón le dice a Elena que va a llamarla más tarde.

2-23 **Una carta a un(a) amigo(a).** Completa la carta con el pretérito o el imperfecto de los verbos entre paréntesis, según sea necesario.

Hola:

Te escribo para decirte lo que hice el fin de semana pasado. (Salir) con José todos los sábados, pero ayer (ver) a Ramón en la librería, y nosotros (decidir) ir al cine. (Ser) una película interesante sobre las culturas indígenas antiguas de México. Más tarde nosotros (querer) entrar a un club que (estar) cerca del Zócalo, pero no (poder). Entonces nosotros (ir) a la plaza y allí (conocer) a unos muchachos muy divertidos. (Ser) la medianoche cuando yo (llegar) a casa. Yo (estar) muy cansado(a). (Dormir) hasta las cuatro de la tarde. Luego (estudiar), (cenar) y (mirar) televisión. ¡Qué fin de semana!

Hasta luego,
Tu amigo(a)

2-24 **Tu fin de semana pasado.** Ahora escríbele una carta a un(a) amigo(a) diciéndole lo que hiciste el fin de semana pasado. Luego, compara tu carta con la de un(a) compañero(a) de clase. Para terminar, comparte tus experiencias con la clase. ¿Cuántos estudiantes hicieron las mismas cosas y cuántos estudiantes hicieron cosas diferentes? Tu profesor(a) va a escribir una lista de estas actividades en la pizarra para comparar las diferencias y semejanzas.

🌐 **Heinle Grammar Tutorial:**
Reflexive verbs

Los verbos y pronombres reflexivos

1. Los verbos reflexivos se identifican por el pronombre reflexivo **se**, el cual se añade al infinitivo para indicar su uso reflexivo. Cuando se conjuga un verbo reflexivo, se debe usar una forma apropiada del pronombre reflexivo.

levantarse

me levanto	nos levantamos
te levantas	os levantáis
se levanta	se levantan

Los verbos reflexivos son aquellos cuya acción se refleja sobre el sujeto que la realiza.

Me levanto a las ocho.
Se llama Elena.

2. Los pronombres reflexivos se colocan antes del verbo conjugado o después del infinitivo, formando una sola palabra.

¿Vas a bañar**te** ahora?
¿No **te** vas a bañar ahora?

En inglés, muchos verbos reflexivos se traducen como *to become* o *to get* y un adjetivo.

acostumbrarse	*to get used to*	enojarse	*to become angry*
casarse	*to get married*	ponerse pálido(a)	*to become pale*
enfermarse	*to get sick*	ponerse triste	*to become sad*

A. El uso reflexivo y no reflexivo

1. Muchos verbos tienen uso reflexivo y no reflexivo; el uso reflexivo cambia el significado del verbo.

Lavo mi coche todos las sábados.
Me lavo antes de comer.

2. Estudia los siguientes verbos:

acercar	*to bring near*	acercarse (a)	*to approach*
acordar	*to agree (to)*	acordarse (de)	*to remember*
acostar	*to put to bed*	acostarse	*to go to bed*
bañar	*to bathe (someone)*	bañarse	*to bathe (oneself)*
burlar	*to trick, to deceive*	burlarse (de)	*to make fun of*
decidir	*to decide*	decidirse (a)	*to make up one's mind*
despedir	*to discharge, to fire*	despedirse (de)	*to say good-bye*
despertar	*to awaken (someone)*	despertarse	*to wake up*
divertir	*to amuse*	divertirse	*to have a good time*
dormir	*to sleep*	dormirse	*to fall asleep*
enojar	*to anger (someone)*	enojarse	*to get angry*
fijar	*to fix, to fasten*	fijarse (en)	*to notice*
hacer	*to do, to make*	hacerse	*to become*
levantar	*to raise, to lift*	levantarse	*to get up*
llamar	*to call*	llamarse	*to be called, to be named*
negar	*to deny*	negarse (a)	*to refuse*
parecer	*to seem, to appear*	parecerse (a)	*to resemble*
poner	*to put, to place*	ponerse	*to put on (clothing)*
		ponerse a	*to begin doing something*
preocupar	*to preoccupy*	preocuparse (de, por, or con)	*to worry about*
probar	*to try, to taste*	probarse	*to try on*
quitar	*to take away, to remove*	quitarse	*to take off*
sentar	*to seat someone*	sentarse	*to sit down*
vestir	*to dress (someone)*	vestirse	*to get dressed*
volver	*to return*	volverse	*to turn around*

3. Los siguientes verbos requieren por lo general el pronombre reflexivo:

arrepentirse (de)	*to repent*	jactarse (de)	*to boast*
atreverse (a)	*to dare*	quejarse (de)	*to complain*
darse cuenta (de)	*to realize*	suicidarse	*to commit suicide*

B. El pronombre reflexivo como intensificador

En el habla coloquial, muchas veces se usan los pronombres reflexivos para intensificar una acción o para poner énfasis al sujeto. Observa los siguientes ejemplos del habla coloquial.

> Se murió el abuelo el año pasado.
> Lo siento, me lo comí todo.
> ¿Los viajes? Me los pago yo.

PRÁCTICA

2-25 **Una narrativa breve.** Lee esta narrativa breve y después cuéntala sobre las personas indicadas.

Ayer me levanté temprano. Me bañé, me vestí y me desayuné. Más tarde, me puse la chaqueta y me fui para la escuela. Después de mis clases, decidí ir a estudiar en la biblioteca antes de volver a casa. Me divertí mucho leyendo el cuento para la clase de español. Al llegar a casa, me cambié de ropa, me acosté y me dormí pronto.

(mis amigos y yo, Carmen, Uds., tú, ellas)

2-26 **Un cambio de sentido.** Cambia las oraciones a la forma reflexiva. Fíjate en el cambio de sentido entre la forma reflexiva y la forma original.

MODELO	Ella lava los platos.
	Ella se lava.

1. José levanta a su hermano temprano.
2. Yo baño a mi perro todos los días.
3. La madre acuesta a sus niños a las ocho.
4. La señora viste a su nieta.
5. El criado sienta a los invitados cerca de la ventana.
6. Las mujeres quitan los zapatos de la mesa.

2-27 **Actividades de ayer.** Di lo que hicieron las personas siguientes ayer.

1. el profesor / levantarse tarde
2. yo / lavarse antes de salir de mi casa
3. mis padres / acostarse temprano
4. tú / dormirse durante la conferencia
5. mis amigos y yo / divertirse mucho durante la fiesta

2-28 **Tu vida en la escuela primaria.** Con un(a) compañero(a) de clase háganse estas preguntas para saber lo que hacían en sus años en la escuela primaria. ¿Hay semejanzas y diferencias? ¿Cuáles son?

1. ¿Te sentabas en el mismo lugar en tus clases todos los días?
2. ¿Te preocupabas mucho de tus estudios?
3. ¿Te acostabas todas las noches a las ocho?
4. ¿Te burlabas de tus maestros muchas veces?
5. ¿Te quejabas de tus clases con frecuencia?

2-29 **Tu horario diario.** Tú y tu compañero(a) de clase van a comparar su horario diario. Dile cinco cosas que hiciste ayer y a qué hora las hiciste. Tu compañero(a) de clase va a hacer la misma cosa. Compara las diferencias y semejanzas de sus actividades. Usa los verbos siguientes y otros, cuando sea necesario.

acostarse	irse	quitarse
bañarse	levantarse	vestirse
despertarse	llegar	volverse

dobric/Shutterstock

Errores comunes: *formas verbales*

1. El pretérito de la segunda persona del singular.

Muchos hispanohablantes dicen «¿Vistes la película de Pixar?» o «Yo te llamé pero tú no contestastes». Lo correcto es *¿Viste la película de Pixar?* y *Yo te llamé pero tú no* **contestaste**. El pretérito de la segunda persona del singular <u>no</u> lleva **-s** final.

2. El verbo **haber** en su forma impersonal.

Otro error muy común es decir «Habían muchos animales» o «Hubieron problemas». Cuando el verbo **haber** se usa en forma impersonal, es decir, sin sujeto, este expresa existencia y se usa únicamente en forma singular: hay, hubo, había, habrá, etcétera. Lo correcto entonces es *Había muchos animales* y *Hubo problemas*.

3. El pretérito de los verbos terminados en **-cir**.

producir: produje, produjiste, produjo, produjimos, produjisteis, produjeron

Como este verbo se conjugan *traducir, conducir, reducir, reproducir* y otros.

PRÁCTICA

Vuelve a escribir las oraciones, corrigiendo todos los errores.

1. Después de leer el artículo, deducí que hubieron pocos sismos de gran magnitud durante el año pasado.
2. Cuando fuistes a Perú, ¿pudistes conocer Machu Picchu?
3. ¿Quiénes tradujeron el Popol Vuh del quiché al español?
4. ¿Qué hicistes mientras tus padres conducían?
5. En aquella época, habían muchas tribus que vivían del maíz.
6. Ayer leístes que en arquitectura, los aztecas reprodujeron los modelos toltecas.
7. Hubieron pocas ciudades tan bellas como Tikal cuyos artistas produjeron esculturas muy detalladas.

© Cengage Learning

El mestizaje de la cocina mexicana

La prestigiosa chef mexicana Patricia Quintana habla sobre la cocina mexicana, en particular la cocina de Puebla, la cual es el resultado de influencias indígenas y europeas. También habla sobre el chocolate, un importante ingrediente en la cocina mexicana.

2-30 **Anticipación.** Antes de mirar el video, haz estas actividades.

A. Contesta estas preguntas.

1. ¿Te gusta la comida mexicana? ¿Cuál es tu plato favorito? ¿Qué ingredientes tiene?

2. ¿Con qué frecuencia consumes chocolate? ¿En qué forma?

3. ¿Qué alimentos son nativos al continente americano? ¿Qué alimentos trajeron los europeos?

4. ¿Conoces un plato que lleve más de 50 ingredientes? ¿Cómo se llama?

B. Estudia estas palabras del video.

el mestizaje *mezcla de diferentes culturas*
enriquecido *mejorado*
las monjas *religiosas*
las reminiscencias *recuerdos imprecisos*
degustar *probar alimentos o bebidas*
ocupar *emplear, usar*

2-31 Sin sonido. Mira el video sin sonido una vez para concentrarte en el elemento visual. ¿Qué ingredientes ves?

2-32 Comprensión. Estudia estas actividades y trata de descubrir las respuestas correctas al mirar el video.

1. El mole poblano es un platillo representativo de...
   a. los aztecas.
   b. Puebla, México.
   c. las monjas de Europa.
   d. la cocina indígena prehispánica.

2. ¿Qué generalización se puede hacer sobre la preparación del mole?
   a. Se prepara de la misma forma que lo preparaban los aztecas.
   b. Es algo complicado porque lleva muchos ingredientes.
   c. Se puede hacer con agua o con leche.
   d. Las monjas lo preparan mejor.

3. ¿Qué sabores combina el mole?
   a. dulce y salado
   b. dulce y amargo
   c. salado y ácido
   d. picante y salado

4. ¿Qué significa *atl* en el idioma de los aztecas?
   a. chocolate
   b. bebida
   c. mole
   d. agua

5. Para preparar el chocolate caliente, ¿cuál de estos ingredientes NO usaban los aztecas?
   a. leche
   b. agua
   c. vainilla
   d. cacao

 2-33 Opiniones. En grupos de tres o cuatro estudiantes comenten estos temas.

1. ¿Hay mestizaje en la cocina de los Estados Unidos? ¿Qué culturas han influenciado en algunos platillos típicos de los Estados Unidos?

2. ¿Has probado alguna vez el mole? Si lo has probado, describe el sabor y la textura. Si no lo has probado, explica por qué crees que te gustaría o no.

3. En tu casa, ¿en qué platillos es el chocolate un importante ingrediente? ¿Te gusta el chocolate amargo o dulce? ¿Con leche o sin leche?

VOCABULARIO ÚTIL

VERBOS
escoltar *acompañar a alguien*
morder (ue) *apretar con los dientes*
respirar *absorber y expulsar aire*
silbar *pasar aire por la boca para producir un sonido agudo*
soñar (ue) (con) *imaginar; desear*

SUSTANTIVOS
el caimán *reptil similar al cocodrilo pero más pequeño*
la culebra *serpiente*
la pata *extremidad de un animal*

el tamaño *volumen o dimensión*
el tambor *instrumento musical de percusión*
el vidrio *material duro, frágil y transparente*
la voz (voces) *sonido al vibrar las cuerdas vocales*
la yerba *hierba; pasto*

OTRAS PALABRAS Y EXPRESIONES
¡Qué de (barcos)! *¡Hay muchos (barcos)!*

2-34 Para practicar. Escribe la forma correcta de una palabra de la lista para completar cada espacio en blanco del siguiente párrafo.

| caimán | pata | silbar | tamaño |
| culebra | qué de | soñar | tambor |

Los amigos fueron al parque zoológico. ¡ _____ animales había! Primero vieron unos _____ inmóviles en un estanque de agua. Luego vieron una _____ que era del _____ de una manguera de bombero *(firehose)*. También vieron jirafas y quedaron asombrados por las _____ largas y el cuello larguísimo. De repente, escucharon un animal que _____. ¡Era una marmota!

2-35 Más práctica. Empareja la definición con la palabra definida.

a. vidrio   c. soñar   e. morder
b. voz   d. caimán   f. pata

1. ____ imaginar o fantasear
2. ____ material de la mayoría de las botellas
3. ____ herir con los dientes
4. ____ pie de un animal
5. ____ reptil parecido al cocodrilo
6. ____ sonido humano

Estrategias de lectura

- **Volver a escribir oraciones complejas.** Cuando encuentres una oración compleja en la lectura, vuelve a escribirla en forma más sencilla. Esto te ayudará a comprenderla.

- **Identificar palabras clave.** Las palabras clave son aquellas que dan pistas sobre el contenido y significado de un texto. A partir de ellas, puedes identificar las ideas más importantes de una lectura.

- **Identificar los recursos poéticos.** Los poetas utilizan varios recursos para hacer más expresivo su mensaje. Un recurso es la aliteración, o repetición de sonidos para crear un efecto musical. La anáfora es la repetición de la misma palabra al principio de cada verso mientras que la epífora es la repetición de la misma palabra al final de cada verso. Otro recurso es la metáfora que consiste en sustituir un concepto por otro, como por ejemplo, «perlas» en lugar de «dientes».

2-36 **La estructura de la oración.** Escribe estas oraciones o frases con una estructura más simple y añadiendo las palabras necesarias para comprender su significado.

1. Lanza con punta *(tip)* de hueso / tambor *(drum)* de cuero y madera: / Mi abuelo negro.

2. Pie desnudo, torso pétreo / los de mi negro; / ¡pupilas de vidrio antártico / las de mi blanco!

2-37 **Palabras clave.** Lee la estrofa e identifica las palabras clave.

> ¡Federico!
> ¡Facundo!
> Los dos se abrazan.
> Los dos suspiran. Los dos
> las fuertes cabezas alzan;
> los dos del mismo tamaño,
> bajo las estrellas altas;
> los dos del mismo tamaño,...

2-38 **Recursos poéticos.** Empareja los siguientes versos con el recurso literario que el poeta utilizó.

_____ 1. ¡Qué de barcos, qué de barcos!
    ¡Qué de negros, qué de negros!

_____ 2. ¡Mayombé-bombe-mayombé!

_____ 3. ¡pupilas de vidrio antártico las de mi blanco!

_____ 4. gritan, sueña, lloran, cantan.
    Sueña, lloran, cantan,
    Lloran, cantan.
    ¡Cantan!

a. aliteración

b. anáfora

c. epífora

d. metáfora

Henri Cartier-Bresson/Magnum Photos

NICOLÁS GUILLÉN
(1902–1989)

El poeta nació en Camagüey, Cuba. Hijo de
mulatos, era miembro de una familia pobre.
Su padre era obrero y militante político,
que fue asesinado cuando Guillén tenía
15 años. Como resultado, Guillén tuvo que
sufrir muchas privaciones para terminar
su educación secundaria. Después, estudió
derecho en La Habana y también trabajó
de tipógrafo y reportero. En 1930 publicó
sus primeros poemas, *Motivos del son*. De
ahí en adelante, se dedicó a la poesía, una
poesía esencialmente militante, de protesta
social y política.

En los poemas de *Motivos del son* Guillén denuncia la situación de los negros
cubanos de aquella época. El ritmo y el color de los poemas reflejan la música
afrocubana, música que también comunicaba los dolores y las alegrías de la raza.
En el segundo libro de sus poesías, *Sóngoro cosongo* (1931), el poeta denuncia
la discriminación racial y defiende los derechos de los negros. «Balada de los dos
abuelos» y «Sensemayá» aparecen en el tercer libro de sus poemas, *West Indies,
Ltd.* (1934). En estos poemas Guillén se dirige a todos los cubanos: a los negros,
los blancos y los mulatos. Como se verá, por medio de los dos abuelos Guillén nos
ofrece una síntesis de la historia cubana, un comentario íntimo sobre su propia
identidad racial y el orgullo que siente hacia su origen mulato. En el segundo
poema vemos un ejemplo del uso folclórico de los ritmos y sonidos africanos de
un canto que acompaña el rito de matar una culebra. Su significado es menos
importante que su sonido como canción.

BALADA DE LOS DOS ABUELOS

Sombras que sólo yo veo,
me escoltan mis dos abuelos.[1]

Lanza con punta de hueso°,   *bone tip*
tambor° de cuero y madera: *drum*
mi abuelo negro.
Gorguera° en el cuello ancho,   *Ruff*
gris armadura guerrera:
mi abuelo blanco.

5

Pie desnudo, torso pétreo°
los de mi negro;
¡pupilas de vidrio antártico
las de mi blanco!

África de selvas húmedas
y de gordos gangos° sordos…
—¡Me muero!
(Dice mi abuelo negro.)
Aguaprieta de caimanes°,
verdes mañanas de cocos°…
—¡Me canso!
(Dice mi abuelo blanco.)
Oh velas de amargo viento,
galeón ardiendo° en oro…
—¡Me muero!
(Dice mi abuelo negro.)
¡Oh costas de cuello virgen
engañadas de abaorios°…!
—¡Me canso!
(Dice mi abuelo blanco.)
¡Oh puro sol repujado°,
preso en el aro° del trópico;
oh luna redonda y limpia
sobre el sueño de los monos!

¡Qué de barcos, qué de barcos!
¡Qué de negros, qué de negros!
¡Qué largo fulgor de cañas°!
¡Qué látigo° el del negrero°!
Piedra de llanto y de sangre,
venas y ojos entreabiertos,
y madrugadas vacías,
y atardeceres de ingenio°,
y una gran voz, fuerte voz,
despedazando el silencio.
¡Qué de barcos, qué de barcos,
qué de negros!

Sombras que sólo yo veo,
Me escoltan mis dos abuelos.

Don Federico me grita
y Taita° Facundo calla;
los dos en la noche sueñan
y andan, andan.
Yo los junto°.

rock-like
metal musical instruments
black water with alligators
coconut palms
burning
deceived by beads
embossed
caught in the arc
brilliance of cane
whip; slave trader
sugar mill
Father
join

—¡Federico!
¡Facundo! Los dos se abrazan.
Los dos suspiran. Los dos
las fuertes cabezas alzan°;   55   *raise*
los dos del mismo tamaño,
bajo las estrellas altas;
los dos del mismo tamaño,
ansia negra y ansia blanca,
los dos del mismo tamaño,
gritan, sueñan, lloran, cantan.   60
Sueñan, lloran, cantan.
Lloran, cantan.
¡Cantan!

Nicolás Guillén, «Balada de los dos abuelos», *Obra poética*

Nota cultural

[1]En la primera parte del poema, Guillén describe a los dos abuelos antes de llegar a Cuba, y después, al llegar a la isla. En los versos que siguen, describe la esclavitud en Cuba y se refiere al duro trabajo del esclavo en los campos y en el ingenio de azúcar.

2-39 **Comprensión.** Contesta las siguientes preguntas.

1. ¿Por qué dice Guillén que sus abuelos lo acompañan y solo él los puede ver?

2. ¿Cómo contrasta el poeta la apariencia física de los dos abuelos?

3. Al llegar a la isla, ¿por qué dice el abuelo negro «¡Me muero!» mientras el blanco dice «¡Me canso!»?

4. ¿Cómo se describe la isla?

5. ¿Cómo describe Guillén el trabajo de los esclavos?

6. ¿Es posible saber cuál es el español y cuál el negro? ¿Cómo?

7. Durante la mayor parte del poema hay una alternación entre los dos abuelos. ¿Cómo cambia ese plan en los últimos versos del poema?

2-40 **Opiniones.** Expresa tu opinión personal.

Elementos de la lectura

1. ¿Tus abuelos son de la misma cultura? Explica de dónde son.

2. ¿Son tus abuelos muy diferentes en idioma, personalidad, antecedencia económica, etcétera?

Conceptos generales

3. ¿Tienes una relación muy estrecha *(close)* con todos tus abuelos? ¿Con alguno? ¿Viven cerca de ti?

4. ¿Crees que los abuelos tienen mucha influencia en sus nietos? Explica por qué.

SENSEMAYÁ

(Canto para matar a una culebra[1])

¡Mayombé-bombe-mayombé![2]
¡Mayombé-bombe-mayombé!
¡Mayombé-bombe-mayombé!

5 La culebra tiene los ojos de vidrio;
twists around a stick   la culebra viene, y se enreda en un palo°,
con sus ojos de vidrio.
feet   La culebra camina sin patas°;
grass   la culebra se esconde en la yerba°;
10   caminando se esconde en la yerba;
¡caminando sin patas!

¡Mayombé-bombe-mayombé!
¡Mayombé-bombe-mayombé!
¡Mayombé-bombe-mayombé!

hit him; ax   15   Tú le das° con el hacha°, y se muere;
¡dale ya!
¡No le des con el pie, que te muerde,
no le des con el pie, que se va!

Sensemayá, la culebra,
20   sensemayá.
Sensemayá, con sus ojos,
sensemayá.
Sensemayá, con su lengua,
sensemayá.
25   Sensemayá, con su boca,
sensemayá.

¡La culebra muerta no puede comer;
whistle   la culebra muerta no puede silbar°:
no puede caminar, no puede comer!
30   ¡La culebra muerta no puede mirar;
la culebra muerta no puede beber,
breathe   no puede respirar°,
no puede morder!

¡Mayombé-bombe-mayombé!
35   *Sensemayá, la culebra...*
¡Mayombé-bombe-mayombé!
Sensemayá, no se mueve...
¡Mayombé-bombe-mayombé!

Sensemayá, la culebra...
¡Mayombé-bombe-mayombé!
¡Sensemayá, se murió!

40

Nicolás Guillén, *Antología Mayor*, Diógenes, 1978, México

Notas culturales

[1]«Sensemayá» es el título de una canción que se canta tradicionalmente al cazar y matar una culebra. Se canta también como parte del rito mágico del África en ceremonias, tales como en las que se mata una culebra grande de papel.

[2]Son sílabas utilizadas para su efecto rítmico y onomatopéyico. No tiene significado, excepto tal vez «Mayombé» que se deriva de mayomba, que es una secta religiosa afrocubana. Este uso refleja el elemento folclórico de la poesía leída en voz alta.

2-41 **Comprensión.** Contesta las siguientes preguntas.

1. ¿Cómo tiene los ojos la culebra?
2. ¿Dónde se esconde la culebra?
3. ¿Cuáles son algunas cosas que no puede hacer la culebra muerta?
4. ¿Con qué matan la culebra?

2-42 **Opiniones.** Expresa tu opinión personal.

1. ¿Crees que es más efectivo cazar la culebra en un grupo? Explica.
2. ¿Qué actividades haces en grupo? ¿Te gusta actuar así como equipo?

2-43 **Análisis literario.** Contesta las siguientes preguntas.

1. En «Balada...», ¿cómo puede decir el poeta que sus abuelos muertos lo acompañan?
2. ¿Cómo pinta el poeta la vida de cada uno de los abuelos?
3. ¿Qué efecto tiene el que el poeta deja de hablar de uno y otro y comienza a hablar de «los dos»?
4. En «Sensemayá», ¿qué instrumento imitan las palabras rítmicas?
5. ¿Puedes pensar en una interpretación sociopolítica del poema?

2-44 **Minidrama.** Presenten tú y otra(s) persona(s) de la clase un breve drama sobre alguna situación de injusticia en su propio país. Tomen posiciones contrarias sobre casos específicos. Algunos temas posibles: la (des)igualdad de la mujer; la pobreza o su solución en algún caso específico; el uso de la energía en los Estados Unidos.

EL ARTE DE ESCRIBIR

El resumen

Escribir un resumen (*summary*) significa sintetizar información, usando tus propias palabras. El primer paso es tomar apuntes sobre el contenido. Para tomar apuntes es muy útil reconocer la oración temática, o sea, la idea principal de cada párrafo. El próximo paso es decidir los detalles que vas a incluir en el resumen. Por ejemplo, un resumen de la primera sección de la lectura cultural (Los aztecas) podría ser corto:

Los aztecas vivieron en el valle de Anáhuac en la ciudad de Tenochtitlán que fundaron en 1325. Absorbieron la cultura tolteca y adoraban a Huitzilopochtli como su dios protector. Su sistema político era avanzado y lo utilizaron para crear un imperio en el centro de México. Su sociedad era una aristocracia.

⊚ **AP* TEST TAKING TIP**
Always use your own words.

2-45 **Temas.** Escribe un resumen sobre una de las siguientes lecturas. Primero escribe los apuntes necesarios y luego decide cuáles detalles vas a incluir.

Los incas. Escribe un resumen sobre la segunda sección de la lectura cultural (Los incas). El resumen debe ser un párrafo largo e incluir las ideas principales con tus propias palabras.

Nicolás Guillén. Escribe un resumen sobre el autor Nicolás Guillén, basándote en el contenido que aparece en la página 73. El resumen debe ser aproximadamente del 25% al 30% del texto original y solamente debe incluir las ideas más importantes.

Las preguntas

Para hacer preguntas y pedir información, es necesario utilizar frases interrogativas. A veces es también necesario pedir aclaración para asegurarse que la información o la pregunta son correctas.

Palabras y frases interrogativas	Para aclarar
¿Adónde? / ¿Dónde?	¿Quiere(s) decir que...?
¿Cómo? / ¿Para qué?	No sé si entiendo bien.
¿Cuál(es)? / ¿Por qué?	¿Qué dijo Ud. (dijiste tú)?
¿Cuándo? / ¿Qué?	
¿Cuánto(a)(s)? / ¿Quién(es)?	

 2-46 **Situaciones.** Con un(a) compañero(a) de clase, preparen un diálogo que corresponda a una de las siguientes situaciones. Es posible que sea necesario presentar el diálogo frente a la clase.

En la biblioteca. Tú trabajas en la biblioteca de la escuela. Un(a) estudiante entra y empieza a buscar un libro. Tú le pides la información siguiente: el título del libro, el autor, la compañía que lo publicó y en cuál de sus clases va a usarlo.

> ◉ **AP* TEST TAKING TIP**
> *After reading the prompt carefully, decide if you will address your speaking partner formally or informally. Use* **usted** *if you're addressing an adult with authority; use* **tú** *if you're addressing a peer, a friend, or a family member.*

Otro día en la clase de español. Ramón se encuentra con *(runs into)* Elena otra vez en la clase de español. Él le pregunta a ella lo que hizo anoche. Ella le describe en detalle todo lo que hizo. Luego ella le pregunta lo que hizo él. Ramón contesta que él fue al cine. Elena le hace muchas preguntas sobre la película que él vio. Ramón contesta en detalle todas sus preguntas.

Discusión: astrología, magia y ciencias.

Hay tres pasos en esta actividad.

1 PRIMER PASO: Dividir la clase en grupos de tres personas. Leer la introducción a la discusión.

2 SEGUNDO PASO: Cada miembro del grupo tiene que ver los cinco temas que aparecen, y escoger la letra del tema que corresponda a su opinión.

3 TERCER PASO: Después, los miembros del grupo deben comparar sus respuestas. El (La) profesor(a) va a escribir las letras en la pizarra para ver cuáles de las opiniones dominan. Estén preparados para explicar su opinión.

Los indígenas de las civilizaciones precolombinas de las Américas estudiaron el cielo y los astros *(heavenly bodies)*. Creían que algunos de sus dioses vivían en el cielo y tenían poderes especiales que podían usar para controlar la vida diaria del pueblo. Si los dioses estaban contentos, había cosechas abundantes. Si los dioses estaban descontentos, había una gran escasez de comida y muchos terremotos y erupciones volcánicas. Y tú, ¿crees que las estrellas pueden influir en tu vida diaria? Explica. Indica tus opiniones respecto a las siguientes posibilidades y explica por qué.

1. Los astros…
   a. controlan la vida humana.
   b. influyen en la vida de todos.
   c. no influyen nada en nuestra vida.

2. En cuanto a los horóscopos…
   a. los leo todos los días porque quiero saber lo que va a pasar.
   b. no los leo nunca.
   c. los leo de vez en cuando, pero no creo en ellos.

3. Los fenómenos psíquicos…
   a. indican que hay fuerzas inexplicables.
   b. se basan en el hecho de que existen ondas *(waves)* cerebrales que son capaces de moverse por el aire.
   c. no existen y son producto de la imaginación.

4. La ciencia…
   a. puede resolver todos los problemas de la humanidad.
   b. es menos importante que la filosofía o la religión.
   c. es la base de nuestra cultura.

5. El verdadero científico…
   a. solo cree en lo tangible y lo material.
   b. también puede ser una persona religiosa.
   c. es la persona más indicada para gobernar el mundo moderno.

En esta sección vas a escribir un ensayo persuasivo utilizando tres fuentes: dos ensayos escritos y un reportaje auditivo. Tu ensayo debe tener un mínimo de 200 palabras y debe utilizar información de todas las fuentes para apoyar tu punto de vista.

Tema curricular: Las familias y las comunidades

Tema del ensayo: ¿Cuál es la mejor forma de mantener viva la cultura maya?

FUENTE NO. 1

Los mayas de hoy

Los templos antiguos podrían permanecer silenciosos en la selva, pero su corazón maya todavía late bajo las piedras que les dan forma. Los descendientes de quienes construyeron las pirámides aún habitan los estados mexicanos de Chiapas, Campeche, Tabasco, Quintana Roo y Yucatán y los países de Guatemala, Belice, Honduras y El Salvador. En toda la región los mayas viven en pequeñas aldeas que parecen ajenas al paso del tiempo, hablan su antigua lengua, cosechan la tierra tal y como lo hacían sus ancestros y rinden culto a muchas de sus más antiguas tradiciones.

Actualmente, el número de pobladores mayas oscila entre cuatro y cinco millones, dependiendo del criterio que se siga para el censo, y están divididos en diferentes grupos étnicos que hablan cerca de 30 lenguas indígenas. Por ejemplo, entre los que hablan dialectos derivados de la lengua maya están los lacandones, zoques, tzotziles y tzetzales que se asientan en Chiapas, los dos últimos habitan en las montañas que rodean San Cristóbal de las Casas; los chontales viven en Tabasco; los mayas yucatecos habitan en la Península [de Yucatán]; los quichés, kekchíes y cakchikeles en Guatemala y los chortíes en Honduras. Algunos mayas son bilingües, puesto que aprenden el español para comunicarse con los ladinos (los habitantes del área que no son de origen maya). Por ejemplo, las mujeres que venden artesanías en un centro turístico aprenden español para ofrecer sus productos en el mercado. Sin embargo, es posible visitar comunidades en donde el visitante no escuchará palabra alguna de español. Aunque puede hallarse en cualquier parte del Mundo Maya, la mayoría de la población indígena se concentra en tres áreas: la Península de Yucatán, Chiapas y los Altos de Guatemala.

Mundo Maya (México)

Al Argueta/Alamy

Unas mujeres indígenas de Guatemala

FUENTE NO. 2

Popol Vuh: Las antiguas historias del quiché

En tiempos precolombinos los mayas ya habían creado un sistema de escritura basado en jeroglíficos y dibujos. Lo utilizaban para componer códices o libros sobre historia, genealogía, astronomía, cronología, medicina, magia, adivinación, profecías, mitos y secretos de la religión, etc. La interpretación de los textos era función de los sacerdotes y los nobles. Aunque casi todo el pueblo tenía un códice o más, desgraciadamente hoy solo quedan unos pocos de los miles de textos que existieron. Se cree que los demás fueron destruidos, ya sea por el tiempo o por causas naturales, o quizás fueron quemados por los españoles para que los indios aceptaran más fácilmente la religión cristiana. Irónicamente, después de quemar numerosos libros mayas, los curas cristianos comenzaron a investigar las costumbres indígenas para poder cambiar o destruir las que no armonizaban con el cristianismo. Así es que muchos curas e historiadores de fines del siglo XVI empezaron a recoger los códices que quedaban y los utilizaron para escribir sus historias. Estos códices, se escribieron en castellano o en el idioma de los indígenas. Estaban basados en textos originales o en el testimonio de indígenas que habían aprendido de memoria los antiguos textos. Son una fuente importantísima para el estudio de la cultura maya.

El *Popol Vuh* era el libro sagrado de los quichés y es probable que se escribiera en jeroglíficos y dibujos. Su título quiere decir «Libro del Consejo». El texto original desapareció, pero después de la Conquista, en el siglo XVI, volvió a escribirse en quiché, con caracteres latinos. En ese mismo siglo el manuscrito llegó a manos de Fray Francisco Ximénez mientras servía en el curato de Santo Tomás Chichicastenango. Él lo tradujo al castellano y lo incluyó en su crónica de la Provincia de San Vicente de Chiapa y Guatemala. El manuscrito de Ximénez no se publicó hasta el siglo XIX. Desde entonces ha habido varias ediciones.

◉ AP*
TEST TAKING TIP
Use a simple graphic organizer for note-taking.

Fuente 1

- _____
- _____
- _____

Fuente 2

- _____
- _____
- _____

Fuente 3

- _____
- _____
- _____

Track 5

FUENTE NO. 3

Los mayas

VOCABULARIO

VERBOS

comentar *to discuss*
conducir *to conduct, to drive*
construir (construye) *to build*
crear *to create*
dominar *to dominate*
encantar *to love (something)*
escoltar *to escort, to accompany*
fundar *to found*
gobernar (ie) *to govern, to rule*
incluir (incluye) *to include*
morder (ue) *to bite*
reemplazar *to replace*
respirar *to breathe*
silbar *to whistle*
soñar (ue) (con) *to dream (of)*

SUSTANTIVOS

el (la) arqueólogo(a) *archaeologist*
el asunto *matter*
el cacao *chocolate main ingredient*
el caimán *alligator*
el comestible *food, foodstuff*
el conocimiento *knowledge*
la culebra *snake*
el desarrollo *development*
el descubrimiento *discovery*
el (la) dios(a) *god, goddess*
el emperador, la emperatriz *emperor, empress*
el hecho *fact*
el huracán *hurricane*
el imperio *empire*
el maíz *corn, maize*
el mestizaje *mixture of races and cultures*

el nivel *level*
la papa *potato*
la pata *foot*
la piedra *stone, rock*
el préstamo *loan*
el remedio *solution*
el siglo *century*
el tamaño *size*
el tambor *drum*
el vidrio *glass*
la voz (voces) *voice*
la yerba *grass*

ADJETIVOS

culto(a) *cultured, refined*
escolástico(a) *scholastic*
indígena *indigenous, Indian*
poderoso(a) *powerful*
próximo(a) *next*
tecnológico(a) *technological*

OTRAS PALABRAS Y EXPRESIONES

algo *something, somewhat*
claro (que) *of course*
de turno *on duty*
eso de *the matter of*
lo que *what*
no les quedó más remedio *they had no other solution*
¡Qué de (barcos)! *What a lot of (ships)!*
¡Qué lástima! *What a shame!*
quedarle a uno *to have left*

CONTENIDO

La religión en el mundo hispánico

A. Temas de composición

1. ¿Crees que es mejor para la sociedad tener muchas religiones o es mejor tener una religión oficial? Explica.

2. ¿Cuál es tu fiesta religiosa preferida? ¿Cómo se celebra?

3. ¿Cuál debe ser el papel de la religión en la sociedad?

4. ¿Crees que todos los estudiantes deben aprender acerca de las principales religiones del mundo? Explica.

5. ¿Estás de acuerdo o no con la siguiente opinión? El casarse con alguien de otra religión ya no presenta problemas en nuestra sociedad.

B. Temas de presentación oral

1. la Reconquista

2. Juan Diego y la Virgen de Guadalupe

3. Sor Juana Inés de la Cruz

4. la celebración de Semana Santa en Sevilla, España

5. el Día de los Muertos

6. las misiones jesuíticas guaraníes

◀ Durante la Semana Santa hay muchas procesiones religiosas. Esta tiene lugar en Antigua, Guatemala.

Fabienne Fossez / Alamy

 Audio 🌐 www.cengagebrain.com ▶ Video on DVD

Enfoque

Por razones históricas el catolicismo ha sido la religión dominante en el mundo hispánico. Los habitantes de la Península Ibérica adoptaron el catolicismo de los romanos y lo defendieron contra el pueblo musulmán entre 711 y 1492, y poco después contra los protestantes de Europa. La Iglesia vio el descubrimiento de América como una oportunidad de cristianizar los pueblos indígenas. Hoy día, mucha gente hispánica, especialmente en el medio urbano, prefiere una de las religiones más modernas o, de hecho, no practica ninguna religión organizada. Aún así, el «catolicismo cultural» todavía caracteriza gran parte del mundo hispánico.

VOCABULARIO ÚTIL

VERBOS
ayudar *cooperar*
celebrar *conmemorar; hacer una fiesta*
existir *haber; ser real*
mostrar (ue) *dar como evidencia*
ocurrir *producir un evento*

SUSTANTIVOS
el (la) ciudadano(a) *habitante de una ciudad o de un país*
el (la) consejero(a) *persona que da recomendaciones*
el fiel *persona religiosa*
los fieles *miembros de una Iglesia*

la mayoría *la parte más grande de algo*
el poder *dominio; autoridad para hacer algo*
la reunión *congregación de personas*

OTRAS PALABRAS Y EXPRESIONES
además *más de esto; también*
al contrario *todo lo opuesto*
más adelante *más allá; en tiempo futuro*
mayor *superior; más grande*
peor *inferior; más malo*
por lo general *usualmente*
por último *finalmente*

 3-1 **Para practicar.** Trabajen en parejas, o como indique su profesor(a), para hacer y contestar estas preguntas, usando el vocabulario de la lista.

1. ¿Cómo muestran los fieles su fe religiosa? ¿Qué hacen además de eso?

2. ¿Qué días festivos celebras? ¿Cuáles tienen carácter religioso? ¿Los celebras con ceremonias religiosas o no? ¿Qué día festivo prefieres?

3. ¿Quién te ayuda por lo general con tus problemas académicos? ¿Tienes reuniones con esta persona? ¿Dónde?

4. ¿De dónde eres ciudadano(a)? ¿Quién tiene poder en ese lugar?

3-2 **Anticipación.** Trabajen en grupos de tres o cuatro estudiantes para comentar dos posiciones posibles sobre los siguientes temas.

1. La religión debe ser el elemento más importante de la vida.
2. La religión organizada es mejor que la religión individual.
3. Debe haber una separación estricta entre la religión y el gobierno.
4. No se debe permitir que una organización religiosa posea *(possess)* mucha tierra.

La religión católica

La religión y la sociedad

La Iglesia católica ha tenido gran importancia en la política de España. Lo mismo ha ocurrido en el resto del mundo
5 hispánico. Desde la época romana ha existido el concepto de la unidad° entre la Iglesia y el estado, y aunque en los gobiernos modernos esta alianza no es
10 oficial, en los más conservadores siempre existe una gran influencia. La Iglesia tiende a influenciar al pueblo° a favor del gobierno. Este°, a cambio°, le da ciertas
15 preferencias a la Iglesia que la ayudan en su deseo de mantener° su posición espiritual exclusiva.

unity

people
the latter; in exchange

to maintain

El entierro del Conde de Orgaz, El Greco (1541–1614)

Uno de los aspectos más debatidos° del papel° de la Iglesia ha sido la cuestión° de su poder económico.
20 Esto es especialmente importante en Hispanoamérica, donde el desarrollo° económico ha sido una cuestión política dominante. Los misioneros fueron los primeros Europeos en llegar a algunas regiones apartadas°. Por eso, como la Iglesia que tenía mucha estabilidad como institución, se adueñó° de un porcentaje notable de la tierra. Esta situación siempre resultó en la crítica severa
25 contra la Iglesia.

La Iglesia también tiene otras formas de poder en las sociedades hispánicas. Está presente en todo pueblo o centro de población, y su organización es dirigida° desde la capital, así que a veces resulta más eficaz° que la del gobierno nacional. También tiene gran influencia porque participa en los momentos más importantes
30 de la vida de los fieles, es decir en el bautismo°, el matrimonio° y la muerte.

debated; role; matter
development

distant
took possession

directed
efficient

baptism; marriage

13/Ocean/Corbis

La Iglesia está presente en los momentos más importantes de la vida.

parochial

charity

35   Antes del siglo xx la gran mayoría de las escuelas del mundo hispánico eran parroquiales°. La Iglesia servía como la mayor agencia de caridad°, y el cura ocupaba el lugar de consejero personal de los ciudadanos. En los pueblos, la iglesia, por ser el edificio más grande, servía

40   como centro, alrededor del cual se realizaban fiestas y reuniones sociales.

Esta tremenda presencia en casi todos los aspectos de la vida ha sido motivo de crítica por parte de

parties

current

45   ciertos partidos° políticos. Esta oposición a la Iglesia, o anticlericalismo, ha sido una corriente° política especial en los países hispánicos durante toda la época moderna. Para el extranjero es muy necesario saber que la oposición consiste en una crítica contra la Iglesia como institución sociopolítica, y que casi nunca implica un ataque a la fe católica.

50   ## La religión y la vida personal

Christmas

Holy Week

patron saint

55

even; wake

Hay pocas actividades tradicionales en que no se note la presencia de la religión. La gran mayoría de las fiestas que se observan son fiestas religiosas; la Navidad° y la Semana Santa° solo son las más conocidas. Además cada pueblo tiene su santo patrón° y el día dedicado a ese santo se celebra cada año; es la fiesta más importante del pueblo. En algunos países del mundo hispánico es costumbre celebrar el día del santo de una persona en vez de su cumpleaños. El bautismo, la primera comunión y aun° el velorio°, aunque son ceremonias o actos religiosos, ofrecen una ocasión de reunión social. En la Semana Santa, especialmente en España, hay procesiones y actos solemnes durante toda la semana.

60

while

65   sacred persons

Otras prácticas que muestran la presencia constante de la religión son las palabras y frases exclamatorias de origen religioso. «Por Dios» o «Dios mío» son usadas por cualquier persona en cualquier situación, mientras que° los equivalentes en inglés son reservados para ocasiones de más importancia. Además, es tradicional en el mundo hispánico dar nombres de personajes sagrados° a los hijos. El nombre femenino más popular es María, que por lo general lleva también otro nombre de la Virgen, como María del Rosario o María de la Concepción. Jesús o Jesús María es un nombre masculino común.

everyday

70

poll

Al ver todo este énfasis en los muchos aspectos cotidianos° de la religión, es algo sorprendente encontrar que la asistencia a la misa no es muy numerosa, especialmente entre los hombres. Según algunos esto refleja el fenómeno del «catolicismo cultural» que domina la región mediterránea de Europa, o sea que la gente se considera católica pero no practica su religión. Un sondeo° reciente reveló que un 50,9 por ciento de los estudiantes españoles no eligen la

religión como materia en la escuela secundaria. Al mismo tiempo su vida refleja
la creencia en varias tradiciones de esa religión. La consideración de la familia
extensa° como centro de la vida y la aceptación de la jerarquía° como inevitable   *extended; hierarchy*
son ejemplos de este fenómeno cultural.

La religión en Hispanoamérica

Los españoles trajeron al Nuevo Mundo tradiciones ya establecidas°. La   *already established*
cristianización de los indígenas trajo ciertas modificaciones, si no en la doctrina,
al menos en la manifestación de estas tradiciones.

Las grandes civilizaciones indígenas ya tenían sus antiguas religiones, que
se distinguían del catolicismo en que tenían muchos dioses. Cada dios tenía su
función especial: el dios de la lluvia, el dios de la fertilidad, etcétera. Los santos
católicos tenían a veces funciones parecidas°, y los indígenas les daban mucha   *similar*
importancia a estas funciones. Por eso, hasta hoy día, los santos ocupan un lugar
más importante entre la gente del pueblo en Hispanoamérica que en España.

Otra costumbre que puede venir de los indígenas es la de ofrecerle
algo —comida, por ejemplo— a la imagen del santo cuando se hace una petición.

Las religiones indígenas también revelaban cierto fatalismo vital°, porque sus   *toward life*
dioses eran más voluntariosos° que el Dios cristiano. El concepto de que la vida en *willful*
la tierra es una prueba° por la cual el hombre gana la salvación no era común en   *test*
estas religiones. Se ganaba el paraíso° de otras maneras: por la forma en que uno   *paradise*
moría o por la ocupación que se tenía en el mundo. Según algunos, este fatalismo
parece haber sobrevivido° en el catolicismo de América.   *survived*

La religión en la actualidad

Aunque cuando se habla de religión en el mundo hispánico casi siempre se habla
de la Iglesia católica, hay otras religiones que se practican también. Se calcula que
el número de personas que profesan una religión protestante ha llegado a un
12 por ciento y, puesto que los católicos no van a misa tan frecuentemente, algunos
dicen que en un domingo típico hay más protestantes en las iglesias que católicos.
En las regiones con influencia africana —el Brasil, la región del Caribe— se
encuentra una fuerte presencia de religiones africanas, tales como la *santería* en
las islas del Caribe. A veces las religiones africanas y el catolicismo se han unido
en una forma sincrética° en que aspectos de las dos religiones se mantienen   *syncretic*
en una nueva forma mezclada. Estas religiones africanas tienen algunas de las
mismas características del catolicismo en que tienen fuertes influencias culturales,
y en que mucha gente que no se considera religiosa muestra dicha influencia. En
el caso de las religiones africanas, por ejemplo, mucha gente utiliza las hierbas
medicinales de la santería sin pertenecer° formalmente a la religión.   *belonging*

Es evidente que una Iglesia más activa en ayudar con los problemas —la
pobreza, el desempleo, la división entre los ricos y los pobres— va a ganar más
adherentes en el siglo XXI especialmente entre la clase media que crece con cierta
rapidez y que exige de la institución religiosa algo más que el elemento espiritual.

3-3 **Comprensión.** Responde según el texto.

1. ¿Cómo llegó la Iglesia a poseer tanta tierra en Hispanoamérica?
2. ¿Cómo llegó la Iglesia a tener influencia social?
3. ¿Qué es el anticlericalismo?
4. ¿Cuáles son algunas fiestas de carácter religioso en el mundo hispánico?
5. ¿Qué prácticas demuestran la presencia constante de la religión?
6. ¿Qué es el «catolicismo cultural»?
7. ¿Cómo se combinaron el catolicismo y las religiones indígenas, en cuanto a los muchos dioses indígenas?
8. ¿Por qué había fatalismo en las religiones indígenas?
9. ¿Qué otras religiones además del catolicismo se encuentran en Hispanoamérica?
10. ¿Qué grupo social exige una Iglesia más activa en la sociedad?

3-4 **Opiniones.** Expresa tu opinión personal.

1. ¿Qué ventajas y desventajas ofrece la religión organizada que no ofrece la religión personal o individual?
2. ¿Qué piensas del concepto romano de la unidad de la Iglesia y el estado?
3. ¿Qué nombres de origen religioso se usan en los Estados Unidos?
4. ¿Cuáles son algunos días festivos que no mantienen sus características religiosas?
5. ¿Tienen las Iglesias en general la obligación de ayudar a los pobres? ¿Por qué?

Los sinónimos

Una forma de ampliar nuestro vocabulario es trabajar con sinónimos. Los sinónimos son palabras que tienen significados parecidos como **flaco** y **delgado**. La próxima vez que busques una palabra en un diccionario en línea, mira el enlace de «sinónimos» y aprende algunos sinónimos nuevos.

3-5 **Lista de sinónimos.** Busca el sinónimo en la segunda columna de cada palabra en la primera columna.

I.
1. finalmente _____
2. idea _____
3. festejar _____
4. cooperar _____
5. demandar _____
6. decepcionar _____
7. matrimonio _____
8. no continuar _____
9. suceder _____
10. indiscutible _____

II.
a. ayudar
b. ocurrir
c. por último
d. boda
e. dejar de
f. desilusionar
g. concepto
h. evidente
i. celebrar
j. exigir

3-6 **Sinónimos en oraciones.** Reemplaza la palabra subrayada con un sinónimo de la lista.

deseo	maravillosa
establecer	modificar
famosa	significativo

1. La Iglesia ha hecho un papel <u>importante</u> en la sociedad hispánica. _____
2. El Papa es una persona <u>célebre</u> en el mundo. _____
3. Es obvio que vamos a <u>cambiar</u> el sistema. _____
4. ¿Cuál es tu <u>aspiración</u> principal en la vida? _____
5. Una tarea importante era <u>crear</u> misiones en el Nuevo Mundo. _____
6. La catedral de Cusco, Perú, es <u>fantástica</u>. _____

3-7 **Repaso de cognados.** En grupos de dos o tres personas, busquen diez palabras en la **Lectura cultural** que sean parecidas en forma y significado a sus equivalentes en inglés.

«Pues para mí, la religión siempre será muy importante».

VOCABULARIO ÚTIL

VERBOS

bautizar *administrar el sacramento del bautismo; poner nombre*

dejar de + infinitivo *no continuar*

demostrar (ue) *comprobar algo*

desilusionar *perder la ilusión; decepcionar*

influir (en) *producir ciertos efectos*

renovar (ue) *restaurar; hacer nuevo o más fuerte*

rezar *decir una oración religiosa*

servir (i) *ser apropiado o útil*

SUSTANTIVOS

el bautizo *rito religioso*

la boda *ceremonia y fiesta que se celebra cuando una pareja se casa*

el campo *terreno rural afuera de la ciudad*

el clero *clase sacerdotal en la Iglesia católica*

el consuelo *alivio de un dolor espiritual*

el cura *sacerdote*

el diablo *espíritu del mal*

la fe *creencia de una religión*

la misa *ceremonia de la Iglesia católica*

el valor *importancia*

ADJETIVO

único(a) *solo en su grupo*

OTRAS EXPRESIONES

de repente *inesperadamente; súbitamente*

de todos modos *igual*

es cierto *es verdad*

igual que *parecido o semejante a*

3-8 **Para practicar.** Completa el párrafo siguiente con las palabras escogidas de la sección **Vocabulario útil.** No es necesario usar todas las palabras.

La 1. _____ de los novios tendrá lugar en la misma iglesia donde el 2. _____ 3. _____ a la novia después de su nacimiento. Esta iglesia 4. _____ mucho en la vida diaria de las familias de la pareja *(couple)*. Todos los domingos las familias asistían a la 5. _____ para

6. _____ su 7. _____. Ellos le 8. _____ a Dios y meditaban. La iglesia era un gran 9. _____ para estas familias que vivían una vida sencilla y tranquila en el 10. _____ cerca de las montañas.

Estrategia al escuchar

Al escuchar, presta atención no solamente a las palabras sino también al tono de voz de los hablantes. El tono indica cómo se siente la persona: alegre, triste, enojada, preocupada, cansada, etcétera. El tono de voz te ayuda a comprender el mensaje de lo que se habla así como la relación entre los hablantes.

Track 6

3-9 **El Día de los Difuntos.** Escucha el diálogo entre Carlos y su mamá.

3-10 **Comprensión.** Contesta las preguntas siguientes.

1. ¿Qué quiere hacer Carlos después del almuerzo?
2. ¿Adónde va a ir su mamá?
3. ¿Va Carlos a misa todos los días de obligación?
4. ¿Quiénes influyen en Carlos, según la mamá?
5. ¿Dice Carlos que es necesario ir a misa?
6. ¿Por qué tienen los curas mucha influencia en los pueblos pequeños?
7. Según la mamá, ¿por qué son buenos los curas?
8. Según Carlos, ¿para qué sirve la Iglesia?
9. Según la madre, Carlos es como su padre. ¿Cómo era su padre?
10. ¿Para qué le sirve la religión a la madre de Carlos?
11. ¿Por qué decide Carlos ir a misa con su mamá?

3-11 **Opiniones.** Contesta las preguntas siguientes.

1. ¿Crees que una persona puede ser religiosa sin asistir a una iglesia? ¿Por qué?
2. ¿Crees que una persona debe discutir sus creencias religiosas con otras personas, o es algo demasiado personal?
3. ¿Crees que la religión tiene un papel muy importante en la vida diaria de cada persona? ¿Por qué?
4. ¿Piensas que los jóvenes de hoy son menos religiosos que sus padres? ¿Por qué?

3-12 **Actividad cultural.** El diálogo refiere a la importancia de la Iglesia en el mundo hispánico. En grupos de dos o tres personas, hablen de las diferencias y semejanzas que existen en los Estados Unidos en cuanto a la importancia de la religión en nuestra sociedad y nuestra vida personal. Expliquen por qué en su opinión. Cada grupo tiene que escribir una síntesis de su discusión para hacer una presentación oral en clase. ¿Cuáles son los distintos puntos de vista entre los grupos?

Thomas Barrat/Shutterstock

En el pie de foto, ¿puedes identificar el futuro? ¿el condicional? ¿un pronombre de objeto indirecto? ¿el uso del verbo *estar* y del verbo *ser*? ¿un verbo parecido en estructura al verbo *gustar*?

Esta catedral está en Cusco, Perú, y fue construida por los españoles sobre las ruinas de un palacio inca. ¿Qué te parece? ¿Cuántos años tendrá? ¿Cómo se sentirían los indígenas al ver su construcción?

🌐 **Heinle Grammar Tutorial:** The future tense

El futuro y el condicional

A. El futuro: verbos regulares

1. Para formar el futuro de los verbos regulares, se añaden las siguientes terminaciones directamente al infinitivo: **-é, -ás, -á, -emos, -éis, -án.** Fíjate que se usan las mismas terminaciones para las tres conjugaciones.

hablar		comer		vivir	
hablar**é**	hablar**emos**	comer**é**	comer**emos**	vivir**é**	vivir**emos**
hablar**ás**	hablar**éis**	comer**ás**	comer**éis**	vivir**ás**	vivir**éis**
hablar**á**	hablar**án**	comer**á**	comer**án**	vivir**á**	vivir**án**

2. El tiempo futuro se usa para hablar sobre acciones que tendrán lugar en el futuro.

¿A qué hora volverán?   Iremos a misa a las ocho.

A diferencia del inglés, cuando se le pide a alguien que haga algo, se usa el verbo **querer** + infinitivo y no el tiempo futuro: **¿Quiere Ud. abrir la ventana?** *(Will you open the window?)*

3. El futuro también se emplea para suavizar un mandato.

Ud. volverá mañana a la misma hora.

4. Otro uso del tiempo futuro es el de probabilidad en el presente. El hablante usa el futuro cuando expresa suposición o conjetura sobre una situación presente.

¿Qué hora será? *(No tengo reloj y me pregunto qué hora será.)*
Serán las once. *(No estoy seguro pero me imagino que serán las once.)*
¿Dónde estará Rosa? *(No sé dónde está Rosa. ¿Dónde supones que esté?)*

5. A menudo, las siguientes construcciones reemplazan el tiempo futuro:

    a. **Ir a** (conjugado en el presente) + infinitivo para referir al futuro inmediato.

> Voy a hacer compras mañana.

    b. El tiempo presente.

> El partido de tenis empieza a las dos.

B. El condicional: verbos regulares

🌐 **Heinle Grammar Tutorial:** The conditional tense

1. Las terminaciones del condicional también se añaden directamente al infinitivo: **-ía, -ías, -ía, -íamos, -íais, -ían**. Las tres conjugaciones tienen las mismas terminaciones.

hablar		comer		vivir	
hablar**ía**	hablar**íamos**	comer**ía**	comer**íamos**	vivir**ía**	vivir**íamos**
hablar**ías**	hablar**íais**	comer**ías**	comer**íais**	vivir**ías**	vivir**íais**
hablar**ía**	hablar**ían**	comer**ía**	comer**ían**	vivir**ía**	vivir**ían**

2. El condicional se usa:

    a. para expresar una acción futura en relación con un tiempo pasado.

> Carlos le dijo que no dormiría la siesta.

    b. en construcciones para expresar cortesía o para suavizar afirmaciones, peticiones o críticas.

> Tendría mucho gusto en llevar a tu hermana.
> ¿Podría Ud. ayudarme?
> ¿No sería mejor ayudarlo?

    c. para expresar el resultado de una claúsula condicional que empieza con **si**.

La cláusula con **si** está en el imperfecto de subjuntivo. Esta construcción se tratará con más detalle en la **Unidad 10**.

> Si viviéramos en el campo, irías a la iglesia todos los domingos.

    d. para expresar probabilidad en el pasado.

> ¿Qué hora sería? *(¿Qué hora supones que era?)*
> Serían las once. *(Probablemente eran las once.)*
> Estaría en la iglesia. *(Probablemente estaba en la iglesia.)*

C. El futuro y el condicional: verbos irregulares

Algunos verbos comunes son irregulares en el futuro y en el condicional. Sin embargo, solo las raíces son irregulares; las terminaciones son las mismas que los verbos regulares.

Verbo	Futuro	Condicional	Verbo	Futuro	Condicional
caber	cabré	cabría	**querer**	querré	querría
decir	diré	diría	**saber**	sabré	sabría
haber	habré	habría	**salir**	saldré	saldría
hacer	haré	haría	**tener**	tendré	tendría
poder	podré	podría	**valer**	valdré	valdría
poner	pondré	pondría	**venir**	vendré	vendría

PRÁCTICA

3-13 **¿Qué hará la gente?** Indica lo que cada persona hará en las situaciones siguientes.

MODELO   Al llegar a la biblioteca (yo / estudiar) la lección.
Al llegar a la biblioteca yo estudiaré la lección.

1. Al levantarse (Carlos / vestirse) rápidamente.
2. Al entrar en la iglesia (nosotros / sentarse) inmediatamente.
3. Al llegar a casa (tú / poner) los libros en la sala.
4. Al recibir el dinero (ellos / ayudar) a los pobres.
5. Al terminar la clase (María / salir) para la casa.

Repite la actividad **3-13** diciendo lo que tú harás.

3-14 **Transformación.** Cambia las oraciones para concordar con los verbos entre paréntesis.

MODELO   Sé que vendrá en coche. (sabía)
Sabía que vendría en coche.

1. Me dicen que Ramón la llevará a la iglesia. (dijeron)
2. Creo que el cura contestará nuestras preguntas. (creía)
3. Estoy seguro de que la misa terminará a tiempo. (estaba)
4. Creo que nos dirá la verdad. (creía)
5. Les dice que discutirán sobre religión más tarde. (dijo)

3-15 **¿Qué harían ellos?** Di lo que harían estas personas en las situaciones siguientes.

MODELO   Al recibir el cheque (yo / hacer) un viaje.
Al recibir el cheque yo haría un viaje.

1. Al visitar México (Laura / asistir) a una fiesta religiosa.
2. Al hacer un viaje (sus padres / enviarnos) unos recuerdos.
3. Al volver tarde (nosotros / acostarse) sin comer.

4. Al mirar la televisión (tú / divertirse) mucho.

5. Al mudarse a la ciudad (los campesinos / poder) encontrar empleo.

Repite la actividad **3-15** diciendo lo que tú harías.

3-16 **Buscando a unos amigos.** Estás buscando a unos amigos que se mudaron a otra ciudad. Estás en el barrio donde ellos viven pero no sabes exactamente dónde está su casa. Estás conjeturando sobre la dirección de la casa. Expresa tu incertidumbre, cambiando las oraciones al futuro de probabilidad.

MODELO   Probablemente ellos no viven en este barrio.
Ellos no vivirán en este barrio.

1. Probablemente ellos viven cerca de aquí.

2. Probablemente ellos tienen una casa muy grande.

3. Probablemente ellos no están en casa.

4. Probablemente ellos no nos esperan.

5. Probablemente la casa amarilla es su casa.

3-17 **No estoy seguro(a).** Contesta las preguntas siguientes, usando el condicional de probabilidad para indicar falta de confianza en tus respuestas.

MODELO   ¿Quién contestó las preguntas? (Ramón)
Ramón las contestaría.

1. ¿Quiénes hicieron las preguntas? (las alumnas)

2. ¿Quién escribió este cuento? (Cervantes)

3. ¿Quiénes mandaron estos ensayos? (mis amigos)

4. ¿Quién compró los libros? (mi primo)

5. ¿Quién puso la composición aquí? (el profesor)

3-18 **Incertidumbre.** Alguien está haciéndote varias preguntas. Tú no sabes las respuestas, pero contestas con incertidumbre. Expresa tus dudas contestando las preguntas con el futuro de probabilidad.

MODELO   ¿Qué hora es? (las doce)
Serán las doce.

1. ¿A qué hora viene el cura? (a las nueve)

2. ¿Adónde va Carlos ahora? (a misa)

3. ¿A qué hora empieza el programa? (a las ocho)

4. ¿Cómo está tu amiga? (muy cansada)

5. ¿Dónde trabaja tu primo? (en un almacén)

6. ¿Qué tienes que hacer hoy? (ayudar a mi hermano)

Ahora hazle cinco preguntas a otro(a) estudiante y él (ella) tendrá que contestar con incertidumbre.

3-19 **Una entrevista.** Hazle estas preguntas a un(a) compañero(a) de clase para saber lo que hará en las situaciones siguientes. Comparte esta información con otro(a) compañero(a) de clase.

> MODELO Estudiante 1: *¿Qué harás después de esta clase?*
>
> Estudiante 2: *Iré a la cafetería.*
>
> Estudiante 1: *Carlos dijo que iría a la cafetería.*

1. ¿Qué harás al ir a la biblioteca?
2. ¿Qué harás al llegar a casa esta tarde?
3. ¿Qué harás al asistir a la fiesta?
4. ¿Qué harás antes de estudiar esta noche?
5. ¿Qué harás al graduarte de la escuela?

3-20 **Un millón de dólares.** Haz una lista de cinco cosas que harías si tuvieras un millón de dólares. Luego, compara tu lista con la de un(a) compañero(a) de clase. Después el (la) profesor(a) va a escribir las ideas de ustedes en la pizarra. ¿Cuáles son las cinco cosas que todos los estudiantes quieren hacer?

Los pronombres de objeto

🌐 **Heinle Grammar Tutorial:** Direct object pronouns

A. Pronombres de objeto directo

1. Los pronombres de objeto directo sustituyen los sustantivos que reciben la acción del verbo. Siempre concuerdan en género y número con aquellos sustantivos que reemplazan.

Compro **la revista.**	**La** compro.
No necesitan **los zapatos.**	No **los** necesitan.

En Latinoamérica, se usan las formas **los** y **las** en lugar de **os.**

me	nos
te	os
lo, la	los, las

2. Los pronombres de objeto directo generalmente van delante del verbo conjugado.

Me ven en la escuela.	**Lo** tengo aquí.

3. Generalmente se unen al final del infinitivo.

Salió sin hacer**lo.**	Traje los libros para vender**los.**

Sin embargo, cuando el infinitivo aparece después de un verbo conjugado, el pronombre puede unirse al final del infinitvo o colocarse antes de la frase verbal.

Enrique quiere comprar**las.**

o

Enrique **las** quiere comprar.

B. Pronombres de objeto indirecto

Las formas de los pronombres de objeto indirecto son idénticas a las de los pronombres de objeto directo, excepto las formas de la tercera persona **le** y **les**.

🌐 **Heinle Grammar Tutorial:**
Indirect object pronouns

En Latinoamérica, la forma **os** ha sido reemplazada por **les**, la cual corresponde a **ustedes**.

me	nos
te	os
le	les

1. Los pronombres de objeto indirecto indican a quién o para quién se hace una acción.

Les dio el único cuaderno.
Mi abuela **me** preparó la comida.

2. Los pronombres de objeto indirecto también se usan:

a. para expresar posesión cuando los adjetivos posesivos (**mi, tu, su,** etcétera) no se usan, como es el caso con partes del cuerpo y prendas de ropa.

Me corta el pelo.
Nos limpia los zapatos.

b. con expresiones impersonales.

Le es muy difícil hacerlo.
Me es necesario hablar con él.

c. con verbos como **gustar, encantar, faltar** y **parecer.** Este uso se tratará luego en esta unidad.

3. Por lo general el pronombre de objeto indirecto se incluye en la oración, aún cuando el objeto directo se exprese directamente.

Le entregué el dinero a Juan.
Les leí el cuento a los niños.
Mario **le** da el regalo a Delia.

4. Las reglas de colocación de los pronombres de objeto indirecto son las mismas que las de pronombres de objeto directo. Generalmente van delante de las formas conjugadas de los verbos o se añaden al final de los infinitivos y participios presentes.

Fíjate que los participios presentes con pronombres llevan acento escrito.

Van a leer**te** el cuento.   Están escribiéndo**le** una carta.
Te van a leer el cuento.   **Le** están escribiendo una carta.

C. Doble pronombres de objeto

1. Cuando un pronombre de objeto directo y un pronombre de objeto indirecto aparecen en la misma oración, el pronombre de objeto indirecto siempre va delante del pronombre de objeto directo.

Me lo contó.
Va a contár**melo**.   **Me lo** va a contar.
Está contándo**melo**.   **Me lo** está contando.

2. Cuando ambos pronombres están en la tercera persona, el pronombre de objeto indirecto **le** o **les** cambia a **se**.

Le doy el libro.   **Se** lo doy.
Les mandé los cheques.   **Se** los mandé.

3. Los pronombres reflexivos se colocan antes de los pronombres de objeto.

Se lo puso.

4. Como **se** tiene varios significados posibles, con frecuencia se añade una frase preposicional (**a ella, a Ud., a Uds., a ellos,** etcétera) para aclarar el significado.

Se lo dio a Ud.

5. Las frases preposicionales **a mí, a ti, a nosotros,** etcétera también pueden usarse con sus correspondientes pronombres de objeto indirecto para dar énfasis.

A mí me dice la verdad.

3-21 Una narrativa breve. Lee esta narrativa breve. Después, cuéntala acerca de las personas indicadas.

Me habló por teléfono anoche. Estaba contándome sus experiencias en México, cuando alguien interrumpió la conversación. Por eso me dijo que iba a mandarme un email con unas fotos describiendo todo.

(a nosotros, a ti, a ella, a ellos, a Uds.)

3-22 Los pronombres directos e indirectos usados juntos. Escribe cada oración otra vez cambiando las palabras escritas en letra cursiva a pronombres directos o indirectos.

> MODELO Le voy a mandar *las fotos a mamá.*
> *Voy a mandárselas.*

1. Le voy a traer *la maleta a Juana.*
2. Les dijo *la verdad a sus padres.*
3. Su padre le prestó *dinero a Luz María.*
4. Tengo que comprar *los boletos para Juan y Felipe.*
5. Nos mandan *las cartas.*
6. Les está explicando *el motivo a mi amigo.*
7. Carlos les envió *las invitaciones a los extranjeros.*
8. La compañía le vendió *la maquinaria al cliente.*
9. Elena le quiere dar *su cámara a los turistas.*
10. Van a mostrarme *sus apuntes.*

3-23 Un(a) amigo(a) ensimismado(a). Tienes un(a) amigo(a) que es bastante egoísta. Siempre está pidiéndote algo. Con un(a) compañero(a) de clase (quien va a hacerte las preguntas siguientes), contesta las preguntas con una oración negativa o afirmativa. Sigue el modelo. ¡Cuidado con los pronombres directos e indirectos!

> MODELO ¿Vas a escribirme muchas cartas este verano?
> *Sí, voy a escribirte muchas cartas este verano.*
> *Sí, voy a escribírtelas este verano.*

1. ¿Vas a darme tus apuntes hoy?
2. ¿Vas a prepararme comida mexicana esta noche?
3. ¿Me dirás las respuestas mañana?
4. ¿Me compraste los libros ayer?
5. ¿Estás haciéndome las actividades para hoy?
6. ¿Tus padres te prestan dinero para comprarme un regalo?

3-24 **La boda.** Tus primos van a casarse. ¿Qué harás para celebrar la boda? Usa pronombres en tus respuestas.

> **MODELO** ¿Les comprarás unos regalos?
> *Sí, se los compraré.*

1. ¿Les organizarás su luna de miel *(honeymoon)*?
2. ¿Les prepararás un pastel de boda?
3. ¿Les comprarás un regalo caro?
4. ¿Les darás un cheque de cien dólares?
5. ¿Les harás un brindis?
6. ¿Les enviarás muchas flores?

Di cinco cosas más que harás. Después, compara tus ideas con las de los otros estudiantes.

Gustar y otros verbos parecidos

⬤Heinle Grammar Tutorial:
Gustar and similar verbs

A. Gustar

1. En oraciones con el verbo **gustar,** el objeto indirecto indica la persona a quien gusta, y la cosa que gusta es el sujeto de la oración. Por consecuencia, el verbo **gustar** está casi siempre en la tercera forma singular o plural: **gusta** o **gustan**.

   > Nos gusta bailar. *(nos = objeto indirecto; bailar = sujeto)*
   > ¿Te gustan las conferencias del profesor Ramos? *(Te = objeto indirecto; las conferencias del profesor Ramos = sujeto)*

2. Cuando se incluye el objeto indirecto en la oración, este tiene que seguirle a la preposición **a.** (El pronombre de objeto indirecto se usa obligatoriamente.)

   > A mis hermanos les gustan los chistes.
   > A Pablo le gusta el queso.

B. Otros verbos como *gustar*

Otros verbos comunes que funcionan como **gustar** son **faltar** *(to be lacking, to need),* **hacer falta** *(to be necessary),* **quedar** *(to remain, to have left),* **parecer** *(to appear, to seem),* **encantar** *(to delight, to charm),* **pasar** *(to happen, to occur)* e **importar** *(to be important, to matter).*

> Me faltan tres billetes.
> Nos hace falta estudiar más.
> Les quedan tres pesos.
> No me importa el dinero.
> Me encantan las rosas.
> ¿Qué te parece? ¿Vamos a la iglesia o no?
> ¿Qué te pasa?

3-25 **Opiniones y observaciones.** Haz la actividad siguiente, según el modelo.

> **MODELO** Me gustan los regalos. (a él: el poema)
> *Le gusta el poema.*

1. Me gusta la canción. (a ti: las películas; a Ud.: la misa; a nosotros: los deportes; a Raúl: la comida; a las chicas: las fiestas; a Rosa: la raqueta; a ellos: viajar)

2. Le faltaba a Ud. el dinero. (a ti: los zapatos; a ella: una cámara; a nosotros: un coche; a Rosa y a Pedro: los billetes; a mí: un lápiz)

3. ¿Qué les parecieron a Uds. las clases? (a ti: el concierto; a Elena: el clima; a tus hermanos: los partidos; a ella: las lecturas; a Ud.: la discoteca; a ellos: los bailes mexicanos)

3-26 **¿Cuál es la pregunta?** Haz preguntas que produzcan la información siguiente.

1. Sí, me gustaron las ruinas indígenas.
2. Sí, nos gustan esos jardines.
3. No, a él no le gusta el movimiento feminista.
4. No, a mí no me gusta la política.
5. Sí, nos gusta dormir la siesta.

Ahora, di lo que les gusta a cinco de tus amigos.

3-27 **¿Qué les gusta?** Con un(a) compañero(a) de clase háganse preguntas para saber lo que les gusta o no les gusta. Después de contestar, expliquen por qué.

> **MODELO** estudiar mucho
> —*¿Te gusta estudiar mucho?*
> —*Sí, me gusta estudiar mucho porque quiero aprender.*
> -o-
> —*No, no me gusta estudiar mucho porque prefiero escuchar música.*

1. las ciudades grandes
2. mirar televisión
3. vivir en el campo
4. la comida española
5. hablar y escribir en español
6. los bailes latinos
7. chatear
8. esta escuela

3-28 **La vida escolar.** Haz una lista de cinco cosas que te gustan de la vida escolar y cinco cosas que no te gustan. Compara tu lista con la de un(a) compañero(a) de clase para saber las diferencias y semejanzas que existen entre Uds. Luego, compara tu lista con las de otros estudiantes de la clase. ¿Cuáles son las cinco cosas que a la mayor parte de los estudiantes no les gustan? ¿Qué cosas les gustan?

Los verbos *ser* y *estar*

🌐 **Heinle Grammar Tutorial:**
Ser versus **estar**

Los verbos **ser** y **estar** por lo general se traducen al inglés por *to be*. Sin embargo, tienen usos muy diferentes. Nunca pueden intercambiarse sin cambiar el sentido de la oración o sin producir una oración incorrecta.

A. Se usa *estar*:

1. para expresar ubicación (localización).

> La ciudad de Granada **está** en España.   Ellos **están** en la clase de español.

2. para indicar la condición o el estado del sujeto cuando la condición es variable o cuando no es la norma.

> La ventana **está** sucia.   Juan **está** muy contento hoy.
> Yo **estoy** muy desilusionado.   ¡Qué delgada **está** Teresa!
> La cena **está** lista.   La sopa **está** riquísima.

En algunos de los ejemplos, **estar** puede traducirse por un verbo que no sea *to be* (*to look*, *to taste*, *to seem*, *to feel*, etc.).

3. con los participios pasados que funcionan como adjetivos para describir un estado o una condición que es el resultado de alguna acción.

> El profesor cerró la puerta. La puerta **está** cerrada.
> El autor escribió el libro. El libro **está** escrito.

Véase la **Unidad 4.**

4. con el participio presente para formar los tiempos progresivos.

> Los estudiantes **están** analizando los verbos reflexivos.

B. Se usa *ser*:

1. para describir una característica, una cualidad del sujeto.

> Su hija **es** bonita.   La isla **es** pequeña.
> El hombre **es** pobre.   Su abuelo **es** viejo. (*in years*)
> Mis tíos **son** ricos.   Su hermana **es** joven. (*in years*)

2. con un predicado nominal que identifica al sujeto.

El señor Pidal **es** profesor. María **es** ingeniera.
Juan **es** el cónsul español. Ramón **es** su amigo.

3. con la preposición **de** para indicar origen, posesión o materia de la cual está hecho algo.

Roberto **es** de España. El reloj **es** de oro.
El libro **es** de Teresa. La casa **es** de madera.

4. para expresar la hora y la fecha.

Son las ocho. **Es** cinco de mayo.

5. para indicar cuándo o dónde toma lugar un evento.

La conferencia **es** aquí a las seis.
El concierto **fue** en el Teatro Colón.

6. para formar expresiones impersonales (**es fácil, es difícil, es posible**, etcétera).

Es necesario entender los tiempos verbales.

7. con el participio pasado para formar la voz pasiva. (Se tratará este tema más en la Unidad 8.)

El fuego **fue** apagado por el viento.
La lección **fue** explicada por el profesor.

C. *Ser* y *estar* con adjetivos

Es importante notar que tanto **ser** como **estar** pueden usarse con adjetivos. Sin embargo, el significado o la insinuación de la oración cambia dependiendo en el verbo que se use.

ser	estar
Elena **es** bonita.	Ella **está** bonita hoy.
Elena is pretty (a pretty girl).	*She looks pretty today.*
Tomás **es** pálido.	Tomás **está** pálido.
Tomás is pale-complexioned.	*Tomás looks pale.*
Él **es** bueno (malo).	**Está** bueno (malo).
He's a good (bad) person.	*He's well (ill).*
Es feliz (alegre).	**Está** feliz (contenta).
She's a happy (cheerful) person.	*She's in a happy (contented) mood.*
El profesor **es** aburrido.	**Está** aburrido.
The professor is boring.	*He's bored.*
Carlos **es** borracho.	Carlos **está** borracho.
Carlos is a drunkard.	*Carlos is drunk.*
José **es** enfermo.	José **está** enfermo.
José is a sickly person.	*José is sick (now).*
Las sandalias **son** cómodas.	Estas sandalias **están** muy cómodas.
Sandals are comfortable.	*These sandals feel very comfortable.*
Carolina **es** lista.	Carolina **está** lista para salir.
Carolina is clever (alert).	*Carolina is ready to leave.*

PRÁCTICA

3-29 *Ser* y *estar.* Completa las oraciones siguientes con la forma correcta de **ser** o **estar.**

1. La casa de Patricia _____ muy lejos de aquí.

2. Su casa _____ de ladrillo.

3. Marina _____ la esposa de Juan.

4. Mi amigo _____ muy cansado hoy.

5. _____ el primero de octubre.

6. Esta sopa _____ muy caliente.

7. Él _____ buena persona, pero _____ enojado ahora.

8. Mi primo _____ enfermo hoy.

9. _____ más ricos que los reyes de España.

10. Ya _____ apagado el fuego.

11. Elena es bonita, y hoy _____ más bonita que nunca.

12. ¿De quién _____ este libro?

13. La conferencia _____ a las ocho.

14. Yo _____ muy contento porque _____ dando mi película favorita.

15. El libro _____ muy aburrido y por eso yo _____ aburrido.

3-30 **Un día en la vida de Enrique.** Completa el cuento de Enrique con la forma correcta de **ser** o **estar** en el imperfecto del indicativo.

1. _____ las siete cuando Enrique se despertó. 2. _____ el día de los exámenes finales y él 3. _____ muy nervioso. Su primer examen 4. _____ a las nueve y quería llegar temprano para poder estudiar. Después de vestirse, empezó a buscar los libros. No 5. _____ ni en la sala ni en el estudio. Al fin, su madre le dijo que 6. _____ detrás de la puerta de su cuarto.

Ahora él 7. _____ listo y salió para la escuela. Cuando llegó, ya 8. _____ sus amigos en la biblioteca. 9. _____ muy aburridos de esperar tanto, pero no dijeron nada. Todos 10. _____ seguros de que iban a salir mal en el examen. 11. _____ las nueve menos cinco. Ya 12. _____ muy tarde y ellos tenían que apurarse para llegar a clase a tiempo.

Después del examen, todos 13. _____ cansados, pero contentos porque el examen había sido muy fácil.

3-31 **El bautizo.** Describe la foto usando una forma de **ser** o **estar** y las palabras de la lista.

Familia / Alamy

MODELO	iglesia

La iglesia no es muy grande.

las personas
Las personas están en la iglesia.

1. el bautizo
2. los padres
3. el bebé
4. el cura
5. el hombre
6. la mujer
7. el altar

Ahora, añade otras dos oraciones descriptivas. Comparte tu descripción con la clase. ¿Están todos de acuerdo?

Errores comunes: los pronombres

1. Los pronombres son palabras que sustituyen los sustantivos y por lo tanto, deben tener el mismo género y número que estos. Muchos hispanohablantes tienen la tendencia de dejar en singular los pronombres aunque correspondan a un sustantivo plural. Por ejemplo, dicen *«A veces los hijos le pierden el respeto a sus padres»*. La oración correcta es, *A veces los hijos les pierden el respeto a sus padres*. El pronombre **les** corresponde al sustantivo plural **padres.**

2. Los pronombres de objeto indirecto **le** y **les** solamente se usan cuando tienen función de objeto indirecto, o sea, cuando contestan la pregunta ¿a quién(es)? La práctica de usarlos como complementos directos se le llama **leísmo.** El único uso de leísmo aceptado por la Academia es cuando se refiere a una persona masculina singular. Se puede decir *A Juan lo vi en la cafetería* o *A Juan le vi en la cafetería.* Sin embargo, si el sustantivo al cual se refiere no es una persona, es una persona de sexo femenino o es plural, el leísmo no es aceptado. Por lo tanto, la oración *«A Juan y a Sara les vimos en la fiesta»* no es aceptada. Tampoco lo es *«Arrojó el vaso y le hizo pedazos».*

PRÁCTICA

Completa las oraciones siguientes con **lo**, **la**, **los**, **las**, **le** o **les**.

1. ¿Mi padre? Yo _____ adoro con toda mi alma.
2. El profesor _____ aconsejó a los estudiantes que estudiaran mucho.
3. Yo a Marta _____ vi estudiando en la biblioteca.
4. El libro _____ leí todo pero no me gustó para nada.
5. Sr. López, ¿quiere usted que _____ ayude con estos paquetes?
6. No quiero prestar_____ dinero a mis hermanos.
7. _____ dieron un premio a mis primas porque habían ganado el concurso.
8. A cada rato _____ mando textos de mensaje a mis amigos.

Public Domain

Ritos y celebraciones de la muerte

Juan Carlos de Venezuela, Lily de México y Winnie de Guatemala contestan varias preguntas sobre la muerte, los velatorios y el Día de los Muertos.

3-32 Anticipación. Antes de mirar el video, haz estas actividades.

A. Contesta estas preguntas.

1. ¿Qué piensas de la muerte? ¿Le tienes miedo?
2. ¿Cómo se debe recordar a una persona que murió?
3. ¿Has visitado alguna vez una tumba? ¿Cómo estaba decorada?
4. ¿Qué ritos y celebraciones de la muerte tiene tu familia?

B. Estudia estas palabras y expresiones del video.

sin lugar a dudas *definitivamente*
entristecer *ponerse triste*
el ser querido *persona con quien tienes una relación de afecto*
fallecer *morir*
desgraciadamente *por mala suerte*
deprimente *triste*
el ataúd *caja donde se pone el cadáver*
el barrilete *cometa (Guatemala), armazón de tela o papel que se eleva en el aire*
la tumba *lugar en el cementerio donde está enterrada una persona*
el panteón *cementerio*
temer *tener miedo*

3-33 Sin sonido. Mira el video sin sonido una vez para familiarizarte con los entrevistados y las preguntas que se le hacen. ¿Cómo crees que contestarán?

3-34 **Comprensión.** Estudia estas actividades y trata de descubrir las respuestas correctas al mirar el video.

1. ¿Cuál de estas oraciones es cierta?
   a. Juan Carlos no le tiene miedo a la muerte.
   b. Lily le tiene miedo a que sus papás no estén con ella.
   c. Winnie celebraría la muerte con mucha alegría.
   d. Si una persona muere, Juan Carlos no lo celebraría con una fiesta.

2. ¿Cuál es el tono de Lily?
   a. placentero
   b. amargo
   c. pesimista
   d. burlón

3. ¿Cuál es la actitud de Juan Carlos con respecto a la muerte?
   a. Hay que pensar en la muerte en todo momento.
   b. Debemos tratar de vivir por la eternidad.
   c. No hay que tenerle miedo a la muerte.
   d. Hay que aceptar la muerte.

4. Según Winnie, ¿cuál es una tradición de Guatemala para celebrar el Día de los Muertos?
   a. Se hacen velorios.
   b. Se vuelan barriletes.
   c. Se compra flor de cempasúchil.
   d. Se decoran las tumbas con pan de muerto.

5. Según Juan Carlos, ¿qué hace la gente en un velatorio en Venezuela?
   a. Llora mucho.
   b. Celebra con alegría.
   c. Limpia la tumba del ser querido.
   d. Pone flores de muchos colores en el panteón.

6. ¿Cuál es una creencia de los mexicanos y guatemaltecos?
   a. El inframundo es un lugar triste y trágico.
   b. Las flores de los muertos traen mala suerte porque huelen mal.
   c. Los muertos vienen a visitar a los vivos en el Día de los Muertos.
   d. Los muertos quieren que los vivos vayan al inframundo en el Día de los Muertos.

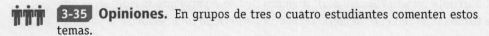

3-35 **Opiniones.** En grupos de tres o cuatro estudiantes comenten estos temas.

1. ¿Con cuál de los tres entrevistados te identificas más? ¿Por qué?
2. ¿Cuál de los tres entrevistados parece tenerle menos miedo a la muerte? ¿Por qué crees que tiene esa actitud?
3. ¿Hay algún rito que mencionan los entrevistados que te guste? Explica.

VOCABULARIO ÚTIL

VERBOS

acabar *terminar; dar fin*
durar *ocurrir en cierto periodo de tiempo*
engañar(se) *hacer creer como verdad algo que no lo es*
juzgar *formar una opinión sobre algo o alguien*
ostentar *mostrar de manera visible*
sospechar *imaginarse algo malo*
temer *tener miedo*

SUSTANTIVOS

el dolor *sufrimiento; tristeza*
el placer *satisfacción; gusto*
la soledad *aislamiento; falta de compañía*

ADJETIVOS

dichoso(a) *afortunado; feliz*
duro(a) *resistente*
necio(a) *ignorante*
vano(a) *inútil*

3-36 **Para practicar.** Completa el párrafo con la forma correcta de la palabra apropiada del **Vocabulario útil.**

Ayer tuve que ir al dentista porque tenía un 1. _____ de muela (molar) muy terrible. Para mí, ir al dentista no es un 2. _____; no me gusta para nada. Dicen que ningún dolor 3. _____ mucho, pero siempre 4. _____ que el dentista es indiferente a mi sufrimiento. Como siempre, el dentista me dijo que no había nada que 5. _____. Tal vez para distraerme me dediqué a pensar en los santos 6. _____, pero fue un 7. _____ ejercicio: terminé pensando en el sufrimiento de Cristo. ¡Cuánto me alegré cuando el dentista anunció que había 8. _____ su tarea!

Antes de continuar con las siguientes actividades, fíjate que el artículo neutro **lo** se usa en muchas expresiones. Es común usar **lo que** o **lo cual** para referirse a un antecedente no específico que exprese una idea o una situación.

No me habló, **lo cual** *(which)* me sorprendió.
Allí vimos a mis padres, **lo que** *(which)* me alegró bastante.

Lo que también se usa con el sentido de *what* cuando no se indica el antecedente.

Lo que *(What)* van a hacer es un secreto.
¿Quieres decirme **lo que** *(what)* piensas hacer?

También se usa **lo** con la forma neutra de un adjetivo para expresar un concepto abstracto.

Lo bueno *(the good thing, the good part)* fue lo que pasó después.
Él siempre buscaba **lo** nuevo y **lo** perfecto *(the new and the perfect).*

3-37 **Más práctica.** Completa estas oraciones con **lo, lo que** o **lo cual.** Pensando en los varios usos de **lo,** traduce estas oraciones al inglés.

1. _____ vio era extraño.

2. Quiero hacer _____ mismo.

3. ¿Tienes miedo de _____ no conoces?

4. _____ único que hizo fue salir sin decir nada.

5. Ella no se quedó, _____ nos sorprendió.

6. En las pinturas de El Greco se presentan simultáneamente _____ divino y _____ humano.

3-38 En tu opinión. Si no estás de acuerdo con las siguientes afirmaciones, cámbialas para expresar tu opinión personal.

1. Me parece que la vida hoy es más dura que en otras épocas.

2. La vida es breve y por eso debemos gozar de ella y no pensar en otra cosa.

3. No puedo ni negar ni afirmar la existencia de Dios.

4. Es evidente que no podemos controlar lo que pasa en nuestra vida.

Estrategia de lectura

- **Enfocarse en palabras clave.** Las palabras clave son las palabras más importantes de un texto, las cuales ayudan al lector a comprender la idea principal. En la poesía lírica hay generalmente uno o dos versos que contienen mucha información sobre el tema del poema.

- **Predecir mediante títulos y elementos visuales.** Antes de leer un texto, es útil mirar las fotos, los títulos, los gráficos y cualquier otro elemento visual. Esto ayuda al lector a predecir el contenido de la lectura.

3-39 Temas y versos. Aquí tienes unos versos de los poemas de esta unidad y una lista de temas expresados en prosa. Enfoca en las palabras clave para descubrir qué tema va con cada verso.

a. El poeta no quiere morir sin saber si existe Dios.
b. El poeta nos pide que pensemos en la muerte.
c. Describe algo que no tiene ningún valor.
d. La muerte que es algo seguro le da miedo al poeta.

_____ 1. Recuerde el alma dormida

_____ 2. Es cadáver, es polvo, es sombra, es nada

_____ 3. Y el espanto seguro de estar mañana muerto

_____ 4. Quiero verte, Señor, y morir luego

3-40 En anticipación. Con un(a) compañero(a) de clase lean los títulos de los poemas y traten de predecir su contenido.

CUATRO POEMAS RELIGIOSOS O FILOSÓFICOS

En casi todas las culturas del mundo (si no en todas), los seres humanos han querido saber el porqué de nuestra existencia. Ciertos temas se repiten a través del tiempo y del espacio: la vida es breve; la existencia es fugaz y frágil; debe existir alguna divinidad que le dé sentido a la vida. Aquí presentamos cuatro momentos de la poesía religiosa y filosófica en América y en España donde también aparecen esos temas.

El primer poema es un trozo de «Coplas por la muerte de su padre», de **Jorge Manrique.** Como muchos nobles de su época, Manrique (1440?–1479) se dedicó a las armas y las letras. Murió en una batalla durante el reinado de los Reyes Católicos. Aunque las ideas y los conceptos de las coplas son tradicionales, por su belleza y su perfección este poema es considerado como la elegía más perfecta que se haya escrito en español.

El segundo poema, un ejemplo de la poesía barroca, es de Juana de Asbaje, más conocida por su nombre de monja, **Sor Juana Inés de la Cruz** (México, 1648-1695). Entró al convento porque solo así podía satisfacer su sed de saber, llevando una vida dedicada a los estudios y a la escritura. Los escritores barrocos lamentaban la transitoriedad y fragilidad de la vida en la Tierra y manifestaban un sentido de desesperación ante la muerte inevitable.

En las últimas décadas del siglo XIX, la poesía en Hispanoamérica goza de un florecimiento no conocido anteriormente en el continente. La producción de obras líricas de gran calidad es extraordinaria. Aún más, es una poesía cosmopolita que incorpora elementos extranjeros (especialmente franceses) y elementos americanos, tanto modernos, como antiguos. El movimiento literario que resulta se llama Modernismo, y los escritores modernistas se consideran héroes del arte y rebeldes contra el mundo burgués que los rodea.

En esta sección se presenta un ejemplo de poesía modernista: «Lo fatal» de **Rubén Darío.** Darío (1867-1916) era nicaragüense y se dedicó totalmente a la literatura. Es sin duda el poeta más importante del Modernismo, tanto por su propia producción literaria, como por su influencia en otros poetas. Tal vez los libros más conocidos de él son *Azul* (1888), *Prosas profanas* (1896) y *Cantos de vida y esperanza* (1905).

La «Generación del 98» se refiere a un grupo de escritores que aparecieron en España al final del siglo XIX. Desilusionados por la derrota de España en la guerra con los Estados Unidos y por lo que les parecía ser la decadencia de la patria, esos escritores expresaron sus inquietudes y su deseo de penetrar en la esencia del alma española. **Miguel de Unamuno** (1864-1936) fue uno de los escritores más conocidos de esa generación. Novelista, cuentista, poeta, filósofo, ensayista y dramaturgo, Unamuno expresó su angustia por España y su deseo de calmar sus profundas dudas religiosas.

COPLAS POR LA MUERTE DE SU PADRE (TROZO)

Recuerde el alma dormida,
avive el seso° y despierte
contemplando
cómo se pasa la vida,
cómo se viene la muerte   5
tan callando°;
cuán presto° se va el placer;
cómo, después de acordado°,
da dolor;
cómo, a nuestro parecer°,   10
cualquiera tiempo pasado
fue mejor.

Pues si vemos lo presente
cómo en un punto° se es ido
y acabado,   15
si juzgamos sabiamente,
daremos lo no venido
por pasado°.
No se engañe nadie, no,
pensando que ha de durar   20
lo que espera
más que duró lo que vio,
pues que todo ha de pasar
por tal manera°

Nuestras vidas son los ríos   25
que van a dar° en la mar,
que es el morir;
allí van los señoríos°
derechos a se acabar
y consumir°;   30
allí los ríos caudales°,
allí los otros medianos°,
y más chicos,
allegados°, son iguales
los que viven por sus manos   35
y los ricos.

(fig.) be alert

so silently
quickly
once it is remembered

opinion

in a flash

we will regard the future as already past

in the same way

flow into

great lordships

straight to be ended and consumed; powerful

middling

having arrived

Jorge Manrique, *Coplas por la muerte de su padre* (trozo)

Comprensión. Contesta las siguientes preguntas.

1. Según Manrique, ¿es breve o larga la vida?
2. ¿Qué es mejor según Manrique: el pasado, el presente o el futuro?
3. ¿Con qué compara el poeta nuestras vidas?
4. ¿Qué simboliza la mar?

3-42 **Opiniones.** Expresa tu opinión personal.

1. ¿Crees que los ricos y los pobres son iguales después de la muerte? Explica.
2. Si no es la fama o el dinero, ¿qué aspecto de la vida es el más importante?

SONETOS

1.

Éste que ves, engaño colorido[1],
que del arte ostentando los primores°,
con falsos silogismos de colores
es cauteloso° engaño del sentido:
éste en quien la lisonja° ha pretendido
excusar de los años los horrores,
y, venciendo del tiempo los rigores,
triunfar de la vejez y del olvido:
es un vano artificio del cuidado;
es una flor al viento delicada;
es un resguardo° inútil para el hado°;
es una necia diligencia errada°;
es un afán caduco°; y bien mirado,
es cadáver, es polvo, es sombra°, es nada.

2.

Rosa divina que en gentil cultura[2]
eres con tu fragante sutileza
magisterio° purpúreo en la belleza,
enseñanza nevada° a la hermosura;
amago° de la humana arquitectura,
ejemplo de la vana gentileza
en cuyo ser unió naturaleza
la cuna° alegre y triste sepultura°:
¡cuán altiva° en tu pompa, presumida,
soberbia, el riesgo de morir desdeñas;
y luego, desmayada y encogida°,
de tu caduco ser das mustias señas°!
¡Con que, con docta muerte° y necia vida,
viviendo engañas y muriendo enseñas!

Juana de Asbaje (Sor Juana Inés de la Cruz), *Sonetos*

Glosses (right margin):
- beauties
- careful
- 5 flattery
- 10
- refuge; fate
- foolish, mistaken labor
- ancient urge
- shadow
- 15
- master
- white
- sign
- 20
- cradle; grave
- arrogant
- 25 shrunken
- signs of withering
- wise death

Notas culturales

[1] *Colorful deceit that you behold* se refiere a un retrato de la poeta. Para los poetas barrocos toda la vida es un engaño, una apariencia.

[2] Las flores se emplean frecuentemente como símbolos de la fragilidad de la vida.

3-43 **Comprensión.** Contesta las siguientes preguntas.

1. ¿Qué ostentan los primores del arte?
2. ¿Qué ha pretendido la lisonja?
3. ¿Con qué cosas se compara el retrato?
4. ¿A qué se refiere «la cuna alegre y triste sepultura»?

3-44 **Opiniones.** Expresa tu opinión personal.

1. ¿Qué crees que nos enseña la rosa al morir?
2. ¿Piensas luchar contra la vejez *(old age)* o aceptarla sin quejarte *(complain)*?

LO FATAL

Dichoso el árbol, que es apenas sensitivo,
y más la piedra dura, porque ésa ya no siente,
pues no hay dolor más grande que el dolor de ser vivo,
ni mayor pesadumbre° que la vida consciente.
Ser, y no saber nada, y ser sin rumbo° cierto
y el temor de haber sido, y un futuro terror...
Y el espanto° seguro de estar mañana muerto,
y sufrir por la vida, y por la sombra, y por
lo que no conocemos y apenas sospechamos.
Y la carne que tienta° con sus frescos racimos°,
y la tumba que aguarda con sus fúnebres ramos°
¡y no saber a dónde vamos,
ni de dónde venimos...!

Rubén Darío, *Lo fatal*

grief
direction   5

horror

tempts; bunches of grapes   10
awaits with its funeral bouquets

3-45 **Comprensión.** Contesta las siguientes preguntas.

1. ¿Por qué es especialmente dichosa la piedra?
2. ¿Qué cosas producen dolor?

3-46 **Opiniones.** Expresa tu opinión personal.

1. ¿Compartes *(Do you share)* las dudas que expresa Rubén Darío en cuanto a lo que significa la vida?
2. ¿Tienes seguridad sobre lo que nos espera después de la muerte?

SALMO I (TROZO)

Quiero verte, Señor, y morir luego,
morir del todo;
pero verte, Señor, verte la cara,
¡saber que eres!
¡Saber que vives!   5
Mírame con tus ojos,
ojos que abrasan;
¡mírame y que te vea!
¡que te vea, Señor, y morir luego!
Si hay un Dios de los hombres,   10
¿el más allá qué nos importa, hermanos?
¡Morir para que Él viva,
para que Él sea!
¡Pero, Señor, «yo soy» dinos tan sólo,
dinos «yo soy» para que en paz muramos,   15
no en soledad terrible, sino en tus brazos!

Miguel de Unamuno, *Salmo I* (trozo)

3-47 **Comprensión.** Contesta la siguiente pregunta.

¿Por qué quiere Unamuno que el Señor le diga «yo soy»?

3-48 **Opiniones.** Expresa tu opinión personal.

1. ¿Crees que la muerte es menos sola si uno cree en Dios?

2. ¿Crees que la religión crece o disminuye en influencia social en los Estados Unidos?

3-49 **Análisis literario.** Contesta las siguientes preguntas.

1. En «Coplas» de Jorge Manrique y en los sonetos de Sor Juana se indica que la vida es breve. Sin embargo, las conclusiones de los poetas son diferentes. ¿Qué diferencia hay?

2. ¿Se puede decir que la última estrofa del poema de Manrique tiene un comentario social? ¿Cuál es?

3. ¿Cómo se puede contrastar la angustia que Darío expresa en su poema «Lo fatal» con la que expresa Unamuno en el «Salmo I»?

3-50 **Minidrama.** Presenten tú y un(a) compañero(a) de la clase un breve drama sobre la situación siguiente:

Un individuo viejo y otro joven discuten cuáles son los aspectos más importantes de la vida.

La escritura persuasiva

La escritura persuasiva consiste en persuadir al lector para que adopte tu punto de vista. Por lo general, la mejor manera de comenzar un ensayo persuasivo es con una tésis —tu opinión o posición— seguida por una lista de argumentos. Los argumentos deben ser lógicos y estar apoyados con ejemplos, hechos *(facts)* o anécdotas. También deben referir al punto de vista opuesto y explicar por qué no tienen validez. Para mantener la fluidez y la lógica de tu ensayo persuasivo, utiliza muchas transiciones.

Ejemplos de transiciones

Para introducir una idea: **con respecto a** *(with respect to)*, **en cuanto a** *(regarding)*

Para expresar certeza: **sin duda** *(without a doubt)*, **por supuesto** *(of course)*

Para expresar un punto contradictorio: **a pesar de que** *(even though)*, **aunque** *(although)*

Para expresar efecto: **como consecuencia** *(consequently)*, **por eso** *(that's why)*

Para concluir: **por lo tanto** *(therefore)*, **en definitiva** *(definitely)*

◉ AP* TEST TAKING TIP
Before you start to write your essay, spend five minutes outlining your ideas. You may want to use a graphic organizer:

Your position:

Reason #1:

Reason #2:

Reason #3:

«call to action»:

3-51 Situaciones. Escribe un ensayo persuasivo para una de las siguientes situaciones.

Arte religioso. Alguien donó *(donated)* a una escuela pública un cuadro del famoso pintor español El Greco. El cuadro representa una escena religiosa con la figura de Cristo. ¿Debe la escuela pública colgar el cuadro en el pasillo o no? Escribe un ensayo persuasivo para convencer al director de la escuela que adopte tu posición.

La eutanasia. La eutanasia es el acto de poner fin a la vida de alguien que está sufriendo; es ilegal en casi todos los países del mundo. ¿Crees que la eutanasia deba permitirse en algunos casos o que no deba permitirse jamás? ¿Cuál es tu posición sobre el derecho a morir? Escribe un ensayo persuasivo en pro o en contra de la eutanasia.

Dar explicaciones

Muchas veces es necesario explicar nuestras razones, ideas o puntos de vista a otra persona. Para dar explicaciones en conversación, puedes usar las siguientes expresiones usuales.

....

A mí (no) me parece que... porque...
En primer lugar...
Además...
Hay que tomar en cuenta...
En otras palabras...
Por esa razón...

 3-52 **Situaciones.** Con un(a) compañero(a) de clase, preparen un diálogo que corresponda a una de las siguientes situaciones. Es posible que sea necesario presentar el diálogo frente a la clase.

Un(a) niño(a) no quiere asistir a la iglesia. Una familia está lista para salir para la iglesia. Un(a) niño(a) de la familia no quiere ir. La madre (El padre) le explica por qué él (ella) debe asistir y el (la) niño(a) le da a él (ella) las razones por las cuales no quiere ir.

La vida ideal. Dos amigos(as) conversan sobre lo que piensan de cómo sería la vida ideal. Están comparando sus ideas. Uno(a) explica en qué consistiría la vida ideal y el (la) otro(a) responde con su perspectiva de la vida perfecta.

> ◉ **AP* TEST TAKING TIP**
> *If you hear yourself make an error while speaking, make the correction.*

Discusión: Modos de vivir.

Hay tres pasos en esta actividad.

1 **PRIMER PASO:** Dividir la clase en grupos de tres personas. Leer los cinco modos de vivir; indicar cada persona su reacción ante cada uno de ellos.

2 **SEGUNDO PASO:** Comparar las reacciones de cada uno con las de los otros compañeros de clase.

3 **TERCER PASO:** Describir cada miembro brevemente su propio modo de vivir y su filosofía personal.

. . . .

A continuación se presentan cinco modos de vivir. Aquí está la lista de las reacciones con que Uds. se deben expresar.

a. Me gusta mucho.   d. No me gusta mucho.

b. Me gusta un poco.   e. No me gusta nada.

c. No me importa.

1. En este modo de vivir, el individuo participa activamente en la vida social de su pueblo, pero no busca cambiar la sociedad, sino comprender y preservar los valores establecidos. Evita todo lo excesivo y busca la moderación y el dominio sobre sí mismo. La vida, según esta filosofía, debe ser activa, pero también debe tener claridad, control y orden.

2. El individuo que participa en este modo de vivir se retira de la sociedad. Vive apartado donde puede pasar mucho tiempo solo y controlar su propia vida. Hay mucho énfasis en la meditación, la reflexión y en conocerse a sí mismo. Para este individuo el centro de la vida está dentro de sí mismo, y no debe depender de otras personas ni de otras cosas.

3. Según esta filosofía, la vida depende de los sentidos y se debe gozar de ella sensualmente. Uno debe aceptar a las personas y las cosas y deleitarse con ellas. La vida es alegría y no la escuela donde uno aprende la disciplina moral. Lo más importante es abandonarse al placer y dejar que los acontecimientos y las personas influyan en uno.

4. Ya que el mundo exterior es transitorio y frío, el individuo solo puede encontrar significado y verdadera gratificación en la vida meditativa y en la religión. Como han dicho los sabios, esta vida no es más que una preparación para la otra, la vida eterna. Todo lo físico debe ser subordinado a lo espiritual. El individuo debe juzgar sus acciones y sus deseos a la luz de la eternidad.

5. Solo al usar la energía del cuerpo podemos gozar completamente de la vida. Las manos necesitan fabricar y crear algo. Los músculos necesitan actuar: saltar, correr, esquiar, etcétera. La vida consiste en conquistar y triunfar sobre todos los obstáculos.

En esta sección vas a escribir un ensayo persuasivo utilizando tres fuentes: dos ensayos escritos y un reportaje auditivo. Tu ensayo debe tener un mínimo de 200 palabras y debe utilizar información de todas las fuentes para apoyar tu punto de vista.

Tema curricular: Los desafíos mundiales

Tema del ensayo: ¿La religión pierde importancia en la sociedad hispánica?

FUENTE NO. 1

Un millón de mexicanos celebran la canonización por el Papa del primer santo indígena

La Iglesia católica de América convirtió ayer la canonización de Juan Diego Cuauhtlatoatzin, primer santo indio del continente, en un acto de reafirmación de la identidad de un México multiétnico en el que las etnias indígenas han sido «centenariamente olvidadas y marginadas», en palabras del cardenal de Ciudad de México, Norberto Rivera. El Papa presidió la larga y deslumbrante ceremonia, celebrada en la basílica de Guadalupe, …

…De pie en el papamóvil, Karol Wojtyla recorrió calles abarrotadas de fieles, mientras en la plaza del Zócalo 100.000 personas siguieron en directo la ceremonia a través de pantallas gigantes de video. Dentro del templo, el espectáculo no era menos espléndido ni entusiasta, y la llegada del Pontífice, que hizo su entrada subido en la peana móvil, fue acogida con un entusiasmo delirante…

«Juan Diego es más que un santo», comentaba un mexicano náhuatl rodeado de periodistas, «es el representante ante Dios de los indios»…

…Según el Papa, Juan Diego fue el fruto del «encuentro fecundo entre dos mundos y se convirtió en protagonista de la nueva identidad mexicana».

El País Internacional (Madrid)

Escultura de Cristo por un santero anónimo del siglo XIX

Denver Museum of Art

⊚ AP*
TEST TAKING TIP
Make sure you reference all three sources. You can do this by saying Según Fuente 1,… De acuerdo con el artículo de El Mundo,… Tal como el artículo de Fuente 3 afirmó,…

FUENTE NO. 2

Las sectas evangélicas se apoderan de Latinoamérica

En los templos de la Iglesia Universal del Reino de Dios (IURD), el Viejo hábito de pasar el cepillo, fue reemplazado por otro mucho más lucrativo. Los fieles son convocados a vaciar sus bolsillos junto al altar y si no llevan efectivo, se les aceptan cheques o tarjetas de crédito.

En la cosmovisión de ésta u otras congregaciones evangélicas de América Latina, el reino de los cielos funciona como un banco de ahorro y crédito: los fieles invierten grandes sumas de dinero y Dios se las devuelve con la salvación eterna... En 1995, un pastor de su propio séquito, Carlos da Miranda, le acusó de lavar el dinero del cartel narcotraficante de Cali.

Esas imputaciones no han impedido a la IURD secuestrar almas a la iglesia católica y al credo afrocristiano del Umbanda: hoy la teología de la prosperidad cuenta con 12 millones de adeptos en Brasil, tres millones en México, cerca de un millón en Argentina y representaciones en 56 países...

En vez de preocuparse del más allá como el catolicismo, la IURD dedica los lunes a los asuntos de pareja, los martes a la curación de enfermedades, los miércoles a los problemas económicos...

Una vez por semana se practican exorcismos colectivos para ahuyentar a Satanás, responsable de todos los males, desde la pobreza hasta la impotencia sexual, pasando por el mal del ojo...

«En Guatemala las sectas fundamentalistas se han posesionado del 31% de la población y en Chile del 25%. Estamos frente a la mayor operación de lavado de cerebro que registra la historia. Y las autoridades no hacen nada por detenerla», sentencia el sociólogo brasileño Alexander Marher.

El Mundo (Madrid)

FUENTE NO. 3

Más de 100.000 españoles están atrapados en las redes de 200 sectas destructivas...

El País Internacional (Madrid)

Track 7

> ◎ **AP***
> **TEST TAKING TIP**
> *While you listen to the audio source, pay attention to the details and jot down the most important points. Reference these in your essay.*

VOCABULARIO

VERBOS

acabar *to end, to finish*
ayudar *to help*
bautizar *to baptize*
celebrar *to celebrate*
dejar de + infinitivo *to stop doing something*
demostrar (ue) *to show*
desilusionar *to disappoint, disillusion*
durar *to last*
engañar(se) *to deceive (oneself)*
existir *to exist, to be*
fallecer *to die*
influir (en) *to influence*
juzgar *to judge*
mostrar (ue) *to show*
ocurrir *to happen*
renovar (ue) *to renew, to renovate*
rezar *to pray*
servir (i) de *to serve as*
sospechar *to suspect*
temer *to fear*

SUSTANTIVOS

el bautizo *baptism*
la boda *wedding*
el campo *country*
el (la) ciudadano(a) *citizen*
el clero *clergy*
el (la) consejero(a) *advisor*
el consuelo *consolation*
el cura *priest*
el diablo *devil*

el dolor *pain*
la fe *faith*
el fiel *religious person*
los fieles *the congregation*
la mayoría *majority*
la misa *Mass*
el placer *pleasure*
el poder *power*
la reunión *gathering, meeting*
la soledad *loneliness; solitude*
el valor *value*
la voluntad *will, willpower*

ADJETIVOS

dichoso(a) *blessed*
duro(a) *hard*
necio(a) *stupid*
único(a) *only*
vano(a) *futile*

OTRAS PALABRAS Y EXPRESIONES

además *besides, in addition*
al contrario *on the contrary, rather*
de repente *suddenly*
de todos modos *anyway*
es cierto *it's true*
igual que *the same as, just like*
más adelante *later, further on*
mayor *larger, greater, older (with people)*
peor; el peor *worse; the worst*
por lo general *generally*
por último *finally*

UNIDAD

4

CONTENIDO

124

Aspectos de la familia en el mundo hispánico

A. Temas de composición

1. En tu opinión, ¿deben vivir juntas varias generaciones? ¿Por qué?
2. ¿Qué deben hacer los países donde la población no se repone *(replaces itself)*?
3. ¿Se ha mudado mucho tu familia? ¿Cuántas veces? ¿Te gusta la idea de mudarte a menudo o prefieres quedarte en un lugar?
4. ¿Debe funcionar la familia como una pequeña democracia o debe mandar el padre? ¿Por qué?
5. ¿Crees que los juguetes para niños reflejan los valores de nuestra cultura? Explica.

B. Temas de presentación oral

1. el significado de la familia en la sociedad hispánica
2. problemas contemporáneos que existen en las familias hispánicas
3. el tema de la maternidad en las obras de Pablo Picasso
4. la familia real de España
5. el mayorazgo

◀ En el mundo hispánico la familia ocupa un lugar importantísimo en la vida diaria.

Andy Dean Photography/Shutterstock

🔊 Audio 🌐 www.cengagebrain.com ▶ Video on DVD

Enfoque

Una de las características más interesantes de cualquier cultura es la estructura de la familia y su papel en la sociedad. Se podría decir que la familia representa los valores de la sociedad en menor escala *(on a small scale)*. En el mundo hispánico los lazos *(ties)* familiares muestran rasgos importantes para la comprensión de la cultura. La preocupación por la familia se extiende a casi todas las esferas de la vida y en muchos casos es el sentimiento fundamental del individuo.

VOCABULARIO ÚTIL

VERBOS

adquirir (ie) *llegar a tener algo*
heredar *recibir algo cuando una persona muere; recibir ciertas cualidades de los padres*
relacionar con *poner en conexión cosas o personas*
tratar de *intentar; (una obra) hablar de cierto tema*

SUSTANTIVOS

el hogar *casa; lugar donde se vive con la familia*
la nuera *la esposa de un hijo*
los padrinos *personas nombradas para representar al niño en el bautizo*
el (la) pariente *miembro de la misma familia*

la perspectiva *posibilidad de que un evento futuro ocurra*
la preocupación *intranquilidad, temor, ansiedad*
el promedio *número que resulta al sumar los valores y al dividirlos entre el número de estos*
el rasgo *característica*
el sentido *significado*
el valor *importancia*
el yerno *el esposo de una hija*

OTRAS PALABRAS Y EXPRESIONES

contra *en oposición*
familiar *(adj.) de la familia; (s.) miembro de la familia*
menor *más pequeño; de menos importancia; (persona) con menos años*

 4-1 **Para practicar.** Trabajen en parejas, o como indique su profesor(a), para hacer y contestar estas preguntas, usando el vocabulario de la lista.

1. ¿Tienes hermanos? ¿Cuántos? ¿Son mayores o menores? ¿Qué edad tienen?

2. ¿Se preocupan tus padres por ti? ¿Qué preocupaciones tienen? ¿Qué tratan de que hagas o no hagas?

3. ¿Piensas que tu casa familiar seguirá siendo tu hogar, aun después de casarte?

4. ¿Tu familia celebra los días de fiesta en familia? ¿Cómo celebran algunos días de fiesta?

5. ¿Qué valores personales has heredado de tu familia o de algún pariente? ¿Hay algunos rasgos comunes en tu familia? ¿Cuáles has adquirido?

6. ¿Tienes padrinos? ¿Tienes cuñados? ¿Hay yernos o nueras en tu familia? Si los hay, ¿se consideran ellos parte de la familia?

4-2 **Anticipación.** Trabajen en grupos de dos o tres. Antes de comenzar la lectura, hagan una lista de los rasgos típicos de la familia de los Estados Unidos. Prepárense para presentarle su lista de ideas a la clase.

La familia en el mundo hispánico

Los lazos familiares

En el poema épico *Cantar de Mio Cid*[1], del siglo XII, considerado como la primera obra de este género en la literatura española, su protagonista, el Cid, además de guerrero valiente°, es también padre de familia. Parte del poema trata de cómo el Cid venga° una ofensa cometida contra sus hijas. En la literatura española
5 siempre ha existido mucha preocupación por el honor del individuo. Este honor está relacionado con los miembros de la familia; así que la manera más hiriente° de atacar verbalmente a alguien es por medio de° una ofensa a un familiar. La peor ofensa que se le puede hacer a una persona es insultar a su madre.

brave warrior
avenges

hurtful
by means of

En la época moderna, se puede
10 observar lo mismo en ciertos fenómenos lingüísticos. Los insultos más graves° tienden a implicar a los miembros de la familia del insultado. En el poema *Martín Fierro*, del siglo XIX, un gaucho° trata de
15 insultar a otro ofreciéndole un vaso de aguardiente°:

serious

cowboy (Arg.)

liquor

El lazo familiar es importante.

«Diciendo: ‹Beba, cuñao,›
‹Por su hermana; contesté,
Que por la mía no hay cuidao.› »[2]

20 Si se examina la sociedad contemporánea se puede ver cómo el sentimiento familiar ejerce una gran influencia en casi todas las instituciones sociales.

La familia y la sociedad

Un gran número de acontecimientos sociales son de tipo familiar. En los días de fiesta y los domingos las familias frecuentemente se reúnen en la casa de algún

[1] *Cantar de Mio Cid* Poema épico de España, escrito alrededor de 1140 para glorificar las hazañas de los españoles en la Reconquista de España. El Cid vivió entre 1030 y 1099.

[2] *Martín Fierro* Poema narrativo del argentino José Hernández, escrito en 1872. El poema es un estudio clásico del gaucho en su lucha contra la civilización en las pampas. La traducción de la cita es: «*Drink, brother-in-law.*» «*It must be because of your sister, 'cause I'm not worried about mine.*» Llamar a un desconocido *cuñado* implica relaciones íntimas con su hermana. El insulto máximo de este tipo es «Yo soy tu padre».

25   pariente, o bien° en un restaurante de tipo familiar. Estas fiestas se caracterizan por la presencia de los niños y los abuelos.

Atrae la atención del norteamericano la presencia de los niños en casi todas las fiestas[3] y el hecho de que los niños se ven en la calle con sus padres hasta las 11 o 12 de la noche. Están acostumbrados a participar con los adultos en las
30   bodas°, los bautismos y las fiestas públicas como los desfiles. Igualmente, en las fiestas de cumpleaños o del día del santo de un niño se encuentran todos los padres, y aun los abuelos, de los amiguitos del niño. Así que desde muy pequeños, participan en la vida social de la familia. Así aprenden continuamente a comportarse° en la sociedad. Están acostumbrados a tratar con personas de
35   diferentes edades —abuelos, padres y hermanos mayores—, desarrollando así una actitud de respeto que mantienen también cuando son adultos. En lugares públicos, como el cine o los bailes, se ven grupos de personas de diferentes edades. Hay menos tendencia a agruparse° según la edad, como en la sociedad norteamericana. Por eso, también es menos molesto° llevar a la mamá o al
40   hermano menor cuando dos jóvenes van al cine[4].

No es raro encontrar a los abuelos, a los padres y a los hijos junto con algún tío o tal vez un primo viviendo en la misma casa. Los sociólogos han observado varias ventajas° en esta situación. Una de ellas es que los niños tienen más personas que los cuiden, y por eso no necesitan tanta atención individual.
45   También tienen más de un modelo y si, por desgracia°, pierden a uno de los padres, hay otros adultos presentes. Con tantas personas en casa no es necesario pagarle a nadie de afuera° para cuidar a los niños —la palabra *baby-sitter* no tiene equivalente exacto en español, sin embargo, los cambios que ocurren en la sociedad causan que cambie el idioma. La palabra *niñera* se usa hoy aunque su
50   sentido original era *nursemaid*. Las tareas domésticas se comparten° y son así menos pesadas°. Las desventajas de esta convivencia son, para los adultos, una falta completa de vida privada, y para los niños, una falta de independencia, que se advierte más tarde en sus acciones y su personalidad de adultos.

Una costumbre que muestra la importancia del lazo familiar es la de incluir
55   a todos los parientes, aun los más lejanos°, en lo que se considera la familia. Si llega un primo al pueblo desde otro lugar, se le trata como miembro de la familia local y tiene los derechos° y privilegios correspondientes. Los esposos de los hijos, los yernos y las nueras también son parte de la familia. El yerno especialmente llega a ser miembro de la familia de su esposa, mientras la nuera mantiene
60   lazos con sus dos familias. Sus hijos, en las familias tradicionales, sienten frecuentemente el peso de los parientes de las dos familias de sus dos padres. Este sentimiento de unidad es bastante fuerte en la familia y muchas veces domina la vida del individuo.

---

[3] *El cóctel* solamente para los adultos es un fenómeno bastante reciente en las áreas urbanas. Los niños no asisten a estos.

[4] La costumbre de llevar chaperón a una cita está desapareciendo rápidamente. En áreas rurales más tradicionales, sin embargo, es todavía común ver a una pareja joven ir al cine acompañada con la madre o el hermano. Dado que las actividades sociales suelen ser en grupo, tener o no un chaperón no importa tanto.

Como en toda sociedad católica, los padrinos asumen serias obligaciones
hacia los niños en caso de la ausencia de los padres. Es verdaderamente un honor
ser elegido° padrino y ser considerado como un miembro de la familia.

chosen

El significado de la familia

En la familia inmediata o «nuclear»
(padre, madre e hijos), es notable el papel
del padre. Aunque tradicionalmente el
hombre no ha dominado en el hogar, él
siempre ha tenido un contacto constante
e íntimo con sus hijos. Aunque su
«machismo» le impide cocinar o lavar
la ropa, no por eso deja de cuidar a sus
niños con dedicación y orgullo°. El orgullo
por los hijos es algo que se destaca° en
la sociedad hispánica y que tal vez ha
contribuido a mantener fuerte el sentido
de la familia.

Una familia de Jalisco, México, espera el autobús.

pride
stands out

Este orgullo también contribuye a
crear uno de los problemas más graves
de Hispanoamérica: el crecimiento
desenfrenado° de la población, que
frustra los esfuerzos del progreso social.
Además de° la prohibición religiosa de
los métodos artificiales de control de la natalidad°, hay obstáculos sociales y
personales que hacen difícil que la gente acepte tales procedimientos. El tamaño
de la familia es prueba de la masculinidad paterna y la feminidad materna.
También representan un tipo de seguro contra la pobreza de algunos padres sin
otras perspectivas para la vejez. Una encuesta° reciente hecha en varias ciudades
hispanoamericanas con el propósito de averiguar° las opiniones femeninas sobre
el número ideal de hijos produjo el promedio general de 3,4 hijos. Los promedios
de las diferentes ciudades quedaban entre 2,7 y 4,2. Se estima que el promedio
efectivo en las mismas ciudades es de 3,7 hijos por familia. En las regiones
rurales, también entran las cuestiones económicas: el hijo es mano de obra°.
Sin embargo, en varios países hispánicos se han organizado campañas oficiales
dedicadas al control de la natalidad, debido a los efectos económicos negativos
creados por el gran aumento de la población. En México, por ejemplo, la tasa de
natalidad° ha bajado de 7 hijos por mujer a 2,1 hijos en el último medio siglo y el
Brasil ha tenido una experiencia semejante.

uncontrolled growth

Besides
birth

survey
find out

worker

birth rate

La familia también es importante para el desarrollo del individuo. La familia
existe siempre como un grupo ya constituido, lleno de tradición y significado.
El niño adquiere la conciencia de pertenecer° a un grupo sin peligro de ser
expulsado° y sin tener que probar nada más que su lealtad. Claro que la familia
no aprueba° todo lo que hacen sus miembros; sin embargo, puede tolerarles
casi todo. Es decir que, por malo que sea° el individuo, siempre está ligado a

to belong
danger of being expelled
approve
no matter how bad he may be

blood	la familia por lazos de sangre°. La familia es un grupo que ofrece protección,
consolation; failure	consuelo° en los fracasos° y calor y comprensión contra la soledad. Todo esto da
restricts	un sentido de seguridad que a veces restringe° el desarrollo psicológico y resulta
	en una tendencia a depender demasiado de la familia. Es frecuente el caso de que
rejects	alguien, por no querer dejar a la familia, rechace° oportunidades de trabajo y no
	vaya a vivir a otra parte. El concepto de la sociedad móvil no se ha establecido
	bien en el mundo hispánico.

110

115

Es obvio que la familia ocupa un lugar muy importante, tanto en la sociedad, como en la vida del individuo. Muchas veces determina la posición del individuo en la sociedad, porque el niño hereda el buen nombre familiar además de los bienes° materiales. Además, ejerce una fuerza moral bastante efectiva, puesto que°, junto con la buena fama, uno hereda la obligación de mantenerla.

goods (line aligned with "bienes")
because (line aligned with "que")

4-3 **Comprensión.** Decide si las siguientes oraciones son **verdaderas** o **falsas**, según el texto. Corrige las que son falsas.

1. Una manera común de ofender a una persona en el mundo hispánico es ofender a un familiar.

2. Los niños hispánicos generalmente van a las fiestas de sus padres.

3. Por lo general, los niños hispánicos aprenden a ser muy independientes desde pequeños, para llegar a ser adultos independientes.

4. El padre hispánico no quiere contacto con sus hijos.

5. El aumento de la población ha sido tradicionalmente un gran problema en algunos países hispánicos.

6. La familia generalmente apoya a sus miembros.

7. La sociedad hispánica es muy móvil.

8. La familia ejerce una fuerza moral notable.

4-4 **Opiniones.** Expresa tu opinión personal.

1. ¿Crees que los insultos contra la familia son más ofensivos que los insultos directos? ¿Por qué?

2. ¿Incluyes a los parientes lejanos cuando hablas de tu familia?

3. ¿Es bueno para los niños asistir a las fiestas de sus padres? ¿Por qué sí o por qué no?

4. ¿Es mejor para los niños tener relaciones estrechas *(close)* con muchos adultos? Explica.

5. ¿Piensas tener una familia grande o pequeña en el futuro? En tu opinión, ¿cuál es el tamaño de la familia ideal?

EXPANSIÓN DE VOCABULARIO

Los antónimos

Los antónimos son palabras que tienen significados contrarios, como por ejemplo, **grande** y **pequeño**. A veces se puede formar antónimos con los prefijos **des-, in-** o **im-**. Un prefijo es un grupo de letras que se pone delante de una palabra para formar otra. Por ejemplo, se puede formar el antónimo de **posible** añadiéndole el prefijo **im-: imposible**.

4-5 **Palabras antónimas.** Busca las palabras de la segunda columna que sean antónimos de las palabras de la primera columna.

I.	II.
1. adquirir _____	a. continuar
2. menor _____	b. desamor
3. listo _____	c. delante
4. atrás _____	d. dar
5. cariño _____	e. civil
6. salvaje _____	f. mayor
7. detener _____	g. tonto
8. acercarse _____	h. separarse

4-6 **Formar antónimos con prefijos.** Completa según los modelos.

MODELO	justo	*injusto*
	probable	improbable

1. eficaz _____
2. _____ innecesario
3. ofensivo _____
4. _____ inútil
5. humano _____
6. _____ infrecuente
7. cómodo _____
8. _____ impersonal

MODELO	gracia	*desgracia*

9. conocido _____
10. _____ desventaja
11. acostumbrado _____
12. _____ desligar
13. aparecer _____
14. _____ descuidar
15. preocupación _____
16. heredar _____

«... nos sentaremos atrás, solitos».

Ocean/Corbis

VOCABULARIO ÚTIL

VERBOS

aguantar *tolerar algo molesto*
arreglar *solucionar*
probar (ue) *tomar una pequeña
porción de comida*

SUSTANTIVOS

el bocado *un poco de comida*
la(s) gana(s) *deseo (de hacer algo)*
la pantalla *superficie donde
proyectan películas*
la película *obra cinematográfica*

ADJETIVOS

asado(a) *cocinado(a) al horno*
ciego(a) *que no ve*

listo(a) *inteligente*
solitos *diminutivo de solo;
sin nadie más*
surrealista *relacionado al
movimiento artístico que busca
una realidad subconsciente*

OTRAS EXPRESIONES

atrás *en la parte posterior*
acabar de *indica una acción
que se ha producido
inmediatamente antes*
valer la pena *meritar el tiempo,
dinero o esfuerzo*

4-7 **Para practicar.** Completa el párrafo siguiente con palabras escogidas de la sección **Vocabulario útil.** No es necesario usar todas las palabras.

Yo no podía 1. _____ seguir estudiando más. Tenía 2. _____ de ir al cine. Hacía mucho tiempo que no veía una 3. _____ buena. Mis amigos estaban ocupados y por eso fui 4. _____. Entré al cine y me senté en la parte de 5. _____ del teatro. Casi no podía ver la 6. _____, pero no me importó porque no podía entender el argumento (*plot*) que era muy 7. _____. Salí para casa a las diez, pensando que esa película no 8. _____. Tenía hambre y por eso pasé por un café. Yo 9. _____ un 10. _____ de carne 11. _____, pero decidí pedir una tortilla española. Fue la única cosa buena de aquella noche.

Estrategia al escuchar

Utiliza tus conocimientos de la cultura hispánica para entender mejor una conversación. Por ejemplo, ¿por qué puede haber tres generaciones hablando en una cocina? ¿Por qué invitaría el muchacho a la mamá de la novia a ir al cine? ¿Es un problema común en las familias hispánicas el tratar de estar solo?

Track 8

4-8 **¿Vamos al cine?** Escucha el diálogo entre Carlos, su novia Concha, la mamá de Concha y el tío.

4-9 **Comprensión.** Contesta las preguntas siguientes.

1. ¿Qué piensan hacer Carlos y Concha?
2. ¿Por qué no podrán ir solos?
3. ¿Qué hace la mamá cuando no la invitan?
4. ¿Qué clase de película quieren ver?
5. ¿Qué hace la mamá cuando ve una película surrealista?
6. ¿Quiénes están en la cocina?
7. ¿Qué le pregunta la mamá a Carlos?
8. ¿Cuáles son las películas que le gustan a la mamá?
9. ¿Quién va a ir al cine con los jóvenes?
10. ¿Qué van a hacer los jóvenes para estar solos en el cine?

4-10 **Opiniones.** Contesta las preguntas siguientes.

1. ¿Te gustan las películas extranjeras? ¿Por qué sí o por qué no?
2. ¿Qué películas has visto recientemente?
3. ¿Con quién prefieres ir al cine? ¿Por qué?
4. ¿Cuáles son tus películas favoritas?
5. ¿Quién es tu actor favorito? ¿tu actriz favorita?
6. En tu opinión, ¿vale la pena ver películas clásicas? ¿Por qué?

4-11 **Actividad cultural.** En grupos de tres personas, hablen de estos temas.

1. Cada miembro del grupo que ha visto una película extranjera tiene que dar el título de la película y después tiene que describirla. Las personas que han visto tal película tienen que explicar por qué les gustó o por qué no les gustó.
2. ¿Cuántos miembros de su grupo han ido al cine con su novio(a) acompañados por sus padres u otros miembros de su familia? ¿Qué les parece la idea de ir acompañados por sus padres cuando van al cine con su novio(a)?
3. Como Uds. pueden ver, la forma diminutiva de Carlos es Carlitos. ¿Cuáles son las letras que se usan para hacer esta forma? Luego, den la forma diminutiva de Pablo y de Concha.

Peter Willi/SuperStock

En el pie de foto, ¿puedes identificar el tiempo progresivo? ¿el participio pasado? ¿una expresión con *hace*?

Este cuadro fue pintado por el famoso artista español Pablo Picasso hace más de 70 años. En él, una madre le está ayudando a su hijo a caminar.

Los tiempos progresivos

A. El participio presente

1. El participio presente (también llamado gerundio) se forma añadiendo **-ando** a la raíz de los verbos terminados en **-ar**, y añadiendo **-iendo** a la raíz de la mayoría de los verbos terminados en **-er** o **-ir**.

aprender:	aprend**iendo**
hablar:	habl**ando**
vivir:	viv**iendo**

2. El participio presente de algunos verbos de uso frecuente tienen formas irregulares. La **i** de la terminación **-iendo** cambia a **y** cuando la raíz termina en vocal.

caer:	ca**yendo**	**leer:**	le**yendo**
creer:	cre**yendo**	**oír:**	o**yendo**
ir:	**yendo**	**traer:**	tra**yendo**

3. Los verbos terminados en **-ir** y algunos verbos terminados en **-er** tienen los mismos cambios de raíz en el participio presente que en el pretérito.

decir:	diciendo	**pedir:**	pidiendo
divertir:	divirtiendo	**poder:**	pudiendo
dormir:	durmiendo	**sentir:**	sintiendo
mentir:	mintiendo	**venir:**	viniendo

B. El presente progresivo

1. El presente progresivo se forma generalmente con el verbo **estar** en el tiempo presente y el participio presente del verbo.

🌐 **Heinle Grammar Tutorial:** Present progressive tenses

estoy
estás
está } bailando
estamos
estáis } bebiendo
están } escribiendo

2. El presente progresivo se usa para indicar que una acción está en progreso o está ocurriendo en un momento específico del presente.

Están demostrando mucho interés en las religiones del mundo.
Estoy leyendo mis apuntes.
Están viviendo solitos en México.

3. Ciertos verbos de movimientos se usan en lugar de **estar** para expresar cómo el sujeto hace la acción.

ir:	Va aprendiendo a tocar la guitarra. *(gradualmente, poco a poco)*
seguir, continuar:	Siguen hablando. *(sin parar)*
venir:	Viene contando los mismos chistes desde hace muchos años. *(expresa la idea de dirección en el tiempo hacia el presente)*
andar:	Anda pidiendo limosna para los pobres. *(implica movimiento sin una dirección definida)*

C. El imperfecto progresivo

1. El imperfecto progresivo generalmente se forma con el imperfecto de **estar** más un participio presente.

estaba
estabas
estaba } mirando
estábamos
estabais } vendiendo
estaban } saliendo

Otro tiempo pasado del progresivo es el pretérito progresivo. Se forma con el pretérito de **estar** más un participio presente, y se usa para indicar que una acción ya completada estaba en progreso en un momento dado del pasado pero fue completada: **Estuve estudiando hasta las seis.**

2. El imperfecto progresivo se usa para indicar que una acción incompleta estaba en progreso en el pasado.

> Yo estaba mirando un programa de televisión, en vez de estudiar.
> El cura estaba explicando las influencias extranjeras sobre la Iglesia cuando lo interrumpieron.

3. Al igual que el presente progresivo, los verbos de movimiento **ir, seguir, continuar, venir** y **andar** pueden utilizarse para formar el imperfecto progresivo.

> Seguía escribiendo poemas.
> Andaba diciendo mentiras.

D. Colocación de los pronombres de objeto directo con el participio

Los pronombres de objeto directo se añaden al final del participio presente. En los tiempos progresivos, el pronombre de objeto puede colocarse delante de **estar** o al final del participio.

Fíjate que cuando se añade un pronombre al final del participio, la sílaba que se pronuncia con más fuerza lleva un acento escrito.

> Leyéndolo, vio que yo tenía razón.
> Estoy arreglándola.
> o
> La estoy arreglando.

PRÁCTICA

4-12 **El cine.** Has ido al cine. Describe lo que está pasando. Termina esta narrativa breve, usando la forma correcta de **estar** y el participio presente.

Yo (observar) 1. _____ a la gente que (llegar) 2. _____ al cine. Hay mucha gente que (comprar) 3. _____ entradas. Otras personas (entrar) 4. _____ al cine. Un hombre (pedir) 5. _____ palomitas *(popcorn)* y su amiga (beber) 6. _____ un refresco. Yo (morirme) 7. _____ de sed, pero me falta dinero para comprar un refresco. Muchas personas (sentarse) 8. _____ cerca de la pantalla, otras no. Varias personas (leer) 9. _____ su programa. Me parece que todos (divertirse) 10. _____ mucho.

4-13 **¿Qué está haciendo la gente?** Indica lo que varias personas están o no están haciendo ahora. Usa el progresivo presente con **estar.**

MODELO su mamá (mirar la televisión / preparar la comida)
Su mamá no está mirando la televisión. Está preparando la comida.

1. el tío Paco (mirar la película / dormir)
2. Concha (estudiar / hablar con Carlos)
3. el estudiante (escribir cartas / estudiar la lección)
4. nosotros (leer / buscar un libro)
5. yo (mentir / decir la verdad)
6. sus padres (comer / escuchar música)

Ahora, repite la actividad **4-13** usando **seguir.**

MODELO *El tío Paco no está mirando la película. Sigue durmiendo.*

4-14 **Lo que está pasando ahora.** Usando algunos de los verbos siguientes, di cinco cosas que están haciendo los estudiantes en la clase en este momento.

observar	leer	escuchar	hablar	abrir
mirar	escribir	poner	hacer preguntas	sacar

4-15 **El regreso a casa.** Describe lo que estaba pasando ayer cuando Concha entró a su casa.

MODELO su amigo / esperarla
Cuando llegó a casa ayer, su amigo estaba esperándola.

1. el gato / dormir
2. Carlos / leer el periódico
3. sus hermanos / jugar
4. su tío / mirar television
5. su madre / preparar la comida
6. Carlos y su madre / hablar del cine

Ahora, dile a la clase cinco cosas que estaban pasando en tu casa cuando llegaste a casa ayer.

4-16 **Anoche en la casa de Concha.** Describe lo que estaba pasando anoche en la casa de Concha. Completa cada oración con la forma correcta del verbo más adecuado para el contexto: **estar, andar, ir, seguir/continuar, venir.**

1. Todos _____ viendo una película surrealista.
2. Carlos _____ diciendo que quería ver la película desde hace meses.
3. El tío _____ buscando el control del televisor por toda la casa.
4. La mamá _____ entendiendo el argumento poco a poco.
5. Era medianoche y la película _____ siendo tema de conversación.

4-17 Actividades de ayer. Con un grupo de compañeros de clase, hablen de las cosas que estaban haciendo ayer a las horas indicadas. Hagan una lista de las cosas que eran iguales y otra lista de las cosas diferentes. Comparen sus actividades.

> MODELO   a las diez de la noche
> *Estaba chateando con mis amigos a las diez de la noche.*

1. a las seis de la mañana
2. a las ocho y media de la mañana
3. a las doce y quince de la tarde
4. a las tres de la tarde
5. a las seis de la tarde
6. a las ocho y cuarenta y cinco de la noche

Los tiempos perfectos

A. El participio pasado

1. Para formar el participio pasado de los verbos regulares, se quita la terminación del infinitivo y se añade **-ado** a los verbos terminados en **-ar**, e **-ido** a los verbos terminados en **-er** o **-ir**.

comer:	com**ido**
hablar:	habl**ado**
vivir:	viv**ido**

2. El participio pasado de algunos verbos de uso frecuente tiene formas irregulares.

abrir:	abierto	**hacer:**	hecho
cubrir:	cubierto	**morir:**	muerto
decir:	dicho	**poner:**	puesto
descubrir:	descubierto	**resolver:**	resuelto
devolver:	devuelto	**romper:**	roto
envolver:	envuelto	**ver:**	visto
escribir:	escrito	**volver:**	vuelto

3. Algunas formas llevan acento escrito. Esto ocurre cuando la raíz termina en vocal.

caer:	caído	**oír:**	oído
creer:	creído	**reír:**	reído
leer:	leído	**traer:**	traído

4. El participio pasado se usa con el verbo auxiliar **haber** para formar los tiempos perfectos. También se puede usar como adjetivo: puede describir al sustantivo con **ser** o **estar** o directamente. Cuando funciona como adjetivo, el participio pasado tiene que concordar en género y número con el sustantivo.

> La puerta está cerrada.
> El tío Paco está aburrido porque la película es aburrida.
> Tenemos que memorizar las palabras escritas en la pizarra.

También se puede usar el participio pasado con una forma de **estar** para describir el resultado de una acción previa.

> Juan escribió las actividades. Ahora las actividades están escritas.
> Su madre cerró la ventana. Ahora la ventana está cerrada.

B. El presente perfecto

🌐 **Heinle Grammar Tutorial:** The present perfect tense

1. Se forma el presente perfecto con el tiempo presente de **haber** y un participio pasado.

he has ha hemos habéis han	hablado comido vivido

2. El presente perfecto se usa para indicar una acción o un evento que ha ocurrido recientemente y cuyo efecto continúa hasta el presente.

> Ellos han encontrado varios obstáculos.
> Esta semana he pensado mucho en ver esa película.

3. Las partes que forman el presente perfecto nunca se separan y los participios pasados nunca concuerdan en género y número con el sujeto. Siempre terminan en **-o**.

> ¿Lo ha probado María?   Han visto una película italiana.

4. Se usa en forma idiomática la expresión **acabar de** más un infinitivo en el tiempo presente para expresar una acción que se ha producido poco antes. En esta construcción, no se usa el presente perfecto.

> Ella acaba de preparar la comida.

C. El pasado perfecto

1. El pasado perfecto, también llamado el pluscuamperfecto, se forma con el tiempo imperfecto de **haber** y un participio pasado.

había	hablado
habías	
había	comido
habíamos	
habíais	vivido
habían	

El pretérito de **haber** más un participio pasado forman el pretérito perfecto, el cual se usa generalmente solo en expresiones literarias.

2. Se usa el pasado perfecto para indicar una acción que ocurrió anteriormente a otra acción en el pasado.

Cuando llamé, ya habían salido.
Dijo que ya había ido al cine.

3. Las palabras negativas y los pronombres van delante de la forma del verbo auxiliar **haber.**

No ha probado un bocado.
Mamá se durmió cuando apenas había comenzado la película.

4. Se usa en forma idiomática la expresión **acabar de** más un infinitivo en el tiempo imperfecto para expresar una acción que se había producido poco antes. En esta construcción, no se usa el pluscuamperfecto.

Ellos acababan de salir del teatro, cuando los vi.

D. El futuro perfecto

1. Se forma el futuro perfecto con el tiempo futuro del verbo **haber** y un participio pasado.

habré	hablado
habrás	
habrá	comido
habremos	
habréis	salido
habrán	

2. El futuro perfecto expresa una acción que se produce en el futuro anteriormente a otra acción futura.

Habrán salido a eso de las diez.
Habrá terminado la lección antes de comer.

3. También puede expresar la probabilidad en el pasado inmediato.

> ¿Habrá terminado su trabajo a tiempo?
> Habrán llegado a las ocho.

E. El condicional perfecto

🌐 **Heinle Grammar Tutorial:**
The conditional perfect

1. Se forma el condicional perfecto con el tiempo condicional de **haber** y un participio pasado.

habría	
habrías	hablado
habría	
habríamos	comido
habríais	
habrían	salido

2. Se usa el condicional perfecto para indicar una acción que ocurrió o no ocurrió en el pasado, debido a ciertas circunstancias.

> Yo habría estudiado en vez de ir al cine.
> ¿Qué habrías contestado tú?

3. También puede expresar probabilidad en el pasado.

> ¿Habría terminado su trabajo a tiempo?
> Habrían llegado a las ocho.

PRÁCTICA

4-18 **No quiere hacerlo.** Di por qué la gente no quiere hacer las cosas indicadas. Usa el presente perfecto.

MODELO Concha no quiere ver esta película porque _____.
Concha no quiere ver esta película porque ya la ha visto.

1. Su madre no va a preparar la comida porque _____.
2. Carlos y ella no quieren probar el arroz porque _____.
3. Nosotros no vamos a hacer los platos mexicanos porque _____.
4. Tú no vas a escribir el correo electrónico porque _____.
5. Yo no pienso comprar las entradas porque _____.
6. Enrique no va a devolver el regalo porque _____.

4-19 **Ya habíamos hecho eso.** Di lo que las personas siguientes ya habían hecho antes de hacer las cosas indicadas. Usa el pasado perfecto.

> MODELO Antes de ir al cine ya (ellos / comprar las entradas).
> *Antes de ir al cine ya habían comprado las entradas.*

1. Antes de asistir al teatro ya (yo / cenar).
2. Antes de entrar a la cocina ya (ellos / hablar con su madre).
3. Antes de salir de la casa ya (ella / hacer la comida).
4. Antes de hablar con tus padres ya (tú / resolver el problema).
5. Antes de ir a la biblioteca ya (nosotros / escribir la composición).
6. Antes de nuestra llegada ya (ellos / volver).

4-20 **El teatro.** Tú vas al teatro a encontrarte con tus amigos. Conjetura sobre lo que ellos ya habrán hecho (probablemente) antes de tu llegada.

> MODELO ellos / llegar temprano
> *Ellos ya habrán llegado temprano.*

1. ellos / cenar
2. Carlos / estacionar el coche
3. Concha / comprar las entradas
4. ellos / esperarnos una hora antes de entrar
5. Concha / entrar al teatro
6. ellos / sentarse en su butaca

4-21 **Antes de la clase.** Comparte con un(a) compañero(a) de clase cinco cosas que has hecho para prepararte para la clase. ¿Cuántas cosas que Uds. han hecho son iguales?

> MODELO *Para prepararme para la clase, hoy yo he estudiado todos los verbos.*

4-22 **Antes de acostarse.** Con un(a) compañero(a) de clase, describan cinco cosas que Uds. habían hecho antes de acostarse anoche. ¿Hicieron algunas de las mismas cosas?

> MODELO *Yo había hablado por teléfono con un(a) amigo(a) antes de acostarme anoche.*

4-23 **El resultado de sus acciones.** Ayer muchos de los miembros de tu familia hicieron varias cosas. Dile a un(a) compañero(a) de clase lo que hicieron y usa los verbos en la página 143 para indicar tales resultados. Sigue el modelo y sé creativo(a). Luego, tu compañero(a) de clase va decirte lo que pasó en su casa. ¿Hay semejanzas y diferencias? ¿Cuáles son?

MODELO	preparar
	Ahora la comida está preparada.

Usa los verbos siguientes:

1. romper
2. hacer
3. arreglar
4. escribir
5. lavar

 4-24 **Unas decisiones difíciles.** ¿Qué habrías hecho en las situaciones siguientes? Con un(a) compañero(a) de clase lean las situaciones siguientes. Luego háganse la pregunta y contéstenla con lo que habrían hecho.

MODELO	Mi amigo encontró una cartera *(wallet)* en la calle y se la devolvió al dueño.
	—¿Qué habrías hecho tú?
	—Yo se la había devuelto al dueño también.

1. Ricardo se ganó un millón de dólares en la lotería y luego hizo un viaje alrededor del mundo.
2. Los estudiantes recibieron malas notas en el examen, pero luego decidieron estudiar más.
3. Era el cumpleaños de su novio(a), y le compró muchos regalos.
4. Alguien me invitó a cenar en un restaurante elegante, pero no acepté su invitación.
5. El cocinero nos ofreció un bocado de carne asada, pero no lo aceptamos porque no teníamos hambre.

Hacer y *haber* para expresar condiciones del tiempo

A. Expresiones con *hace (hacía)*

1. La mayoría de las expresiones para describir las condiciones del tiempo usan las formas impersonales (la tercera persona singular) de **hacer**.

¿Qué tiempo hace?	Hace mal tiempo.
Hace fresco.	Hace buen tiempo.
Hacía frío.	Hace viento.
Hace calor.	Hacía sol.

2. Se usa el adjetivo **mucho** (y no **muy**) en la mayoría de las expresiones, debido a que **frío, calor** y **sol** son sustantivos.

Hace mucho frío (calor, sol).

3. Se usa el verbo **tener** con seres vivos para describir un estado físico.

Yo tengo frío (calor).

B. Expresiones con *hay* (*había*)

Hay, la forma impersonal de **haber,** se usa para describir las condiciones del tiempo que son visibles. En el pasado se usa **había**.

Hay polvo (nubes, niebla).   Hay chubascos.
Había sol (luna).   Hay tormentas de nieve.

PRÁCTICA

4-25 **El tiempo.** Describe el tiempo de hoy, el de ayer y el de mañana según el pronóstico para la región en donde vives.

4-26 **Las estaciones.** Con un(a) compañero(a) de clase describan el tiempo de su estado durante la primavera, el verano, el otoño y el invierno. Luego, hagan una lista de las cosas que a ustedes les gusta hacer en cada una de las estaciones y digan por qué. Comparen la información.

4-27 **Pronóstico de tiempo para España.** Después de repasar los mapas de España en la página 145, contesten, tú y un(a) compañero(a) de clase, las preguntas siguientes.

1. ¿Qué tiempo hace en España el domingo? ¿el lunes? ¿el martes?
2. ¿En cuál de los tres días va a hacer peor tiempo? ¿mejor tiempo?
3. ¿En qué día va a llover mucho?
4. ¿En qué día hará mucho viento?
5. ¿En qué día hará mucho sol?
6. Lee el reportaje, «Pasará otro frente *(front)*». ¿Qué pasará sobre el océano? ¿Hará mal o buen tiempo? ¿Qué pasará sobre la Península Ibérica de oeste a este? ¿Hará mucho viento en la península?

Pasará otro frente

Otro día más, desde hace más de una larga semana, podemos observar en el mapa previsto la profunda borrasca oceánica, y asociada a la misma, un nuevo frente cruzando la Península Ibérica de oeste a este. Las lluvias, en consecuencia, serán casi generalizadas, correspondiendo las de mayor intensidad a la vertiente atlántica. El viento de poniente también seguirá soplando con fuerza en la mayoría de las regiones.

PRONÓSTICO PARA ESPAÑA

- DOMINGO pasado por agua
- MENOS inestable por el Mediterráneo
- VIENTOS muy fuertes
- MAÑANA disminuirán las precipitaciones
- MARTES continuará la mejoría

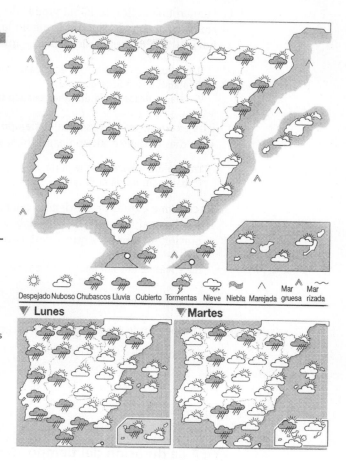

Despejado Nuboso Chubascos Lluvia Cubierto Tormentas Nieve Niebla Marejada Mar gruesa Mar rizada

▼ Lunes   ▼ Martes

Expresiones de tiempo con *hacer*

1. Se usa la forma impersonal de **hacer (hace)** con expresiones de tiempo para expresar la duración de una acción que comenzó en el pasado y que continúa en el presente. Por lo general, el orden de las palabras de esta construcción es **hace** + expresión de tiempo + **que** + verbo en el tiempo presente.

> Hace dos años que vivo aquí.
> ¿Cuánto tiempo hace que estás aquí?

● **Heinle Grammar Tutorial:**
Time expressions with **hacer**

2. Cuando una acción se había producido por un tiempo en el pasado y continuaba cuando algo interrumpió la acción, se usa la construcción: **hacía** + una expresión de tiempo + **que** + verbo en el tiempo imperfecto.

> Hacía dos años que él vivía aquí cuando murió.
> Vivo aquí desde hace dos años.
> Vivía aquí desde hacía dos años cuando murió.

Para expresar «*since*», se usa el tiempo presente de cualquier verbo + **desde** + un día, un mes o un año específico. Por ejemplo:

> Trabajo día y noche desde junio.
> Trabajo aquí desde el lunes.

3. **Hace** y una expresión de tiempo también puede expresar la idea de «*ago*». Por lo general, el orden de las palabras de esta construcción es: **hace** + expresión de tiempo + **que** + verbo en el tiempo pretérito.

> Hace más de dos mil años que los romanos lo construyeron.

El orden de las palabras pueden invertirse.

> Los romanos lo construyeron hace más de dos mil años.

PRÁCTICA

4-28 **La duración del tiempo.** Cambia las oraciones siguientes según el modelo.

MODELO (nosotros) viajar / dos meses
Hace dos meses que viajamos.
Hacía dos meses que viajábamos.

1. (yo) tocar el piano / cuatro años
2. (ellos) trabajar aquí / diez meses
3. (tú) hablar con Rosa / media hora
4. (Carlos) tener ganas de comer / más de una hora

👥 **4-29** **Preguntas personales.** Con un(a) compañero(a) de clase, háganse preguntas para saber cuánto tiempo hace que ustedes hacen algo. Sigan el modelo.

> **MODELO** estudiar español
> Tú: *¿Cuánto tiempo hace que estudias español?*
> Tu compañero(a) de clase: *Estudio español desde hace un año.*

1. asistir a esta escuela

2. vivir en este estado

3. conocer a tu mejor amigo(a)

4. visitar otro país

Para expresar *ago*

> **MODELO** mudarse
> Tú: *¿Cuánto tiempo hace que te mudaste aquí?*
> Tu compañero(a) de clase: *Me mudé aquí hace tres años.*

5. graduarse de la escuela primaria

6. leer una novela buena

7. hacer un viaje largo

8. comprar una mochila nueva

4-30 **Una descripción tuya y de tu familia.** Completa cada una de las oraciones siguientes con información sobre tu familia y sobre ti mismo(a). Luego, comparte esta información con la clase. Tu profesor(a) va a escoger a varios estudiantes para que ellos le presenten una descripción de su familia a la clase. Usa expresiones de tiempo con **hacer.**

1. (Hacer) _____ _____ años que mis antepasados (llegar) _____ a este país.

2. (Hacer) _____ _____ años que mi familia (vivir) _____ en _____.

3. Yo (nacer) _____ en _____ (hacer) _____ _____ años.

4. Yo (llegar) _____ a esta escuela (hacer) _____ _____.

5. Yo (estar) _____ aquí (hacer) _____ _____.

6. Yo (estudiar) _____ español en esta clase (hacer) _____ _____.

7. Antes de entrar a esta clase, yo (estudiar) _____ español desde (hacer) _____ _____.

Ortografía: la letra h

Como la letra **h** es una consonante muda, con frecuencia se cometen errores ortográficos al omitirla de una palabra o al colocarla en otra posición dentro de la palabra. Es importante tomar en cuenta las reglas siguientes.

1. Se escriben con **h** los verbos **haber, hacer, hablar, habitar, halagar, hallar, herir, hervir**, en todos los tiempos.
   a. La forma impersonal de **haber** es **hay** (y no debe confundirse con la palabra **ahí** que significa «en ese lugar»).
   b. Las formas del presente perfecto se escriben con **h: he, has, ha, hemos, han.** Hay que saber distinguir el verbo auxiliar **ha** de la preposición **a.**
2. Se escriben con **h** las palabras que empiezan con los sonidos **ie, ue, ui, ia**; por ejemplo, **hielo** y **hueco.**
3. Se escriben con **h** las palabras que empiezan con el sonido **um + vocal**, como por ejemplo, **humanidad.**
4. Hay prefijos de origen griego que empiezan con **h**, entre ellos, **hidr-, hiper-, hipo-, homo-.**

PRÁCTICA

Completa las siguientes oraciones con **h**, solamente cuando sea necesario. Si no es necesario, deja el espacio en blanco (—).

1. ___an quedado ___uellas de caballo en el ___umbral del ___ipódromo.
2. ¿Quiénes ___abían llegado ___ayer en ___idroavión?
3. Juan ___a dicho ___a su padre que no lo ___aría nunca jamás.
4. ___ay un ___ueco en la pared de la ___alcoba.
5. Con los ___ojos ___úmedos, ___abló con mucha ___umildad.
6. ___abrán ___abitado a___í ___ace muchísmos años.
7. ¿___a visto usted ___a don Raúl, el que ___alló los ___uesos del ___ipopótamo?
8. Quemé las ___ierbas de la ___uerta y ahora ___ay mucho ___umo.

© Cengage Learning

Tres generaciones de una familia ecuatoriana

La familia Cruz Barahona es partícipe de un grupo de trabajo familiar que se dedica a la hotelería y al turismo. Jorge Cruz, el administrador de la Hostelería San Jorge, explica las labores de cada miembro de la familia. También comenta sobre la diferencia entre las familias norteamericanas y las familias ecuatorianas.

4-31 **Anticipación.** Antes de mirar el video, haz estas actividades.

A. Contesta estas preguntas.

1. ¿Qué es un negocio familiar? ¿Conoces a alguien que participe en uno? Si contestaste sí, describe lo que cada miembro de la familia hace.
2. ¿Cómo es la geografía de Quito, Ecuador? ¿Qué tipo de turismo crees que hay cerca de Quito?
3. ¿Cómo funciona un hotel? ¿Qué tipos de trabajo tienen que hacer los empleados?

B. Estudia estas palabras del video.

la hostelería *industria que proporciona a los clientes cama, comida y otros servicios*

dedicarse *ocuparse, tener por profesión*

darse cuenta *comprender, notar*

profundo(a) *intenso*

marcado(a) *muy perceptible*

4-32 **Sin sonido.** Mira el video sin sonido una vez para concentrarte en el elemento visual. ¿Cómo crees que las personas en el video están relacionadas?

4-33 **Comprensión.** Estudia esta actividad y trata de descubrir las respuestas correctas al mirar el video.

1. ¿Dónde está la Hostelería San Jorge?
   a. en la costa pacífica de Ecuador
   b. en la capital de Ecuador, Quito
   c. en las faldas del volcán Pichincha
   d. a las afueras de Guayaquil, Ecuador

2. ¿A qué se dedica la esposa de Jorge Cruz?
   a. a las labores de flor y cultura
   b. a las relaciones públicas
   c. al manejo de la cocina
   d. a la administración

3. ¿Quién toca el acordeón?
   a. el padre de Jorge Cruz
   b. el suegro de Jorge Cruz
   c. el abuelo de Jorge Cruz
   d. un músico ecuatoriano

4. ¿Qué opina Jorge Cruz de las familias norteamericanas y europeas?
   a. Tienen una relación muy estrecha.
   b. No tienen una relación muy profunda.
   c. Para aquellas, el trabajo familiar es sumamente importante.
   d. Las familias norteamericanas y europeas son mucho más pequeñas.

5. ¿Cómo se siente Jorge Cruz con respecto a su negocio familiar?
   a. avergonzado
   b. desafortunado
   c. resignado
   d. orgulloso

 4-34 **Opiniones.** En grupos de tres o cuatro estudiantes, comenten estos temas.

1. ¿Te gustaría hospedarte en la Hostelería San Jorge? ¿Por qué sí o por qué no?

2. ¿Te gustaría trabajar en un negocio familiar? ¿Por qué sí o por qué no?

3. ¿Estás de acuerdo con la opinión de Jorge Cruz sobre las familias norteamericanas y europeas? Explica.

4. Si pudieras entrevistar a Jorge Cruz, ¿qué preguntas le harías?

VOCABULARIO ÚTIL

VERBOS

acercarse *ponerse más cerca de algo o alguien*
aguantar *tolerar algo molesto*
detener(se) *parar(se)*
devorar *comer vorazmente*
habitar *vivir (en); residir*
huir *escapar de algo o alguien*

SUSTANTIVOS

el bosque *gran extensión de árboles*
la cara *parte anterior de la cabeza, que incluye los ojos y la boca*
el casco *gorro de metal o plástico que protege la cabeza*
el dedo *extremidad en la mano y el pie*
el desierto *lugar árido*
el hombro *parte superior del cuerpo donde empieza el brazo*

el lado *lugar muy cercano*
el lobo *animal carnívoro de la familia del perro*
el lunar *pequeña mancha oscura en la piel*
el mentón *extremo de la mandíbula inferior*
la pezuña *pie de un animal*
la uña *lo que cubre el extremo del dedo*

ADJETIVOS

salvaje *que no es doméstico, que vive libremente en la naturaleza*

OTRAS PALABRAS Y EXPRESIONES

hace dos años ya *ahora son dos años*
no tener más remedio *no haber otra solución*
por ese lado *por ahí*
tener ganas (de) *querer; desear*

4-35 **Para practicar.** Completa el párrafo con la palabra o expresión del **Vocabulario útil** equivalente a la palabra inglesa entre paréntesis.

Mi abuela vive en un *(forest)* 1. _____ donde viven muchos *(wolves)* 2. _____ *(wild)* 3. _____ y hay que pasar por un *(desert)* 4. _____ para llegar a su casa. *(Two years ago)* 5. _____ fuimos mis padres y yo a su casa a visitarla. Mi abuelita tiene una boca muy grande. Siempre se cuida mucho las *(fingernails)* 6. _____ y la *(face)* 7. _____ pero tiene un gran *(mole)* 8. _____ en el *(arm)* 9. _____ y siempre usa mangas largas *(long sleeves)*. Pues *(has no choice)* 10. _____.

4-36 **Más práctica.** Completa el párrafo siguiente, usando la forma correcta de los verbos entre paréntesis.

Cuando yo (tener) 1. _____ doce años, mi madre siempre me (mandar) 2. _____ los domingos a la casa de mi abuelita. No (tener) 3. _____ ganas de ir pero mi madre (pasar) 4. _____ casi todo el día los domingos cocinando para la familia y siempre (preparar) 5. _____ algunos platos favoritos de mi abuela. Ella (querer) 6. _____ platos que no me (gustar) 7. _____ nada pero afortunadamente no (tener) 8. _____ que comerlos. Puesto que (ser) 9. _____ necesario pasar por el bosque para llegar a su casa, mis padres siempre me (decir) 10. _____ que tuviera mucho cuidado. No (poder) 11. _____ hablar con desconocidos y ellos no (permitir) 12. _____ que me detuviera para jugar en el bosque. Al escuchar todos estos avisos *(warnings)*, (sentir) 13. _____ mucho miedo.

Ya sabes que se usa el imperfecto del verbo para indicar acciones que se repetían en el pasado o que eran habituales. También se usa ese tiempo verbal para describir una condición que existía en el pasado y para indicar el estado mental, emocional o físico de una persona en el pasado.

Estrategias de lectura

- **Observar signos de diálogo e identificar al hablante.** El guión de diálogo (—) sirve para diferenciar entre la parte narrativa y la parte dialogada. Este signo siempre va al comienzo de lo que dice cada personaje.

  —Hola, ¿qué tal?

  —Bien, ¿y tú?

  Si hay algún comentario del narrador, este va entre guiones.

  —Estoy cansado —dijo José—. No dormí bien.

- **Anticipar y predecir.** Muchas veces el título de una lectura nos ayuda a predecir el contenido. El título «Caperucita Roja» (*«Red Riding Hood»*), por ejemplo, nos trae imágenes del cuento infantil que muchos conocemos. Nuestro conocimiento previo del cuento nos permite formar expectativas de los personajes y los eventos y nos ayuda a anticipar el final. Luego, durante la lectura, podemos confirmar o rechazar *(reject)* dichas predicciones.

4-37 **¿Quién lo ha dicho?** Lee las siguientes oraciones e indica la parte hablada en cada caso y quién la ha dicho.

1. —Eres hermosa, hermosa —le gritaba indignada.
2. El lobo se acercó y preguntó —¿Qué tienes en la cesta *(basket)* que llevas?
3. —Claro —dije—, tiene los dientes muy grandes.
4. Le dijeron a Caperucita —¡Sal de aquí! —a gritos.
5. —¿Por qué me detienes? —le preguntó el hermano. Y el chico se fue.

4-38 **¿Qué pasará?** El cuento «Caperucita Roja o Casco Rojo» es un cuento aleccionador *(cautionary)* casi universal y que tiene varias versiones desde su origen. Antes de leer el cuento, indica lo que va a pasar en el cuento según la versión que tú conoces. Escribe «sí» si la oración describe lo que ocurre en tu versión y «no» si no figura en tu versión. Si contestas «no», explica lo que tiene de incorrecto la oración. Después, lee el cuento e indica cómo habría respondido la autora.

	La opinión tuya	La historia de Guido
1. Caperucita rehúsa ir a la casa de la abuela.		
2. Ella va a la casa de la abuelita en motoneta *(moped)*.		
3. El lobo quiere devorar a la abuelita y a Caperucita.		
4. Un leñador *(woodsman)* salva la vida de las dos mujeres.		

BEATRIZ GUIDO
(1924–1988)

En Hispanoamérica a mediados del siglo XX era común caracterizar a ciertos escritores como «comprometidos». Significa que además de ocuparse del arte de sus creaciones opinan que el artista tiene la obligación de exponer y analizar la problemática sociopolítica de su país. Es decir que su posición como intelectual le exige que exprese sus opiniones y especialmente su crítica de los aspectos negativos e injustos de su sociedad.

Acción Magazine/Archivo Latino

En Argentina, el Peronismo, movimiento político encabezado inicialmente por el general Juan Perón, ha sido una fuerza política que ha provocado una división clara en el electorado. Surgió un grupo de escritores que tenían en común su oposición al Peronismo. Ganaron el nombre de la «Generación de 1945».

Beatriz Guido nació en Rosario, Argentina, una de las ciudades más importantes del interior del país, en una familia intelectual distinguida. Por su casa pasaban los artistas e intelectuales más destacados de la época. No sorprende su afición por las letras. Su compromiso social y político la llevó a la creación de una trilogía, su obra más conocida. Las tres novelas, que llevan por título *Fin de fiesta*, *El incendio y las vísperas* y *Escándalos y soledades,* tratan la política argentina antes, durante y después del mandato del general Perón.

En 1950 se casó con Leopoldo Torre Nilsson, el director de cine más famoso de Argentina. El matrimonio inició una vida de colaboraciones estrechas. Beatriz escribió muchos de los guiones para las películas de Torre Nilsson.

Tal vez por la experiencia como guionista, es capaz de escribir con un toque más humorístico, como en este «cuento recontado» de Caperucita Roja como composición escolar. Ubica la acción en un área aislada del país: el pueblo de Chos Malal en la provincia de Neuquén, cerca de los Andes, al oeste del país. En casi todas las versiones del cuento primitivo se destaca el contraste entre la seguridad en un pueblo contra los peligros del bosque. Este lugar fue escena de una campaña contra los pueblos indígenas en el siglo XIX y así explica la presencia de los lobos «esteparios» o *steppe wolves* que normalmente habitan los llanos de la Asia central: presencia que añade al sentimiento de aislación.

CAPERUCITA ROJA O CASCO ROJO

COMPOSICIÓN: TEMA LIBRE
Delmira Ramona Ortiz: 7° G°
Escuela No. 2 de Chos Malal, Provincia de Neuquén

Lo encontré en el camino, al día siguiente de la carrera del T.C.°, y desde entonces lo llevo puesto en la cabeza. Hace ya dos años; por esto me llaman «Casco Rojo o Caperuza° Roja»: pegué° al casco una tela°, también de color rojo, en forma de capa, que me llega hasta los hombros.

El pueblo está al final de un bosque de arrayanes°. Dicen que lo plantó un coronel o un general, no lo sé muy bien, durante la conquista del desierto. Un bosque de foresta oscura°, enmarañada°, habitada por lobos esteparios°. Me gusta escribir «esteparios». Olvidé decir que este general o coronel nos dejó por herencia estas fieras°. Las trajo al país en 1880, para colaborar con él en exterminar a los indios que habitaban esta región llamada de la Patagonia[1], sin pensar que lo primero que iban a hacer las fierecillas° era devorar toda una división de su cuerpo de caballería° una tarde de abril mientras dormían extenuados°, después de la batalla de Río Salado. Todavía, en venganza, estos lobos se esconden° y desaparecen°, los muy ladinos°, y ni el ejército, ni el mismo maravilloso general Guglielmelli, han podido exterminarlos. Bueno, si ellos los trajeron, que se los aguanten. Aunque para aguantarlos estamos nosotros: siempre aparece un leñador° sin brazos o algún recién nacido° a medio devorar, que después fotografían las revistas de Buenos Aires.

Por esto, los chicos de Chos Malal no tenemos más remedio que escuchar de padres y maestros todos los días del año el cuento de Caperucita Roja: «Cuando atraviesen° el bosque no se detengan a recoger fresas salvajes o a cazar° mariposas° o cuises° o benteveos°. Tampoco lechuzas°. ¡Cuidado con los varones° que juegan en el bosque al «médico y la enfermita» o a «la niña extraviada° y el cazador° que la consuela°»! No he dicho que, para peor de males°, mi abuela, mi abuelita, una vieja avara° con un lunar azul en el mentón de donde nace un pelo blanco muy largo, que no se corta por cábala° con las brujas°, quizá, vive del otro lado del bosque. Sola, por supuesto, ningún hijo pudo aguantarla.

Mi madre, los domingos, le prepara una canastilla° con sus platos predilectos°: pichones de tórtolas° rellenos° de aspic y corazón de faisanes°, hongos salvajes°, caracoles vivos° y flan de pitacchio°, incomibles de sólo verlos°[2].

—Caperucita, Caperucita, sé buena con ella, la pobrecita no vivirá mucho tiempo, acompáñala en esta tarde de lluvias triste de domingo. Y elige° el camino más corto hasta su casa. No te detengas en el camino. No olvides los ardides° del lobo. No respondas a las preguntas de los caminantes y los desconocidos°.

Pero la lluvia había cesado° y la humedad entibiado° el aire, y la madera de los árboles despedía° una fragancia inusitada°. Detuve mi motoneta° y me senté a comer la merienda° envuelta° en papel plateado° que mi madre no olvidó prepararme.

De pronto° apareció frente a mí, detrás de un árbol, un deshollinador° junto a° su bicicleta, con la cara teñida° por el carbón°.

competition auto race

5

hood; I attached; cloth

myrtle trees

dark vegetation; tangled; 10
steppe wolves

beasts

little beasts

cavalry corps; exhausted 15

they hide; disappear

wily ones

woodcutter

newborn 20

you cross

to hunt; butterflies; guinea
pigs; king-birds; owls; boys;

lost little girl; hunter; 25
consoles her; to make
matters worse; greedy;
being in league with
witches

little basket; favorite 30
young turtledoves; stuffed
pheasant hearts; wild
mushrooms; live snails;
pistachio; inedible even to
look at; choose

tricks 35

strangers

stopped; warmed

gave off; unaccustomed;
moped; afternoon snack;
wrapped; foil
Suddenly; chimney sweep; 40
next to; stained; soot

—¿Qué haces tan solita, hermosa niña de casco rojo?

—Voy a casa de mi abuelita a llevarle su merienda de los domingos. Me llaman Caperucita —contesté desobedeciendo°.

—¿En esta cesta° tan grande?

—Todo se lo devora en un santiamén°.

—¿Y dónde vive tu abuelita?

—Allí, entre los arrayanes y los eucaliptos. En el descampado° de las Ánimas… Muy cerca de aquí, en un pequeño valle°.

—Yo también voy para ese lado. ¿Deseas que le dé algún mensaje de tu parte? Te has detenido en el camino y llegarás al atardecer°… Descansa, hermosa niña. Yo anunciaré tu llegada.

Verdad: no tenía ningún apuro° en llegar. Me adormecí° y soñé que era Batman: huía por una chimenea, dejaba mi motoneta a la puerta del cine Apolo y entraba por el techo° para ver Dedos de Oro y el Agente de Cipol°.

Cuando llegué a la casa de mi abuela, golpeé° dos veces a su puerta. A la tercera vez, su horrible voz me respondió.

—Pasá³ nomás, Caperucita.

Estaba en la cama, toda vestida de encajes° con cofia de puntillas° y cintas de terciopelo°: le había desaparecido el lunar con el pelo largo y blanco del mentón. Algo más noble le hacía brillar la mirada° y decidí por primera vez, porque quizá me apiadé° al verla en la cama, mentirle° y halagarla°:

—¡Oh, abuela, cuánto me alegra verte! Lástima que° aquí no llegue la televisión; veríamos Caperucita Roja en ruso. ¿Te gustaría? Antes me daba impresión° acercarme a tu lado.

—Sí mi querida, ven, siéntate a mi lado hoy.

—¡Qué hermosa estás hoy, abuelita! ¡Y qué ojos tan hermosos tienes! Antes eran pequeños, lagañosos°.

—¿Cómo?

—Y qué boca tan roja —dije sin poder contener la risa—. ¿No quieres comer algo?

—No, hija, no tengo ganas… acércate.

—¿No tienes ganas de comer?... Quiero acercarme, hueles° a jazmín. Y me alegra no verte devorar, digo comer…

—¿Yo huelo a jazmín? ¿Qué dices, Caperuza? ¿Te has vuelto loca?°

—Eres una hermosa abuela, la más hermosa de todas. La casa está más limpia y todo parece más nuevo.

—¿Te has vuelto loca, niña absurda? No he limpiado la casa hoy.

—Nunca te he visto más hermosa. Antes me dabas asco°. Y has aprendido a reír… Quiero jugar contigo.

—Acércate y deja de decir insensateces°.

—Muéstrame° tus manos. ¡Qué preciosos guantes de encaje° tienes…! ¡Qué uñas y qué dientes, tan blancos, tan bellos!

—Debes decir todo lo contrario°. ¿No recuerdas el cuento?... No puedes cambiar la historia repetida en el tiempo por generaciones. Ya está escrito. Repite conmigo: «Qué ojos tan grandes tienes, qué uñas, pezuñas…», y cuando me digas «Qué boca tan grande tienes…» yo deberé decirte «para comerte mejor°», No cambies las escrituras° o te condenarás° Caperuza.

disobeying

45 basket

jiffy

clearing

valley

50

sundown

rush; I dozed off

55 roof; Goldfinger and The Man from Uncle; I knocked

laces; picot cap

60 velvet ribbons

made her eyes shine

I pitied her; to lie to her; to compliment her; It's a pity that

Before it scared me

65

eyes with sleep in them

70

you smell

Have you gone crazy?

75

you made me sick

80 nonsense

Show me; lace gloves

just the opposite

85

the better to eat you with

writings; you're doomed

murdered

hell; cursed; heaven   90

stunk

godless

fulfill; fate

your parents   95

had caused

twisting around; he
managed

        100

unfortunately

—Para decorar mejor, dirás… Mi madre, tu hija, se pasó cocinando todo el día de ayer y además… creer esa historia es ya desear ser asesinada°. Yo no quiero condenarme, por eso no creo en el infierno° ni en ese maldito° cuento: sólo en el cielo° y en la alegría. Hoy me pareces hermosa y tu boca es la más hermosa que he visto nunca. Y la que tenías el domingo pasado apestaba°, apestaba, sí.

—¡Oh, monstruo; oh, niña, oh, civilización impía°! —gritó mi abuela—. Repetí, obedecé —gritaba—: debo cumplir° mi destino°… No podré devorarte. Quiere, ama a tu abuela, repite lo que te enseñaron tus mayores°.

—Eres hermosa, hermosa —le gritaba indignada.

Sin poder contener los dolores y las náuseas que le habían provocado° mis palabras, retorciéndose°, logró°, en cuatro patas, bajar de la cama y huir por la ventana.

Alguien golpeó a la puerta.

Para mi desgracia°, era mi abuela.

Beatriz Guido, «Caperucita Roja o Casco Rojo». *Cuentos recontados*

Notas culturales

[1]*Patagonia* La región al sur del río Colorado en el sur de la Argentina. Sitio de la cría de ganado y ovejas, la región simboliza en la cultura nacional un lugar aislado y muy lejos de la civilización que tiene su centro en Buenos Aires. La campaña contra los indígenas tenía como propósito poblar la región y crear un área productiva.

[2]No son platos verdaderos, solo suenan reales.

[3]*Pasá*… En algunas partes de Hispanoamérica la forma familiar del verbo es *(vos) pasá* (come in). Hacia el fin del cuento aparecen *Repetí* y *obedecé*, dos otros ejemplos de esta forma.

4-39 **Comprensión.** Contesta las siguientes preguntas.

1. ¿Qué lleva Caperuza en la cabeza y de dónde viene?

2. ¿Quién ha traído los lobos esteparios a Patagonia?

3. ¿Qué incidentes fotografían las revistas?

4. ¿En qué hace el viaje Caperucita?

5. ¿Por qué vive sola la abuelita?

6. ¿Cómo es la primera descripción de la abuela?

7. ¿Qué actitud asume Caperucita hacia el lobo/abuela?

8. ¿Qué quiere el lobo que haga Caperucita y por qué?

9. ¿Qué hizo el lobo al final?

10. ¿Quién llega a la puerta al final del cuento?

4-40 **Opiniones.** Expresa tu opinión personal.

Elementos de la lectura

1. ¿Es completamente humorística esta historia? Explica.

2. ¿Te parece un cuento para niños? ¿Por qué sí o por qué no?

3. ¿Cuál es la mayor diferencia entre este cuento y el cuento tradicional?

Conceptos generales

4. ¿Crees que los cuentos aleccionadores sirven para enseñar a los niños? Explica.

5. ¿Qué otros cuentos de hadas *(fairy tales)* puedes nombrar? ¿Tienen moralejas *(morals)?*

4-41 **Análisis literario.** Contesta o comenta las siguientes ideas.

1. ¿Qué efecto tiene el uso del marco *(frame)* de una composición escolar de una chica del séptimo grado?

2. ¿Cuáles son algunos elementos que ayudan a crear un ambiente de soledad y aislamiento?

3. Hay cierta tensión entre el ambiente aislado y ciertos elementos modernos y urbanos. ¿Cómo logra la autora esta tensión?

4. Aunque sea un cuento de hadas, la autora no abandona su «compromiso». ¿Qué crítica sociopolítica incluye en el cuento?

5. ¿Puedes encontrar algún significado metafórico posible?

4-42 **Descripción.** El uso de adjetivos, adverbios o de otras expresiones descriptivas añade color y vida a un texto. Por ejemplo, compara estas versiones de algunas oraciones del texto de Beatriz Guido que acabas de leer. La primera versión tiene pocos elementos descriptivos; la segunda es de Guido.

1. Mi abuela era una vieja avara.

   (Guido) «mi abuela, mi abuelita, una vieja avara con un lunar azul en el mentón de donde nace un pelo blanco muy largo...»

2. Estaba en la cama.

   (Guido) «Estaba en la cama, toda vestida de encajes con cofia de puntillas y cintas de terciopelo: le había desaparecido el lunar con el pelo largo y blanco del mentón».

Busca en el texto el equivalente de estas oraciones.

1. Mi madre preparaba una canastilla con los platos favoritos de mi abuela.

2. Me adormecí y soñé que había ido al cine.

Ahora, describe algún aspecto de una persona. La persona puede ser real o imaginaria. Incluye elementos descriptivos.

4-43 **Minidrama.** Presenten tú y otra(s) persona(s) de la clase un breve drama sobre el tema del cuento. El drama puede tratar de un aspecto del cuento, o pueden usar la imaginación y presentar una idea que se relacione con el tema. Algunas ideas podrían ser:

1. La conversación entre Caperucita y su madre cuando descubre que tiene que ir a la casa de la abuelita.

2. La conversación entre Caperucita y su abuela al final del cuento.

3. Una madre le explica a su hijo(a) los peligros de la calle.

La opinión

Muchas veces es necesario expresar por escrito nuestra opinión sobre un dado tema. Este tipo de escritura generalmente se hace en primera persona, y a diferencia del ensayo persuasivo, no es necesario apoyar todas las opiniones con datos o argumentos específicos. El propósito de un artículo de opinión es simplemente transmitir un punto de vista.

Para expresar tu opinión

En mi opinión...
En mi parecer...
Personalmente, creo (firmemente) que...
Pienso que...
Estimo que...
Para mí...

Para expresar que estás seguro(a) de algo

Lo que está claro es que...
Nadie puede negar que...
Es evidente que..
Sin lugar a dudas...
Estoy convencido(a) de que...
Por supuesto...

◉ **AP* TEST TAKING TIP**
Make sure you include accent marks when needed. Words ending in **-ión** **(opinión, televisión, acción)** *always carry a written accent mark.*

4-44 **Temas.** Escribe un párrafo para expresar tu opinión sobre uno de los temas siguientes.

Las familias grandes. ¿Cuál es tu punto de vista personal sobre las familias grandes? ¿Qué ventajas o desventajas tienen?

La violencia en la televisión y los videojuegos. ¿Crees que la violencia en la televisión y en los videojuegos tienen un efecto negativo en los niños? ¿Por qué?

Dialogar para llegar a un acuerdo

Las diferencias de opinión y de intereses son naturales entre las personas. Cuando esto ocurre con alguien en una conversación, es importante resolver el conflicto con respeto. A continuación hay algunas frases hechas que puedes utilizar al negociar un acuerdo.

Para sugerir otra cosa

Propongo que...

Sugiero que...

¿Qué te parece si...?

¿Te importaría si... ?

Para consentir

Está bien.

De acuerdo.

Bueno, como quieras.

 4-45 **Situaciones.** Con un(a) compañero(a) de clase, preparen un diálogo que corresponda a una de las situaciones siguientes. Utilicen frases apropiadas para dialogar un acuerdo.

Una reunión familiar. Tú y otro miembro de tu familia están planeando una reunión familiar. Tienen que decidir dónde y cuándo será la reunión, quién va a hacer las invitaciones, qué clase de comida van a preparar, quién va a sacar fotos y quién va a preparar las actividades en que los niños puedan participar para divertirse.

El cine. Tú y un(a) amigo(a) quieren ir al cine. Tú hablas de una película que te encantaría ver. Tu amigo(a) sugiere otra película y explica por qué es mejor. Al final, ustedes llegan a un acuerdo.

◉ **AP* TEST TAKING TIP**

Identify the linguistic task by paying attention to key words such as **aconseja, convence, explica, insiste, llega a un acuerdo, sugiere.**

Discusión: Un dilema familiar.

Hay tres pasos en esta actividad.

1 PRIMER PASO: Dividir la clase en grupos de seis personas. Leer la introducción a la discusión.

2 SEGUNDO PASO: Cada miembro del grupo tiene que tomar un papel para representar la escena.

3 TERCER PASO: Actuar la situación frente a la toda la clase.

A continuación se describe a una familia que se ve confrontada con un problema típico. Acaban de informarle al padre que lo van a ascender a director de su compañía. Su familia tendrá que mudarse a una ciudad que queda lejos del pueblo donde siempre ha vivido. Los miembros de la familia son:

EL PADRE	Es un tipo conservador, ambicioso, que quiere controlar a su familia. A él le gusta la idea de mudarse y de ascender a director. Así ganará más dinero para pagar los estudios de sus hijos. Además, podrá comprarse una casa más lujosa y pasar las vacaciones en Europa. Aunque pide la opinión de los demás, está convencido de que será una oportunidad maravillosa para todos.
LA MADRE	Es una mujer bondadosa que siempre busca reconciliar las diferencias entre la familia. Ella tiende a apoyar a su marido en cuestiones de negocios. Por eso, dice que su marido tiene razón, que habrá más posibilidades para todos y que los problemas de la mudanza se resolverán fácilmente.
LA ABUELA	Es viuda, vieja, muy vinculada al pueblo donde vive ahora, donde está enterrado su marido. Ella sabe que va echar de menos su pueblo, ya que todas sus amistades se encuentran allí, y ella es muy vieja para cambios de esa clase.
EL PRIMO	Es un joven desempleado que no ha podido encontrar trabajo. Le parece que su pueblo no ofrece muchas oportunidades para un joven. Ya conoce la otra ciudad y está seguro de que allá podrá encontrar empleo.
EL HIJO	Es un muchacho de unos quince años que siempre ha creído que el pueblo de ellos es muy atrasado. Le gusta conocer a gente nueva y visitar lugares desconocidos. Le parece que ya ha explorado todo en su pueblo y está aburrido con su vida actual. También cree que si su padre gana más dinero es posible que le regale un auto el año que viene.
LA HIJA	Es una muchacha de unos diecisiete años que está enamorada de un joven, vecino de ellos. Para ella, su Pepe es el hombre más sofisticado que hay, puesto que tiene veintidós años y sabe tanto del mundo. Además, su íntima amiga Julia piensa casarse en el verano y ella no quiere perderse la boda.

En grupos, preparen una escena breve pero emocionante en la cual participen todos los miembros de la familia. Discutan las ventajas y desventajas de mudarse.

Después de preparar y practicar una escena breve, el (la) profesor(a) va a escoger a dos grupos para presentarle su escena a la clase.

En esta sección vas a escribir un ensayo persuasivo utilizando tres fuentes: dos artículos escritos y una selección auditiva. Tu ensayo debe tener un mínimo de 200 palabras y debe utilizar información de todas las fuentes para apoyar tu punto de vista.

Tema curricular: Las familias y las comunidades

Tema del ensayo: ¿Cuál es la mayor tensión que sufre la familia contemporánea?

FUENTE NO. 1

«Baby boom»

La razón es sencilla: en breve saldrán de la etapa de máxima procreación las mujeres que vinieron al mundo durante el llamado *baby boom* de mediados de los sesenta —en aquellos años nacían 50% más de niños que hoy en día— y serán sustituidas por las que nacieron entre 1965 y 1975, mucho menos numerosas que las anteriores

...

Cuatro países de la UE se encuentran ya en esa situación de crecimiento natural negativo (Alemania, Italia, Suecia y Grecia).

En Italia en 1998 sólo hubo 9,2 nacimientos por mil habitantes. En España la cifra fue de 9,3 y en Grecia de 9, 4. [En] Alemania ... sólo se registraron 9,5 nacimientos por mil habitantes.

La católica Irlanda sigue siendo la más prolífica, con 14,1 nacimientos por mil habitantes, seguida por Francia y Holanda (12,7 por mil). [El número en los Estados Unidos es 14.4/1000.]

El País Internacional (Madrid)

Una madre soltera juega con su hija.

FUENTE NO. 2

Niño vende muebles de su casa por adicción a videojuegos

Un niño de 11 años de la ciudad de Cali, en Colombia, vendió todos los muebles de su casa por 45 centavos de dólar a cambio de una hora de alquiler de un juego de video, en un sector pobre de la ciudad, informó hoy la prensa local.

…La madre del menor pensó que había sido víctima de un robo, situación muy común en la zona, pero poco tiempo después descubrió que su hijo era el culpable de la pérdida de sus enseres, según el telenoticiero RCN.

Alarmada, la mujer acudió a la Casa de Justicia… del barrio del sector de Aguablanca y contó, entre otras cosas, que es tal la adicción de su hijo a los videojuegos que tiene las yemas de los dedos inflamadas.

Muchos menores permanecen durante horas en tiendas, panaderías y salas de juego donde les ofrecen la posibilidad de jugar.

La subsecretaria de Policía y Justicia, María Grace Figueroa, dijo al diario *El Tiempo* de Bogotá, que «hay que promover que madres y padres de familia estén más atentos al sitio donde permanecen sus hijos». …

En el debate sobre los videojuegos como elemento de diversión, algunos reconocen que estimula destrezas manuales y mentales, mientras otros los ven como causantes de problemas para socializarse.

El Comercio, Lima, Perú

AP*
TEST TAKING TIP
Demonstrate your ability to analyze by not only drawing information from the sources but also commenting on them. For example:
Fuente 2 trata sobre…
Sin embargo, la noticia distorciona…

Track 9

FUENTE NO. 3

Tensiones en la familia hispánica

VOCABULARIO

VERBOS

acercarse *to approach, to come near*
adquirir (ie) *to acquire*
aguantar *to put up with, to stand*
arreglar *to arrange*
detener(se) *to stop (oneself)*
devorar *to devour, to eat up*
habitar *to inhabit, to live in*
heredar *to inherit*
huir *to flee*
probar (ue) *to taste, to sample*
relacionarse con *to be related to (but not in the sense of kinship)*
tratar de *to deal with, to try to*

SUSTANTIVOS

el bocado *bite, taste*
el bosque *forest*
la cara *face*
el casco *helmet*
el dedo *finger*
el desierto *desert*
la(s) gana(s) *desire, wish*
el hogar *home, hearth*
el hombro *shoulder*
el lado *side*
el lobo *wolf*
el lunar *mole, beauty spot*
el mentón *chin*
la nuera *daughter-in-law*
los padrinos *godparents*
la pantalla *movie screen*
el (la) pariente *relative*

la película *movie, film*
la perspectiva *prospect*
la pezuña *hoof*
la preocupación *concern, worry*
el promedio *average*
el rasgo *trait, characteristic*
el sentido *sense*
la uña *fingernail*
el valor *value*
el yerno *son-in-law*

ADJETIVOS

asado(a) *roasted*
ciego(a) *blind*
listo(a) *clever*
salvaje *wild, savage*
solitos *dimin. of* solos *alone*
surrealista *surrealistic*

OTRAS PALABRAS Y EXPRESIONES

acabar de *to have just*
atrás *in back*
contra *against*
ese lado *that way, over there*
familiar *(adj.) family; (n.) family member*
hace dos años ya *it's two years now*
menor *smaller, lesser, younger (with people)*
no tener más remedio *to have no choice*
tener ganas (de) *to want (to)*
valer la pena *to be worthwhile*

UNIDAD

5

CONTENIDO

El hombre y la mujer en la sociedad hispánica

A. Temas de composición

1. ¿Qué opinas del movimiento feminista? ¿Crees que debería haber un movimiento de liberación para los hombres?

2. ¿Crees que la educación ayuda a cambiar la relación entre hombres y mujeres? Explica.

3. ¿Crees que habría menos guerras en el mundo si el jefe o líder de cada país fuera una mujer? ¿Por qué sí o por qué no?

4. En la familia, ¿quién debe tener la responsabilidad de cuidar a los niños y hacer los quehaceres domésticos? ¿Por qué?

5. ¿Qué opinas sobre la igualdad de género? ¿Piensas que todavía existe una falta de igualdad de género en los Estados Unidos?

B. Temas de presentación oral

1. la igualdad o la desigualdad de sexos en la sociedad hispánica

2. el sistema de apellidos en la sociedad hispánica

3. Gabriela Mistral

4. el machismo

5. tres mujeres del mundo hispánico que han contribuido a la cultura y la sociedad

◄ ¿Cuál es la relación entre hombres y mujeres en el mundo actual?

Diego Cervo/Shutterstock.com

🔊 Audio 🌐 www.cengagebrain.com ▶ Video on DVD

Enfoque

Como en todo el mundo occidental *(western)*, en la sociedad hispánica existe una larga tradición de orientación masculina. Tradicionalmente las mujeres estaban limitadas a las tareas domésticas, o si trabajaban, limitadas a los trabajos más sencillos. Aunque esta situación ha cambiado en muchas partes del mundo hispánico, la mujer todavía está en una posición social inferior en algunas áreas rurales. A pesar de *(In spite of)* esto, ha habido casos de mujeres que se han destacado *(have excelled)* personalmente en la política.

VOCABULARIO ÚTIL

VERBOS

convertirse *cambiar a otra cosa*
desaparecer *dejar de existir*
encabezar *ponerse al frente de algo, dirigir algo*
mejorar *hacer que algo sea mejor, perfeccionar*
reinar *mandar como rey o reina*

SUSTANTIVOS

el dominio *poder o superioridad*
el partido *organización política*
el poder *mando o influencia*

ADJETIVOS

consciente *que se da cuenta*
elegido(a) *seleccionado(a) por votación*
único(a) *solo(a) en su grupo*

OTRAS PALABRAS

actualmente *en el presente*

 5-1 **Para practicar.** Trabajen en parejas, o como indique su profesor(a), para hacer y contestar estas preguntas, usando el vocabulario de la lista.

1. ¿Crees que debes hacer algo para mejorar las relaciones entre los hombres y las mujeres o crees que los problemas desaparecerán solos?

2. ¿Has sido elegido(a) alguna vez para algo (por ejemplo, capitán del equipo, presidente de la clase, etcétera)? ¿Tienes ese título actualmente?

3. ¿Conoces a alguien a quien le guste la política? ¿A qué partido pertenece esta persona?

4. Cuando sales con amigos, ¿te gusta o te molesta ser el único hombre o la única mujer del grupo? ¿Por qué?

5. ¿Hay mujeres que encabezan clubes u organizaciones en tu escuela? ¿Quiénes son?

 5-2 **Anticipación.** Trabajen en parejas o en grupos de tres. Antes de comenzar la lectura, hagan una lista de algunas mujeres en la política en los Estados Unidos. Prepárense para presentarle su lista a la clase.

Mujeres en política

A través de la historia, dos reinas han reinado en España, aunque la más importante fue Isabel I la Católica, quien tuvo la visión de proveer fondos° para la expedición de Cristóbal Colón. Isabel I también
5 consiguió mejorar el tratamiento de los indígenas en las colonias, insistiendo en que eran seres humanos y que no debían ser esclavos. La otra reina, Isabel II, ocupó el trono brevemente en el siglo xix.

La nueva constitución de España, adoptada
10 en 1978, mantiene la tradición de preferencia del hombre sobre la mujer, como heredero° del trono. La esposa del rey es la reina, pero no tiene ningún poder oficial. Si muere el rey, el trono lo ocupa el primogénito°.

15 Con todo lo dicho sobre la dominación masculina, es interesante que los únicos ejemplos de presidentes femeninos°[1] en el hemisferio occidental hayan ocurrido en los países hispánicos.

En 2006 Michelle Bachelet fue elegida presidenta
20 de Chile. Al ganar las elecciones se convirtió en la cuarta mujer elegida al puesto máximo en Hispanoamérica. Hija de un general que murió a resultado de la tortura de la dictadura de Pinochet, ella también fue detenida por la Dirección de Inteligencia
25 Nacional o DINA, la agencia responsable por la represión bajo el gobierno de Pinochet. Bachelet está acostumbrada a ser la primera: fue la primera mujer en ocupar el puesto de Ministra de Defensa en 2002.

La Argentina ha tenido dos mujeres presidentes
30 que subieron de primera dama a ocupar el cargo máximo. En 2007 fue elegida Cristina Fernández de Kirchner, esposa del presidente previo, Néstor Kirchner. Durante el mandato° de su esposo había llegado al senado ganándole a Hilda González, esposa del presidente anterior a Kirchner, Eduardo Duhalde. También conocida como Cristina Kirchner, no es
35 la primera presidenta argentina pero sí la primera elegida por su cuenta°. Es interesante notar que todos estos políticos pertenecen al mismo partido peronista.

En 1974 Isabel Perón subió a la presidencia de la República Argentina después de la muerte de su esposo, el presidente Juan Perón (1895–1974). Este había sido elegido presidente en 1946 y durante los seis primeros años de su
40 mandato, su segunda esposa, Eva («Evita») Duarte lo ayudó a mantener su popularidad. Evita murió en 1952 y Perón fue derrocado° en 1955. Después de dieciocho años de exilio regresó triunfante a la Argentina e insistió en que su

to provide funds

Eva Duarte de Perón llegó a tener una popularidad enorme durante la presidencia de su esposo Juan Perón, pero nunca tuvo un cargo oficial.

heir

first-born son

female presidents

Cristina Fernández de Kirchner, primera presidenta elegida de Argentina, también fue diputada y senadora.

term

on her own

overthrown

---

[1] *presidentes femeninos* Para referirse a una presidente mujer, se puede decir **la presidente** or **la presidenta**.

45 tercera esposa, Isabel, fuera candidata para vicepresidenta. Al enfermarse Perón poco después de las elecciones, nombró a su esposa como presidente interino°. Isabel ocupó el puesto hasta 1976 cuando una junta militar la depuso°.

Esta junta, que se dedicó a eliminar la oposición por métodos secretos e ilegales, se encontró con una protesta vigorosa de «Las Madres de la Plaza de Mayo». Estas mujeres que habían visto a sus hijos desaparecer sin explicación alguna decidieron unirse en sus demandas de justicia. Protestaron durante

50 décadas para conseguir el encarcelamiento de los culpables. Una de las madres, Graciela Fernández Meijide, entró en la política y recibió 3 millones de votos

cuando fue elegida a la Cámara de Diputados° en 1997.

Otros casos más recientes incluyen el de Laura Chinchilla, que se convirtió en la primera presidenta de Costa Rica en 2010. La nicaragüense Violeta Barrios de

55 Chamorro, que encabezó la oposición en contra de los revolucionarios sandinistas (quienes habían ocupado el poder durante diez años), ganó las elecciones de Nicaragua en 1990. En 1999 Mireya Moscoso fue elegida presidenta de Panamá, exactamente cuando se proyectaba devolver el control del canal a Panamá. En México, Amalia García Medina asumió en 1999 la presidencia de uno de los tres partidos

60 políticos y en el mismo año Rosario Robles fue elegida alcaldesa de la Ciudad de México. En Honduras, Nora Gunera de Melgar fue candidata para la presidencia, tal como lo fue Cinthya Viteri en Ecuador y Noemí Sanín e Íngrid Betancourt en Colombia. Sila María Calderón ocupó el puesto de gobernadora de Puerto Rico en 2001.

Así se ve que, aunque la sociedad hispánica ha favorecido siempre al hombre,

65 también existen casos de mujeres ilustres°. Actualmente, la mujer hispánica es cada vez más consciente de que su situación social ha de cambiar. Aun la misma constitución española, que mantiene el dominio masculino en la monarquía, afirma en el artículo núm. 14 que: «Los españoles son iguales ante la ley, sin que

pueda prevalecer° discriminación alguna por razones de nacimiento, raza, sexo,

70 religión, opinión o cualquier otra circunstancia personal o social».

5-3 Comprensión. Completa las siguientes oraciones según el texto.

1. La reina más importante de España es _____.
2. Isabel Perón fue la primera presidenta de _____.
3. Laura Chinchilla, la primera presidenta de Costa Rica, asumió poder en

   _____.
4. La primera presidenta de Chile se llama _____.
5. Violeta Barrios de Chamarro ganó las elecciones de 1990 en _____.

5-4 Opiniones. Expresa tu opinión personal.

1. Los Estados Unidos tendrán una presidenta en _____.
2. No ha habido muchas mujeres en puestos políticos altos en los Estados Unidos porque _____.
3. Yo no tendría inconveniente en tener una mujer como presidente porque

   _____.
4. Para eliminar la discriminación de los sexos debemos _____.

La formación de sustantivos

Algunos sustantivos abstractos (aquellos que expresan ideas, cualidades o conceptos que no se pueden tocar o ver) se derivan de adjetivos. Estos sustantivos pueden formarse añadiendo las terminaciones **-dad** o **-eza** al adjetivo. Por ejemplo, **real → realidad; intenso → intensidad; torpe → torpeza; delicado → delicadeza**. Fíjate que a veces es necesario añadir o cambiar la vocal final del adjetivo.

5-5 **Sustantivos terminados en -dad.** Completa las oraciones formando sustantivos derivados de los adjetivos entre paréntesis.

MODELO (curioso) Juan no tiene mucha *curiosidad*.

1. (masculino) El machismo es una obsesión con la _____.
2. (humano) La _____ nunca es perfecta.
3. (actual) En la _____ la situación de las mujeres está mejorando mucho.
4. (personal) Su _____ es muy atractiva.
5. (igual) Todavía no hay _____ entre los sexos.
6. (cruel) ¿Quiénes han reinado con _____?

5-6 **Sustantivos terminados en -eza.** Forma sustantivos abstractos que terminen en **-eza**.

MODELO bello *belleza*

1. noble _____
2. firme _____
3. puro _____
4. grande _____
5. raro _____

5-7 **Repaso de sinónimos.** Indica los sinónimos.

1. elegir _____
2. natalidad _____
3. únicamente _____
4. tarea _____
5. famoso _____
6. conservar _____
7. destacado _____

a. trabajo
b. distinguido
c. solo
d. nacimiento
e. retener
f. ilustre
g. escoger

«¡Qué película fenomenal!»

VOCABULARIO ÚTIL

VERBOS
evitar *intentar escaparse de alguna situación*
perderse (ie) de algo *no hacer algo que se deseaba*

SUSTANTIVOS
el (la) amante *persona a quien se ama de manera ilícita*
la butaca *asiento de un teatro o cine*
la fila *serie de cosas colocadas en línea*
la función *espectáculo*
la telenovela *novela para la televisión transmitida por capítulos*

ADJETIVOS
fenomenal *magnífico, muy bueno*

OTRAS EXPRESIONES
a tiempo *antes de que sea tarde*
darse prisa *hacer algo rápidamente*
echarse una siestecita *dormir una pequeña siesta*
ojalá (que) *Espero que*
¿Qué demonios pasa? *expresión que muestra sorpresa o enfado*
tal vez *posiblemente*

5-8 **Para practicar.** Completa el párrafo siguiente con las palabras escogidas de la sección **Vocabulario útil**. No es necesario usar todas las palabras.

Despúes de 1. _____ la mujer se levantó, se bañó y se vistió. Quería asistir a una 2. _____ en un teatro cercano. Era tarde y por eso ella 3. _____ para llegar 4. _____ al teatro. Ella compró una entrada y entró al teatro. Decidió sentarse en una 5. _____ en la última 6. _____ del teatro. Quería 7. _____ a su 8. _____ si él había decidido asistir también. Ella no quería verlo jamás. La función era 9. _____: mejor que la 10. _____ que ella había visto en la televisión anoche.

Estrategia al escuchar

Lee el título y usa tus conocimientos previos sobre ese tema para predecir el contenido de la narración. Por ejemplo, el título «En el cine» nos dice que el diálogo tendrá lugar en el cine. ¿Qué hacen tú y tus amigos cuando van al cine? ¿Compran refrescos? ¿Deciden dónde sentarse? ¿Comentan sobre la película?

Track 10

5-9 En el cine. Escucha el diálogo entre Carlos, Concha y tío Paco.

5-10 Comprensión. Contesta las preguntas siguientes.

1. ¿Adónde van Carlos, Concha y el tío Paco?
2. ¿Qué compran antes de entrar?
3. ¿Qué compra Carlos?
4. ¿Dónde se sienta el tío Paco?
5. ¿Por qué no saben quién es Jorge?
6. Según Concha, ¿cómo fue la película?
7. ¿A Carlos le gustó la película?
8. ¿Qué hizo el tío Paco durante la película?
9. Al tío Paco, ¿qué le gusta más que las películas?

5-11 Opiniones. Contesta las preguntas siguientes.

1. ¿Vas a menudo al cine? ¿Cuántas veces por mes?
2. ¿Dónde te sientas en el cine?
3. ¿Te gustan las películas italianas? ¿Por qué?
4. ¿Qué clase de refrescos tomas en el cine?

5-12 Actividad cultural. En grupos de tres personas, respondan a estas preguntas. Después de hablar de sus preferencias, compartan la información con los otros grupos para ver cuántas personas son aficionadas del cine o de las telenovelas.

1. ¿Alguna vez has ido al cine con tu novio(a) acompañado por tus padres u otro miembro de la familia? ¿Qué te parece la idea de ir acompañado por tus padres cuando vas al cine con tu novio(a)?
2. ¿Te gustan más las películas o prefieres las telenovelas? ¿Por qué?
3. ¿Cómo se llama tu película favorita? ¿Por qué es tu favorita?
4. ¿Qué programa de televisión te gusta más? ¿Por qué?
5. ¿Te gustaría ser actor o actriz de televisión? ¿Del cine? ¿Por qué?
6. ¿Quiénes son tus actores (actrices) favoritos(as)? ¿Por qué?

Scala / Art Resource, NY

En el pie de foto, ¿puedes identificar el verbo en el presente del subjuntivo? ¿el mandato? ¿el pronombre relativo?

Quizás conozcas esta pintura pero de todos modos, obsérvala bien. Es la obra maestra del pintor español Diego Velázquez (1599–1660). Velázquez mismo aparece a la izquierda mirando a los reyes cuyos rostros se reflejan en el espejo. Es una pintura compleja y enigmática.

Heinle Grammar Tutorial:
The present subjunctive

El presente del subjuntivo

El modo indicativo se usa por lo general para narrar o describir algo que es real o que se da por seguro. El modo subjuntivo, por el contrario, se usa después de ciertos verbos o expresiones que indican deseo, duda, emoción, necesidad o incertidumbre.

A. Verbos regulares

Para formar el presente del subjuntivo de verbos regulares, se quita la terminación **-o** de la primera persona singular del presente del indicativo y se añaden las terminaciones **-e, -es, -e, -emos, -éis, -en** a los verbos terminados en **-ar**, y **-a, -as, -a, -amos, -áis, -an** a los verbos terminados en **-er** o **-ir**.

hablar		comer		vivir	
hable	hablemos	coma	comamos	viva	vivamos
hables	habléis	comas	comáis	vivas	viváis
hable	hablen	coma	coman	viva	vivan

B. Verbos irregulares

1. La mayoría de los verbos que son irregulares en el presente del indicativo son también irregulares en el presente del subjuntivo. Tres ejemplos:

venir		**traer**		**hacer**	
venga	vengamos	traiga	traigamos	haga	hagamos
vengas	vengáis	traigas	traigáis	hagas	hagáis
venga	vengan	traiga	traigan	haga	hagan

2. Los siguientes seis verbos de uso común que no terminan en **-o** en la primera persona singular del presente del indicativo son irregulares en el presente del subjuntivo.

dar		**estar**		**haber**	
dé	demos	esté	estemos	haya	hayamos
des	deis	estés	estéis	hayas	hayáis
dé	den	esté	estén	haya	hayan

ir		**saber**		**ser**	
vaya	vayamos	sepa	sepamos	sea	seamos
vayas	vayáis	sepas	sepáis	seas	seáis
vaya	vayan	sepa	sepan	sea	sean

C. Verbos con cambios en la raíz

1. Los verbos terminados en **-ar** y **-er** con cambio **e → ie** o **o → ue** en el presente del indicativo tienen los mismos cambios en la raíz en el presente del subjuntivo. (Fíjate que no hay cambios en la raíz en la primera y la segunda personas del plural.)

entender		**encontrar**	
ent**ie**nda	entendamos	enc**ue**ntre	encontremos
ent**ie**ndas	entendáis	enc**ue**ntres	encontréis
ent**ie**nda	ent**ie**ndan	enc**ue**ntre	enc**ue**ntren

2. Los verbos terminados en **-ir** con cambio **e → ie** o **o → ue** en el presente del indicativo tienen los mismos cambios en la raíz en el presente del subjuntivo; además, cambian **e → i** o **o → u** en la primera y segunda personas del plural.

sentir		**dormir**	
s**ie**nta	s**i**ntamos	d**ue**rma	d**u**rmamos
s**ie**ntas	s**i**ntáis	d**ue**rmas	d**u**rmáis
s**ie**nta	s**ie**ntan	d**ue**rma	d**ue**rman

3. Los verbos terminados en **-ir** con cambio **e → i** en el presente del indicativo tienen el mismo cambio en la raíz en el presente del subjuntivo; además, cambian **e → i** en la primera y segunda personas del plural.

servir		repetir	
sirva	sirvamos	repita	repitamos
sirvas	sirváis	repitas	repitáis
sirva	sirvan	repita	repitan

D. Verbos con cambios ortográficos

Los verbos terminados en **-car**, **-gar**, **-zar** y **-guar** sufren cambios ortográficos en todas las formas del presente del subjuntivo para mantener la pronunciación de la última consonante de la raíz.

buscar: c → qu		llegar: g → gu	
busque	busquemos	llegue	lleguemos
busques	busquéis	llegues	lleguéis
busque	busquen	llegue	lleguen

abrazar: z → c		averiguar: gu → gü	
abrace	abracemos	averigüe	averigüemos
abraces	abracéis	averigües	averigüéis
abrace	abracen	averigüe	averigüen

E. El subjuntivo después de *tal vez, acaso* y *quizás*

1. El subjuntivo se usa después de las expresiones **tal vez, acaso** y **quizás** (las cuales significan **posiblemente**) cuando se expresa duda o improbabilidad.

> Tal vez **llegue** a tiempo, pero lo dudo.
> Acaso Manuel **sepa** la respuesta, pero no lo creo.
> Quizás Juan **conozca** a Gloria, pero no es probable.

2. Sin embargo, cuando se expresa algo bastante probable, se usa el indicativo.

> Tal vez **salen** temprano hoy como siempre.
> Teresa está en el banco. Acaso **está** cobrando un cheque.
> Quizás **podemos** hacerlo; parece fácil.

F. El subjunctivo después de *ojalá (que)*

El subjuntivo se usa después de **ojalá** (derivado del árabe **Si Allah quiere**).
El **que** después de **ojalá** es opcional.

> Ojalá (que) se **den** prisa.
> Ojalá (que) él no **vaya** con nosotros.
> Ojalá (que) no **lleguemos** tarde.

PRÁCTICA

5-13 **Formas del presente del subjuntivo.** Expresa las formas correctas de estos verbos en el presente del subjuntivo.

1. (yo) empezar
2. (nosotros) contener
3. (tú) desaparecer
4. (nosotros) contradecir
5. (él) extraer

6. (ellas) predecir
7. (yo) resolver
8. (Uds.) irse
9. (tú) referirse
10. (Ud.) juzgar

5-14 **Pensamientos.** Tú estás solo(a) en tu cuarto pensando en tus amigos, en tus familiares y en lo que posiblemente ellos hagan. Expresa tus pensamientos. Sigue el modelo.

MODELO	mi amigo / ir / al cine
	Tal vez mi amigo vaya al cine.

1. mi familia / dar / un paseo / ahora
2. mis abuelos / llegar / al teatro / a tiempo
3. mi hermano / buscar / trabajo
4. mi hermana / estar / a punto de llegar
5. mi primo / aprender a / conducir
6. mi madre / servir / la cena
7. mis amigos / tener / ganas de salir
8. mis tíos / comprar / las entradas
9. José / echarse / una siestecita
10. mi prima / hacerle / falta a su hermano

5-15 **Actividades personales.** Las personas siguientes quieren hacer ciertas cosas. Indica lo que ellas quizás puedan hacer. Sigue el modelo.

MODELO	Pablo quiere ganar el partido.
	Quizás gane el partido.

1. María quiere levantarse temprano.
2. Ellos desean hablar alemán.
3. Mi hermano desea echarse una siestecita.
4. Su amante quiere ir con ellos al cine.
5. Su madre quiere ver una película fenomenal.
6. Enrique quiere pagar la cuenta.
7. José desea buscar una butaca en esa fila.
8. Los niños quieren hacer travesuras.
9. Ese idiota quiere darle todo su dinero.
10. Aquellos jóvenes desean sentarse cerca de la pantalla.

5-16 **Una cita.** Tienes una cita esta noche y esperas que todo salga bien. Expresa tus deseos, usando la expresión **ojalá.** Sigue el modelo.

> MODELO   Vamos al cine esta noche.
> *Ojalá que vayamos al cine esta noche.*

1. Mi hermano nos compra entradas.
2. Yo llego temprano a la casa de mi novio(a).
3. Mi novio(a) está listo(a) para salir.
4. El padre de mi novio(a) no me hace muchas preguntas.
5. Él/Ella quiere comer en un buen restaurante antes de ver la película.
6. Podemos encontrar una mesa desocupada.
7. La comida es muy buena.
8. La comida no cuesta mucho.
9. Encontramos butacas cerca de la pantalla al entrar al cine.
10. Él/Ella se divierte bastante esta noche.

5-17 **Un nuevo día.** Tú y un(a) amigo(a) están en camino a la escuela. Están haciéndose preguntas acerca del día. Sigan el modelo.

> MODELO   ¿Tenemos examen hoy?
> *¡Ojalá que no tengamos examen hoy!*

1. ¿Llegamos con atraso a la clase?
2. ¿Podemos estudiar en la biblioteca esta tarde?
3. ¿Vamos al cine esta noche?
4. ¿Quién va a comprar las entradas?
5. ¿Volvemos temprano a casa?
6. ¿A qué hora nos acostamos?

5-18 **Tal vez.** ¿Qué harán estas personas famosas hoy? Sé creativo(a) y al terminar, compara tus oraciones con las de tu compañero(a).

> MODELO   el príncipe de Mónaco
> *Tal vez el príncipe de Mónaco se case otra vez.*

1. el presidente de los Estados Unidos
2. la reina de Inglaterra
3. el cantante Prince Royce
4. la activista indígena Rigoberta Menchú
5. el comediante George López
6. la actriz Salma Hayek
7. la escritora Isabel Allende
8. la cantante Jennifer López

5-19 **Este fin de semana.** Cuéntale a tu compañero(a) de clase cinco cosas que tal vez vayas a hacer este fin de semana. Luego, tu compañero(a) de clase va a hacer lo mismo. Sigan el modelo.

> MODELO   Tú: *Quizás mi amigo(a) y yo vayamos al cine.*
> Tu compañero(a) de clase: *Tal vez yo vaya a la biblioteca a estudiar.*

Los mandatos

Existen varias formas de mandatos:

el mandato directo formal (**Ud.** y **Uds.**)
el mandato directo familiar (**tú** y **vosotros**)
el mandato exhortativo (**nosotros**)
el mandato indirecto

Todos estos mandatos usan las formas verbales del subjuntivo menos los mandatos afirmativos de **tú** y **vosotros**.

A. Los mandatos formales

1. Los mandatos negativos y afirmativos de **Ud.** y **Uds.** son iguales a las formas de la tercera persona del presente del subjuntivo.

   Mire (Ud.).　　No mire (Ud.).　　Salgan (Uds.).　　No salgan (Uds.).

   Fíjate que la palabra **Ud.** se incluye a veces para expresar cortesía, pero por lo general se omite.

2. Los pronombres de objeto (indirecto y directo) y los reflexivos, se unen al final de los mandatos directos afirmativos pero se colocan antes de los mandatos directos negativos. Fíjate que el mandato afirmativo lleva acento escrito sobre la sílaba que se pronuncia con mayor fuerza.

   Váyase (Ud.).　　　　　Váyanse (Uds.).
   No se vaya (Ud.).　　　No se vayan (Uds.).

B. Los mandatos familiares afirmativos

1. El mandato afirmativo de **tú** de verbos regulares es igual que la tercera persona singular del presente del indicativo. El pronombre de sujeto no se usa en general. Fíjate otra vez que los pronombres de objeto y los reflexivos se unen al final de los mandatos afirmativos.

   Habla, por favor.　　　　Sígueme.
   Vuelve a casa temprano.　Cállate.

2. Los siguientes mandatos afirmativos de **tú** son irregulares:

decir:	di	**poner:**	pon	**tener:**	ten
hacer:	haz	**salir:**	sal	**venir:**	ven
ir:	ve	**ser:**	sé		

3. Para formar los mandatos afirmativos de **vosotros,** se quita la **-r** del infinitivo y se añade **-d.**

   escuchar: Escuchad.　　　　**decir:** Decidnos.

Los mandatos de **vosotros** no se utilizan por lo general en América Latina. Han sido reemplazados por los mandatos de **Uds.**

⊕ **Heinle Grammar Tutorial:**
Formal commands

⊕ **Heinle Grammar Tutorial:**
Informal commands

4. Para el mandato de **vosotros** de verbos reflexivos, se quita la **-d** final antes de añadir el pronombre **os.** La excepción a esta regla es **idos** (de **irse**). Si el verbo es un verbo terminado en **-ir**, la **i** lleva acento escrito.

Levantaos.   Divertíos.

C. Los mandatos familiares negativos

Los mandatos familiares negativos de **tú** y **vosotros** son iguales que las formas de segunda persona singular y plural del presente del subjuntivo. Los pronombres de objeto se colocan antes de los mandatos negativos.

No llegues (tú) tarde.   No lo esperéis.

D. Los mandatos exhortativos (nosotros)

1. Los mandatos exhortativos o los mandatos de **nosotros** son iguales a la primera personal plural del presente del subjuntivo. Fíjate en la colocación de los pronombres de objeto en el segundo ejemplo que aparece a continuación.

Comamos.   No comamos.
Cerrémosla.   No la cerremos.

2. Cuando el pronombre reflexivo **nos** o el pronombre **se** están unidos al final de un mandato afirmativo de **nosotros,** se quita la **-s** final del verbo. Se añade un acento escrito sobre la sílaba que se pronuncia con mayor fuerza.

Sentémonos.   No nos sentemos.
Pidámoselo.   No se lo pidamos.

3. El verbo **ir (irse)** es irregular en el mandato afirmativo de **nosotros**.

Vamos.   PERO   No vayamos.
Vámonos.   PERO   No nos vayamos.

4. Otra manera de expresar el mandato afirmativo de **nosotros** es con **ir a** + infinitivo. Esta forma no se usa para los mandatos negativos.

Vamos a hablar con ellos.   PERO   No hablemos con ellos.

Fíjate que generalmente se usa **a ver** (sin **vamos**) para expresar «*let's see*».

A ver. Creo que todo está listo. (*Let's see. I think everything is ready.*)

E. Los mandatos indirectos

Los mandatos indirectos son iguales a la tercera persona (singular o plural) del presente del subjuntivo. Siempre se introducen con **que.**

> Que le vaya bien.
> Los niños quieren salir. Pues, que salgan ellos.

Fíjate que los pronombres de objeto y los reflexivos siempre se colocan antes de los mandatos indirectos negativos y afirmativos y que el sujeto, si se expresa, generalmente se coloca después del verbo.

PRÁCTICA

5-20 **Mandatos formales.** Cambia estas oraciones a mandatos formales. Sigue el modelo.

MODELO   La señorita entra. *Señorita, entre, por favor.*
         El señor no dice nada. *Señor, no diga nada, por favor.*

1. El tío no se da prisa.
2. Los niños se portan bien.
3. Los jóvenes van al cine.
4. El señor se sienta cerca de la pantalla.
5. La señora no come mucho.

5-21 **Mandatos familiares.** Cambia estas oraciones a mandatos familiares. Sigue el modelo.

MODELO   Aurelio dice algo. *Aurelio, di algo.*
         Mi amigo no le da dinero. *Amigo, no le des dinero.*

1. Laura va conmigo a la fiesta.
2. Roberto no sale temprano.
3. María hace un pastel.
4. Felipe no es tonto.
5. Elena no entra a la sala.

5-22 **Una visita a Madrid.** Los padres de Laura están visitando Madrid, y ella está diciéndoles lo que ellos deben hacer durante su estadía. Sigue el modelo.

MODELO   ir a un buen restaurante
         Vayan a un buen restaurante.

1. probar algunos platos típicos españoles
2. no comer ni beber demasiado
3. después de comer, volver al hotel para echarse una siesta
4. comprarme unos libros de arte
5. después, ir al teatro
6. conseguir entradas para la función
7. llegar al teatro temprano
8. regresar al hotel en taxi
9. acostarse en seguida
10. divertirse durante el viaje

5-23 **Opiniones personales.** Indica tu opinión sobre las cosas que estas mujeres quieren hacer. Sigue el modelo.

MODELO   Paula quiere conseguir un empleo.
          ¡Que lo consiga!

1. Susana quiere escribir una novela.
2. María desea compartir las tareas domésticas con su esposo.
3. Penélope quiere tener su propio negocio.
4. Marta y Mirna quieren conocer el mundo.
5. Mi tía desea hacer un documental.
6. Mis amigas desean sacar licencianturas.
7. Elena quiere arreglar camiones.
8. Las jóvenes quieren jugar hockey.
9. Eva quiere gobernar el país.
10. Ellas quieren convertirse en líderes.

5-24 **¿De acuerdo o no?** Con un(a) compañero(a) de clase, háganse estas preguntas para decidir lo que quieren hacer hoy. Sigan el modelo.

MODELO   ¿Vamos a sentarnos aquí?
          Sí, sentémonos aquí. (No, no nos sentemos aquí.)

1. ¿Vamos a salir esta noche?
2. ¿Vamos a levantarnos temprano?
3. ¿Vamos a empezar a estudiar ahora?
4. ¿Vamos a pedir un refresco?
5. ¿Vamos a comprar entradas?
6. ¿Vamos a ver una telenovela?
7. ¿Vamos a salir de la casa temprano?
8. ¿Vamos a hacerlo en seguida?
9. ¿Vamos a divertirnos un rato?
10. ¿Vamos a preguntarles si quieren ir?

5-25 **¿Qué hago?** Pregúntale a un(a) compañero(a) de clase si tú debes hacer las cosas siguientes. Tu compañero(a) de clase te va a contestar con un mandato negativo o afirmativo. Cambien los objetos directos a pronombres. Sigan el modelo.

> **MODELO** *¿Hago el trabajo?*
> *Sí, hazlo. (No, no lo hagas.)*

1. ¿Pongo mis libros en tu mesa?
2. ¿Te digo la verdad?
3. ¿Traigo mi iPod a la escuela mañana?
4. ¿Te explico la lección?
5. ¿Empiezo a cantar una canción?
6. ¿Te abrazo?
7. ¿Vendo mis videojuegos?
8. ¿Llamo a mis abuelos esta noche?

5-26 **Consejos.** Tú estás dándole consejos a un(a) amigo(a) sobre cómo él (ella) debe comportarse en varias situaciones. Haz esto con mandatos familiares. Sigue el modelo.

> **MODELO** Si quieres tener más dinero, ...
> *Si quieres tener más dinero, busca un buen trabajo.*
> –o–
> *Si quieres tener más dinero, no gastes tanto.*

1. Si quieres conocer a una persona rica, ...
2. Si quieres sacar una buena nota en esta clase, ...
3. Si quieres hacer una diferencia en la comunidad, ...
4. Si quieres tener una buena relación, ...
5. Si quieres una buena comida mexicana, ...
6. Si quieres comprar una computadora nueva, ...

5-27 **Mandatos del (de la) profesor(a).** Hagan una lista de cinco mandatos que su profesor(a) da en la clase casi todos los días. Léanle su lista a la clase. Sus compañeros de clase van a compartir sus listas también. ¿Cuáles son los mandatos que el (la) profesor(a) suele dar con más frecuencia?

Los pronombres relativos

A. Los usos de *que*

1. El pronombre relativo de uso más frecuente es **que** *(that, which, who).* Puede referirse a personas, lugares o cosas, y nunca se omite en español.

> Manuel es el muchacho **que** trabaja en esa tienda.
> La película **que** vieron anoche es francesa.
> Cuernavaca es una ciudad **que** está cerca de la capital.

● **Heinle Grammar Tutorial:**
Relative clauses

2. Después de preposiciones de una sílaba, como por ejemplo **a, con, de** y **en,** el pronombre relativo **que** se usa únicamente para referirse a cosas.

> Las películas de **que** hablan son de España.
> El dinero con **que** compró el coche era de su madre.

B. Los usos de *quien(es)*

1. **Quien(es)** *(who, whom)* se refiere solamente a personas. Se usa con mayor frecuencia después de preposiciones de una sílaba **(a, con, de)** o para introducir una cláusula que está marcada entre comas.

> La señora con **quien** están hablando es traductora.
> Aquel hombre, **quien** vino a mi casa ayer, es el presidente.

2. **Quien(es)** también se usa de sujeto para expresar *he who, those who, the ones who,* etcétera.

> **Quien** estudia, aprende.　　　**Quienes** comen mucho, engordan.
> *He who studies, learns.*　　　*Those who eat a lot, get fat.*

3. Se prefiere **que** en lugar de **quien** en función de objeto directo. No requiere el **a** personal.

> El hombre **que** (a quien) vi es su tío.

C. Los usos de *el cual* y *el que*

El que (la que, los que, las que) y **el cual (la cual, los cuales, las cuales)** se usan en lugar de **que** o **quien** en las siguientes situaciones:

1. Para clarificar y dar énfasis cuando hay más de una persona o cosa mencionada en el antecedente.

> La amiga de Carlos, **la cual** (la que) vive en Nueva York, va a México.
> El tío de María, **el cual** (el que) es muy viejo, va al cine con ella.

2. Después de las preposiciones **por** y **sin,** y después de preposiciones de dos o más sílabas.

> Se me olvidó la llave, sin **la cual** (la que) no pude entrar.
> Vieron a sus amigas, detrás de **las cuales** (las que) había dos butacas juntas.

3. Además, **el que (la que, los que, las que)** se usan para traducir *the one who, he who, those who, the ones who.* (**El cual** no se usa en esta construcción.)

> **El que** estudia, tiene éxito. *(He who studies will be successful.)*
> Esos actores y **los que** están en esta telenovela son muy populares. *(Those actors and the ones who are in this soap opera are very popular.)*

D. Los usos de *lo cual* y *lo que*

1. **Lo cual** y **lo que** son formas néutras; ambos se usan para expresar *which* cuando el antecedente al que se refiere no es un sustantivo específico pero una oración, una situación o una idea.

> Felipe dijo que no vendría, **lo cual** nos sorprendió.
> Vi una sombra en la pared, **lo que** me asustó.

2. Además, **lo que** (pero no **lo cual**) significa *what* cuando no se expresa el antecedente.

> **Lo que** dijo Juan no les parecía posible. (*What Juan said didn't seem possible to them.*)
> No sé **lo que** quieres. (*I don't know what you want.*)

E. El uso de *cuyo(a, os, as)*

Cuyo (*whose, of whom, of which*) va delante de un sustantivo y concuerda con él en género y número.

> La chica **cuya** madre es profesora se llama Esmeralda.
> Ese árbol, **cuyas** hojas son pequeñas, es un roble.

En una pregunta, se expresa *whose* con **¿de quién(es)?: ¿De quién es este boleto?**

PRÁCTICA

5-28 **Los pronombres relativos.** Haz los cambios necesarios en estas oraciones, según las palabras entre paréntesis.

1. Es la *esposa* de quien hablo. (tío / mujeres / profesores)
2. Esa es la *película* cuyo nombre no recuerdo. (actores / actrices / cine)
3. Ese cantante, cuya *música* me encanta, es de la Argentina. (canciones / estilo / voz)

5-29 **A escoger.** Escoge el pronombre relativo correcto de las formas entre paréntesis.

1. Ellos salieron de casa temprano, (quien, lo cual) le molestó a la madre.
2. La señorita de (quien, que) hablan es su hermana.
3. (Lo que, El que) ellos hacen no me importa.
4. La telenovela, (que, cuyo) argumento es bastante sencillo, es su programa favorito.
5. Ella vive en aquella casa detrás de (que, la cual) hay un parque pequeño.
6. Les gustó la película (que, la que) vieron anoche.

7. Estas chicas y (quienes, las que) están allí son sus compañeras de clase.

8. Quiero prestarte este libro, (cuyo, cuya) influencia sobre mí ha sido grande.

5-30 Observaciones generales. Completa estas oraciones con la forma correcta de un pronombre relativo.

1. La película _____ dan en el Cine Colorado es muy buena.

2. _____ hablan mucho, poco aprenden.

3. La mujer con _____ hablan es abogada.

4. El cine al _____ entran está muy oscuro.

5. Ese hombre, _____ está hablando ahora con Paco, es el tío de Mirabel.

6. Jacinto siempre hace _____ ella quiere.

7. El chico _____ novia quiere ir al partido de jai alai se llama Francisco.

8. La telenovela _____ a ella le gusta se llama «María Mercedes».

5-31 Los pronombres relativos. Completa estas oraciones con **que**, **quien(es)**, **el que**, **lo que** o **lo cual.** Luego, comparte tus respuestas con tu compañero(a) de clase.

1. «María Mercedes» es la telenovela _____ me gusta más.

2. El tío de Carlos, _____ vive en su casa, irá a México.

3. Esas son las amigas de _____ te hablé.

4. Él estudió toda la noche, _____ me sorprendió.

5. Quiero que sepas _____ está ocurriendo.

5-32 Omitiendo la repetición. En parejas, junten las oraciones siguientes, omitiendo las repeticiones que no sean necesarias. Pongan una preposición delante del pronombre relativo cuando sea necesario. Sigan el modelo.

MODELO   Ese es el actor español. Ellos hablan mucho de él.
Ese es el actor español de quien ellos hablan mucho.

1. Esta es mi amiga chilena. Escribí una carta a mi amiga chilena.

2. Vamos a la casa de mis primos. El Teatro Colorado está cerca de la casa de mis primos.

3. Vimos una película sobre unos amantes. La película nos gustó mucho.

4. Su tío empezó a gritar. Esto lo asustó mucho.

5. Concha tiene una chaqueta. La chaqueta está en la sala.

5-33 Una entrevista. Hazle cinco preguntas a tu compañero(a) de clase, usando en cada una de las preguntas un pronombre relativo de la lista siguiente.

cuyo(a)	**quien**	**que**
el (la) que	**lo que**	

El exceso de subordinación

El exceso de subordinación ocurre cuando se enlazan varias oraciones por medio de pronombres relativos. Por ejemplo: «*Ayer vimos una película que dirigió Alfonso Cuarón, quien es mexicano, que nos gustó mucho*». Esa oración contiene tres cláusulas subordinadas y por lo tanto, no expresa una idea coherente. Es importante tener en cuenta lo siguiente:

- Cada oración solo admite una cláusula adjetival.

- Una cláusula adjetival es una cláusula subordinada que empieza con un pronombre relativo y modifica al sujeto. Por ejemplo, **quien es mexicano** es una cláusula adjetival que modifica a Alfonso Cuarón.

- Las cláusulas adjetivales pueden cambiarse por un participio que también cumple la función de adjetivo. Por ejemplo, se puede decir **una película dirigida** en lugar **de una película que dirigió**.

Así, para eliminar el exceso de subordinación de la oración anterior se puede expresar de esta forma: *Ayer vimos una película dirigida por el mexicano Alfonso Cuarón que nos gustó mucho.*

PRÁCTICA

Vuelve a escribir estas oraciones que tienen exceso de subordinación.

1. Ese es el chico que se llama Raúl que está enamorado de Ana, a quien tú no conoces.

2. La tarea que nos asignó el profesor cuya clase nos gusta es bastante fácil.

3. Necesito hablar con la señora Mendoza que es la persona que está encargada del programa informativo que el canal 4 transmite.

4. Abuelita se trajo una gata de Santiago que era el único lugar donde vendían esa raza que se distingue por su inteligencia, la cual muchos admiran.

5. Esa es la señora que fue elegida presidenta que gobernó Nicaragua por siete años.

Anna Perez

La amistad y el amor

Tres jóvenes de Barcelona, España, hablan sobre su amistad: cuándo se ven, qué hacen juntos, sobre qué hablan. También hablan un poco sobre el tema de las parejas.

5-34 **Anticipación.** Antes de mirar el video, haz estas actividades.

A. Contesta estas preguntas.

1. ¿Tienes un grupo de amigos, de amigas o una mezcla de amigos y amigas?
2. ¿Qué hacen tú y tus amigos para divertirse? ¿Dónde se ven? ¿De qué hablan?
3. ¿Generalmente salen las parejas (*couples*) de tu edad en grupo o solos?
4. ¿Te llevas bien con el novio (la novia) de tu amigo(a)?

B. Estudia estas palabras del video.

quedar *acordar una cita, encontrarse*
pareja *novio o novia*
celoso(a) *que siente envidia o que sospecha*
el presupuesto *cantidad de dinero que se tiene para un fin determinado*
se te ha echado la mañana encima *expresión que significa que el tiempo pasó rápido*
pintarlo tan bien *describir algo como si fuera perfecto*
la sinceridad *verdad, honestidad*
ligar *establecer una relación amorosa*

5-35 **Sin sonido.** Mira el video sin sonido una vez para concentrarte en el elemento visual. ¿Cómo son estos tres amigos?

5-36 Comprensión. Estudia estas actividades y trata de descubrir las respuestas correctas al mirar el video.

◉ **AP* TEST TAKING TIP**
Cover the four possible answers and try to anticipate the correct response before you're distracted by the choices.

1. ¿Por qué los tres amigos no se ven casi durante la semana?
   a. porque están muy ocupados
   b. porque esa es la costumbre en España
   c. porque no tienen el presupuesto
   d. porque el chico tiene pareja

2. ¿Qué hacen en general los sábados?
   a. se ven en un parque
   b. van a la discoteca
   c. trabajan y estudian
   d. se meten a un chat

3. ¿Por qué dice la chica que «le veíamos poco el pelo»?
   a. porque el chico siempre lleva gorra
   b. porque se habían peleado con él
   c. porque el chico estaba saliendo con una novia
   d. porque estaban trabajando los sábados y domingos

4. ¿Cuál de las siguientes oraciones refleja la opinión de la chica rubia?
   a. Los buenos amigos nunca discuten.
   b. Los buenos amigos dicen la verdad aunque duela.
   c. Los buenos amigos se ven todos los fines de semana.
   d. Los buenos amigos no se ponen celosos de las novias.

5. ¿Qué pasó cuando el chico se metió a un chat?
   a. Su novia se puso celosa y rompió con él.
   b. Se dio cuenta que era más divertido que una discoteca.
   c. Pudo hablar sobre la música, el cine y cualquier cosa.
   d. Conoció a una chica e hizo una cita con ella.

5-37 Opiniones. En grupos de tres o cuatro estudiantes, comenten estos temas.

1. ¿Cómo es la amistad de los tres jóvenes del video parecida o diferente a la amistad entre tú y tus amigos? ¿Son ustedes tan sinceros y directos? ¿Hacen las mismas cosas para divertirse?

2. ¿Cómo te sientes cuando tu mejor amigo(a) tiene novio(a)? ¿Cambia la amistad entre ustedes? Explica.

3. ¿Qué opinas del chico del video que entró a un chat para buscar pareja? ¿Te parece buena o mala idea? ¿Por qué?

VOCABULARIO ÚTIL

VERBOS

alejarse *ponerse más lejos*
charlar *conversar; hablar*
presentar *darle a conocer una persona a otra*

SUSTANTIVOS

el apellido *nombre de familia*
la arena *partículas muy pequeñas de rocas que hay en la playa*
el cura *sacerdote católico*
la gana *deseo de hacer algo*
el gorrión *pájaro pequeño de plumaje marrón*
la marea *movimiento periódico de ascenso y descenso de las aguas del mar*
la ola *onda formada en la superficie del mar*
la tontería *acto o dicho tonto; de poco valor*

la vez *tiempo u ocasión de hacer algo*

ADJETIVOS

junto(a) *unido(a)*

OTRAS PALABRAS Y EXPRESIONES

a veces *en ocasiones*
buen provecho *expresión de cortesía para desearles a otros que disfruten la comida*
dos veces *en dos ocasiones*
en seguida *inmediatamente después; pronto*
mañana de sol *mañana soleada; que hace sol*
no me da la gana *no tengo deseos de (dicho en forma descortés)*
otra vez *de nuevo*
tener ganas de *desear hacer algo*

5-38 **Para practicar.** Completa el siguiente diálogo. Usa palabras del **Vocabulario útil.**

MIGUEL   ¿Qué hacemos hoy?

SUSANA   No sé. Laura y Gonzalo querían que los acompañáramos al teatro, pero no tengo 1. _____ de ir al teatro otra 2. _____. Ya fuimos esta semana y me parece que es bastante.

MIGUEL   Yo no tengo 3. _____ tampoco. ¿Qué te parece si los invitamos a la playa? Es una mañana de 4. _____.

SUSANA   ¡Buena idea! Siempre me ha gustado ver subir la 5. _____, jugar en las 6. _____ y construir castillos de 7. _____.

MIGUEL   De acuerdo. Llama a Laura para poder ir 8. _____.

5-39 **¿Qué dijo?** Lee el siguiente trozo *(excerpt)* del drama que van a leer en esta unidad. Subraya *(Underline)* las palabras o las expresiones que no conozcas o que no comprendas. Después, con otras dos personas, discutan lo subrayado para saber si pueden adivinar *(guess)* lo que quiere decir.

Mi amiga esperó noticias un día, y otro, y otro... y un mes, y un año... y la carta no llegaba nunca. Una tarde, a la puesta del sol, con el primer lucero de la noche, se la vio salir resuelta camino de la playa... de aquella playa donde el predilecto de su corazón se jugó la vida. Escribió su nombre en la arena —el nombre de él,— y se sentó luego en una roca, fija la mirada en el horizonte... Las olas murmuraban su monólogo eterno... e iban poco a poco cubriendo la roca en que estaba la niña... ¿Quiere usted saber más?... Acabó de subir la marea... y la arrastró consigo...

Estrategias de lectura

- **Usar el contexto.** Cuando encuentres una palabra que no comprendas, mira el contexto, o sea, las palabras que la rodean. El contexto incluye pistas que ayudan a inferir el significado de vocabulario nuevo.

- **Identificar palabras clave.** Recuerda que se puede leer para comprender lo esencial de un texto, buscando palabras y frases claves. Las palabras clave expresan las ideas principales de un texto.

5-40 **El contexto.** Lee las siguientes oraciones y adivina el sentido de las palabras en negrita, fijándote en el contexto.

1. Quiero sentarme aquí para darles de comer a los pajaritos. ¿Tú trajiste las **miguitas** de pan?

2. Pienso sentarme aquí en el parque. ¿Hay un **banco** libre por aquí?

3. Levanta mucho polvo cuando camina porque **arrastra** los pies como un viejito.

4. ¿Pero es que usted lee sin gafas? Usted tiene una **vista** envidiable.

5. El joven pasaba todas las tardes a caballo. Era un **jinete** magnífico.

6. ¡Qué raro! Se limpia las botas con el pañuelo de la nariz. ¿**Se sonará** usted con un cepillo?

5-41 **Palabras clave.** Lee este trozo fijándote en las palabras subrayadas. Luego escoge la oración que mejor resuma el contenido del trozo.

DOÑA LAURA   Sí, señor. Cercana a Valencia, a dos o tres leguas de camino, había una finca que si aún existe se acordará de mí. Pasé en ella algunas temporadas. De esto hace muchos años; muchos. Estaba próxima al mar, oculta entre naranjos y limoneros... Le decían... ¿cómo le decían?... *Maricela.*

1. La persona que habla cultiva naranjas y limones cerca del mar.
2. Doña Laura recuerda que en el pasado conocía un lugar llamado Maricela.
3. Laura camina dos o tres leguas a la finca de Valencia, donde vive.

5-42 Anticipación. Trabajen en grupos pequeños.

La sociedad norteamericana tiende a poner énfasis en la juventud. La música, la televisión, el cine y las otras diversiones se crean principalmente para los jóvenes. Comenten algunas de las razones posibles de este hecho. Hagan una lista de películas o programas de televisión recientes que traten de ancianos y de sus actitudes, y comparen la lista con otros grupos.

SERAFÍN Y JOAQUÍN ÁLVAREZ QUINTERO

Los hermanos Álvarez Quintero nacieron en Andalucía; Serafín en el año 1871 y Joaquín en 1873. En 1888, cuando ya era obvio su talento como dramaturgos, se mudaron con su familia a Madrid. Entre 1888 y 1938 escribieron más de 200 piezas teatrales, de gran variedad. Aunque pasaron casi toda la vida en la capital, nunca olvidaron su origen andaluz y gran parte de su obra refleja el ambiente y el dialecto andaluces. Desde jóvenes trabajaron juntos, estableciéndose entre ellos una armonía intelectual muy distinta. Describieron su método de composición como una conversación continua: por la mañana discutían sus dramas, formando un plan para la trama y comentando el diálogo y los personajes. Cuando ya habían desarrollado verbalmente toda la obra, con muchos detalles, Serafín la escribía. Mientras así lo hacía se la leía a su hermano, quien la comentaba y corregía. De esta manera, el drama completo parece ser el producto de un solo hombre y no el resultado de una colaboración.

Aunque escribieron dramas de dos, tres y cuatro actos, son más conocidos por su obra dentro del «género chico»: el sainete o entremés y el paso de comedia. Los primeros son breves cuadros dramáticos que describen costumbres y otros aspectos de la vida entre la clase baja. El paso de comedia también es una obra breve, pero los personajes no representan a la clase baja, hablan castellano en vez de andaluz, y hay más énfasis en la psicología de los personajes que en la presentación de las costumbres regionales.

El paso de comedia más famoso de los Álvarez Quintero es el que se incluye aquí, *Mañana de sol* (1905). Tiene muchas de las características de los otros pasos de los hermanos: la trama es esencialmente sencilla y no hay gran conflicto; el diálogo es muy natural y animado; y al dibujar los personajes principales, doña Laura y don Gonzalo, los cuales representan la clase cómoda de comienzos del siglo, los hermanos mezclan lo filosófico con lo humorístico, y lo real con lo poético. Nos presentan un retrato de dos viejos que llegan a simbolizar el eterno amor juvenil.

MAÑANA DE SOL

Personajes: Doña Laura, don Gonzalo, Petra, Juanito

Lugar apartado° de un paseo público, en Madrid. Un banco a la izquierda del actor. Es una mañana de otoño templada° y alegre.

Doña Laura y Petra salen por la derecha. Doña Laura es una viejecita setentona°, muy pulcra°, de cabellos muy blancos y manos muy finas y bien cuidadas. Aunque está en la edad de chochear°, no chochea. Se apoya de una mano en una sombrilla°, y de la otra en el brazo de Petra, su criada.

DOÑA LAURA	Ya llegamos… Gracias a Dios. Temí que me hubieran quitado el sitio. Hace una mañanita tan templada…
PETRA	Pica° el sol.
DOÑA LAURA	A ti, que tienes veinte años. *(Siéntase en el banco.)* ¡Ay!… Hoy me he cansado más que otros días. *(Pausa. Observando a Petra, que parece impaciente.)* Vete, si quieres, a charlar con tu guarda.
PETRA	Señora, el guarda no es mío; es del jardín.
DOÑA LAURA	Es más tuyo que del jardín. Anda en su busca°, pero no te alejes.
PETRA	Está allí esperándome.
DOÑA LAURA	Diez minutos de conversación, y aquí en seguida.
PETRA	Bueno, señora.
DOÑA LAURA	*(Deteniéndola.)* Pero escucha.
PETRA	¿Qué quiere usted?
DOÑA LAURA	¡Que te llevas las miguitas° de pan!
PETRA	Es verdad; ni sé dónde tengo la cabeza.
DOÑA LAURA	En la escarapela° del guarda.
PETRA	Tome usted. *(Le da un cartucho de papel pequeñito y se va por la izquierda.)*
DOÑA LAURA	Anda con Dios. *(Mirando hacia los árboles de la derecha.)* Ya están llegando los tunantes°. ¡Cómo me han cogido la hora°!… *(Se levanta, va hacia la derecha y arroja adentro, en tres puñaditos°, las migas de pan.)* Éstas, para los más atrevidos… Éstas, para los más glotones… Y éstas, para los más granujas°, que son los más chicos… Je… *(Vuelve a su banco y desde él observa complacida el festín de los pájaros.)* Pero, hombre, que siempre has de bajar tú el primero. Porque eres el mismo: te conozco. Cabeza gorda, boqueras° grandes… Igual a mi administrador. Ya baja otro. Y otro. Ahora dos juntos. Ahora tres. Ese chico va a llegar hasta aquí. Bien; muy bien; aquél coge su miga y se va a una rama a comérsela. Es un filósofo. Pero ¡qué nube! ¿De dónde salen tantos? Se conoce que ha corrido la voz… Je, je… Gorrión habrá que venga desde la Guindalera°. Je, je… Vaya, no pelearse, que hay para todos. Mañana traigo más.

out-of-the-way, remote

temperate, fair

in her seventies

neat

5 *is nearing senility; parasol*

Burns, is hot

10

Go look for him

15

20 *crumbs*

badge

25

rascals

How quickly they lear-
ned when I come!; little
30 *handfuls*

the biggest rascals

35 *corners of the mouth*

40 *suburb of Madrid*

back of the stage		(*Salen don Gonzalo y Juanito por la izquierda del foro°. Don Gonzalo*
irritable		*es un viejo contemporáneo de doña Laura, un poco cascarrabias°. Al*
drags; in a bad mood		*andar arrastra° los pies. Viene de mal temple°, del brazo de Juanito,*
	45	*su criado.*)
Loafers	DON GONZALO	Vagos°, más que vagos… Más valía que estuvieran diciendo misa…
	JUANITO	Aquí se puede usted sentar: no hay más que una señora. (*Doña Laura vuelve la cabeza y escucha el diálogo.*)
	DON GONZALO	No me da la gana, Juanito. Yo quiero un banco solo.
	50 JUANITO	¡Si no lo hay!
	DON GONZALO	¡Es que aquél es mío!
	JUANITO	Pero si se han sentado tres curas…
	DON GONZALO	¡Pues que se levanten!… ¿Se levantan, Juanito?
	JUANITO	¡Qué se han de levantar! Allí están de charla.
	55 DON GONZALO	Como si los hubieran pegado al banco… No; si cuando los curas cogen
no one can throw them out		un sitio… ¡cualquiera los echa°! Ven por aquí, Juanito, ven por aquí. (*Se encamina hacia la derecha resueltamente. Juanito lo sigue.*)
	DOÑA LAURA	(*Indignada.*) ¡Hombre de Dios!
	DON GONZALO	(*Volviéndose.*) ¿Es a mí?
	60 DOÑA LAURA	Sí señor; a usted.
	DON GONZALO	¿Qué pasa?
frightened	DOÑA LAURA	¡Que me ha espantado° usted los gorriones, que estaban comiendo miguitas de pan!
what do I have to do with	DON GONZALO	¿Y yo qué tengo que ver con° los gorriones?
	65 DOÑA LAURA	¡Tengo yo!
	DON GONZALO	¡El paseo es público!
	DOÑA LAURA	Entonces no se queje usted de que le quiten el asiento los curas.
we haven't been introduced	DON GONZALO	Señora, no estamos presentados°. No sé por qué se toma usted la libertad de dirigirme la palabra. Sígueme, Juanito.
	70	(*Se van los dos por la derecha.*)
	DOÑA LAURA	¡El demonio del viejo! No hay como llegar a cierta edad para ponerse impertinente. (*Pausa.*) Me alegro; le han quitado aquel banco también. ¡Anda! para que me espante los pajaritos. Está furioso… Sí, sí; busca, busca. Como no te sientes en el sombrero… ¡Pobrecillo! Se limpia el sudor… Ya viene, ya viene… Con los pies levanta más polvo° que un
dust	75	coche.
	DON GONZALO	(*Saliendo por donde se fue y encaminándose a la izquierda.*) ¿Se habrán ido los curas, Juanito?
	JUANITO	No sueñe usted con eso, señor. Allí siguen.
City Hall	80 DON GONZALO	¡Por vida… ! (*Mirando a todas partes perplejo.*) Este Ayuntamiento°, que no pone más bancos para estas mañanas de sol… Nada, que me tengo que conformar con el de la vieja. (*Refunfuñando°, siéntase al otro extremo que doña Laura, y la mira con indignación.*) Buenos días.
Grumbling	DOÑA LAURA	¡Hola! ¿Usted por aquí?
	85 DON GONZALO	Insisto en que no estamos presentados.
	DOÑA LAURA	Como me saluda usted, le contesto.

DON GONZALO	A los buenos días se contesta con los buenos días, que es lo que ha debido usted hacer.
DOÑA LAURA	También usted ha debido pedirme permiso para sentarse en este banco que es mío.
DON GONZALO	Aquí no hay bancos de nadie.
DOÑA LAURA	Pues usted decía que el de los curas era suyo.
DON GONZALO	Bueno, bueno, bueno… se concluyó. *(Entre dientes°.)* Vieja chocha°… Podía estar haciendo calceta°…
DOÑA LAURA	No gruña usted°, porque no me voy.
DON GONZALO	*(Sacudiéndose las botas con el pañuelo.)* Si regaran un poco más, tampoco perderíamos nada.
DOÑA LAURA	Ocurrencia es°: limpiarse las botas con el pañuelo de la nariz.
DON GONZALO	¿Eh?
DOÑA LAURA	¿Se sonará usted° con un cepillo?
DON GONZALO	¿Eh? Pero, señora, ¿con qué derecho… ?
DOÑA LAURA	Con el de vecindad.
DON GONZALO	*(Cortando por lo sano°.)* Mira, Juanito, dame el libro; que no tengo ganas de oír más tonterías.
DOÑA LAURA	Es usted muy amable.
DON GONZALO	Si no fuera usted tan entremetida°…
DOÑA LAURA	Tengo el defecto de decir todo lo que pienso.
DON GONZALO	Y el de hablar más de lo que conviene°. Dame el libro, Juanito.
JUANITO	Vaya°, señor. *(Saca del bolsillo un libro y se lo entrega. Paseando luego por el foro, se aleja hacia la derecha y desaparece. Don Gonzalo, mirando a doña Laura siempre con rabia°, se pone unas gafas° prehistóricas, saca una gran lente°, y con el auxilio de toda esa cristalería° se dispone a leer.)*
DOÑA LAURA	Creí que iba usted a sacar ahora un telescopio.
DON GONZALO	¡Oiga usted!
DOÑA LAURA	Debe usted de tener muy buena vista.
DON GONZALO	Como cuatro veces mejor que usted.
DOÑA LAURA	Ya, ya se conoce.
DON GONZALO	Algunas liebres° y algunas perdices° lo pudieran atestiguar°.
DOÑA LAURA	¿Es usted cazador°?
DON GONZALO	Lo he sido… Y aún… aún…
DOÑA LAURA	¿Ah, sí?
DON GONZALO	Sí, señora. Todos los domingos, ¿sabe usted? cojo mi escopeta° y mi perro, ¿sabe usted? y me voy a una finca de mi propiedad, cerca de Aravaca… A matar el tiempo, ¿sabe usted?
DOÑA LAURA	Sí, como no mate usted el tiempo… ¡lo que es otra cosa°!
DON GONZALO	¿Conque no? Ya le enseñaría yo a usted una cabeza de jabalí° que tengo en mi despacho.
DOÑA LAURA	¡Toma! y yo a usted una piel de tigre que tengo en mi sala. ¡Vaya un argumento°!

90

Muttering; senile
knitting
95 *Don't growl*

That's a new idea

100 *I suppose you blow your*
nose

Getting on safe ground.

105

nosy

is proper
Here it is

110
fury
glasses; magnifying glass
glassware

115

hares; partridges; bear;
120 *witness; hunter*

shotgun

125

if you don't kill time you
won't kill anything

wild boar

130 *What a story!*

I don't feel like continuing the chit-chat.	DON GONZALO	Bien está, señora. Déjeme usted leer. No estoy por darle a usted más palique°.
	DOÑA LAURA	Pues con callar, hace usted su gusto.
pinch of snuff; snuff	DON GONZALO	Antes voy a tomar un polvito°. *(Saca una caja de rapé°.)* De esto sí le
135		doy. ¿Quiere usted?
It depends	DOÑA LAURA	Según°. ¿Es fino?
	DON GONZALO	No lo hay mejor. Le agradará.
clears my head	DOÑA LAURA	A mí me descarga mucho la cabeza°.
	DON GONZALO	Y a mí.
sneeze 140	DOÑA LAURA	¿Usted estornuda°?
	DON GONZALO	Sí, señora: tres veces.
	DOÑA LAURA	Hombre, y yo otras tres: ¡qué casualidad! *(Después de tomar cada uno*
faces		*su polvito, aguardan los estornudos haciendo visajes°, y estornudan*
		alternativamente.)
145	DOÑA LAURA	¡Ah… chis!
	DON GONZALO	¡Ah… chis!
	DOÑA LAURA	¡Ah… chis!
	DON GONZALO	¡Ah… chis!
	DOÑA LAURA	¡Ah… chis!
150	DON GONZALO	¡Ah… chis!
	DOÑA LAURA	¡Jesús!
	DON GONZALO	Gracias. Buen provechito.
	DOÑA LAURA	Igualmente. (Nos ha reconciliado el rapé.)
	DON GONZALO	Ahora me va usted a dispensar que lea en voz alta.
155	DOÑA LAURA	Lea usted como guste: no me incomoda.
yet	DON GONZALO	*(Leyendo.)* «Todo en amor es triste; mas°, triste y todo, es lo mejor que
		existe.» De Campoamor[1], es de Campoamor.
	DOÑA LAURA	¡Ah!
	DON GONZALO	*(Leyendo.)* «Las niñas de las madres que amé tanto, me besan ya
humorous poems 160		como se besa a un santo». Éstas son humoradas°.
	DOÑA LAURA	Humoradas, sí.
sad poems	DON GONZALO	Prefiero las doloras°.
	DOÑA LAURA	Y yo.
	DON GONZALO	También hay algunas en este tomo. *(Busca las doloras y lee.)* Escuche
165		usted ésta: «Pasan veinte años: vuelve él…»
I can't tell you what I feel; so much glass; by chance	DOÑA LAURA	No sé qué me da° verlo a usted leer con tantos cristales°…
	DON GONZALO	¿Pero es que usted, por ventura°, lee sin gafas?
	DOÑA LAURA	¡Claro!
	DON GONZALO	¿A su edad?… Me permito dudarlo.
170	DOÑA LAURA	Deme usted el libro. *(Lo toma de mano de don Gonzalo y lee:)* «Pasan
		veinte años; vuelve él, y al verse, exclaman él y ella: (—¡Santo
		Dios! ¿y éste es aquél?…) (—Dios mío ¿y ésta es aquélla?…).» *(Le*
		devuelve el libro.)
	DON GONZALO	En efecto: tiene usted una vista envidiable.
175	DOÑA LAURA	(¡Como que me sé los versos de memoria!)

DON GONZALO	Yo soy muy aficionado a los buenos versos… Mucho. Y hasta los compuse en mi mocedad°.	*youth*
DOÑA LAURA	¿Buenos?	
DON GONZALO	De todo había°. Fui amigo de Espronceda, de Zorrilla, de Bécquer[2]… A Zorrilla lo conocí en América.	*There are all kinds.*
		180
DOÑA LAURA	¿Ha estado usted en América?	
DON GONZALO	Varias veces. La primera vez fui de seis años.	
DOÑA LAURA	¿Lo llevaría a usted Colón en una carabela°?	*sailing ship*
DON GONZALO	*(Riéndose.)* No tanto, no tanto… Viejo soy, pero no conocí a los Reyes Católicos…	
		185
DOÑA LAURA	Je, je…	
DON GONZALO	También fui gran amigo de éste: de Campoamor. En Valencia nos conocimos… Yo soy valenciano.	
DOÑA LAURA	¿Sí?	
DON GONZALO	Allí me crié°; allí pasé mi primera juventud… ¿Conoce usted aquello°?	190 *I grew up* *that area*
DOÑA LAURA	Sí, señor. Cercana a Valencia, a dos o tres leguas de camino, había una finca que si aún existe se acordará de mí. Pasé en ella algunas temporadas°. De esto hace muchos años; muchos. Estaba próxima al mar, oculta entre naranjos° y limoneros°… Le decían… ¿cómo le decían?…*Maricela.*	*some time* 195 *orange trees; lemon trees*
DON GONZALO	*¿Maricela?*	
DOÑA LAURA	*Maricela.* ¿Le suena a usted el nombre°?	
DON GONZALO	¡Ya lo creo! Como si yo no estoy trascordado° —con los años se va la cabeza,— allí vivió la mujer más preciosa que nunca he visto. ¡Y ya he visto algunas en mi vida!… Deje usted°, deje usted… Su nombre era Laura. El apellido no lo recuerdo… *(Haciendo memoria.)* Laura… ¡Laura Llorente!	*Is the name familiar to you?* 200 *mistaken* *Wait*
DOÑA LAURA	Laura Llorente…	
DON GONZALO	¿Qué? *(Se miran con atracción misteriosa.)*	205
DOÑA LAURA	Nada… Me está usted recordando a mi mejor amiga.	
DON GONZALO	¡Es casualidad!	
DOÑA LAURA	Sí que es peregrina° casualidad. *La Niña de Plata.*	*strange*
DON GONZALO	*La Niña de Plata*… Así le decían los huertanos° y los pescadores. ¿Querrá usted creer que la veo ahora mismo, como si la tuviera presente, en aquella ventana de las campanillas azules°?… ¿Se acuerda usted de aquella ventana?…	*farmers* 210 *bluebells*
DOÑA LAURA	Me acuerdo. Era la de su cuarto. Me acuerdo.	
DON GONZALO	En ella se pasaba horas enteras… En mis tiempos, digo.	
DOÑA LAURA	*(Suspirando.)* Y en los míos también.	215
DON GONZALO	Era ideal, ideal… Blanca como la nieve… Los cabellos muy negros… Los ojos muy negros y muy dulces… De su frente parecía que brotaba° luz… Su cuerpo era fino, esbelto, de curvas muy suaves°…	*flowed; slender*

sovereign	220	«¡Qué formas de belleza soberana° modela Dios en la escultura humana!» Era un sueño, era un sueño…
	DOÑA LAURA	(¡Si supieras que la tienes al lado, ya verías lo que los sueños valen!) Yo la quise de veras, muy de veras. Fue muy desgraciada°. Tuvo unos amores muy tristes.
unfortunate	DON GONZALO	Muy tristes. *(Se miran de nuevo.)*
	225	DOÑA LAURA ¿Usted lo sabe?
	DON GONZALO	Sí.
	DOÑA LAURA	(¡Qué cosas hace Dios! Este hombre es aquél.)
	DON GONZALO	Precisamente el enamorado galán, si es que nos referimos los dos al mismo caso…
	230	DOÑA LAURA ¿Al del duelo°?
	DON GONZALO	Justo°: al del duelo. El enamorado galán era… era un pariente mío, un muchacho de toda mi predilección°.
To the one in the duel?	DOÑA LAURA	Ya° vamos, ya. Un pariente… A mí me contó ella en una de sus últimas cartas, la historia de aquellos amores, verdaderamente románticos.
Exactly		
of whom I was very fond	235	
To be sure	DON GONZALO	Platónicos. No se hablaron nunca.
	DOÑA LAURA	Él, su pariente de usted, pasaba todas las mañanas a caballo por la veredilla° de los rosales°, y arrojaba a la ventana un ramo de flores, que ella cogía.
	240	DON GONZALO Y luego, a la tarde, volvía a pasar el gallardo jinete°, y recogía un ramo de flores que ella le echaba. ¿No es esto?
path; rosebushes		
	DOÑA LAURA	Eso es. A ella querían casarla con un comerciante… un cualquiera°, sin más títulos que el de enamorado.
horseman	DON GONZALO	Y una noche que mi pariente rondaba° la finca para oírla cantar, se presentó de improviso° aquel hombre.
a nobody	245	DOÑA LAURA Y le provocó.
	DON GONZALO	Y se enzarzaron°.
was making the rounds	DOÑA LAURA	Y hubo desafío°.
unexpectedly	DON GONZALO	Al amanecer: en la playa. Y allí se quedó malamente herido° el provocador. Mi pariente tuvo que esconderse primero, y luego que huir.
they quarreled	250	
challenge		
wounded	DOÑA LAURA	Conoce usted al dedillo° la historia.
	DON GONZALO	Y usted también.
	DOÑA LAURA	Ya le he dicho a usted que ella me la contó.
perfectly	255	DON GONZALO Y mi pariente a mí… (Esta mujer es Laura… ¡Qué cosas hace Dios!)
	DOÑA LAURA	(No sospecha quién soy: ¿para qué decírselo? Que conserve aquella ilusión…)
	DON GONZALO	(No presume que habla con el galán… ¿Qué ha de presumirlo?… Callaré.)
	260	*(Pausa.)*

DOÑA LAURA	¿Y fue usted, acaso, quien le aconsejó a su pariente que no volviera a pensar en Laura? (¡Anda con ésa°!)
DON GONZALO	¿Yo? ¡Pero si mi pariente no la olvidó un segundo!
DOÑA LAURA	Pues ¿cómo se explica su conducta?
DON GONZALO	¿Usted sabe?… Mire usted, señora: el muchacho se refugió primero en mi casa —temeroso° de las consecuencias del duelo con aquel hombre, muy querido allá;— luego se trasladó° a Sevilla; después vino a Madrid… Le escribió a Laura ¡qué sé yo el número de cartas! —algunas en verso, me consta°…— Pero sin duda las debieron de interceptar los padres de ella, porque Laura no contestó… Gonzalo, entonces, desesperado, desengañado°, se incorporó al ejército° de África, y allí, en una trinchera°, encontró la muerte, abrazado a la bandera° española y repitiendo el nombre de su amor: Laura… Laura… Laura…
DOÑA LAURA	(¡Qué embustero°!)
DON GONZALO	(No me he podido matar de un modo más gallardo.)
DOÑA LAURA	¿Sentiría usted a par del alma° esa desgracia?
DON GONZALO	Igual que si se tratase de mi persona. En cambio°, la ingrata, quién sabe si estaría a los dos meses cazando mariposas en su jardín, indiferente a todo…
DOÑA LAURA	Ah, no señor; no, señor…
DON GONZALO	Pues es condición de mujeres°…
DOÑA LAURA	Pues aunque sea condición de mujeres, la *Niña de Plata* no era así. Mi amiga esperó noticias un día, y otro, y otro… y un mes, y un año… y la carta no llegaba nunca. Una tarde, a la puesta del sol, con el primer lucero° de la noche, se la vio salir resuelta° camino de° la playa… de aquella playa donde el predilecto° de su corazón se jugó la vida°. Escribió su nombre en la arena —el nombre de él,— y se sentó luego en una roca, fija la mirada en el horizonte… Las olas murmuraban su monólogo eterno… e iban poco a poco cubriendo la roca en que estaba la niña… ¿Quiere usted saber más?… Acabó de subir la marea… y la arrastró° consigo…
DON GONZALO	¡Jesús!
DOÑA LAURA	Cuentan los pescadores de la playa que en mucho tiempo no pudieron borrar° las olas aquel nombre escrito en la arena. (¡A mí no me ganas tú a finales poéticos°!)
DON GONZALO	(¡Miente más que yo!)

Take that!

265

fearful

270 moved

275 I happen to know

disillusioned; army
280 trench; flag

What a faker

285 to the bottom of your soul
On the other hand

290 women are like that

star; resolutely; on the
295 way to; favorite; gambled his life

300 it dragged her away

erase

You won't beat me in
305 poetic endings!

(Pausa.)

DOÑA LAURA	¡Pobre Laura!
DON GONZALO	¡Pobre Gonzalo!
DOÑA LAURA	(¡Yo no le digo que a los dos años me casé con un fabricante de cervezas°!)
DON GONZALO	(¡Yo no le digo que a los tres meses me largué a° París con una bailarina!)
DOÑA LAURA	Pero, ¿ha visto usted cómo nos ha unido la casualidad, y cómo una aventura añeja° ha hecho que hablemos lo mismo que si fuéramos amigos antiguos?
DON GONZALO	Y eso que° empezamos riñendo.
DOÑA LAURA	Porque usted me espantó los gorriones.
DON GONZALO	Venía muy mal templado.
DOÑA LAURA	Ya, ya lo vi. ¿Va usted a volver mañana?
DON GONZALO	Si hace sol, desde luego. Y no sólo no espantaré los gorriones, sino que también les traeré miguitas…
DOÑA LAURA	Muchas gracias, señor… Son buena gente; se lo merecen todo. Por cierto que no sé dónde anda mi chica… *(Se levanta.)* ¿Qué hora será ya?
DON GONZALO	*(Levantándose.)* Cerca de las doce. También ese bribón° de Juanito… *(Va hacia la derecha.)*
DOÑA LAURA	*(Desde la izquierda del foro, mirando hacia dentro.)* Allí la diviso con su guarda… *(Hace señas con la mano para que se acerque.)*
DON GONZALO	*(Contemplando mientras a la señora.)* (No… no me descubro°… Estoy hecho un mamarracho tan grande°… Que recuerde siempre al mozo que pasaba al galope y le echaba las flores a la ventana de las campanillas azules…)
DOÑA LAURA	¡Qué trabajo le ha costado despedirse! Ya viene.
DON GONZALO	Juanito, en cambio… ¿Dónde estará Juanito? Se habrá engolfado° con alguna niñera°. *(Mirando hacia la derecha primero, y haciendo señas como Doña Laura después.)* Diablo de muchacho…
DOÑA LAURA	*(Contemplando al viejo.)* (No… no me descubro… Estoy hecha una estantigua°… Vale más que recuerde siempre a la niña de los ojos negros, que le arrojaba las flores cuando él pasaba por la veredilla de los rosales…) *(Juanito sale por la derecha y Petra por la izquierda. Petra trae un manojo° de violetas.)*
DOÑA LAURA	Vamos, mujer; creí que no llegabas nunca.
DON GONZALO	Pero, Juanito, ¡por Dios! que son las tantas°…
PETRA	Estas violetas me ha dado mi novio para usted.
DOÑA LAURA	Mira qué fino… Las agradezco mucho… *(Al cogerlas se le caen dos o tres al suelo.)* Son muy hermosas…
DON GONZALO	*(Despidiéndose.)* Pues, señora mía, yo he tenido un honor muy grande… un placer inmenso…
DOÑA LAURA	*(Lo mismo.)* Y yo una verdadera satisfacción…
DON GONZALO	¿Hasta mañana?

Glosses (margin):
- brewer — 310
- I went off to
- ancient — 315
- in spite of the fact that
- rascal — 325
- I won't reveal myself
- I've become such a scarecrow — 330
- involved
- nursemaid — 335
- old witch
- bunch — 340
- it's so late

DOÑA LAURA	Hasta mañana.	
DON GONZALO	Si hace sol…	
DOÑA LAURA	Si hace sol… ¿Irá usted a su banco?	
DON GONZALO	No, señora; que vendré a éste.	
DOÑA LAURA	Este banco es muy de usted. *(Se ríen.)*	355
DON GONZALO	Y repito que traeré miga para los gorriones. *(Vuelven a reírse.)*	
DOÑA LAURA	Hasta mañana.	
DON GONZALO	Hasta mañana.	
	(Doña Laura se encamina con Petra hacia la derecha. Don Gonzalo, antes de irse con Juanito hacia la izquierda, tembloroso y con gran esfuerzo se agacha° a coger las violetas caídas. Doña Laura vuelve naturalmente el rostro y lo ve.)	360
JUANITO	¿Qué hace usted, señor?	
DON GONZALO	Espera, hombre, espera…	
DOÑA LAURA	(No me cabe duda°: es él…)	365
DON GONZALO	(Estoy en lo firme°: es ella…)	
	(Después de hacerse un nuevo saludo de despedida.)	
DOÑA LAURA	(¡Santo Dios! ¿y éste es aquél?…)	
DON GONZALO	(¡Dios mío! ¿Y ésta es aquélla?…)	
	(Se van, apoyado cada uno en el brazo de su servidor y volviendo la cara sonrientes, como si él pasara por la veredilla de los rosales y ella estuviera en la ventana de las campanillas azules.)	370

stoops over

I have no doubt

I'm sure

Hermanos Quintero (pieza teatral), *Mañana de sol,* 1905

Notas culturales

[1]Ramón del Campoamor (1871–1901) era un famoso poeta español cuya poesía favorecía «el arte por la idea». Es decir, las ideas son el elemento más importante del arte y todo lo demás debe ser secundario. Según la definición de Campoamor, la humorada es «en rasgo intencionado» y la dolora es «una humorada convertida en drama».

[2]José de Espronceda (1808–1842), José Zorrilla y Moral (1817–1893) y Gustavo Adolfo Bécquer (1836–1870) eran otros famosos poetas españoles del siglo XIX.

5-43 **Comprensión.** Contesta las siguientes preguntas.

1. ¿Por qué trae doña Laura unas miguitas de pan al parque?
2. ¿Qué hace Petra mientras se divierte su señora?
3. ¿Por qué se enoja don Gonzalo?
4. ¿Cómo se sabe que don Gonzalo no puede ver bien?
5. ¿Es buena la vista de doña Laura? ¿Cómo engaña ella a don Gonzalo?
6. ¿Cuál de los dos menciona primero el nombre de un lugar que ambos habían conocido en la juventud?
7. Al darse cuenta de lo que ha pasado, ¿por qué no quieren confesárselo el uno al otro?
8. Según don Gonzalo, ¿qué le pasó al joven galán? ¿Qué le pasó en realidad?
9. Según doña Laura, ¿qué hizo la joven cuando no recibió noticias del galán? ¿Qué hizo ella en realidad?

5-44 **Opiniones.** Expresa tu opinión personal.

1. ¿Te parece realista la historia? ¿Por qué sí o por qué no?
2. ¿Crees que todavía existe algo de amor entre los dos? Explica.
3. ¿Crees que el primer amor de una persona siempre deja un sentimiento en la memoria? ¿Por qué sí o por qué no?
4. Se dice que los mejores amigos son los de la juventud. Explica si estás de acuerdo con esta opinión o no.

5-45 **Análisis literario.** Contesta las siguientes preguntas.

1. Los dos últimos versos del poema de Campoamor son paralelos:
   —¡Santo Dios! ¿y éste es aquél?...
   —¡Dios mío! ¿y ésta es aquélla?...
   Indica tres ejemplos de acciones o comentarios paralelos en el drama.
2. ¿Qué función dramática tienen los criados?
3. Para ti, ¿cuál de los viejos es más inteligente y astuto?
4. Según lo que se percibe en el drama, ¿es verdad que el concepto del amor sentimental solo puede existir entre jóvenes?
5. Se puede definir la ironía como el dar a entender lo contrario de lo que se dice. Cita un ejemplo del uso de ironía en este drama y coméntalo.

5-46 Descripción. A continuación se presenta una serie de oraciones cortas que describen a doña Laura. Después se combinan esas oraciones para hacer una sola oración larga que tiene el mismo sentido. Por el momento, mira este ejemplo:

Doña Laura es viejecita.
Tiene unos setenta años.
Es muy pulcra.
Tiene los cabellos blancos.
Sus manos son muy finas.
También son bien cuidadas.

La combinación: Doña Laura es una viejecita setentona, muy pulcra, de cabellos blancos y manos muy finas y bien cuidadas.

Ahora, combina estas oraciones para hacer una sola oración que describa a don Gonzalo.

Don Gonzalo es viejo.
Es contemporáneo de doña Laura.
Es un poco cascarrabias.

La combinación: ¿?

Finalmente, haz lo mismo con estas oraciones. Después, puedes comparar tus oraciones con las del texto del drama.

Don Gonzalo mira a doña Laura.
Lo hace siempre con rabia.
Se pone unas gafas prehistóricas.
Saca una gran lente.
Con el auxilio de toda esa cristalería se dispone a leer.

La combinación: ¿?

 5-47 Minidrama. Presenten tú y otra(s) persona(s) de la clase un breve drama sobre algún aspecto o concepto del drama de los Álvarez Quintero. Algunos temas podrían ser:

1. Petra y Juanito observan y comentan lo que hacen los viejos.
2. Volvemos al pasado para ver lo que pasó la noche del desafío *(challenge, duel)*.
3. Llegamos a saber lo que hacían y decían Petra y Juanito mientras los viejos conversaban.

La descripción de personas

La descripción implica el uso de adjetivos que añaden detalles, color y vida al texto.

Por ejemplo: Tiene los ojos negros.

Cobra más interés así: Tiene los ojos muy negros y muy dulces.

A continuación hay una lista de adjetivos descriptivos. Trata de incorporar algunos en tu escritura.

Rasgos físicos

corpulento(a) *(burly)*
esbelto(a) *(slender)*
desaliñado(a) *(slovenly)*
pálido *(pale)*
jorobado(a) *(hunchbacked)*

Rasgos psicológicos

imprevisible *(unpredictable)*
tenaz *(tenacious)*
testarudo(a) *(stubborn)*
afable *(good-natured)*
tierno(a) *(affectionate)*

◉ **AP* TEST TAKING TIP**
Decide what is the best time frame to use and use that verb tense consistently in your paragraph.

5-48 **Temas.** Escribe un párrafo descriptivo para uno de los siguientes temas.

María y Carlos. Añádele algo original a este párrafo que lo haga más interesante o detallado:

María y Carlos son mis amigos. Ella es abogada y él es ingeniero. A los dos les gusta practicar deportes. Especialmente les gusta jugar al tenis.

Mi pariente / Mi amigo(a). Escribe una descripción de un miembro de tu familia o de un(a) amigo(a) que conoces bien. Trata de incluir detalles interesantes e importantes.

Expresar desacuerdo

Hay diferentes formas de expresar desacuerdo con lo que dice o lo que sugiere alguien. Aquí hay algunas:

No estoy de acuerdo (contigo).
No lo veo así.
Te equivocas. / Estás equivocado(a).
De ninguna manera. / De ningún modo.
¡Qué va!
Jamás de los jamases.

5-49 **Situaciones.** Con un(a) compañero(a) de clase, preparen un diálogo que corresponda a una de las situaciones siguientes. Utilicen frases apropiadas para expresar desacuerdo. Estén listos para presentar el diálogo enfrente de la clase.

> ◉ **AP* TEST TAKING TIP**
> *If you start the conversation using the informal* **tú**, *make sure you don't switch register and start using the formal* **usted.**

> **Las mujeres y la guerra.** Unos amigos discuten sobre si las mujeres deben participar directamente en combate en caso de guerra. Los dos tienen opiniones y puntos de vista muy diferentes.

> **El movimiento feminista.** Unos novios discuten los cambios provocados por el movimiento feminista. El novio menciona varios cambios que le parecen malos. La novia dice que él no tiene razón, y le presenta una lista de otros cambios que las mujeres quieren realizar para tener igualdad entre los sexos.

Discusión: los hombres y las mujeres.

Hay tres pasos en esta actividad.

1 **PRIMER PASO:** Se divide la clase en varios grupos y cada grupo va a recibir una de las siete preguntas.

2 **SEGUNDO PASO:** Los miembros de su grupo tienen que indicar sus preferencias entre las posibilidades indicadas.

3 **TERCER PASO:** Después, cada grupo tiene que hacer una presentación sobre el tópico de su grupo. Luego, la clase va a tener la oportunidad de presentar sus propias opiniones en cuanto a los varios tópicos.

....

1. Tu novio(a) tiene un(a) bueno(a) amigo(a) a quien ha conocido desde pequeño(a). ¿Qué prefieres que haga él (ella)?
   a. que nunca vea a esa persona
   b. que vea a esa persona solo cuando tú estés presente
   c. que vea a esa persona cuando y donde quiera

2. ¿Qué clase de novio(a) te gustaría tener?
   a. el (la) que siempre quiere mandar
   b. el (la) que es un poco celoso(a)
   c. el (la) que se deja dominar

3. ¿Qué es lo que te importa más en un chico o en una chica?
   a. su apariencia física
   b. su capacidad de llevarse bien con la gente
   c. su inteligencia

4. ¿Qué deben hacer los ancianos en nuestra sociedad?
   a. vivir con sus hijos hasta morirse
   b. vivir en pueblos construidos especialmente para ellos
   c. vivir solos en su propia casa e ir a un sanatorio para ancianos si se enferman

5. ¿Cuál es el mejor modo de asegurar los derechos de la mujer en nuestra sociedad?
   a. la ley
   b. la educación
   c. esperar a que se acepte a la mujer como igual al hombre

6. ¿Qué opinas de la posición actual de la mujer en las profesiones?
   a. todavía no es igual al hombre
   b. ya es esencialmente igual al hombre
   c. nunca ha habido, ni hay grandes diferencias entre los hombres y las mujeres al nivel profesional

7. ¿Cuál debe ser la actitud del gobierno hacia el uso de los medios artificiales para controlar la natalidad?
   a. debe fomentar su uso por medio de la educación
   b. no debe hacer nada
   c. debe requerir su uso

En esta sección vas a escribir un ensayo persuasivo, utilizando tres fuentes: dos artículos escritos y un artículo grabado. Tu ensayo debe tener un mínimo de 200 palabras y debe utilizar información de todas las fuentes para apoyar tu punto de vista.

Tema curricular: La vida contemporánea

Tema del ensayo: ¿Crees que existe la igualdad entre los sexos?

FUENTE NO. 1

La Universidad País Vasco organiza un máster sobre la igualdad entre hombres y mujeres

La Universidad del País Vasco (UPV) ha inaugurado la tercera edición de su «Máster en Igualdad de Mujeres y Hombres» con el que pretende «ofrecer una formación sólida para detectar manifestaciones de sexismo en los distintos ámbitos de la sociedad».

Según informó la UPV, en un comunicado, este curso quiere formar a sus alumnos para que sean capaces de diseñar e impulsar «proyectos transversales con el fin de crear espacios de igualdad», así como de «construir y transformar las desigualdades sociales» entre sexos.

El País, Madrid

Una mujer policía hispánica patrulla las calles.

FUENTE NO. 2

La Universidad todavía es machista

ENTREVISTA: CARMELA SANZ Socióloga, Profesora de la Universidad Complutense de Madrid y miembro fundadora de su Instituto de Investigaciones Feministas

Pregunta. ¿Existe aún desigualdad en la Universidad?

Respuesta. Cada universidad es un mundo, pero está claro que todavía es una institución machista. Los estudios científicos de género y feministas aún no se reconocen como estudios serios. Los comités de evaluación de las tareas docentes e investigadoras están formados fundamentalmente por hombres. Son escasas las rectoras.

P. ¿Qué opina de la paridad?

R. Es imprescindible. Si las mujeres somos la mitad de la población, tenemos que llegar a todos los lugares, se nos tiene que ver. Soy partidaria de políticas de acción positiva hasta lograr la igualdad. Hay personas que dicen que quienes valen, llegan. No es verdad. Una mujer encuentra más obstáculos para llegar a ser, por ejemplo, catedrática, que un varón de su misma clase social y formación.

P. ¿La igualdad entre ambos sexos se trabaja bien desde el colegio?

R. Se puede hacer más. Son precisos cursos y talleres para que los profesores adquieran los hábitos y las habilidades de educar en la igualdad, porque, a veces, inconscientemente, actúan de manera discriminatoria.

P. ¿Los hombres todavía tienen miedo a la igualdad con las mujeres?

R. Tienen miedo los hombres poco inteligentes, que no se dan cuenta de que son los primeros beneficiados. Igual no van a poder mandar tanto, pero podrán compartir responsabilidades que en principio sólo tenían ellos.

El País Digital, Madrid

◉ **AP* TEST TAKING TIP**
Make sure to reference all three sources.

Track 11

FUENTE NO. 3

El hombre y la mujer: ¿Hay igualdad de sexos en este país?

VOCABULARIO

VERBOS

alejarse *to move away, to withdraw*
charlar *to chat*
convertirse *to become*
desaparecer *to disappear*
detener *to arrest, to detain*
encabezar *to head, to run*
evitar *to avoid*
mejorar *to improve*
perder (ie) *to miss, to lose*
presentar *to introduce*
reinar *to reign*

SUSTANTIVOS

el (la) amante *lover*
el apellido *(family) name, surname*
la arena *sand*
la butaca *theater seat*
la Cámara *Chamber (of Congress)*
el cura *priest*
la derecha *the (ideological) right*
el dominio *control*
la fila *row*
la función *show*
la gana *desire*
el gorrión *sparrow*
la marea *tide*
la ola *wave*
el partido *party*
el poder *power*
la presidenta electa *president-elect (woman)*
el servicio sanitario *health service*
el sindicato *labor union*

la telenovela *television serial (soap opera)*
la tontería *foolishness, foolish act*
el trato *deal, treatment*
la vez *time, occasion, turn*

ADJETIVOS

consciente *conscious*
elegido(a) *elected*
fenomenal *great, terrific*
junto(a) *united, together*
saliente *outgoing*
único(a) *only, unique*

OTRAS PALABRAS Y EXPRESIONES

a tiempo *on time, in time*
a veces *sometimes, at times*
actualmente *nowadays*
buen provecho *enjoy (yourself; your meal); bon appétit*
darse prisa *to hurry*
dos veces *twice*
echarse una siestecita *to take a little nap*
en seguida *at once, immediately*
mañana de sol *sunny morning*
no me da la gana *I don't feel like it*
ojalá (que) *I hope that*
otra vez *again*
¿Qué demonios pasa? *What the devil is going on?*
tal vez *perhaps*
tener ganas de *to feel like*

CONTENIDO

Costumbres y creencias

A. Temas de composición

1. ¿Cuál es tu actitud hacia la muerte? ¿Cómo evitas la realidad de la muerte?

2. ¿Crees que los niños deben asistir a los entierros? Explica.

3. ¿Qué cosas quisieras hacer antes de morir?

4. Si una persona ha sufrido un daño cerebral y queda reducida permanentemente a un nivel vegetativo, ¿se le debe mantener viva artificialmente? ¿Cuándo deja de vivir una persona?

5. ¿Crees que es importante correr riesgos mortales en la vida? ¿Has saltado con un *bungee*? ¿Practicas deportes extremos? ¿Quisieras practicar uno? ¿Cuál te interesa?

B. Temas de presentación oral

1. la cosmología azteca

2. el Día de los Muertos

3. Inti Raymi

4. Octavio Paz

5. la Llorona

◀ En Santiago Sacatepéquez, Guatemala, es tradición hacer volar barriletes *(kites)* en los cementerios en el Día de los Muertos.

 Audio www.cengagebrain.com 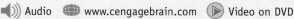 Video on DVD

Enfoque

Es importante notar que las costumbres populares siempre están basadas en otras costumbres y creencias. A veces es difícil o aun imposible entender una costumbre sin considerarla en relación con otras y con las condiciones económicas y sociales en que existe. Es generalmente imposible saber cómo funcionaría una costumbre aislada *(isolated)* trasladada a otra sociedad. Por ejemplo, una corrida de toros en los Estados Unidos, no tendría contexto cultural.

VOCABULARIO ÚTIL

VERBOS

colocar *poner a alguien o algo en su lugar*

consolar (ue) *aliviar la aflicción de alguien*

enterrar (ie) *poner bajo tierra; dar sepultura*

morir(se) (ue) *dejar de vivir*

reflejar *manifestar; mostrar*

SUSTANTIVOS

el ataúd *caja donde se pone el cadáver*

la creencia *conjunto de ideas en las que se cree*

el entierro *acto de enterrar un muerto; funeral*

el fantasma *espectro de un muerto; espíritu*

la leyenda *narración sobre eventos maravillosos*

el luto *manifestación de dolor, especialmente en ropa de color negro, por la muerte de alguien*

guardar luto *llevar ropa de color negro*

el miedo *temor; sensación de alerta y angustia*

dar miedo *causar miedo o terror*

el mito *cuento fabuloso sobre dioses o héroes*

la muerte *final de la vida*

el paraíso *lugar muy hermoso adonde se va después de la muerte*

ADJETIVOS

muerto(a) *sin vida*

semejante *parecido*

 6-1 **Para practicar.** Trabajen en parejas, o como lo indique su profesor(a), para contestar estas preguntas, usando el vocabulario de la lista.

1. ¿Crees en los fantasmas? ¿Te dan miedo? ¿Te da miedo la muerte o te ríes de ella?

2. ¿Quieres que te entierren después de morir? ¿Puedes imaginarte dónde? ¿Quieres un entierro lujoso y que te coloquen en un ataúd grande? ¿Quieres que todos guarden luto por mucho tiempo?

3. ¿Conoces alguna leyenda sobre la muerte o sobre los muertos? ¿Qué creencia refleja la leyenda?

6-2 **Anticipación.** Trabajen en parejas o en grupos de tres.

A. Antes de comenzar a leer, pongan en orden de importancia para Uds. estos elementos de la vida (1 = el más importante y 6 = el menos importante). Comparen las listas en la clase.

el servicio público   los amigos
la familia   las diversiones
el viajar   la religión

B. Expliquen su reacción personal frente a la muerte como fenómeno universal.

Actitudes hacia la muerte
Las actitudes hispánicas hacia la muerte

Sin duda alguna, el anglosajón que visita un país hispánico se sorprende ante la importancia que se le da a la muerte. En vez de ser una cosa escondida, la muerte es una preocupación constante del pueblo hispánico. La gente hispánica parece vivir pensando en la muerte: en los familiares y amigos difuntos° (¡que en 5 paz descansen!)[1], en los entierros, en los asesinatos°, accidentes, enfermedades y todas las tragedias del mundo moderno.

    Hay fenómenos lingüísticos que muestran esta preocupación por la muerte. Un «muerto de hambre», una «mosca° muerta», «de mala muerte», son términos muy comunes para referirse a un pobre, a un hipócrita o a una cosa sin valor°, 10 respectivamente. La última, «de mala muerte», interesa por su sentido figurativo. Refleja una actitud hacia la muerte que también se expresa en el dicho°: «Dime cómo mueres y te diré quién eres»[2], hecho famoso en un ensayo del mexicano Octavio Paz. Otros refranes° son «Buena muerte es buena suerte» y «En la muerte se ve, cada uno quién fue». Todas estas expresiones implican que de alguna 15 manera la muerte define la vida y que una muerte mala implica un vida mala o sin valor.

    La actitud hispánica hacia la muerte se originó en la Edad Media°. Durante la época medieval la muerte constituía el paso decisivo hacia la vida eterna; era el principio de la vida verdadera, que sería gloriosa si uno había vivido bien en la 20 tierra.

    En la sociedad hispánica moderna la muerte fascina, intriga y, aun más, desafía al hombre. Los riesgos implícitos en la corrida de toros son un ejemplo de esta atracción. El hombre y el toro luchan a muerte, y el hecho de que el toro muere más frecuentemente no cambia el simbolismo. Muchos toreros han muerto 25 en la corrida a través de los años. Aún muere de vez en cuando un participante (español o turista) en las fiestas de San Fermín en Pamplona, España, cuando

deceased

murders

fly

worthless

saying

proverbs

Middle Ages

[1] «¡Que en paz descansen!» Esta expresión equivale a «May they rest in peace!» Generalmente se usa cuando se menciona a una persona muerta, en particular a un pariente o amigo. Otras expresiones incluyen «Dios lo guarde» y «Que descanse con Dios».

[2] El proverbio significa «Tell me how you die, and I'll tell you what you're worth».

corren delante de los toros que se llevan a la plaza de toros. Estas fiestas se popularizaron en los Estados Unidos tras la publicación de la obra *The Sun Also Rises* de Ernest Hemingway y hoy van muchos norteamericanos a participar en este desafío° a la muerte.

challenge

El encierro en Pamplona, España, es emocionante pero peligroso.

Octavio Paz sugiere que la propensión del mexicano hacia la pelea violenta con navajas o pistolas durante las fiestas y el uso excesivo de las bebidas alcohólicas reflejan esta misma actitud. Aunque Paz habla del mexicano, su idea es válida para toda Hispanoamérica: «*Para el habitante de Nueva York, París o Londres, la muerte es la palabra que jamás se pronuncia porque quema los labios. El mexicano, en cambio, la frecuenta, la burla, la acaricia, duerme con ella, la festeja, es uno de sus juguetes favoritos y su amor más permanente*». Paz dice que la muerte no le da miedo al mexicano porque «la vida le ha curado de espantos»[3]. Los estudios psicológicos revelan la presencia de la muerte con más frecuencia en los sueños de la gente hispánica.

Las actitudes indígenas hacia la muerte

Los indígenas americanos también tenían sus propias ideas acerca de la muerte, y después de la conquista, estas pasaron a formar parte de la cultura hispanoamericana de algunos países.

El obispo Diego de Landa, que investigó la cultura maya en el siglo XVI nos dice que los mayas sentían gran tristeza ante la muerte. Enterraban a la gente común debajo del piso de su casa, la cual abandonaban después. A los nobles —los sacerdotes— los enterraban con más cuidado, colocando las cenizas° en el centro de las pirámides.

ashes

Los incas del Perú tenían un concepto de la muerte muy semejante al europeo. Creían que después de la existencia terrenal° había otra vida eterna. Si uno había vivido bien, terminaba en el cielo, que ofrecía todos los placeres°, y si no, iba al infierno°, que era un lugar muy frío.

earthly
pleasures
hell

Quizás los aztecas han tenido el concepto más interesante. Dice Eduardo Matos Moctezuma, conocido arqueólogo mexicano, que: «*el hombre prehispánico concebía° la muerte como un proceso más de un ciclo constante, expresado en sus leyendas y mitos. La leyenda de los Soles nos habla de esos ciclos que son otros tantos eslabones° de ese ir y devenir°, de la lucha entre la noche y el día,… Es lo que lleva a alimentar al sol para que este no detenga su marcha y el porqué de la sangre como elemento vital, generador de movimiento. Es la muerte como germen° de la vida.*» Concebían la existencia como un círculo: el nacimiento y la

conceived of

links; becoming

seed

[3] «la vida le ha curado de espantos» significa que la persona ha sufrido mucho en vida entonces la muerte no puede ser peor.

70 muerte eran solo dos puntos en ese círculo. Creían que la humanidad había sido
creada varias veces antes y que siempre había sufrido un cataclismo° terrible. Lo *catastrophe*
que determinaba el lugar del alma era el tipo de muerte y la ocupación que en
vida había practicado la persona: los guerreros° muertos en batalla o sobre la *warriors*
piedra de sacrificio iban al paraíso oriental, que era la casa del sol, donde vivían
75 en jardines llenos de flores. Después de cuatro años volvían a la tierra en forma de
colibríes°. *hummingbirds*

Las mujeres que morían en el parto° iban al paraíso occidental, la casa del *childbirth*
maíz. Al bajar a la tierra, lo hacían de noche como fantasmas. Esta tradición,
junto con algunas historias españolas del mismo tipo, han sido conservadas
80 en la leyenda de «la Llorona», una mujer que camina por la tierra de noche
amenazando° a las mujeres y a los niños. *threatening*

Aunque todas las civilizaciones indígenas conocían el sacrificio humano,
ninguna lo practicaba tanto como los aztecas. Los sacrificios servían,
principalmente, como alimento para los dioses, que demandaban la vida
85 contenida en la sangre y el corazón humanos. Según los cronistas, se hacían más
de 20 000 sacrificios al año. El público estaba obligado a asistir a estos ritos bajo
pena° de castigos° severos, lo que hace pensar que la muerte constituía una *penalty; punishments*
presencia constante en la vida diaria de los aztecas, como lo era también en la
vida española. Al mezclarse estas dos culturas, la muerte siguió ocupando un
90 lugar central en los cultos de la vida.

Presencia de la muerte

Esta atención que se le da a la muerte resulta en una serie de prácticas y
costumbres que reflejan las creencias religiosas y las tradiciones populares.

Una de las más conocidas es el velorio°, una vigilia° para honrar al difunto y *wake; vigil*
95 consolar a sus familiares. En algunos lugares se sirven comidas y bebidas y para la
mayoría de los asistentes esto constituye una ocasión social. Se hace comúnmente
en casa y con el ataúd presente. Para muchos es un acto muy importante.

Otra costumbre importante es la de publicar un anuncio en el periódico, a
veces en la primera plana°. Estos anuncios o «esquelas de defunción°» llevan *front page; death notices*
100 el nombre del difunto y de los miembros de la familia o de los colegas°. Son *colleagues*
semejantes a los obituarios en los Estados Unidos pero son mucho más evidentes.

La costumbre de vestirse de luto también era muy común en la sociedad
hispánica. La viuda° guardaba luto relativamente severo durante uno, dos o 15 *widow*
o más años y toda la familia tenía la obligación de llevar una vida austera, sin
105 fiestas ni diversiones, durante cierto tiempo.

Otra costumbre relacionada con la muerte es la de celebrar el «Día de los
Muertos», el 2 de noviembre. Durante ese día se recuerda a los muertos o la
muerte como fenómeno. En algunos sitios, como en México, se hacen dulces
y panes en forma de calaveras° y esqueletos°, y en los pueblos pequeños *skulls; skeletons*
110 hispánicos la gente pasa tiempo en el cementerio, donde limpian alrededor de los
sepulcros° y colocan flores frescas en las tumbas de los familiares. Los psicólogos *graves*
contemporáneos sugieren que la tendencia norteamericana a clasificar la muerte

to face it

necessary
luggage
popular name for death

(slang) to die
There's no running away from death

como un tabú para los niños crea efectos negativos en el adulto, ya que este no aprende a vivir con la muerte y no sabe enfrentarla° cuando se presenta. Este problema no existe para el niño hispánico.

En resumen, vemos que la muerte es cosa natural para los hispanos cuando dicen: «Para el último viaje, no es menester° equipaje°». Y cuando dicen: «Cuando viene la Chata°, ¿qué hacer sino estirar la pata°?» o «Al morir no hay huir°», indican que la muerte es inevitable.

En México se construyen altares dedicados a la memoria de la gente que ha muerto para celebrar el Día de los Muertos.

6-3 **Comprensión.** Completa según el texto.

1. Un muerto de hambre se refiere a...
2. Octavio Paz dice que en muchos lugares la palabra muerte...
3. Los mayas enterraban a la gente común...
4. Los incas tenían un concepto de la muerte...
5. Según los aztecas, las mujeres que morían en el parto iban...
6. Los sacrificios humanos servían principalmente como...
7. Una esquela de defunción es...
8. El 2 de noviembre se celebra...

6-4 **Opiniones.** Expresa tu opinión personal.

1. ¿Crees que es justo criticar a las civilizaciones antiguas por sus prácticas, por ejemplo, el sacrificio humano? ¿Por qué sí o por qué no?
2. ¿Has asistido a un velorio? ¿a un entierro? ¿Cuál fue tu reacción?
3. ¿Qué actitud hacia la muerte es más saludable, la hispánica o la norteamericana? Explica.
4. ¿Cómo se comparan el día festivo de Halloween con el Día de los Muertos?
5. ¿Crees que los niños no deben tener contacto con la muerte si es posible evitarlo? Explica.

Los modismos

Los modismos *(idioms)* son expresiones fijas. El significado de un modismo no siempre se puede deducir de las palabras que lo forman. Por ejemplo, **«de mala muerte»** no significa literalmente *«of bad death»* sino *«cheap, nasty»*; o sea, un hotel de mala muerte es un hotel malo. He aquí algunos modismos de uso común:

a duras penas = con dificultad
a gusto = cómodamente, sin problemas
a toda prisa = rápidamente
al fin y al cabo = al final
dar a (la) luz = parir; *to give birth*
de segunda mano = usado
echar de menos = notar la falta de alguien o algo; *to miss*
en mi vida = nunca, jamás
media naranja = pareja (novio o esposo)
muerto de hambre = persona muy pobre
por lo visto = según parece, evidentemente
un ojo de la cara = una fortuna

6–5 Modismos. Reemplaza las palabras subrayadas con uno de los modismos de la lista anterior *(above)*.

1. Ayer fuimos al velorio de don Orlando; <u>jamás</u> había visto tanta comida y tantas flores.
2. El ataúd ha debido costar <u>una fortuna</u>.
3. La pobre viuda <u>extraña</u> a su esposo, que en paz descanse.
4. Ella dice que no duerme <u>cómodamente</u> en una cama grande y vacía.

5. <u>Evidentemente</u>, la señora quiere mudarse de casa.
6. Sus hijas no quieren que venda la casa pero <u>al final</u>, no es la decisión de ellas.

6-6 El cuento de Juan Ramón. Completa el párrafo siguiente con las palabras apropiadas.

Juan Ramón era un 1. _____ de hambre. Su ropa era de segunda 2. _____. Vivía en una casa hecha de cajas de cartón. A duras 3. _____ compraba pan para su esposa. Su media 4. _____ se llamaba Antonia y por lo 5. _____ se querían mucho. Un día, ella dio a 6. _____ a un bebé. En mi 7. _____ había visto un bebé tan hermoso. Juan Ramón fue a toda 8. _____ al pueblo para comprarle una cobija. Le costó un ojo de la 9. _____. Envuelto en la nueva cobija, durmió el bebé a 10. _____.

«Lamento sinceramente su pérdida».

El Lic. D. MARIO CABRERA MONTALVO[1]

Descansó en la Paz del Señor

Su esposa Elena Ramos de Cabrera, sus hijos Marta, Begoña, Sonia, Abel, Rosalinda, Blanca, Rodolfo, Cristina y Timoteo Cabrera Ramos agradecerán a sus amigos la asistencia a las exequias que se verificarán el día 6 de junio a las trece horas en la Iglesia de Nuestra Señora de Guadalupe.

Velorio[2]: En casa de la viuda, Avenida Bolívar, 135.

Notas culturales

[1]*El Lic. D. Mario Cabrera Montalvo:* Este es un ejemplo de las *«esquelas de difunto»* que aparecen en los periódicos hispánicos. La familia las paga, y su tamaño refleja la posición económica del difunto. *Lic. D.* es la abreviatura de *Licenciado don.*

[2]*Velorio:* Velar al difunto es una costumbre generalizada en la sociedad hispánica. En algunos países el velorio tiene sus rasgos de fiesta: se sirven comidas y bebidas y no se considera una falta de respeto divertirse.

VOCABULARIO ÚTIL

VERBOS

agradecer *mostrar gratitud*
ahorrar *economizar*
firmar *poner su firma (nombre y apellido escritos en forma personal)*
velar *acompañar el cadáver*

SUSTANTIVOS

la aflicción *tristeza; pena*
el alma *parte espiritual e inmortal de una persona*
el (la) difunto(a) *persona muerta*
las exequias *ritos de un funeral*
el gasto *costo; cantidad de dinero que se usa*
el rasgo *característica*
el refrán *dicho popular*
el velorio *acto de velar a un difunto*
el (la) viudo(a) *persona a quien se le ha muerto su esposo(a)*
la voluntad *intención de hacer algo*

ADJETIVOS

haragán *perezoso; que evita el trabajo*
sabrosísimo(a) *muy delicioso*
tacaño(a) *que cuida excesivamente el dinero y no quiere gastarlo*

OTRAS EXPRESIONES

a gusto *tranquilo; cómodo*
cumplir con *realizar una obligación*
de verdad *sinceramente; auténtico*
en mi vida *nunca; jamás*
(que) en paz descanse *frase que usa al mencionar el nombre de una persona muerta*
esquela de difunto *nota que se imprime en el periódico para anunciar una muerte*
medio tacaño *un poco avaro*
tomar una copa *beber una bebida alcohólica*

Alma is feminine, but it takes the definite article **el** when used in the singular.

6-7 **Para practicar.** Completa el párrafo siguiente con palabras escogidas de la sección **Vocabulario útil.** No es necesario usar todas las palabras.

A mi amigo le gusta 1. _____ todo el dinero que gana. 2. _____ he visto a un hombre tan 3. _____. Nunca va a un bar o a un café con nadie para 4. _____ porque es un 5. _____ que él evita. Su esposa se murió hace dos semanas, y ahora él es 6. _____. Él no puso una 7. _____ en el periódico porque le costaría unos pocos pesos. Hubo un 8. _____ en su casa, pero él no les sirvió nada a sus amigos porque no quería gastar dinero comprando refrescos. No les 9. _____ nada a ellos por 10. _____ él. Me parece que él es un hombre sin 11. _____. Con respecto a su pobrecita esposa, solo se puede decir que 12. _____.

Estrategia al escuchar

Mientras escuchas el diálogo, intenta visualizar los elementos de la escena. Imagina la cara de las personas, la decoración de la sala, el difunto en el ataúd, la comida y el ambiente. La visualización ayuda a prestar atención y a entender lo que se escucha.

Track 12

6-8 **Momentos tristes.** Escucha el diálogo entre César, Manuel y doña Elena.

6-9 **Comprensión.** Contesta las preguntas siguientes.

1. ¿Por qué van Manuel y César a casa de doña Elena?
2. ¿Qué quiere decir «la muerte a nadie perdona»?
3. ¿Dónde está el cadáver de don Mario?
4. ¿Qué toman César y Manuel?
5. ¿Gastaba mucho dinero don Mario?
6. ¿Qué viste el difunto? ¿Por qué se sorprende Manuel?
7. ¿Qué hacen César y Manuel después de ver al difunto?
8. ¿César y Manuel en realidad eran buenos amigos de Mario? ¿Cómo sabes?

6-10 **Opiniones.** Contesta las preguntas siguientes.

1. ¿Crees que es una buena o mala costumbre tener al difunto en casa durante el velorio? ¿Por qué?
2. ¿Piensas que la muerte es un aspecto de la vida mejor aceptado en el mundo hispánico? ¿Cómo es en los Estados Unidos?
3. ¿Qué piensas de las exequias lujosas y costosas?

6-11 **Actividad cultural.** La clase será dividida en grupos. Cada grupo va a participar en una actividad para comparar las costumbres y tradiciones relacionadas con la muerte en los Estados Unidos y en el mundo hispánico.

1. Busquen una esquela funeraria en el periódico de su ciudad y compárenla con la esquela de esta sección. ¿Cuáles son las diferencias y las semejanzas?
2. Se describe un velorio de la sociedad hispánica aquí. ¿Tenemos velorios en este país? ¿Han asistido a un velorio alguna vez? Describan las diferencias y las semejanzas.
3. En el mundo hispánico se menciona la expresión «que en paz descanse» cuando uno menciona el nombre de un difunto. ¿Tenemos una expresión parecida en este país? ¿Cuál es?

Retna/Index Stock Imagery/PhotoLibrary

En el pie de foto, ¿puedes identificar el imperfecto del subjuntivo? ¿el presente perfecto del subjuntivo? ¿una expresión impersonal? ¿una palabra afirmativa? ¿una palabra negativa?

Es posible que esta foto se haya tomado en España, el 31 de diciembre. A la chica le aconsejaron que comiera doce uvas a la medianoche para tener doce meses de buena suerte durante el nuevo año. Si hay algo que no falta en ningún hogar español en Nochevieja son las tradicionales «doce uvas de la felicidad».

El imperfecto, presente perfecto y pluscuamperfecto del subjuntivo

A. El imperfecto del subjuntivo

1. Para formar el imperfecto del subjuntivo, se quita la terminación **-ron** de la tercera persona plural del pretérito del indicativo y se añaden las terminaciones **-ra, -ras, -ra, -ramos, -rais, -ran** o **-se, -ses, -se, -semos, -seis, -sen.** Se usan las mismas terminaciones para las tres conjugaciones.

⊕ **Heinle Grammar Tutorial:**
The imperfect subjunctive

Pretérito	Imperfecto del subjuntivo		
habla**ron**	habla**ra**	-o-	habla**se**
comie**ron**	comie**ra**	-o-	comie**se**
vivie**ron**	vivie**ra**	-o-	vivie**se**

2. Las dos formas (**-ra/-se**) se pueden intercambiar; sin embargo, la terminación **-ra** es más común en Latinoamérica y es la que se usará en este texto.

hablar
hablar**a**, habla**se**   hablár**amos**, hablá**semos**
hablar**as**, hable**ses**   hablar**ais**, hable**seis**
hablar**a**, hable**se**   hablar**an**, hable**sen**

comer
comie**ra**, comie**se**   comié**ramos**, comié**semos**
comie**ras**, comie**ses**   comie**rais**, comie**seis**
comie**ra**, comie**se**   comie**ran**, comie**sen**

vivir
vivie**ra**, vivie**se**   vivié**ramos**, vivié**semos**
vivie**ras**, vivie**ses**   vivie**rais**, vivie**seis**
vivie**ra**, vivie**se**   vivie**ran**, vivie**sen**

Fíjate que todos los verbos en la tercera persona del pretérito —regulares, irregulares, con cambios de raíz y con cambios ortográficos— siguen el mismo patrón de conjugación en el imperfecto del subjuntivo.

Infinitivo	Tercera persona plural del pretérito	Imperfecto del subjuntivo
construir	construyeron	construyera
creer	creyeron	creyera
decir	dijeron	dijera
dormir	durmieron	durmiera
haber	hubieron	hubiera
hacer	hicieron	hiciera
leer	leyeron	leyera
pedir	pidieron	pidiera
poner	pusieron	pusiera
poder	pudieron	pudiera
ser	fueron	fuera

⬤ **Heinle Grammar Tutorial:** The present perfect and past perfect subjunctive

B. El presente perfecto del subjuntivo

Se forma el presente perfecto del subjuntivo con el presente del subjuntivo del verbo **haber** y un participio pasado.

haya	
hayas	hablado
haya	
hayamos	comido
hayáis	
hayan	vivido

C. El pluscuamperfecto del subjuntivo

Se forma el pluscuamperfecto del subjuntivo con el imperfecto del subjuntivo del verbo **haber** y un participio pasado.

hubiera (hubiese)	
hubieras (hubieses)	pagado
hubiera (hubiese)	
hubiéramos (hubiésemos)	bebido
hubierais (hubieseis)	
hubieran (hubiesen)	salido

Ojalá (que) + presente o presente perfecto del subjuntivo = *I hope.*

Ojalá (que) + imperfecto o pluscuamperfecto del subjuntivo = *I wish.*

PRÁCTICA

6-12 **Una fiesta.** La familia Gómez está planeando una fiesta de Nochevieja. La Sra. Gómez exclama nerviosamente que espera que todo salga bien *(turn out well)*. Después de leer sobre sus inquietudes, cuenta la situación otra vez, usando los sujetos entre paréntesis.

1. ¡Ojalá tu padre me ayudara con los planes! (María, Uds., tú)
2. ¡Ojalá todos hayan recibido las invitaciones! (Pepe, tú, Luisa y yo)
3. ¡Ojalá todos pudieran venir! (Juan y él, tú, nosotros)
4. ¡Ojalá hubiéramos planeado la fiesta más temprano! (Julia, mis parientes, yo)
5. ¡Ojalá Rosa haya comprado las uvas para la celebración de las doce uvas de la felicidad! (Carlos y Alicia, Ester, tú)

6-13 **Tu cumpleaños.** Vas a celebrar tu cumpleaños. Habla de algunas de las cosas que esperas que tu familia y tus amigos hayan hecho. Usa el presente perfecto del subjuntivo. Luego, compara lo que estás pensando con lo que piensan algunos de tus compañeros de clase.

1. Tal vez mi familia _____.
2. ¡Ojalá que mis amigos _____!
3. Quizás mi madre _____.
4. ¡Ojalá que las invitaciones _____!
5. Quizás mis abuelos _____.

6-14 **¡Ojalá!** Un(a) amigo(a) dice cosas que te ocurrieron. Tú sabes que no ocurrieron pero deseas que hubieran ocurrido entonces respondes con la expresión **ojalá** y el pluscuamperfecto del subjuntivo.

MODELO Tu compañero(a): *Recibiste buenas notas en todas tus clases.*

Tú: *¡Ojalá hubiera recibido buenas notas en todas mis clases!*

1. Ganaste muchos premios el semestre pasado.
2. Encontraste un buen trabajo durante el verano.

3. Conociste a tu futuro(a) novio(a).
4. Leíste el mejor libro del mundo.
5. Pasaste un mes divertido en la playa.
6. Descubriste los fósiles de un dinosaurio.

Ahora, dile a tu compañero cuatro cosas que le ocurrieron. Él (Ella) contesta de una manera que muestra su deseo que hubiera ocurrido.

El subjuntivo en cláusulas nominales y la secuencia de tiempos

A. Verbos que requieren el subjuntivo

1. El subjuntivo se usa con frecuencia en las cláusulas nominales. Una cláusula nominal es una cláusula dependiente que funciona como el sujeto o el objeto de un verbo. Dichas cláusulas se introducen con **que**.

> Es dudoso que él sea rico. (**«Que él sea rico»** es una cláusula nominal que funciona como sujeto del verbo **«es».**)
> Esperamos que ellos vengan. (**«Que ellos vengan»** es una cláusula nominal que funciona como objeto del verbo **«esperamos».**)

2. Por lo general, se usa el subjuntivo en una cláusula nominal cuando el verbo de la cláusula principal expresa un sentimiento como un deseo, un consejo, un mandato, una petición, una duda, una negación o incredulidad. Si no hay cambio de sujeto, estos verbos van seguidos por el infinitivo.

> Su mamá quiere que él estudie más. (Hay cambio de sujeto de la cláusula principal y la dependiente: **«su mamá»/«él».**)
> Él quiere estudiar más. (No hay cambio de sujeto.)

3. Ejemplos de verbos que requieren el subjuntivo:

CONSEJO:	Le aconsejo que asista al velorio.
MANDATO:	Me mandó que viniera con él.
OBJETIVO:	Quieren que recemos por él.
DESEO:	Deseaba que Ud. aceptara la expresión de mi más profundo pésame.
ESPERANZA:	Esperaba que Ud. no vacilara en decírmelo.
INSISTENCIA:	Insisten en que tomemos una copa.
EMOCIÓN:	Lamento mucho que hayamos perdido un hombre tan ilustre. Me alegro de que Uds. hayan venido.
PREFERENCIA:	La familia prefiere que sus amigos vengan a las cuatro.
PETICIÓN:	Ella le pidió que firmara el cheque.
DUDA:	Dudo que Paco haya ahorrado su dinero.
NEGACIÓN:	Manuel negó que don Mario fuera un hombre generoso.
INCERTIDUMBRE:	No creía que ella se hubiera atrevido a venir.

4. Los verbos de comunicación (**decir, escribir,** etcétera) requieren el subjuntivo cuando la comunicación es en forma de mandato indirecto. Si el verbo de comunicación simplemente informa, se usa el indicativo.

> Te digo que ganes más dinero. (mandato)
> Te digo que Juan gana más dinero. (información)
> Nos escribe que vengamos al velorio de don Mario. (mandato)
> Nos escribe que fue al velorio de don Mario. (información)

B. El infinitivo en lugar de cláusulas nominales

1. Después de ciertos verbos de mandato, obligación, permiso e impedimento, el uso del infinitivo es más común que una cláusula nominal. En esta construcción, se usa el pronombre de objeto indirecto. Algunos verbos que van seguidos del infinitivo son **mandar, ordenar, obligar a, prohibir, impedir, permitir, hacer, dejar, aconsejar.** (El infinitivo, en particular, les sigue a los verbos **dejar, hacer, mandar** y **permitir.**) Fíjate en los siguientes ejemplos.

> Le aconsejo asistir al velorio de don Mario.
> Me mandó a aprender los refranes.
> Nos permiten entrar a la casa.

2. Si el sujeto de un verbo dependiente es un sustantivo, generalmente se usa el subjuntivo.

> Ella no permite que don Mario entre en la sala.

C. El subjuntivo o el indicativo después de ciertos verbos

1. Los verbos **creer** y **pensar** normalmente van seguidos del indicativo en oraciones afirmativas.

> Creo que él vendrá.
> Él piensa que lo tienen en la biblioteca.

2. **Creer** y **pensar,** cuando se usan en oraciones interrogativas o negativas que expresan duda, requieren el subjuntivo. Si no se expresa duda, se puede usar el indicativo.

> No creo que él le haya dejado nada.
> ¿Piensas que tu primo (tal vez) venga?

D. La secuencia de los tiempos

Tal como se vio en los ejemplos anteriores, el uso del presente o del imperfecto del subjuntivo generalmente depende del tiempo del verbo en la cláusula principal.

1. Si el verbo en la cláusula principal está en el tiempo presente, presente perfecto o futuro, o si es un mandato, se usa por lo general el presente o el presente perfecto del subjuntivo en la cláusula dependiente.

Cláusula principal—indicativo	Cláusula dependiente—subjuntivo
presente	
presente progresivo	presente del subjuntivo
presente perfecto	
futuro	
futuro perfecto	presente perfecto del subjuntivo
mandato	

2. Si se usa uno de los tiempos pasados o el condicional en la cláusula principal, se usa por lo general el imperfecto o pluscuamperfecto del subjuntivo en la cláusula dependiente.

Cláusula principal—indicativo	Cláusula dependiente—subjuntivo
imperfecto	
pretérito	imperfecto del subjuntivo
pasado progresivo	
pluscuamperfecto	
condicional	pluscuamperfecto del subjuntivo
condicional perfecto	

PRÁCTICA

6-15 **Transformación.** Haz oraciones nuevas, usando las palabras entre paréntesis.

MODELO   Espero salir temprano. (que ellos)
Espero que ellos salgan temprano.

1. Él insiste en ir a la iglesia. (que ellos)
2. Ella prefería hacer el viaje en avión. (que nosotros)
3. Queríamos ir a misa esta semana. (que tú)
4. Desean probar los taquitos. (que Tomás)
5. Esperamos llegar a una decisión pronto. (que el jefe)
6. Temo tener mala suerte. (que él)
7. Nos alegramos de poder asistir a la fiesta. (que tú)
8. Yo sentía mucho salir tan temprano. (que ellos)

6-16 **Un velorio.** El licenciado D. Mario Cabrera murió. Hubo un velorio en su casa. Tú asististe al velorio. Describe lo que tuvo lugar el día del velorio, y lo que pasa ahora.

El día del velorio

1. La viuda esperaba que la gente (llegar) _____ a tiempo.
2. Sentían que don Mario no le (haber) _____ dejado mucho dinero a su esposa.
3. Al principio la gente temía que doña Elena no (querer) _____ velarlo.
4. Sus amigos negaban que él (ser) _____ medio tacaño.
5. César insistió en que Manuel le (expresar) _____ sus sentimientos de pésame a la viuda.
6. Alicia prefería que los niños no (mirar) _____ el cuerpo del difunto que estaba en la sala, como era la costumbre.

El día después del velorio (hoy)

1. Todos creen que doña Elena (ser) _____ una mujer muy valiente.
2. El cura insiste en que ella (ir) _____ a vivir con su familia.
3. Su familia y yo dudamos que ella (tener) _____ mucho dinero.
4. Manuel quiere (mandarle) _____ una copia de la esquela de difunto a su madre.
5. La viuda desea (hacer) _____ un viaje a Segovia con su prima.
6. La gente no cree que doña Elena (poder) _____ sobrevivir la pérdida de su esposo.

6-17 Consejos. La gente siempre está pidiéndote consejos. Dales tus consejos a las personas siguientes. Sé original.

> **MODELO** Carlos quiere ver una película buena.
> *Le aconsejo a Carlos que vea una película española.*

1. Manuel quiere mandarle algo a la viuda.
2. Susana quiere probar la comida mexicana.
3. Roberto quiere mirar una buena telenovela.
4. Mis padres quieren visitar un país hispánico.
5. Uds. quieren leer una novela interesante.
6. Tú quieres hacer algo divertido esta noche.
7. Mis amigos quieren estudiar una lengua extranjera.
8. Rosario quiere salir temprano para llegar a las nueve.

Ahora, compara tus respuestas con las de un(a) compañero(a) de clase.

6-18 Los pensamientos de los padres. Tus padres tienen ciertas ideas y sentimientos acerca de tu familia y de la vida en general. Expresa estas ideas, según el modelo. Luego, compara tus respuestas con las de un(a) compañero(a) de clase.

> **MODELO** nos alegramos de / nuestros hijos viven aquí
> *Nos alegramos de que nuestros hijos vivan aquí.*

A	B
nos alegramos de	no hay otra guerra mundial
esperamos	nuestros hijos asisten a una universidad
insistimos en	no podemos ayudar más a nuestros hijos
queremos	nuestros hijos no se casan antes de graduarse
sentimos	nuestra hija es médica
preferimos	nuestros hijos no fuman
	nuestra familia está en buena salud

 6-19 **Los días festivos.** Escogiendo de los verbos siguientes, indica lo que piensas que pasará en cada uno de los días festivos. Luego, compara tus respuestas con las de un(a) compañero(a) de clase.

> MODELO esperar / los Reyes Magos
> *Espero que los Reyes Magos me traigan un coche nuevo.*

A	B
esperar	la Navidad
sentir	la Nochebuena
creer	el Año Nuevo
temer	la Nochevieja
dudar	el Día de San Valentín
preferir	el Día de Independencia
querer	mi cumpleaños
insistir en	

● Heinle Grammar Tutorial:
The present subjunctive in
impersonal expressions

El subjuntivo con expresiones impersonales

1. Por lo general, se usa el subjuntivo después de las siguientes expresiones impersonales cuando el verbo de la cláusula dependiente tiene un sujeto explícito. Cuando el sujeto no se expresa, se usa el infinitivo.

> Es necesario que (ellos) estudien.   PERO   Es necesario estudiar.

es posible	es bueno
es necesario	es justo
es preciso	es natural
es importante	es triste
es fácil	conviene
es difícil	importa
es probable	es raro
es lamentable	es extraño
es imposible	es dudoso
es (una) lástima	es mejor
más vale	es de esperar
es preferible	es ridículo
es urgente	es sorprendente

Es fácil (difícil) que lo haga significa *It is likely (unlikely) that he will do it. It is easy (difficult) for him to do it* se traduce **Le es fácil (difícil) hacerlo**.

2. Las siguientes expresiones impersonales no requieren el subjuntivo, a menos de que la oración sea negativa.

es cierto	es verdad
es evidente	es seguro
es claro	

¿Es cierto que ellos son ricos?
No es cierto que ellos sean ricos.
Es evidente que él es muy fuerte.

PRÁCTICA

6-20 **La muerte.** Algunos amigos de Mario Cabrera Montalvo están hablando de su muerte. Lee lo que cada una de las personas dice, y luego vuelve a expresar los comentarios, siguiendo el modelo.

MODELO Es necesario tener un velorio. (que la familia)
Es necesario que la familia tenga un velorio.

1. Es importante asistir a las exequias. (que nosotros)
2. Es preciso rezar por el alma del difunto. (que ellos)
3. Es una lástima tener tanta angustia. (que su esposa)
4. Es bueno firmar esta tarjeta de pésame. (que tú)
5. Es difícil ayudarle a la viuda. (que yo)

6-21 **El amor.** Una pareja joven de México está planeando casarse. Describe esta situación, completando las oraciones siguientes con la forma correcta del verbo entre paréntesis.

1. Es evidente que los jóvenes (estar) enamorados.
2. No es cierto que el novio (querer) casarse pronto.
3. Es importante que la novia (empezar) a hacer planes para la boda.
4. Es necesario que (haber) dos ceremonias, una civil y otra religiosa.
5. Es dudoso que los padres de la novia (pagar) todos los gastos de la boda.
6. Es urgente que el novio (encontrar) un buen trabajo pronto.
7. Es preciso que los novios (ahorrar) bastante dinero antes de casarse.
8. Es obvio que los novios (agradecer) mucho la ayuda de sus familias para arreglar la boda.

6-22 **Planes para el futuro.** Varias personas planean hacer las cosas mencionadas en la página 228. Para realizar sus planes indica si será necesario hacer o no las actividades entre paréntesis. Luego, compara tus respuestas con las de un(a) compañero(a) de clase.

MODELO María quiere visitar Madrid. (ir a España)
Es necesario que María vaya a España.

1. César quiere asistir a la velación de don Mario. (ir a la casa de doña Elena / darle su sentido pésame / probar la comida / ver al difunto)
2. Juan quiere trabajar para una compañía internacional. (aprender lenguas extranjeras / seguir un curso de negocios / viajar a muchos países / entender varias culturas)
3. Quiero hacer un viaje a la América del Sur. (ir a una agencia de viajes / conseguir un pasaporte / comprar cheques de viajero / hacer mis maletas / viajar por avión)

6-23 Sus opiniones. Expresen sus opiniones sobre las ideas siguientes, poniendo una expresión impersonal delante de cada una de las oraciones. Usen tantas expresiones impersonales como sea posible.

MODELO Nosotros somos muy inteligentes.
Es evidente que nosotros somos muy inteligentes.

1. Hay un examen hoy.
2. El (La) profesor(a) de esta clase es muy simpático(a).
3. Todos nosotros somos ricos.
4. Las vacaciones no empiezan hoy.
5. Todos los estudiantes reciben buenas notas.
6. Voy a graduarme mañana.

6-24 Hoy y ayer. Con un(a) compañero(a) de clase, díganse cinco cosas que Uds. tenían que hacer ayer antes de venir a clase, y cinco cosas que es importante hacer hoy.

MODELO *Ayer era necesario que yo estudiara la lección antes de venir a clase.*
Hoy es importante que yo compre unos libros para mis clases.

Palabras afirmativas y negativas

A. Formas

Palabras negativas	Palabras afirmativas
nada	algo
nadie	alguien
ninguno(a)	alguno(a)
nunca	siempre
jamás	algún día
	alguna vez
tampoco	también
ni... ni	o... o

B. Usos

1. Para formar la simple negación, se coloca la palabra **no** directamente delante del verbo o frase verbal.

> **No** voy a la biblioteca esta tarde.
> Pedro **no** ha empezado la tarea.

2. Si una de las palabras negativas de la lista anterior va después del verbo, la palabra **no** u otra palabra negativa deben ir delante del verbo. Sin embargo, si la palabra negativa va delante del verbo, se omite la palabra **no** para evitar la doble negación.

> **No** tengo **nada**.   **Nada** tengo.
> **No** voy **nunca** a la iglesia.   **Nunca** voy a la iglesia.
> **Nunca** dice **nada**.

3. Se requiere el **a** personal con **alguien**, **nadie**, **alguno** y **ninguno** cuando funcionan como objetos del verbo.

> ¿Conoces **a** alguien en Nueva York? No, no conozco **a** nadie.
> ¿Viste **a** alguno de tus amigos? No, no vi **a** ninguno.

4. **Ninguno** y **alguno** pierden la **-o** final y se transforman en **ningún** y **algún** cuando van delante de un sustantivo masculino singular.

> **Algún** día voy a comprar una casa de campo.
> No hay **ningún** poema de Neruda que yo no haya leído.

5. **Alguno(a)** tiene forma singular y plural, pero **ninguno(a)** se usa casi siempre en el singular.

> ¿Conoces a **algunos** de los músicos de la orquesta?
> No hay **ningún** libro en esa mesa.

6. **Nunca** y **jamás** significan *never*. En una pregunta, sin embargo, **jamás** significa *ever* y anticipa una respuesta negativa. Para expresar *ever* en una pregunta que puede tener una respuesta afirmativa o negativa, se usa **alguna vez**.

> **Jamás** voy al cine.
> ¿Has oído **jamás** tal mentira?
> ¿Has estado **alguna vez** en Europa?

7. **Algo** y **nada** también pueden funcionar como adverbios.

> Esta computadora fue **algo** cara.
> Este coche no es **nada** barato.

6-25 **Las palabras negativas.** Cambia las oraciones a la forma negativa. Sigue el modelo.

MODELO   Tengo algo en el bolsillo.
           No tengo nada en el bolsillo.

1. Hay alguien aquí.
2. Algunos de los invitados tomaron una copa.
3. Siempre vamos al cine con nuestros padres.
4. Elena va al velorio también.
5. Vamos a la iglesia o a su casa.
6. Van a comprarle algo a la viuda.
7. Hay algunos vecinos en la sala.
8. ¿Conoces a alguien en esa clase?
9. Algún día aprenderé los verbos irregulares.
10. ¿Hicieron algo esos haraganes?

6-26 **Los días festivos.** Estás hablando con un(a) amigo(a) de los días festivos. Completen las oraciones con expresiones afirmativas y negativas, según sea necesario.

MODELO   —¿Piensas que *alguien* va a darte muchos regalos para tu cumpleaños?
           —No, pienso que *nadie* va a darme regalos.

1. —¿Conoces bien _____ de las costumbres religiosas del mundo hispánico?
   —No, no conozco _____ de esas costumbres.
2. —¿Conoces a _____ que haya estado en México durante la Navidad?
   —No, no conozco a _____ que haya estado allí durante aquella temporada.
3. —¿ _____ mandas tarjetas de Navidad escritas en español?
   —No, _____ mando tales tarjetas.
4. —¿Haces _____ muy especial durante la Nochevieja?
   —No, no hago _____ especial.

6-27 **Una entrevista negativa.** Hazle estas preguntas a un(a) compañero(a) de clase. Él o ella tiene que contestar de una manera negativa.

1. ¿Tienes algo para mí?
2. ¿Hablas con alguien por teléfono todas las noches?
3. ¿Siempre te vistes con algún traje nuevo?
4. ¿Vas siempre a misa?
5. ¿Vas a ir algún día a Cuba?
6. ¿Quieres ir a la biblioteca o al velorio?
7. ¿Vas a las exequias de don Mario también?

El subjuntivo y el condicional

En el habla coloquial es frecuente usar el condicional en lugar del subjuntivo. Por ejemplo, en vez de decir *Si tuviera dinero, te compraría un regalo,* muchas personas dicen *«Si tendría dinero, te compraría un regalo».* O, en vez de decir *Dudaba que viniera,* dicen *«Dudaba que vendría».* En el español escrito, sin embargo, es recomendable seguir las normas gramaticales:

1. Se debe usar el subjuntivo en las cláusulas que siguen a verbos que exigen el subjuntivo como **querer, mandar, desear, dudar,** etcétera.

2. En oraciones condicionales, se usa el imperfecto del subjuntivo después del **si**: Si + imperfecto del subjuntivo, ...condicional.

PRÁCTICA

Completa las siguientes oraciones con la forma correcta del verbo apropiado entre paréntesis.

1. Si (fuera / sería) Nochevieja, (comiéramos / comeríamos) doce uvas.
2. Si no (hubiera / habría) días festivos, los profesores (trabajaran / trabajarían) más.
3. Mis padres querían que yo (trabajara / trabajaría) durante el verano.
4. Sería muy feliz si yo (tuviera / tendría) coche propio.
5. Si (estuvieras / estarías) en Perú, (celebraras / celebrarías) Inti Raymi.
6. Yo dudé que mis amigos (se acordaran / se acordarían) de mi cumpleaños.
7. Deseé que (pasaras / pasarías) una feliz Navidad.
8. Haría una gran fiesta si me (graduara / graduaría) mañana.

Juanito bajo el naranjo directed by Juan Carlos Villamizar, Lola Amapola Producciones

Juanito bajo el naranjo

Este es un cortometraje colombiano dirigido por Juan Carlos Villamizar. Toma lugar en una zona rural de Colombia, en la cual la pobreza y el conflicto armado forman parte de la vida diaria. Juanito, el hijo menor de una familia campesina, desobedece a su padre al comerse una naranja. Según la creencia, el que se come semillas, le salen matas por las orejas.

6-28 **Anticipación.** Antes de mirar el video, haz estas actividades.

A. Contesta estas preguntas.

1. ¿Cómo crees que es la vida de los campesinos de Colombia?
2. ¿Cuál es la fruta más cara donde vives?
3. ¿De qué tenías miedo cuando eras pequeño(a)?
4. ¿Qué hacían o decían tus padres para que obedecieras de niño(a)?

B. Estudia estas palabras del video.

pegar *dar golpes*
colgar *poner algo o alguien de manera que no toque el suelo*
el antojo *deseo fuerte que no dura mucho*
mimar *consentir, tratar con mucho afecto*
el embarazo *estado de gestación*
la semilla *parte del fruto que contiene el germen*
la mata *planta*
castigado(a) *sancionado, corregido duramente*
el trompo *juguete de madera que se hace girar*
ordeñar *extraer leche de un animal*

6-29 **Sin sonido.** Mira el video sin sonido una vez para concentrarte en el elemento visual. ¿Qué pasa después de que el niño se come la naranja?

6-30 Comprensión. Estudia estas actividades y trata de descubrir las respuestas correctas al mirar el video.

1. ¿Por qué solo la madre puede comerse las naranjas?
   a. porque los hijos están castigados
   b. porque es el cumpleaños de la madre
   c. porque las naranjas son solo para las mujeres
   d. porque las naranjas son muy caras, pero la madre tenía antojo

2. ¿Por qué los personajes se hablan de «usted»?
   a. porque no se conocen
   b. porque los padres respetan a los hijos
   c. porque los campesinos colombianos hablan así
   d. porque es una fábula

3. ¿Cómo es la relación entre Juanito y su madre?
   a. Juanito le tiene mucho miedo.
   b. Se quieren y se defienden.
   c. Es muy formal porque se hablan de «usted».
   d. La madre le da preferencia a sus hermanos mayores.

4. ¿Por qué la madre de Juanito no le corta las ramas que le salen por las orejas?
   a. porque forman parte del cuerpo de Juanito y le duelen
   b. porque la madre de Juanito quiere darle una lección
   c. porque tienen hambre y necesitan las naranjas
   d. porque Juanito quiere cargar la culpa sobre la cabeza

5. ¿Por qué está Juanito solo en casa con su hermanita y su madre?
   a. porque los hombres malos se llevaron a su padre y a sus hermanos
   b. porque su madre y la bebé son las únicas personas que no le tienen miedo
   c. porque su padre y sus hermanos se fueron a buscar más naranjas
   d. porque Juanito tiene que alimentar a las mujeres de la familia

6. En realidad, el naranjo fue...
   a. el mejor castigo.
   b. solo un sueño.
   c. la salvación de la familia.
   d. invento de los hombres malos.

◎ **AP* TEST TAKING TIP**
Answer the questions in order. Don't skip around because you'll waste valuable time trying to find the unanswered questions.

6-31 Opiniones. En grupos de tres o cuatro estudiantes, comenten estos temas.

1. ¿Por qué son las naranjas un lujo *(luxury)*?
2. ¿Quiénes serán los hombres malos?
3. ¿Por qué Juanito confiesa que se comió la naranja?
4. ¿Crees que es bueno que los padres amenacen *(threat)* a los hijos con supersticiones? Explica.
5. ¿Cuál es la moraleja del cortometraje?

VOCABULARIO ÚTIL

VERBOS

graduarse *conseguir un título*
hallar *encontrar, descubrir*
instruir *enseñar*
veranear *pasar el verano en un lugar distinto*

SUSTANTIVOS

el atardecer *momento en la tarde en que el sol se pone*
el calor *temperatura elevada*
el colegio *escuela (usualmente privada)*
la cruz *figura en forma de t*
el hallazgo *aquello que se descubre*

la huelga *suspensión de trabajo como protesta*
el (la) jugador(a) *persona que participa en un juego o deporte*
el lugar *sitio, espacio que puede ser ocupado*
la tacita *taza pequeña*
el techo *parte superior de una construcción*
el trueno *ruido fuerte en una tormenta*

OTRAS PALABRAS Y EXPRESIONES

cerrar con llave *hacer que no se pueda abrir*

6-32 **Para practicar.** Completa el párrafo con la forma correcta de la palabra apropiada del **Vocabulario útil.**

En los años cuando estaba en el 1. _____, Baltasar era muy buen estudiante. Mientras los otros jóvenes jugaban al fútbol, él cerraba su puerta con 2. _____ y se preparaba una 3. _____ de café con azúcar. No lo visitábamos mientras estaba en ese 4. _____ porque sabíamos que estaba preparando sus tareas para el día siguiente. A pesar del 5. _____ del verano, no salía hasta el 6. _____. No sé por qué no participó en deportes: decían que era buen 7. _____, pero no le gustaban los juegos. Ya que se dedicó totalmente a sus estudios, 8. _____ cuando solo tenía quince años.

Estrategias de lectura

- **Identificar ideas secundarias.** Un párrafo generalmente contiene una oración que expresa la idea principal; sin la oración principal el párrafo perdería sentido. Las demás oraciones son ideas secundarias que giran alrededor de la idea principal. Estas explican o ejemplifican el tema central del párrafo.

- **Generar opiniones.** Los buenos lectores generan opiniones durante y después de la lectura. Evalúan las ideas del texto leído y las aceptan o las rechazan según sus conocimientos y código moral. Este tipo de lectura se basa en el pensamiento reflexivo y crítico.

👥👥👥 **6-33** **La estructura de los párrafos.** A continuación hay dos párrafos. Cada uno contiene una oración que no se relaciona directamente con el tema del párrafo. Con un(a) compañero(a) de clase, eliminen la oración que no sea necesaria, para que todas las oraciones sean coherentes y relacionadas con el tema. Después, indiquen por qué han eliminado la oración.

1. Espinosa expresaba ideas contradictorias. Veneraba a Francia, pero no le gustaban los franceses. Hablaba mal de los Estados Unidos y admiraba los rascacielos *(skyscrapers)* de Buenos Aires. No conocía otro país, pero eso no le importaba. Criticaba a la Argentina, pero no quería que otros hicieran lo mismo.

2. Los Gutres vivían en un rancho y estaban tan aislados del resto del mundo que no tenían concepto ni de la geografía, de la historia ni del tiempo. Además, eran analfabetos y por eso no podían aprender nada de los libros. Con frecuencia los viejos pierden la memoria o solo tienen un concepto vago de las fechas. Los Gutres no sabían el año en que nacieron ni la distancia entre el rancho y la capital del país. Tampoco sabían nada del gobierno ni de la historia de su región.

6-34 **En anticipación.** Si no estás de acuerdo con las siguientes afirmaciones, cámbialas para expresar tu opinión personal. Vuelve a esta actividad después de leer el cuento para decidir si han cambiado tus opiniones.

1. Mucho de lo que dice la Biblia no está escrito en lenguaje figurado: se debe aceptar al pie de la letra *(literally)*.

2. Algunas ideas están en la sangre de uno: no son parte de la cultura, sino parte de la herencia biológica.

3. Si existe el cielo, uno lo gana con las buenas obras, no simplemente con la fe.

4. Lo que comunica un libro no depende del (de la) lector(a) ni de otros factores exteriores: un libro es una cosa absoluta.

5. A veces lo mágico y lo milagroso tienen una base científica.

JORGE LUIS BORGES
(1899–1987)

Jorge Luis Borges, escritor argentino que ha sido comparado con Kafka, Poe y Wells, crea en sus obras literarias un mundo fantástico e imaginario, independiente de un tiempo o de un espacio específicos. Borges dijo que necesitaba alejar sus cuentos, situarlos en tiempos y espacios algo lejanos para liberar su imaginación y obrar con mayor libertad. Era un hombre sumamente intelectual para quien las ideas tenían vida y eran capaces de provocar el asombro y el deleite del lector a través de sus ficciones.

JOEL ROBINE/AFP/Getty Images

Borges nació en Buenos Aires, de padres intelectuales de clase media. Educado en la capital y en Ginebra, pasó luego tres años en España antes de regresar a Buenos Aires en 1921. En los años siguientes se distinguió como poeta, pero es probable que la verdadera originalidad de Borges no esté ni en las poesías ni en la crítica literaria que publicó en esos años, sino en las breves narraciones que aparecieron en los años siguientes —entre 1930 y 1955—, especialmente en dos colecciones: *Ficciones* y *El Aleph*. Aunque en aquellos años los dos tomos no atrajeron mucha atención, después gozaron de fama mundial y situaron a Borges entre los escritores más importantes de nuestro tiempo.

En los cuentos de esa época Borges explora los temas que, según él, son básicos en toda literatura fantástica: la obra dentro de la obra, la contaminación de la realidad por el sueño, el viaje a través del tiempo y el concepto del doble. En ellos el orden se encuentra en la mente humana, mientras que la realidad exterior tiene cualidades caóticas y peligrosas. También se manifiesta, en esos cuentos, la condición absurda y tal vez heroica del hombre que lucha por imponer orden sobre el caos del mundo físico que lo rodea.

En este capítulo se presenta «El Evangelio según Marcos», cuento que, según Borges, se debe a un sueño y, como toda literatura, es un «sueño dirigido». En este caso, el sueño se basa en un pasaje de la Biblia, y en la narración que allí se hace del sacrificio de Cristo en la cruz, acto que asegura la salvación del alma del creyente y que se ha establecido como parte de la «intrahistoria» de los pueblos occidentales. Es un cuento que debe leerse con cuidado. Solo el lector cuidadoso y detallista tendrá el placer de anticipar el fin dramático e inevitable que el autor ha preparado mediante la acumulación de indicios.

EL EVANGELIO SEGÚN MARCOS

El hecho sucedió en la estancia La Colorada, en el partido° de Junín, hacia el sur, en los últimos días del mes de marzo de 1928. Su protagonista fue un estudiante de medicina, Baltasar Espinosa. Podemos definirlo por ahora como uno de tantos muchachos porteños°, sin otros rasgos° dignos de nota que esa facultad oratoria que le había hecho merecer más de un premio en el colegio inglés de Ramos Mejía y que una casi ilimitada bondad. No le gustaba discutir; prefería que el interlocutor tuviera razón y no él. Aunque los azares° del juego le interesaban, era un mal jugador, porque le desagradaba ganar. Su abierta inteligencia era perezosa; a los treinta y tres años le faltaba rendir una materia° para graduarse, la que más lo atraía. Su padre, que era librepensador, como todos los señores de su época, lo había instruido en la doctrina de Herbert Spencer[1], pero su madre, antes de un viaje a Montevideo, le pidió que todas las noches rezara el Padrenuestro e hiciera la señal de la cruz. A lo largo de los años no había quebrado nunca esa promesa. No carecía de coraje°; una mañana había cambiado, con más indiferencia que ira°, dos o tres puñetazos° con un grupo de compañeros que querían forzarlo a participar en una huelga universitaria. Abundaba, por espíritu de aquiescencia, en° opiniones o hábitos discutibles°; el país le importaba menos que el riesgo de que en otras partes creyeran que usamos plumas°; veneraba a Francia pero menospreciaba° a los franceses; tenía en poco° a los americanos, pero aprobaba el hecho de que hubiera rascacielos en Buenos Aires; creía que los gauchos de la llanura son mejores jinetes° que los de las cuchillas° o los cerros. Cuando Daniel, su primo, le propuso veranear en La Colorada, dijo inmediatamente que sí, no porque le gustara el campo sino por natural complacencia y porque no buscó razones válidas para decir que no[2].

El casco° de la estancia era grande y un poco abandonado; las dependencias° del capataz°, que se llamaba Gutre, estaban muy cerca. Los Gutres eran tres: el padre, el hijo, que era singularmente tosco°, y una muchacha de incierta paternidad. Eran altos, fuertes, huesudos°, de pelo que tiraba a rojizo° y de caras aindiadas°. Casi no hablaban. La mujer del capataz había muerto hace años.

Espinosa, en el campo, fue aprendiendo cosas que no sabía y que no sospechaba. Por ejemplo, que no hay que galopar cuando uno se está acercando a las casas y que nadie sale a andar a caballo sino para cumplir con una tarea. Con el tiempo llegaría a distinguir los pájaros por el grito°.

A los pocos días, Daniel tuvo que ausentarse a la capital para cerrar una operación° de animales. A lo sumo°, el negocio le tomaría una semana. Espinosa, que ya estaba un poco harto° de las *bonnes fortunes*° de su primo y de su infatigable interés por las variaciones de la sastrería°, prefirió quedarse en la estancia, con sus libros de texto. El calor apretaba° y ni siquiera la noche traía un alivio°. En el alba, los truenos lo despertaron. El viento zamarreaba las casuarinas°. Espinosa oyó las primeras gotas y dio gracias a Dios. El aire frío vino de golpe°. Esa tarde, el Salado° se desbordó°.

Al otro día, Baltasar Espinosa, mirando desde la galería los campos anegados°, pensó que la metáfora que equipara° la pampa[3] con el mar no era por lo menos esa mañana, del todo falsa, aunque Hudson[4] había dejado escrito que el mar nos parece más grande, porque lo vemos desde la cubierta° del barco y no desde el caballo o desde nuestra altura. La lluvia no cejaba°; los Gutres, ayudados o incomodados por

---

township

from Buenos Aires; characteristics

risks

to pass one course

He was not lacking in courage anger; punches

He was full of; questionable feathers; he scorned he thought little of horsemen mountains

main house; quarters foreman uncouth big boned; which had a red tinge; indigenous-looking faces

cry, call

deal; At most fed up; good luck men's fashions was oppressive; relief shook the Australian pines suddenly; Salt River; overflowed; flooded compared

deck

let up

city man; herd

drowned   45

tools

The move brought them
closer together

held, kept   50

indigenous raids; frontier
command

                                      55

Farm

deluxe

after-dinner conversation

illiterate   60

cattle driver; activities

packhorse

in a circle   65

tuned; guitarfest

linger

                                      70

concrete; gate

tile

exact

floodwaters; he came across   75

natives

After   80

survived

pampa Indian

He leafed through

                                      85

cover

el pueblero°, salvaron buena parte de la hacienda°, aunque hubo muchos animales
ahogados°. Los caminos para llegar a La Colorada eran cuatro: a todos los cubrieron
las aguas. Al tercer día, una gotera amenazó la casa del capataz; Espinosa les dio
una habitación que quedaba en el fondo, al lado del galpón de las herramientas°. La
mudanza los fue acercando°; comían juntos en el gran comedor. El diálogo resultaba
difícil; los Gutres, que sabían tantas cosas en materia de campo, no sabían explicarlas.
Una noche, Espinosa les preguntó si la gente guardaba° algún recuerdo de los
malones°, cuando la comandancia° estaba en Junín. Le dijeron que sí, pero lo mismo
hubieran contestado a una pregunta sobre la ejecución de Carlos Primero. Espinosa
recordó que su padre solía decir que casi todos los casos de longevidad que se dan en
el campo son casos de mala memoria o de un concepto vago de las fechas. Los gauchos
suelen ignorar por igual el año en que nacieron y el nombre de quien los engendró.

En toda la casa no había otros libros que una serie de la revista *La Chacra°,* un
manual de veterinaria, un ejemplar de lujo° de *Tabaré,* una *Historia del Shorthorn en
la Argentina,* unos cuantos relatos eróticos o policiales y una novela reciente: *Don
Segundo Sombra* [5]. Espinosa, para distraer de algún modo la sobremesa° inevitable,
leyó un par de capítulos a los Gutres, que eran analfabetos°. Desgraciadamente, el
capataz había sido tropero° y no le podían importar las andanzas° de otro. Dijo que
ese trabajo era liviano, que llevaban siempre un carguero° con todo lo que se precisa
y que, de no haber sido tropero, no habría llegado nunca hasta la Laguna de Gómez,
hasta el Bragado y hasta los campos de los Núñez, en Chacabuco. En la cocina había
una guitarra; los peones, antes de los hechos que narro, se sentaban en rueda°; alguien
la templaba° y no llegaba nunca a tocar. Esto se llamaba una guitarreada°.

Espinosa, que se había dejado crecer la barba, solía demorarse° ante el espejo
para mirar su cara cambiada y sonreía al pensar que en Buenos Aires aburriría a los
muchachos con el relato de la inundación del Salado. Curiosamente, extrañaba lugares
a los que no iba nunca y no iría: una esquina de la calle Cabrera en la que hay un
buzón, unos leones de mampostería° en un portón° de la calle Jujuy, a unas cuadras
del Once, un almacén con piso de baldosa° que no sabía muy bien dónde estaba. En
cuanto a sus hermanos y a su padre, ya sabrían por Daniel que estaba aislado —la
palabra, etimológicamente, era justa°— por la creciente[6].

Explorando la casa, siempre cercada por las aguas°, dio con° una Biblia en inglés.
En las páginas finales los Guthrie —tal era su nombre genuino— habían dejado
escrita su historia. Eran oriundos° de Inverness, habían arribado a este continente, sin
duda como peones, a principios del siglo diecinueve, y se habían cruzado con indios.
La crónica cesaba hacia mil ochocientos setenta y tantos; ya no sabían escribir. Al cabo
de° unas pocas generaciones habían olvidado el inglés; el castellano, cuando Espinosa
los conoció, les daba trabajo. Carecían de fe, pero en su sangre perduraban°, como
rastros oscuros, el duro fanatismo del calvinista[7] y las supersticiones del pampa°.
Espinosa les habló de su hallazgo y casi no escucharon.

Hojeó° el volumen y sus dedos lo abrieron en el comienzo del Evangelio según
Marcos. Para ejercitarse en la traducción y acaso para ver si entendían algo, decidió
leerles ese texto después de la comida. Le sorprendió que lo escucharan con atención
y luego con callado interés. Acaso la presencia de las letras de oro en la tapa° le diera
más autoridad. Lo llevan en la sangre, pensó. También se le ocurrió que los hombres,

a lo largo del tiempo, han repetido siempre dos historias: la de un bajel° perdido
que busca por los mares mediterráneos una isla querida, y la de un dios que se hace
crucificar en Gólgota[8]. Recordó las clases de elocución en Ramos Mejía y se ponía de
pie para predicar las parábolas.

Los Gutres despachaban° la carne asada y las sardinas para no demorar el
Evangelio.

Una corderita° que la muchacha mimaba° y adornaba con una cintita celeste°
se lastimó con un alambrado de púa°. Para parar la sangre, querían ponerle una
telaraña°; Espinosa la curó con unas pastillas°. La gratitud que esa curación despertó
no dejó de asombrarlo. Al principio, había desconfiado° de los Gutres y había
escondido en uno de sus libros los doscientos cuarenta pesos que llevaba consigo;
ahora, ausente el patrón, él había tomado su lugar y daba órdenes tímidas, que eran
inmediatamente acatadas°. Los Gutres lo seguían por las piezas y por el corredor,
como si anduvieran perdidos. Mientras leía, notó que le retiraban las migas° que él
había dejado sobre la mesa. Una tarde los sorprendió hablando de él con respeto y
pocas palabras. Concluido el Evangelio según Marcos, quiso leer otro de los tres que
faltaban; el padre le pidió que repitiera el que ya había leído, para entenderlo bien.
Espinosa sintió que eran como niños, a quienes la repetición les agrada más que la
variación o la novedad. Una noche soñó con el Diluvio°, lo cual no es de extrañar°; los
martillazos° de la fabricación del área lo despertaron y pensó que acaso° eran truenos.
En efecto, la lluvia, que había amainado°, volvió a recrudecer°. El frío era intenso. Le
dijeron que el temporal había roto el techo del galpón de las herramientas y que iban a
mostrárselo cuando estuvieran arregladas° las vigas°. Ya no era un forastero° y todos
lo trataban con atención y casi lo mimaban. A ninguno le gustaba el café, pero había
siempre una tacita para él, que colmaban de° azúcar.

El temporal ocurrió un martes. El jueves a la noche lo recordó° un golpecito suave
en la puerta que, por las dudas, él siempre cerraba con llave. Se levantó y abrió: era
la muchacha. En la oscuridad no la vio, pero por los pasos° notó que estaba descalza
y después, en el lecho, que había venido desde el fondo°, desnuda. No lo abrazó, no
dijo una sola palabra; se tendió junto a él y estaba temblando. Era la primera vez que
conocía a un hombre. Cuando se fue, no le dio un beso; Espinosa pensó que ni siquiera
sabía cómo se llamaba. Urgido° por una íntima razón que no trató de averiguar, juró
que en Buenos Aires no le contaría a nadie esa historia.

El día siguiente comenzó como los anteriores, salvo que el padre habló con
Espinosa y le preguntó si Cristo se dejó matar para salvar a todos los hombres.
Espinosa, que era librepensador pero que se vio obligado a justificar lo que les había
leído, le contestó:

—Sí. Para salvar a todos del infierno.

Gutre le dijo entonces:

—¿Qué es el infierno?

—Un lugar bajo tierra donde las ánimas° arderán° y arderán.

—¿Y también se salvaron los que le clavaron los clavos°?

—Sí —replicó Espinosa, cuya teología era incierta. Había temido que el capataz le
exigiera cuentas de lo ocurrido° anoche con su hija. Después del almuerzo, le pidieron
que releyera los últimos capítulos.

90	*ship*
	gulped down
95	*lamb; pampered; sky blue*
	barbed wire fence
	cobweb; pills
	distrusted
100	*obeyed*
	crumbs
105	
	the biblical Flood; is not surprising; hammer blows; maybe
	let up; fall harder
110	*fixed; beams; stranger*
	they heaped with
	woke him
115	*footsteps*
	back of the house
120	*Motivated*
125	
	souls; will burn
130	*hammered in the nails*
	would demand an accounting from him about what took place

Espinosa durmió una siesta larga, un leve sueño interrumpido por 150 persistentes

135 martillos y por vagas premoniciones. Hacia el atardecer se levantó y salió al corredor.
Dijo como si pensara en voz alta:

—Las aguas están bajas. Ya falta poco°.

—Ya falta poco —repitió Gutre, como un eco.

Los tres lo habían seguido. Hincados° en el piso de piedra le pidieron la bendición.

140 Después lo maldijeron, lo escupieron y lo empujaron° hasta el fondo. La muchacha
lloraba. Espinosa entendió lo que le esperaba del otro lado de la puerta. Cuando la
abrieron, vio el firmamento. Un pájaro gritó; pensó: Es un jilguero°. El galpón° estaba
sin techo; habían arrancado° las vigas para construir la Cruz.

It won't be long now.

Kneeling

they cursed him, spat on him, and shoved him

goldfinch; shed

pulled down

"El Evangelio según Marcos", en FICCIONES by Jorge Luis Borges. Copyright © 1995 by María Kodama used by permission of the Wyley Agency LLC and Random House Mondadori.

Notas culturales

[1] *Herbert Spencer* (1820–1903), filósofo inglés, fundador de la filosofía evolucionista. Postuló el concepto del darwinismo social, la sobrevivencia del más apto. Influido por Spencer, el filósofo francés Henri Bergson sugirió que ciertos mitos o ideas pueden perdurar en la sangre, en la raza. El hecho de que el fanatismo calvinista perdura en la sangre de los Gutres confirma las ideas de Bergson.

[2] Normalmente los dueños de las grandes estancias viven en Buenos Aires y visitan sus estancias solo de vez en cuando. Aparentemente Daniel y Baltasar tenían esa costumbre.

[3] La pampa es un llano enorme, parecida a los «Great Plains» de los Estados Unidos. El gaucho se parece al «cowboy» norteamericano.

[4] William Henry Hudson (1840–1922) escribió su obra en inglés, pero es famoso en la Argentina por la evocación nostálgica de la pampa bonaerense, escenario de los relatos y las obras autobiográficas del autor. Hudson nació en la pampa y pasó su infancia y su adolescencia allí.

[5] Esta lista de obras es típica de la técnica de Borges de vincular la «realidad» de la trama con la del mundo de las ideas. Cinco de las obras se relacionan con el ambiente de la pampa y la estancia, y reflejan varias actitudes hacia ese ambiente: la revista *La Chacra* refleja las actitudes y preocupaciones del estanciero; el manual de veterinaria, las actitudes de los científicos; *Tabaré* de Juan Zorrilla de San Martín, el punto de vista romántico, con su característico fatalismo; la *Historia del Shorthorn en la Argentina*, la perspectiva de los historiadores; y *Don Segundo Sombra* de Ricardo Güiraldes, la evocación del gaucho ideal.

[6] La etimología de «aislado» sugiere la idea de «isla» y describe el estado del casco de la estancia después del diluvio.

[7] Calvinista es el que acepta la teología de Jean Calvin (1509–1564), teólogo francés que mantuvo que la Biblia es la única fuente verdadera de la ley de Dios y que el deber del hombre es interpretarla y mantener el orden en el mundo. Según Calvin, solo los elegidos de Dios pueden redimirse: la redención no puede ganarse por buenas obras. En el cuento, los Gutres aceptan al pie de la letra lo que dice la Biblia y creen que Espinosa es un elegido de Dios.

[8] Las dos historias son: la *Odisea* de Homero, modelo de toda la poesía épica posterior, que sugiere la idea de la búsqueda del hombre; y la historia de Cristo, que se hace crucificar en el monte Gólgota para redimir a la humanidad, y que constituye, desde entonces, el ejemplo y prototipo ideal del hombre que se sacrifica por los demás.

6-35 **Comprensión.** Contesta las siguientes preguntas.

A. Según la lectura.

1. ¿Dónde y cuándo tienen lugar los sucesos del cuento?
2. ¿Qué actitudes básicas de los padres de Baltasar Espinosa influyeron en su formación intelectual?
3. ¿Cómo eran los Gutres?
4. ¿Cómo llegó a aislarse la estancia?
5. ¿Por qué se mudaron los Gutres a la habitación que quedaba al lado del galpón de las herramientas?
6. ¿Qué sabían los Gutres de su pasado?
7. ¿Qué encontró Espinosa en las páginas finales de la Biblia de los Guthrie?
8. ¿Qué clase de creencias religiosas tenían los Gutres?
9. ¿Cómo reaccionaron cuando Espinosa les leyó el Evangelio según Marcos?
10. ¿Qué preguntas le hizo el padre de los Gutres a Espinosa el viernes?
11. ¿Qué le esperaba a Espinosa en el galpón?

B. Comentarios generales.

1. ¿Te parece que los sucesos del cuento son posibles? ¿Por qué sí o por qué no?
2. ¿Lees con cuidado? ¿Cuándo te diste cuenta de lo que pasaba? Explica.
3. ¿Cuánta importancia tiene el medio en que vive una persona en su desarrollo *(development)* social y personal? Explica tu opinión.

6-36 **Análisis literario.** Contesta las siguientes preguntas.

1. Con frecuencia, Borges indica en sus cuentos que las ideas que se expresan en un libro son capaces de cambiar el mundo real. ¿Refleja este cuento tal concepto?
2. ¿Cómo influyeron en las acciones de los Gutres los rastros del «duro fanatismo del calvinista y las supersticiones del pampa» que perduraban en su sangre?
3. Comenta los paralelos que pueden establecerse entre la vida de Espinosa y la de Cristo.
4. Contrasta la actitud religiosa de Espinosa con la de los Gutres.
5. ¿Cuál es el tema principal del cuento?

6-37 **Minidrama.** Presenten tú y otra(s) persona(s) de la clase un breve drama que se relacione con el tema del cuento de Borges. Algunos temas podrían ser:

1. En vez de decir que «sí», Espinosa contesta «no» cuando el padre de los Gutres le pregunta si los que le clavaron los clavos a Cristo también se salvaron. ¿Qué pasará después?
2. El primo de Espinosa, Daniel, vuelve inesperadamente en el momento cuando van a crucificar a Espinosa.
3. Una familia que siempre ha vivido en un lugar remotísimo de Alaska, sin ninguna comunicación con el mundo exterior, toma al pie de la letra algo que un explorador le cuenta.

La descripción de paisajes y objetos

La descripción de los paisajes o de las cosas es semejante a la descripción de las personas. Es cuestión de utilizar adjetivos y otras palabras para hacer que el lector visualice el paisaje o el objeto. Por ejemplo:

La casa de la estancia era grande y las dependencias del capataz estaban cerca.

La descripción se puede mejorar añadiendo más detalles:

La casa de la estancia era grande y un poco abandonada; y las dependencias del capataz, que se llamaba Gutre, estaban muy cerca.

A continuación hay una lista de palabras que puedes incorporar en las descripciones de paisajes y objetos.

Verbos para describir

asomar *(to appear)*
distinguirse *(to distinguish itself)*
emerger *(to surface, emerge)*
existir *(to exist)*

parecer *(to seem)*
situarse *(to be located)*
surgir *(to rise)*
vislumbrar *(to glimpse)*

Adjetivos para describir

aislado(a) *(isolated)*
amplio(a) *(spacious)*
antiguo(a) *(old)*
árido(a) *(dry)*

bullicioso(a) *(noisy)*
despejado(a) *(clear)*
inmenso(a) *(huge)*
maloliente *(foul-smelling)*

6-38 Situaciones. Escribe un párrafo descriptivo para una de las situaciones siguientes.

Un cuento de hadas. La clase de teatro va a presentar un cuento de hadas (*fairy tale*). Tienes que escribir un párrafo para describir el paisaje, la casa o el castillo y cualquier otro objeto que aparecerá en el escenario (*stage*). La clase de arte usará tu párrafo para construir el escenario, entonces necesitas incluir muchos detalles.

Se vende. Imagínate que tu casa, tu edificio de apartamentos o tu escuela están a la venta. Escribe un párrafo para describir la propiedad y sus alrededores para que las personas quieran comprarla.

Seguir una conversación

Para que una conversación fluya, es necesario reaccionar adecuadamente a lo que se ha dicho. Puedes demostrar que estás siguiendo la conversación por medio de exclamaciones, interjecciones o simples expresiones que indiquen que estás prestando atención.

Prestando atención	Exclamaciones
Ah, sí.	¡No me diga(s)!
¿En serio?	¡Qué cosa!
¿De veras?	¡Qué interesante!
Entiendo bien, pero…	¡Qué ridículo!
No sabía eso.	¡Qué barbaridad!
Y luego, ¿qué pasó?	¡Qué lástima!
Tiene(s) razón, pero…	¡Parece mentira!

6-39 **Situaciones.** Con un(a) compañero(a) de clase, preparen un diálogo que corresponda a una de las situaciones siguientes. Utilicen frases apropiadas para seguir la conversación.

Halloween. Un estudiante de un pueblito de Guatemala está pasando el año escolar en tu escuela. Hoy es 31 de octubre. Tú invitas a este estudiante a asistir a una fiesta de Halloween, pero el estudiante no entiende bien este día festivo. Tú se lo explicas.

Días festivos. Tú y un(a) compañero(a) conversan sobre sus días festivos favoritos. Tú dices cuál es tu día festivo favorito y explicas por qué. Tu compañero(a) escucha y luego describe el suyo. Traten de seguir la conversación lo más que sea posible.

> ◉ **AP* TEST TAKING TIP**
> *Use circumlocution when you don't remember a particular word. To circumlocute, use other words to describe the object, place, or idea (ex. Acostumbramos comer una salsa hecha con una fruta pequeña, redonda, roja y muy ácida).*

Discusión: La muerte

Hay tres pasos en esta actividad.

1 PRIMER PASO: Lee los ejemplos de algunos epitafios en la siguiente actividad. Luego, escribe tu propio epitafio y contesta las dos preguntas que terminan esta actividad.

2 SEGUNDO PASO: Escribe tu propio obituario en español después de leer el ejemplo de un obituario abajo.

3 TERCER PASO: Comparte lo que has escrito con la clase.

1. **El epitafio.** Aunque en nuestra cultura muchas personas prefieren no pensar en la muerte, su contemplación puede darnos una nueva actitud hacia la vida. Nuestros antepasados lo entendieron así, e hicieron grabar en su lápida un epitafio que resumiera su vida. Lee aquí algunos ejemplos:

   Aquí yace Harry Miller entre sus esposas Elinore y Sarah.
   Pidió que lo inclinaran un poco hacia Sarah.
   Eric Langley: Él sí se lo llevó todo consigo.
   William Barnes: Padre generoso y leal.
   Nancy Smith: A veces amaba, a veces lloraba.

   a. ¿Qué quieres que te graben en tu lápida?
   b. ¿Podrías escribir un epitafio que resumiera toda tu vida en pocas palabras?

2. **El obituario.** Los obituarios también pueden ayudarnos a ver más claramente nuestra vida. Completando las frases siguientes, escribe tu obituario.

   Falleció ayer _____ a la edad de _____.
   La causa de su muerte fue _____.
   Le sobrevive(n) _____.
   Estudiaba para ser _____.
   Sus amigos se acordarán de él (ella) por _____.
   Su muerte inesperada no le permitió _____.
   Su familia indica que en vez de mandar flores se puede _____.

3. Ahora, léele tu obituario a la clase. Los otros estudiantes van a compartir el suyo también.

En esta sección vas a escribir un ensayo persuasivo, utilizando tres fuentes: dos artículos escritos y un diálogo auditivo. Tu ensayo debe tener un mínimo de 200 palabras y debe utilizar información de todas las fuentes para apoyar tu punto de vista.

Tema curricular: Las familias y las comunidades

Tema del ensayo: ¿Estás de acuerdo o no con la siguiente declaración: las celebraciones de España son muy diferentes a las de los Estados Unidos?

FUENTE NO. 1

«El Día de los Reyes Magos»

En España y varios países del mundo hispánico se celebra el Día de los Reyes Magos o la Epifanía el 6 de enero. En esta fecha se conmemora el día en que los Reyes Magos llegaron a Belén, llevando regalos para el niño Jesús. Hoy, muchas familias hispánicas intercambian regalos con sus parientes y amigos en este día en vez de hacerlo durante la Navidad que es principalmente un día religioso. Por lo general, hay una fiesta en la casa de un pariente o amigo. Se sirve una torta y escondida en la torta hay una muñeca de porcelana. La persona que encuentra esta muñeca en el pedazo de torta que recibe, tiene que dar una fiesta para todos los que están presentes algunas semanas después.

Unos niños se visten de Reyes Magos.

José Carillo / PhotoEdit

FUENTE NO. 2

Don Juan Tenorio revive en el Español Teatro

La noche de los difuntos convoca al mito literario universal, ofreciéndole una lectura dramatizada, música y cine.

La mágica noche de los difuntos vuelve a atraer hacia la órbita del Español al universal Don Juan Tenorio, que se levanta de su tumba de palabras, cada año, el 1 de noviembre, para ser representado.

El director de este teatro, Mario Gas, tiene la clara intención de repetir, mientras permanezca en el cargo, este homenaje al mito literario. Bajo el título de *Tres noches con Don Juan,* el Español propone, del 31 de octubre al 2 de noviembre, un atardecer de teatro, otro de ópera y, por último, una visión del personaje desde el ojo de la cámara cinematográfica.

Con la intención de sacar al personaje a la calle, como ya se hiciera el 1 de noviembre pasado, el director de escena Ignacio García realizará en la fachada del Teatro Español una versión semiescénica de los fragmentos más conocidos de la obra que Mozart dedica al mito. Los intérpretes, acompañados al piano, actuarán en los balcones del edificio.

Por último, será el cine el que exprese su visión sobre el mito el miércoles 2 de noviembre, a partir de las 16.30 horas. Se proyecta la versión de *Don Juan* que José Luis Sáenz realizó de las obras de Zorrilla y Tirso de Molina,...

El Mundo, Madrid

Track 13

FUENTE NO. 3

Carnaval

VOCABULARIO

VERBOS

agradecer *to be grateful*
ahorrar *to save (money)*
colocar *to place, to locate*
consolar (ue) *to console*
enfocar *to focus on*
enterrar (ie) *to bury*
firmar *to sign*
graduarse *to graduate*
hacer frente *to face, to confront*
hallar *to find*
instruir *to instruct*
morir(se) (ue) *to die*
reflejar *to reflect*
velar *to hold a wake over*
veranear *to spend the summer*

SUSTANTIVOS

la aflicción *grief*
la agencia de excursiones *tour agency*
el alma *soul, spirit*
el apodo *nickname*
el atardecer *dusk, twilight*
el ataúd *coffin*
el calor *heat*
la caridad *charity*
la cinta adhesiva *adhesive tape*
el colegio *school (usually a private school)*
la creencia *belief*
la cruz *cross*
el dicho *saying, maxim*
el (la) difunto(a) *deceased person*
el entierro *funeral; burial*
el estudio *study*
las exequias *funeral rites*
el fantasma *ghost*
el gasto *expense*
el hallazgo *discovery*
la huelga *strike*
el (la) jugador(a) *player*

la leyenda *legend*
el lugar *place*
el luto *mourning*
  guardar luto *to be in mourning*
el mensaje *message*
el miedo *fear*
  dar miedo *to cause fear*
el mito *myth, fictional story*
la muerte *death*
el paraíso *paradise*
el rasgo *characteristic*
el refrán *saying, proverb*
la tacita *little cup*
el techo *roof*
el trueno *thunder*
el velorio *wake*
el (la) viudo(a) *widower, widow*
la voluntad *will*

ADJETIVOS

callejero(a) *of the street, outdoor*
haragán *lazy*
muerto(a) *dead*
sabrosísimo(a) *really delicious*
semejante *similar*
tacaño(a) *stingy*

OTRAS PALABRAS Y EXPRESIONES

a gusto *at ease*
cerrar con llave *to lock*
cumplir con *to fulfill one's obligation to*
de verdad *true, real*
en mi vida *(never) in my life*
(que) en paz descanse *(may he or she) rest in peace*
esquela de difunto *obituary notice*
lo corto(a) *how short*
medio tacaño *somewhat stingy or miserly*
tomar una copa *to have a drink*

UNIDAD

7

CONTENIDO

Aspectos económicos de Hispanoamérica

A. Temas de composición

1. ¿Qué pueden hacer los gobiernos mundiales para resolver el problema de la pobreza?
2. ¿Eres consumista? ¿Cuál es tu actitud hacia el dinero y los gastos?
3. ¿Cuáles son los problemas económicos que enfrentamos hoy día?
4. ¿Cómo crees que se debe reformar la asistencia social *(welfare)*?
5. ¿Qué harías si tuvieras 10 millones de dólares?

B. Temas de presentación oral

1. el Tratado de Libre Comercio
2. Mercosur
3. el microfinanciamiento
4. la reforma agraria
5. Potosí, Bolivia

◄ En muchos pueblos pequeños de Hispanoamérica, el mercado es el centro de actividad comercial.

Robert Harding World Imagery / Alamy

🔊 Audio   🌐 www.cengagebrain.com   ▶ Video on DVD

Enfoque

Una de las mayores preocupaciones políticas y sociales de los gobiernos de Hispanoamérica ha sido el desarrollo económico. Aunque sus suelos son ricos en materia prima *(raw materials)*, mucha gente vive en la pobreza, lo que hace difícil cualquier tentativa de mejorar su nivel de vida. El problema fundamental es el grado de desigualdad entre ricos y pobres, una desigualdad que crece día a día. Este problema tiene sus raíces en la historia económica de cada región.

VOCABULARIO ÚTIL

VERBOS

aumentar *incrementar; hacer más grande*

crecer *adquirir tamaño o importancia*

estimular *incitar a alguien a hacer alguna cosa; impulsar la actividad de algo*

exigir *pedir enérgicamente*

SUSTANTIVOS

el comercio *actividad de vender, comprar o intercambiar productos*

el desempleo *cuando no hay trabajo*

la desigualdad *injusticia; cuando no hay igualdad*

el extranjero *toda nación que no es la propia*

el ingreso, los ingresos *cantidad de dinero que se gana*

el intercambio *acción de dar y recibir*

la inversión *acción de poner dinero en cierta actividad para obtener un beneficio*

la pobreza *falta o privación de lo necesario para vivir*

el promedio *valor medio*

el (la) propietario(a) *dueño; que tiene titularidad permanente sobre algo*

la teoría *serie de leyes o ideas que explican un fenómeno*

la venta *acción de vender*

ADJETIVOS

actual *del presente*

interno(a) *que ocurre o está en el interior*

 7-1 **Para practicar.** Trabajen en parejas, o como indique su profesor(a), para hacer y contestar estas preguntas, usando el vocabulario de la lista.

1. ¿Piensas seguir una carrera en el mundo de los negocios? ¿Qué tipo de negocios te interesa más? ¿Te atrae trabajar como agente de ventas?

2. ¿Te interesa la idea de ser propietario(a) de tu propia empresa? ¿Qué tipo de empresa?

3. ¿Quieres que tu futuro trabajo te ofrezca la oportunidad de viajar? ¿Quieres viajar al extranjero? ¿Te atrae trabajar en el comercio internacional?

4. ¿Te preocupa el desempleo? ¿Cómo crees que el gobierno pueda estimular la economía del país? ¿En qué áreas debe hacer más inversiones?

La Casa de la Moneda, en Potosí, Bolivia, fabricaba monedas coloniales.

7-2 **Anticipación.** En grupos de tres o cuatro personas, digan cuánto saben ya acerca de los problemas económicos de Hispanoamérica. Antes de comenzar a leer, hagan una lista de los puntos que probablemente aparecerán en las lecturas. Pueden incluir aspectos históricos, problemas sociales o socioeconómicos, problemas de desarrollo, entre otros.

La economía de ayer y de hoy
Los antecedentes históricos

Uno de los motivos básicos de los viajes de Cristóbal Colón fue el económico. El interés en el comercio hizo que se buscara una nueva ruta° a las tierras del Oriente. Antes de darse cuenta Colón de la magnitud del descubrimiento de este «nuevo mundo» los Reyes Católicos, Fernando e Isabel[1], lo llamaron «las Indias»[2].

Lo primero que atrajo la atención de los agentes de los monarcas fue la gran riqueza mineral que representaban el oro, la plata y las piedras preciosas que usaban los indígenas. Casi inmediatamente se comenzó a desarrollar una gran industria minera. En la ciudad de Potosí, en lo que hoy es Bolivia, se descubrió en 1545 una verdadera montaña de oro y plata. Todavía hoy se dice en español que algo de gran valor «vale un potosí». En un siglo, Potosí llegó a ser la ciudad más grande del hemisferio, con más de 150 000 habitantes.

En la agricultura, los reyes de España estimularon el cultivo° de varios productos no conocidos o escasos en Europa, como la caña° de azúcar, el tabaco, el cáñamo° y el lino°. También hicieron llevar a América semillas° de casi todas las plantas que existían en España.

La presencia de los indígenas proveyó° a los colonos de mano de obra° en cantidad suficiente. Los indígenas tenían una tradición ya establecida de entregar gran parte de sus productos a sus jefes, así que fue fácil para ellos sustituir un amo° por otro.

route
cultivation
cane
hemp
flax
seeds
provided
manual labor
masters

La Casa de la Moneda, en Potosí, Bolivia, fabricaba monedas coloniales.

[1] *los Reyes Católicos, Fernando e Isabel* El matrimonio entre Fernando de Aragón e Isabel de Castilla en 1469 inició la unificación de España. Fernando e Isabel eran el rey y la reina de España en 1492 y fueron responsables de la creación de la política colonial.

[2] *las Indias* El nombre oficial de las colonias del Nuevo Mundo, llamadas así porque originalmente se pensaba que eran parte de las Indias orientales, adonde quería llegar Colón.

30 El desarrollo se vio obstaculizado° por las teorías económicas de esa época.
El monarca español veía las colonias como posesión personal y prohibía el
comercio con otros países. También se pensaba que la riqueza nacional consistía
en la acumulación, más que en la venta de productos. Esta idea favorecía
los minerales preciosos, pero desfavorecía° la agricultura y los productos
manufacturados.

35 Además de esas teorías, era la práctica premiar° a los que servían bien
a la monarquía con grandes parcelas de tierra. Este sistema, llamado «la
encomienda»[3], también exigía que los indígenas trabajaran para el encomendero,
quien vivía cómodamente de sus ingresos. Esto dio como resultado una clase
social de «criollos»[4], que poseía casi toda la tierra a fines de la época colonial.

40 Cuando ganaron° la independencia de España en el primer cuarto del
siglo XIX, casi todas las naciones nuevas dependían de los minerales o de un
cultivo° o un producto único. Los gobiernos necesitaban urgentemente dinero y
mercados para sus productos. Los productos que exportaban servían para pagar
la importación de artículos manufacturados, y como resultado no hubo nunca
45 mucho intercambio económico con los países vecinos. Llegó cada país a tener dos
economías: una internacional en que participaban principalmente los ricos, y otra
interna de intercambio de mercancías° elementales. A los propietarios ricos, que
dependían del extranjero, no les interesaba el desarrollo interno del país, ni lo
facilitaban con la construcción de caminos o de sistemas bancarios°.

Soluciones modernas

50 El siglo XX en Hispanoamérica se caracterizó por la idea del desarrollo económico.
Había tres necesidades primarias que se consideraban importantes para efectuar
el desarrollo y la modernización económica que tanto necesitan todos los países
hispanoamericanos.

55 La primera necesidad era la de estimular la industrialización interna para
reducir la dependencia de la importación de artículos manufacturados. El
problema es que esto exige la inversión de grandes cantidades de capital para
construir fábricas y crear una infraestructura de caminos, ferrocarriles°, bancos,
electricidad, etcétera. Esto aumenta la deuda externa°.

60 Otro elemento necesario en muchos de los países era una campaña de
«reforma agraria»[5]. Esto significa la redistribución de la tierra con el propósito
de disminuir el poder de la oligarquía tradicional y de eliminar o reducir la
concentración de tierra en las manos de pocas familias antiguas. Esto se ha hecho
en algunos países con cierto éxito, como en Perú, y en otros como en Argentina,
65 donde hay realmente bastante tierra no ha sido muy necesario. Pero el caso de

[3]*encomienda* El sistema feudal de otorgar tierra y sus habitantes a un amigo leal. Este recibía un impuesto de los nativos que vivían y trabajaban en el terreno y a cambio, tenía la obligación de protegerlos y defenderlos. Aunque técnicamente no eran esclavos, el resultado era prácticamente lo mismo. El titular de esta tierra otorgada se llamaba encomendero.

[4]*criollos* En el período colonial, los descendientes de españoles que nacieron y se criaron en las colonias.

[5]*reforma agraria* El término general usado para el proceso de redistribución de tierra en parcelas más pequeñas para un número grande de personas.

El Salvador, el país más pequeño y el de población más densa, muestra el problema claramente.

Las siguientes estadísticas revelan el problema. Durante la mayoría del siglo pasado unas seis familias ricas poseían más tierra que 133 000 familias pobres;
70 unas dos mil propiedades abarcaban casi el 40% de la tierra. Se calcula que la cantidad mínima de tierra necesaria para sostener a una familia es de nueve hectáreas. Para una población de casi 5 millones de habitantes se requerirían dos países del tamaño de El Salvador. Este problema resultó en una larga guerra de guerrillas que terminó con un plan de reforma agraria. Trasladó un 25% de
75 la tierra a 25% de los campesinos durante dos décadas. Pero cuando terminó el plan en 1990, quedaban unas 150 000 familias sin tierra. No sorprende que haya inestabilidad política con tales condiciones. Es otro ejemplo del peso de la historia colonial, la cual creó esta imposible situación económica.

La tercera necesidad era la de crear alianzas o uniones aduaneras[6] entre
80 los varios países para estimular el intercambio regional. Desafortunadamente la tradición de competencia° por los mismos mercados ha creado frecuentemente un ambiente de desconfianza° entre los países.
85 Así que los pasos necesarios han sido muy difíciles de efectuar, debido a los obstáculos históricos y sociopolíticos. En las
90 dos últimas décadas del siglo, estos pasos seguían siendo indispensables para la modernización de las
95 economías.

¿Crees que este hombre puede competir con los que usan máquinas para arar *(to plow)* sus campos?

Otra necesidad, según los economistas de la nueva escuela neoliberal, es la de reducir la presencia del gobierno en los mercados. Esto incluye la voluntad política de privatizar° los varios monopolios públicos° y la capacidad de tomar una posición firme contra la inflación y la devaluación de la moneda°. Combatir
100 la inflación no significa subir los sueldos y pensiones para igualarlos° a la tasa° de inflación como ha sido la práctica en muchos lugares.

Esta posición también incluye el concepto de la llamada° «globalización» de las economías. Si un país impone demasiados obstáculos a la inversión, no puede competir con el resto del mundo. Para competir en el mundo es necesario
105 incorporarse a la revolución tecnológica y modernizar la economía para elevar la productividad al nivel mundial. Los críticos del concepto alegan que esta política aumenta las desigualdades económicas durante el proceso de desarrollo. Después de todo es una posición algo polémica°.

competition

mistrust

to privatize; public monopolies
currency
match them
rate
so-called

controversial

[6]*uniones aduaneras* Un arreglo del mercado común. En dicho tratado, se reducen o se eliminan los impuestos para el comercio entre sus miembros.

La situación actual

110 Hoy día la población de Latinoamérica y el Caribe crece a un promedio de 1,6% por año con un máximo de 3,1% en Nicaragua y un mínimo de 0,6% en Cuba. Esto significa progreso al limitar el crecimiento de la población, pero en varios de los países centroamericanos la población crece en un porcentaje superior al 2%, el cual excede sus posibilidades para generar empleo.

115 Además, la migración del campo a la ciudad, especialmente a las capitales, resulta en un crecimiento aún mayor en esos centros urbanos. Por tanto el desempleo puede llegar al 20% en las ciudades. Los problemas de la pobreza siguen siendo una preocupación fundamental.

Al entrar en el siglo XXI es notable que varios países se encuentren
120 económicamente estables: México ha podido reforzar su base industrial, gracias en parte al «Tratado de Libre Comercio» (TLC)[7] que firmó con los Estados Unidos y Canadá. Sigue su dependencia en su vecino al norte por dos razones. Una es que vende muchos productos a los Estados Unidos y cuando hay una recesión en el país mayor, no tarda en ocurrir° en México también. Segundo,
125 ocurre que los inmigrantes a los Estados Unidos mandan un montón de dólares a sus familias en México. Si se cerraran las fronteras, total o parcialmente, esas remesas° no entrarían a la economía mexicana. Además la inmigración hace que el problema del desempleo en los Estados Unidos crezca. Esta tensión entre los dos países es el mayor conflicto de la actualidad.

130 Es evidente que los países hispanoamericanos han progresado de manera notable últimamente, pero es asimismo evidente que queda mucho por hacer. Es posible que los nuevos regímenes democráticos por lo menos hagan cambios económicos que reflejen la voluntad de la mayoría de los ciudadanos.

[7]*TLC* Este tratado, firmado por México, los Estados Unidos y Canadá, prevé la eliminación gradual de las barreras arancelarias entre los tres signatarios. Se llama NAFTA *(North American Free Trade Agreement)* en inglés y entró en efecto en enero de 1994.

7-3 **Comprensión.** ¿Son **verdaderas** o **falsas** estas oraciones? Corrige las falsas.

1. Un motivo básico del viaje de Colón fue el hambre.

2. Potosí era una montaña de minerales preciosos.

3. «La encomienda» era el sistema de mandar productos agrícolas a España.

4. El monarca español estimulaba el comercio entre las varias colonias.

5. A los propietarios ricos no les interesaba el desarrollo de la economía interna.

6. El término «reforma agraria» significa la modernización de prácticas agrícolas.

7. Un propósito de la distribución de la tierra era reducir el poder de la oligarquía.

8. Hispanoamérica siempre ha demostrado mucha cooperación económica entre los países.

9. La migración del campo a la ciudad es una solución al problema del desempleo.

10. México, los Estados Unidos y Canadá firmaron el Tratado de Libre Comercio.

7-4 **Opiniones.** Expresa tu opinión personal.

1. ¿Crees que es aconsejable *(advisable)* poseer oro en vez de moneda? Explica.

2. ¿Quieres ser dueño(a) de una casa algún día? ¿Y de una hacienda?

3. ¿En tu opinión es buena o mala la «globalización»? Explica.

4. ¿Debe el gobierno de los Estados Unidos ayudar a los países del Tercer Mundo? ¿Por qué sí o por qué no?

EXPANSIÓN DE VOCABULARIO

Los regionalismos

Los regionalismos son palabras y expresiones que solo se usan en una región. Muchos regionalismos son incomprensibles para las personas de otras regiones; otros, se han difundido a través de la televisión, como por ejemplo, **«chévere»** (venezolanismo) y **«qué padre»** (mexicanismo). Los regionalismos se usan mucho en las conversaciones familiares así también como en cuentos y novelas. ¿Cuáles de los siguientes regionalismos reconoces?

Niño =		Banana =	
pibe	Argentina	cambur	Venezuela
chamaco	México	guineo	República Dominicana
güila	Costa Rica	plátano	Perú
botija	Uruguay	banano	Colombia
Autobús =		Cometa =	
camión	México	barrilete	Guatemala
colectivo	Argentina	papalote	México
guagua	Puerto Rico	papagayo	Venezuela
ómnibus	Paraguay	volantín	Chile

7-5 Regionalismos. Identifica los regionalismos en las oraciones siguientes. Di en qué país se usa y cuál es el equivalente en el español internacional.

1. Subió... arrastrando la cola de un barrilete... (Miguel Ángel Asturias)
2. El chamaco estaba envuelto como tamal. (Juan Rulfo)
3. El estómago le giraba como un papalote... (Laura Esquivel)
4. Botija aunque tengas pocos años. (Mario Benedetti)
5. Pasa un convoy de camiones. (Octavio Paz)
6. ...mientras yo viajara en la guagua... (Esmeralda Santiago)
7. Esta señora trae una canastota de guineos... (Julia Álvarez)
8. ...parece mentira en un pibe de esa edad... (Julio Cortázar)

7-6 Repaso de la formación de sustantivos. Escribe el sustantivo derivado del adjetivo entre paréntesis.

MODELO (raro) la *rareza* de los minerales

1. (pobre) la cultura de la _____
2. (real) la _____ económica
3. (universal) la _____ de los derechos
4. (desigual) la _____ social
5. (firme) actuar con _____

«Pero, Pedro, ¿qué hacemos con la casa?»

VOCABULARIO ÚTIL

VERBOS

calentar (ie) *elevar la temperatura*
mudarse *cambiarse de residencia*
soñar (ue) (con) *desear algo*

SUSTANTIVOS

el barrio *zona o distrito dentro de una población*
el camión *autobús (regionalismo)*
el (la) campesino(a) *persona que vive y trabaja en el campo*
la cantina *local donde sirven bebidas*
la choza *casa muy pobre*
el frijol *semilla comestible y nutritiva*

el taller *lugar donde se reparan automóviles*
la ventaja *condición favorable*

ADJETIVOS

ajeno(a) *que pertenece a otro*
embarazada *que va a tener un bebé*
seco(a) *falta de agua*

OTRAS EXPRESIONES

dondequiera *en cualquier parte*
ganarse el pan *conseguir dinero*
que sueñes con los angelitos *que duermas bien*

7-7 **Para practicar.** Completa el párrafo siguiente con palabras escogidas de la sección **Vocabulario útil.** No es necesario usar todas las palabras.

Para la gente pobre es muy difícil 1. _____. Yo soy pobre y a veces 2. _____ con ganarme la lotería. Si tuviera mucho dinero, 3. _____ de mi 4. _____ a un 5. _____ más acaudalado *(affluent)*. En vez de tomar el 6. _____ a mi trabajo, yo tendría mi propio coche lujoso. No trabajaría en un 7. _____, sino que compraría una compañía donde se harían computadoras. La 8. _____ de tener mucho dinero es que se puede comprar casi todo. La desventaja es que se puede perder el alma.

Estrategia al escuchar

Escuchar va más allá de simplemente oír las palabras. Escuchar en forma activa significa poner atención, pensar en el mensaje y recordar los detalles. Para lograr esto, es necesario mantener la mente clara de distracciones. Cuando empiece la grabación, concéntrate.

7-8 **A mudarnos a la capital.** Escucha el diálogo entre Pedro y Teresa.

7-9 **Comprensión.** Contesta las preguntas siguientes.

1. ¿Por qué llega Pedro a casa temprano?
2. ¿Qué es lo que tienen para comer?
3. ¿Cuál es la noticia que Teresa le da a Pedro?
4. ¿Qué piensa hacer ella?
5. ¿Cuál es la idea de Pedro?
6. ¿Por qué se siente Teresa más segura en el campo?
7. Según Pedro, ¿qué diversiones hay en las ciudades? ¿y según Teresa?
8. ¿Qué trabajo va a buscar Pedro?
9. En cuanto a su familia, ¿qué quiere Pedro?
10. En las circunstancias de Pedro y Teresa, ¿te irías a la ciudad?

7-10 **Opiniones.** Contesta las preguntas siguientes.

1. En tu opinión, ¿qué causa la pobreza en la sociedad?
2. ¿Piensas que es posible eliminar la pobreza? Explica.
3. ¿Crees que es la responsabilidad del gobierno ayudar a los pobres? ¿Por qué?
4. Según tu opinión, ¿es posible que un pobre sea feliz? Explica.
5. ¿Prefieres ser una persona pobre y feliz, o rica y descontenta? ¿Por qué?

7-11 **Actividad cultural.** En grupos de tres personas, hablen sobre la vida en la ciudad y en el campo. Escribe una síntesis de las preferencias de tu grupo y compártelas con los otros grupos de la clase.

1. ¿Cuáles son las ventajas de vivir en la ciudad? ¿Las desventajas?
2. ¿Cuáles son las ventajas de vivir en el campo? ¿Las desventajas?
3. ¿Dónde prefieres vivir: en la ciudad o en el campo? ¿Por qué?

En el pie de foto, ¿puedes identificar el subjuntivo en una cláusula adjetival? ¿el subjuntivo después de una expresión indefinida? ¿el uso de *para*? ¿un pronombre preposicional?

¿Conoces a alguien que lave ropa en el río? Adondequiera que vayas en Latinoamérica, hay algunas comunidades pobres en donde las familias llevan la ropa a ríos o lagos para lavarla. No ven nada malo en ello.

El subjuntivo en cláusulas adjetivales

Heinle Grammar Tutorial:
The subjunctive in adjective clauses

1. Una cláusula adjetival modifica un sustantivo o un pronombre (el antecedente) en la cláusula principal de una oración. La palabra **que** suele introducir las cláusulas adjetivales.

> Vive en una casa **grande**. (adjetivo que modifica **casa**)
> Vive en una casa **de ladrillo**. (frase adjetival que modifica **casa**)
> Quiere vivir en una casa **que tenga muchos cuartos**. (cláusula adjetival que modifica **casa**)

2. Si la cláusula adjetival modifica un antecedente indefinido o negativo, se usa el subjuntivo en dicha cláusula. Si el antecedente que se describe es algo o alguien existente o definido, se usa el indicativo.

> Aquí no hay nada que valga la pena. (antecedente negativo)
> Debes tener un médico que sepa lo que hace. (antecedente indefinido)
> Buscaba un hospital que tuviera instalaciones modernas. (antecedente indefinido)
> Haré lo que diga el jefe. (antecedente indefinido)
> No hay nadie que sepa la respuesta. (antecedente negativo)
>
> PERO
>
> Aquí hay algo que vale la pena. (antecedente definido)
> Tiene un médico que sabe lo que hace. (antecedente definido)
> Ha encontrado un trabajo que tiene muchas ventajas. (antecedente definido)

3. No se usa el **a** personal cuando el objeto del verbo de la cláusula principal no se refiere a alguien específico; sin embargo, se usa delante de **nadie, alguien** y las formas de **ninguno** y **alguno** cuando se refieren a alguien que es el objeto directo del verbo.

> Busca un médico que sepa lo que hace.
> No he visto a nadie que pueda hacerlo.
> ¿Conoce Ud. a algún hombre que quiera comprar la finca?

PRÁCTICA

7-12 **Observaciones generales.** Completa estas oraciones, usando el subjuntivo o el indicativo de los verbos entre paréntesis, según convenga (as needed).

1. Busco un trabajo que me (gustar) _guste_.
2. Necesita un hombre que (poder) _pueda_ servir de guardia.
3. Su esposo quiere mudarse a una ciudad que él no (conocer) _conozca_
4. Tengo un puesto que (pagar) _paga_ más que ese.
5. Han encontrado un artículo que les (dar) _da_ más información.
6. No había ninguna persona que (creer) _creía_ eso. _creyera._
7. Conoce a un mecánico que (arreglar) _arregla_ bicicletas.
8. Necesitan un apartamento que no (costar) _cueste_ mucho.
9. Siempre tienen ayudantes que (hablar) _hablan_ inglés.
10. Preferían un abogado que (saber) _sabía_ lo que hacía. _sepiera_ -
11. Aquí hay alguien que (poder) _puede_ explicártelo.
12. ¿Conoces a alguien que (hacer) _haga_ vestidos?

7-13 **Se mudaron a la ciudad.** Tu familia acaba de mudarse a una nueva ciudad, y tus padres buscan una casa y una buena escuela para sus hijos. Describe el tipo de casa y escuela que buscan, formando oraciones con las expresiones indicadas.

> **MODELO** Buscan una casa que: tener tres habitaciones.
> *Buscan una casa que tenga tres habitaciones.*

1. Buscan una casa que: estar cerca de un parque / ser bastante grande / tener tres dormitorios y cuatro baños / no costar más de cien mil pesos

Ahora menciona otras características que tú buscas.

2. Quieren mandar a sus hijos a una escuela que: ser pública / tener buenos maestros / ofrecer una variedad de cursos / preparar bien a sus graduados / estar cerca de nuestra casa

Ahora, menciona dos o tres cosas más que tú esperas que la escuela ofrezca.

Para terminar, compara con otro(a) estudiante el tipo de casa y de escuela que buscan. ¿Cuáles son las semejanzas y diferencias?

7-14 Opiniones personales. Expresa tus opiniones personales, completando estas oraciones con tus propias ideas.

1. Deseo conocer a gente que _____.
2. Sueño con casarme con una persona que _____.
3. Quiero seguir una carrera que _____.
4. Quiero encontrar un trabajo que _____.
5. Me gustaría mudarme a una ciudad que _____.
6. Prefiero vivir en una casa que _____.
7. Necesito comprar un coche que _____.
8. Quiero vivir en un país que _____.

Ahora, compara tus opiniones con las de otro(a) estudiante. ¿Cuáles de las opiniones se parecen a las tuyas?

7-15 El anuncio. Eres dueño(a) de un taller y necesitas emplear un mecánico. Con otro(a) estudiante completen este anuncio para el periódico de su pueblo.

El Taller Martínez requiere un mecánico que:
— sepa de mecánica
— conozca bien los coches japoneses
— _____
— _____

El subjuntivo y el indicativo con expresiones indefinidas

A. El subjuntivo con expresiones indefinidas

Se usa el subjuntivo después de las siguientes expresiones cuando se refieren a un tiempo, una condición, una persona, un lugar o una cosa incierta o indefinida.

1. Los pronombres, adjetivos o adverbios relativos unidos a **-quiera:**

adonde**quiera**	*(to) wherever*	quien**quiera**	*whoever*
donde**quiera**	*wherever*	cual**quier(a)**	*whatever, whichever*
cuando**quiera**	*whenever*	como**quiera**	*however*

Nota: Quien + subjuntivo es más común en conversación: **Quien encuentre la pintura, recibirá mucho dinero.**

Fíjate que los plurales de **quienquiera** y **cualquiera** son **quienesquiera** y **cualesquiera**. Se quita la **a** final de **cualquiera** delante de un sustantivo.

Ejemplos:

Adondequiera que tú vayas, encontrarás campesinos oprimidos.
Dondequiera que esté, lo encontraré.
Cuandoquiera que lleguen, comeremos.
Quienquiera que encuentre la pintura, recibirá mucho dinero.
A pesar de cualquier disculpa que ofrezca, tendrá que pagar la multa.
Comoquiera que lo hagan, no podrán solucionar el problema.
Cualquier cosa que diga, será la verdad.

2. **Por** + adjetivo o adverbio **+ que** (*however, no matter how*):

Por difícil que sea, lo haré.
Por mucho que digas, no la convencerás.

B. El indicativo con expresiones indefinidas

Cuando las expresiones presentadas en la Sección A se refieren a un tiempo, un lugar, una condición, una persona o una cosa definidos, o a una acción presente o pasada que se considera habitual, entonces se usa el indicativo.

Adondequiera que fuimos, encontramos campesinos oprimidos.
Cuandoquiera que nos veían, nos saludaban.
Por más que juego al tenis, siempre pierdo.

PRÁCTICA

7-16 Opiniones personales. Completa estas oraciones con el subjuntivo o el indicativo de los verbos entre paréntesis, según convenga.

1. Adondequiera que ellos (mudarse) _____, no encontrarán empleo.

2. Dondequiera que él (estar) _____, siempre puede divertirse.

3. Cuandoquiera que nosotros lo (ver) _____, le daremos dinero.

4. Por pobres que (ser) _____, ellos nunca se van a quejar de nada.

5. Quienquiera que (buscar) _____ una vida mejor, tendrá que conseguir una buena educación.

6. Cualquier cosa que yo (decir) _____, ellos la creen.

7-17 Situaciones indefinidas. Con otro(a) estudiante completen estas oraciones con una expresión indefinida.

1. Empezaremos a estudiar _____ que ellos salgan.

2. _____ que ella está cansada, ella siempre quiere mirar la televisión.

3. Lo encontraremos _____ que esté.

4. _____ que ellos recibían una carta de sus amigos, me permitían leerla.

5. _____ que dijo eso no entendía la lección.

6. _____ razón que tú des, la creeremos.

7. _____ libro que escojas, lo encontraremos interesante.

8. Ellos dicen que irán _____ que él vaya.

7-18 **Su futuro.** Escribe cuatro oraciones sobre tu futuro, usando las expresiones indefinidas que siguen. Compara tus ideas con las de tu compañero(a) de clase. ¿Son parecidas o diferentes? ¿Son tus ideas y las de tu compañero(a) optimistas o pesimistas? ¿Por qué?

adondequiera   cuandoquiera   quienquiera   cualquiera

Los usos de *por* y *para*

⬤ Heinle Grammar Tutorial:
Por versus para

A. Los usos de *por*

1. Para traducir *through*, *by*, *along* o *around* después de verbos de movimiento

> Pedro entró **por** la puerta de su choza.
> Andaba **por** la senda junto al río.
> Le gusta a ella pasearse **por** la ciudad.

Algunos verbos como **pedir**, **esperar** y **buscar** incluyen el significado de *for* en el verbo mismo y por eso nunca requieren **por** o **para**.

2. Para indicar la causa o el motivo de una situación o de una acción (*because*, *for the sake of*, *on account of*)

> No quiero que sufras **por** falta de trabajo.
> Lo hace **por** amor a sus hijos.

3. Para indicar un lapso de tiempo o el tiempo de duración (*for*)

> Trabajó la tierra seca **por** tres años.
> Irán a la ciudad **por** seis meses.

4. Para indicar intercambio (*in exchange for*)

> Compró el machete **por** 20 pesos.

5. Para indicar *for* en el sentido de *in search of* después de verbos como **ir, venir, llamar, mandar,** etcétera.

> Fue **por** la partera.
> Fueron a la librería **por** un libro.
> Vinieron **por** una vida mejor.

6. Para indicar frecuencia, número, tarifa o velocidad

> Va al pueblo tres veces **por** semana.
> ¿Cuánto ganas **por** hora?
> El límite de velocidad es ochenta kilómetros **por** hora.

7. Para expresar la manera o el medio por cual se hace algo *(by)*

> Lo mandaron **por** correo.

8. Para expresar *on behalf of, in favor of, in place of*

> Ayer trabajé **por** mi hermano.
> El abogado habló **por** su cliente.
> Votará **por** el Sr. Sánchez.

9. Para introducir el agente del verbo en las oraciones pasivas

> Los frijoles fueron calentados **por** el vendedor.

10. Para expresar la idea de que algo está sin hacer o acabar

> Me quedan tres páginas **por** leer.   La casa está **por** terminar.

11. Para expresar tiempo aproximado *(in the morning, in the afternoon, etc.)*

> Siempre doy un paseo **por** la tarde.

12. En casos de identidad equivocada

> Me tomó **por** su primo.

Nota: Las preposiciones **por** y **para** no son intercambiables, pero por lo general se traducen al inglés como *for*. Cada preposición tiene usos específicos.

B. Los usos de *para*

1. Para indicar finalidad o propósito *(in order to, to, to be)*

> Es necesario estudiar **para** aprender.
> Paco debe salir temprano **para** llegar a tiempo.
> Trabajará como mecánico **para** ganar más dinero.
> María estudia **para** médica.

2. Para expresar destino o destinatario *(for)*

> Salen mañana **para** la capital.   El regalo es **para** mi novia.

3. Para indicar el uso (deseado) de algo *(for)*

> Compré una taza **para** café.   Es un estante **para** libros.

4. Para expresar duración o límite temporal *(by or for a certain time)*

> Comprará unos vestidos **para** el verano.   Esta lección es **para** mañana.
> Hará la tarea **para** el jueves.

5. Para expresar una comparación de desigualdad

>   **Para** una chica de seis años, toca bien el piano.

6. Con el verbo **estar** para indicar que algo va a ocurrir pronto

>   La clase está **para** empezar.

Nota: Este uso no es común. En muchos países hispanohablantes se diría **está** *por* **empezar.**

PRÁCTICA

7-19 **Observaciones generales.** Completa estas oraciones con **por** o **para.**

1. Ana estudia _____ ser maestra.
2. Hemos estado en este barrio _____ dos días.
3. _____ llegar al taller es necesario pasar _____ el parque.
4. La casa fue construida _____ su abuelo.
5. Hay que terminar la tarea _____ las nueve de la noche.
6. Fueron a la cantina _____ comer.
7. Tengo un cuaderno _____ mis apuntes.
8. _____ un chico que habla tanto, no dice mucho de importancia.
9. Estas uvas son _____ ti.
10. Se cayeron _____ no tener cuidado.
11. Debe dejar el coche en el garaje _____ una semana.
12. Recibí las noticias _____ telegrama.
13. No hay suficiente tiempo _____ terminar el trabajo.
14. Lo hice _____ el jefe porque él no podía venir.
15. La choza todavía está _____ construir.
16. No puedo encontrar nada _____ aquí.
17. Nos tomaron _____ españoles, pero somos de Italia.
18. Salieron de casa _____ la noche.

7-20 **Los estudios en el extranjero.** Piensas pasar un año estudiando y viajando en España. Usa **por** o **para** para completar la descripción de tus planes.

Ahora estoy listo(a) 1. _para_ mudarme a España. Mañana 2. _por_ la tarde salgo 3. _para_ Madrid. Prefiero viajar 4. _por_ barco, pero tengo que estar en la capital 5. _para_ el jueves. 6. _Por_ eso es necesario ir 7. _por_ avión. Voy a España 8. _para_ estudiar español y literatura española. Voy a quedarme allí 9. _por_ un año. En la universidad voy a estudiar 10. _para_ maestro(a) de español. 11. _Para_ perfeccionar el español, pienso que es importante pasar tiempo en un país donde se habla este

idioma. Hay mucho que hacer antes de salir. Compré dos maletas 12. _para_
la ropa, pero todavía están 13. _por_ hacer. Mi madre me dijo que las
haría 14. _para_ mí, si yo no tuviera tiempo 15. _para_ hacerlas.
16. _para_ una persona que no ha viajado mucho, no tengo miedo. Espero
que los españoles no me tomen 17. _por_ turista. Quiero ser aceptado(a)
18. _por_ la gente como estudiante, nada más.

7-21 **Un viaje a México.** Completa la historia de Manuel, que está
planeando mudarse a la Ciudad de México. Usa **por** o **para** en las oraciones.
Luego, compara tus respuestas con las de tu compañero(a) de clase. Si no
están de acuerdo tienen que justificar sus respuestas.

1. Manuel ha decidido salir _____ la capital _____ buscar empleo.

2. _____ una persona pobre sin trabajo, él es optimista.

3. Él está _____ salir porque tiene que estar allí _____ el sábado.

4. Él va a viajar _____ camión _____ la costa y _____ las montañas
   antes de llegar a la capital.

5. Ayer compró un billete de camión/autobús _____ 20 pesos.

6. Su esposa fue al mercado _____ comestibles _____ prepararle una
   comida especial antes de su salida.

7. Se quedará en la capital _____ dos meses.

8. Él trabajará en una tienda o en una fábrica, si hay un puesto _____ él.

9. Él cree que habrá más oportunidades _____ su familia en la ciudad.

10. Las páginas finales de este cuento de Manuel están _____ escribirse.

7-22 **Una entrevista.** Hazle preguntas a tu compañero(a) de clase con **por**
o **para** para saber la información indicada a continuación.

1. el motivo para estar en esta clase de español

2. lo que quiere estudiar en la universidad

3. el periodo de tiempo que tendrá que estudiar para terminar esa carrera

4. si trabaja con el fin de pagar sus gastos

5. si prefiere estudiar en la mañana o en la tarde

¿Cómo contestaste tú? ¿Se parecen mucho tus respuestas a las de tu
compañero(a)? Explica.

Los pronombres preposicionales

A. Pronombres preposicionales de uso no reflexivo

1. Los pronombres preposicionales de uso no reflexivo se usan como objetos
   de preposiciones. Tienen las mismas formas que los pronombres de sujeto a
   excepción de **mí, ti.**

mí	nosotros(as)	él	ellos
ti	vosotros(as)	ella	ellas
usted	ustedes		

2. Algunas preposiciones que preceden a los pronombres preposicionales:

a	en	por
ante	hacia	sin
contra	hasta	sobre
de	para	tras
desde		

3. Las formas de la tercera persona singular y plural se refieren a personas y también a cosas.

No puedo estudiar sin ellos. (libros)

4. Con la preposición **con, mí** y **ti** cambian a **conmigo** y **contigo.**

¿Vas conmigo o con ellos?
Quieren mudarse contigo a la ciudad.

5. Con las palabras **como, entre, excepto, incluso, menos, salvo** y **según,** se usan los pronombres de sujeto más que los pronombres preposicionales.

Hay mucho cariño entre tú y yo.
Quiero hacerlo como tú.

6. Se usa el pronombre preposicional neutro **ello** para referirse a una idea o a una situación mencionada anteriormente.

Estoy harto de ello.
No veo nada malo en ello.

B. Pronombres preposicionales reflexivos

mí	(mismo[a])	nosotros(as)	(mismos[as])
ti	(mismo[a])	vosotros(as)	(mismos[as])
sí	(mismo[a])	sí	(mismos[as])

1. Las formas reflexivas se usan cuando el sujeto de la oración y el pronombre preposicional se refieren a la misma persona. Estas formas son las mismas que las formas no reflexivas de los pronombres preposicionales a excepción de **sí,** el cual se usa para todas las formas de la tercera persona (singular y plural). Cuando se usa con la preposición **con,** el pronombre preposicional reflexivo **sí** cambia a **consigo.**

El campesino nunca habló de ella.
El campesino nunca habló de sí (mismo).
Ellas estaban contentas con él.
Ellas estaban contentas consigo (mismas).

2. Se puede añadir el adjetivo **mismo** después de cualquier pronombre preposicional reflexivo para enfatizar el sentido reflexivo. En estas construcciones, **mismo** concuerda en género y número con el sujeto.

Ellas quieren hacerlo para sí mismas.
Estamos descontentos con nosotros mismos.

PRÁCTICA

7-23 **Preguntas generales.** Contesta estas preguntas, usando las formas no reflexivas de los pronombres preposicionales.

1. ¿Para quién(es) son los regalos? (yo / tú / él / ellas / nosotros / ella / ustedes)
2. ¿Con quién(es) han discutido ellos el problema? (tú / yo / ella / ellos / ustedes / él)
3. ¿Salvo quién(es) están en contra? (ellos / tú / yo / ustedes / él / nosotros / ella)

7-24 **Más preguntas generales.** Contesta estas preguntas, usando las formas reflexivas de los pronombres preposicionales. Tu compañero(a) de clase va a hacerte las preguntas.

MODELO ¿Traen los refrescos para los invitados?
No, traemos los refrescos para nosotros mismos.

1. ¿Compras un coche nuevo para tu hermana?
2. ¿Hace tu amiga las actividades para el profesor?
3. ¿Está tu amigo descontento con su novia?
4. ¿Va tu primo a construir la casa para su familia?
5. ¿Están hablando ustedes de mí?

7-25 **Una entrevista.** Hazle estas preguntas a tu compañero(a) de clase.

1. ¿Quieres ir conmigo al cine esta noche?
2. ¿Quieres ir con nuestros amigos a un café después?
3. ¿Prefieres quedarte con nosotros esta noche en vez de volver a casa?
4. ¿Piensas que tu hermano(a) quiera salir contigo y conmigo?

Errores comunes: preposiciones

Las preposiciones son palabras que se usan para relacionar ideas. Hay verbos y sustantivos que deben utilizarse con determinadas preposiciones, como por ejemplo, **acordarse de** / **con el pretexto de.** Las preposiciones son invariables pero con frecuencia se emplean mal.

Forma INCORRECTA	Forma CORRECTA
de acuerdo a	de acuerdo con
en relación a	en relación con
en base a	basándose en
acto a realizar	acto por realizar
ayudar hacer algo	ayudar a hacer algo
cumplir en	cumplir con
evitar de hacerlo	evitar hacerlo

PRÁCTICA

Completa las siguientes oraciones con las preposiciones correctas. Si no se necesita preposición, deja el espacio en blanco.

1. ¿Crees que el gobierno cumplió _____ ayudar a los pobres?

2. De acuerdo _____ los datos, la pobreza mundial aumenta.

3. El economista creó un modelo, basándose _____ la teoría del bienestar.

4. Me gustaría ayudar _____ construir viviendas en Nicaragua.

5. Hay muchas obras de caridad _____ realizar.

6. ¿Qué se está haciendo en relación _____ las drogas?

7. No podemos evitar _____ pagar impuestos.

8. Este verano, acuérdate _____ hacer trabajo voluntario.

ABC News

La vida de la población indígena en la Ciudad de México

En la capital de México existen entre 600 mil y 3 millones de personas en condiciones de pobreza. Muchos son migrantes del campo que van buscando una vida mejor. Les falta la vivienda, así que invaden una propiedad y se quedan viviendo ahí sin servicios adecuados. Una gran porción de estas personas son indígenas. Al migrar, sus ilusiones se topan contra una realidad muy severa.

7-26 **Anticipación.** Antes de mirar el video, haz estas actividades.

A. Contesta estas preguntas.

1. ¿Cómo defines tú la «pobreza»?
2. ¿Dónde hay más pobreza en los Estados Unidos?
3. ¿Cuáles son algunas causas de la pobreza?
4. ¿Cuáles son algunas soluciones para el problema de la pobreza?

B. Estudia estas palabras del video.

la esperanza *confianza de que ocurra aquello que se desea*
los ingresos *dinero que se gana*
invadir *entrar en un lugar por la fuerza o injustificadamente*
marginal *que no está integrado; secundario; poco importante*
el (la) migrante *persona que cambia de residencia en busca de trabajo*
sanitario(a) *higiénico, saludable*
toparse con *encontrar casualmente*
tratar con *tener relación con alguien*
la vivienda *casa*

7-27 **Sin sonido.** Mira el video sin sonido una vez para concentrarte en el elemento visual. ¿Qué condiciones de pobreza se ven?

7-28 Comprensión. Estudia estas actividades y trata de descubrir las respuestas correctas al mirar el video.

◉ **AP* TEST TAKING TIP**
Don't be afraid to change your original answer if you think it's wrong.

1. ¿A que se refiere la expresión «los dos Méxicos»?
   a. a los ricos y a los pobres
   b. a la costa y a la montaña
   c. a los hombres y a las mujeres
   d. al pasado indígena y al presente

2. Oficialmente la población de indígenas en la capital suma...
   a. dos millones.
   b. quince mil.
   c. seiscientos mil.
   d. seis millones.

3. Uno de los mayores problemas que encuentran es la falta de...
   a. población.
   b. vivienda.
   c. legumbres.
   d. educación.

4. Muchas enfermedades y hasta muertes resultan de...
   a. la rebelión armada.
   b. las condiciones sanitarias.
   c. la falta de educación.
   d. las legumbres.

5. ¿Cuál es la ilusión de los que migran a la ciudad?
   a. aumentar sus ingresos
   b. conseguir tierra
   c. ir a los Estados Unidos
   d. vivir en una mansión

6. ¿Cuál de estas oraciones es cierta?
   a. Diez por ciento de la población de México recibe 15 por ciento de los ingresos.
   b. Otra manera de hacer frente a la falta de esperanza es visitando Acapulco.
   c. Es probable que el mayor problema del país sea la división profunda entre ricos y pobres.
   d. La población indígena migra al campo buscando una vida mejor.

7-29 Opiniones. En grupos de tres o cuatro estudiantes comenten estos temas.

1. ¿Las soluciones a la pobreza son más personales que oficiales?

2. ¿Las naciones ricas tienen una responsabilidad hacia los países pobres? ¿Por qué sí o por qué no?

3. La población marginal está formada por las minorías étnicas en todo el mundo. Da algunos ejemplos que apoyen o que se opongan a esa idea.

VOCABULARIO ÚTIL

VERBOS

abrazar *rodear con los brazos en señal de afecto*

despertarse (ie) *interrumpir el sueño*

entretenerse *divertirse; pasar el tiempo más agradablemente*

llevarse *quitar algo violentamente*

regalar *dar algo como regalo*

SUSTANTIVOS

la cuenta *depósito de dinero en un banco*

el cuerno *prolongación ósea que tienen algunos animales en la frente*

la inundación *abundancia excesiva de agua*

la madrugada *momento del día en que empieza a aparecer la luz del día*

la oreja *órgano a los lados de la cabeza por donde se oye*

la orilla *borde cerca del mar, río, lago, etcétera*

la pata *pie de un animal*

la raíz *parte de la planta que crece en la tierra*

el ruido *sonido desagradable*

el seno *pecho; mama*

el sueño *acto de dormir*

OTRAS PALABRAS Y EXPRESIONES

cumplir... años *llegar a tener un número preciso de años*

darse cuenta de *comprender; entender*

de repente *de manera inesperada*

poco a poco *despacio*

7-30 **Para practicar.** Completa el siguiente diálogo, usando la forma correcta de las palabras del **Vocabulario útil.**

PEPE ¿Y cuándo supiste que hubo una inundación?

TACHA Acababa de 1. _____ diez años. Muy temprano por la mañana, a la 2. _____, algo me despertó. También 3. _____ mi hermano.

PEPE ¿Qué te despertó?

TACHA Era el 4. _____ del agua del río. Mi hermano y yo 5. _____ que no era el sonido de siempre.

PEPE ¿Qué hicieron Uds.?

TACHA Saltamos de la cama y nos fuimos a la 6. _____ del río. Allí vimos las 7. _____ de un animal que se llevaba la corriente. No le vimos los 8. _____ ni las 9. _____ ni ninguna otra parte de la cabeza. Mañana 10. _____ doce años y creo que mi padre me va a 11. _____ una vaca. ¡Ojalá que a ella no le pase lo mismo!

Estrategias de lectura

- **Reconocer la oración principal.** La oración principal de un párrafo expresa el tema; las otras oraciones añaden detalles sobre ese tema.
- **Anticipar detalles.** Para saber a cuáles detalles tienes que prestar atención en un texto, lee las preguntas antes de la lectura.

7-31 **La estructura de los párrafos.** Lee el primer párrafo del cuento de esta unidad y completa los siguientes espacios en blanco. No tienes que escribir oraciones completas, ni tienes que usar citas del texto. Puedes expresarte simplemente con frases.

1. El tema principal: _____
2. Una ilustración del tema: _____
3. Un resultado de los acontecimientos: _____
4. Una reacción ante los acontecimientos relatados: _____

7-32 **En anticipación.** Anticipa el contenido del cuento, completando o contestando estas oraciones o preguntas. Vuelve a esta actividad después de terminar la lectura para ver si necesitas cambiar alguna respuesta.

1. La relación de los pobres con la naturaleza se caracteriza por...
2. La reacción típica del pobre hispano, ¿es la rebelión o la resignación?
3. ¿Por qué será tan importante la pérdida de la vaca de Tacha, que acaba de cumplir los doce años?

Private Collection, Index/The Bridgeman Art Library International

JUAN RULFO (1918–1986)

Nació durante la Revolución Mexicana, y de niño vivió en el pueblo de San Gabriel, estado de Jalisco. En la época colonial San Gabriel había gozado de alguna prosperidad, pero después empezó a decaer. Este proceso, visible también en muchos pueblos de la misma región, se aceleró después de la Revolución. Rulfo indica que la región en que está San Gabriel es árida y desolada. La mayoría de la gente de esa región ha emigrado y la que todavía vive en los pequeños pueblos es gente pobre que se ha quedado para acompañar a sus muertos.

Uno de sus primeros recuerdos de niño fue una rebelión campesina (1926–1928) en la que murió su padre. Habían mandado al niño a Guadalajara para hacer sus estudios primarios. Seis años después, cuando murió su madre, lo enviaron a un orfanato donde pasó varios años. Después de terminar sus estudios primarios, Rulfo estudió contabilidad, pero su progreso en esta carrera quedó interrumpido por una huelga general que clausuró las escuelas. Entonces, Rulfo tuvo que trasladarse a México, D.F. (1933) para continuar sus estudios. Los dos años siguientes fueron difíciles. Sin dinero y sin nadie que lo ayudara, Rulfo vivió en la pobreza. Manteniéndose lo mejor que podía, estudió jurisprudencia y literatura. Finalmente, consiguió un empleo en el Departamento de Inmigración, puesto que ocupó hasta 1947, cuando pasó a la oficina de ventas de Goodrich Rubber. Después Rulfo trabajó para el gobierno, la televisión y el cine, hasta conseguir empleo en el Instituto Nacional Indigenista.

La obra literaria de Rulfo empezó en 1940, cuando escribió una novela extensa sobre la vida en la capital. El lenguaje retórico de la novela no le gustó y resolvió destruirla. Entonces se dedicó a crear un estilo simple, libre de afectación literaria. El resultado fue la colección de cuentos que publicó en 1953, *El llano en llamas*. El escenario de los cuentos es Jalisco, con todo su calor, aridez y soledad. Los personajes son la gente que recuerda Rulfo de su niñez, gente que conocía el sufrimiento, el amor, la violencia y la pobreza. Rulfo describe con profunda comprensión y compasión su lucha perpetua contra la pobreza y la humillación.

ES QUE SOMOS MUY POBRES[1]

Aquí todo va de mal en peor°. La semana pasada se murió mi tía Jacinta, y el sábado, cuando ya la habíamos enterrado y comenzaba a bajársenos la tristeza, comenzó a llover° como nunca. A mi papá eso le dio coraje°, porque toda la cosecha de cebada estaba asoleándose en el solar. Y el aguacero llegó de repente, en grandes olas de agua, sin darnos tiempo ni siquiera a esconder aunque fuera un manojo°; lo único que pudimos hacer, todos los de mi casa, fue estarnos arrimados° debajo del tejabán°, viendo cómo el agua fría que caía del cielo quemaba aquella cebada amarilla tan recién cortada.

Y apenas ayer, cuando mi hermana Tacha acababa de cumplir doce años, supimos que la vaca que mi papá le regaló para el día de su santo° se la había llevado el río.

El río comenzó a crecer° hace tres noches, a eso de la madrugada. Yo estaba muy dormido y, sin embargo, el estruendo° que traía el río al arrastrarse° me hizo despertar en seguida y pegar el brinco° de la cama con mi cobija° en la mano, como si hubiera creído que se estaba derrumbando° el techo de mi casa. Pero después me volví a dormir, porque reconocí el sonido del río y porque ese sonido se fue haciendo igual hasta traerme otra vez el sueño.

from bad to worse

to rain; made him mad

even a handful   5
take shelter together; roof

saint's day   10
to rise
clamor; as it dragged by
jump; blanket
falling in

    15

Cuando me levanté, la mañana estaba llena de nublazones° y parecía que había seguido lloviendo sin parar. Se notaba en que el ruido del río era más fuerte y se oía más cerca. Se olía, como se huele una quemazón°, el olor a podrido° del agua revuelta°.

A la hora en que me fui a asomar°, el río ya había perdido sus orillas°. Iba subiendo poco a poco por la calle real°, y estaba metiéndose a toda prisa en la casa de esa mujer que le dicen *La Tambora°*. El chapaleo° del agua se oía al entrar por el corral y al salir en grandes chorros° por la puerta. *La Tambora* iba y venía caminando por lo que era ya un pedazo de río, echando a la calle sus gallinas para que se fueran a esconder a algún lugar donde no les llegara la corriente.

Y por el otro lado, por donde está el recodo°, el río se debía de haber llevado, quién sabe desde cuándo, el tamarindo° que estaba en el solar de mi tía Jacinta, porque ahora ya no se ve ningún tamarindo. Era el único que había en el pueblo, y por eso nomás° la gente se da cuenta de que la creciente esta° que vemos es la más grande de todas las que ha bajado el río en muchos años.

Mi hermana y yo volvimos a ir por la tarde a mirar aquel amontonadero° de agua que cada vez se hace más espesa° y oscura y que pasa ya muy por encima de donde debe estar el puente. Allí nos estuvimos horas y horas sin cansarnos viendo la cosa aquella. Después nos subimos por la barranca°, porque queríamos oír bien lo que decía la gente, pues abajo, junto al río, hay un gran ruidazal° y sólo se ven las bocas de muchos que se abren y se cierran y como que quieren decir algo; pero no se oye nada. Por eso nos subimos por la barranca, donde también hay gente mirando el río y contando los perjuicios° que ha hecho. Allí fue donde supimos que el río se había llevado a *la Serpentina,* la vaca esa que era de mi hermana Tacha porque mi papá se la regaló para el día de su cumpleaños y que tenía una oreja blanca y otra colorada y muy bonitos ojos.

No acabo de saber° por qué se le ocurriría a *la Serpentina* pasar el río este, cuando sabía que no era el mismo río que ella conocía de a diario°. *La Serpentina* nunca fue tan ataranta da°. Lo más seguro es que ha de haber venido dormida para dejarse matar así nomás° por nomás. A mí muchas veces me tocó despertarla cuando le abría la puerta del corral, porque si no, de su cuenta°, allí se hubiera estado el día entero con los ojos cerrados, bien quieta° y suspirando°, como se oye suspirar a las vacas cuando duermen.

Y aquí ha de haber sucedido eso de que se durmió. Tal vez se le ocurrió despertar al sentir que el agua pesada le golpeaba las costillas°. Tal vez entonces se asustó° y trató de regresar; pero al volverse se encontró entreverada y acalambrada° entre aquella agua negra y dura como tierra corrediza°. Tal vez bramó° pidiendo que la ayudaran. Bramó como sólo Dios sabe cómo.

Yo le pregunté a un señor que vio cuando la arrastraba el río si no había visto también al becerrito° que andaba con ella. Pero el hombre dijo que no sabía si lo había visto. Sólo dijo que la vaca manchada° pasó patas arriba muy cerquita de donde él estaba y que allí dio una voltereta° y luego no volvió a ver ni los cuernos ni las patas ni ninguna señal de vaca. Por el río rodaban° muchos troncos de árboles con todo y

big, dark clouds

fire; the rotten smell
20 *stirred up*
take a look; overflowed its banks; main
Bass Drum; splashing streams

25

bend
tamarind tree

30 *from that alone; this flood*

giant pile
thick

35 *ravine*
roaring

damage

40

I still don't know
from everyday life
45 *silly*
just like that
on her own
still; sighing

50

ribs; she got scared
bogged down and cramped
sliding; she bellowed

55

little calf
spotted
turned over
rolled

firewood	60
Just for that reason	
protect	
concern	
	65
heifer	
a little money; prostitute	
were ruined	
wild; sassy	70
they took to going around	
whistles	
late	
rolling; nude	75
mounted on top	
chased them away	
chased them down the street	
they are	
	80
anything to occupy herself	
with while she grows up	
would be willing to	85
just this far away	
punished	90
that way	
She turns over	
	95
claims	
keeps right on growing	
like a pine tree; pointed	100
stirred up	
she'll wind up	

raíces y él estaba muy ocupado en sacar leña°, de modo que no podía fijarse si eran animales o troncos los que arrastraba.

Nomás por eso°, no sabemos si el becerro está vivo, o si se fue detrás de su madre río abajo. Si así fue, que Dios los ampare° a los dos.

La apuración° que tienen en mi casa es lo que pueda suceder el día de mañana, ahora que mi hermana Tacha se quedó sin nada. Porque mi papá con muchos trabajos había conseguido a *la Serpentina,* desde que era una vaquilla°, para dársela a mi hermana, con el fin de que ella tuviera un capitalito° y no se fuera a ir de piruja° como lo hicieron mis otras dos hermanas las más grandes.

Según mi papá, ellas se habían echado a perder° porque éramos muy pobres en mi casa y ellas eran muy retobadas°. Desde chiquillas ya eran rezongonas°. Y tan luego que crecieron les dio por andar° con hombres de lo peor, que les enseñaron cosas malas. Ellas aprendieron pronto y entendían muy bien los chiflidos°, cuando las llamaban a altas° horas de la noche. Después salían hasta de día. Iban cada rato por agua al río y a veces, cuando uno menos se lo esperaba, allí estaban en el corral, revolcándose° en el suelo, todas encueradas° y cada una con un hombre trepado encima°.

Entonces mi papá las corrió° a las dos. Primero les aguantó todo lo que pudo; pero más tarde ya no pudo aguantarlas más y les dio carrera para la calle°. Ellas se fueron para Ayutla o no sé para dónde; pero andan de° pirujas.

Por eso le entra la mortificación a mi papá, ahora por la Tacha, que no quiere que vaya a resultar como sus otras dos hermanas, al sentir que se quedó muy pobre viendo la falta de su vaca, viendo que ya no va a tener con qué entretenerse mientras le da por crecer° y pueda casarse con un hombre bueno, que la pueda querer para siempre. Y eso ahora va a estar difícil. Con la vaca era distinto, pues no hubiera faltado quién se hiciera el ánimo de° casarse con ella, sólo por llevarse también aquella vaca tan bonita.

La única esperanza que nos queda es que el becerro esté todavía vivo. Ojalá no se le haya ocurrido pasar el río detrás de su madre. Porque si así fue, mi hermana Tacha está tantito así de retirado° de hacerse piruja. Y mamá no quiere.

Mi mamá no sabe por qué Dios la ha castigado° tanto al darle unas hijas de ese modo, cuando en su familia, desde su abuela para acá, nunca ha habido gente mala. Todos fueron criados en el temor de Dios y eran muy obedientes y no le cometían irreverencias a nadie. Todos fueron por el estilo°. Quién sabe de dónde les vendría a ese par de hijas suyas aquel mal ejemplo. Ella no se acuerda. Le da vuelta a° todos sus recuerdos y no ve claro dónde estuvo su mal o el pecado de nacerle una hija tras otra con la misma mala costumbre. No se acuerda. Y cada vez que piensa en ellas, llora y dice: «Que Dios las ampare a las dos».

Pero mi papá alega° que aquello ya no tiene remedio. La peligrosa es la que queda aquí, la Tacha, que va como palo de ocote crece y crece° y que ya tiene unos comienzos de senos que prometen ser como los de sus hermanas: puntiagudos° y altos y medio alborotados° para llamar la atención.

—Sí —dice—, llenará los ojos a cualquiera donde quiera que la vean. Y acabará° mal; como que estoy viendo que acabará mal.

Ésa es la mortificación de mi papá.

Y Tacha llora al sentir que su vaca no volverá porque se la ha matado el río. Está aquí, a mi lado, con su vestido color de rosa, mirando el río desde la barranca y sin dejar de llorar. Por su cara corren chorretes° de agua sucia como si el río se hubiera metido° dentro de ella.

Yo la abrazo tratando de consolarla, pero ella no entiende. Llora con más ganas. De su boca sale un ruido semejante al que se arrastra° por las orillas del río, que la hace temblar y sacudirse todita°, y, mientras, la creciente sigue subiendo. El sabor a podrido° que viene de allá salpica° la cara mojada° de Tacha y los dos pechitos de ella se mueven de arriba abajo, sin parar, como si de repente comenzaran a hincharse° para empezar a trabajar por su perdición[2].

105

little streams
entered

110 *similar to the sound that drags; shake all over rotten taste; splashes; wet swell up*

Juan Rulfo, «Es que somos muy pobres», *El llano en llamas*, Fondo de Cultura Económica, 1953.

Notas culturales

[1]En las «culturas de la pobreza», como las que existen en México y otros países, una de las posibles reacciones del pueblo es aceptar como inevitable lo que no pueden cambiar. Muchos mexicanos, ante una realidad que les parece poco flexible, adoptan una actitud fatalista. En este cuento, la expresión «Es que…» del título sugiere cierto fatalismo: parece decir que «Así es la vida. No hay nada que hacer.» En los Estados Unidos, tal vez por tradición cultural y especialmente por las mejores condiciones económicas, no se nota tanto esta actitud. Históricamente siempre se ha creído en el progreso y se ha expresado la creencia en la eficacia del esfuerzo del individuo para superar sus circunstancias económicas y sociales.

[2]Es notable también en este cuento la relación que existe entre el individuo y las cosas, entre la persona y sus posesiones: el destino de Tacha está tan unido a la vida de su vaca y su becerro que se puede decir que está determinado por ellos. Inclusive los pechitos de Tacha la amenazan, porque inexorablemente la conducirán a la prostitución. Su tragedia, que se vincula con las fuerzas ciegas de la naturaleza, parece inevitable y Tacha no tendrá más remedio que resignarse a su destino.

7-33 **Comprensión.** Contesta las siguientes preguntas.

1. ¿Cuántos años tiene Tacha?
2. ¿Cómo llegó Tacha a recibir la vaca?
3. ¿Qué le ha pasado a la vaca?
4. ¿Adónde fueron el narrador y su hermana para mirar el río?
5. ¿Por qué no podían entender lo que decía la gente?
6. ¿Se sabe lo que le pasó al becerro?
7. ¿Qué les había pasado a las dos hermanas mayores?
8. ¿De qué tiene miedo el padre ahora que se ha perdido la vaca?
9. ¿Qué esperanza les queda?
10. ¿Entiende la madre por qué le han resultado tan malas las dos hijas?

11. ¿Por qué es peligroso para Tacha su propio cuerpo?

12. ¿Cuál es la reacción de Tacha al sentir que su vaca no volverá?

13. ¿Cómo describe el narrador las lágrimas de ella?

14. ¿Por qué menciona Rulfo los pechitos de Tacha al final?

7-34 **Análisis literario.** Contesta las siguientes preguntas.

1. Con frecuencia, Rulfo, imitando el uso popular, coloca el adjetivo demostrativo después del sustantivo a que se refiere. Dice, por ejemplo, «la creciente esta» en vez de «esta creciente». Busca dos ejemplos más de ese uso.

2. En el primer párrafo, ¿qué importancia tiene la muerte de la tía Jacinta en comparación con otras pérdidas que ocurrieron esa misma semana?

3. Describe el río y el proceso de la inundación.

4. Al comentar la pérdida de la vaca y su becerro, dice el narrador: «Si así fue, que Dios los ampare a los dos». ¿Quién repite casi la misma expresión?

5. El río arrastra los animales. ¿Qué arrastra a las hermanas?

6. Al final del cuento, ¿cómo se unen la descripción de Tacha y la de la naturaleza?

7. Aunque este cuento trata de una situación regionalista, ¿tiene aspectos o ideas universales? ¿Cuáles son?

7-35 **Minidrama.** Presenten tú y otras personas de la clase un breve drama sobre el tema de la pobreza. Algunos temas podrían ser:

1. Varios jóvenes discuten el efecto de la pobreza en su familia.

2. Tacha y su familia: diez años después de la pérdida de la vaca.

3. Tacha y su familia están discutiendo la pérdida de la vaca cuando llega un tío de Tacha con buenas noticias: ¡el padre de Tacha se ha ganado la lotería nacional!

La narración

La narración generalmente describe alguna serie de acciones. Aunque no siempre, la mayoría de las veces se cuentan en el tiempo pasado. El pretérito y el imperfecto son los tiempos verbales más comunes. El imperfecto generalmente describe el fondo o la situación de la narración, mientras el pretérito normalmente describe lo que pasó.

Para escribir una narración se comienza igual que con los otros tipos de composición: decidiendo qué tema se va a tratar y qué detalles se van a incluir, tal vez haciendo una lista de los detalles. Después, hay que darles algún orden razonable; frecuentemente se usa el orden cronológico.

Generalmente hay tres partes diferentes de la narración: la que describe el fondo o la situación, la serie de acciones específicas y la sección final que narra el resultado de las acciones o una nueva situación.

> Para repasar las formas y los usos del pretérito y el imperfecto, ve a la Unidad 2.

7-37 **Temas.** Escribe una narración para uno de los temas siguientes.

El mejor cumpleaños. Escribe una composición de tres párrafos sobre el mejor cumpleaños que hayas tenido. Primero, prepara una lista de los detalles que vas a incluir y luego ponlos en orden lógico.

Una tragedia. Escribe una composición de tres párrafos sobre algún evento traumático que experimentaste. Puede ser un desastre natural —como una inundación—, la muerte de una mascota, una amistad arruinada, la vez que te perdiste en una tienda, o cualquier otra pequeña tragedia. Primero, prepara una lista de los detalles que vas a incluir y luego ponlos en orden lógico.

> **◉ AP* TEST TAKING TIP**
> *Master all the verb tenses and make sure you know when to use each tense. To do this, study a little bit every day. It's impossible to memorize all the verb conjugation forms the week before the exam.*

Involucrar a otros en una conversación

Aprender a involucrar a tu compañero(a) en las conversaciones es una técnica importante para seguir una conversación. Esto se logra utilizando expresiones para confirmar que estás entendiendo y con preguntas para pedir una opinión o más información.

Confirmar un comentario anterior:

Viven en México, ¿no?
No te gusta bailar, ¿verdad?

Pedir una opinión o información:

Y ¿qué le (te) parece esta idea?
Y ¿qué piensa Ud. (piensas)?
¿Qué opina Ud. (opinas) de este problema?
¿Qué sabe Ud. (sabes) de eso?

7-37 **Situaciones.** Con un(a) compañero(a) de clase, preparen un diálogo que corresponda a una de las situaciones siguientes. Estén listos para presentarlo enfrente de la clase.

> ◉ **AP* TEST TAKING TIP**
> *It's okay to make up people, events, and details. You won't be graded on factual accuracy.*

Buscando un nuevo apartamento. Acabas de mudarte a una ciudad cerca de las montañas y estás buscando un apartamento. Llamas a un(a) corredor(a) de bienes raíces *(realtor)*. El (La) corredor(a) de bienes raíces te hace una serie de preguntas para saber la clase de apartamento que te gustaría tener.

El (La) corredor(a) debe pedir información sobre las cosas siguientes:

a. número de cuartos que quieres que incluya: las habitaciones, baños, etcétera

b. la ubicación del apartamento: ¿en qué parte de la ciudad? ¿en qué piso? etcétera

c. la necesidad de tener un garaje

d. el dinero que quieres pagar para alquilar un apartamento

e. otras cosas de importancia

Buscando empleo. Tienes una entrevista con el (la) director(a) de personal de una compañía multinacional. Le dices al director (a la directora) la clase de trabajo que quieres. El (La) director(a) te hace preguntas y te describe los trabajos que están disponibles en la compañía. Luego te pide que completes un formulario y que lo dejes con la secretaria. Te informa que él (ella) te llamará el viernes.

INTERCAMBIOS

Discusión: Los problemas contemporáneos.

Hay tres pasos en esta actividad.

1 **PRIMER PASO:** En grupos de tres personas, contesten las siguientes preguntas y expliquen sus respuestas.

2 **SEGUNDO PASO:** Los miembros de cada grupo tienen que preparar una explicación para sus respuestas.

3 **TERCER PASO:** Los grupos tienen que participar en una encuesta conducida por el (la) profesor(a).

1. ¿Cuál es el problema más grave con que nos enfrentamos en los Estados Unidos?
   a. el crimen
   b. la inflación
   c. el desempleo

2. ¿Cuál de los siguientes es el problema más grave con que vamos a enfrentarnos en el futuro?
   a. el exceso de población
   b. la contaminación del agua y del aire
   c. la pobreza

3. Si fueras presidente, ¿a cuál de los siguientes problemas le darías prioridad?
   a. a la defensa del país
   b. a los programas contra la pobreza
   c. a la ayuda económica para las ciudades

4. ¿En cuál de los siguientes programas debe gastar más dinero el gobierno?
   a. en la cura para el cáncer
   b. en la eliminación de los barrios pobres
   c. en empleos para los desocupados

5. ¿Quién es más responsable por el bienestar económico?
   a. el gobierno
   b. la industria
   c. el individuo

6. Si fuera necesario que el gobierno federal gastara menos, ¿qué gastos podría eliminar?
   a. el apoyo económico para los países extranjeros
   b. los fondos para la educación
   c. los gastos para la defensa nacional

7. ¿Cuál es la causa principal del crimen?
   a. la falta de oportunidades económicas
   b. la disolución de la familia
   c. los prejuicios raciales

En esta sección vas a escribir un ensayo persuasivo, utilizando tres fuentes: dos artículos escritos y una grabación de un artículo periodístico. Tu ensayo debe tener un mínimo de 200 palabras y debe utilizar información de todas las fuentes para apoyar tu punto de vista.

Tema curricular: Los desafíos mundiales

Tema del ensayo: ¿Crees que la pobreza es un problema serio en Latinoamérica? ¿Qué se puede hacer para ayudar a los pobres?

Un hombre vende cestas y sombreros de paja en México.

FUENTE NO. 1

La pobreza, el mayor problema mundial

Sondeo de Gallup Internacional

Uno de cada diez argentinos dice que ha sufrido (él o su familia) hambre en los últimos 12 meses.

El dato surge de una encuesta que, en el orden mundial, realizó Gallup Internacional, con el título «Voice of the People 2005», destinada a medir cuál es el principal problema que aqueja a la gente, según la consideración de más de 50 000 individuos entrevistados por esa firma en todo el mundo.

En lo que respecta a Argentina, el 40 por ciento de la población sondeada dijo que la pobreza y la brecha entre ricos y pobres es el principal problema y, luego, con menciones cercanas al 10% figuran, respectivamente y en este orden: el terrorismo, las guerras y las drogas. La encuesta de Gallup Internacional se difunde en coincidencia con el Día Mundial de la Alimentación, que se celebra hoy.

... Ante la pregunta «¿cuál cree usted que es el problema más importante que enfrenta hoy el mundo?», el trabajo de Gallup indica que el 26% de los más de 50 000 encuestados se inclinó por la pobreza y por la brecha entre ricos y pobres; el 12% dijo que lo es el terrorismo; el 9%, el desempleo; el 8%, las guerras y los conflictos; el 7%, los problemas económicos y el 6%, las cuestiones ambientales.

El abuso de drogas, la corrupción, el crimen, el sida, la globalización, el fundamentalismo religioso, la educación, los derechos humanos y los refugiados y demás problemas de asilo en el mundo siguen en esa lista de problemas relevados en el trabajo «Voice of the People 2005».

Si se toman los datos por región, la preocupación por la pobreza y la brecha entre ricos y pobres fue puesta en el primer lugar de la lista de problemas mundiales por el 39% de los encuestados en América Latina. En orden decreciente, le siguieron el 37% de los africanos y el 30% de los consultados en Europa oriental y central.

En Europa occidental, el 26% consideró que la pobreza era el mayor problema, mientras que el 20% correspondió a respuestas de ciudadanos norteamericanos. En cuanto al hambre, del trabajo de Gallup surge que África es el continente más devastado: cuatro de cada diez africanos entrevistados dijeron que han sufrido (ellos o sus familias) hambre en los últimos 12 meses...

La Nación Online, Buenos Aires

⊚ **AP* TEST TAKING TIP**
Start your essay with an attention-getting line. This can be a proverb or famous quote, a thought-provoking question, or an anecdote. Of course, all of these need to lead up to your thesis statement.

FUENTE NO. 2

Aspectos de la pobreza

La pobreza en Latinoamérica tiene una larga tradición, tan larga que, según la opinión de algunos observadores, adquiere aspectos de una cultura o subcultura. Este estilo de vida o cultura pasa de generación en generación y sirve de mecanismo de supervivencia en un mundo hostil.

Sea en «villas miseria» de Buenos Aires, «favelas» de Río de Janeiro, «pueblos jóvenes» de Lima o «ciudades perdidas» de la ciudad de México, es que hay unos 128 millones de personas que según la ONU viven en barrios pobres en Latinoamérica. Constituye más del 10% de los casi mil millones de gente pobre en el mundo entero.

La tercera parte de la población urbana es pobre; esta gente tiene una mortalidad más alta y un promedio vital más bajo que los de los otros dos tercios. Contiene por lo tanto una mayor proporción de jóvenes.

Por su falta de instrucción los pobres tienden a existir al margen de la sociedad en que viven. Por esta razón una de las estrategias que ha tenido éxito en muchos países es la [de] «microfinanciamiento». Es un programa que permite que los bancos extiendan préstamos pequeños para que las familias pobres puedan organizar sus propios negocios. La ONU calcula que suman 60 millones los clientes con «microcréditos». Son frecuentes los participantes en el Ecuador, Colombia, el Perú y Bolivia. Ofrece un poco de esperanza.

Otra medida consiste en convertir a los pobres que se han establecido en barrios pobres en dueños de la tierra de que se han apoderado ilegalmente. Les da más estabilidad y un motivo para mejorar sus condiciones. El programa más grande en este sentido se lleva a cabo en Lima. Santiago de Chile también utiliza este método.

Otro programa que tendrá grandes beneficios a la larga es el de vincular el cheque mensual del gobierno con ciertas medidas deseables como hacer que los niños asistan a la escuela o hacer que se sometan a una auscultación médica.

Todos estos programas pueden no tener éxito pero representan la dedicación de los gobiernos democráticos a buscar resoluciones para el problema más serio de las naciones del continente.

Track 15

FUENTE NO. 3

De los 12,3 millones de esclavos que hay en el mundo, 1,3 millones son latinoamericanos

Crónica de hoy, Ciudad de México

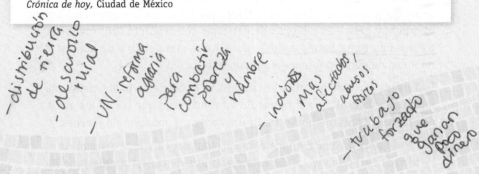

─ distribución de tierra
─ desarrollo rural
─ UN: reforma agraria para combatir pobreza y hambre
─ indios, más afectados, abusos físicos
─ trabajo forzado que ganan poco dinero

VOCABULARIO

VERBOS

abrazar *to embrace, to hug*
aumentar *to increase*
calentar (ie) *to heat*
crecer *to grow (in size)*
despertarse (ie) *to wake up, to awaken*
entretenerse *to entertain oneself*
estimular *to stimulate*
exigir *to demand*
llevarse *to carry away, to carry off*
mudarse *to move (residence)*
regalar *to give (a present)*
soñar (ue) (con) *to dream (about)*

SUSTANTIVOS

el barrio *neighborhood, district*
el camión *bus (slang)*
el (la) campesino(a) *peasant*
la cantina *bar*
la choza *hut, shack*
el comercio *trade*
la computadora (Am.) *computer*
la cuenta *account*
el cuerno *horn (of an animal)*
el desempleo *unemployment*
la desigualdad *inequality*
el extranjero *abroad, outside the country*
el frijol *bean*
el ingreso, los ingresos *income*
el intercambio *interchange, trade*
la inundación *flood*
la inversión *investment*

la madrugada *dawn*
la oreja *ear*
la orilla *bank (of a river, sea)*
la pata *foot (of an animal)*
la pobreza *poverty*
el promedio *average*
el (la) propietario(a) *property owner*
la raíz *root*
el ruido *noise*
el seno *breast*
el sueño *sleep*
el taller *shop, workshop*
la teoría *theory*
la venta *sale*
la ventaja *advantage*

ADJETIVOS

actual *current*
ajeno(a) *belonging to another*
embarazada *pregnant*
interno(a) *internal*
seco(a) *dry*

OTRAS PALABRAS Y EXPRESIONES

cumplir… años *to turn . . . (years old)*
darse cuenta de *to realize*
de repente *suddenly*
dondequiera *anywhere*
ganarse el pan *to earn a living*
poco a poco *little by little*
que sueñes con los angelitos *sweet dreams*

UNIDAD **8**

CONTENIDO

Los movimientos revolucionarios del siglo xx

A. Temas de composición

1. En tu opinión, ¿crees que es posible resolver los problemas sociales y políticos del mundo sin conflictos? Explica.

2. ¿Crees que un país debe ayudar a un movimiento revolucionario en un país vecino, si le es ideológicamente conveniente? Explica.

3. ¿Crees que las revoluciones que han ocurrido en varios países hispanoamericanos realmente hayan mejorado la situación del pueblo? ¿Por qué sí o por qué no?

4. En tu opinión, ¿qué pueden hacer los Estados Unidos para eliminar la injusticia social en el mundo?

5. ¿Puede salir un país del subdesarrollo *(underdevelopment)*? Explica.

B. Temas de presentación oral

1. la Revolución Mexicana de 1910
2. los sandinistas
3. Che Guevara
4. David Alfaro Siqueiros
5. Mercedes Sosa

◀ Estas personas del Perú hacen una manifestación. ¿Quiénes participan? ¿Hay manifestaciones como esta en tu estado?

🔊 Audio   🌐 www.cengagebrain.com   ▶ Video on DVD

287

Enfoque

Con frecuencia, en la América Latina, un cambio violento de gobierno no es más que un «golpe de estado» *(coup d'état)* en que el cambio solo afecta a la presidencia. Sin embargo, a veces las condiciones han sido tan insoportables *(unbearable)* que el pueblo se ha rebelado. La pobreza y la escasez de oportunidades económicas, los gobiernos opresivos y otros factores han favorecido, en ciertas épocas y en ciertos países, la creación de movimientos guerrilleros o revolucionarios. Veamos aquí algunos casos de revoluciones o insurrecciones ocurridas a lo largo del siglo xx.

VOCABULARIO ÚTIL

VERBOS

efectuar *ejecutar; realizar*

ejercer *hacer uso*

eliminar *quitar; anular*

modificar *transformar; cambiar*

pertenecer a *formar parte de algo*

reforzar (ue) *aumentar la intensidad de algo*

SUSTANTIVOS

el apoyo *ayuda; protección*

la dictadura *gobierno cuyo poder se concentra en una sola persona autoritaria*

el ejército *cuerpo militar de una nación*

el éxito *buen resultado*

    tener éxito *dar resultado; triunfar*

la ideología *ideas o valores, especialmente políticos*

el poder *mando o influencia*

OTRAS PALABRAS

autocrático(a) *del sistema en el que gobierna una sola persona*

poderoso(a) *que tiene poder o influencia*

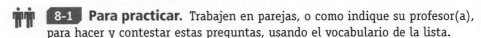 **8-1** **Para practicar.** Trabajen en parejas, o como indique su profesor(a), para hacer y contestar estas preguntas, usando el vocabulario de la lista.

1. ¿Tienes una ideología política clara ahora? ¿Puedes describirla? ¿Sabes a quién vas a apoyar en las próximas elecciones? ¿Perteneces a algún partido u organización política? ¿A cuál?

2. ¿Has participado en alguna manifestación o demostración? ¿Contra qué protestaba la gente? ¿Tuvo éxito la gente?

3. ¿Conoces a alguien que ha vivido en una dictadura? ¿Cómo describe su experiencia?

4. ¿Crees que está justificado efectuar cambios por la fuerza a veces? ¿Cuándo? ¿O siempre se puede modificar el gobierno y eliminar la injusticia, usando métodos pacíficos? ¿Crees que la violencia genera más violencia? Explica tu posición.

Anticipación. Trabajen en parejas o grupos de tres. Vean los mapas al principio de este libro. Hagan una lista de los países y sus capitales en Centroamérica y Norteamérica. Indiquen en qué parte del país está situada cada capital. ¿Cómo influye la geografía de un país en su desarrollo político y económico?

Revoluciones del siglo xx

Revolución y «golpe de estado»

Durante el siglo xx, en casi todos los países hispanoamericanos se efectuaron más cambios de gobierno por la fuerza que por vía democrática. Sin embargo, estos cambios, que raramente tienen las características de revoluciones, son simples golpes de estado. Estos se pueden definir como cambios que solo

5 sustituyen un elemento por otro, sin que se modifiquen los verdaderos poderes socioeconómicos. Algunos autores sugieren° que en algunos países el golpe de estado ha asumido la misma función que tienen las elecciones parlamentarias en el sistema europeo. Es decir que cuando un presidente pierde el apoyo del congreso, sus rivales organizan un golpe en vez de fijar° elecciones. El

10 procedimiento tiene una serie de reglas tradicionales y generalmente se lleva a cabo con gran eficacia[1]. Claro que se elimina el elemento popular porque el cambio es de una fuerza militar a otra, de un grupo económico poderoso a otro grupo semejante, o de un partido autocrático a otro de tendencias iguales. Lo esencial es que las verdaderas bases del poder no cambian, sino solo los

15 individuos que lo ejercen.

Las verdaderas revoluciones implican cambios mucho más profundos en la distribución del poder. Ocurren de una clase social a otra, de los propietarios a los empleados, o de los oficiales a los soldados rasos del mismo ejército. Según la mayoría de los especialistas en política hispanoamericana, hubo solo tres

20 revoluciones en el siglo xx: la mexicana de 1910, la boliviana de 1952 y la cubana de 1959. Esto significa que en los tres casos se efectuó una modificación radical° en la organización de los elementos del poder.

Ocurrieron otros movimientos con aspectos revolucionarios, como el del gobierno de Salvador Allende[2] en Chile, el movimiento peronista en la Argentina[3]

25 o la rebelión militar en el Perú[4]. En los tres casos la base del poder era demasiado limitada para tener éxito a largo plazo°. Los sandinistas en Nicaragua tomaron el poder en 1979 con una ideología revolucionaria verdadera, pero las

suggest

hold

basic

long term

[1]Se ha dicho que algunos golpes de estado se resuelven con una llamada telefónica entre dos generales que comparan fuerzas y declaran el ganador. Aunque algunos son violentos, muchos involucran poco o ningún tiroteo *(shooting)*.

[2]*Salvador Allende* Allende asumió el poder en 1970 por medio del proceso electoral y una plataforma algo revolucionaria que empezó a cambiar la base del poder hasta que fue derrotado y asesinado por los militares en 1973.

[3]*movimiento peronista en la Argentina* Juan Perón fue presidente en dos ocasiones, en 1946 y en 1974. Carlos Menem, el presidente durante los años 1990, fue peronista, así también como lo fueron los presidentes del siglo xxi.

[4]*la rebelión militar en el Perú* El general Juan Velasco Alvarado asumió poder en 1968 con un programa revolucionario, el cual se desmanteló después de su muerte en 1975.

supporters

millenium; duly elected

carried out

measures

to grant them; claiming

favorable

presiones internacionales de los partidarios° de la «guerra fría» resultaron en
la destrucción de su revolución. Pero el caso es que la mayoría de los cambios
30 fueron golpes de estado.

En las dos últimas décadas del siglo xx vimos la desaparición de los
gobiernos militares y la llegada de la democracia, de alguna u otra forma,
a casi todos los países hispanoamericanos. Pero comienzan las dificultades
al inicio del tercer milenio°. En el Perú un presidente debidamente elegido°,
35 Alberto Fujimori, llevó a cabo° un «autogolpe de estado». Esto quiere
decir que suspendió la constitución y el Congreso y comenzó a gobernar
autocráticamente.

El presidente Menem en la Argentina, y Cardoso en el Brasil insistieron
en tomar medidas° para poder ocupar el puesto durante más de un
40 mandato. En todos los casos los presidentes han convencido a los Congresos
para que les otorguen° poderes extraordinarios, alegando° que era
necesario para gobernar efectivamente. Los resultados no han sido del todo
ventajosos°. Al salir Menem de la presidencia, la Argentina entró en un largo
período de inestabilidad en el que se vieron varios presidentes entrar y salir
45 de la Casa Rosada. En Ecuador grandes protestas públicas resultaron en la
salida de dos presidentes y nuevas elecciones. En Venezuela el presidente
Hugo Chávez gobierna autocráticamente y en 2009 pudo conseguir la
abolición de límites de mandatos, así que puede ser reelegido las veces que
quiera. Confiesa que piensa seguir hasta que Venezuela tenga una sociedad
50 socialista.

La Revolución Mexicana de 1910

Después de un largo período de
dictadura, un pequeño ejército formado
principalmente por hombres del norte
55 de México, se levantó violentamente
produciendo en el año 1910 una
revolución en el país. La guerra duró
varios años y terminó con una nueva
constitución nacional en 1917. Como
60 ocurre en muchos movimientos
violentos, la ideología se creó después
de la guerra. Pancho Villa y Emiliano
Zapata[5], que luchaban al frente de
ejércitos desorganizados y populares, se
65 convirtieron en héroes nacionales. Los
soldados respondían al carisma de los
líderes sin saber mucho ni de ideologías
ni de teorías políticas. También sentían
deseos de vengarse de la opresión que

Underwood & Underwood / Corbis

Pancho Villa (a la izquierda) y Emiliano Zapata
en un momento de unidad. ¿Cuál es la imagen
que tienen hoy día estas figuras de la Revolución
Mexicana de 1910?

[5]*Pancho Villa y Emiliano Zapata* Los dos líderes revolucionarios más populares de la Revolución Mexicana de
1910. Ninguno de los dos era un verdadero líder ideológico, y al final ambos fueron excluidos del nuevo gobierno.
Los dos hombres, sin embargo, conservan una imagen casi mística hasta el día de hoy.

70 habían sufrido bajo la dictadura de Porfirio Díaz[6]. Sin embargo, la lucha produjo una
    ideología que favoreció a las clases bajas, a expensas de los ricos del régimen anterior.

      La constitución de 1917, que todavía rige° en México, incluye varios artículos   *rules*
    dedicados a la justicia social, especialmente para los trabajadores urbanos.
    Permitió por primera vez los sindicatos, y estos vinieron a ocupar un puesto de
75 poder en la vida nacional. Además, se promulgaron° leyes para reducir el poder de   *passed*
    dos grupos importantes del régimen anterior: el de la Iglesia y el de compañías e
    individuos extranjeros.

      En el primer caso, se estableció un sistema de enseñanza pública para
    todo el pueblo. La educación había estado en manos de la Iglesia desde los
80 principios de la colonia. En el segundo caso, se declaró que el suelo° mexicano,   *soil*
    incluso° los minerales del subsuelo, pertenecía al pueblo. Esto daba al gobierno   *including*
    el derecho de prohibir la explotación del petróleo por elementos extranjeros.
    Durante el mandato del presidente Lázaro Cárdenas (1934–1940) todo el
    petróleo fue expropiado; entonces quedó en manos del gobierno. En vista de los
85 descubrimientos posteriores, este hecho asumió después muchísima importancia
    económica.

      Muchos han criticado la Revolución por ayudar principalmente a la clase
    media y a los capitalistas nacionales, y por no beneficiar al pueblo. Entre las
    únicas verdaderas mejoras figuran el aumento del alfabetismo° y la construcción   *literacy*
90 de un mayor número de hospitales y de otras obras públicas.

      El Partido Revolucionario Institucional (PRI), una coalición creada en la
    década de los veinte, ha tenido casi un monopolio del poder político durante
    unos 70 años. Aunque ha restringido° la libertad democrática, también ha traído   *restricted*
    una estabilidad política bastante sólida. Pero últimamente otros partidos han
95 comenzado a atacar ese poder exclusivo y el PRI, respondiendo a la presión
    pública, ha tenido que abrir el proceso electoral. Esta abertura resultó en la
    elección de un presidente, Vicente Fox, del PAN (Partido de Acción Nacional)
    en el año 2000. Es un partido relativamente más conservador que el PRI. Fox
    pudo resistir la oposición que surgió por no resolver él todos los problemas. Sin
100 embargo, el PAN ha podido seguir en la presidencia en 2006 con Felipe Calderón.
    El desafío° será mantener en el futuro la estabilidad política tradicional en   *challenge*
    México, y a la vez° permitir un proceso democrático más abierto.   *at the same time*

      Aunque no ha sido perfecta la Revolución, no se puede negar que ha llegado
    a crear un orgullo de ser mexicano entre el pueblo de ese país.

105 **Bolivia en 1952, Cuba en 1959 y Nicaragua en 1979**

    A mediados del siglo xx, Bolivia, además de ser el único país del continente sin
    puerto marítimo, tenía una gran población indígena sin tierra, y dependía de
    su producto único, el estaño°. En 1952 el Movimiento Nacional Revolucionario   *tin*
    asumió el poder e inició dos cambios radicales: la reforma agraria y la
110 nacionalización del estaño.

      Como en muchos otros casos, la reforma agraria redujo° la producción de   *reduced*
    comestibles porque los campesinos no tenían interés en producir más de lo que
    consumían. El estaño perdió su importancia y no produjo los ingresos° necesarios   *income*

---

[6]*Porfirio Díaz* Presidente de México de 1872 a 1911. Su régimen opresivo y su falta de voluntad de ceder el poder
dieron el motivo político de la Revolución.

para comprar la comida que faltaba. Los resultados generales de la Revolución
115 boliviana no han sido muy prometedores.

     De todas las revoluciones del siglo xx en Hispanoamérica, después de la de
México, la que más atención atrajo en los Estados Unidos ha sido la cubana. El
movimiento del «26 de julio»[7] fue encabezado por Fidel Castro y Ernesto «Che»
Guevara, quienes entraron victoriosos a La Habana el primero de enero de 1959.
120 La personalidad de Fidel y su imagen pública le atrajeron mucho apoyo popular.

rejection   La barba, la gorra militar, el rechazo° del lujo público generalmente asociado con
el puesto de presidente, lo identificaron —sinceramente o no— con el pueblo que
lo había ayudado tanto en su lucha militar.

     La presencia del «Che» Guevara, argentino de nacimiento, reforzó esta
125 identificación. Guerrillero de profesión, Che aumentó su imagen casi mística
cuando fue a Bolivia a morir en
una lucha revolucionaria de ese
país en 1967.

     Después de la victoria
130 revolucionaria cubana vino el
problema de encontrar un mercado
para su producto único: el azúcar.
Nacionalizaron las maquinarias
norteamericanas y los Estados Unidos
135 ya no quiso comprar su producto.
Castro, al proclamarse leninista,
consiguió apoyo de la Unión Soviética
durante casi tres décadas, frente a un

imposed   embargo económico impuesto° por los
140 Estados Unidos. Desapareció el apoyo
cuando desapareció la Unión Soviética

Che Guevara, figura importante de la Revolución
Cubana, fue uno de los revolucionarios más famosos
de Hispanoamérica. Todavía aparece en carteles y
murales. ¿Sabías tú algo sobre él?

y desde entonces Cuba ha sufrido una caída severa en sus condiciones económicas.
Parece que toda esta presión resultará en unos cambios básicos en el sistema de
gobierno cubano, pero hasta ahora, el único cambio notable ha sido la entrega de la
145 presidencia al hermano de Fidel, Raúl Castro.

     La larga dictadura de las varias generaciones de la familia Somoza en
Nicaragua dio origen a una oposición popular encabezada por el «Frente
Sandinista[8] de Liberación Nacional». Cuando llegó al poder en 1979 proclamó una
ideología izquierdista. Fidel Castro les prestó apoyo económico y también el apoyo
150 militar que requerían para luchar contra sus enemigos nacionales e internacionales.
Esta oposición violenta presionó al gobierno a permitir elecciones y la victoria
electoral de Violeta Chamorro puso fin a la revolución sandinista. Aunque lograron
mejoras en el sistema de educación y en la salud pública, no pudieron estabilizar la
economía ni pacificar la oposición. A pesar de la falta de progreso, Daniel Ortega,
155 el dictador sandinista, fue elegido presidente en 2006 y reelegido en 2011.

[7]*26 de julio* Es la fecha, en 1953, del primer ataque de los rebeldes y así nace el nombre del movimiento.
[8]*Sandinista* El nombre se deriva de Augusto César Sandino (1895–1934), héroe nacional de Nicaragua quien encabezó la resistencia contra la ocupación estadounidense (1927–1933).

8-3 **Comprensión.** Responde según el texto.

1. En Hispanoamérica, ¿por qué medio se han efectuado más cambios de gobiernos?
2. ¿Qué implican las verdaderas revoluciones?
3. ¿Por qué siguieron los soldados a hombres como Villa y Zapata?
4. ¿Qué documento resultó de la Revolución de 1910?
5. ¿Qué cambios trajo la Revolución Mexicana al sistema de educación de México?
6. ¿Qué cambio hubo en el gobierno mexicano en el año 2000?
7. ¿Cuál fue el problema que resultó de la reforma agraria en Bolivia?
8. ¿Qué hombres famosos se asocian con la Revolución cubana?
9. ¿Por qué dejó la Unión Soviética de apoyar al gobierno cubano?
10. ¿Qué presión le impusieron los Estados Unidos a Cuba?
11. ¿A qué familia depusieron los sandinistas?
12. ¿Qué mejoras lograron los sandinistas antes de perder el poder?

8-4 **Opiniones.** Expresa tu opinión personal.

1. ¿Hubo un golpe de estado recientemente en Hispanoamérica? ¿Unas elecciones que hayan causado un cambio muy radical en el gobierno? ¿Quién ganó?
2. ¿Hay gobiernos que pueden caer dentro de poco?
3. ¿Bajo qué condiciones se justifica efectuar una revolución, en vez de cambiar el gobierno por medios legales?
4. ¿Crees que es mejor que los minerales y el petróleo se consideren propiedad del pueblo? ¿Por qué sí o por qué no?
5. ¿Qué responsabilidad tienen los Estados Unidos hacia los países pobres como Bolivia?
6. ¿Por qué salieron tantos cubanos de su país después de la victoria de Castro?

EXPANSIÓN DE VOCABULARIO

Los sufijos

Los sufijos son grupos de letras que se añaden al final de una palabra con el propósito de modificar el significado. Por ejemplo, se puede añadir el sufijo **-mente** a un adjetivo para obtener un adverbio: **terrible** + **mente** = **terriblemente.** Estudia estos sufijos de uso común.

Sufijo	Significado	Ejemplo
-ero(a)	oficio o profesión	zapatero
-oso(a)	cualidad o abundancia	furioso
-ense	gentilicio	costarricense
-nte	que hace la acción	oyente
-ario(a)	relativo a	legionario

8-5 **Definiciones.** Escribe la palabra que corresponde a la definición.

1. miembro de la guerrilla _____
2. lleno de poder _____
3. de Nicaragua _____
4. que ama _____
5. relativo a la revolución _____

8-6 **Formar palabras con sufijos.** Completa según los modelos.

MODELO   pistola   _pistolero_

1. cocina _____
2. mensaje _____
3. camión _____
4. jardín _____
5. mina _____

MODELO   bondad   _bondadoso_

6. sudor _____
7. éxito _____
8. peligro _____
9. desastre _____
10. sospecha _____

MODELO   voluntad   _voluntario_

11. propiedad _____
12. partido _____
13. total _____
14. minoría _____
15. reacción _____

«Secuestraron al Sr. González...»

VOCABULARIO ÚTIL

VERBOS

exigir *pedir enérgicamente*

juntarse a *unirse; andar en compañía de alguien*

secuestrar *agarrar y retener a alguien por la fuerza para pedir dinero a cambio de su liberación*

suprimir *omitir; reprimir*

vencer *ganar; derrotar al adversario*

SUSTANTIVOS

el alivio *hacer menos intenso un dolor o una pena*

el amanecer *principio del día; comienzo de algo*

la amenaza *anuncio de un mal o peligro*

el casimir *tejido muy fino*

el colmo *grado más alto al que puede llegar algo*

la culpa *responsabilidad que tiene una persona a causar algo malo, aun involuntariamente*

el (la) espía *persona que obtiene información secreta*

la fábrica *lugar donde se elaboran productos con maquinaria*

el (la) guerrillero(a) *miembro de una guerrilla*

el (la) holgazán(ana) *persona perezosa, que trabaja muy poco*

la ola *aparición rápida de una cantidad de personas o cosas*

la pesadilla *sueño que produce angustia y ansiedad*

la primaria *escuela básica*

el rescate *dinero que se pide para liberar a alguien*

el secuestro *acción de secuestrar*

el sudor *líquido transparente y salado que sale de las glándulas*

ADJETIVOS

avergonzado(a) *sentir vergüenza o deshonor*

décimo(a) *que ocupa el número diez*

OTRAS EXPRESIONES

en cuanto *tan pronto como*

hacer *daño causar dolor*

8-7 **Para practicar.** Completa el párrafo siguiente con palabras escogidas de la sección **Vocabulario útil**. No es necesario usar todas las palabras.

Anoche tuve una 1. _____ . Soñé que un grupo de 2. _____ me
3. _____ . Los guerrilleros 4. _____ un 5. _____ de un
millón de dólares. Ellos dijeron que si no recibían el dinero pronto ellos me
6. _____ . Al 7. _____ , me desperté cubierto de 8. _____ .
¡Qué 9. _____ ! La 10. _____ fue nada más que un sueño. Era tarde.
11. _____ desayuné, salí para la 12. _____ donde estaba trabajando.
Todo el día traté de 13. _____ la memoria de lo que pasó anoche.

Estrategia al escuchar

Escucha la grabación varias veces. La primera vez, no te preocupes
de entender todas las palabras, sino de captar lo esencial del diálogo.
Antes de escuchar una segunda vez, lee las preguntas de comprensión
y al escuchar la grabación, toma apuntes de los detalles. La tercera vez,
verifica que las respuestas a las preguntas sean correctas.

🔊 **8-8** **En la mansión de los Hernández Arias.** Escucha el diálogo entre
Track 16 Gonzalo Hernández y su hijo Emilio.

8-9 **Comprensión.** Contesta las preguntas siguientes.

1. ¿Qué le ha pasado al Sr. González?
2. ¿Qué rescate exigen?
3. ¿Para qué quiere un pistolero el Sr. Hernández?
4. ¿Con quién va a hablar mañana?
5. Según Emilio, ¿a quién le sirve el orden legal?
6. ¿Cómo consiguió el Sr. Hernández su dinero?
7. ¿Qué tipo de vida ha llevado Emilio?
8. ¿Por qué se siente avergonzado Emilio?
9. ¿Qué va a hacer ahora?
10. ¿Quién despierta al Sr. Hernández?
11. ¿Era cierto lo que había soñado él, acerca de Emilio?
12. ¿Es Emilio joven o viejo?
13. ¿Cuál fue el resultado verdadero del secuestro?

8-10 **Opiniones.** Contesta las preguntas siguientes.

1. ¿Crees que los secuestros ayudan o hacen daño a la causa de los rebeldes? Explica.
2. En tu opinión, ¿cuáles son las injusticias sociales que existen y que provocan revoluciones?
3. ¿Crees que es posible resolver los problemas políticos y sociales sin revoluciones violentas? Explica.
4. ¿Tienes una actitud optimista o pesimista en cuanto al futuro del mundo? ¿Por qué?

8-11 **Actividad cultural.** Hoy día hay guerras y revoluciones en varias partes del mundo. Contesta estas preguntas.

1. ¿Cuáles son las diferencias y cuáles son las semejanzas entre los guerrilleros, los terroristas y los insurgentes?
2. ¿Es difícil o fácil luchar contra esos tres grupos de rebeldes?
3. ¿Cuáles son algunas de las cosas horribles que esos grupos hacen para atraer la atención de la gente y los políticos?
4. ¿Tienen mucho o poco éxito usando estas estrategias?
5. ¿Cómo se puede combatir las actividades de esos tres grupos?

Algunos empresarios en América Latina se transportan en helicóptero para prevenir secuestros.

Leonardo Díaz Romero/age fotostock/Getty Images

Los movimientos revolucionarios del siglo xx ■ 297

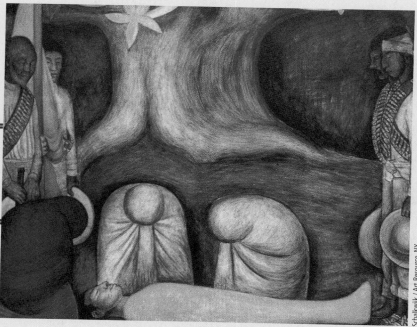

Schalkwijk / Art Resource, NY

En el pie de foto, ¿puedes identificar la cláusula adverbial? ¿el pronombre recíproco? ¿la voz pasiva?

Este mural sobre la Revolución de 1910 fue pintado por el famoso muralista mexicano Diego Rivera. En él, unos campesinos se reúnen para velar a un joven revolucionario. Vemos que después de que murió, el árbol floreció. Es decir, el sacrificio del joven liberó la tierra de sus opresores.

El subjuntivo en cláusulas adverbiales (1)

Heinle Grammar Tutorial: The subjunctive in adverbial clauses

A. Las cláusulas adverbiales

Una cláusula adverbial es una cláusula subordinada que modifica el verbo de la cláusula principal y, como adverbio, indica el tiempo, el modo, el lugar, el propósito o la concesión. Un adverbio, una preposición o una conjunción pueden introducir una cláusula adverbial.

> **Cláusula adverbial de tiempo:**
> El padre hablará con su hijo tan pronto como llegue de la primaria.
>
> **Cláusula adverbial de modo:**
> Salió sin que nosotros lo viéramos.
>
> **Cláusula adverbial de lugar:**
> Nos encontraremos donde quieras.
>
> **Cláusula adverbial de propósito o intención:**
> Fueron a la oficina para que ella pudiera hablar con el jefe.
>
> **Cláusula adverbial de concesión:**
> Debes ir a la clínica aunque no quieras.

En esta unidad, solo se tratarán las cláusulas adverbiales introducidas por adverbios de tiempo.

B. El subjuntivo y el indicativo en cláusulas adverbiales de tiempo

1. Se usa el subjuntivo en cláusulas adverbiales de tiempo, cuando el tiempo al que se refiere en la cláusula principal es el futuro o cuando se expresa incertidumbre o duda. Los adverbios siguientes por lo general introducen dichas cláusulas adverbiales:

antes (de) que	hasta que
cuando	mientras (que)
después (de) que	para cuando
en cuanto	tan pronto como

Ejemplos:

Van a discutirlo antes de que él salga.
Cuando me muera, lo tendrás todo.
Después que venzamos, habrá justicia.
Lo haremos en cuanto llegue ella.
Los secuestros van a continuar hasta que la policía haga algo.
Hablaré con los periodistas mientras estén en la oficina.
Ya habrá regresado para cuando su hija se despierte.
Dijo que me llamaría cuando él llegara.
Me avisó que lo haría en cuanto pudiera.

2. Si la cláusula adverbial de tiempo se refiere a un hecho, un evento cierto o algo que ya ocurrió, está ocurriendo o ocurre normalmente, se usa el indicativo. Por lo general, el presente del indicativo o uno de los tiempos pasados del indicativo aparecen en la cláusula principal.

Llegaron después que la policía rodeó la casa.
Lee una revista mientras se desayuna.
Siempre compraba un periódico cuando pasaba por el quiosco.

Antes (de) que siempre va seguido por el subjuntivo porque su significado asegura de que la acción en la cláusula adverbial está en el futuro.

PRÁCTICA

8-12 Un repaso del diálogo. Completa las oraciones en esta página y en la página 300 con la forma correcta de los verbos entre paréntesis. Luego, compara tus respuestas con las de un(a) compañero(a) de clase.

1. Emilio ya estará en casa cuando su papá (despertarse) _____.
2. Emilio ya estaba en casa cuando su papá (despertarse) _____.
3. Van a leer el artículo después de que (comprar) _____ el periódico.
4. Leyeron el artículo después de que (comprar) _____ el periódico.
5. Él mencionará el secuestro mientras (hablar) _____ con su tío.
6. Él mencionó el secuestro mientras (hablar) _____ con su tío.
7. Su papá dormirá hasta que el empleado (entrar) _____ a la sala.

8. Su papá durmió hasta que el empleado (entrar) _____ a la sala.

9. Ellos hablarán con el jefe tan pronto como él (llegar) _____ a la oficina.

10. Ellos hablaron con el jefe tan pronto como él (llegar) _____ a la oficina.

11. Los obreros van a formar un comité en cuanto ellos (encontrar) _____ un líder.

12. Los obreros formaron un comité en cuanto ellos (encontrar) _____ un líder.

8-13 **Cierto o incierto.** Cambia las palabras escritas en letra cursiva por las palabras entre paréntesis. Luego, escribe las oraciones otra vez, haciendo los cambios necesarios. Después compáralas con las de un(a) compañero(a) de clase y justifica los cambios.

1. Emilio no *dice* nada cuando su padre entra. (dirá)
2. En cuanto habla su padre, él no *escucha* más. (escuchará)
3. El empleado *se queda* en el cuarto hasta que él se duerme. (se quedará)
4. Ellos *hablan* con su profesor después de que entra a la clase. (hablarán)
5. Ella *trabaja* en la fábrica mientras sus hijos están en la escuela. (trabajará)
6. El periodista *buscó* a los guerrilleros hasta que los encontró. (buscará)
7. Tan pronto como llegó su hijo, *discutieron* los secuestros. (discutirán)
8. Ella *había salido* cuando nosotras llegamos. (habrá salido)

8-14 **Opiniones personales.** Con un(a) compañero(a) de clase, expresen sus opiniones acerca de los temas siguientes. Luego, comparen sus opiniones con las de un(a) compañero(a) de clase para ver las semejanzas y diferencias entre sus opiniones.

1. No voy a unirme *(join)* a un partido político hasta que _____.
2. Votaré por el presidente cuando _____.
3. Tendremos paz en el mundo tan pronto como _____.
4. Nuestro gobierno apoyará los movimientos revolucionarios cuando _____.
5. La democracia sobrevivirá después de que _____.
6. Habrá pobreza en el mundo hasta que _____.
7. Habrá menos revoluciones cuando _____.
8. Los cambios políticos continuarán hasta que _____.

8-15 **Las elecciones nacionales.** Es la temporada de las elecciones nacionales. Expresa tus opiniones sobre estas elecciones, usando las expresiones en la página 301. ¿Quiénes van a ganar, los republicanos o los demócratas? Tu compañero(a) de clase puede hacer el papel de representante de un partido político y tú puedes hacer el papel de representante del otro.

MODELO	hasta que

Los republicanos no van a ganar las elecciones hasta que ellos ganen el voto latino.

cuando
después de que
antes de que
tan pronto como

Ahora, compartan sus ideas con la clase.

Los pronombres recíprocos

⊕ **Heinle Grammar Tutorial:** Other uses of **se**

1. Se usan los pronombres reflexivos **nos** y **se** para expresar una acción recíproca o mutua. El equivalente en inglés es *each other* o *one another*.

> Nos escribimos todos los días.
> No se entienden.

2. A veces es necesario aclarar el uso recíproco y no reflexivo de estos pronombres. Esto se hace usando una forma de **uno... otro (uno a otro, la una a la otra, los unos a los otros,** etcétera).

> Nosotros nos engañamos.
> Nosotros nos engañamos el uno al otro.
> Ellos se mataron.
> Ellos se mataron los unos a los otros.

El uso del artículo definido en las frases aclaratorias es opcional: **Ellas se escriben una a otra** o **Ellas se escriben la una a la otra**. Fíjate que se usan las formas masculinas, a menos que ambos sujetos sean femeninos.

3. No se usa el pronombre recíproco cuando es el objeto de preposición, a menos que el verbo sea reflexivo. En cambio, se usa una forma de **uno... otro** con la preposición adecuada.

> Suelen hablar bien el uno del otro.
> Los vi pelear los unos contra los otros.
>
> PERO
>
> Se quejaron los unos de los otros.

PRÁCTICA

8-16 **Buenos amigos.** Tú tienes unos amigos muy buenos. Describe tu relación con ellos, siguiendo el modelo.

MODELO	ayudar / con nuestros estudios

Nos ayudamos con nuestros estudios.

1. ver / después de clase todos los días
2. encontrar / todas las tardes en la cafetería para tomar refrescos
3. prestar / dinero
4. chatear / durante el verano
5. mandar mensajes de texto / con frecuencia
6. dar / regalos

8-17 **Pidiendo información.** Hazle estas preguntas a un(a) compañero(a) de clase. Él (Ella) va a contestar con una oración completa.

1. ¿Se ayudan siempre tus amigos?
2. ¿Se conocieron Uds. hace mucho tiempo?
3. ¿Se escriben Uds. con frecuencia?
4. ¿Nos encontraremos en el café esta tarde?
5. ¿Nos vemos el sábado en el centro?

8-18 **Una reunión política.** Has asistido a una reunión política en el Zócalo en la Ciudad de México con un amigo(a) mexicano(a), quien es político(a). Estás explicándole lo que pasó durante la reunión a otro(a) amigo(a) que no pudo asistir. Tu amigo(a) de México no está de acuerdo con tu narración de lo que pasó. Actúa *(Act out)* esta situación con un(a) compañero(a) de clase que va a hacer el papel de tu amigo(a) mexicano(a). Usa las palabras de la lista en la conversación.

MODELO gritar
Tú: *Tom, los políticos se gritaron todo el tiempo.*
Tu amigo(a) mexicano(a): *¡Mentira! Nosotros no nos gritamos.*

mirar con desdén	insultar
tirar piedras	pegar
pelear	

8-19 **Relaciones personales.** Usando pronombres recíprocos, describe tu relación con las personas indicadas. Tu compañero(a) de clase va a hacer la misma cosa.

MODELO las primas de mi familia
Las primas de mi familia se admiran.

tus padres	tu consejero académico y tú
tus amigos	otros parientes
tus hermanos o hermanas	

El uso reflexivo para eventos inesperados

Uno de los usos del pronombre **se** es para hablar de una acción inesperada o accidental. En estas construcciones reflexivas, se añade un pronombre de objeto indirecto para referirse a la persona involucrada en el evento; el verbo concuerda en número con el sustantivo que le sigue. Esta construcción también quita la culpabilidad de la persona que realiza la acción. Algunos verbos que se usan en esta construcción son **perder, romper, olvidar, acabar, quedar, caer, ocurrir.**

Se me olvidó el dinero.
Se nos perdieron los periódicos.
A Pedro se le rompió el machete.
Al chofer se le perdieron las llaves.

PRÁCTICA

8-20 **Ellos no tienen la culpa.** Cambia las oraciones para indicar sucesos no planeados. Sigue el modelo.

MODELO   Alicia olvidó los libros.
          A Alicia se le olvidaron los libros.

1. Los chicos rompieron los platos.
2. Perdimos el dinero.
3. Olvidaste el periódico.
4. Tengo una idea. *(Usa* **ocurrir** *en la respuesta.)*
5. El chico rompió el disco.
6. Olvidamos los boletos.

8-21 **Sucesos inesperados.** Cuéntale a un(a) compañero(a) de clase algunas de las cosas inesperadas que les han pasado a ti y a los miembros de tu familia. Tu compañero(a) de clase va a hacer la misma cosa.

MODELO   yo / perder
          A mí se me perdió el dinero.

1. mi padre / olvidar
2. yo / quebrar
3. mi hermanita / perder
4. mi hermano / caer
5. mi madre / romper
6. mi abuelo / ocurrir

Ahora, relata algunas cosas inesperadas que te pasaron, o inventa cosas que no te pasaron a ti hoy.

8-22 **Para pedir información.** Con un(a) compañero(a) de clase, háganse estas preguntas.

> **MODELO**   ¿Se te perdió la tarea antes de llegar a clase hoy?
> *Sí, se me perdió la tarea en el autobús.*

1. ¿Se te paró el coche antes de llegar a la escuela?
2. ¿Se te olvidaron los libros hoy?
3. ¿Se te perdió la tarea para hoy?
4. ¿Se te olvidó el mapa para tu presentación?
5. ¿Se te olvidaron los apuntes que te presté?
6. ¿Se te olvidaron nuestras composiciones?

⊕ Heinle Grammar Tutorial:
The passive voice

La voz pasiva

Tal como en inglés, en español se usa la voz activa y la voz pasiva. En la voz activa, el sujeto realiza la acción del verbo; en la voz pasiva, el sujeto recibe la acción. Compara los ejemplos siguientes.

> **Voz activa:**
> Los mayas construyeron las pirámides de Uxmal y Chichén Itzá.

> **Voz pasiva:**
> Las pirámides de Uxmal y Chichén Itzá fueron construidas por los mayas.

A. La formación de la voz pasiva

La voz pasiva se forma con el verbo **ser** y un participio pasado. Se puede conjugar **ser** en cualquier tiempo y el participio pasado debe concordar en género y número con el sujeto. Por lo general, el agente de la acción (el que realiza la acción) se introduce por medio de la preposición **por.**

> Ese pueblo fue fundado por los españoles.
> Los tíos de Rudi van a ser ayudados por Bob y Carlos.

B. El uso de la voz pasiva

1. La voz pasiva con **ser** se usa cuando el agente que realiza la acción del verbo es explícito o implícito.

> Los apuntes fueron repasados por Carlos.
> El boleto fue comprado por Rudi.
> La casa fue destruida por el viento.

2. Si la acción de la oración es mental o emocional, la preposición **de** se usa con el agente en vez de **por**.

> El profesor es respetado (admirado, etcétera) de todos.

C. El *se* pasivo

Cuando el hablante quiere enfocar en el sujeto de la acción y el agente de la acción no se expresa en forma explícita, se usa el **se** pasivo. La construcción con el **se** pasivo siempre tiene tres partes:

> **se** + verbo en la tercera persona + sujeto de la acción

Fíjate que el verbo concuerda con el sujeto de la acción.

> En aquella librería se venden libros de historia.
> Muchas páginas se han escrito sobre la conquista.
> Allí se encuentra la población de origen colonial.

El uso del **se** pasivo es más común y preferible que el verdadero pasivo.

PRÁCTICA

8-23 **¿Quién hizo eso?** Cambia los verbos a la voz pasiva, usando el pretérito de **ser.**

1. Las bebidas (servir) _____ por la empleada.
2. El libro de historia (leer) _____ por Juan.
3. Los manuscritos (escribir) _____ por un monje.
4. La información (mandar) _____ por mi amigo.
5. Los indígenas (respetar) _____ por los turistas.

8-24 **Un viaje a México.** Bob y Rudi van a México. Relata sus planes, cambiando las oraciones de la voz activa a la voz pasiva.

1. Los alumnos estudiaron la historia de Hispanoamérica.
2. Carlos describe la influencia española en México.
3. Bob y Rudi explorarán las ruinas indígenas.
4. Van a visitar las misiones que estableció la Iglesia católica.
5. Carlos señaló otros lugares en la guía que los chicos deben ver.
6. Carlos compró los boletos para el viaje.
7. Bob escribirá el itinerario.
8. Ellos explorarán todas las regiones de México.

8-25 La llegada. Bob y Rudi han llegado a México. Con un(a) compañero(a) relaten lo que dice su guía, cambiando sus comentarios de la voz activa a la construcción con el **se** pasivo.

> **MODELO** Cambian dinero en el banco.
> *Se cambia dinero en el banco.*

1. Preparan platos típicos en los restaurantes cerca del Zócalo.
2. Venden libros antiguos en varias tiendas en la Zona Rosa.
3. Arreglan los planes del viaje en esa agencia.
4. Verán la catedral durante una visita a la plaza.
5. Tocan música folklórica en aquella cantina.

8-26 Personas, lugares y sucesos. Usando la voz pasiva, da información sobre las personas, los lugares y los sucesos siguientes. Luego compara tus oraciones con las de un(a) compañero(a) de clase. ¿Están de acuerdo?

> **MODELO** México / conquistar
> *México fue conquistado por los españoles.*

1. la Declaración de Independencia de los Estados Unidos / escribir
2. América / descubrir
3. el teléfono / inventar
4. el presidente / escoger
5. la Revolución cubana de 1959 / ganar
6. la familia Somoza / derrotar

8-27 Un viaje personal. Usando la voz pasiva, relátale a tu compañero(a) brevemente algunas experiencias que has tenido viajando.

Las conjunciones pero, sino, sino que

Pero, sino y **sino que** son conjunciones adversativas que unen dos elementos de una oración. Aunque todas se usan para negar, cada una tiene un uso específico.

1. **Pero** une dos elementos; el primer elemento puede ser afirmativo o negativo. Cuando es negativo, **pero** significa *sin embargo*.

   Prefiero mirar la televisión, pero tengo que estudiar.

   Raúl no es muy alto, pero juega bien al tenis.

2. **Sino** se usa solamente después de una cláusula negativa para expresar un contraste o una contradicción.

   Ellos no son peruanos sino chilenos.

   ¡Ojo! La conjunción **sino** no debe confundirse con **si no** (conjunción condicional + adverbio negativo): Iremos al parque si no llueve.

3. **Sino que** se usa cuando los verbos de las dos cláusulas son diferentes.

   No dijo que vendría sino que se quedaría en casa.

PRÁCTICA

Completa cada oración con **pero, sino** o **sino que**.

1. Quiere ser ingeniero _____ no es fácil.
2. No iré al concierto _____ lo escucharé por radio.
3. No es azul _____ verde.
4. No dijeron que lo comprarían _____ lo venderían.
5. No van a tomar el autobús _____ el metro.
6. No va al cine _____ se queda en casa.
7. No queremos quedarnos aquí _____ nos quedaremos.
8. Me gustaría charlar más, _____ tengo que terminar la tarea.

ABC News

La rebelión campesina en Chiapas

El movimiento zapatista comienza en 1994 como una rebelión armada seguida de manifestaciones en el campo, pero tiene poco éxito. El líder es el Subcomandante Marcos, también llamado el Delegado Cero, quien vive con una máscara para guardar su anonimato. La causa de los rebeldes es conseguir tierra para los indígenas de Chiapas. En 2006 hacen un viaje a todos los estados mexicanos para iniciar otra etapa de la lucha que consiste en formar una alianza con otros partidos izquierdistas para ganar más poder político.

8-28 **Anticipación.** Antes de mirar el video, haz estas actividades.

A. Contesta estas preguntas.

1. ¿Tu escuela tiene un proceso para escuchar las opiniones de los estudiantes, sin que sea necesaria una manifestación? Descríbelo.
2. ¿Has tratado de cambiar alguna regla en tu escuela? Explica.
3. ¿Es más fácil conseguir lo que se quiere por medio de negociación o por medio de manifestaciones?

B. Estudia estas palabras del video.

la alianza *unión de personas que tienen un mismo fin*
el anonimato *ocultación de la identidad de una persona*
la etapa *fase de una acción o proceso*
el éxito *buen resultado*
la máscara *pieza que cubre la cara*
mostrar *exponer, presentar*

8-29 **Sin sonido.** Mira el video sin sonido una vez para concentrarte en el elemento visual. ¿Cómo se viste el Delegado Cero?

8-30 **Comprensión.** Estudia estas actividades y trata de descubrir las respuestas correctas al mirar el video.

A. Comenta estas oraciones con los compañeros de clase. Decide si son verdaderas (V) o falsas (F).

1. Los Zapatistas van a continuar su rebelión armada en todo México.	____
2. El subcomandante Marcos ha dejado el poder en manos del Delegado Cero.	____
3. Los Zapatistas van a crear una alianza con los partidos derechistas.	____

B. Escoge la mejor palabra o frase para completar estas oraciones.

1. El viaje de los Zapatistas tiene como propósito aumentar su influencia...
   a. militar.
   b. política.
   c. económica.
   d. cultural.

2. ¿Por qué el Delegado Cero siempre lleva una máscara?
   a. Porque tiene la cara deformada.
   b. Porque le gusta la lucha libre.
   c. Para conseguir apoyo.
   d. Para guardar anonimato.

3. La acción armada de los campesinos ha tenido...
   a. poco éxito.
   b. un gran efecto.
   c. muchas reuniones.
   d. apoyo de los partidos derechistas.

4. El ejército campesino lleva el nombre de...
   a. un presidente de México.
   b. un general contemporáneo.
   c. un profesor universitario célebre.
   d. un héroe de la Revolución de 1910.

5. Se cree que el subcomandante Marcos es en realidad...
   a. un periodista.
   b. un profesor.
   c. un conservador.
   d. un empresario.

◉ **AP* TEST TAKING TIP**
Before the audio starts, write ¿quién? ¿qué? ¿cuándo? ¿dónde? ¿por qué? on a piece of paper. While you listen, jot down the answers to each question.

8-31 **Opiniones.** En grupos de tres o cuatro estudiantes, comenten estos temas.

1. Casi nunca hay violencia en la política cuando los procesos para modificar el gobierno existen y funcionan bien. ¿Estás de acuerdo o no?

2. Cuando hay esperanza de mejorar las condiciones económicas hay poco apoyo para las acciones violentas. ¿Sí o no?

3. En la guerra de independencia de los Estados Unidos solo un 20% de la población apoyó el movimiento. ¿Qué significa este hecho para los rebeldes actuales?

VOCABULARIO ÚTIL

VERBOS

afeitar *cortar el pelo cerca de la piel, en especial el de la barba*

pedalear *mover los pedales*

pulir *hacer que una superficie esté lisa y suave*

servirse de (i, i) *utilizar algo*

SUSTANTIVOS

el alcalde *jefe de una municipalidad o pueblo*

la barba *pelo que crece en la parte inferior de la cara*

la escupidera *pequeño recipiente que sirve para arrojar saliva en él*

la fresa *instrumento que sirve para perforar*

el gabinete *oficina; sala*

la gaveta *cajón que hay en los escritorios*

la lágrima *gota de líquido que sale de los ojos*

la mandíbula *estructura de hueso donde están implantados los dientes*

la muela *diente posterior*

el olor *aroma*

el sillón *silla grande de brazos*

ADJETIVOS

anterior *que existe antes; previo*

OTRAS PALABRAS Y EXPRESIONES

pegar un tiro *disparar un arma de fuego*

la sala de espera *habitación donde se sienta y se espera su turno*

8-32 **Para practicar.** Completa las oraciones con la forma apropiada de una palabra del **Vocabulario útil.**

EMILIO   ¿Cómo fue tu visita al dentista?

CLARA   Bueno, llegué un poco antes de las ocho y tuve que esperar en la 1. _____ . Me dijo la recepcionista que el 2. _____ de la ciudad había llegado inesperadamente. Tenía la 3. _____ toda hinchada *(swollen)* porque tenía una 4. _____ infectada.

EMILIO   ¿Lo viste entonces?

CLARA   En ese momento, no, pero la señorita me dijo que el dentista no quería recibirlo, pero el alcalde le dijo que si no lo recibía, le iba a 5. _____ .

EMILIO   ¡Qué barbaridad!

CLARA   Tú sabes cómo es. Además, todo el mundo sabe que el dentista y él son enemigos políticos.

EMILIO   Sí. Me han dicho que el dentista le tiene miedo y por eso tiene un revólver en la 6. _____ de una mesa en su 7. _____ . Ha dicho el dentista que 8. _____ del revólver si fuera necesario.

CLARA   Es verdad. Pero en esa ocasión no pasó nada. Después de un rato salió el alcalde. Era obvio que no se había 9. _____ por varios días, porque tenía la _____ muy larga. El dentista le había sacado la muela y el pobre tenía 10. _____ en los ojos. No dijimos nada y él salió en seguida. Creo que tenía vergüenza *(he was ashamed)*.

Estrategias de lectura

- **Comprender artículos y pronombres.** Los artículos definidos (**el, la, los, las**) indican el género y número del sustantivo. Aunque normalmente van delante de los sustantivos, a veces acompañan a adjetivos que funcionan como sustantivos: Quiero el azul. Los pronombres señalan o sustituyen a los sustantivos. Los pronombres de objeto son **lo, la, los, las, le, les.**

- **Deducir el significado según el contexto.** Cuando encuentres una palabra que no conozcas, usa las frases que la rodean para determinar el significado más lógico de la palabra.

8-33 **Antes de leer.** Es importante comprender el significado de los artículos y los pronombres. ¿A qué se refieren los indicados en negrita?

1. Las revoluciones hispanoamericanas del siglo xx —**la** mexicana en 1910, **la** boliviana en 1952 y **la** cubana en 1959— tuvieron una base popular.
2. Hay una enorme diferencia entre su nivel de vida y **el** de las clases media y alta.
3. Los gobiernos han entendido bien la importancia de los medios de comunicación y **los** han utilizado para conseguir el apoyo del pueblo.
4. Cuando la violencia existe a tal grado, la gente se acostumbra a ver**la** como una manera natural de proceder.
5. Compare sus decisiones con **las** de los otros grupos de la clase.
6. Llegó su enemigo político al gabinete pero el dentista no quería recibir**lo.**
7. Después de la muerte del abuelo del joven, sus padres **lo** mandaron a Barranquilla.
8. A García Márquez no **le** ha gustado mucho el renombre, ya que esencialmente es un hombre modesto y tímido.

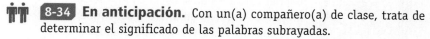 **8-34** **En anticipación.** Con un(a) compañero(a) de clase, trata de determinar el significado de las palabras subrayadas.

1. Don Aurelio nunca estudió en la universidad y por eso era dentista sin <u>título</u>.
   a. *title*
   b. *document*
   c. *degree*

2. Parecía no pensar en lo que hacía, pero trabajaba con obstinación, pedaleando en la fresa <u>incluso</u> cuando no se servía de ella.
   a. *even*
   b. *including*
   c. *inclusive*

3. El dentista abrió por completo la gaveta <u>inferior</u> de la mesa. Allí estaba el revólver.
   a. *inferior*
   b. *lower*
   c. *middle*

4. Movió el sillón hasta quedar <u>de frente</u> a la puerta, esperando a su enemigo.
   a. *back to*
   b. *facing*
   c. *in front of*

5. El dentista le movió la mandíbula con una cautelosa <u>presión</u> de los dedos.
   a. *apprehension*
   b. *pension*
   c. *pressure*

6. El alcalde vio la muela <u>a través de</u> las lágrimas.
   a. *crossing*
   b. *through*
   c. *traversing*

7. Él buscó su dinero en el <u>bolsillo</u> del pantalón.
   a. *pocket*
   b. *purse*
   c. *bag*

Bernardo De Niz /Landov

GABRIEL GARCÍA MÁRQUEZ
(1928–)

Gabriel García Márquez nació en Aracataca, un pueblo pequeño en la costa del Caribe, en Colombia. Allí vivió unos ocho años en la casa de sus abuelos. Muchos años más tarde, el autor había de recordar esos años como la época más importante de su vida. Su abuelo le contaba historias de la Guerra de los Mil Días (1899–1902) y del legendario General Uribe, historias que el escritor utilizaría después en su famosísima novela *Cien años de soledad,* donde el General se transformaría en la figura del Coronel Aureliano Buendía. Su abuela le contaba muchas cosas sobrenaturales, pero siempre lo hacía en un tono ordinario, como si lo irreal fuera natural. Así de ella aprendió el niño una técnica para narrar cosas que ya de adulto caracterizaría varias de sus obras literarias.

Después de la muerte de su abuelo, sus padres mandaron al joven a Barranquilla y después a Zipaquirá, un pueblo cerca de Bogotá, para su educación secundaria. Después estudió leyes, primero en Bogotá y después en Cartagena. Pero en esos años empezó a escribir cuentos y a leer vorazmente, especialmente obras de Kafka y Faulkner. También se hizo periodista, escribiendo primero para *El Universal* de Cartagena y después, para *El Heraldo* de Barranquilla y *El Espectador* de Bogotá.

En 1961 se estableció en México, donde en los años siguientes escribió guiones para cine con el famoso escritor mexicano Carlos Fuentes. En enero de 1965 cuando salía para Acapulco con su familia de vacaciones, se le ocurrió cómo contar *Cien años de soledad*. Volvió a México y durante dos años se dedicó completamente a la creación de esa novela.

La publicación de *Cien años de soledad* en 1967 constituyó un fenómeno extraordinario. En seguida la novela se hizo popular, tanto entre los críticos como entre los lectores generales. Es una novela que tiene muchos niveles de interpretación: se puede estudiar como síntesis de la cultura occidental, como resumen de la historia hispanoamericana o como novela regional entre otros muchos. Casi todos los críticos han indicado que es la novela más importante que ha aparecido en Hispanoamérica. García Márquez recibió el Premio Nobel de Literatura (1982), pero no le ha gustado mucho el renombre, ya que esencialmente es un hombre modesto y tímido.

El cuento que se incluye aquí, «Un día de éstos», fue publicado en 1962, en *Los funerales de la Mamá Grande*. La acción tiene lugar en Macondo, pueblo imaginario que también es el pueblo de *Cien años de soledad*. Es un cuento que refleja, tanto el humor sardónico del autor, como su preocupación por la violencia que, desgraciadamente, ha caracterizado varias épocas de la historia colombiana.

UN DÍA DE ÉSTOS[1]

El lunes amaneció tibio° y sin lluvia. Don Aurelio Escovar, dentista sin título y buen madrugador°, abrió su gabinete a las seis. Sacó de la vidriera° una dentadura postiza° montada aún en el molde de yeso° y puso sobre la mesa un puñado° de instrumentos que ordenó de mayor a menor, como en una exposición°. Llevaba una camisa a rayas°, sin cuello, cerrada arriba con un botón dorado°, y los pantalones sostenidos con cargadores elásticos°. Era rígido, enjuto°, con una mirada que raras veces correspondía a la situación, como la mirada de los sordos°.

Cuando tuvo las cosas dispuestas° sobre la mesa rodó° la fresa hacia el sillón de resortes° y se sentó a pulir la dentadura postiza. Parecía no pensar en lo que hacía, pero trabajaba con obstinación, pedaleando en la fresa incluso cuando no se servía de ella.

warm

early riser; glass case; set of false teeth; plaster; handful

display; striped

5 *golden*

held up by suspenders; skinny; deaf people

arranged; pushed

(fig.) dental chair

10

buzzards
drying themselves; ridge of the roof

shrill   15

half-closed

                          20

                          25

small cardboard box

                          30

Without hurrying

                          35

He turned
edge
swollen and painful   40

                          45

were boiling; skull; headrest

ceramic bottles
cloth
dug in his heels   50

infected; pressure

                          55

Después de las ocho hizo una pausa para mirar el cielo por la ventana y vio dos gallinazos° pensativos que se secaban° al sol en el caballete° de la casa vecina. Siguió trabajando con la idea de que antes del almuerzo volvería a llover. La voz destemplada° de su hijo de once años lo sacó de su abstracción.

—Papá.

—Qué.

—Dice el alcalde que si le sacas una muela.

—Dile que no estoy aquí.

Estaba puliendo un diente de oro. Lo retiró a la distancia del brazo y lo examinó con los ojos a medio cerrar°. En la salita de espera volvió a gritar su hijo.

—Dice que sí estás porque te está oyendo.

El dentista siguió examinando el diente. Sólo cuando lo puso en la mesa con los trabajos terminados, dijo:

—Mejor.

Volvió a operar la fresa. De una cajita de cartón° donde guardaba las cosas por hacer, sacó un puente de varias piezas y empezó a pulir el oro.

—Papá.

—Qué.

Aún no había cambiado de expresión.

—Dice que si no le sacas la muela te pega un tiro.

Sin apresurarse°, con un movimiento extremadamente tranquilo, dejó de pedalear en la fresa, la retiró del sillón y abrió por completo la gaveta inferior de la mesa. Allí estaba el revólver.

—Bueno —dijo—. Dile que venga a pegármelo.

Hizo girar° el sillón hasta quedar de frente a la puerta, la mano apoyada en el borde° de la gaveta. El alcalde apareció en el umbral. Se había afeitado la mejilla izquierda, pero en la otra, hinchada y dolorida°, tenía una barba de cinco días. El dentista vio en sus ojos marchitos muchas noches de desesperación. Cerró la gaveta con la punta de los dedos y dijo suavemente:

—Siéntese.

—Buenos días —dijo el alcalde.

—Buenos —dijo el dentista.

Mientras hervían° los instrumentos, el alcalde apoyó el cráneo° en el cabezal° de la silla y se sintió mejor. Respiraba un olor glacial. Era un gabinete pobre: una vieja silla de madera, la fresa de pedal, y una vidriera con pomos de loza°. Frente a la silla, una ventana con un cancel de tela° hasta la altura de un hombre. Cuando sintió que el dentista se acercaba, el alcalde afirmó los talones° y abrió la boca.

Don Aurelio Escovar le movió la cara hacia la luz. Después de observar la muela dañada°, ajustó la mandíbula con una cautelosa presión° de los dedos.

—Tiene que ser sin anestesia —dijo.

—¿Por qué?

—Porque tiene un absceso.

El alcalde lo miró en los ojos.

—Está bien —dijo, y trató de sonreír. El dentista no le correspondió°. Llevó a la mesa de trabajo la cacerola° con los instrumentos hervidos y los sacó del agua con unas pinzas° frías, todavía sin apresurarse. Después rodó la escupidera con la punta° del zapato y fue a lavarse las manos en el aguamanil°. Hizo todo sin mirar al alcalde. Pero el alcalde no lo perdió de vista°.

Era una cordal° inferior. El dentista abrió las piernas y apretó° la muela con el gatillo° caliente. El alcalde se aferró en las barras° de la silla, descargó toda su fuerza en los pies° y sintió un vacío helado° en los riñones°, pero no soltó un suspiro°. El dentista sólo movió la muñeca. Sin rencor, más bien con una amarga ternura°, dijo:

—Aquí nos paga veinte muertos, teniente.

El alcalde sintió un crujido de huesos° en la mandíbula y sus ojos se llenaron de lágrimas. Pero no suspiró hasta que no sintió salir la muela. Entonces la vio a través de las lágrimas. Le pareció tan extraña° a su dolor, que no pudo entender la tortura de sus cinco noches anteriores. Inclinado sobre la escupidera, sudoroso, jadeante°, se desabotonó la guerrera° y buscó a tientas el pañuelo° en el bolsillo del pantalón. El dentista le dio un trapo° limpio.

—Séquese las lágrimas —dijo.

El alcalde lo hizo. Estaba temblando. Mientras el dentista se lavaba las manos, vio el cielorraso° desfondado° y una telaraña polvorienta° con huevos de araña° e insectos muertos. El dentista regresó secándose las manos.

—Acuéstese —dijo— y haga buches de agua de sal°—. El alcalde se puso de pie, se despidió con un displicente° saludo militar, y se dirigió a la puerta estirando las piernas, sin abotonarse la guerrera.

—Me pasa la cuenta° —dijo.

—¿A usted o al municipio?

El alcalde no lo miró. Cerró la puerta, y dijo, a través de la red metálica°. —Es la misma vaina°.

Gabriel García Márquez, «Un día de éstos», de *Los funerales de la Mamá Grande*, 1962

didn't smile back

basin

forceps; toe

60 *washbasin*

didn't take his eyes off him

lower wisdom tooth; grasped; forceps; clasped the arms; pushed with all his strength with his
65 *feet; icy void; kidneys; didn't emit a sigh; bitter tenderness*
the crunch of bone

alien

70 *sweating, panting*

army jacket; felt for his handkerchief; rag

75 *ceiling; crumbling; dusty cobweb; spider eggs*

rinse your mouth out with saltwater
disdainful

80 *Send me the bill*

screen

thing

Nota cultural

[1]«Un día de éstos», se publicó en 1962 en la colección de cuentos *Los funerales de la Mamá Grande*. El ambiente del cuento refleja las guerras fratricidas que caracterizaron las luchas entre liberales y conservadores en Colombia entre 1948 y 1958. «La Violencia», como dicen los colombianos al referirse a esas guerras, tuvo un efecto profundo en todo el país, especialmente en los pueblos más pequeños, como vemos en este cuento de García Márquez.

8-35 **Comprensión.** Contesta las siguientes preguntas.

A. Según la lectura.

1. ¿A qué hora abrió don Aurelio su gabinete?
2. ¿Cómo reacciona el dentista al saber que el alcalde ha llegado?
3. ¿De qué sufre el alcalde?
4. ¿Cómo amenaza *(threatens)* el alcalde al dentista?

5. ¿Qué busca el dentista antes de dejar entrar al alcalde?
6. Después de sentarse, el alcalde se siente mejor. Pero, ¿cómo reacciona al sentir que se acerca el dentista?
7. ¿Por qué tiene que sacar la muela el dentista sin anestesia?
8. ¿Qué dice el dentista justo antes de sacarla?
9. ¿Cómo reacciona el dentista al ver las lágrimas del otro?
10. ¿Cómo sabemos que el alcalde tiene un control absoluto sobre el pueblo?

B. Comentarios generales.

1. ¿Cuál de los dos hombres es más macho?
2. ¿Debía el dentista castigar *(punish)* al alcalde, su enemigo?
3. ¿Qué médico te da más miedo cuando lo tienes que visitar? Explica.
4. Si tuvieras que ser médico, ¿qué tipo de médico preferirías ser? ¿Por qué?

8-36 Análisis literario. Contesta las siguientes preguntas.

1. El (La) lector(a) puede identificarse fácilmente con las reacciones del alcalde durante su visita al dentista. Menciona algunas de las reacciones con las cuales te identificas.
2. A otro nivel, el cuento puede interpretarse como una lucha política. Indica cómo entra la política en el cuento.
3. Ya sabes que el machismo es muy importante como fenómeno sociopsicológico en el mundo hispánico. ¿Cómo utiliza García Márquez ese concepto en su cuento?
4. ¿Con cuál de los dos hombres se identifica más el autor? Explica tu respuesta.
5. «Un día de éstos» es un cuento en el cual se dice menos de lo que realmente pasa. Es decir, hay cosas que están pasando que no se expresan explícitamente en el texto. Comenta sobre esa observación.

8-37 Minidrama. Presenten un breve drama sobre el tema de una visita al (a la) dentista. Algunos temas posibles son:

1. Mientras el (la) dentista le empasta un diente a una persona, le hace preguntas filosóficas o políticas que no tienen contestación simple. La pobre persona trata de responder.
2. Una persona visita a un(a) dentista por primera vez. El (La) dentista parece ser muy competente y la persona se siente tranquila mientras el (la) dentista le pone la anestesia. Pero mientras el (la) dentista le arregla el diente, la persona lo (la) reconoce. Es...
3. Tres personas están sentadas en la sala de espera de un(a) dentista. Empiezan a conversar. Una de las personas es estoica: no siente ningún dolor mientras el (la) dentista le arregla los dientes. Otra, que fue recepcionista de un dentista, menciona cosas terribles que vio en esa época de su vida. La tercera tiene mucho miedo cuando tiene que ir al dentista. En cierto momento, oyen gritar a la persona que está en el gabinete con el (la) dentista.

La exposición

La exposición es esencialmente una explicación o una declaración de algo. Frecuentemente es sobre algo abstracto o literario, pero también puede ser sobre cualquier tema. Para escribir una exposición es necesario formular una pregunta y responderla en el ensayo. En un ensayo el objetivo es hacer que el lector comprenda la idea, de modo que por lo general se dirige a su inteligencia y no a sus sentimientos. La extensión y la complejidad del ensayo resultarán de la complejidad del tema. Si se hace una pregunta como *¿De qué tratan las obras de Borges?*, se tendría que escribir un libro entero para agotar el tema. Pero, si se pregunta, *¿De qué trata el cuento «Un día de éstos» del colombiano García Márquez?*, se podría contestar así:

> *El ambiente del cuento refleja las guerras fratricidas que caracterizaron las luchas entre liberales y conservadores en Colombia entre 1948 y 1958. El cuento muestra cómo «La Violencia» (como dicen los colombianos) tuvo un efecto profundo en todo el país, especialmente en los pueblos más pequeños.*

Claro, en cualquier ensayo puede variar la cantidad de puntos que se incluyen.

8-38 **Situaciones.** Escribe una exposición para una de las situaciones siguientes.

La clase de historia. En tu clase de historia estás estudiando sobre la revolución cubana. Haz una pregunta y contéstala con un ensayo de tres párrafos.

El periódico escolar. Tienes que escribir un artículo para el periódico escolar. Como es el Día de César Chávez en California, decides escribir un ensayo sobre este personaje hispano. No te olvides de ponerle atención al proceso de limitar el tema. Haz una pregunta y contéstala con un ensayo de tres párrafos.

◉ **AP* TEST TAKING TIP**
Use transitions so the sentences and paragraphs flow together: **Para empezar, Además, De ese modo, En resumen.**

Interrumpir una conversación

A veces es necesario interrumpir una conversación si la otra persona no deja de hablar. Las expresiones a continuación son algunas que permiten hacer esto.

Para interrumpir una conversación

Bueno, pero opino que…

Sí, pero creo que…

Sí, pero un momento…

¿Me permite(s) decir algo?

Pero, déjeme (déjame) decir…

Mire(a), yo digo que…

Quisiera decir algo ahora.

 8-39 **Situaciones.** Con un(a) compañero(a) de clase, preparen un diálogo que corresponda a una de las situaciones siguientes. Estén listos para presentarlo enfrente de la clase.

Un secuestro. Tú has leído un artículo en un diario de México sobre el secuestro de un hombre de negocios de los Estados Unidos. Los terroristas piden un rescate de tres millones de dólares. Con un(a) amigo(a) discutan si los secuestros y otros actos de terrorismo pueden resolver los problemas políticos y sociales del mundo, o si hacen que la situación llegue a ser peor.

> ◉ **AP* TEST TAKING TIP**
> *Familiarize yourself with the scoring guidelines. A "5" speech sample fully addresses the task, is cohesive, includes appropriate cultural references and register, contains few grammatical errors, uses rich vocabulary, and is fluent.*

Un congreso (convention) internacional. Uds. participan en un congreso internacional de estudiantes. Tú eres pesimista en cuanto a la posibilidad de tener paz mundial, y explicas por qué. Tu compañero(a), que es optimista, dice que el mundo va a vivir en paz, y ofrece sus razones para creer eso.

Discusión

Hay tres pasos en esta actividad.

1 PRIMER PASO: Lee el comentario que sigue y el ejemplo.

Al comentar un problema, cedemos a veces a la tentación de expresarnos en términos absolutos (blanco y negro), en vez de reconocer todas las posiciones posibles frente al problema. Sin embargo, sabemos que es posible tomar una posición conservadora, moderada, liberal, radical o revolucionaria ante muchos problemas. Veamos un ejemplo:

PROBLEMA: el control de la natalidad *(birth control)*

POSICIÓN CONSERVADORA: El gobierno no debe hacer nada para controlar el número de nacimientos; es una cuestión individual.

POSICIÓN MODERADA: El gobierno puede educar a los ciudadanos, pero no debe tratar de establecer leyes para controlar la natalidad.

POSICIÓN LIBERAL: El gobierno debe promulgar ciertas leyes que fomenten el uso de los métodos artificiales para controlar la natalidad.

POSICIÓN RADICAL: El gobierno tiene el derecho de esterilizar a toda pareja que tenga más de dos hijos.

POSICIÓN REVOLUCIONARIA: Primero es necesario cambiar completamente el sistema de gobierno; después los nuevos gobernantes podrán establecer leyes sobre el asunto como mejor les parezca.

2 SEGUNDO PASO: En grupos de cinco, identifiquen una posición conservadora, moderada, liberal, radical o revolucionaria ante los siguientes problemas:

1. la distribución de la riqueza en los Estados Unidos
2. el uso de las drogas ilegales
3. el control de las grandes industrias multinacionales
4. la libertad de prensa

3 TERCER PASO: Después, presenten oralmente o en forma escrita las posiciones. Comparen sus opiniones con las de los otros grupos.

En esta sección vas a escribir un ensayo persuasivo, utilizando tres fuentes periodísticas: dos artículos escritos y una grabación de un artículo periodístico. Tu ensayo debe tener un mínimo de 200 palabras y debe utilizar información de todas las fuentes para apoyar tu punto de vista.

Hace cinco décadas que la organización terrorista ETA trata de lograr la independencia del País Vasco de España.

Tema curricular:
Los desafíos mundiales

Tema del ensayo:
¿Es la violencia la manera más efectiva de conseguir el poder político en los tiempos modernos?

FUENTE NO. 1

«Voy a arrasar; Guatemala está cansada de abusos»

- **Ya no aguantamos al Partido Oficial: Alfonso Portillo**
- **Es «Socialdemócrata, Fiel a la Izquierda Democrática»**
- **Define su Proyecto Político «Como de Centro-Derecha»**

Haroldo Shetemul, *corresponsal*

GUATEMALA, 6 de noviembre.

«Voy a arrasar en las elecciones del domingo porque el pueblo guatemalteco está cansado de los abusos y la prepotencia del partido oficial, el partido de los ricos», afirmó eufórico Alfonso Portillo un día antes de los comicios en los cuales es el favorito, según la mayoría de las encuestas de opinión.

Ex catedrático de marxismo en la Universidad Autónoma de Guerrero (UAG), México, Portillo es ahora el candidato del partido conservador, el Frente Republicano Guatemalteco (FRG) y compite por segunda vez en un proceso electoral, pues en enero de 1996 fue derrotado por Alvaro Arzú Irigoyen por la mínima diferencia de 30 mil votos, un escaso 1 por ciento del total de votos emitidos en esa oportunidad.

Portillo, de cuarenta y ocho años, recién casado con Evelyn Morataya y oriundo del departamento de Zacapa —a 160 kilómetros al oriente de la capital—, es conocido por su buen humor y su facilidad para contar chistes, además por su amor a la música rock de los setenta, el cine y la literatura.

Él mismo hace bromas sobre su apodo, «Pollo ronco», debido a su peculiar forma de hablar. Y a pesar de estar vinculado con el partido del general Efraín Ríos Montt, acusado de lanzar una ofensiva contra la guerrilla izquierdista en los años ochenta, que provocó centenares de masacres de indígenas y el éxodo de más de 100 mil de éstos a México, Portillo aún se define como izquierdista: «soy un hombre fiel a la izquierda democrática, pero me considero más socialdemócrata por mi carácter humanista».

Define su proyecto político dentro del FRG como de centro-derecha.

En la década de los ochenta, mientras Ríos Montt impulsaba la política de tierra arrasada, Portillo no soñaba con llegar a la Presidencia. En aquella época era un ardoroso colaborador del Ejército Guerrillero de los Pobres (EGP) que lo había reclutado para hacer que un grupo de profesionales guatemaltecos en México consiguieran fondos para hacer la revolución marxista en su país.

El País, Madrid

FUENTE NO. 2

Chávez acapara todo el poder

El presidente logra el ‹sí› con el 54,8% de los votos para la reelección indefinida—El líder bolivariano promete luchar contra la corrupción y la inseguridad

PABLO ORDAZ—Caracas

Sacó un millón de votos más que sus rivales, ganó en 20 de los 24 Estados de Venezuela, dejó claro que la desorganizada oposición no es capaz de rentabilizar el notable apoyo que todavía tiene y anunció una purga en su propio partido para echar a los corruptos y a los incapaces. Después de su victoria del domingo, Hugo Chávez ya sólo tiene que luchar contra los elementos: la crisis económica y el desplome del precio del petróleo. Todo lo demás sigue estando bajo su férreo control.

Diez años en el poder no son nada, al menos para Hugo Chávez, que por fin ha conseguido el permiso de los venezolanos para ser reelegido presidente una y otra vez.

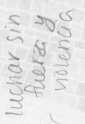

luchar sin fuerza y violencia

«Su estrategia es estar siempre en campaña», asegura un analista político. «La impopularidad es para él como la kriptonita para Superman». Ahora tendrá que vérselas con una economía que se deteriora cada día.

Ni lo ocultó

Antes ni lo ocultó después de la victoria. El presidente de Venezuela se jugaba el domingo su futuro personal y político. Por eso, nada más enterarse de que casi el 55% de los votantes había respaldado su deseo de presentarse indefinidamente a la reelección, salió al balcón del palacio presidencial de Miraflores e hizo un juramento ante sus hijas y la multitud: «Me consagro íntegramente al pleno servicio del pueblo. Todo lo que me queda de vida». De hecho, utilizó una cita del apóstol San Pablo para dejar claro ante todo el mundo que, si alguna vez su ambición política tuvo un límite, ya no: «Me consumiré gustosamente al servicio del pueblo sufriente».

El comandante de la revolución bolivariana dijo que su objetivo inmediato será el combate a la inseguridad ciudadana: sólo en 2008 se produjeron en Venezuela 13 780 homicidios y Caracas es ya una de las ciudades más peligrosas de América Latina.

Otro de los objetivos que, según señaló la noche del domingo, forman parte de sus nuevas prioridades es el combate a la corrupción. Chávez parece dispuesto por fin a escuchar lo que lleva oyendo desde hace tiempo. Que son muchos los políticos y funcionarios al servicio de la revolución que se están enriqueciendo de forma ilícita, sin apenas esconderse, a la vista de todos. Y ésta es una cuestión muy peligrosa para Chávez a medio plazo, cuando las clases más desfavorecidas —verdadero sustento electoral de la revolución bolivariana— se percaten de que su progreso es mucho menor y más lento que el de los que medran alrededor del presidente.

El País, Madrid

◉ **AP* TEST TAKING TIP**
Make sure you have an introduction, supporting details, and a conclusion.

Track 17

FUENTE NO. 3

ETA envía cartas exigiendo el 'impuesto' con fotos de los familiares de los extorsionados

El Mundo, Madrid

VOCABULARIO

VERBOS

afeitar *to shave*
efectuar *to effect, to cause to occur*
ejercer *to exercise*
eliminar *to eliminate*
exigir *to demand*
juntarse a *to join*
modificar *to modify, to change*
pedalear *to pedal*
pertenecer *to belong*
pulir *to polish*
reforzar (ue) *to reinforce*
rodear *to surround*
secuestrar *to kidnap*
servirse de (i, i) *to use*
suprimir *to suppress*
vencer *to win*

SUSTANTIVOS

el alcalde *mayor*
el alivio *relief*
el amanecer *dawn*
la amenaza *threat*
el apoyo *support*
la barba *beard*
el casimir *cashmere*
el colmo *limit*
la culpa *guilt, blame*
la dictadura *dictatorship*
el ejército *army*
la escupidera *spittoon*
el (la) espía *spy*
el éxito *success*
　　tener éxito *to succeed*

la fábrica *factory*
la fresa *drill*
el gabinete *office*
la gaveta *drawer*
el (la) guerrillero(a) *guerrilla fighter*
el (la) holgazán(ana) *loafer, idler*
la ideología *ideology, political belief*
la lágrima *tear*
la mandíbula *jaw*
la muela *molar*
la ola *wave*
el olor *odor*
la pesadilla *nightmare*
el poder *power*
la primaria *elementary school*
el rescate *ransom*
el secuestro *kidnapping*
el sillón *chair, armchair*
el sudor *sweat*

ADJETIVOS

anterior *previous*
avergonzado(a) *ashamed*
décimo(a) *tenth*

OTRAS PALABRAS Y EXPRESIONES

autocrático(a) *autocratic, dictatorial*
en cuanto *as soon as*
hacer daño *to harm, to hurt*
pegar un tiro *to shoot*
poderoso(a) *powerful*
la sala de espera *waiting room*

CONTENIDO

La educación en el mundo hispánico

A. Temas de composición

1. ¿Crees que la educación debe tener un fin práctico? ¿Debe limitarse a la preparación del alumno para un oficio? ¿Por qué sí o por qué no?

2. ¿Te parece que el sistema actual de evaluación del estudiante es un poco anticuado? ¿Hay otro sistema mejor? Explica.

3. ¿Debe ser gratuita la instrucción en las universidades públicas? ¿Por qué sí o por qué no?

4. ¿Qué te parece la práctica de colocar anuncios en los costados de autobuses escolares para recaudar fondos para las escuelas?

5. ¿Deben participar los estudiantes en la selección de los profesores? Explica.

B. Temas de presentación oral

1. la Universidad de Salamanca
2. la Ciudad Universitaria de México, D.F.
3. la organización de la enseñanza hispánica
4. la reforma universitaria de 1918
5. el 2 de octubre de 1968

◄ Los uniformes son muy típicos en las escuelas hispánicas.

🔊 Audio   🌐 www.cengagebrain.com   ▶ Video on DVD

Enfoque

La organización y los métodos de enseñanza reflejan los valores, los ideales y la situación socioeconómica de un pueblo. Además de aumentar los conocimientos tecnológicos, el sistema de enseñanza se dedica a transmitir la cultura de una generación a otra.

Esto se hace explícitamente en las clases de historia, de política o de religión; pero el sistema de enseñanza también tiene una influencia implícita en la sociedad a través de los métodos usados en la enseñanza, los cursos ofrecidos o la selección de alumnos.

La lectura cultural se dedica a la explicación de algunas de las grandes diferencias entre el sistema de enseñanza del mundo hispánico y el estadounidense.

VOCABULARIO ÚTIL

VERBOS

convenir (ie) *ser adecuado o beneficioso*

especializarse *dedicarse a una cosa o a un estudio determinado*

SUSTANTIVOS

la asistencia *acción de estar presente*

la elección *opción que se toma entre varias personas o cosas*

la instrucción *acción de enseñar conocimientos prácticos o teóricos*

la matrícula *acción de inscribirse*

el requisito *condición necesaria para algo*

el título *profesión, preparación, grado, etcétera, que alguien tiene después de completar los estudios necesarios*

ADJETIVOS

escolar *relativo a la escuela o al estudiante*

estudiantil *relativo a los estudiantes*

gratuito(a) *que no cuesta dinero*

particular *privado, que no es público*

superior *más alto; en los estudios, posterior al bachillerato*

 9-1 Para practicar. Trabajen en parejas, o como indique su profesor(a), para hacerse estas preguntas y contestarlas, usando el vocabulario de la lista.

1. ¿Qué materias estudias este semestre? ¿Tienes mucha libertad para escoger las clases que tomas para tu bachillerato *(high school diploma)*? ¿Son los idiomas extranjeros un requisito para graduarte?

2. ¿Piensas ingresar a la educación superior? ¿Qué especialización elegerías? ¿Qué título tendrás al final?

3. ¿En tu escuela los maestros ponen más atención a la investigación o a la instrucción? ¿Cuál prefieres?

4. ¿Es muy cara la matrícula en tu escuela o es gratuita?

5. ¿Crees que tu experiencia de la educación en la escuela primaria fue buena? ¿Por qué sí o por qué no? ¿Sacabas buenas notas?

6. ¿Has asistido a alguna escuela particular? ¿Cuál? ¿Crees que se debe crear un sistema de «vales» *(vouchers)* para ayudar a los alumnos que quieran asistir a una escuela particular?

9-2 **Anticipación.** Trabajen en parejas o en grupos de tres. Traten de adivinar el significado de las palabras en cursiva dentro del contexto de la educación.

1. Durante la primera época de la dominación árabe España fue el centro de la enseñanza *superior* en Europa.

2. La meta final era el *ingreso* a la universidad.

3. Hasta el siglo XIX la facultad de *teología* era la más importante. Después la facultad de derecho o de jurisprudencia comenzó *a prevalecer*.

4. Para pasar de un año a otro el alumno tenía que *aprobar* los exámenes finales.

La enseñanza hispánica

Historia de la enseñanza hispánica

Durante la primera época de la dominación árabe (siglos VIII-XIII) España fue el centro de la enseñanza superior en Europa. La tradición griega, traída por los moros, se extendió por todo el continente desde Córdoba. La conocida tolerancia de los moros hacia las ideas heterodoxas° los colocó al frente° de los
5   impulsos renovadores° de la época. Basándose en esta tradición se establecieron las primeras universidades españolas: las de Salamanca, Valencia y Sevilla en el siglo XIII.

unorthodox; situated in the forefront; impulses toward change

Durante el Renacimiento (siglos XV-XVII) aumentó la importancia de la educación y en esta época se fundaron en España la Universidad de Alcalá de Henares —hoy de Madrid— y la mayoría de las americanas: en Santo Domingo en
10   1538; en México y Lima en 1551; en Bogotá en 1563; en Córdoba, Argentina, en 1613; en Quito en 1622; en Sucre, Bolivia, en 1624; en Guatemala en 1676, etcétera. Casi todas estas instituciones fueron fundadas por órdenes religiosas, principalmente por los dominicos y los jesuitas. Como punto de comparación,
15   Harvard fue fundada en 1636, William and Mary en 1693 y Yale en 1701.

«Educación» y «enseñanza»

Para entender algo del concepto de la enseñanza en el mundo hispánico y de cómo difiere del de los Estados Unidos es necesario aclarar° algunas cuestiones de terminología. La palabra «educación» tradicionalmente se refiere al proceso
20   total de formar un adulto desde que era niño. Incluye, pero no se limita a la instrucción recibida en la escuela. El niño también recibe su formación de

to clarify

su familia, de la Iglesia y de sus experiencias. El proceso académico es la «enseñanza». La palabra deriva de «enseñar», y esta es la tarea del maestro. Solo recientemente se encuentra la palabra «educación» usada en el sentido del

25 proceso escolar.

Otros términos pueden confundir al estudiante norteamericano. La palabra «curso» significa todo un año escolar: por ejemplo, «el sexto curso de medicina». «Materia» es una serie de clases dedicadas a un curso. El curso, entonces, consiste en varias materias que por lo general están prescritas° sin que el estudiante tenga

prescribed

30 ninguna elección. El concepto de requisitos apenas existe, puesto que casi todas las materias dentro del curso son obligatorias. Hay casos en que el alumno puede elegir entre secciones: por ejemplo, el curso de lenguas modernas ofrece elección entre varias lenguas, pero en cualquier caso se estudia la misma serie de materias: gramática, cultura, literatura, etcétera.

35 El diploma de «bachillerato» es más o menos equivalente al diploma secundario en los Estados Unidos y no al título universitario. Este, por ser más especializado, no tiene nombre genérico, sino que se le llama por el título profesional: profesor para los graduados de la Facultad de Filosofía y Letras, médico para los de Medicina, ingeniero para los de Ingeniería, abogado o

40 licenciado para los de Leyes (Derecho), etcétera. Las «facultades» equivalen más o menos a las «escuelas» profesionales de las universidades norteamericanas, con la diferencia de que se hacen responsables de la enseñanza total del alumno. Esto quiere decir que hay profesores de inglés o de castellano en la Facultad de Medicina y otros en la Facultad de Ingeniería. Esto muestra dos contrastes muy

45 importantes con el sistema norteamericano: la especialización que, en algunos países, comienza temprano, y la falta de posibilidad de elección de las materias por el alumno. Es posible, por lo general, tomar clases en otras facultades pero no cuentan para

50 el título.

Las universidades en el mundo hispánico

Desde el establecimiento de la Universidad de Salamanca en

55 el siglo XIII hasta la actualidad, la universidad ha ocupado una posición de importancia en la sociedad hispánica. Por lo general, las facultades se componen en

60 gran parte de profesionales. Esta costumbre tiene la ventaja de proveer instrucción práctica especializada y variada. La desventaja es que el médico o

65 abogado solo se presenta en la universidad tres o cuatro veces a

Ken Welsh / Alamy

la semana para dar sus clases y tiene poca oportunidad para el contacto fuera de clase, que forma parte importante de la experiencia educativa.

La mayoría de las universidades mantiene cierta autonomía sobre sus
70 asuntos internos. Por lo general el sistema de universidades se encuentra bajo la jurisdicción del gobierno nacional, y no bajo la de los estados o provincias. Aun cuando hay centros provinciales, están obligados a seguir el currículum de la universidad nacional si quieren que sus títulos sean legalmente válidos. Esta práctica refuerza° el control que ejerce el gobierno federal sobre todo el sistema. *reinforces*
75 Solo las universidades particulares, que casi siempre son religiosas, tienen algo de libertad en el campo de la experimentación educativa. Esto ha resultado en la creación y expansión de las universidades católicas en el mundo hispánico. Estas han sido centros de innovación y modernización en muchos de los países.

En la mayoría de las universidades nacionales hispánicas la matrícula es casi
80 gratuita y por eso teóricamente accesible a todos. En la práctica, sin embargo, los jóvenes pobres tienen que trabajar para ganarse la vida. Además, en algunos países los exámenes de ingreso° muchas veces requieren preparación especial *entrance* que solo puede ser alcanzada° por medio de colegios particulares. *gained*

La vida estudiantil

85 Se puede decir que los estudiantes universitarios forman una clase aparte. Tienen más contacto que el resto de la población con las actividades políticas de la nación y del mundo. Están más conscientes de los problemas y de sus posibles soluciones. Durante gran parte del siglo xx esta conciencia a veces se manifestó en forma de actividades importantes para la política nacional.
90 En Hispanoamérica los estudiantes universitarios participan activamente en el gobierno de la universidad. La primera manifestación estudiantil fue el movimiento de la reforma universitaria iniciado en la Universidad de Córdoba, Argentina, en 1918. Se extendió por el continente y en muchos centros se convirtió en un nuevo sistema de gobierno universitario con mucho poder en
95 manos de las juntas estudiantiles°. *student councils*
Es importante recordar que el sistema de exámenes finales en algunas universidades, donde el candidato se presenta a fin de curso y el hecho de que la asistencia a clases no es obligatoria le dejan al individuo el tiempo necesario para la política. Aunque la mayoría de los cursos son de cuatro o seis años, es bastante
100 común encontrar estudiantes que llevan el doble de ese tiempo sencillamente porque no han querido presentarse a los exámenes.

Debido a° la división de la universidad en facultades especializadas, *Due to* los centros hispánicos muchas veces no tienen un solo «campus» o ciudad universitaria como en los Estados Unidos. En algunas universidades los
105 estudiantes que asisten a la Facultad de Ingeniería, por ejemplo, toman clases en otras facultades que frecuentemente están en varias partes de la ciudad y por eso la vida estudiantil es distinta.

La mayoría de los estudiantes viven en casas particulares o en pensiones° *boarding houses* porque pocas universidades hispánicas tienen residencias oficiales para
110 estudiantes. Las pensiones que se encuentran cerca de la Universidad suelen estar° llenas de estudiantes y así hay cierto contacto entre ellos. Los estudiantes *are usually*

hispanos también tienen sus actividades sociales: bailes, fiestas, grupos musicales, grupos dedicados a intereses especiales. Estas actividades son casi siempre funciones de los estudiantes de una facultad.

115   Algunas universidades nuevas y las que se reconstruyeron en el siglo xx a veces sí tienen su «campus» general, pero la falta de residencias y el hecho° de que están generalmente ubicadas° en un centro urbano, no apoyan ese sentido típico de muchas universidades norteamericanas de ser el centro de la vida del estudiante. El sentido algo apartado° del «campus» ubicado en el medio rural

120 o en un pueblo pequeño, como lo están en muchos casos las universidades norteamericanas, es muy raro en el mundo hispánico. La universidad no tiene ni quiere tener una función social en la vida del estudiante. Después de todo, no fomenta° el concepto de la carrera universitaria como una época definida en que el estudiante deja al lado° la vida real. Se limita la universidad hispánica a su

125 función pedagógica.

     El sistema de enseñanza se crea como reflejo° de los valores sociales del país, pero puede constituir una fuerza que actúe sobre esos mismos valores para cambiarlos o para modificarlos. Aunque la organización y la tradición del sistema son conservadoras, el proceso de educar a los jóvenes es revolucionario y crea las

130 condiciones adecuadas para el cambio.

fact
located

somewhat apart

foster
leaves aside

reflection

9-3 **Comprensión.** Responde según el texto.

1. ¿Cuáles fueron las tres primeras universidades de España y cuándo se fundaron?

2. ¿Cómo se llama el proceso total de formar a un individuo?

3. ¿Qué recibe un individuo cuando termina su enseñanza secundaria?

4. ¿De qué se componen en gran parte las facultades hispanas?

5. ¿Por qué últimamente las universidades católicas han sido centros de innovación?

6. ¿Por qué son una clase aparte los estudiantes universitarios?

7. ¿Qué ocurrió en la Universidad de Córdoba en 1918?

8. ¿Por qué es fácil tomar mucho tiempo para terminar la carrera en algunas universidades hispánicas?

9. ¿Por qué no es necesario tener un «campus» central en las universidades hispánicas?

10. ¿Cómo son diferentes las universidades hispánicas de las norteamericanas en cuanto a la función social?

9-4 Opiniones. Expresa tu opinión personal.

1. ¿Crees que los estudiantes deben tener mucho poder en la dirección de las universidades?

2. ¿Crees que la educación en la universidad debe ser gratuita como lo es la de la escuela secundaria?

3. ¿Crees que es mejor especializarse temprano o esperar para estar más seguro(a)?

4. ¿Crees que es mejor seguir un curso general (por ejemplo, de Filosofía y Letras) o uno más dirigido a la preparación para una carrera específica?

5. ¿Crees que es bueno tener residencias para estudiantes en las universidades? ¿Por qué?

6. ¿Cuáles son algunos problemas en la universidad contemporánea en los Estados Unidos?

Robert Fried/Alamy

Lexemas de origen latino

Toda palabra tiene un elemento básico que contiene su significado, el cual se llama lexema o raíz. Estos lexemas se pueden combinar con prefijos, sufijos u otros lexemas para formar nuevas palabras. En español, muchos lexemas son de origen latino. He aquí algunos de uso común.

Lexema latino	Significado	Ejemplo
bene, bonus	bien, bueno	bondad
terra	tierra	terremoto
gratia	placer, favor, regalo	gratis
extra	fuera de	extraterrestre
fortis	fuerte	fortaleza

9-5 **Definiciones.** Busca una palabra en la segunda columna que corresponda a cada definición de la primera columna.

I.

1. extensión de tierra _____
2. que no hay que pagar _____
3. que se realiza fuera de las horas de la escuela _____
4. que es comprensivo _____
5. obligado por fuerza _____
6. complacer, gustar _____

II.

a. gratuito
b. benévolo
c. terreno
d. forzado
e. gratificar
f. extraescolar

9-6 **Palabras relacionadas.** Completa con una palabra relacionada a la palabra entre paréntesis.

MODELO   (especializarse)
          ¿Cuál es tu *especialización*?

          El curso de programación informática es muy *especializado*.

1. (conocer)
   a. Es el _____ profesor de español.
   b. Se dedica a aumentar los _____ tecnológicos.
   c. Yo lo _____ en la escuela primaria.

2. (beneficiar)
   a. Es para el _____ de la escuela.
   b. Es una comida _____ para la salud.
   c. El costo de la matrícula no ha _____ a los estudiantes.

3. (educar)
   a. Hay necesidad de reforma _____.
   b. Los padres tienen la responsabilidad de _____ al niño.
   c. Muestra su mala _____.

«Si no dejas de cuchichear *(whisper)*, Paco, te van a expulsar de la clase. ¿Entiendes?»

VOCABULARIO ÚTIL

VERBOS

aprobar (ue) *sacar la calificación suficiente en un examen*

expulsar *obligar a alguien a salir de algún lugar*

graduarse *conseguir un grado o título académico*

SUSTANTIVOS

el bachillerato *estudios entre las enseñanzas básicas y las superiores*

el colegio *escuela secundaria*

el comercio *negocio*

el esquema *resumen de las principales ideas*

la facultad *cada una de las secciones principales de una universidad, por ejemplo, Facultad de Bellas Artes*

la materia *cada una de las disciplinas o asignaturas que se estudian en un centro educativo, por ejemplo, historia*

el navío *barco grande*

el número *cada ejemplar de una publicación periódica*

el (la) portero(a) *persona que vigila la puerta de un edificio*

la prisa *necesidad de hacer algo con rapidez*

el resumen *exposición breve de algo*

la tormenta *tempestad, adversidad*

OTRAS PALABRAS Y EXPRESIONES

a menos que *a no ser que*

bruto(a) *con muy poca inteligencia*

con tal que *con la condición de*

morirse por *sentir un fuerte deseo por algo*

Primera Guerra Mundial *conflicto militar entre 1914 y 1918*

¿Vale? *¿De acuerdo?*

9-7 **Para practicar.** Completa el párrafo siguiente con palabras escogidas de la sección **Vocabulario útil.** No es necesario usar todas las palabras.

Voy a 1. _____ en la primavera 2. _____ yo 3. _____ todos los exámenes. Quiero terminar el 4. _____ en el 5. _____ lo más pronto posible porque quiero entrar a la 6. _____ de Economía en el otoño para estudiar 7. _____. Se dice que las 8. _____ son muy difíciles, pero no me importa porque yo 9. _____ por ser un hombre de negocios con mi propia compañía.

Estrategia al escuchar

Es importante que no te distraigas por palabras que no conoces. Si te enfocas mucho en una sola palabra, dejarás de escuchar el resto de la conversación. Recuerda que siempre habrá palabras que no entiendas; concéntrate en aquellas que sí comprendes.

 9-8 **Esperando al profesor de historia.** Escucha el diálogo entre

Track 18 algunos alumnos del Colegio San Martín y el profesor de historia.

9-9 **Comprensión.** Contesta las preguntas siguientes.

1. ¿Por qué no ha estudiado Beto la lección?
2. ¿Quién ha estudiado más?
3. ¿Para qué quiere Paco un resumen del capítulo?
4. ¿Por qué estudia tanto Manolo?
5. ¿A qué facultad va a entrar Paco?
6. ¿Cuánto tiempo lleva Beto en el colegio?
7. ¿Por qué se enoja el profesor?
8. ¿Sobre qué hablaban Paco y Beto?
9. ¿Para qué tiene Paco que ir a la oficina del profesor?
10. ¿Qué le dice Paco al profesor para no tener que ir a su oficina?

9-10 **Opiniones.** Contesta las preguntas siguientes.

1. ¿A ti te gusta estudiar historia europea? ¿Por qué?
2. ¿Para qué estudias?
3. ¿Cuál es tu materia favorita?
4. ¿Piensas que las escuelas secundarias preparan bien a los jóvenes para sus estudios en la universidad? Explica.
5. ¿Cuándo vas a graduarte?
6. ¿Qué vas a hacer después de graduarte?
7. ¿En qué facultad de la universidad te gustaría entrar?

 9-11 **Actividad cultural.** En grupos de tres personas, hagan una lista de las diferencias y semejanzas entre el Colegio San Martín del diálogo y su escuela. Compartan su lista con el resto de la clase.

En el pie de foto, ¿puedes identificar la cláusula adverbial? ¿el adverbio? ¿el comparativo? ¿los superlativos?

En este cuadro de Diego Rivera llamado *Escuela al aire libre*, una maestra rural les enseña pacientemente a los campesinos para que se eduquen. Hay alumnos de todas las edades: el mayor es abuelo y el menor es niño. También se puede observar que hay más hombres que mujeres.

El subjuntivo en cláusulas adverbiales (2)

A. El subjuntivo después de ciertas conjunciones

Siempre se usa el subjuntivo después de las siguientes conjunciones en cláusulas adverbiales que denotan propósito, condición, suposición, excepción y resultado negativo.

a fin (de) que	*so that, in order that*	en caso (de) que	*in case*
a menos que	*unless*	para que	*so that, in order that*
a no ser que	*unless*	siempre que	*provided that*
con tal (de) que	*provided that*	sin que	*without*

Ejemplos:

Te perdono, con tal de que me des un informe sobre ese libro, ¿vale?
En caso de que el maestro te haga una pregunta, te paso la respuesta.
Paco no puede salir bien en el examen, a menos que sus amigos lo ayuden.
Entramos sin que ellos nos vieran.
Lo hago para que él pueda entrar a la universidad.

🌐 **Heinle Grammar Tutorial:**
The subjunctive in adverbial clauses

B. El subjuntivo o el indicativo

1. Las frases **de manera que** y **de modo que** (*so that, in order that*) denotan resultado o propósito. Cuando introducen una cláusula que indica propósito, van seguidas por el subjuntivo. Cuando introducen una cláusula que indica resultado, van seguidas por el indicativo.

> Lo pongo aquí, de modo que nadie lo encuentre. (propósito)
> Escribe, de manera que nadie lo pueda leer. (propósito)
>
> PERO
>
> Escribió con cuidado, de manera que todos lo podían leer. (resultado)

2. Se usa el subjuntivo en una cláusula adverbial introducida por **aunque** (*although, even though, even if*) si la cláusula se refiere a una acción indefinida o a información incierta. Si la cláusula informa sobre una acción definida o un hecho comprobado, se usa el indicativo.

> No lo terminaré hoy, aunque trabaje toda la noche.
> Lo compraremos, aunque él no quiera pagarlo.
>
> PERO
>
> No lo terminé, aunque trabajé toda la noche.
> Lo compramos, aunque él no quería pagarlo.

PRÁCTICA

9-12 **Observaciones variadas.** Completa estas oraciones con la forma correcta del verbo entre paréntesis.

1. Quiere comprarlo con tal de que no (costar) _____ mucho.

2. No podremos invitarlos a menos que tú (traer) _____ bastante comida para todos.

3. Ellas no pueden salir sin que nosotros las (ver) _____.

4. No puedo contestar a menos que ellos me (ayudar) _____ con esta lección.

5. En caso de que a él no le (gustar) _____, tendremos que devolverlo.

6. Ellos no iban, a menos que nosotros los (acompañar) _____.

7. Los chicos se hablaban sin que él lo (saber) _____.

8. Yo traje el dinero, en caso de que Uds. lo (necesitar) _____.

9. Querían acompañarnos, con tal que nosotros (volver) _____ temprano.

10. Él no quiere ir a menos que la tienda (estar) _____ cerca.

11. Ella habló despacio para que ellos la (entender) _____.

12. Les preguntaremos a ellos, a fin de que nosotros (saber) _____ las respuestas.

13. Vamos a salir esta noche aunque (llover) _____.

14. Aunque él no (haber) _____ estudiado, va a asistir a la clase.

15. Salí rápidamente, de modo que se me (olvidar) _____ el libro.

16. Hablaré despacio, de manera que todos me (entender) _____.

9-13 **Las vacaciones.** Tú y unas personas a quienes conoces piensan hacer ciertas cosas durante las vacaciones, a menos que algo las interrumpa. Di lo que cada una de estas personas hará. Sigue el modelo.

MODELO   mis padres irán a la Argentina / recibir el pasaporte
          Mis padres irán a la Argentina, a menos que no reciban el pasaporte.

1. yo iré a México / tener dinero

2. los estudiantes irán a la playa / hacer buen tiempo

3. Gloria irá al teatro / poder comprar las entradas

4. tú irás de compras / estar en el centro

5. nosotros iremos al estadio / haber un partido de fútbol

9-14 **Planes para el futuro.** Describe algunas de las cosas que tú y tus amigos piensan hacer, con tal que existan ciertas condiciones.

MODELO   yo estudiaré mucho / la biblioteca estar abierta
          Yo estudiaré mucho con tal que la biblioteca esté abierta.

1. tú aprenderás mucho / el profesor enseñar bien

2. Teresa hablará español / alguien poder entenderla

3. Ramón y yo bailaremos / la orquesta tocar un tango

4. mis amigos estudiarán en España / la universidad les dar crédito

5. yo no asistiré a esa universidad / ofrecerme una beca

9-15 **Conclusiones lógicas.** Trabajando en parejas, escriban conclusiones lógicas para estas oraciones. Al terminar, comparen sus ideas con las de los otros estudiantes.

1. El profesor lo repite, a fin de que nosotros _____.

2. Él les hace un esquema del capítulo para que los estudiantes _____.

3. No puedo prestar atención en clase, a menos que _____.

4. Los estudiantes se hablan en clase, sin que _____.

5. Quiero estudiar en España, con tal que _____.

6. Voy a graduarme, siempre que _____.

7. Mis padres siempre me prestan dinero, a menos que _____.

8. Tengo que encontrar un buen trabajo, a fin de que _____.

9. Me quedaré en casa mañana, en caso de que _____.

10. Haré un viaje a Chile, aunque _____.

9-16 Para pedir información. Hazle estas preguntas a un(a) compañero(a) de clase. Tu compañero(a) de clase tiene que contestar las preguntas de una manera lógica.

1. ¿Vas conmigo a la librería?

   No, no voy, a menos que _____.

2. ¿Tomaremos algo en la cafetería después?

   Sí, tomaremos algo, con tal que _____.

3. ¿Saliste rápido de tu última clase hoy?

   Sí, salí sin que _____.

4. ¿Vas a estudiar conmigo en la biblioteca esta noche?

   Sí, voy a estudiar contigo para que _____.

9-17 Planes personales. Trabajando en parejas, hagan una lista de cuatro cosas que quieren hacer con tal que ciertas condiciones existan. Al terminar, comparen su lista con las de sus compañeros de clase.

● Heinle Grammar Tutorial:
Adverbs

Los adverbios

A. Formación

1. La mayoría de los adverbios de modo se forman añadiendo **-mente** a la forma singular femenina de un adjetivo. Si el adjetivo no tiene forma femenina, se añade **-mente** a la forma común.

rápido(a)	rápida**mente**	elegante	elegante**mente**
cariñoso(a)	cariñosa**mente**	feliz	feliz**mente**
perfecto(a)	perfecta**mente**	fácil	fácil**mente**

Fíjate que si el adjetivo lleva acento ortográfico, el adverbio también lo lleva.

2. En el habla normal, se usan a menudo los adjetivos como adverbios.

   a. Si la única función de dicho adjetivo es modificar el verbo de la oración, se usa la forma singular masculina del adjetivo.

   > Ellos hablaron **rápido.**
   > No saben jugar **limpio.**

b. Sin embargo, a veces dicho adjetivo modifica a cierto punto tanto al verbo como al sujeto de la oración. En estos casos, el adjetivo concuerda en género y número con el sujeto.

> Los jóvenes vivían **felices.**
> Ellas se acercan **contentas.**

c. Los adverbios también se forman por medio de la palabra **con** seguida por un sustantivo.

> claramente   **con claridad**
> fácilmente   **con facilidad**
> rápidamente   **con rapidez**

B. Usos

1. Un adverbio que modifica un verbo se coloca generalmente después del verbo o tan cerca a este como sea posible.

> Paco estudió rápidamente la lección.

2. Un adverbio que modifica a un adjetivo se coloca generalmente delante del adjetivo.

> Esta lección es perfectamente clara.

3. Cuando dos o más adverbios que modifican la misma palabra aparecen en serie, solamente el último adverbio tiene la terminación **-mente.**

> Habló clara, rápida y enfáticamente.

4. Cuando hay más de una palabra modificada por un adverbio en una oración, se puede reemplazar el último adverbio, usando **con** + sustantivo, para variar.

> Estudia francés diligentemente y lo habla con claridad.

PRÁCTICA

9-18 **Distintas personalidades.** Describe las cosas que las personas en la página 338 hacen a causa de ciertas características personales.

MODELO   Elena es seria. Estudia *seriamente.*

1. Carlos es inteligente. Habla _____.
2. Iturbide es profesional. Toca el piano _____.
3. Alfonso y Carlos son diligentes. Trabajan _____.
4. Tú eres lógico(a). Contestas mis preguntas _____.
5. Nosotros somos tranquilos. Comemos _____.

9-19 Para pedir información. Trabajando en parejas, hazle a tu compañero(a) de clase las preguntas siguientes. Él (Ella) tiene que contestar, usando un adverbio en su respuesta.

MODELO ¿Comes con rapidez? *No, no como rápidamente.*

1. ¿Escribes las composiciones con claridad?
2. ¿Tu familia te llama con frecuencia?
3. ¿Tu cantante (*singer*) favorito canta con tristeza?
4. ¿Lees el periódico con rapidez todos los días?
5. ¿Haces la tarea con facilidad?

9-20 El (La) profesor(a) de esta clase. Trabajando en parejas, hagan una descripción del (de la) profesor(a) de esta clase.

MODELO El (La) profesor(a) entra *lentamente* a clase todos los días.

1. El (La) profesor(a) habla _____.
2. Él (Ella) ayuda a los estudiantes _____.
3. Él (Ella) escribe _____ en la pizarra.
4. Los estudiantes participan _____ en su clase.
5. Él (Ella) mira _____ a sus estudiantes.

Ahora, comparen sus descripciones con las de los otros estudiantes.

9-21 Las acciones de otras personas. Trabajando en parejas, describan cómo las personas siguientes hacen varias cosas. Incluyan un adverbio en su descripción.

MODELO mi padre
Mi padre habla suavemente.

1. mi madre
2. mi hermano
3. mi hermana
4. mi novio(a)
5. el (la) pianista
6. el (la) trabajador(a)
7. el (la) estudiante
8. el (la) presidente(a)
9. el (la) chófer

Los comparativos y los superlativos

A. Comparaciones de igualdad

🌐 **Heinle Grammar Tutorial:** Comparisons of equality and inequality

Las siguientes construcciones se usan para las comparaciones de igualdad:

> **tan** + adjetivo o adverbio + **como**
> **tanto(a, os, as)** + sustantivo + **como**
> **tanto como**

Ejemplos:

1. con adjetivos y adverbios

> Paco es tan divertido como Beto.
> El chico corre tan rápidamente como su hermano.

2. con sustantivos

> Hay tantas preguntas en este examen como en el anterior.
> María tiene tanto dinero como su hermano.

3. con verbos

> Estudió tanto como de costumbre.
> Las niñas comen tanto como nosotros.

B. Comparaciones de desigualdad

Las siguientes construcciones se usan para las comparaciones de desigualdad:

> **más** + adjetivo, sustantivo o adverbio + **que**
> **menos** + adjetivo, sustantivo o adverbio + **que**
> **más que**
> **menos que**

Ejemplos:

1. con adjetivos

> Esta tormenta fue más fuerte que la anterior.
> Este capítulo es menos largo que ese.

2. con sustantivos

> Él tiene más inteligencia que yo.
> Ellos tienen menos tiempo que sus amigos.

3. con adverbios

Ellos cuchichean más rápidamente que nosotros.
Él lo hacía menos frecuentemente que su hermano.

4. con verbos

Él lee más que Carlos.
Viajo menos que mis tíos.

Se usa **de** en lugar de **que** delante de un número.

Tengo menos de cinco pesos.

Nota: En oraciones negativas, se puede usar **que** delante de números para significar *only:* **No necesito más que cuatro dólares.** *(I need only four dollars.)*

C. El superlativo

1. El superlativo de un adjetivo se forma con el artículo definido y **más** o **menos. De** después del superlativo equivale al inglés *in* o *of*. De vez en cuando, un adjetivo posesivo reemplaza el artículo definido.

Ese es el hombre más rico del país.
Esta novela es la menos interesante de todas.
Es mi vestido más elegante.

2. No se usa el artículo definido con superlativos de adverbios.

Ese chico escribe más claramente cuando no está nervioso.
Ese era el libro que ella menos esperaba encontrar.

3. Para expresar el superlativo de adverbio con más énfasis, se puede emplear la siguiente construcción:

$$\text{lo} + \left\{ \begin{array}{l} \text{más} \\ \text{menos} \end{array} \right\} + adverbio + \left\{ \begin{array}{l} \text{que + poder} \\ \text{posible} \end{array} \right\}$$

Volví lo más pronto posible.
Lo puso lo más alto que pudo.

🌐 **Heinle Grammar Tutorial:** Superlatives and irregular comparative and superlative forms

D. Comparativos y superlativos irregulares

1. Los comparativos y superlativos de los siguientes adjetivos tienen formas irregulares:

bueno	(el) **mejor**
malo	(el) **peor**
grande	(el) **mayor**
pequeño	(el) **menor**

Se forma el plural añadiendo **-es.**

> Tu hijo es buen alumno, pero el mío es mejor.
> Son los mejor**es** alumnos de la clase.

2. **Grande** y **pequeño** también tienen comparativos regulares (**más grande** y **más pequeño**). Estas formas son preferibles cuando se refieren al tamaño físico.

> Alicia es la más pequeña de la familia.
> PERO
> Alicia es menor que su hermana.

3. Los comparativos y superlativos de los siguientes adverbios tienen formas irregulares:

> bien **mejor**
> mal **peor**
> mucho **más**
> poco **menos**

> Tú tocas bien el piano, pero yo lo toco mejor.
> Felipe baila mal el tango, pero Pedro lo baila peor.

E. El superlativo absoluto

1. El superlativo indica un grado alto de un adjetivo o adverbio por medio de **muy** y el adjetivo o el adverbio.

> Aquel navío es muy grande.
> Ella canta muy bien.

2. Para indicar el grado máximo de un adjetivo o adverbio, se quita la vocal final de un adjetivo o adverbio y se añade el sufijo **-ísimo(a, os, as).**

> Ana es hermos**ísima.**   Me gustó much**ísimo.**
> Esos chicos son rar**ísimos.**   La actividad es dificil**ísima.**

3. En las palabras terminadas en **-co** o **-go,** se quita la **o** y se cambia **c** a **qu** o **g** a **gu** antes de añadir **-ísimo.**

> rico → ri**quísimo**   largo → lar**guísimo**

4. En las palabras terminadas en **-z,** se cambia **z** a **c** antes de añadir **-ísimo.**

> feliz → feli**císimo**

5. Se puede lograr el mismo efecto por medio de adverbios y frases adverbiales como **sumamente** *(extremely)*, **terriblemente** *(terribly)*, **notablemente** *(remarkably)*, **en extremo** *(in the extreme)* y **en alto grado** *(to a high degree)*.

> Están sumamente preocupados.   Es notablemente fácil.

PRÁCTICA

9-22 **Dos clases.** Con un(a) compañero(a) de clase, usen **tan... como** o **tanto... como** para comparar esta clase con otra clase que Uds. tienen.

> MODELO   *Esta clase es tan interesante como mi clase de historia.*
> *Esta clase tiene tantos estudiantes como mi clase de inglés.*

9-23 **Tú y tu familia.** Con un(a) compañero(a) de clase, usen **más... que** y **menos... que** para compararse con otros miembros de su familia.

> MODELO   *Yo soy más inteligente que mi hermana.*
> *Yo soy menos listo que mi hermano.*

9-24 **Lo mejor de todo.** Con un(a) compañero(a) de clase, usen la forma superlativa para describir las cosas siguientes.

> MODELO   *La película... es la película más interesante del año.*
> *Esta novela mexicana es la más larga de todas.*

| un actor | un político | una ciudad |
| un actriz | un(a) amigo(a) | un país |

9-25 **Opiniones personales.** Expresen sus opiniones sobre las cosas siguientes, usando una forma comparativa.

> MODELO   una novela / una telenovela (interesante)
> *Una novela es más interesante que una telenovela.*
>
> -o-
>
> *Una novela es menos interesante que una telenovela.*

1. los profesores / mis padres (inteligentes)

2. nuestra casa / la Casa Blanca (grande)

3. nuestra escuela / Harvard (famoso)

4. una película surrealista / una película realista (interesante)

9-26 Haciendo comparaciones. Hazle estas preguntas a un(a) compañero(a) de clase. Él (Ella) debe usar una forma comparativa del adjetivo o del adverbio en las respuestas.

> **MODELO** ¿Trabajas mucho?
> *Sí, trabajo mucho, pero mi amigo José trabaja más.*

1. ¿Cantas bien?
2. ¿Hablas poco?
3. ¿Eres pequeño(a)?
4. ¿Comes mucho?
5. ¿Eres malo(a)?
6. ¿Eres grande?
7. ¿Eres bueno(a)?
8. ¿Juegas mal (al tenis)?

9-27 A comparar. Usando formas comparativas y superlativas, compara a las personas y las cosas siguientes. Hay varias posibilidades. Compara tus comparaciones con las de otro(a) estudiante de la clase.

> **MODELO** Mi novia... *Mi novia es menor que yo.*
> *Mi novia es más inteligente que tú.*
> *Mi novia es la menos gorda de todos.*

1. Mi familia...
2. Esta escuela...
3. Mi clase de español...
4. Mis profesores...
5. Mis notas...
6. Mis planes para el futuro...

9-28 El colegio. Describe el Colegio San Martín, cambiando estas oraciones a la forma **-ísimo(a, os, as).**

> **MODELO** El colegio es muy bueno.
> *El colegio es buenísimo.*

1. El nivel de las clases era muy bajo.
2. Aquellas muchachas son muy inteligentes.
3. El viaje al colegio me parecía muy largo.
4. Los libros son muy baratos.
5. Los maestros son muy astutos.
6. Su esquema era muy malo.
7. La comida en la cafetería estuvo sumamente sabrosa.
8. Estas lecciones son muy fáciles.
9. La biblioteca es extraordinariamente pequeña.
10. Los estudiantes son muy ricos.

La invariabilidad del adverbio

El adverbio —palabra que modifica un verbo, adjetivo u otro adverbio— tiene una forma definida y no admite las variantes que se le hace al adjetivo.

Observa el siguiente ejemplo: *«Muchos niños pequeños son medios hiperactivos»*. Los adjetivos **muchos** y **pequeños** describen al sustantivo —**niños**— y deben concordar con este en género y número. La palabra **medio**, en cambio, modifica al adjetivo **hiperactivos** y por lo tanto es un adverbio invariable. Lo correcto es: **medio hiperactivos.**

Debido a que algunos adjetivos pueden funcionar como adverbios, es importante tener claro la función que tiene la palabra en una oración: si es adjetivo debe concordar, pero si es adverbio no debe variar.

PRÁCTICA

Corrige los adverbios incorrectos en las oraciones siguientes. Si una oración no tiene error, escribe «correcto».

1. La Srta. Lizano es muy buena profesora aunque es media despistada.
2. A veces los alumnos de secundaria se portan iguales que los de primaria.
3. Los jóvenes del coro deben tener las espaldas rectas.
4. Tus libros están en mejores condiciones que los míos.
5. Ahora esta niña escribe claro pero antes escribía las letras feas.
6. Las monjas del colegio cosían tan rápidas que parecían máquinas mágicas.
7. En la tierra del huerto escolar se cultivan mejores las zanahorias que los tomates.
8. Nos sorprende que nuestras calificaciones sean iguales que el semestre pasado.
9. Media clase no fue a la excursión al parque zoológico.
10. Los graduados, con mucho orgullo, caminaron rectos a través del escenario.

Lo importante directed by Manuel Calvo, Encanta Films S. L.

Lo importante

El video es un cortometraje escrito y dirigido por la española Alauda Ruiz de Azúa. El personaje central es Lucas, un niño de doce años que es portero suplente de su equipo de fútbol. Lo que más quiere es jugar un partido, pero su entrenador siempre dice lo mismo: «el próximo».

9-29 **Anticipación.** Antes de mirar el video, haz estas actividades.

A. Contesta estas preguntas.

1. Cuando tenías doce años, ¿practicabas algún deporte en equipo? ¿Qué deporte? ¿Qué posición jugabas? ¿Eras buen(a) jugador(a)?

2. ¿Cómo crees que deben ser los entrenadores de fútbol? ¿Crees que deben actuar diferente si entrenan a un equipo de niños que a uno de adultos? Explica.

3. ¿Crees que es importante practicar un deporte en equipo? ¿Por qué?

4. ¿Cómo terminarías esta oración? Lo importante de la vida es....

B. Estudia estas palabras del video.

pitar *tocar el silbato de sonido agudo*
todo vale *expresión que equivale a «anything goes»*
el (la) portero(a) *jugador que defiende la portería o el arco*
suplente *que sustituye o reemplaza a una persona*

9-30 Sin sonido. Mira el cortometraje sin sonido una vez para concentrarte en el elemento visual. ¿Qué emociones expresa el niño?

◉ AP* TEST TAKING TIP
Read the questions and the answer choices carefully. A negative word can completely change the meaning.

9-31 Comprensión. Estudia estas actividades y trata de descubrir las respuestas correctas al mirar el video.

1. ¿Por qué el entrenador no deja a Lucas jugar?
   a. porque Lucas traiciona al equipo
   b. porque Lucas no es buen jugador
   c. porque quiere darle una lección
   d. porque necesita a alguien que recoja los balones

2. ¿Cuándo tiene Lucas la oportunidad de jugar?
   a. nunca
   b. cuando habla con el árbitro
   c. cuando el portero se lastima
   d. cuando su mamá llama al entrenador

3. ¿Qué es lo más importante para el entrenador?
   a. que todos sus jugadores participen
   b. tener el sábado libre
   c. que Lucas pierda peso
   d. que su equipo gane

4. Al final, ¿por qué Lucas sale de la portería?
   a. para darle la lección de respeto a su equipo
   b. porque no sabe cómo parar el balón
   c. porque quiere jugar para el otro equipo
   d. para que el entrenador finalmente le dirija la palabra

 9-32 Opiniones. En grupos de tres o cuatro estudiantes comenten estas preguntas.

1. ¿Con quién te identificas más en el cortometraje? ¿Por qué?
2. ¿Crees que Lucas hizo bien al final? ¿Qué habrías hecho tú en su lugar?
3. ¿Qué crees que le dirá el entrenador la próxima vez que vea a Lucas?

VOCABULARIO ÚTIL

VERBOS

disparar *hacer que un arma lance un proyectil*

herir (ie) *romper con violencia los tejidos de alguien*

huir *evadirse; escapar*

impedir (i, i) *hacer difícil o imposible la ejecución de algo*

lesionarse *lastimarse; hacerse daño*

recordar (ue) *traer algo a la memoria*

rodear *estar alrededor de algo o alguien*

SUSTANTIVOS

el (la) corresponsal *periodista que envía noticias desde otra ciudad*

el diario *periódico que se publica todos los días*

el disparo *acción de lanzar un proyectil de un arma*

el edificio *construcción grande*

el ejército *cuerpo militar*

el reportaje *trabajo periodístico*

el soldado *persona que sirve en el ejército*

OTRAS PALABRAS Y EXPRESIONES

el derramamiento de sangre *el acto de herir o matar a personas*

9-33 **Para practicar.** Completa el párrafo con la forma adecuada de una palabra del **Vocabulario útil.**

Ayer vi una película sobre la Segunda Guerra Mundial. John Wayne hizo el papel de un general en el 1. _____ de los Estados Unidos. Tuvo que pasar tiempo en el hospital porque 2. _____ en una batalla. El representante del *New York Times*, un 3. _____ de Nueva York, escribió un 4. _____ sobre el general. Tanto el general, como el 5. _____ se hicieron famosos.

9-34 **Más práctica.** Completa estas oraciones con las palabras apropiadas del **Vocabulario útil.**

1. Además de anuncios el _____ contiene reportajes.

2. Frecuentemente tiene reportajes sobre gente que murió de un _____.

3. Parece que un tema favorito de los diarios es el _____ _____ _____ en las peligrosas calles de la ciudad.

4. En la sección de arte y arquitectura, presenta fotos de una casa o un _____ recién construidos.

5. También sirve para cubrirse la cabeza cuando uno quiere _____ de la lluvia.

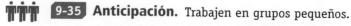 **9-35** **Anticipación.** Trabajen en grupos pequeños.

Han ocurrido manifestaciones estudiantiles en los Estados Unidos. Con unos compañeros de clase, hagan una lista de motivos de protesta de parte de los estudiantes universitarios durante los años recientes. Comparen su lista con las de los otros grupos de la clase.

Estrategias de lectura

- **Deducir el significado, según la raíz.** Para adivinar el sentido de una palabra desconocida, puede ser útil considerar si tiene raíz común con otra palabra conocida. Por ejemplo, en el **Vocabulario útil,** compara las palabras **disparar** y **disparo.**

- **Comprender artículos y pronombres.** Según el contexto, **la** funciona como artículo definido (la mujer) o como pronombre de objecto directo (la conozco). Los pronombres neutros **ello** y **lo** se refieren a una oración o una idea mencionadas anteriormente: Me hubiera gustado aprender japonés pero ello no fue posible. (ello=aprender japonés)

9-36 **Palabras relacionadas.** Las siguientes palabras en **negrita** tienen palabras relacionadas en la lista del **Vocabulario útil.** Encuentra estas y escríbalas en los espacios en blanco.

1. El corresponsal informó que al participar en el **rodeo,** el hombre habría sufrido una **herida,** lo que no es muy buen **recuerdo** de la experiencia.
   _____ _____ _____

2. El **reportero** dijo que la oscuridad es un gran **impedimento** para los que buscan al hombre perdido. _____ _____

3. El periódico sale **diariamente.** _____

9-37 **Pronombres.** ¿A qué se refieren las palabras indicadas en estas oraciones?

1. La sensibilidad que revela en sus novelas también penetra sus poesías. **En ellas** hallamos una nota íntima.

2. Dicen que el ejército tuvo que repeler a tiros el fuego de francotiradores. Prueba de **ello** es que el general José Hernández Toledo recibió un balazo en el tórax.

3. Los cuerpos de las víctimas no pudieron ser fotografiados, debido a que los elementos del ejército **lo** impidieron.

4. No muy lejos se desplomó una mujer, no se sabe si lesionada por algún proyectil o a causa de un desmayo. Algunos jóvenes trataron de auxiliar**la** pero los soldados **lo** impidieron.

ELENA PONIATOWSKA

(1933–)

Nacida en París, ha vivido Elena
Poniatowska en México, ciudad
natal de su madre, desde los nueve
años. Allí se ha asociado a la revista
Novedades y ha publicado más de
ocho libros, además de numerosos
ensayos y artículos. Su novela *Hasta
no verte Jesús mío* ganó el prestigioso
premio de Mazatlán y ha merecido los

encomios, tanto de los críticos, como del público. Sus obras más recientes incluyen *El
tren pasa primero*, ganadora del premio Rómulo Gallegos en 2007, y *Leonora* (2011),
novela histórica sobre la pintora surrealista Leonora Carrington.

La noche de Tlatelolco, que se basa en entrevistas y reportajes acumulados por la autora
durante tres años de duro trabajo, le ha ganado fama mundial. Con fina sensibilidad
ha sabido Poniatowska escuchar las voces de los que atestiguaron los hechos que
culminaron en la tragedia del 2 de octubre de 1968. Al leer su testimonio nosotros
también escuchamos sus voces y sentimos su indignación. Ha dicho Poniatowska que,
para ella, escribir es «un modo de relacionarse con los demás y quererlos». La angustia
que produjo *La noche de Tlatelolco* es otra expresión de ese querer.

LA NOCHE DE TLATELOLCO (TROZO)

*En la primera parte de su reportaje describe la autora el origen de la masacre que tuvo
lugar en la Plaza de las Tres Culturas (también llamada Tlatelolco, por su nombre indígena)
en México el 2 de octubre de 1968. Los universitarios de la UNAM (Universidad Nacional
Autónoma de México) y del IPN (Instituto Politécnico Nacional), apoyados por centenares
de trabajadores y por hombres, mujeres, niños y viejos que simpatizaban con la causa de*   5
*los universitarios, se reunieron en la plaza. Su intención fue protestar contra lo que ellos
creían ser actos represivos del Gobierno Federal. Contra ellos estaban las fuerzas armadas
del gobierno —elementos del ejército y de la policía— que, alarmados por la demostración,
habían rodeado la plaza. Repentinamente unas luces de bengala° aparecieron en el cielo y se*   *flares*
desencadenó una balacera° que convirtió el mitin en tragedia. El comentario y los reportajes   10   *volley of shots was*
citados por Poniatowska atestiguan la confusión y el horror que resultaron a raíz del°   *unleashed*
tiroteo inicial.   *because of*

     *...A pesar de que los líderes del CNH (Consejo Nacional de Huelga) desde el tercer
piso del edificio Chihuahua gritaban por el magnavoz°: «¡No corran compañeros, no*   *loudspeaker*
corran, son salvas°! ¡No se vayan, no se vayan, calma!», La desbandada° fue general.   15   *salutes (of*
    firearms); hasty
    withdrawal

*Todos huían despavoridos° y muchos caían en la plaza, en las ruinas prehispánicas
frente a la iglesia de Santiago Tlatelolco. Se oía el fuego cerrado° y el tableteo° de
ametralladoras°. A partir de ese momento, La Plaza de las Tres Culturas se convirtió en
un infierno.*

En su versión del jueves 3 de octubre de 1968 nos dice *Excélsior:* «Nadie
observó de dónde salieron los primeros disparos. Pero la gran mayoría de los
manifestantes° aseguraron que los soldados, sin advertencia° ni previo aviso°
comenzaron a disparar… Los disparos surgían por todos lados, lo mismo de lo alto
de un edificio de la Unidad Tlatelolco[1] que de la calle donde las fuerzas militares
en tanques ligeros° y vehículos blindados° lanzaban ráfagas° de ametralladora casi
ininterrumpidamente…» *Novedades, El Universal, El Día, El Nacional, El Sol de México,
El Heraldo, La Prensa, La Afición, Ovaciones*[2], nos dicen que el ejército tuvo que repeler
a tiros° el fuego de francotiradores° apostados en las azoteas° de los edificios. Prueba
de ello es que el general José Hernández Toledo que dirigió la operación recibió un
balazo° en el tórax y declaró a los periodistas al salir de la intervención quirúrgica°
que se le practicó: «Creo que si se quería derramamiento de sangre ya es más que
suficiente con la que yo ya he derramado.» *(El Día,* 3 de octubre de 1968).

Según *Excélsior* «se calcula que participaron 5 000 soldados y muchos agentes
policiacos, la mayoría vestidos de civil°. Tenían como contraseña° un pañuelo envuelto
en la mano derecha. Así se identificaban unos a otros, ya que casi ninguno llevaba
credencial por protección frente a los estudiantes.

«El fuego intenso duró veintinueve minutos. Luego los disparos decrecieron pero
no acabaron.»

Los tiros salían de muchas direcciones y las ráfagas de las ametralladoras
zumbaban° en todas partes y, como afirman varios periodistas, no fue difícil que los
soldados, además de los francotiradores, se mataran o hirieran entre sí°. «Muchos
soldados debieron lesionarse entre sí°, pues al cerrar el círculo los proyectiles salieron
por todas direcciones», dice el reportero Félix Fuentes en su relato del 3 de octubre
en *La Prensa.* «El ejército tomó la Plaza de las Tres Culturas con un movimiento de
pinzas°, es decir llegó por los dos costados° y 5 mil soldados avanzaron disparando
armas automáticas contra los edificios», añade Félix Fuentes. «En el cuarto piso de un
edificio, desde donde tres oradores habían arengado° a la multitud contra el gobierno,
se vieron fogonazos°. Al parecer, allí abrieron fuego agentes de la Dirección Federal de
Seguridad y de la Policía Judicial del Distrito.

«La gente trató de huir por el costado oriente de la Plaza de Las Tres Culturas y
mucha lo logró pero cientos de personas se encontraron con columnas de soldados
que empuñaban° sus armas a bayoneta calada° y disparaban en todos sentidos°.
Ante esta alternativa las asustadas personas empezaron a refugiarse en los edificios
pero las más corrieron por las callejuelas para salir a Paseo de la Reforma cerca del
Monumento a Cuitláhuac.

«Quien esto escribe fue arrollado° por la multitud cerca del edificio de la
Secretaría de Relaciones Exteriores.» No muy lejos se desplomó° una mujer, no se sabe
si lesionada por algún proyectil o a causa de un desmayo°. Algunos jóvenes trataron
de auxiliarla pero los soldados lo impidieron.

Margin glosses:

terrified
heavy fire; rattling
machine guns

20

demonstrators; warning;
announcement

light; armored; bursts   25

repel by firing; sharpshooters;
flat rooftops

bullet wound; surgical   30

dressed in civilian attire;
countersign
35

buzzed   40
kill or wound each other
wounded each other

pinchers; sides   45

harrangued
flashes

50

grasped; with fixed bayonets;
in all directions

55

trampled
collapsed
faint

El general José Hernández Toledo declaró después que para impedir mayor derramamiento de sangre ordenó al ejército no utilizar las armas de alto calibre que llevaba (*El Día*, 3 de octubre de 1968). (Hernández Toledo ya ha dirigido acciones contra la Universidad de Michoacán, la de Sonora y la Autónoma de México, y tiene a su mando° hombres del cuerpo de paracaidistas° calificados como las tropas de asalto mejor entrenadas° del país.) Sin embargo, Jorge Avilés, redactor° de *El Universal*, escribe el 3 de octubre: «Vimos al ejército en plena° acción; utilizando toda clase de armamentos, las ametralladoras pesadas empotradas en una veintena de yips°, disparaban hacia todos los sectores controlados por los francotiradores.» *Excélsior* reitera: «Unos trescientos tanques, unidades de asalto, yips y transportes militares tenían rodeada toda la zona, desde Insurgentes a Reforma, hasta Nonoalco y Manuel González. No permitían salir ni entrar a nadie, salvo° rigurosa identificación.» («Se Luchó a Balazos en Ciudad Tlatelolco. Hay un Número aún no Precisado° de Muertos y Veintenas° de Heridos», *Excélsior*, jueves 3 de octubre de 1968). Miguel Ángel Martínez Agis reporta: «Un capitán del Ejército usa el teléfono. Llama a la Secretaría de la Defensa. Informa de lo que está sucediendo: 'Estamos contestando con todo lo que tenemos…' Allí se veían ametralladoras, pistolas 45, calibre 38 y unas de 9 milímetros». («Edificio Chihuahua, 18 hrs.», Miguel Ángel Martínez Agis, *Excélsior*, 3 de octubre de 1968).

El general Marcelino García Barragán, Secretario de la Defensa Nacional, declaró: «Al aproximarse el ejército a la Plaza de las Tres Culturas fue recibido por francotiradores. Se generalizó un tiroteo° que duró una hora aproximadamente…

«Hay muertos y heridos tanto del Ejército como de los estudiantes: No puedo precisar en estos momentos el número de ellos.»

«—¿Quién cree usted que sea la cabeza de este movimiento?

«—Ojalá° y lo supiéramos.

Indudablemente no tenía bases para inculpar° a los estudiantes.

«—¿Hay estudiantes heridos en el Hospital Central Militar?

«—Los hay en el Hospital Central Militar, en la Cruz Verde, en la Cruz Roja. Todos ellos están en calidad de detenidos° y serán puestos a disposición del Procurador General° de la República. También hay detenidos en el Campo Militar número 1, los que mañana serán puestos a disposición del General Cueto, Jefe de la Policía del DF°.

«—¿Quién es el comandante responsable de la actuación° del ejército?

«—El comandante responsable soy yo (Jesús M. Lozano, *Excélsior*, 3 de octubre de 1968, «La libertad seguirá imperando°. El Secretario de Defensa hace un análisis de la situación.»). Por otra parte el jefe de la policía metropolitana negó que, como informó el Secretario de la Defensa, hubiera pedido la intervención militar en Ciudad Tlatelolco. En conferencia de prensa esta madrugada° el general Luis Cueto Ramírez dijo textualmente: «La policía informó a la Defensa Nacional en cuanto tuvo conocimiento de que se escuchaban disparos en los edificios aledaños a° la Secretaría de Relaciones Exteriores y de la Vocacional 7 en donde tiene servicios permanentes.» Explicó no tener° conocimiento de la ingerencia° de agentes extranjeros en el conflicto estudiantil que aquí se desarrolla desde julio pasado. La mayoría de las armas confiscadas por la policía son de fabricación° europea y corresponden a modelos de los usados en el bloque socialista. Cueto negó saber que políticos mexicanos

60

under his command; para-
troopers; trained; editor

all out

jeeps

70

except after
Undetermined
Scores

75

80

exchange of fire

85 *I wish that*
blame

under arrest
90 *Attorney General*
Districto Federal
actions

will continue to prevail

95

dawn

bordering on

100

He explained that he had no;
intervention

manufacture

promuevan° en forma alguna esta situación y afirmó no tener conocimiento de que ciudadanos estadounidenses hayan sido aprehendidos. «En cambio están prisioneros un guatemalteco, un alemán y otro que por el momento no recuerdo.» *(El Universal, El Nacional,* 3 de octubre de 1968).

Los cuerpos de las víctimas que quedaron en la Plaza de las Tres Culturas no pudieron ser fotografiados debido a que° los elementos del ejército lo impidieron («Hubo muchos muertos y lesionados anoche», *La Prensa,* 3 octubre de 1968).

[Poniatowska cita a continuación los vanos cálculos del número de muertos, heridos y presos que resultaron de la masacre. Menciona que el diario inglés The Guardian, *tras una «investigación cuidadosa», indica que había 325 muertos. El número de heridos y detenidos sería mucho mayor aunque nunca fue posible establecer un número exacto.]*

Posiblemente no sepamos nunca cuál fue el mecanismo interno que desencadenó la masacre de Tlatelolco. ¿El miedo? ¿La inseguridad? ¿La cólera°? ¿El terror a perder la fachada°? ¿El despecho° ante el joven que se empeña en° no guardar las apariencias delante de las visitas?… Posiblemente nos interroguemos° siempre junto con Abel Quezada. ¿Por qué? La noche triste de Tlatelolco —a pesar de todas sus voces y testimonios— sigue siendo incomprensible. ¿Por qué? Tlatelolco es incoherente, contradictorio. Pero la muerte no lo es. Ninguna crónica nos da una visión de conjunto°. Todos —testigos° y participantes— tuvieron que resguardarse de° los balazos, muchos cayeron heridos. Nos lo dice el periodista José Luis Mejías («Mitin trágico», *Diario de la Tarde, México,* 5 de octubre de 1968): «Los individuos enguantados° sacaron sus pistolas y empezaron a disparar a boca de jarro° e indiscriminadamente sobre mujeres, niños, estudiantes y granaderos… Simultáneamente, un helicóptero dio al ejército la orden de avanzar por medio de una luz de bengala… A los primeros disparos cayó el general Hernández Toledo, comandante de los paracaidistas, y de ahí en adelante°, con la embravecida° tropa disparando sus armas largas y cazando° a los francotiradores en el interior de los edificios, ya a nadie le fue posible obtener una visión de conjunto de los sangrientos sucesos°»… Pero la tragedia de Tlatelolco dañó° a México mucho más profundamente de lo que lo lamenta *El Heraldo,* al señalar° los graves perjuicios° al país en su crónica («Sangriento encuentro en Tlatelolco», 3 de octubre de 1968): «Pocos minutos después de que se iniciaron los combates en la zona de Nonoalco, los corresponsales extranjeros y los periodistas que vinieron aquí para cubrir los Juegos Olímpicos comenzaron a enviar notas a todo el mundo para informar sobre los sucesos. Sus informaciones —algunas de ellas abultadas°— contuvieron comentarios que ponen en grave riesgo el prestigio de México.»

Todavía fresca la herida, todavía bajo la impresión del mazazo° en la cabeza, los mexicanos se interrogan atónitos°. La sangre pisoteada° de cientos de estudiantes, hombres, mujeres, niños, soldados y ancianos se ha secado° en la tierra de Tlatelolco. Por ahora la sangre ha vuelto al lugar de su quietud°. Más tarde brotarán° las flores entre las ruinas y entre los sepulcros°.

Elena Poniatowska, *La noche de Tlatelolco* (trozo), Ediciones Era S.A., México, 1971

Marginal glosses:

- promoted — 105
- due to the fact that — 110
- anger
- face; annoyance; insists on
- we will ask ourselves — 120
- complete picture; witnesses
- protect themselves — 125
- wearing gloves
- point blank
- — 130
- from then on; enraged
- hunting
- events; harmed
- on pointing out; injuries — 135
- lengthy — 140
- blow with a club
- amazed; trampled
- has dried
- rest; will bud — 145
- graves

Notas culturales

[1]La plaza está rodeada de edificios de varios pisos; hay ruinas precolombinas, algunas dependencias del gobierno y unidades modernas de viviendas públicas. Representan las culturas indígena, española y mexicana. En la época azteca era el sitio del mercado general de la capital azteca, Tenochtitlán.

[2]*Excélsior*, etcétera, son nombres de periódicos de la capital. Las partes entre paréntesis son los encabezados, el periodista y la fecha de los artículos periodísticos en la época de la manifestación.

9-38 **Comprensión.** Contesta las siguientes preguntas.

1. ¿De qué era prueba, según algunos, la herida del general Hernández Toledo?
2. ¿Qué contraseña llevaban los agentes policíacos vestidos de civil?
3. ¿Por qué cree Félix Fuentes que los soldados y policías se mataron y se hirieron entre sí?
4. ¿Con qué elementos rodearon toda la zona los del ejército?
5. ¿Por qué no pudieron fotografiar los cadáveres en la plaza?
6. ¿Cuántas personas murieron según *The Guardian*?

9-39 **Análisis literario.** Contesta las siguientes preguntas.

1. ¿Qué efecto logra Poniatowska al incluir muchas citas de periódicos y periodistas?
2. ¿Y el efecto de saltar de una persona o periódico a otro, a veces rápidamente y sin palabras de conexión?
3. En un reportaje como este, ¿tiene importancia o no el «estilo» o la «calidad literaria»? Explica tu opinión.

9-40 **Reportaje.** Tú eres un(a) periodista que acaba de entrevistar a un(a) estudiante que participó en el incidente de la Plaza de las Tres Culturas. Escribe un reportaje breve sobre lo que pudo haber dicho el entrevistado.

9-41 **Minidrama.** Presenten tú y otra(s) persona(s) de la clase un breve drama sobre uno de los temas siguientes.

1. Lo que les sucedió en una manifestación en que participaron.
2. Unos estudiantes tratan de convencer a otros para que participen en una protesta.
3. Unos estudiantes tratan de convencer a otros para que no participen en una protesta.

9-42 **Situación.** Con un(a) compañero(a) de clase, preséntenle ustedes a la clase un diálogo en el cual discutan la cuestión de las protestas políticas. Uno de ustedes cree que es su deber *(duty)* emplear todos los métodos para ganar su meta. Hay que parar la actividad política y callar a los políticos con gritos que les impidan dar su discurso. Es aceptable poner obstáculos al comercio, cerrando los negocios, etcétera. El otro participante cree que las manifestaciones tienen que ser pacíficas y deben servir solo como medio para captar la atención del público y no para ponerle obstáculos a la actividad legítima.

EL ARTE DE ESCRIBIR

El uso de citas

Por lo general en los ensayos se necesita hacer referencia a una idea contenida en otro texto. Muchas veces se realiza una paráfrasis en la cual se vuelve a escribir la idea con nuestras propias palabras. Cuando se reproduce un fragmento palabra por palabra se trata de una cita textual. Las citas se presentan entre comillas (« ») y se coloca el punto final después de las comillas.

Ha dicho Poniatowska que, para ella, escribir es «un modo de relacionarse con los demás y quererlos».

Si se omiten algunas palabras de la cita, estas se reemplazan con tres puntos suspensivos entre corchetes [ ] o paréntesis ( ).

«El ejército tomó la Plaza de las Tres Culturas con un movimiento de pinzas°, [...] y 5 mil soldados avanzaron disparando armas automáticas contra los edificios», añade Félix Fuentes.

9-43 **Temas.** Escribe un ensayo breve sobre uno de los temas siguientes.

Las universidades latinoamericanas y estadounidenses. ¿Cómo son diferentes las universidades de Latinoamérica de las de los Estados Unidos? Usa tres citas textuales de **Lectura cultural** en tu ensayo.

El sistema de enseñanza hispánica. Escribe un informe sobre el sistema de enseñanza hispánica. Incluye tres citas textuales de **Lectura cultural** en tu descripción.

⊚ **AP* TEST TAKING TIP**
In the exam, use direct quotations sparingly. It is best to paraphrase the information and then mention the source in parentheses (Fuente 1).

Mantener el control de una conversación

Una vez que hayas comenzado a expresar tus ideas, querrás mantener el control de la conversación hasta que logres completar tus ideas. A continuación hay algunas expresiones útiles para prevenir que tu compañero(a) te interrumpa y para darte tiempo mientras piensas en lo que quieres decir.

Para pensar en lo que vas a decir	**Para ampliar y aclarar un punto**
A ver.	Y también... / Y además...
Y, bien...	Debo añadir que...
Déjeme (Déjame) pensar...	Lo que quiero decir es que...
Es decir...	

 9-44 **Situaciones.** Con un(a) compañero(a) de clase, preparen un diálogo que corresponda a una de las situaciones siguientes. Estén listos para presentarlo enfrente de la clase.

◉ AP* TEST TAKING TIP
Record your conversation and then self-evaluate it. Ask yourself how well you expressed your ideas.

Una charla entre dos estudiantes de español. Dos estudiantes están en la cafetería discutiendo las ventajas y desventajas de estudiar en el extranjero.

Una carrera de medicina. Tus padres quieren que seas médico(a). Tú no quieres estudiar medicina. Ellos te explican por qué creen que es una buena profesión para ti, y tú les das las razones por las que prefieres estudiar para maestro(a).

Discusión: Distracciones.

Hay tres pasos en esta actividad.

1 PRIMER PASO: Lee el artículo, «La distracción: causas», de la revista española *Entre Estudiantes*.

2 SEGUNDO PASO: Tu profesor(a) va a dividir la clase en cinco grupos. Cada grupo debe hablar acerca de lo que se presenta en el artículo, «La distracción: causas». Después de hablar de cada distracción y los remedios para evitarla, cada grupo debe colocarlos en orden de importancia. Si según el grupo, en la lista falta una distracción que Uds. han experimentado, se puede incluir esta distracción también.

3 TERCER PASO: Después de terminar, tu profesor(a) va a escribir en la pizarra una lista de las distracciones, empezando con la más dominante y terminando con la menos común, según lo que hayan decidido los grupos.

· ·

¿Qué les parecen a los miembros de tu grupo las sugerencias para evitar las distracciones? ¿Hay algunos miembros de tu grupo que hayan tratado de seguirlas? ¿Han tenido éxito o no? Ellos deben explicar por qué sí o por qué no.

Cada miembro del grupo debe escribir en una hoja de papel la sugerencia que le parezca más práctica y por qué le parece así. Compartan Uds. las ideas del grupo con las de los estudiantes de los otros grupos con un resumen oral que cada uno de los grupos tiene que presentarle oralmente a la clase.

La distracción: causas

La distracción es la continua y más peligrosa enemiga de la atención. Para vencerla lo primero que has de hacer es averiguar sus causas. Estas pueden ser diversas y muy variadas. Tu misión será descubrir cuál de ellas te desvían del objetivo y actuar contra ellas.

*Una de las principales y más corrientes causas de la distracción es la falta de determinación de unos fines y objetivos concretos. Te sientas a estudiar sin saber porqué ni para qué, no sabes a dónde vas, cuál es tu rumbo, no sabes lo que buscas, no te has planteado unas preguntas a las que intentar contestar mediante el estudio. En estas circunstancias cualquier estímulo te alejará de los libros.

*Hay veces en que te encuentras estudiando una asignatura para la cual no estás preparado, no tienes los conocimientos previos para afrontar su estudio, no entiendes nada, todo te suena a chino y cualquier cosa te sirve para rescatarte de ese mar de confusión. Además de perder la atención, disminuirá tu motivación y frecuentemente te sentirás frustrado; pide ayuda para llenar esas lagunas de tu conocimiento. Cuando, por el contrario, el nivel de la asignatura o del curso sea inferior a tu preparación sentirás que estás perdiendo el tiempo e intentarás aprovecharlo en el cine o dando una vuelta con tus amigos.

*La monotonía es la más fiel aliada de la distracción y por tanto un mortal enemigo de la atención. Si llevas estudiando cuatro horas la misma asignatura estarás mortalmente aburrido y todo te distraerá. Procura alternar en un día de estudio varias asignaturas. Cuando estés estudiando una materia, el cambio con el comienzo de la siguiente será un *novedoso* acicate para tu atención.

*La falta de descanso, la fatiga disminuyen progresivamente la atención hasta hacerla imposible si no pones el remedio con un descanso reponedor.

*Mala o inexistente planificación del tiempo de estudio. Las asignaturas más difíciles o *pesadas* estúdialas por la mañana o a media tarde cuando estás descansado y animoso. La lectura de libros de apoyo, tareas mecánicas y las asignaturas más asequibles déjalas para las últimas horas de la tarde cuando el cerebro un poco cansado no admite muchos esfuerzos. Y, por supuesto, (y esto ya te lo tienes que saber muy bien) no estudies nunca inmediatamente después de las comidas.

*Sólo un aventajado fakir estudiaría cómodo y concentrado en una cama de pinchos. El lugar de estudio influye considerablemente en el nivel de la atención: un mobiliario cómodo, una iluminación adecuada, una temperatura media mejorarán tu predisposición para concentrarte. Y lo más obvio, antes de sentarte asegúrate que tienes todo lo necesario encima de la mesa: bolígrafo, lapicero, goma, etcétera, etcétera y retira de la vista la fotografía de tu amado/a, ese muñeco tan gracioso, cualquier cosa que pueda distraerte. Si quieres dejar algo encima de la mesa deja un reloj que cada vez que mires por la ventana o juegues distraído con el lápiz te mire acusador indicándote el tiempo que has perdido.

*Deficiencias alimenticias que pueden provocar la carencia de alguna vitamina o mineral esenciales para mantener la mente en forma.

*Los problemas familiares, sociales, académicos que constantemente acuden a la mente imposibilitan la atención y la concentración.

Si ahora conoces las causas de tus continuas distracciones, duro con ellas, ataca directo al centro del problema.

En esta sección vas a escribir un ensayo persuasivo, utilizando tres fuentes periodísticas: dos artículos escritos y una grabación de un artículo periodístico. Tu ensayo debe tener un mínimo de 200 palabras y debe utilizar información de todas las fuentes para apoyar tu punto de vista.

Tema curricular: La belleza y la estética

Tema del ensayo: ¿Debemos integrar las artes a la educación?

Una estudiante esculpe

FUENTE NO. 1

El sistema de educación de una cultura refleja sus actitudes y aspiraciones. Si comparamos el sistema básico del mundo hispánico con el norteamericano, encontramos unas diferencias notables.

En primer lugar el sistema hispánico incluye en la educación formal solo las materias fundamentales para la formación del individuo, como la historia, los idiomas, las matemáticas, las ciencias, etcétera; estas clases son las que se enseñan en las escuelas secundarias. Las clases de práctica como la pintura, la música, el teatro, etcétera, casi siempre se consideran como responsabilidad de la familia del alumno, y no de la escuela. Por lo tanto, si el alumno quiere aprender a tocar un instrumento musical, generalmente tiene que tomar lecciones particulares.

FUENTE NO. 2

Educación edita recursos digitales para aprender folclor y flamenco en las aulas

Las clases de música se han dedicado tradicionalmente al estudio de composiciones clásicas y escritas, pero no tanto al conocimiento del rico patrimonio de música oral español. Con el fin de solventar esta carencia, el Centro Nacional de Información y Comunicación Educativa (CNICE) de España, dependiente del Ministerio de Educación y Ciencia, ha editado un recurso digital multimedia e interactivo de folclor y flamenco. Está disponible en Internet (www.cnice.mec.es) y orientado a estudiantes de secundaria y bachillerato, y a alumnos de los conservatorios de música y danza.

...Con este recurso queremos que el alumno no caiga en el tópico del jamón y el tablao cuando se le hable de flamenco, sino que, escuchando alguna pieza, la vean como una fórmula de expresión social, que sepan que cada pieza está ligada a algo: al trabajo, a los viajes..., prosigue Gértrudix, que ha elaborado también los contenidos.

Además de abundante información sobre manifestaciones, instrumentos, agrupaciones y aspectos sociales, el programa cuenta con ejercicios interactivos y piezas audiovisuales...

El recurso no sólo cuelga de la Red, sino que se ha editado también como CD y DVD por la falta de ordenadores en algunos centros. Seis profesores especialistas trabajan para que sea un programa vivo que se amplíe. Los alumnos pueden escuchar actualmente 30 piezas de flamenco, y calculan que a finales de 2006 serán 60 las disponibles. «Nos cuentan, y nos llama la atención, que el recurso se está utilizando mucho en Chile y en México», comenta Gértrudix.

El País Digital, Madrid

FUENTE NO. 3

Poniatowska: llevar la cultura a la escuela

El Universal, Ciudad de México

VOCABULARIO

VERBOS

aprobar (ue) *to pass (exams)*
convenir (ie) *to suit*
diferir (ie) *to differ, to be different*
disparar *to shoot*
elegir (i, i) *to choose*
especializarse *to major, to specialize*
expulsar *to expel*
graduarse *to graduate*
herir (ie) *to wound*
huir *to flee, to run away*
impedir (i, i) *to stop, to keep from*
lesionarse *to be wounded*
recordar *(ue) to remember*
rodear *to surround*

SUSTANTIVOS

la asistencia *attendance*
el bachillerato *course of study leading to a secondary school degree*
el colegio *secondary school*
el comercio *business*
el (la) corresponsal *correspondent*
el diario *daily newspaper*
el disparo *gunshot*
el edificio *building*
el ejército *army*
la elección *choice*
el esquema *outline*
la facultad *school of a university*

la instrucción *instruction, teaching*
la manifestación *demonstration*
la materia *academic subject*
la matrícula *tuition*
el navío *ship*
el número *issue, copy, number*
la prisa *haste, hurry*
el reportaje *newspaper article*
el requisito *requirement*
el resumen *summary*
el soldado *soldier*
el título *degree (education)*
la tormenta *storm, upheaval*

ADJETIVOS

escolar *pertaining to school*
estudiantil *pertaining to students*
gratuito(a) *free*
particular *private*
secundario(a) *secondary, high school*
superior *higher*

OTRAS PALABRAS Y EXPRESIONES

a menos que *unless*
bruto(a) *thick-headed*
con tal que *provided that*
el derramamiento de sangre *bloodshed*
morirse por *to be dying to*
Primera Guerra Mundial *World War I*
¿Vale? *O.K.?*

CONTENIDO

La ciudad en el mundo hispánico

A. Temas de composición

1. ¿Piensas que es mejor criar a los niños en un medio rural, o en un medio urbano? Explica.

2. ¿Cuáles son los problemas más graves con los que se enfrentan los habitantes de las grandes ciudades?

3. ¿Cuáles son los problemas de las personas que viven en el campo?

4. Habla de un viaje que querrías hacer por el mundo hispánico.

5. Si pudieras construir una ciudad nueva, ¿cómo sería? ¿Cómo sería ecológicamente sostenible?

B. Temas de presentación oral

1. comparación entre la capital de España y la capital de los Estados Unidos

2. los medios de transporte público: su importancia en la actualidad

3. una capital hispanoamericana

4. la fundación de Tenochtitlán

5. Joaquín Torres García

◀ En las ciudades hispánicas es común ver a mucha gente en las calles como se ve aquí en Barcelona, España.

Tupungato/Shutterstock.com

🔊 Audio 🌐 www.cengagebrain.com ▶ Video on DVD

Enfoque

Según los historiadores, las primeras ciudades de la región mediterránea nacieron de la alianza de varias tribus, motivada por necesidades económicas, sociales y religiosas. Las descripciones de la fundación de las grandes ciudades como Atenas y Roma siempre hacen hincapié en *(emphasize)* el aspecto religioso: se consultaba con los dioses para saber dónde se debía construir la ciudad. Lo primero que se hacía era consagrar *(consecrate)* el lugar a un dios cívico, lo cual creaba lazos permanentes para la gente, que por esta razón no podía abandonar la ciudad. El templo, las ceremonias, los sacerdotes, todo se relacionaba con el lugar. Para los pueblos antiguos la ciudad era el centro de su religión y la razón principal de su existencia. Esta es la tradición en la que se formó la sociedad española.

Las grandes ciudades indígenas de América tuvieron orígenes semejantes. Tenochtitlán, el centro de la civilización azteca, fue establecido en el lugar indicado por un dios. Los aztecas eran una tribu del norte que había vagado *(wandered)* por el valle de México, llamado Anáhuac («cerca del agua»), hasta que recibieron la visión maravillosa de un águila *(eagle)* con una serpiente en la boca, posada *(perched)* sobre un nopal *(cactus)*. Allí se detuvieron y construyeron su ciudad sobre un lago, poniendo las casas sobre largas estacas *(stakes)*.

En muchas culturas la ciudad ejerció siempre una gran atracción sobre el pueblo, como el centro de lo bueno de la vida. Esta atracción aumentó durante el Renacimiento europeo[1] con el nuevo papel comercial que asumieron las grandes ciudades mediterráneas.

[1]*Renacimiento europeo* El Renacimiento (o redescubrimiento de la cultura clásica después de la Edad Media) durante los siglos XIV y XV marcó el auge de la ciudad en la civilización occidental. Las ciudades eran centros de cultura, y debido al surgimiento de los sistemas bancarios y de exportación, también eran centros comerciales con gran poder económico.

VOCABULARIO ÚTIL

VERBOS

atraer *acercar; captar el interés*
fundar *establecer; crear*
mudarse *cambiarse de residencia*
provenir de (ie) *tener origen en algo*

SUSTANTIVOS

las afueras *alrededores de una población*

el centro *zona de una ciudad en la que se concentra la actividad comercial*
el crecimiento *aumento de tamaño, cantidad o importancia*
el cruce *punto donde intersectan dos calles, dos líneas, etc.*
la estatua *escultura que representa una figura*

el lazo *unión; conexión*
el metro *ferrocarril subterráneo*
el rascacielos *edificio muy alto*
el sabor *sensación; impresión que deja algo*

ADJETIVOS
abrumador(a) *insoportable; que molesta o fatiga*

antiguo(a) *que existe desde hace mucho tiempo*

OTRAS PALABRAS Y EXPRESIONES
a partir de *desde*

10-1 **Para practicar.** Trabajen en parejas, o como lo indique su profesor(a), para contestar estas preguntas, usando el vocabulario de la lista.

1. ¿Cómo es la ciudad en que naciste? ¿Qué población tiene? ¿Es muy antigua? ¿Sabes cuándo fue fundada? ¿Tiene metro? ¿Tiene rascacielos? ¿Cuántos pisos tiene el rascacielos más alto?

2. ¿Te gusta ir de compras? ¿Vas frecuentemente de compras en el centro o prefieres hacer compras en las afueras? ¿Cuál es tu tienda preferida? ¿Qué te atrae de esa tienda?

3. ¿Sabes a partir de qué año vive tu familia en este estado? ¿Te has mudado alguna vez? ¿Todavía mantienes lazos con las personas del barrio donde vivías antes?

10-2 **Anticipación.** ¿Conoces una ciudad hispánica? Con un(a) compañero(a) de clase, hagan una lista de todas las ciudades hispánicas posibles. ¿Cuáles son algunas características de cualquier ciudad grande? ¿Cuáles son las ventajas y las desventajas de la vida urbana?

La ciudad y la vida urbana

Las ciudades del mundo hispánico

Desde la dominación romana, la historia de España ha sido una historia de ciudades. El concepto romano —y por lo tanto occidental— de civilización se ve en la raíz de la palabra misma: *civitas*, que se refería a las asociaciones religiosas y políticas que formaban las asambleas de familias y tribus. En otras
5 palabras, la «civilización» es el resultado de la ciudad. El espacio en el cual se juntaban° las asambleas se llamaba *urbs*, de donde proviene la palabra «urbano».   *gathered*

Los visigodos se adaptaron a la forma de vida romana, aunque tenían más interés en la sociedad rural del feudalismo. La única ciudad importante de la época visigoda es Toledo, que fue la primera capital de la península. Esta ciudad
10 simboliza la gloria medieval de España.

Office de Tourisme de Madrid

La Plaza Mayor de Madrid, España

southern 15

cultured

mosque 20

Cuando los árabes invadieron España ocuparon las ciudades que encontraron, pero establecieron su centro en la ciudad sureña° de Córdoba. Gran parte de esta culta° y brillante ciudad fue destruida durante la Reconquista por ser símbolo del poder islámico. Solo queda la mezquita° principal como recuerdo de su pasado glorioso.

tenuous 25

La capital actual, Madrid, solo comenzó a ocupar un lugar de importancia en la vida española cuando el rey Felipe II trasladó la corte de Toledo a la comunidad de Majrit en 1560, a fin de observar la construcción de su propio monumento, El Escorial[2]. Felipe quería situar la capital en el centro para afirmar la unidad nacional, concepto bastante tenue° en aquella época.

synthesizes 30

treasure 35

Hoy día Madrid es una ciudad de más de 4 millones de habitantes que sintetiza° la cultura moderna española. La historia de España se refleja en la Plaza Mayor[3], que recuerda los primeros años de la ciudad, en el Palacio Real y en la Plaza de España, rodeada de rascacielos modernos. En el Museo del Prado se encuentra el tesoro° artístico de España: obras no solo de artistas españoles sino también de holandeses e italianos de los siglos XVI y XVII, cuyos países formaban parte del Imperio español.

extreme 40

Con la importancia de la ciudad, tanto en la Península Ibérica como en las culturas indígenas, era natural que durante la colonización se pusiera mucho énfasis en los centros urbanos del Nuevo Mundo. La Ciudad de México y Lima eran las ciudades principales de las colonias, pero Buenos Aires no tardó en cobrar suma° importancia comercial. La Habana, Caracas, Bogotá y Santiago de Chile asumieron su verdadera importancia en el siglo XIX; la Ciudad de México, Lima y Buenos Aires contienen el pasado colonial.

rubble 45

La Ciudad de México fue construida, en un acto simbólico de la dominación española, literalmente encima de los escombros° de Tenochtitlán, la extraordinariamente avanzada capital azteca. Al excavar una ruta del tren subterráneo en los años sesenta los trabajadores encontraron un templo azteca que hoy se conserva en una estación del metro: buen ejemplo de la mezcla de lo nuevo y lo antiguo en México.

50

La capital del Perú moderno, Lima, también muestra el pasado lejano, pero con una importante diferencia: los incas establecieron sus centros urbanos en las montañas, los españoles prefirieron la costa. Por eso los españoles en 1535

[2]*El Escorial* El nombre musulmán de Madrid era *Majrit*. Felipe II ordenó la construcción de *El Escorial* —un grupo de edificios que incluían una iglesia, un monasterio y un palacio— en conmemoración de una victoria importante contra los franceses en 1557. Está a 30 millas al noroeste de la ciudad moderna.

[3]*Plaza Mayor* Casi todas las ciudades hispánicas tienen una plaza principal rodeada por edificios del gobierno y por una iglesia o por la catedral. Suele llamarse *Plaza Mayor* o tener el nombre de algún héroe nacional; en la Ciudad de México, esta plaza se llama *Zócalo*.

abandonaron Cusco, en los Andes, que había sido la primera capital. Lima,
entonces, no fue construida sobre las ruinas de una ciudad indígena. Lima fue
llamada la Ciudad de los Reyes por el conquistador Pizarro. Su nombre actual
55 deriva de Rimac, nombre quechua del río cercano.

La capital de la República Argentina, Buenos Aires, fue fundada en 1536 con
el nombre de Puerto de Nuestra Señora de los Buenos Aires —la santa patrona
de los marineros° sevillanos— pero fue destruida poco después por los indígenas. *sailors*
Aunque fue fundada por segunda vez, la ciudad no tuvo gran importancia hasta
60 el siglo XVIII, porque España no permitió que los productos salieran sino por° *except through*
Lima hasta fines de ese siglo. Cuando el puerto de Buenos Aires se abrió al
comercio, su posición geográfica le aseguró un crecimiento° continuo. Además, *growth*
la ciudad fomentó la inmigración de europeos, que continuó durante un siglo y
medio y que dio a Buenos Aires el carácter único de ser la ciudad más europea
65 de América. Ingleses, alemanes, italianos, franceses y otros europeos vinieron en
grandes números y se establecieron en diferentes barrios. Las lenguas europeas,
especialmente el italiano, han influido mucho en el español que se habla en
Buenos Aires.

El aspecto físico de la ciudad hispánica

70 Hay ciertos aspectos físicos característicos de casi toda ciudad hispánica típica.
En primer lugar, las grandes ciudades se fundaron antes que las ciudades
norteamericanas y retienen por lo tanto un sabor más antiguo. Aun las del Nuevo
Mundo fueron fundadas en el siglo XVI. Tienden a tener calles estrechas° con *narrow*
los edificios muy junto a la calle. Claro que existen secciones nuevas con calles
75 anchas construidas para el automóvil, pero esto es más típico de las afueras que
del centro de la ciudad. Por lo general, ha habido menos tendencia a derribar° los *tear down*
edificios antiguos que en los Estados Unidos: se reforman° por dentro y por fuera *they are remodeled*
mantienen su apariencia original.

Otro aspecto notable de muchas ciudades hispánicas es la falta de simetría
80 de las calles: corren en todas direcciones sin preocuparse por los ángulos rectos°, *right angles*
lo cual crea cruces de una complicación formidable donde se encuentran seis u
ocho calles en un mismo punto. Tanto en España como en América, continúan
el plan europeo de usar círculos para el tránsito de estos cruces. Los círculos *como plazas*
frecuentemente contienen monumentos, fuentes, estatuas u otros elementos
85 decorativos.

En general, las ciudades han crecido alrededor de° una plaza central donde se *around*
encuentran la catedral, la casa de gobierno, los bancos, los negocios grandes y los
mayores hoteles. Se han añadido otras plazas menores sin patrón, al azar°, que *random*
forman los centros de los barrios residenciales de la ciudad.

90 Lo más típico es encontrar alrededor de las plazas menores una iglesia, varias
tiendas pequeñas, un café al aire libre, el quiosco de diarios y revistas y otros
negocios para atender las necesidades de la vida de los vecinos. Cada habitante
de la ciudad vive a poca distancia de una de estas plazas y es allí donde hace sus
compras diarias.

95 La gente en su gran mayoría vive en grandes edificios de apartamentos,
frecuentemente «condominios», lo que produce una concentración de población

relativamente alta. De esta manera las ciudades no se desarrollan como las ciudades norteamericanas de igual población. Esta concentración resulta en ciertas ventajas y ciertas desventajas. Las distancias son cortas, el transporte público es muy eficaz y muy usado y es menor la necesidad de un automóvil particular. En cambio, el amontonamiento° de gente en todas partes, el tráfico abrumador y el ruido callejero pueden ser desagradables. Sin embargo, los habitantes se acostumbran a los aspectos negativos y gozan de una vida activa e intensa.

crowding

El significado de la ciudad en el mundo hispánico

Un artículo del periódico *El Mundo* de San Juan, Puerto Rico, dice así: «La más grande empresa de creación de ciudades llevada a cabo° por un pueblo, una nación o un imperio en toda la historia, fue la desarrollada° por España en América a partir de 1492, que llenó un continente de ciudades…» dice Fernando Terán, catedrático de Urbanismo… Las estadísticas indican que hasta recientemente la tasa° de crecimiento de las ciudades llega al doble de la población total. Fuera de los problemas obvios, como la incapacidad de los centros urbanos de asimilar° a tantas personas, el desempleo, la pobreza y el descontento social resultantes°, existen otros factores negativos. El éxodo de gente del campo es cada vez más grave: España, antes predominantemente rural, solo cuenta hoy con una fuerza agrícola del 20% de los trabajadores. Esta gran migración también efectúa cambios profundos en algunas de las antiguas instituciones de la cultura: la familia, la Iglesia y la moral tradicional pierden algo de su importancia cuando las personas cortan° sus raíces rurales para mudarse a los centros urbanos.

carried out
the one developed

rate

to assimilate
resulting

sever

Debido a la experiencia de los 75 primeros años del siglo xx los expertos en cuestiones de población predecían números espantosos para el fin del siglo. Esperaban contar, por ejemplo, unos 30 millones de habitantes en la Ciudad de México. Ocurre, sin embargo, que en la mayoría de los países ha bajado la tasa de crecimiento de la población en general y por eso tampoco crecen tan rápidamente las ciudades. Según las estadísticas oficiales, por ejemplo, México, entre 1987 y 1992, recibió 404 000 residentes nuevos, mientras perdió 586 000 habitantes. Desafortunadamente, los residentes más cómodos económicamente son los que se pueden mudar, mientras que los pobres no tienen tal oportunidad. El dilema es obvio. Si el gobierno mejora las condiciones de los servicios sociales, viviendas,

El Paseo de la Reforma en México, D.F.

Randy Faris/Surf/Corbis

trabajos, etcétera, atraerá a más gente. Además quedaría solo un 20% de la población del continente para producir los comestibles necesarios para el otro 80%, lo que sería difícil aun con los métodos más mecanizados de agricultura.

145   En el siglo XIX un argentino, Domingo Faustino Sarmiento[4], formuló una interpretación de la sociedad argentina a través del conflicto entre «la civilización y la barbarie°». Con la «civilización», Sarmiento identifica la ciudad de Buenos Aires y con la «barbarie», la pampa argentina. Este concepto sirvió como base del pensamiento hispanoamericano durante todo un siglo. La actitud hispánica hacia

150 la ciudad como centro de la civilización todavía existe como valor básico de la vida.

barbarism

[4]*Domingo Faustino Sarmiento* (1811–1888) Sarmiento era uno de los grandes ensayistas de las Américas. Pensaba que el futuro de la Argentina dependía de permitir a las ciudades, con su alto nivel de cultura y civilización, que dominaran las áreas de provincia. Su largo ensayo (1845) sobre un gaucho salvaje llamado Juan Facundo Quiroga expuso que el elemento rural era primitivo, opuesto al progreso y hostil contra la ciudad cuando estaba en poder.

10-3 **Comprensión.** Responde según el texto.

1. ¿Quién estableció Madrid como la capital y por qué?
2. ¿Por qué se construyó la Ciudad de México sobre las ruinas de Tenochtitlán?
3. ¿Cómo y por qué fue distinta la fundación de Lima?
4. ¿Cuándo asumió Buenos Aires su puesto de importancia?
5. ¿Qué se encuentra con frecuencia en los círculos de tráfico?
6. ¿Cuál es un edificio que se suele ver en la plaza central?
7. ¿Cuáles son las ventajas de concentrar la población en relativamente poco espacio? ¿Cuáles son las desventajas?
8. ¿Qué instituciones tradicionales sienten el efecto de la migración hacia la ciudad?
9. ¿Por qué tienen que cambiar los expertos sus predicciones sobre la población de las grandes ciudades hispanoamericanas?
10. ¿Qué significaba «civilización» y «barbarie» para Sarmiento?

10-4 **Opiniones.** Expresa tu opinión personal.

1. ¿Cuál de las ciudades descritas te parece más interesante? ¿Por qué?
2. ¿Qué elementos de la vida urbana te atraen más?
3. ¿Crees que lo más valioso de una sociedad está en los centros urbanos o en el campo?
4. ¿Crees que el gobierno nacional debe ayudar a las ciudades que tienen problemas económicos? ¿Debe ayudar a los agricultores con sus problemas?

Las palabras con significados múltiples

Algunas palabras tienen más de un significado. Por ejemplo, *lazo* puede significar: 1. nudo de cinta u otro material que sirve para sujetar o adornar; 2. cinta para adornar el pelo; 3. cuerda para atrapar algunos animales; 4. unión, conexión. El significado que tiene en una oración depende del contexto. He aquí otras palabras con significados múltiples.

BANCO	CURA	PATRÓN
1. asiento 2. lugar para guardar dinero	1. tratamiento para una enfermedad 2. sacerdote	1. persona que manda 2. modelo para la confección 3. santo de un pueblo
CITA	**ESTACIÓN**	**TIPO**
1. encuentro 2. referencia textual	1. época del año 2. terminal 3. emisora de radio	1. ejemplar característico 2. clase 3. individuo
COLA	**FALDA**	**VELA**
1. pegamento 2. parte del animal 3. fila	1. prenda de vestir 2. parte baja de una montaña	1. del verbo *velar* 2. pieza de un barco que recibe el viento 3. de cera para alumbrar, candela

10-5 **Deducir el significado.** Usa el contexto para deducir el significado de las palabras en cursiva. Para cada una, indica el número de la definición que aparece en la tabla.

1. La *cola* del cine llegaba hasta la esquina. _____
2. En este mercado venden hierbas medicinales y otras *curas*. _____
3. Si una *cita* se toma de Internet, indica el autor y la fecha. _____
4. Prendieron una *vela* en conmemoración del joven muerto. _____
5. En la ciudad hay restaurantes de todo *tipo*. _____
6. El parque metropolitano necesita más *bancos*. _____
7. Allí viene el *patrón* de la hacienda. _____
8. ¿Puedes recogerme en la *estación* de tren? _____
9. Vive en una granja en la *falda* del volcán. _____

10-6 **Repaso de sinónimos.** Relaciona los sinónimos.

1. comercio _____
2. caminante _____
3. monarca _____
4. nativo _____
5. sacerdote _____
6. señalar _____
7. occidente _____

a. oeste
b. indicar
c. negocios
d. indígena
e. peatón
f. cura
g. rey

«Invítalas a bailar con nosotros».

VOCABULARIO ÚTIL

VERBOS

averiguar *investigar; buscar la información*

enamorarse (de) *sentir amor por una persona*

merecer *ser digno de lo que se expresa*

SUSTANTIVOS

el bocadito *un poco de comida*

el conjunto *grupo musical*

los entremeses *plato ligero antes de la comida principal*

el letrero *palabras escritas para notificar algo*

la morenita *mujer bonita de piel o pelo oscuro*

el tipo *individuo (coloquial)*

ADJETIVOS

formidable *magnífico*

guapetón(ona) *muy bonito(a)*

resuelto(a) *muy decidido(a)*

OTRAS EXPRESIONES

¡ni que (+ subj)! *exclamación que alude a algo que no puede ser cierto*

un poquitín *una cantidad pequeña*

10-7 **Para practicar.** Completa el párrafo siguiente con palabras escogidas de la sección **Vocabulario útil.** No es necesario usar todas las palabras.

Anoche fui a ver a mi novia Alicia. Ella es alta, delgada y 1. _____ con cabello oscuro y bellísimo. Opino que ella es la 2. _____ más bonita del mundo. Yo 3. _____ de ella la primera vez que la vi. Anoche había un 4. _____ que dio un concierto en el teatro Colón. ¡Fue un concierto 5. _____ ! Después decidimos comer un 6. _____ en un café que estaba cerca del teatro. No pedimos mucha comida porque solo me quedaba 7. _____ de dinero. ¡8. _____ fuera yo Bill Gates!

Estrategia al escuchar

Al escuchar una conversación, presta atención a las formas verbales y al uso de palabras para inferir la relación social entre los hablantes. Si los hablantes usan la forma **tú**, por ejemplo, sabes que son amigos o familiares. Si usan diminutivos (**guapita**) o palabras de uso coloquial (**tipo**), puedes deducir que tienen una relación informal y bastante estrecha.

Track 20

10-8 **En el Café Alfredo.** Escucha el diálogo entre Tomás y Carlos, dos amigos quienes luego hablan con Tere y Lola.

10-9 **Comprensión.** Contesta las preguntas siguientes.

1. ¿Qué tipo de restaurante es el Café Alfredo?
2. ¿Por qué no vino Dieguito?
3. ¿Qué piensa Tomás de las muchachas?
4. ¿Qué es lo que sugiere Carlos?
5. ¿Cómo pueden llegar a casa de Isabel y Sonia?
6. ¿Qué les pregunta Tomás a las dos muchachas?
7. ¿Qué quiere hacer en realidad?
8. ¿Por qué no se interesan las muchachas?
9. ¿Qué deciden hacer Tomás y Carlos?

10-10 **Opiniones.** Contesta las preguntas siguientes.

1. ¿Te gustan los restaurantes al aire libre? ¿Por qué?
2. ¿Dónde y cuándo has estado en un restaurante al aire libre?
3. ¿Hay muchos restaurantes al aire libre en los Estados Unidos? ¿Por qué?
4. ¿Prefieres ir a un museo o al cine? ¿Por qué?
5. ¿Cómo se llama tu conjunto musical favorito?

10-11 **Actividad cultural.** En grupos de tres personas, hablen de estos temas.

1. ¿Qué papel hacen los cafés en muchas ciudades hispánicas? ¿Prefieres comer y beber en un café o en un restaurante? Explica por qué.
2. ¿Cuáles son los medios de transporte que son más populares en las grandes ciudades del mundo hispánico? ¿Qué medio de transporte te gusta más a ti? ¿Por qué?

The Museum of Modern Art/Licensed by SCALA / Art Resource, NY

En el pie de foto, ¿puedes identificar la cláusula con *si*? ¿el verbo que lleva preposición? ¿el aumentativo?

Si fueras al Museo de Arte Moderno en Nueva York, verías este cuadro del artista uruguayo Torres García. Se llama *El puerto* y consiste en formas geométricas y símbolos concretos. ¿Qué crees que significa el sol con cara de hombre? ¿Y el pecezote?

Las cláusulas con *si*

A. El subjuntivo y el indicativo en las cláusulas con *si*

Las cláusulas con **si** indican condiciones reales o condiciones contrarias a la realidad. El modo del verbo que se usa en la cláusula con **si** depende si la acción expresada es posible o imposible.

Heinle Grammar Tutorial:
If clauses (hypothetical situations)

1. Cuando la cláusula con **si** expresa una condición posible o una situación que implica la verdad o una simple suposición, se usa el modo indicativo en ambas cláusulas.

> **Si** tengo bastante dinero, iré contigo. ¿De acuerdo?
> **Si** continúas hablando, vas a perder el avión.
> **Si** ellos tenían tiempo todos los días, hacían la tarea.

2. Cuando la cláusula con **si** indica una situación hipotética o algo contrario a la realidad (que no es cierto ni ahora ni en el pasado) o poco probable que ocurra, se usa el imperfecto del subjuntivo o el pluscuamperfecto del subjuntivo. En la cláusula principal, se usa generalmente el condicional o el condicional perfecto.

Si pudiera, iría en metro.
Si hubiera sabido, no las habría molestado.
Si él fuera a México, vería las ruinas aztecas.
¿Qué harías si tuvieras un millón de dólares?
Si él lo pusiera en el bolsillo, no lo perdería.

3. Cuando **si** significa *whether,* siempre va seguido por el indicativo.

No sé **si** lo haré o no.

B. Las cláusula con *como si*

Como si *(as if)* se refiere a una situación hipotética o falsa. Solo se usa con el imperfecto de subjuntivo o el pluscuamperfecto del subjuntivo.

Pinta **como si** fuera Picasso.
Hablaban **como si** no hubieran oído las noticias.
¡**Como si** nosotros tuviéramos la culpa!

PRÁCTICA

10-12 Varios pensamientos. Completa estos pensamientos de un(a) estudiante con la forma correcta de los verbos entre paréntesis.

1. Si yo (tener) __tuviera__ más tiempo, estudiaría con ellos.
2. Si él (haber) __hubiera__ estudiado sus apuntes, habría salido bien en el examen.

presente porque tenemos futuro despues

3. Si ellos (ganar) __g anen__ bastante dinero, comprarán los libros.
4. La profesora me habló como si (ser) __fuera__ mi madre.
5. Si nosotros (tomar) __tomaramos__ el metro, llegaríamos a la escuela en diez minutos.
6. Si el profesor (hablar) __hablara__ más despacio, los alumnos lo entenderían mejor.
7. Si los estudiantes (haber) __hubieran__ comido un bocadito antes de salir, no habrían tenido hambre durante el examen.
8. Si yo (poder) __pueda__ encontrar una pluma, escribiré los apuntes en mi cuaderno.
9. Él estudió como si le (gustar) __gustara__ el curso.
10. Si ellos (viajar) __viajaran__ por metro, gastarían menos.

👥👥 **10-13 Un(a) millonario(a).** Trabajando en parejas, hablen de las cosas que harían si fueran millonarios. Incluyan las ideas de la lista y otras originales.

Si yo fuera millonario(a)...

1. comprar una casa grande
2. viajar a todas partes del mundo
3. ayudar a los pobres
4. comer en los restaurantes más elegantes del mundo
5. vivir en un lugar exótico
6. ¿...?
7. ¿...?
8. ¿...?

👥👥 **10-14 Ideas originales.** Trabajando en parejas, completen estas oraciones con ideas originales.

1. Si yo tuviera un millón de euros, _____.
2. Si hubiera un restaurante al aire libre aquí, _____.
3. Si yo pudiera ir a Sudamérica, _____.
4. Si yo viviera en una ciudad grande, _____.
5. Si yo estudiara mucho, _____.
6. Yo comería ahora si _____.
7. Yo estudiaría la lección si _____.
8. Yo te daría todo mi dinero si _____.
9. Iría contigo al cine si _____.
10. Yo te compraría una taza de café si _____.

👥👥 **10-15 Impresiones.** Completa estas oraciones de una manera lógica y original. Luego compara tus impresiones con las de otro(a) compañero(a) de clase. ¿Tienen muchas impresiones en común?

1. Mi profesor(a) habla como si _fuera mi amiga_
2. El presidente anda como si _los tuviera prisa_
3. Mi madre escribe como si _no iría al escuela_
4. Los estudiantes estudian como si _llegaría el termine del escuela_
5. Mis amigos gastan dinero como si _tuvieran millones de dollares_

👥👥 **10-16 Una visita a Madrid.** Trabajando en grupos, hablen de lo que harían si fueran a Madrid, la capital de España. Luego, compartan su lista con las de los otros grupos. ¿Cuáles son las diferencias y las semejanzas?

Los verbos que llevan preposición

Ciertos verbos llevan una preposición cuando les sigue un infinitivo o un objeto directo. En las listas a continuación, fíjate que el significado de aquellos verbos que pueden usarse con más de una preposición, varía según la preposición que se use.

acabar con *to put an end to*	acabar de *to have just*
dar a *to face*	dar con *to come upon, meet*
pensar de *to have an opinion of*	pensar en *to have on one's mind*

A. Verbos que llevan la preposición *a*

1. Verbos que llevan **a** antes de un infinitivo

acostumbrarse a *to get used to*	invitar a *to invite to*
aprender a *to learn to*	ir a *to be going to*
ayudar a *to help to*	negarse a *to refuse to*
comenzar a *to begin to*	ponerse a *to begin to*
empezar a *to begin to*	prepararse a *to prepare to*
enseñar a *to teach to*	volver a + infinitive. . . *to do something again*

2. Verbos que llevan **a** antes de un objeto

acercarse a *to approach*	ir a *to go to*
asistir a *to attend*	llegar a *to arrive at (in)*
dar a *to face*	oler a *to smell of*
dirigirse a *to go toward; to address oneself to*	responder a *to answer*
entrar a *to enter*	saber a *to taste of*

B. Verbos que llevan la preposición *con*

1. Verbos que llevan **con** antes de un infinitivo

contar con *to count on*
preocuparse con *to be concerned with*
soñar con *to dream of*

2. Verbos que llevan **con** antes de un objeto

casarse con *to marry*	encontrarse con *to meet*
contar con *to count on*	quedarse con *to keep*
cumplir con *to fulfill one's obligation toward*	soñar con *to dream of*
dar con *to meet, to come upon*	tropezar con *to run across, to come upon*

C. Verbos que llevan la preposición *de*

1. Verbos que llevan **de** antes de un infinitivo

acabar de *to have just*
acordarse de *to remember to*
alegrarse de *to be happy to*
dejar de *to stop*
encargarse de *to take charge of*
haber de *to have to*

olvidarse de *to forget to*
preocuparse de *to be concerned about*
quejarse de *to complain of*
terminar de *to finish*
tratar de *to try to*

2. Verbos que llevan **de** antes de un objeto

acordarse de *to remember*
aprovecharse de *to take advantage of*
burlarse de *to make fun of*
depender de *to depend on*
despedirse de *to say good-bye to*
disculparse de *to apologize for*
disfrutar de *to enjoy*
dudar de *to doubt*

enamorarse de *to fall in love with*
gozar de *to enjoy*
mudar(se) de *to move*
olvidarse de *to forget*
pensar de *to think of, to have an opinion about*
reírse de *to laugh at*
servir de *to serve as*

D. Verbos que llevan la preposición *en*

1. Verbos que llevan **en** antes de un infinitivo

confiar en *to trust to*
consentir en *to consent to*
consistir en *to consist of*

insistir en *to insist on*
pensar en *to think of, about*
tardar en *to delay in, to take long to*

2. Verbos que llevan **en** antes de un objeto

confiar en *to trust*
convertirse en *to turn into*
entrar en *to enter (into)*

fijarse en *to notice*
pensar en *to think of, to have in mind*

PRÁCTICA

10-17 Preposiciones. Completa estas oraciones con una preposición si es necesario.

1. Las mujeres se acercaron _____ la puerta sin leer el letrero.
2. La lección consiste _____ leer el cuento.
3. Nosotros queremos _____ ir al partido de fútbol.
4. Mi primo se enamoró _____ una pelirroja.

5. Se alegran _____ recibir una carta de su abuela.

6. La doctora espera _____ llegar temprano al hospital.

7. Los estudiantes se ponen _____ estudiar a las diez.

8. El abogado siempre ha cumplido _____ su palabra.

9. Al entrar _____ su casa me olvidé _____ todo.

10. Es necesario acordarse _____ esta fecha.

11. Mis compañeros siempre insisten _____ beber café.

12. Mis padres compraron una casa que da _____ la plaza.

13. No podemos _____ salir sin ellos.

14. Rumbo a la estación, Juan tropezó _____ su novia.

15. Me olvidé _____ ponerlo en mi cuarto antes de salir.

10-18 Imagínate. Completa estas oraciones de una manera lógica. Luego compara tus respuestas con las de otro(a) compañero(a) de clase. ¿Tienen algo en común?

1. En esta clase nosotros (aprender a) _____.

2. Todas las semanas yo (asistir a) _____.

3. Después de graduarme, (soñar con) _____.

4. Este verano mi familia y yo (disfrutar de) _____.

5. Antes de dormirme, yo (pensar en) _____.

10-19 Información personal. Escribe cinco oraciones que describan cosas que tú haces. Luego, escribe cinco preguntas y háceselas a un(a) compañero(a) de clase. Usa palabras de la lista para hacer tus oraciones y tus preguntas.

MODELO   *Me encuentro con mis amigos después de la clase. ¿Con quién te encuentras tú?*

1. acostumbrarse a
2. dirigirse a
3. contar con
4. alegrarse de
5. quejarse de

6. burlarse de
7. despedirse de
8. consistir en
9. insistir en
10. fijarse en

Los diminutivos y los aumentativos

Hay un número de sufijos para formar diminutivos y aumentativos que se añaden a los sustantivos, adjetivos y adverbios para indicar tamaño o edad. Estos sufijos también indican cariño o desprecio *(contempt)*. Con frecuencia estos sufijos eliminan la necesidad de adjetivos.

A. Formación

1. Las terminaciones aumentativas y diminutivas se añaden al final de palabras enteras que terminan en consonante o vocal tónica (enfatizada).

mamá	mama**cita**
animal	animal**ucho**

2. A las palabras que terminan en una vocal **o** o **a** átona (que no se pronuncia con fuerza), se quita la vocal antes de añadir la terminación.

libro	libr**ito**
casa	cas**ucha**

3. Cuando los sufijos que empiezan por **e** o **i** se añaden a una palabra cuya raíz termina en **c, g** o **z**, estas cambian a **qu, gu,** and **c,** respectivamente, para mantener el sonido de la consonante.

chico	chi**quito**
amigo	ami**guito**
pedazo	peda**cito**

4. Las terminaciones diminutivas y aumentativas varían en género y número.

pobres	pobre**cillos**
abuela	abuel**ita**

B. Las terminaciones diminutivas

Las terminaciones para formar diminutivos de uso más frecuente son **-ito, -illo, -cito, -cillo, -ecito** y **-ecillo.** Además de indicar tamaño pequeño, los diminutivos expresan con frecuencia cariño, humor, lástima, ironía y otros sentimientos por el estilo.

1. Las terminaciones **-ecito(a)** y **-ecillo(a)** se añaden a las palabras de una sílaba que terminan en consonante y a palabras de más de una sílaba que terminan en **e** (sin quitar la **e**).

flor	flor**ecita**
pan	pan**ecillo**
pobre	pobr**ecillo**
madre	madr**ecita**

2. Las terminaciones **-cito(a)** y **-cillo(a)** se añaden a la mayoría de las palabras de más de una sílaba que terminan en **n** o **r.**

joven	joven**cita**
autor	autor**cillo**

3. Las terminaciones **-ito(a)** y **-illo(a)** se añaden a la mayoría de las demás palabras.

ahora	ahor**ita**
casa	cas**ita**
Pepe	Pep**ito**
Juana	Juan**ita**
campana	campan**illa**

C. Las terminaciones aumentativas

Las terminaciones aumentativas de uso más frecuente son **-ón(-ona)**, **-azo**, **-ote(-ota)**, **-acho(a)** y **-ucho(a)**. Las terminaciones aumentativas indican tamaño grande, así como también desprecio, desdén *(disdain)*, aparencia grotesca, etcétera.

hombre	hombr**ón**
éxito	exit**azo**
libro	libr**ote**
rico	ric**acho**

PRÁCTICA

10-20 Derivaciones. Da una definición de cada una de las palabras de la siguiente lista. Di si la palabra es un diminutivo o un aumentativo. Luego, da la palabra original.

1. sillón	11. pollito
2. caballito	12. hermanito
3. perrazo	13. hombrecito
4. poquito	14. cucharón
5. mujerona	15. zapatillos
6. jovencito	16. cafecito
7. guapetona	17. grandote
8. platillo	18. morenita
9. panecillo	19. librote
10. ratoncito	20. boquita

Ahora, escribe un párrafo para describir a una persona, una cosa o un animal, usando algunas de las palabras de la lista anterior. Prepárate para compartir tu descripción con la clase.

10-21 Una plaza del pueblo. Imagínate que estás mirando una foto de una plaza de un pueblo de México. Describe lo que ves, usando diminutivos o aumentativos en vez de las frases subrayadas. Luego compara tu descripción con la de otro(a) compañero(a) de clase. ¿Están de acuerdo?

Hay una mujer grande 1. _____ que está hablando con una chica pequeña 2. _____. Un hombre pequeño 3. _____ está caminando con su perro grande 4. _____. Un chico pequeño 5. _____ está sentado en un banco pequeño 6. _____. Hay pájaros pequeños 7. _____ encima de una estatua grande 8. _____. Otro hombre grande 9. _____ está leyendo un libro pequeño 10. _____. A mi primo pequeño 11. _____ le gustaría jugar en esta plaza pequeña 12. _____.

10-22 Descripciones. Completa estas oraciones de una manera lógica, usando diminutivos o aumentativos. Luego compara tus descripciones con las de otro(a) compañero(a) de clase. ¿Están de acuerdo?

1. Un animal que no es bonito es un _____.
2. Una casa que es muy pequeña y humilde es una _____.
3. Lo opuesto de un librote es un _____.
4. Una flor que es muy pequeña es una _____.
5. Tomás es un gran amigo, es un _____.
6. Hay una campana en la torre, pero la que ella tiene en la mano es una _____.
7. El profesor no quiere que lo hagamos más tarde, él quiere que lo hagamos ahora mismo o _____.
8. El drama es más que un éxito, es un _____.

Ortografía: reglas de acentuación

1. Las palabras que llevan la intensidad de voz en la última sílaba se escriben con acento ortográfico si terminan en vocal, -n, o -s: **café, alemán, inglés**.

2. Las palabras que llevan la intensidad de voz en la penúltima sílaba se escriben con acento si terminan en consonante que no sea -n o -s: **árbol, Hernández**.

3. Todas las palabras que llevan la intensidad de voz en la antepenúltima (*third to the last*) sílaba, o antes de esta, se escriben con acento ortográfico: **lápices, demuéstramelo**.

4. Si las vocales débiles (i, u) llevan la mayor intensidad de voz, estas rompen el diptongo y se escriben con acento ortográfico: **raíz, continúo**.

5. Las palabras interrogativas y exclamativas se escriben con acento ortográfico: **qué, cuál(es), quién(es), cuánto(a)(s), cuándo, cómo, dónde, adónde**.

   No sé cómo hacerlo.   ¡Cómo baila!   PERO   Hazlo como quieras.

6. Las palabras monosilábicas solo se acentúan si se pueden confundir con otras palabras que se escriben igual, pero tienen otras funciones gramaticales.

él (pronombre)	el (artículo)	**Él** es **el** hombre de quien te hablé.
dé (del verbo dar)	de (preposición)	**Dé** una moneda **de** diez pesos.
té (bebida)	te (pronombre)	¿**Te** gusta el **té**?
sé (de ser o saber)	se (pronombre)	**Se** sabe que lo **sé**.
tú (pronombre)	tu (adjetivo)	**Tú** comprarás **tu** billete.
mí (pronombre)	mi (adjetivo)	**Mi** sándwich es para **mí**.
sí (afirmación)	si (conjunción)	**Si** me pregunta, diré que **sí**.
más (adverbio)	mas (conjunción)	Tengo **más** dinero, **mas** no te doy.

7. La palabra **aún** se escribe con acento ortográfico cuando funciona de adverbio y puede sustituirse por la palabra **todavía**. Si es una conjunción y equivale a **también** o **inclusive**, no lleva acento ortográfico: **Aún** lo amo y lo seguiré amando, **aun** si él no me ama a mí.

PRÁCTICA

Coloca el acento ortográfico sobre las vocales que lo necesiten.

1. El miercoles habra dos examenes: de geografia y de historia.
2. Mi tio irlandes aun no ha llegado de Paris.
3. Despues de afeitarse, don Tomas saludo al huesped de honor.
4. A mi me gustaria mucho ir al crater del volcan.
5. ¡Cuanto ruido hacen esos camiones, aun de noche!
6. Preguntale al profesor cuando tenemos que entregar la composicion.
7. No se quienes habran sido aquellos jovenes, pero preguntare, si quieres.
8. El correo electronico es mas rapido que el aereo.

Barcelona Venecia directed by David Muñoz.

Barcelona Venecia

En este cortometraje por el director español David Muñoz, el mundo no es perfecto: existen errores a nivel subatómico y como resultado, un señor viaja de Barcelona a Venecia accidentalmente. Para regresar, tiene que pagar un billete de avión de Air Italia muy caro.

10-23 Anticipación. Antes de mirar el video, haz estas actividades.

A. Contesta estas preguntas.

1. ¿Dónde está la ciudad de Barcelona? ¿y Venecia?

2. En física, ¿qué son los «agujeros de gusano *(worm holes)*»? En ciencia ficción, ¿que son los «viajes interdimensionales»?

3. ¿Te gustaría poder viajar instantáneamente de una ciudad a otra? ¿Adónde irías? ¿Qué harías allí?

4. ¿A qué compañía o industria no le gustaría la idea del teletransporte (el viajar instantáneamente por el espacio)? ¿Por qué?

B. Estudia estas palabras del video.

extraño *distinto de lo normal*

la postura *manera de estar o colocarse*

terrestre *de la Tierra*

cautela *precaución*

vigilar *observar a una persona para impedir que haga algo*

genial *muy bueno*

cometer asesinato *matar a alguien con premeditación*

no les hace gracia *no les gusta para nada*

los matones *personas que usan medios ilícitos para intimidar*

el agujero *abertura*

el sablazo *acto de sacarle dinero a alguien*

el gesto *movimiento de la cara*

10-24 **Sin sonido.** Mira el cortometraje sin sonido una vez para concentrarte en el elemento visual. ¿Qué acciones ves que hace el señor?

10-25 **Comprensión.** Estudia estas actividades y trata de descubrir las respuestas correctas al mirar el video.

1. ¿Cómo viajó el señor de Barcelona a Venecia?
    a. atravesó un agujero de gusano a nivel terrestre
    b. habló por un teléfono móvil enloquecido
    c. viajó por Air Italia
    d. se imaginó el viaje

2. ¿Por qué tenía el guía un mapa?
    a. porque nunca antes había estado en Venecia
    b. porque quería ver dónde estaban los matones
    c. para buscar una entrada a Barcelona
    d. para vendérselo al señor

3. ¿Quiénes han contratado a matones para vigilar los agujeros de salida?
    a. los agentes de la bolsa
    b. los científicos aeronáuticos
    c. el gobierno de Italia
    d. las compañías aéreas

4. ¿Por qué no pudo el señor cruzar el agujero de salida?
    a. no hizo el gesto adecuado
    b. no hablaba italiano
    c. no pagó la tarifa
    d. era muy viejo

5. ¿Qué denuncia el autor del cortometraje?
    a. la seguridad aeronáutica
    b. el exceso de las compañías aéreas
    c. el uso dañino de los teléfonos móviles
    d. las pérdidas de la bolsa *(stock market)*

 10-26 **Opiniones.** En grupos de tres o cuatro estudiantes comenten estos temas.

1. ¿Podremos en el futuro teleportar?
2. ¿Es viajar por avión demasiado caro?
3. ¿Qué impresión tienes de Barcelona y Venecia después de ver el cortometraje?

VOCABULARIO ÚTIL

VERBOS

agradar *contentar; satisfacer*
antojarse *desear*
atravesar *recorrer un lugar de una parte a otra*
desvanecerse *desaparecer*
indagar *investigar; averiguar*
negarse a (ie) *no querer hacer una cosa*
turbar *sorprender; confundir*

SUSTANTIVOS

el apogeo *punto culminante*
la butaca *silla de brazos*
la hilera *formación en línea*
el matorral *grupo de arbustos bajos*
la pileta *piscina (Cono Sur)*
la reja *barrote metálico o de madera para seguridad*

el tranvía *vehículo eléctrico que transporta pasajeros y circula sobre rieles dentro de una ciudad*
la vidriera *ventana grande de una tienda donde se exhibe mercancía*

ADJETIVOS

acongojado(a) *triste; desconsolado*
apacible *tranquilo; pacífico*
atareado(a) *muy ocupado*
carente *que tiene falta de algo; incompleto*

OTRAS EXPRESIONES

al cabo de *después de*
de tarde en tarde *de vez en cuando*
en cambio *por el contrario*
más de lo corriente *con frecuencia*

10-27 **Para practicar.** Completa el siguiente diálogo, usando la forma correcta de palabras o expresiones del **Vocabulario útil.**

Los días de lluvia le molestaban a mi hermano pero a mí, en 1._____, me 2. _____. Mi hermano prefería los días de sol del verano cuando podía nadar en la 3. _____, pero yo no. A mí me gustaba más 4. _____ la ciudad, ya fuera a pie o en 5. _____. Cuando llovía fuerte había menos gente en las calles: la ciudad era mucho más 6. _____. Pasaba por las 7. _____ de tiendas y miraba las 8. _____ de los grandes almacenes. ¡Cuánto me gustaba pasearme bajo la lluvia! La verdad es que me sentía bastante 9. _____ cuando, al 10. _____ de varias horas, tenía que volver a casa.

Estrategia de lectura

- **Generar opiniones.** Generar opiniones sobre el tema de la lectura antes de leer ayuda para prever la idea principal, y para enfocar la atención en los detalles importantes.

 10-28 Opiniones. Con unos compañeros de clase, intercambia opiniones sobre los siguientes temas.

1. ¿A ti te gusta pasar tiempo en la calle? ¿Por qué sí o por qué no?

2. A la mayoría nos gusta mirar a la gente que pasa. ¿A qué lugares te gusta ir para mirar a la gente? ¿Cuál es tu favorito?

   a. el centro comercial
   b. una calle céntrica
   c. un vehículo de transporte público
   d. la cafetería de la escuela
   e. el parque
   f. un puesto de comida rápida
   g. la clase
   h. la biblioteca
   i. un barrio residencial
   j. el gimnasio
   k. la tienda de comestibles
   l. un café al aire libre

3. ¿Puede ser peligroso mirar a la gente demasiado? ¿Puede ser que te tomen por acosador(a) *(stalker)*?

10-29 ¿De acuerdo o no? Si no estás de acuerdo con las siguientes afirmaciones, cámbialas para expresar tu opinión personal.

1. Los hombres deben negarse a usar paraguas porque son cosas de mujeres.
2. Los días de lluvia no afectan mi estado de ánimo.
3. El espíritu de comunidad se nota más en los grandes centros urbanos que en los pequeños.
4. Es más fácil formar amistades en las ciudades grandes porque hay más gente y más oportunidades para conocer a personas compatibles.
5. En la ciudad en que vivo, la mayor parte de la gente utiliza regularmente los medios de transporte público.

JOSÉ DONOSO
(1924–1996)

El escritor José Donoso nació en
Santiago de Chile en 1924, de una
familia de la alta burguesía. En su
juventud viajó a la Argentina, donde
trabajó de pastor *(shepherd)* en la
pampa. Estudió en la Universidad de
Chile y en Princeton University, donde
terminó sus estudios universitarios
en 1951. Fue periodista y catedrático

Sophie Bassouls/Sygma/Corbis

(professor) en universidades de Chile y de los Estados Unidos, pero más que nada
era escritor profesional. Murió en 1996. Además de varias colecciones de cuentos,
Donoso publicó cuatro novelas: *Coronación* (1957), *Este domingo* (1966),
El lugar sin límites (1966) y *El obsceno pájaro de la noche* (1970).

La obra de Donoso puede estudiarse en muchos niveles, pero predominan dos: el
social y el psicológico. El aspecto social se encuentra especialmente en sus cuentos,
donde el autor describe la vida cotidiana de la ciudad, la decadencia de las altas
clases sociales y el aislamiento que le impone la ciudad al individuo. En sus novelas
Donoso profundiza el aspecto psicológico y presenta el mundo interior de sus
personajes. Esa realidad subjetiva domina y transforma la realidad exterior.

Los dos aspectos mencionados de las ficciones de Donoso —la descripción de la
realidad exterior de la ciudad grande y la presentación del mundo interior de sus
personajes— pueden observarse en el cuento «Una señora». Su estilo y estructura son
aparentemente directos y clásicos, pero debajo de la capa realista el autor presenta el
retrato de un individuo de la metrópoli, cuyo aislamiento y deseo de comunicarse se
manifiestan en sus acciones y en lo que escoge observar de la realidad que lo rodea.

UNA SEÑORA

No recuerdo con certeza cuándo fue la primera vez que me di cuenta de su existencia. Pero si
no me equivoco, fue cierta tarde de invierno en un tranvía que atravesaba un barrio popular.

Cuando me aburro de mi pieza y de mis conversaciones habituales, suelo tomar algún
tranvía, cuyo recorrido desconozco y pasear así por la ciudad[1]. Esa tarde llevaba un libro
por si se me antojara leer, pero no lo abría. Estaba lloviendo esporádicamente y el tranvía
avanzaba casi vacío. Me senté junto a una ventana, limpiando un boquete° en el vaho° del
vidrio para mirar las calles.

No recuerdo el momento exacto en que ella se sentó a mi lado. Pero cuando el tranvía
hizo alto en una esquina, me invadió aquella sensación tan corriente y, sin embargo,

5

spot; steam

misteriosa, que cuanto veía, el momento justo y sin importancia como era, lo había vivido antes, o tal vez soñado. La escena me pareció la reproducción exacta de otra que me fuese conocida: delante de mí, un cuello rollizo° vertía sus pliegues° sobre una camisa deshilachada°; tres o cuatro personas dispersas ocupaban los asientos del tranvía; en la esquina había una botica de barrio con su letrero luminoso, y un carabinero° bostezó° junto al buzón rojo, en la oscuridad que cayó en pocos minutos. Además, vi una rodilla cubierta por un impermeable verde junto a mi rodilla.

Conocía la sensación, y más que turbarme me agradaba. Así, no me molesté en indagar dentro de mi mente dónde y cómo sucediera todo esto antes. Despaché la sensación con una irónica sonrisa interior, limitándome a volver la mirada para ver lo que seguía de esa rodilla cubierta con un impermeable verde.

Era una señora. Una señora que llevaba un paraguas mojado en la mano y un sombrero funcional en la cabeza. Una de esas señoras cincuentonas, de las que hay por miles en esta ciudad: ni hermosa ni fea, ni pobre ni rica. Sus facciones° regulares mostraban los restos de una belleza banal. Sus cejas se juntaban más de lo corriente sobre el arco de la nariz, lo que era el rasgo más distintivo de su rostro.

Hago esta descripción a la luz de hechos posteriores, porque fue poco lo que de la señora observé entonces. Sonó el timbre°, el tranvía partió haciendo desvanecerse la escena conocida, y volví a mirar la calle por el boquete que limpiara en el vidrio. Los faroles° se encendieron. Un chiquillo salió de un despacho° con dos zanahorias y un pan en la mano. La hilera de casas bajas se prolongaba a lo largo de la acera: ventana, puerta; ventana, puerta, dos ventanas, mientras los zapateros, gasfíteres° y verduleros° cerraban sus comercios exiguos°.

Iba tan distraído que no noté el momento en que mi compañera de asiento se bajó del tranvía. ¿Cómo había de notarlo si después del instante en que la miré ya no volví a pensar en ella?

No volví a pensar en ella hasta la noche siguiente.

Mi casa está situada en un barrio muy distinto a aquel por donde me llevara el tranvía la tarde anterior. Hay árboles en las aceras y las casas se ocultan a medias detrás de rejas y matorrales. Era bastante tarde, y yo estaba cansado, ya que pasara gran parte de la noche charlando con amigos ante cervezas y tazas de café. Caminaba a mi casa con el cuello del abrigo muy subido. Antes de atravesar una calle divisé una figura que se me antojó° familiar, alejándose bajo la oscuridad de las ramas. Me detuve, observándola un instante. Sí, era la mujer que iba junto a mí en el tranvía la tarde anterior. Cuando pasó bajo un farol reconocí inmediatamente su impermeable verde. Hay miles de impermeables verdes en esta ciudad, sin embargo no dudé de que se trataba del suyo, recordándola a pesar de haberla visto sólo unos segundos en que nada de ella me impresionó. Crucé a la otra acera. Esa noche me dormí sin pensar en la figura que se alejaba bajo los árboles por la calle solitaria.

Una mañana de sol, dos días después, vi a la señora en una calle céntrica. El movimiento de las doce estaba en su apogeo. Las mujeres se detenían en las vidrieras para discutir la posible adquisición de un vestido o de una tela. Los hombres salían de sus oficinas con documentos bajo el brazo. La reconocí de nuevo al verla pasar

plump; spilled its folds
worn

guard; yawned

features

bell

street lights; store

plumbers; greengrocers
small

seemed

mezclada con todo esto, aunque no iba vestida como en las veces anteriores. Me cruzó una ligera extrañeza° de por qué su identidad no se había borrado de mi mente, confundiéndola con el resto de los habitantes de la ciudad.

En adelante comencé a ver a la señora bastante seguido. La encontraba en todas partes y a toda hora. Pero a veces pasaba una semana o más sin que la viera. Me asaltó la idea melodramática de que quizás se ocupara en seguirme. Pero la deseché° al constatar° que ella, al contrario que yo, no me identificaba en medio de la multitud[2]. A mí, en cambio, me gustaba percibir su identidad entre tanto rostro desconocido.

Me sentaba en un parque y ella lo cruzaba llevando un bolsón° con verduras. Me detenía a comprar cigarrillos y estaba ella pagando los suyos. Iba al cine, y allí estaba la señora, dos butacas más allá. No me miraba, pero yo me entretenía observándola. Tenía la boca más bien gruesa°. Usaba un anillo grande, bastante vulgar.

Poco a poco la comencé a buscar. El día no me parecía completo sin verla. Leyendo un libro, por ejemplo, me sorprendía haciendo conjeturas acerca de la señora en vez de concentrarme en lo escrito. La colocaba en situaciones imaginarias, en medio de objetos que yo desconocía. Principié a reunir datos acerca de su persona, todos carentes de importancia y significación. Le gustaba el color verde. Fumaba sólo cierta clase de cigarrillos. Ella hacía las compras para las comidas de su casa.

A veces sentía tal necesidad de verla, que abandonaba cuanto me tenía atareado para salir en su busca. Y en algunas ocasiones la encontraba. Otras no, y volvía malhumorado a encerrarme en mi cuarto, no pudiendo pensar en otra cosa durante el resto de la noche.

Una tarde salí a caminar. Antes de volver a casa, cuando oscureció, me senté en el banco de una plaza. Sólo en esta ciudad existen plazas así. Pequeña y nueva, parecía un accidente en ese barrio utilitario, ni próspero ni miserable. Los árboles eran raquíticos°, como si se hubieran negado a crecer, ofendidos al ser plantados en terreno tan pobre, en un sector tan opaco y anodino°. En una esquina, una fuente de soda aclaraba las figuras de tres muchachos que charlaban en medio del charco de luz. Dentro de una pileta seca, que al parecer nunca se terminó de construir, había ladrillos trizados°, cáscaras° de fruta, papeles. Las parejas apenas conversaban en los bancos, como si la fealdad de la plaza no propiciara° mayor intimidad. Por uno de los senderos vi avanzar a la señora, del brazo de otra mujer. Hablaban con animación, caminando lentamente. Al pasar frente a mí, oí que la señora decía con tono acongojado:
—¡Imposible!

La otra mujer pasó el brazo en torno a° los hombros de la señora para consolarla. Circundando la pileta inconclusa se alejaron por otro sendero. Inquieto, me puse de pie y eché a andar con la esperanza de encontrarlas, para preguntar a la señora que había sucedido. Pero desaparecieron por las calles en que unas cuantas personas transitaban en pos de° los últimos menesteres° del día.

No tuve paz la semana que siguió de este encuentro. Paseaba por la ciudad con la esperanza de que la señora se cruzara en mi camino, pero no la vi. Parecía haberse extinguido, y abandoné todos mis quehaceres, porque ya no poseía la menor facultad de concentración. Necesitaba verla pasar, nada más, para saber si el dolor de aquella

sense of surprise

55

I rejected it
on ascertaining

60

shopping bag

large, coarse

65

70

75

scrawny
opaque and insipid

80

broken bricks; rinds
didn't favor

85

around

90

in pursuit of; duties

95

tarde en la plaza continuaba. Frecuenté los sitios en que soliera divisarla°, pensando detener a algunas personas que se me antojaban sus parientes o amigos para preguntarles por la señora. Pero no hubiera sabido por quién preguntar y los dejaba seguir. No la vi en toda esa semana.

100   Las semanas siguientes fueron peores. Llegué a pretextar una enfermedad para quedarme en cama y así olvidar esa presencia que llenaba mis ideas. Quizás al cabo de varios días sin salir la encontrara de pronto el primer día y cuando menos lo esperara. Pero no logré resistirme, y salí después de dos días en que la señora habitó mi cuarto en todo momento. Al levantarme, me sentí débil, físicamente mal. Aun así

105 tomé tranvías, fui al cine, recorrí el mercado y asistí a una función de un circo de extramuros°. La señora no apareció por parte alguna.

    Pero después de algún tiempo la volví a ver. Me había inclinado para atar un cordón de mis zapatos y la vi pasar por la soleada acera de enfrente, llevando una gran sonrisa en la boca y un ramo de aromo° en la mano, los primeros de la estación que

110 comenzaba. Quise seguirla, pero se perdió en la confusión de las calles.

    Su imagen se desvaneció de mi mente después de perderle el rastro en aquella ocasión. Volví a mis amigos, conocí gente y paseé solo o acompañado por las calles. No es que la olvidara. Su presencia, más bien, parecía haberse fundido° con el resto de las personas que habitan la ciudad.

115   Una mañana, tiempo después, desperté con la certeza de que la señora se estaba muriendo. Era domingo, y después del almuerzo salí a caminar bajo los árboles de mi barrio. En un balcón una anciana tomaba el sol con sus rodillas cubiertas por un chal peludo°. Una muchacha, en un prado°, pintaba de rojo los muebles de jardín, alistándolos para el verano. Había poca gente, y los objetos y los ruidos se dibujaban

120 con precisión en el aire nítido. Pero en alguna parte de la misma ciudad por la que yo caminaba, la señora iba a morir.

    Regresé a casa y me instalé en mi cuarto a esperar.

    Desde mi ventana vi cimbrarse° en la brisa los alambres del alumbrado°. La tarde fue madurando lentamente más allá de los techos, y más allá del cerro, la luz

125 fue gastándose más y más°. Los alambres seguían vibrando, respirando. En el jardín alguien regaba el pasto con una manguera. Los pájaros se aprontaban° para la noche, colmando° de ruido y movimiento las copas° de todos los árboles que veía desde mi ventana. Rió un niño en el jardín vecino. Un perro ladró.

    Instantáneamente después, cesaron todos los ruidos al mismo tiempo y se abrió

130 un pozo de silencio en la tarde apacible. Los alambres no vibraban ya. En un barrio desconocido, la señora había muerto. Cierta casa entornaría° su puerta esa noche, y arderían cirios° en una habitación llena de voces quedas° y de consuelos. La tarde se deslizó hacia un final imperceptible, apagándose todos mis pensamientos acerca de la señora. Después me debo de haber dormido, porque no recuerdo más de esa tarde.

135   Al día siguiente vi en el diario que los deudos° de doña Ester de Arancibia anunciaban su muerte, dando la hora de los funerales. ¿Podría ser?... Sí. Sin duda era ella.

    Asistí al cementerio, siguiendo el cortejo° lentamente por las avenidas largas, entre personas silenciosas que conocían los rasgos y la voz de la mujer por quien

I was used to seeing her

from outside the city

acacia flowers

fused

shaggy; lawn

sway; power lines

growing dim
were preparing themselves
filling up; tops

would leave ajar
candles; soft

relatives

procession

sentían dolor. Después caminé un rato bajo los árboles oscuros, porque esa tarde asoleada me trajo una tranquilidad especial.

140

Ahora pienso en la señora sólo muy de tarde en tarde.

A veces me asalta la idea, en una esquina por ejemplo, que la escena presente no es más que reproducción de otra, vivida anteriormente. En esas ocasiones se me ocurre que voy a ver pasar a la señora, cejijunta° y de impermeable verde. Pero me da un poco de risa, porque yo mismo vi depositar su ataúd en el nicho, en una pared con centenares de nichos todos iguales.

with brows that meet in
145 *the middle*

José Donoso, «Una señora» de *Los mejores cuentos de José Donoso*, Editorial Zigzag, 1965, Santiago de Chile.

Notas culturales

[1]El aislamiento y el concepto de la vida anónima del habitante de la gran ciudad son temas que aparecen con frecuencia en la literatura occidental de las últimas décadas y están muy presentes en este cuento de Donoso. Pero hay otras características de los centros urbanos hispánicos que los distinguen de la mayoría de los de los Estados Unidos. En las ciudades principales de España y de Hispanoamérica se utilizan más que en este país los medios de transporte público, no solo para ir a la oficina o a la fábrica, sino también para pasearse o divertirse, como lo hace el narrador de este cuento.

[2]El individuo se identifica más con su ciudad y tiene un profundo sentido de comunidad. Para él, la ciudad es una extensión de su casa y por eso utiliza extensamente todos sus recursos. El resultado es que uno puede ver a todas horas del día gran cantidad de personas paseándose por las aceras, visitando los muchos restaurantes, museos, cines y teatros, o divirtiéndose en los hermosos parques y plazas. Así, paradójicamente, van unidos, en estas ciudades, el sentido de comunidad y el aislamiento existencial que caracterizan al habitante moderno de la metrópoli.

10-30 **Comprensión.** Contesta las siguientes preguntas.

1. ¿Qué solía hacer el narrador al sentirse aburrido?
2. ¿Qué tiempo hacía el día que él vio a la señora por primera vez?
3. ¿Qué fue lo primero que le llamó la atención, en cuanto a la señora?
4. ¿Cómo era la señora?
5. ¿Observó el narrador todos los detalles de la apariencia de la señora la primera vez que la vio?
6. ¿Qué observó a la noche siguiente? ¿Cómo sabía que era la señora?
7. Describe la escena de la calle céntrica, dos días después.
8. En estas ocasiones, ¿le impresionó ella físicamente como una persona elegante o más bien ordinaria?
9. ¿Cómo sabemos que el hombre llega a sentirse obsesionado por ella?
10. Describe la plaza en que se encontró con la señora.
11. ¿Por qué se sentía inquieto por la conducta de la señora en la plaza?
12. ¿Cuándo desapareció su imagen de la mente del narrador? ¿La olvidó?
13. ¿Qué vio en el diario al día siguiente? ¿Qué llegó a saber de ella por el diario?
14. ¿Cuál es ahora su reacción frente a los recuerdos de la señora?

10-31 Análisis literario. Contesta las siguientes preguntas.

1. En varios cuentos y novelas modernos los autores utilizan la lluvia en sentido metafórico. Puede sugerir la idea de que es difícil ver dentro de otra persona, de que siempre nos hallamos separados de los demás. En este sentido, la lluvia puede representar o evocar la impresión del aislamiento existencial. ¿Qué impresión produce la lluvia en este cuento de Donoso?

2. En la siguiente descripción, ¿cuál parece ser el propósito del autor? **La hilera de casas bajas se prolongaba a lo largo de la acera: ventana, puerta, ventana, puerta, dos ventanas...**

3. ¿Qué llegamos a saber del narrador del cuento? ¿y de la señora? ¿Por qué no nos presenta Donoso más hechos concretos sobre ellos?

4. ¿Qué importancia tiene la imaginación en el cuento?

5. En cierto sentido la repetición niega la individualidad. Frecuentemente en la ciudad nos fijamos en tipos —el policía, el taxista, la vieja vestida de negro, etcétera— y no en el individuo, que pierde su cualidad de ser único, de individuo. ¿Nos revela Donoso algo de esto en su cuento? ¿Dónde?

10-32 Opiniones. Expresa tu opinión personal.

1. ¿Te parece divertido pasearse en un tranvía (o en un autobús)? ¿Por qué sí o por qué no?

2. ¿Crees que el hombre del cuento hablaría con la señora si tuviera más tiempo? Explica.

3. ¿Has tenido tú o ha tenido un(a) amigo(a) tuyo(a) una premonición, un presentimiento de algo que después ocurrió? Describe la experiencia.

4. ¿Tienes o tenías el sueño de todo adolescente de tener coche propio? ¿Cuándo comenzaste a querer coche propio?

5. ¿Has conocido a alguien mientras ibas en un tranvía, en un autobús o en metro? ¿Qué pasó? Si contestaste que no, ¿por qué no? ¿No hablas con gente desconocida?

👤👤👤 **10-33** **Minidrama.** Presenten tú y otra(s) persona(s) de la clase un breve drama que incluya ideas o conceptos del cuento «Una señora». Algunos temas podrían ser:

1. Un(a) joven trabaja hasta muy tarde por la noche en su oficina en el centro de la ciudad. Al salir del edificio donde trabaja, nota que está muy oscuro y que no hay nadie en la calle. De pronto oye algo extraño...

2. Un(a) joven se sienta en un autobús. Dos personas están sentadas detrás de él (ella). Están hablando de una mujer que acaba de abandonar a su familia. El (La) joven se da cuenta de que hablan de...

3. Un joven recién llegado a la ciudad ha sentido una atracción por una mujer que ve en el metro todos los días al ir al trabajo. Después de unas semanas decide hablarle. Al decirle el joven ¿?, la mujer le fija la mirada y le dice ¿?.

👤👤 **10-34** **Situación.** Con un(a) compañero(a) de clase, presenten un diálogo sobre el aislamiento de un individuo que recién se ha mudado a una ciudad grande. Algunas de las cosas que pueden comentar en el diálogo son: ¿Cómo te sentías al llegar a la ciudad? ¿Extrañabas a tus amigos de antes? ¿Cómo puedes conocer a otras personas en la ciudad? ¿Qué actividades te gustan? ¿Puedes utilizar esas actividades como medio para conocer a otras personas? ¿Hay organizaciones que te puedan ayudar en ese proceso?

La síntesis

En una síntesis, se combinan tus ideas y observaciones con las de otras personas o fuentes informativas. La síntesis debe empezar con una tesis; o sea, la respuesta a la pregunta con un punto de vista claro y definido. El resto de la síntesis presenta información de varias fuentes, las cuales ayudan a apoyar tu tesis o a justificar tu opinión. A continuación hay una lista de frases útiles que puedes utilizar para referirte a las varias fuentes.

Frases para introducir citas

según...
en el criterio de...
a juicio de...
tal como... lo ha afirmado
recapitulando lo que sostiene...

⊙ **AP* TEST TAKING TIP**
Always proofread your writing. Check spelling, verb tenses, adjective agreement, and correct usage of por / para *and* ser / estar.

10-35 **Situaciones.** Escribe una síntesis para una de las situaciones siguientes. Incorpora una o dos frases de la lista de arriba.

Las ciudades grandes. Tú y tu amigo(a) están discutiendo esta pregunta: ¿Hay más ventajas o desventajas de vivir en una ciudad grande? Escríbele un correo electrónico en el cual expreses tu opinión. Usa la **Lectura cultural** y el cuento «Una señora» para apoyar tu tesis.

El aislamiento. Piensa en dos cuentos que hayas leído que traten sobre el aislamiento *(isolation)*. Compara y contrasta esos dos cuentos en un ensayo breve para tu blog entitulado «Rincón literario».

La circunlocución

La circunlocución, o perífrasis, es una estrategia útil cuando no sabemos o no recordamos una palabra específica. Simplemente la describimos o la definimos, usando el vocabulario que ya sabemos.

Para describir un objeto, lugar o actividad cuyo nombre es desconocido:

Es un tipo de (animal, vehículo, fruta...)

Se parece a (un gato, la leche, un río...)

Huele / Sabe / Suena / como...

Es de (metal, madera, barro...)

Es de aspecto...

Es un aparato que se usa para...

Es un lugar donde...

 10-36 Situaciones. Con un(a) compañero(a) de clase, preparen un diálogo que corresponda a una de las situaciones siguientes. Estén listos para presentarlo enfrente de la clase.

> **Un robo.** Cuando los Rodríguez regresaron de vacaciones, encontraron la casa casi vacía: ¡les habían robado! Hablan con la policía y le describen detalladamente los objetos que los ladrones se llevaron.

> **Las elecciones municipales.** Un(a) candidato(a) para alcalde camina por la ciudad visitando las casas de los votantes. Un hombre (Una mujer) le pregunta lo que va a hacer para mejorar la ciudad. El (La) candidato(a) le explica lo que quiere hacer.

> ◉ **AP* TEST TAKING TIP**
> *Before the exam, get a good night's sleep and have a healthy breakfast.*

Discusión: **La vida urbana y la vida rural.**

Hay tres pasos en la actividad que sigue.

1 **PRIMER PASO:** Dividir la clase en grupos de dos personas. Leer la introducción a la discusión.

2 **SEGUNDO PASO:** Cada persona tiene que explicar sus respuestas.

3 **TERCER PASO:** Varias parejas comparan respuestas.

Todos tenemos alguna idea de cómo preferiríamos vivir si pudiéramos escoger libremente. A algunas personas les gusta más la vida urbana; otras prefieren vivir en el campo. Con un(a) compañero(a) de clase, indiquen ustedes sus preferencias, contestando las siguientes preguntas. Escribe tus respuestas.

1. ¿Dónde te sientes más cómodo(a), en la metrópoli o en el campo? ¿Por qué?

2. ¿Cuáles son algunas de las ventajas de la vida rural?

3. ¿Qué nos ofrece la metrópoli?

4. ¿Qué cualidades asocias con las personas que viven en las grandes ciudades? ¿y con las que viven en el campo?

5. ¿Prefieres caminar por el campo o por las calles de una ciudad? Explica.

6. ¿Qué preparación necesita uno para ganarse la vida en la ciudad? ¿en el campo?

7. ¿Dónde hay mejores diversiones, en la ciudad o en el campo? Descríbelas.

8. ¿Dónde es mejor la calidad de la vida? ¿Por qué?

Ahora, comparen Uds. sus respuestas con las de los otros estudiantes de clase. ¿Cuáles son las diferencias? ¿las semejanzas? ¿Cuántos estudiantes prefieren vivir en la ciudad? ¿en el campo?

En esta sección vas a escribir un ensayo persuasivo, utilizando tres fuentes: dos artículos escritos y una grabación de un artículo periodístico. Tu ensayo debe tener un mínimo de 200 palabras y debe utilizar información de todas las fuentes para apoyar tu punto de vista.

Tema curricular: La ciencia y la tecnología

Tema del ensayo: ¿Crees que la tecnología está mejorando la calidad de vida en las grandes ciudades?

Buenos Aires es la segunda ciudad más grande de Sudamérica.

FUENTE NO. 1

Vigilados por miles de ojos

Miles de cámaras distribuidas por toda la ciudad vigilan a los transeúntes, sin que éstos se den cuenta siquiera de que son grabados y observados por ojos ajenos. Hasta el punto de que las imágenes que captan estas cámaras permitirían seguir los movimientos de una persona durante todo un día.

Las videocámaras registran imágenes en la calle y hasta en los aparcamientos subterráneos o los polígonos industriales. Sólo en la nueva terminal 4 del aeropuerto de Barajas hay 4500 cámaras; Metro ha colocado 3447 para controlar las 192 estaciones; y un centenar controla lo que sucede en la estación de Chamartín. Y cada vez más establecimientos demandan a las empresas que instalan videovigilancia tener su propio circuito.

Muchas empresas, e incluso las administraciones públicas, vulneran la normativa de manera flagrante y no avisan con antelación de que una cámara está grabando. Fuentes de la Jefatura Superior de Madrid reconocen que es «imposible» saber el número de monitores que hay en los comercios ni si sus dueños cumplen la normativa de grabación, acceso y rectificación que recoge la Ley Orgánica de Protección de Datos de Carácter Personal.

La Agencia de Protección de Datos recibe cada vez más denuncias por estos casos. Hasta 2004 no había tramitado prácticamente ninguna reclamación, pero a partir de esa fecha son 12 los expedientes abiertos o tramitados por grabaciones con cámara. En la mayoría de los casos se debe a la falta de información previa a los ciudadanos.

Paradójicamente, las empresas que instalan cámaras de videovigilancia tienen cada vez más clientes. El precio de un sistema de videocámaras oscila entre los 100 euros de los terminales fijos dotados de un zoom, hasta los 3000 de las cámaras domo, que permiten giros de 360 grados.

El País Digital, Madrid

FUENTE NO. 2

Coche articulado: el transporte público de la ciudad suma nueva tecnología

«Otra vez la ciudad de Santa Fe es pionera en la provincia en relación a este tipo de vehículos que, además de generar mayores comodidades y un mejor servicio, seguimos trabajando por una ciudad ambientalmente más saludable en lo que refiere al transporte», dijo el intendente Barletta en diálogo con la prensa.

En relación al coche articulado, tiene 18 metros de largo y cuenta con aire acondicionado, 43 butacas por módulo y una capacidad máxima de 180 pasajeros. El coche tiene un costo de $1 100 000 y la empresa que decidió hacer frente a la inversión es Recreo SRL.

El vehículo también tiene otras particularidades: WiFi y dos cámaras con sus respectivos monitores LCD, ubicados frente al chofer, que permiten controlar la última de las puertas de descenso y el guardabarros trasero. Asimismo, cuenta con un sistema de alarma conectado al fuelle que alerta al conductor cuando, al realizar la maniobra de giro, éste resulta inapropiado.

En tanto, Elbio Merlo, responsable del área taller de la Empresa Recreo, afirmó que el colectivo «es algo sin precedente en el transporte urbano de Santa Fe. Y fue construido íntegramente en el país».

www.santafeciudad.gov.ar

Track 21

FUENTE NO. 3

Uno de cada cinco choques en el DF son por culpa del celular

Excelsior, México

VOCABULARIO

VERBOS

agradar *to please*
antojarse *to feel like*
atraer *to attract*
atravesar *to cross*
averiguar *to find out*
desvanecerse *to disappear*
enamorarse (de) *to fall in love (with)*
fundar *to found, to create*
indagar *to inquire*
merecer *to deserve*
mudarse *to move*
negarse a (ie) *to refuse to*
provenir (ie) *to come from*
turbar *to bother*

SUSTANTIVOS

las afueras *outskirts*
el apogeo *peak*
el bocadito *snack, bite to eat*
la butaca *seat (armchair)*
el centro *downtown*
el conjunto *musical group*
el crecimiento *growth*
el cruce *intersection*
los entremeses *hors d'oeuvres*
la estatua *statue*
la hilera *row*
el lazo *tie, connection*
el letrero *sign*

el matorral *shrubbery*
el metro *subway*
el (la) morenito(a) *pretty brunette*
la pileta *swimming pool*
el rascacielos *skyscrapers*
la reja *railing, bars*
el sabor *flavor*
el tipo *guy, fellow*
el tranvía *street car*
la vidriera *shop window*

ADJETIVOS

abrumador(a) *overwhelming*
acongojado(a) *sorrowful*
antiguo(a) *old, antique*
apacible *peaceful*
atareado(a) *very busy*
carente *lacking*
formidable *great, wonderful*
guapetón(ona) *really cute*
resuelto(a) *resolved*

OTRAS PALABRAS Y EXPRESIONES

a partir de *starting out in*
al cabo de *at the end of*
de tarde en tarde *very rarely*
en cambio *on the other hand*
más de lo corriente *more than usual*
¡ni que (+ imperfect subj)**!** *as if. . .!*
un poquitín *a tiny bit*

APPENDIX

Cardinal numbers

1	uno	30	treinta
2	dos	31	treinta y uno
3	tres	40	cuarenta
4	cuatro	50	cincuenta
5	cinco	60	sesenta
6	seis	70	setenta
7	siete	80	ochenta
8	ocho	90	noventa
9	nueve	100	cien
10	diez	101	ciento uno
11	once	200	doscientos(as)
12	doce	300	trescientos(as)
13	trece	400	cuatrocientos(as)
14	catorce	500	quinientos(as)
15	quince	600	seiscientos(as)
16	dieciséis (diez y seis)	700	setecientos(as)
17	diecisiete (diez y siete)	800	ochocientos(as)
18	dieciocho (diez y ocho)	900	novecientos(as)
19	diecinueve (diez y nueve)	1.000	mil
20	veinte	1.100	mil cien
21	veintiuno (veinte y uno)	2.000	dos mil
22	veintidós (veinte y dos)	1.000.000	un millón (de)
	etc.	2.000.000	dos millones (de)

Metric units of measurement

1 centímetro	=	.3937 of an inch (less than half an inch)
1 metro	=	39.37 inches (about 1 yard and 3 inches)
1 kilómetro (1.000 metros)	=	.6213 of a mile (about 5/8 of a mile)
1 gramo	=	3.527 ounces (slightly less than 1/4 of a pound)
100 gramos	=	.03527 of an ounce
1.000 gramos (1 kilo)	=	32.27 ounces (about 2.2 pounds)
1 litro	=	1.0567 quarts (slightly over a quart, liquid)
1 hectárea	=	2.471 acres

Conversion formulas

From Fahrenheit (°F) to Celsius (or Centigrade °C): $°C = 5/9 \ (°F - 32)$

From Celsius to Fahrenheit: $°F = 9/5 \ °C + 32$

0°C	=	32°F (freezing point of water)
37°C	=	98.6°F (normal body temperature)
100°C	=	212°F (boiling point of water)

Regular verbs Indicative mood

	FIRST CONJUGATION	SECOND CONJUGATION	THIRD CONJUGATION
Infinitive	*to speak* hablar	*to learn* aprender	*to live* vivir
Present Participle	*speaking* hablando	*learning* aprendiendo	*living* viviendo
Past Participle	*spoken* hablado	*learned* aprendido	*lived* vivido
Present Indicative	*I speak,* *am speaking,* *do speak* hablo hablas habla hablamos habláis hablan	*I learn,* *am learning,* *do learn* aprendo aprendes aprende aprendemos aprendéis aprenden	*I live,* *am living,* *do live* vivo vives vive vivimos vivís viven
Imperfect Indicative	*I was speaking,* *used to speak,* *spoke* hablaba hablabas hablaba hablábamos hablabais hablaban	*I was learning,* *used to learn,* *learned* aprendía aprendías aprendía aprendíamos aprendíais aprendían	*I was living,* *used to live,* *lived* vivía vivías vivía vivíamos vivíais vivían
Preterite Indicative	*I spoke,* *did speak* hablé hablaste habló hablamos hablasteis hablaron	*I learned,* *did learn* aprendí aprendiste aprendió aprendimos aprendisteis aprendieron	*I lived,* *did live* viví viviste vivió vivimos vivisteis vivieron
Future Indicative	*I shall speak,* *will speak* hablaré hablarás hablará hablaremos hablaréis hablarán	*I shall learn,* *will learn* aprenderé aprenderás aprenderá aprenderemos aprenderéis aprenderán	*I shall live,* *will live* viviré vivirás vivirá viviremos viviréis vivirán

Conditional Indicative	I would speak, should speak	I would learn, should learn	I would live, should live
	hablaría	aprendería	viviría
	hablarías	aprenderías	vivirías
	hablaría	aprendería	viviría
	hablaríamos	aprenderíamos	viviríamos
	hablarías	aprenderíais	viviríais
	hablarían	aprenderían	vivirían
Present Perfect Indicative	I have spoken	I have learned	I have lived
	he hablado	he aprendido	he vivido
	has hablado	has aprendido	has vivido
	ha hablado	ha aprendido	ha vivido
	hemos hablado	hemos aprendido	hemos vivido
	habéis hablado	habéis aprendido	habéis vivido
	han hablado	han aprendido	han vivido
Past Perfect Indicative	I had spoken	I had learned	I had lived
	había hablado	había aprendido	había vivido
	habías hablado	habías aprendido	habías vivido
	había hablado	había aprendido	había vivido
	habíamos hablado	habíamos aprendido	habíamos vivido
	habíais hablado	habíais aprendido	habíais vivido
	habían hablado	habían aprendido	habían vivido
Future Perfect Indicative	I shall have spoken	I shall have learned	I shall have lived
	habré hablado	habré aprendido	habré vivido
	habrás hablado	habrás aprendido	habrás vivido
	habrá hablado	habrá aprendido	habrá vivido
	habremos hablado	habremos aprendido	habremos vivido
	habréis hablado	habréis aprendido	habréis vivido
	habrán hablado	habrán aprendido	habrán vivido
Conditional Perfect Indicative	I would (should) have spoken	I would (should) have learned	I would (should) have lived
	habría hablado	habría aprendido	habría vivido
	habrías hablado	habrías aprendido	habrías vivido
	habría hablado	habría aprendido	habría vivido
	habríamos hablado	habríamos aprendido	habríamos vivido
	habríais hablado	habríais aprendido	habríais vivido
	habrían hablado	habrían aprendido	habrían vivido

Subjunctive mood

Present Subjunctive	(that) I (may) speak	(that) I (may) learn	(that) I (may) live
	(que) hable	(que) aprenda	(que) viva
	hables	aprendas	vivas
	hable	aprenda	viva
	hablemos	aprendamos	vivamos
	habléis	aprendáis	viváis
	hablen	aprendan	vivan

Past Subjunctive (-ra form)	*(that) I (might) speak* (que) hablara hablaras hablara habláramos hablarais hablaran	*(that) I (might) learn* (que) aprendiera aprendieras aprendiera aprendiéramos aprendierais aprendieran	*(that) I (might) live* (que) viviera vivieras viviera viviéramos vivierais vivieran
Past Subjunctive (-se form)	*(that) I (might) speak* (que) hablase hablases hablase hablásemos hablaseis hablasen	*(that) I (might) learn* (que) aprendiese aprendieses aprendiese aprendiésemos aprendieseis aprendiesen	*(that) I (might) live* (que) viviese vivieses viviese viviésemos vivieseis viviesen
Present Perfect Subjunctive	*(that) I (may) have spoken* haya hablado hayas hablado haya hablado hayamos hablado hayáis hablado hayan hablado	*(that) I (may) have learned* haya aprendido hayas aprendido haya aprendido hayamos aprendido hayáis aprendido hayan aprendido	*(that) I (may) have lived* haya vivido hayas vivido haya vivido hayamos vivido hayáis vivido hayan vivido
Past Perfect Subjunctive	*(that) I (might) have spoken* hubiera(se) hablado hubieras hablado hubiera hablado hubiéramos hablado hubierais hablado hubieran hablado	*(that) I (might) have learned* hubiera(se) aprendido hubieras aprendido hubiera aprendido hubiéramos aprendido hubierais aprendido hubieran aprendido	*(that) I (might) have lived* hubiera(se) vivido hubieras vivido hubiera vivido hubiéramos vivido hubierais vivido hubieran vivido

Imperative mood (*Commands*)

Familiar Commands, Affirmative	*Speak.* Habla tú. Hablad vosotros.	*Learn.* Aprende tú. Aprended vosotros.	*Live.* Vive tú. Vivid vosotros.
Familiar Commands, Negative	*Don't speak.* No hables. No habléis.	*Don't learn.* No aprendas. No aprendáis.	*Don't live.* No vivas. No viváis.
Formal Commands	*Speak.* Hable usted. Hablen ustedes.	*Learn.* Aprenda usted. Aprendan ustedes.	*Live.* Viva usted. Vivan ustedes.

Irregular verbs

andar *to walk*

Preterite: anduve, anduviste, anduvo; anduvimos, anduvisteis, anduvieron
Past Subjunctive: anduviera(se), anduvieras, anduviera; anduviéramos, anduvierais, anduvieran

caer *to fall*

Present Participle: cayendo
Past Participle: caído
Present: caigo, caes, cae; caemos, caéis, caen
Preterite: caí, caíste, cayó; caímos, caísteis, cayeron
Present Subjunctive: caiga, caigas, caiga; caigamos, caigáis, caigan
Past Subjunctive: cayera(se), cayeras, cayera; cayéramos, cayerais, cayeran
Formal Commands: caiga usted, caigan ustedes

dar *to give*

Present: doy, das, da; damos, dáis, dan
Preterite: di, diste, dio; dimos, disteis, dieron
Present Subjunctive: dé, des, dé; demos, deis, den
Past Subjunctive: diera(se), dieras, diera; diéramos, dierais, dieran
Formal Commands: dé usted, den ustedes

decir (i) *to tell, say*

Present Participle: diciendo
Past Participle: dicho
Present: digo, dices, dice; decimos, decís, dicen
Preterite: dije, dijiste, dijo; dijimos, dijisteis, dijeron
Future: diré, dirás, dirá; diremos, diréis, dirán
Conditional: diría, dirías, diría; diríamos, diríais, dirían
Present Subjunctive: diga, digas, diga; digamos, digáis, digan
Past Subjunctive: dijera(se), dijeras, dijera; dijéramos, dijerais, dijeran
Familiar Singular Command: di tú
Formal Commands: diga usted, digan ustedes

estar *to be*

Present: estoy, estás, está; estamos, estáis, están
Preterite: estuve, estuviste, estuvo; estuvimos, estuvisteis, estuvieron
Present Subjunctive: esté, estés, esté; estemos, estéis, estén
Past Subjunctive: estuviera(se), estuvieras, estuviera; estuviéramos, estuvierais, estuvieran
Formal Commands: esté usted, estén ustedes

haber *to have (auxiliary verb)*

Present: he, has, ha; hemos, habéis, han
Preterite: hube, hubiste, hubo; hubimos, hubisteis, hubieron
Future: habré, habrás, habrá; habremos, habréis, habrán
Conditional: habría, habrías, habría; habríamos, habríais, habrían
Present Subjunctive: haya, hayas, haya; hayamos, hayáis, hayan
Past Subjunctive: hubiera(se), hubieras, hubiera; hubiéramos, hubierais, hubieran

hacer *to do, make*

Past Participle: hecho
Present: hago, haces, hace; hacemos, hacéis, hacen
Preterite: hice, hiciste, hizo; hicimos, hicisteis, hicieron
Future: haré, harás, hará; haremos, haréis, harán
Conditional: haría, harías, haría; haríamos, haríais, harían
Present Subjunctive: haga, hagas, haga; hagamos, hagáis, hagan
Past Subjunctive: hiciera(se), hicieras, hiciera; hiciéramos, hicierais, hicieran
Familiar Singular Command: haz tú
Formal Commands: haga usted, hagan ustedes

ir *to go*

Present Participle: yendo
Present: voy, vas, va; vamos, vais, van
Imperfect: iba, ibas, iba; íbamos, ibais, iban
Preterite: fui, fuiste, fue; fuimos, fuisteis, fueron
Present Subjunctive: vaya, vayas, vaya; vayamos, vayáis, vayan
Past Subjunctive: fuera(se) fueras, fuera; fuéramos, fuerais, fueran
Familiar Singular Command: ve tú
Formal Commands: vaya usted, vayan ustedes

oír *to hear*

Present Participle: oyendo
Past Participle: oído
Present: oigo, oyes, oye; oímos, oís, oyen
Preterite: oí, oíste, oyó; oímos, oísteis, oyeron
Present Subjunctive: oiga, oigas, oiga; oigamos, oigáis, oigan
Past Subjunctive: oyera(se), oyeras, oyera; oyéramos, oyerais, oyeran
Formal Commands: oiga usted, oigan ustedes

poder (ue) *to be able, can*

Present Participle: pudiendo
Present: puedo, puedes, puede; podemos, podéis, pueden
Preterite: pude, pudiste, pudo; pudimos, pudisteis, pudieron
Future: podré, podrás, podrá; podremos, podréis, podrán
Conditional: podría, podrías, podría; podríamos, podríais, podrían
Present Subjunctive: pueda, puedas, pueda; podamos, podáis, puedan
Past Subjunctive: pudiera(se), pudieras, pudiera; pudiéramos, pudierais, pudieran

poner *to put, place*

Past Participle: puesto
Present: pongo, pones, pone; ponemos, ponéis, ponen
Preterite: puse, pusiste, puso; pusimos, pusisteis, pusieron
Future: pondré, pondrás, pondrá; pondremos, pondréis, pondrán
Conditional: pondría, pondrías, pondría; pondríamos, pondríais, pondrían
Present Subjunctive: ponga, pongas, ponga; pongamos, pongáis, pongan
Past Subjunctive: pusiera(se), pusieras, pusiera; pusiéramos, pusierais, pusieran
Familiar Singular Command: pon tú

Formal Commands: ponga usted, pongan ustedes
Another verb conjugated like **poner** is **proponer.**

querer (ie) *to wish, want; (with* **a***) to love*

Present: quiero, quieres, quiere; queremos, queréis, quieren
Preterite: quise, quisiste, quiso; quisimos, quisisteis, quisieron
Future: querré, querrás, querrá; querremos, querréis, querrán
Conditional: querría, querrías, querría; querríamos, querríais, querrían
Present Subjunctive: quiera, quieras, quiera; queramos, queráis, quieran
Past Subjunctive: quisiera(se), quisieras, quisiera; quisiéramos, quisierais, quisieran
Formal Commands: quiera usted, quieran ustedes

reír (i) *to laugh*

Present Participle: riendo
Past Participle: reído
Present: río, ríes, ríe; reímos, reís, ríen
Preterite: reí, reíste, rió; reímos, reísteis, rieron
Present Subjunctive: ría, rías, ría; riamos, riáis, rían
Past Subjunctive: riera(se), rieras, riera; riéramos, rierais, rieran
Formal Commands: ría usted, rían ustedes
Another verb conjugated like **reír** is **sonreír.**

saber *to know, know how to*

Present: sé, sabes, sabe; sabemos, sabéis, saben
Preterite: supe, supiste, supo; supimos, supisteis, supieron
Future: sabré, sabrás, sabrá; sabremos, sabréis, sabrán
Conditional: sabría, sabrías, sabría; sabríamos, sabríais, sabrían
Present Subjunctive: sepa, sepas, sepa; sepamos, sepáis, sepan
Past Subjunctive: supiera(se), supieras, supiera; supiéramos, supierais, supieran
Formal Commands: sepa usted, sepan ustedes

salir *to leave, go out*

Present: salgo, sales, sale; salimos, salís, salen
Future: saldré, saldrás, saldrá; saldremos, saldréis, saldrán
Conditional: saldría, saldrías, saldría; saldríamos, saldríais, saldrían
Present Subjunctive: salga, salgas, salga; salgamos, salgáis, salgan
Familiar Singular Command: sal tú
Formal Commands: salga usted, salgan ustedes

seguir (i) *to follow, continue*

Present Participle: siguiendo
Present: sigo, sigues, sigue; seguimos, seguís, siguen
Preterite: seguí, seguiste, siguió; seguimos, seguisteis, siguieron
Present Subjunctive: siga, sigas, siga; sigamos, sigáis, sigan
Past Subjunctive: siguiera(se), siguieras, siguiera; siguiéramos, siguierais, siguieran
Formal Commands: siga usted, sigan ustedes
Another verb conjugated like **seguir** is **conseguir.**

ser *to be*

Present: soy, eres, es; somos, sois, son
Imperfect: era, eras, era; éramos, erais, eran
Preterite: fui, fuiste, fue; fuimos, fuisteis, fueron
Present Subjunctive: sea, seas, sea; seamos, seáis, sean
Past Subjunctive: fuera(se), fueras, fuera; fuéramos, fuerais, fueran
Familiar Singular Command: sé tú
Formal Commands: sea usted, sean ustedes

tener (ie) *to have*

Present: tengo, tienes, tiene; tenemos, tenéis, tienen
Preterite: tuve, tuviste, tuvo; tuvimos, tuvisteis, tuvieron
Future: tendré, tendrás, tendrá; tendremos, tendréis, tendrán
Conditional: tendría, tendrías, tendría; tendríamos, tendríais, tendrían
Present Subjunctive: tenga, tengas, tenga; tengamos, tengáis, tengan
Past Subjunctive: tuviera(se), tuvieras, tuviera, tuviéramos, tuvierais, tuvieran
Familiar Singular Command: ten tú
Formal Commands: tenga usted, tengan ustedes
Other verbs conjugated like tener are **contener, detener,** and **obtener.**

traducir *to translate*

Present: traduzco, traduces, traduce; traducimos, traducís, traducen
Preterite: traduje, tradujiste, tradujo; tradujimos, tradujisteis, tradujeron
Present Subjunctive: traduzca, traduzcas, traduzca; traduzcamos, traduzcáis, traduzcan
Past Subjunctive: tradujera(se), tradujeras, tradujera; tradujéramos, tradujerais, tradujeran
Formal Commands: traduzca usted, traduzcan ustedes

traer *to bring*

Present Participle: trayendo
Past Participle: traído
Present: traigo, traes, trae; traemos, traéis, traen
Preterite: traje, trajiste, trajo; trajimos, trajisteis, trajeron
Present Subjunctive: traiga, traigas, traiga; traigamos, traigáis, traigan
Past Subjunctive: trajera(se), trajeras, trajera; trajéramos, trajerais, trajeran
Formal Commands: traiga usted, traigan ustedes

valer *to be worth*

Present: valgo, vales, vale; valemos, valéis, valen
Future: valdré, valdrás, valdrá; valdremos, valdréis, valdrán
Conditional: valdría, valdrías, valdría; valdríamos, valdríais, valdrían
Present Subjunctive: valga, valgas, valga; valgamos, valgáis, valgan
Formal Commands: valga usted, valgan ustedes

venir (ie) *to come*

Present Participle: viniendo
Present: vengo, vienes, viene; venimos, venís, vienen
Preterite: vine, viniste, vino; vinimos, vinisteis, vinieron

Future: vendré, vendrás, vendrá; vendremos, vendréis, vendrán
Conditional: vendría, vendrías, vendría; vendríamos, vendríais, vendrían
Present Subjunctive: venga, vengas, venga; vengamos, vengáis, vengan
Past Subjunctive: viniera(se), vinieras, viniera; viniéramos, vinierais, vinieran
Familiar Singular Command: ven tú
Formal Commands: venga usted, vengan ustedes
Another verb conjugated like **venir** is **convenir.**

ver *to see*

Past Participle: visto
Present: veo, ves, ve; vemos, veis, ven
Imperfect: veía, veías, veía; veíamos, veíais, veían
Present Subjunctive: vea, veas, vea; veamos, veáis, vean
Formal Commands: vea usted, vean ustedes

Stem-changing verbs

1st or 2nd conjugation, *o → ue*

contar (ue) *to count*

Present: cuento, cuentas, cuenta; contamos, contáis, cuentan
Present Subjunctive: cuente, cuentes, cuente; contemos, contéis, cuenten
Formal Commands: cuente usted, cuenten ustedes

1st or 2nd conjungation, *e → ie*

perder (ie) *to lose*

Present: pierdo, pierdes, pierde; perdemos, perdéis, pierden
Present Subjunctive: pierda, pierdas, pierda; perdamos, perdáis, pierdan
Formal Commands: pierda usted, pierdan ustedes

3rd conjugation, *e → i*

pedir (i, i) *to ask for*

Present Participle: pidiendo
Present: pido, pides, pide; pedimos, pedís, piden
Preterite: pedí, pediste, pidió; pedimos, pedisteis, pidieron
Present Subjunctive: pida, pidas, pida; pidamos, pidáis, pidan
Past Subjunctive: pidiera(se), pidieras, pidiera; pidiéramos, pidierais, pidieran
Formal Commands: pida usted, pidan ustedes

3rd conjugation, *o → ue, o → u*

dormir (ue, u) *to sleep*

Present Participle: durmiendo
Present: duermo, duermes, duerme; dormimos, dormís, duermen
Preterite: dormí, dormiste, durmió; dormimos, dormisteis, durmieron

Present Subjunctive: duerma, duermas, duerma; durmamos, durmáis, duerman
Past Subjunctive: durmiera(se), durmieras, durmiera; durmiéramos, durmierais, durmieran
Formal Commands: duerma usted, duerman ustedes

3rd conjugation, *e → ie, e → i*

sentir (ie, i) *to feel sorry; to regret; to feel*

Present Participle: sintiendo
Present: siento, sientes, siente; sentimos, sentís, sienten
Preterite: sentí, sentiste, sintió; sentimos, sentisteis, sintieron
Present Subjunctive: sienta, sientas, sienta; sintamos, sintáis, sientan
Past Subjunctive: sintiera(se), sintieras, sintiera; sintiéramos, sintierais, sintieran
Formal Commands: sienta usted, sientan ustedes

Spelling-change verbs

Verbs ending in *-gar*

pagar *to pay (for)*

Preterite: pagué, pagaste, pagó; pagamos, pagasteis, pagaron
Present Subjunctive: pague, pagues, pague; paguemos, paguéis, paguen
Formal Commands: pague usted, paguen ustedes
Other verbs conjugated like **pagar** are **apagar, castigar, colgar, entregar, llegar,** and **rogar.**

Verbs ending in *-car*

tocar *to play*

Preterite: toqué, tocaste, tocó; tocamos, tocasteis, tocaron
Present Subjunctive: toque, toques, toque; toquemos, toquéis, toquen
Formal Commands: toque usted, toquen ustedes
Other verbs conjugated like **tocar** are **acercarse, equivocarse, explicar, indicar, platicar, sacar,** and **sacrificar.**

Verbs ending in *-ger* or *-gir*

coger *to take hold of (things);* **dirigir** *to direct, to address*

Present: cojo, coges, coge; cogemos, cogéis, cogen
dirijo, diriges, dirige; dirigimos, dirigís, dirigen
Present Subjunctive: coja, cojas, coja; cojamos, cojáis, cojan
dirija, dirijas, dirija; dirijamos, dirijáis, dirijan
Formal Commands: coja usted, cojan ustedes
dirija usted, dirijan ustedes
Other verbs conjugated like **coger** and **dirigir** are **elegir, escoger, fingir, proteger,** and **recoger.**

Verbs ending in *-zar*

cruzar *to cross*

Preterite: crucé, cruzaste, cruzó; cruzamos, cruzasteis, cruzaron
Present Subjunctive: cruce, cruces, cruce; crucemos, crucéis, crucen
Formal Commands: cruce usted, crucen ustedes
Other verbs conjugated like **cruzar** are **aterrizar, comenzar, empezar, gozar,** and **rezar.**

2nd and 3rd conjugation verbs with stem ending in *a, e, o*

leer *to read*

Present Participle: leyendo
Past Participle: leído
Preterite: leí, leíste, leyó; leímos, leísteis, leyeron
Past Subjunctive: leyera(se), leyeras, leyera; leyéramos, leyerais, leyeran
Other verbs conjugated in part like **leer** are **caer, creer,** and **oír.**

Verbs ending in *-uir* (except *-guir* and *-quir*)

huir *to flee*

Present Participle: huyendo
Present: huyo, huyes, huye; huimos, huís, huyen
Preterite: huí, huiste, huyó; huimos, huisteis, huyeron
Present Subjunctive: huya, huyas, huya; huyamos, huyáis, huyan
Past Subjunctive: huyera(se), huyeras, huyera; huyéramos, huyerais, huyeran
Formal Commands: huya usted, huyan ustedes
Other verbs conjugated like **huir** are **construir, contribuir,** and **destruir.**

Verbs ending in *-cer* or *-cir* preceded by a vowel (inceptive)

conocer *to know*

Present: conozco, conoces, conoce; conocemos, conocéis, conocen
Present Subjunctive: conozca, conozcas, conozca; conozcamos, conozcáis, conozcan
Formal Commands: conozca usted, conozcan ustedes
Other verbs conjugated like **conocer** are **aparecer, conducir, desaparecer, nacer, ofrecer, parecer, reconocer,** and **traducir.**

Verbs ending in *-cer* preceded by a consonant

vencer *to conquer*

Present: venzo, vences, vence; vencemos, vencéis, vencen
Present Subjunctive: venza, venzas, venza; venzamos, venzáis, venzan
Formal Commands: venza usted, venzan ustedes

GLOSARIO ESPAÑOL – INGLÉS

A

a gusto *at ease* (6)
a menos que *unless* (9)
a partir de *starting out in* (10)
a tiempo *on time, in time* (5)
a veces *sometimes, at times* (5)
abarcar *to cover* (1)
abertura *opening, hole* (10)
abrazar *to embrace, to hug* (7)
abrumador(a) *overwhelming* (10)
acabar *to end, to finish* (3)
acabar de *to have just* (4)
acercarse *to approach, to come near* (4)
acongojado(a) *sorrowful* (10)
acontecer *to happen* (1)
acordar una cita *to make an appointment* (5)
actual *current* (7)
actualmente *nowadays* (5)
además *besides, in addition* (3)
adoptar *to adopt* (1)
adquirir (ie) *to acquire* (4)
afeitar *to shave* (8)
aflicción *(f.) grief* (6)
afueras *(f.) outskirts* (10)
agencia de excursiones *(f.) tour agency* (6)
agradar *to please* (10)
agradecer *to be grateful* (6)
aguantar *to put up with, to stand* (4)
agujero *(m.) hole, opening* (10)
ahorrar *to save (money)* (6)
ajeno(a) *belonging to another* (7)
al cabo de *at the end of* (10)
al contrario *on the contrary, rather* (3)
alcalde *(m.) mayor* (8)
alejarse *to move away, to withdraw* (5)
algo *something, somewhat* (2)
alianza *(f.) alliance* (8)
alivio *(m.) relief* (8)
alma *(m.) spirit, soul* (1), *soul* (6)
amanecer *(m.) dawn* (8)

amante *lover* (5)
amenaza *(f.) threat* (8)
anonimato *(m.) anonymity, concealment of a person's identity* (8)
anterior *previous* (8)
antiguo(a) *old, ancient* (1), *antique* (10)
antojarse *to feel like* (10)
antojo *(m.) craving* (6)
apacible *peaceful* (10)
apellido *(m.) (family) name, surname* (5)
apodo *(m.) nickname* (6)
apogeo *(m.) peak* (10)
aportar *to bring into, to contribute* (1)
apoyo *(m.) support* (8)
aprobar (ue) *to pass (exams)* (9)
arena *(f.) sand* (5)
arqueólogo(a) *archaeologist* (2)
arreglar *to arrange* (1)
arruinado(a) *ruined, in ruins* (1)
asado(a) *roasted* (4)
asistencia *(f.) attendance* (9)
asombrarse *to be surprised* (1)
asunto *(m.) matter* (2)
atardecer *(m.) dusk, twilight* (6)
atareado(a) *very busy* (10)
ataúd *(m.) coffin* (3)
atraer *to attract* (10)
atrás *in back* (4)
atravesar *to cross* (10)
aumentar *to increase* (7)
autocrático(a) *autocratic, dictatorial* (8)
avergonzado(a) *ashamed* (8)
averiguar *to find out* (10)
ayudar *to help* (3)

B

bachillerato *(m.) course of study leading to a secondary school degree* (9)
barba *(f.) beard* (8)
barrilete *(m.) kite (Guatemala)* (3)

barrio *(m.) neighborhood, district* (7)
base *(f.) basis* (1)
bautizar *to baptize* (3)
bautizo *(m.) baptism* (3)
bocadito *(m.) snack, bite to eat* (10)
bocado *(m.) bite, taste* (4)
boda *(f.) wedding* (3)
bosque *(m.) forest* (4)
bravo(a) *ill-tempered, ferocious* (1)
bruto(a) *thick-headed* (9)
buen provecho *enjoy (yourself; your meal); bon appétit* (5)
butaca *(f.) theater seat* (5), *seat (armchair)* (10)

C

cacao *(m.) chocolate main ingredient* (2)
caimán *(m.) alligator* (2)
calentar (ie) *to heat* (7)
callarse (cállate) *to be quiet* (1)
callejero(a) *of the street, outdoor* (6)
calor *(m.) heat* (6)
Cámara *(f.) Chamber (of Congress)* (5)
camión *(m.) bus (Mexico)* (7)
campesino(a) *(m. f.) peasant* (7)
campo *(m.) country* (3)
cantina *(f.) bar* (7)
cara *(f.) face* (4)
carente *lacking* (10)
caridad *(f.) charity* (6)
casamiento *(m.) marriage* (1)
casco *(m.) helmet* (4)
casimir *(m.) cashmere* (8)
castigado(a) *punished, strongly reprimanded* (6)
cautela *(f.) precaution, wariness* (10)
celebrar *to celebrate* (3)
celoso(a) *envious or suspicious* (5)
cena *(f.) supper* (1)
centro *(m.) downtown* (10)
cerrar con llave *to lock* (6)
charlar *to chat* (5)
choza *(f.) hut, shack* (7)
ciego(a) *blind* (4)
cinta adhesiva *(f.) adhesive tape* (6)

ciudadano(a) *(m. f.) citizen* (3)
claro (que) *of course* (2)
clero *(m.) clergy* (3)
colegio *(m.) school (usually a private school)* (6), *secondary school* (9)
colgar *to hang* (6)
colmo *(m.) limit* (8)
colocar *to place, to locate* (6)
comentar *to discuss* (2)
comercio *(m.) trade* (7), *business* (9)
comestible *(m.) food, foodstuff* (2)
cometer asesinato *to commit murder (with premeditation)* (10)
comprender *to understand* (4)
computadora *(Am.) computer* (7)
con tal que *provided that* (9)
conducir *to conduct, to drive* (2)
conjunto *(m.) musical group* (10)
conocimiento *(m.) knowledge* (2)
conquistar *to conquer* (1)
consciente *conscious* (5)
consejero(a) *(m. f.) advisor* (3)
consejo *(m.) piece of advice* (1)
consentir *to pamper, to spoil* (6)
consolar (ue) *to console* (6)
construir (construye) *to build* (2)
consuelo *(m.) consolation* (3)
contra *against* (4)
contribuir (contribuye) *to contribute* (1)
convenir (ie) *to suit* (9)
convertir (ie) *to convert, to change* (1)
convertirse *to become* (5)
corregido duramente *strongly punished, reprimanded* (6)
corresponsal *(m. f.) correspondent* (9)
costumbre *(f.) custom* (1)
crear *to create* (2)
crecer *to grow (in size)* (7)
crecimiento *(m.) growth* (10)
creencia *(f.) belief* (6)
cruce *(m.) intersection* (10)
cruz *(f.) cross* (6)
cuenta *(f.) account* (7)
cuerno *(m.) horn (of an animal)* (7)

culebra *(f.) snake* (2)
culpa *(f.) guilt, blame* (8)
culto(a) *cultured, refined* (2)
cumplir con *to fulfill one's obligation to* (6)
cumplir... años *to turn . . . (years old)* (7)
cura *(m.) priest* (3)

D

dar golpes *to hit* (6)
dar miedo *to cause fear* (6)
darse cuenta de *to realize* (7)
darse prisa *to hurry* (5)
de repente *suddenly* (3)
de tarde en tarde *very rarely* (10)
de todos modos *anyway* (3)
de turno *on duty* (2)
de verdad *true, real* (6)
décimo(a) *tenth* (8)
dedicarse *to be engaged in, to do for a
     living* (4)
dedo *(m.) finger* (4)
degustar *to taste, to try food or drink* (2)
dejar de + infinitivo *to stop doing
     something* (3)
demostrar (ue) *to show* (3)
deprimente *sad, depressing* (3)
derecha *(f.) the (ideological) right* (5)
derramamiento de sangre *(m.)
     bloodshed* (9)
desaparecer *to disappear* (5)
desarrollar *to develop* (1)
desarrollo *(m.) development* (2)
descubrimiento *(m.) discovery* (2)
desempleo *(m.) unemployment* (7)
desgraciadamente *unfortunately* (3)
desierto *(m.) desert* (4)
desigualdad *(f.) inequality* (7)
desilusionar *to disappoint, to disillusion* (3)
despedazar *to tear to pieces* (1)
despertarse (ie) *to wake up, to awaken* (7)
destacarse *to stand out, to be
     distinguished* (1)
desvanecerse *to disappear* (10)

detener *to arrest, to detain* (5)
detener(se) *to stop (oneself)* (4)
devorar *to devour, to eat up* (4)
diablo *(m.) devil* (3)
diario *(m.) daily newspaper* (9)
dicho *(m.) saying, maxim* (6)
dichoso(a) *blessed* (3)
dictadura *(f.) dictatorship* (8)
diferir (ie) *to differ, to be different* (9)
difunto(a) *(m. f.) deceased person* (6)
dios(a) *god, goddess* (2)
disparar *to shoot* (9)
disparo *(m.) gunshot* (9)
distinto(a) *different* (1)
distraer *to distract* (1)
dolor *(m.) pain* (3)
dominar *to dominate* (2)
dominio *(m.) control* (5)
dondequiera *anywhere* (7)
dos veces *twice* (5)
durar *to last* (1)
duro(a) *hard* (3)

E

echarse una siestecita *to take a little nap* (5)
edificio *(m.) building* (9)
efectuar *to effect, to cause to occur* (8)
ejercer *to exercise* (8)
ejército *(m.) army* (8)
elección *(f.) choice* (9)
elegido(a) *elected* (5)
elegir (i, i) *to choose* (9)
eliminar *to eliminate* (8)
embarazada *pregnant* (7)
embarazo *(m.) pregnancy* (6)
emperador *(m.) emperor* (2)
emperatriz *(f.) empress* (2)
en cambio *on the other hand* (10)
en cuanto *as soon as* (8)
en mi vida *(never) in my life* (6)
en seguida *at once, immediately* (5)
enamorarse (de) *to fall in love (with)* (10)
encabezar *to head, to run* (5)

encantar *to love (something)* (2)

encontrarse (ue) (con) *to meet by chance, to run into* (1)

enfocar *to focus on* (6)

engañar(se) *to deceive (oneself)* (3)

enojarse *to become angry, to get mad* (1)

enriquecido *enriched* (2)

ensangrentado(a) *bloody* (1)

enterrar (ie) *to bury* (6)

entierro *(m.) funeral; burial* (6)

entre *between, among* (1)

entremeses *(m., pl.) hors d'oeuvres* (10)

entretenerse *to entertain oneself* (7)

entristecer *to sadden* (3)

es cierto *it's true* (3)

escenario *(m.) stage* (1)

escolar *pertaining to school* (9)

escolástico(a) *scholastic* (2)

escoltar *to escort, to accompany* (2)

escupidera *(f.) spittoon* (8)

ese lado *that way, over there* (4)

eso de *the matter of* (2)

espada *(f.) sword* (1)

especializarse *to major, to specialize* (9)

esperanza *(f.) hope* (7)

espía *(m. f.) spy* (8)

esquela de difunto *(f.) obituary notice* (6)

esquema *(m.) outline* (9)

establecer *to establish, to set up* (5)

estatua *(f.) statue* (10)

estimular *to stimulate* (7)

estudiantil *pertaining to students* (9)

estudio *(m.) study* (6)

etapa *(f.) stage, level* (8)

evitar *to avoid* (5)

exequias *(f., pl.) funeral rites* (6)

exigir *to demand* (7)

existir *to exist, to be* (3)

éxito *(m.) success* (8)

exponer *to show, to exhibit* (8)

expulsar *to expel* (9)

extranjero *(m.) abroad, outside the country* (7)

extranjero(a) *foreign* (1)

extraño(a) *odd, strange* (10)

F

fábrica *(f.) factory* (8)

facultad *(f.) school of a university* (9)

fallecer *to die* (3)

familiar *(adj.) family; (n.) family member* (4)

fantasma *(m.) ghost* (6)

fe *(f.) faith* (3)

fenomenal *great, terrific* (5)

fiel *(m.) religious person* (3)

fieles *(m., pl.) the congregation* (3)

fila *(f.) row* (5)

firmar *to sign* (6)

formidable *great, wonderful* (10)

fresa *(f.) drill* (8)

frijol *(m.) bean* (7)

función *(f.) show* (5)

fundar *to found* (2), *to create* (10)

G

gabinete *(m.) office* (8)

gallo *(m.) rooster* (1)

gana(s) *(f.) desire, wish* (4)

ganarse el pan *to earn a living* (7)

gasto *(m.) expense* (6)

gato *(m.) cat* (1)

gaveta *(f.) drawer* (8)

genial *great, fantastic* (10)

gesto *(m.) gesture* (10)

gobernar (ie) *to govern, to rule* (2)

gobierno *(m.) government* (1)

gorrión *(m.) sparrow* (5)

graduarse *to graduate* (6)

gratuito(a) *free* (9)

grosero(a) *coarse, rude* (1)

guapetón(ona) *really cute* (10)

guardar luto *to be in mourning* (6)

guerrillero(a) *(m. f.) guerrilla fighter* (8)

H

habitante *(m. f.) inhabitant* (1)

habitar *to inhabit, to live in* (4)

hace dos años ya *it's two years now* (4)

hacer daño *to harm, to hurt* (8)
hacer frente *to face, to confront* (6)
hallar *to find* (6)
hallazgo *(m.) discovery* (6)
haragán(ana) *lazy* (6)
hecho *(m.) fact* (2)
heredar *to inherit* (4)
herir (ie) *to wound* (9)
hilera *(f.) row* (10)
hogar *(m.) home, hearth* (4)
holgazán(ana) *loafer, idler* (8)
hombro *(m.) shoulder* (4)
honrado(a) *honorable, of high rank* (1)
hostelería *(f.) hotel industry* (4)
huelga *(f.) strike* (6)
huir *to flee* (4), *run away* (9)
huracán *(m.) hurricane* (2)

I

ideología *(f.) ideology, political belief* (8)
idioma *(m.) language* (1)
igual que *the same as, just like* (3)
impedir (i, i) *to stop, to keep from* (9)
imperio *(m.) empire* (2)
incluir (incluye) *to include* (2)
indagar *to inquire* (10)
indígena *indigenous, Indian* (2)
influir (en) *to influence* (3)
influir (influye) *to influence* (1)
el ingreso, los ingresos *income* (7)
instrucción *(f.) instruction, teaching* (9)
instruir *to instruct* (6)
intercambio *(m.) interchange, trade* (7)
interno(a) *internal* (7)
inundación *(f.) flood* (7)
invadir *to invade* (7)
inversión *(f.) investment* (7)

J

jugador(a) *(m. f.) player* (6)
juntarse a *to join* (8)
junto(a) *united, together* (5)
juzgar *to judge* (3)

L

lado *(m.) side* (4)
lágrima *(f.) tear* (8)
lazo *(m.) tie, connection* (10)
lengua *(f.) language* (1)
lesionarse *to be wounded* (9)
letrero *(m.) sign* (10)
leyenda *(f.) legend* (6)
ligar *to establish an amorous relationship* (5)
listo(a) *clever* (4)
llevarse *to carry away, to carry off* (7)
lo corto(a) *how short* (6)
lo que *what* (2)
lobo *(m.) wolf* (4)
lugar *(m.) place* (6)
lunar *(m.) mole, beauty spot* (4)
luto *(m.) mourning* (6)

M

madrugada *(f.) dawn* (7)
maíz *(m.) corn, maize* (2)
mancebo *(m.) youth* (1)
mandíbula *(f.) jaw* (8)
manifestación *(f.) demonstration* (9)
mañana de sol *sunny morning* (5)
marcado(a) *pronounced, distinct* (4)
marea *(f.) tide* (5)
marginal *marginal, secondary, at the edge* (7)
más adelante *later, further on* (3)
más de lo corriente *more than usual* (10)
máscara *(f.) mask* (8)
mata *(f.) shrub, plant* (6)
matar *to kill* (10)
materia *(f.) academic subject* (9)
matones *(m., pl.) thugs, people that use illicit means to intimidate others* (10)
matorral *(m.) shrubbery* (10)
matrícula *(f.) tuition* (9)
mayor *larger, greater, older (with people)* (3)
mayoría *(f.) majority* (3)
medio tacaño *somewhat stingy or miserly* (6)
mejorar *to improve* (5)
menor *smaller, lesser, younger (with people)* (4)

mensaje *(m.) message* (6)
mentón *(m.) chin* (4)
merecer *to deserve* (10)
mestizaje *(m.) mixture of races and cultures* (2)
metro *(m.) subway* (10)
miedo *(m.) fear* (6)
migrante *(m. f.) migrant, person who changes locations in search of work* (7)
mimar *to pamper* (6)
misa *(f.) Mass* (3)
mito *(m.) myth, fictional story* (6)
modificar *to modify, to change* (8)
monja *(f.) nun* (2)
morder (ue) *to bite* (2)
morenito(a) *pretty brunette* (10)
morir(se) (ue) *to die* (6)
morirse por *to be dying to* (9)
mostrar (ue) *to show* (3)
mudarse *to move (residence)* (7)
muela *(f.) molar* (8)
muerte *(f.) death* (6)
muerto(a) *dead* (6)

N

navío *(m.) ship* (9)
necio(a) *stupid* (3)
negarse a (ie) *to refuse to* (10)
¡ni que *(+ imperfect subj.)! as if. . . !* (10)
nivel *(m.) level* (2)
no les hace gracia *they don't like it* (10)
no les quedó más remedio *they had no other solution* (2)
no me da la gana *I don't feel like it* (5)
no tener más remedio *to have no choice* (4)
notar *to note* (4)
novia *(f.) bride* (1)
novio *groom* (1)
nuera *(f.) daughter-in-law* (4)
número *(m.) issue, copy, number* (9)

O

occidental *western* (1)
ocupar *to use (Mexico)* (2)

ocuparse *to be occupied, to be engaged in* (4)
ocurrir *to happen* (3)
ojalá (que) *I hope that* (5)
ola *(f.) wave* (5)
olor *(m.) odor* (8)
olvidarse (de) *to forget* (1)
opinar *to think, to have an opinion* (1)
ordeñar *to milk an animal* (6)
oreja *(f.) ear* (7)
orilla *(f.) bank (of a river, sea)* (7)
ortografía *(f.) spelling* (1)
otra vez *again* (5)

P

padrinos *(m., pl.) godparents* (4)
palos *(m., pl.) different styles of flamenco* (1)
pantalla *(f.) movie screen* (4)
panteón *(m.) cemetery* (3)
papa *(f.) potato* (2)
paraíso *(m.) paradise* (6)
pareja *couple* (5)
pariente *relative* (1)
particular *private* (9)
partido *(m.) party* (5)
pata *(f.) foot (of an animal)* (2)
pedalear *to pedal* (8)
pedazo *(m.) piece* (1)
pegar *to hit* (6)
pegar un tiro *to shoot* (8)
película *(f.) movie, film* (4)
Península Ibérica *(f.) Iberian Peninsula (the entire land mass between the Pyrenees mountains and the Strait of Gibraltar containing the modern countries of Spain, Portugal, and Andorra)* (1)
peor; el peor *worse; the worst* (3)
perder (ie) *to miss, to lose* (5)
perspectiva *(f.) prospect* (4)
pertenecer *to belong* (8)
pesadilla *(f.) nightmare* (8)
pezuña *(f.) hoof* (4)
piedra *(f.) stone, rock* (2)
pileta *(f.) swimming pool (Arg.* (10)
pintarlo tan bien *to paint a rosy picture of* (5)

pitar *to whistle* (9)

placer *(m.) pleasure* (3)

pobreza *(f.) poverty* (1)

poco a poco *little by little* (7)

poder *(m.) power* (3)

poderoso(a) *powerful* (2)

poner *to put, to place* (6)

ponerse *to become, to turn* (3)

por lo general *generally* (3)

por último *finally* (3)

portero(a) *(m. f.) goalie* (9)

postura *(f.) position* (10)

precaución *(f.) precaution* (10)

predilecto(a) *favorite* (1)

preocupación *(f.) concern, worry* (4)

presentar *to introduce* (5)

presidenta electa *(f.) president-elect (woman)* (5)

préstamo *(m.) loan* (2)

presupuesto *(m.) budget* (5)

primaria *(f.) elementary school* (8)

Primera Guerra Mundial *World War I* (9)

prisa *(f.) haste, hurry* (9)

probar (ue) *to taste, to sample* (4)

profundo(a) *strong, deep* (4)

promedio *(m.) average* (4)

propietario(a) *(m. f.) property owner* (7)

provenir (ie) *to come from* (10)

próximo(a) *next* (2)

pueblo *(m.) people, village* (1)

pulir *to polish* (8)

Q

¡Qué de (barcos)! *What a lot of (ships)!* (2)

¿Qué demonios pasa? *What the devil is going on?* (5)

(que) en paz descanse *(may he or she) rest in peace* (6)

¡Qué lástima! *What a shame!* (2)

que siente envidia *one who is envious* (5)

que sospecha *one who is suspicious* (5)

que sueñes con los angelitos *sweet dreams* (7)

quedar *to stay, to remain; to agree* (5)

quedarle a uno *to have left* (2)

R

raíces *(f., pl.) cultural origins, roots* (1)

raíz *(f.) root* (7)

rascacielos *(m.) skyscrapers* (10)

rasgo *(m.) trait* (4), *characteristic* (6)

recordar (ue) *to remember* (9)

reemplazar *to replace* (2)

reflejar *to reflect* (6)

reforzar (ue) *to reinforce* (8)

refrán *(m.) saying, proverb* (6)

regalar *to give (a present)* (7)

reinar *to reign* (5)

reja *(f.) railing, bars* (10)

relacionarse con *to be related to (but not in the sense of kinship)* (4)

remedio *(m.) solution* (2)

reminiscencias *(f., pl.) influences* (2)

renovar (ue) *to renew, to renovate* (3)

reportaje *(m.) newspaper article* (9)

requisito *(m.) requirement* (9)

rescate *(m.) ransom* (8)

respirar *to breathe* (2)

resuelto(a) *resolved* (10)

resumen *(m.) summary* (9)

reunión *(f.) gathering, meeting* (3)

rezar *to pray* (3)

rodear *to surround* (8)

ruido *(m.) noise* (7)

S

sablazo *(m.) rip-off* (10)

sabor *(m.) flavor* (1)

sabrosísimo(a) *really delicious* (6)

sala de espera *(f.) waiting room* (8)

saliente *outgoing* (5)

salvaje *wild, savage* (4)

sancionado(a) *sanctioned, punished* (6)

sanitario(a) *sanitary* (7)

saña *(f.) wrath* (1)

sañudo(a) *wrathful, angry* (1)

se me ocurre *it occurs to me* (1)

se te ha echado la mañana encima *an expression that indicates that time flew by* (5)

seco(a) *dry* (7)

secuestrar *to kidnap* (8)

secuestro *(m.) kidnapping* (8)

secundario(a) *secondary, high school* (9)

semejante *similar* (6)

semilla *(f.) seed* (6)

seno *(m.) breast* (7)

sentido *(m.) sense* (4)

ser querido *(m.) loved one* (3)

servicio sanitario *(m.) health service* (5)

servir (i) de *to serve as* (3)

servirse de (i, i) *to use* (8)

siglo *(m.) century* (1)

silbar *to whistle* (2)

sillón *(m.) chair, armchair* (8)

sin lugar a dudas *without a doubt* (3)

sinceridad *(f.) sincerity* (5)

sindicato *(m.) labor union* (5)

soldado *(m.) soldier* (9)

soledad *(f.) loneliness; solitude* (3)

solitos *alone (diminutive)* (4)

soñar (ue) (con) *to dream (of)* (2)

sospechar *to suspect* (3)

sudor *(m.) sweat* (8)

suegra *(f.) mother-in-law* (1)

suegro *(m.) father-in-law* (1)

sueño *(m.) sleep* (7)

superior *higher* (9)

suplente *substitute, alternate* (9)

suprimir *to suppress* (8)

surrealista *surrealistic* (4)

T

tacaño(a) *stingy* (6)

tacita *(f.) little cup* (6)

tal vez *perhaps* (5)

taller *(m.) shop, workshop* (7)

tamaño *(m.) size* (2)

tambor *(m.) drum* (2)

techo *(m.) roof* (6)

tecnológico(a) *technological* (2)

telenovela *(f.) television serial (soap opera)* (5)

temer *to be afraid, to fear* (3)

tener éxito *to succeed* (8)

tener ganas (de) *to want (to)* (4), *to feel like* (5)

tener miedo *to be afraid* (3)

tener por profesión *to have a profession* (4)

teoría *(f.) theory* (7)

terrestre *terrestrial* (10)

tipo *(m.) guy, fellow* (10)

título *(m.) degree (education)* (9)

todo vale *anything goes* (9)

tomar una copa *to have a drink* (6)

tontería *(f.) foolishness, foolish act* (5)

toparse con *bump into* (7)

tormenta *(f.) storm, upheaval* (9)

tranvía *(m.) street car* (10)

tratar con *to have dealings with* (7)

tratar de *to deal with, to try to* (4)

trato *(m.) deal, treatment* (5)

tribu *(f.) tribe* (1)

triste *sad, dismal* (3)

trompo *(m.) wooden top (toy)* (6)

trueno *(m.) thunder* (6)

tumba *(f.) tomb, grave* (3)

turbar *to bother* (10)

U

un poquitín *a tiny bit* (10)

uña *(f.) fingernail* (4)

único(a) *only* (3), *unique* (5)

V

¿Vale? *OK?* (9)

valer la pena *to be worthwhile* (4)

valor *(m.) value* (3)

vano(a) *futile* (3)

velar *to hold a wake over* (6)

velorio *(m.) wake* (6)

vencer *to win* (8)

venta *(f.) sale* (7)

ventaja *(f.) advantage* (7)

veranear *to spend the summer* (6)

vez *(f.) time, occasion, turn* (5)

vidriera *(f.) shop window* (10)
vidrio *(m.) glass* (2)
vigilar *to keep an eye on, to patrol* (10)
viudo(a) *(m. f.) widower, widow* (6)
vivienda *(f.) house, dwelling* (7)
voluntad *(f.) willpower* (3)*, will* (6)
voz (voces) *(f.) voice* (2)

Y

yerba *(f.) grass* (2)
yerno *(m.) son-in-law* (4)

ÍNDICE

A

adjetivos
  apócope de, 24–25
  concordancia en género y número, 21–22
  para describir, 242
  posición de, 23–24
    cambios de significado con, 24
  ser y **estar** con, 105–106
adverbios, 338–339
  usos, 339
afirmativas y negativas, palabras, 228–229
antes (de) que, 299
AP Test Taking Tips
  accent mark use, 158
  always use your own words, 78
  circumlocution for descriptions, 243
  don't translate what you hear, 70
  errors when speaking, 119
  essay questions
    errors in essays, 242
    inventing material for, 280
    outlining, 118
    persuasive writing, 42
    proofreading your writing, 394
    quotations or paraphrasing, 356
    time a 200-word essay, 360
    use of transitions, 317
  exam, healthy tips before, 395
  flashcards for ready-to-use phrases, 39
  identifying linguistic tasks, 159
  multiple choice questions, 110, 187
    answering in sequence, 233
    cautions with negative words, 348
    changing your answer, 271
    guessing answers, 384
  note-taking during audio, 54, 122
  questions to orient audio listening, 309
  recording and evaluating your
    conversation, 357
  referencing all your sources, 121
  scoring guidelines, familiarity with, 318
  staying focused while listening, 150
  time frame and verb tense related, 202
  usted and **tú** uses, 79
  watching Spanish television shows, 29
  writing dates correctly, 38
arte de conversar, El. *See* conversar, El arte de
artículos
  definidos, 12
    en frases aclaratorias, 301
  forma plural, 14
  indefinidos, 12
aumentativos, 378–380
aztecas, 47–48, 212–213

B

Bachelet, Michelle, 167
Borges, Jorge Luis, 236
Buenos Aires, 367

C

cardinal numbers, 401
catolicismo, 87–89
Cid, el, 127
Ciudad de México, 366
cláusulas adjetivales, subjuntivo en, 259–260
cláusulas adverbiales, 298
  subjuntivo e indicativo en cláusulas adverbiales de tiempo, 299
cláusulas con **como si**, 374
cláusulas con **si**, 373–374
cláusulas nominales
  infinitivo en lugar de, 223
  uso del subjuntivo, 222–223
comparativos
  comparaciones de desigualdad, 341–342
  comparaciones de igualdad, 341
  irregulares, 342–343
condicional, 95–96
condicional perfecto, 141